（典藏版）

百部国学传世经典

中华国学经典盛宴／获取先贤核心智慧

呼家将

【清】佚　名／著
林宇宸／主编

漓江出版社

图书在版编目（CIP）数据

呼家将 /（清）佚名著；林宇宸主编. -- 桂林：漓江出版社，2020.10
（百部国学传世经典）
ISBN 978-7-5407-8935-0

Ⅰ. ①呼… Ⅱ. ①佚… ②林… Ⅲ. ①章回小说-中国-清代 Ⅳ. ①I242.4

中国版本图书馆 CIP 数据核字(2020)第 194452 号

呼家将 HUJIA JIANG

作　　者　【清】佚名　著
主　　编　林宇宸

出 版 人　刘迪才
出 品 人　张　谦
策划编辑　陈植武　林晓鸿
责任编辑　陈植武
助理编辑　秦瑜蔓
装帧设计　林晓鸿　宋双成
责任监印　杨　东

出版发行　漓江出版社有限公司
社　　址　广西桂林市南环路 22 号
邮　　编　541002
发行电话　010-65699511　0773-2583322
传　　真　010-85891290　0773-2582200
邮购热线　0773-2582200
电子信箱　ljcbs@163.com
微信公众号　lijiangpress

印　　制　北京飞达印刷有限责任公司
开　　本　710mm×1000mm　1/16
印　　张　30
字　　数　639 千字
版　　次　2021 年 3 月第 1 版
印　　次　2021 年 3 月第 1 次印刷
书　　号　ISBN 978-7-5407-8935-0
定　　价　45.00 元

前言

中华民族是一个充满智慧的民族，中华文化处处闪烁着智慧的光芒。中华五千年文明史为人类的智慧宝库留下了极其珍贵的财富。在世界文学发展的长河中，中国古典小说在经历了漫长的发展过程后，直到元明清时期才形成了高潮，一大批白话和文言、长篇和短篇名著相继问世，从而在世界文坛上奠定了非凡的地位。

这些作品有的以形象苍凉的笔墨，描写了农民起义的悲壮和惨烈；有的粗线勾勒，展示出朝代更迭的历史沧桑；有的诙谐机智，从神话故事中折射出世俗的好恶；有的尽力渲染，将时代的感慨融入民族的兴衰；有的严肃谨慎，从各个案件中体现出正义的力量……题材涉及讲史、侠义、友情、断案及灵怪、神仙等等，广泛描写了宋、元、明、清时代的社会生活，真实地反映了当时人民群众的思想感情、生活愿望和审美情趣。无论从思想内容还是从艺术技巧来看，都达到了相当高的水平，积淀了中华民族独具魅力且博大精深的文化。

中国古典小说是举世公认的在文学史上极有影响、杰出、艺术成就极高、极具欣赏价值、流传极广的传世之作，是文学艺术长河中的瑰宝。它们拥有广泛的阅读群和绵长的阅读量，其作品中的深刻内涵，无一不给人以美的享受和思想启迪。

阅读好书由此开卷，完善人生由此开始。

目录

呼家将

五虎平南

呼延庆打擂

呼家将

第一回 呼世子游春出猎 庞黑虎抢亲失命

楼船笳吹晓霞横，旌节新移宠若惊。
运道风柔思报国，沙场尘敛喜消兵。
恩纶加惠全忠孝，呼氏流芳千古闻。
宋主听奸生祸乱，征辽平寇旧功臣。

话说北宋朝一个大将复姓呼延，名得模，字必显，世居山后，历为汉臣。因刘王失政，去贤用佞，轻听宇文均，把呼氏诛绝。幸祖母刘氏怀妊，逃至马家庄上，遂生下呼延赞，年甫弱冠，典坟通晓，韬略且精。正杨业老将军奉旨征辽，呼延赞志欲报仇，遂投宋主，与杨老将军领兵进讨。孰知辽兵不耐战守，一旦遂倾，众夷威服。是以凯歌奏圣，恩蒙宋主加封呼延赞忠孝王之职，赐造王府，又赐金鞭一柄，敕令呼延赞值殿巡察，如有文武不劳王政，就把金鞭打死。已叨朝廷十分隆重，奈何不久遂薨。又蒙圣恩，命必显叨袭父职，敢不克尽厥职。目下朝堂，却喜肃清。夫人杨氏，所生两个孩儿，长名守勇，年登十六；次儿守信，甫经十四。不但熟读孔、孟，且喜考究孙、吴，更习了百步穿杨的神箭。看这两个孩儿的武艺，呼得模倒也晚景无忧。

那守勇兄弟，一天到厅，道："父王在上，孩儿们拜禀。今因天气晴和，欲往郊外游春射猎，特来禀知父王。""我儿既去游春射猎，须带二十名家将同去。"那守勇道："多谢父王。"他兄弟两个，你道怎生打扮？但见：

头戴紫金冠，两旁插雉尾，身穿银甲白如雪，腰间挂了宝剑，佩了弓箭，脚踹粉底乌靴，手执长枪，一齐来到厅前。

那时得模见了两个儿子，威威武武，一般装束，心中十分欢喜，说道："你兄弟两个出去，总要和顺，不可生事。"守勇别了千岁，同了家将，一齐上马，来到乡村。阿唷妙阿，果然桃红柳绿，水秀山清。行来已是山庄，令家将一齐追赶，射的飞禽，戳的走兽，各逞武艺。诗云：

蹀躞巴宾马，陪骢碧野鸡。
忽闻仙乐动，赐酒玉遍提。

话说右丞相庞集，字宰翁，止生一子，名唤黑虎，年已三九，因丞相过于钟爱，任耽酒色。幸有多花女儿，年方十六，却是生得国色天姿，品貌不凡，故尔尚未许字。这教：

姣容不易轻相许，须选东床绝世才。

且说庞黑虎在郊外游春，见了东庄赵大郎的妹子生得十分美貌，果然闭月羞花，沉鱼落雁。“我府中娶的妻妾，那个比得他来。”这黑虎想了一计，叫齐一班家丁：“你们同我到东庄抢亲，回来各赏十锭银子。”那家丁一齐跟了黑虎抢亲去了。却是：

金屋鸳衾展，银河鹊驾填。

吹箫集凤羽，空作凤求鸾。

且说东庄赵大郎的妹子赵氏三姐，名唤凤奴，年方十六。“虽是乡村女子，稍知大义，故尔爹妈将奴择婿，要选才貌相当的丈夫。不道爹妈并殁，我兄嫂亦不肯轻诺，是以尚未适人。今因天气晴和，又乃上巳，且同嫂嫂也往郊外游春。那晓撞着了什么庞公子，做出许多丑态。我同了嫂嫂，就回到家里，那小庞又央人来说，娶奴做妾，被我嫂嫂抢白了一场，那做媒的大家没兴回去。方才嫂嫂进来，对我说道：‘阿呀姑娘阿，不好了！说道昨日看见这个尖脸贼，要娶你做妾，我已回了他们。如今听说带了百十个家人，在庄上就要抢我姑娘，这怎处？你哥哥被这班家人捉住，打得七死八活，在地上滚哩。’”

那三姐听了，哭得死去还魂。那晓庞黑虎已领了这些家人赶进房来，见了三姐，喝令：“快来！”那班家人听得庞黑虎叫抢，家丁进房抢了三姐就走。那赵大郎夫妻赶将出来，被庞家的豪奴一搪，大郎跌闷在地。他妻子喊救，那些邻舍赶来，听说庞家抢了三姐的话，那邻舍道：“我们何苦在老虎头上拍苍蝇，不识厉害？我们倒是回去，免些是非的好。”那大郎听说，越发叫喊。

恰好呼家打猎的回来，在此经过，只见他枪挑了鸡兔，肩背了獾鹿，喜孜孜走来。那世子听他悲声凄惨，勒马问道：“为何啼哭？”那大郎道：“二位将军听禀：小人有个妹子凤奴赵三姐，今被庞丞相的儿子抢了去了。”“呀，有这等事，难道没有王法的么？你们且不要哭。他从那一条路去的，你来领俺前去，管抢还你的妹子便了。”“多谢将军！”

那大郎甩开大步前行，世子紧紧追来。过了几个山坡，环绕几座村庄，不觉已是小安山了。略略转个小弯过来，远远却有一簇人马，好似哭声影影。那大郎道：“二位将军请看，那前面影影的，只怕正是了。”那世子就勒住了马，望一望，径拍马加鞭，一直飞赶前来，大喝一声道：“呔！庞黑虎，你这狗强盗，太没有王法了。这样升平盛世，胆敢抢人女子为妾，你就该死哩！俺呼爷爷最肯救人，不肯害命，快快把三姐还他！”黑虎道：“呔！你这乳臭的孩子，敢来阻挡？谁人不知俺庞公子今日娶妾，胆敢拦住，你还不快快走开，让俺过去！”

那世子道：“呔！狗强盗，你不晓得俺呼守勇、呼守信的厉害哩。俺父王在朝秉政,谁不敬服?你家老子既做丞相,为何不教训你这畜生?敢来抢掠民人的女子,俺今教训你这畜生,快把三姐送还了他们就罢,如敢不依,管教你的狗命不保!"

那黑虎听了大怒,即喝令家丁:"你把这个小忘八拴了!"那家丁走来,毛手毛脚,思量拖拖拽拽,那两位世子就将马鞭乱抽乱打,这些家丁被打得抱头鼠窜,个个逃走。

那世子又纵下马来,一把扭住了黑虎,提起拳头,打得他乱叫乱喊:"阿唷唷,饶了我罢!实在打弗起哉,看我爹爹面上,放了我罢!""咳,你这狗男女,不说老庞也罢,提起了他,还要打你几下!因老庞不能教训,有你这个不肖横行不法。""阿呀小千岁,我如今再不敢了,放我去罢!"

这呼世子想起临出门的时候,父王再三吩咐,教兄弟两个不可生事闯祸,守勇道:"兄弟,且放了手,叫他将三姐交还了大郎夫妻领回,就放了黑虎去罢。"这教:

鳌鱼脱却金钩钓,摆尾摇头再不来。

那大郎夫妇同了三姐,一齐叩谢道:"承蒙小千岁相救,还求保送一程。"那世子一想,却是不与保送,恐他在路抢劫。"既如此,我们送你回去便了。""多谢小千岁!"那守勇兄弟同了家将,一齐上马,保送三姐回庄,然后回去。

那庞黑虎同家丁看世子上马去了,他们才走出来,扶起黑虎,黑虎道:"阿呀不好了!我身子难动,不能骑马,只好你们驮我回去的了。阿唷好痛阿!咳!小呼,我同你什么冤家,又不是你的妹子,要你出尖打得我这般苦恼。回去告诉了爹爹,少不得启奏朝廷,把你姓呼的砍为肉泥,好出我胸中的怨气。"那黑虎一路唠唠叨叨说个不住。

这家丁驮了黑虎,正到厅前,恰好丞相出来,见了黑虎倒吃一唬,说道:"儿阿,你好好出门,为何如此回来?""阿呀爹爹,不要说起!孩儿东郊游玩,那晓遇了呼家两个儿子,同了许多家丁,在东庄抢劫人财,夺人子女。那乡村上人人痛恨,个个切齿。孩儿见了呼家,劝说了几句,那晓呼家不听也罢,这小呼反令一班恶奴赶来,不由分说,一把扭住了孩儿就打。说道大宋皇帝还是呼家把他做的,又道孩儿是奸臣之子。是以孩儿与他争了一场,被他打得这等厉害。"

那丞相听了黑虎的话,看他又打得这般光景,就唤家丁,喝骂:"你们这班奴才!小主被人扭打,不即解劝?"那家丁道:"太师息怒,容小人们告禀:昨日公子游春,见了东庄赵大郎的妹子凤奴三姐生得标致,要娶他做妾,想是赵家不肯,今日公子叫小人们同去。到了东庄,看见了三姐,教小人们驮了他来。小人们听得公子吩咐,只得背了三姐就走。不道行到半路,那三姐的兄嫂同呼家两位世子赶来,要还他的三姐。因公子不肯还他,与公子扭将起来。小人们连忙相劝,被他也打在里边。直等他们去了,小人们就驮公子回来,小人无罪。"

不知以后如何,且听下回分解。

第二回 庞丞相诡计无施 宋仁宗私访美女

曲填新恨谱，寥寂伴灯昏。
玉碎怜衾冷，似依梦迫魂。

话说庞丞相听了家丁这般说来，原是公子不守规矩。“但呼必显不该放这两个畜生，打得我孩儿这般厉害。倘有差池，我老庞也不肯就罢。别人怕你功臣，偏偏我不怕你。丫环走来，好好扶了公子进去。张文，你去请了太医，速速调理。”张文道：“晓得。”这教：

善恶到头终有报，只争来早与来迟。

那呼守勇兄弟送了三姐回到东庄，那大郎夫妻同了妹子凤奴叩头谢道：“今日若然不是二位将军相救，一家三命不保。小人无以相报，欲将舍妹奉为将军侍妾。”守勇道：“既承相许，待俺娶了正室，再聘令妹便了。”那呼家兄弟就作别大郎夫妇，离了东庄。不觉红日西沉，才到府中，见了爹妈，把游春射猎的话说了一番。那弟兄两个回到书房里边。这是：

有意栽花花不发，无心培柳柳成荫。

且说庞黑虎，自从那日被呼家两个世子打坏驮了回来，不觉恹恹沉重，病愈加增，医药罔效。那抢亲的时节，不想今日之苦楚，只道红鸾照命，谁知白虎临宫。黑虎在床，自叹道：“天作孽，犹可违；自作孽，不可活。”不道说了这话，就两足一挺，两眼一睁，竟就死了。

这班妻妾哭得悲楚异常，这些家丁碌乱匆忙。那丞相同夫人、小姐，听说黑虎死了，大家唬得一身冷汗，赶到房里，放声大哭。独是多花小姐哭得有腔有板，又说道：“爹爹，你为何不立出个主意，现在哥哥被呼家打了死的，理应要他抵命。为什么爹爹不上本章？”

丞相道：“你只知其一，不知其二。为父的岂不知杀人偿命的道理？但是你哥哥为了抢人女子，被人打死，我若上本奏了，那呼必显定然也是一奏。那时朝廷就要究出抢亲的事来，为父的先认个治家不正。那诳君之罪，怎么逃脱？故此不便启奏。这小呼打死了我的孩儿，难道罢了不成？少不得慢慢复仇。自古道：‘一报还一报，毫厘谁肯饶。’闲话少说，且把孩儿殓了再处。”

那太师一声吩咐，家人碌碌匆忙。这一班黑虎的妻妾，都是悲悲切切。唯是他妹子多花，更哭得凄凄怆怆，声韵悠然，说道："小妹定要与哥哥报仇的了。"

这教：

有仇不报非君子，兄长含冤我与申。

且说真宗皇帝驾崩，遗诏皇后权宜处分军国。诏第六太子名祯——仁宗即皇帝位，改元天圣。诏颁天下，大赦钱粮，释放狱囚。册封曹后为正宫皇后，张氏为东宫贵妃，刘氏为西宫贵妃，各赐了仪仗。那嫔娥太监，各个加赏。文臣加级，武士加封。不道仁宗皇帝在宫常自忧思，每于行幸之次，未得称心。"朕想陈琳是寡人的心腹，召他进来商议，必要采访国色，以快朕意。"这教：

有缘千里能相会，无缘对面不相逢。

那仁宗想了一回，即召陈琳进宫，将觅美女的事谕了陈琳。那陈琳就领旨出朝，打点择日起身，先到苏、扬一带探访。

那右丞相庞集，在朝闻说皇上密差了陈太监到苏、扬地方采访美女的消息，心中想道："朝廷已有六院三宫，岂无国色？我想如今既是朝廷选妃，若将小姐画个图儿进呈，只怕倒有十之八九。倘然朝廷选中，庞家的富贵却不小哩，那呼家的仇就好报了。咳！可惜老夫已经位列三台，不便将女儿进献的了；若是进了画图，将来僚友面前如何说法？他们讥诮起来，就不好站在朝堂了，这个机会只好错过的了。"丞相又道："不妨，且去同小姐商议，看他可有识见。"

那丞相来到里边，见了小姐，说道："女儿，为父的今日听得僚友说，朝廷差了陈琳到苏、扬地方，去觅访美女。我想我儿的容貌，若画了进去，只怕朝廷见了，不怕不是上选。我儿就是贵妃，为父的就是国丈，岂非大富大贵！但是僚友必要耻笑于我，只好说说而已的了。若是错过这个机缘，岂不可惜，将来黑虎的冤抑，就申雪无时了。目下朝廷选妃，倒算个奇遇。故此为父的一闻此信，心中就想起女儿的面貌不弱于王嫱，不下于貂蝉；那些五音六律、南北九宫、箫管丝弦，无一不精。若然进了，何愁不中！所嫌老夫是丞相，不好意思，只道我以女媚君，岂不被僚友耻笑？"

小姐道："爹爹，既然有此机会，孩儿敢不遵依严命！孩儿只要报得哥哥的冤仇，无不听从。"

丞相道："好！难得我女儿孝义，但恐日后被人谈笑。"

小姐道："这倒不妨。只要爹爹请陈琳到来，与饯行席中，就谈及其事，将女儿的图取来与他看了。若是可以进得，他就不肯还图了，倘然中选，必有钦差来聘，日后那个敢评？"

丞相道："果然女儿妙计，不羡陈平。如此且去备帖，请了陈琳到府细谈。"却是：

翠微深院选姮娥，玉殿岧峣呈画图。

一束老人来月下，数年威福满山河。

那陈琳领旨前往苏、扬一带访寻美女，已奏明明日起身。但云江南人物风流，不知可能果有绝色的美女。这教君命召，不俟驾而行。闲话休题，且到了苏、扬，再作理会。

忽见小内侍进来说道："老公公，外面有庞丞相差来的家人，说请陈公公去饯行，名帖在此。"那陈太监接过名帖一看，说道："好奇怪！这老庞在朝，极自夸大，见了咱们不在眼里的，为何今日与咱饯行？想是他如今晓得朝廷与咱心腹，故此他也来奉承。咳，老庞，你真个势利！"

雪中送炭人间少，锦上添花世上多。

却是世情看冷淡，果然人面有高低。

那陈琳道："既然老庞请咱饯行，只当去扰孙子的。真正早上不作官，晚间不作揖。孩子，你去对他家丁说：承你太师相请，少顷就来。"小内侍回复了家丁。只见那陈琳：

头戴一顶抢龙的帽，身穿一品的蟒袍，腰围的金镶白玉绦，足上乌靴粉底，手抡一柄马尾的拂尘。

那陈琳穿了公服，踱出厅来，坐了一匹五花马，带几个小内侍，来到相府。通报里边，那庞丞相接了进厅，相见了一番，分宾主坐下。

陈琳道："承老太师见召，敢不赴趋。"

太师道："岂敢！老夫闻公公奉旨出京，特备水酒一杯，屈驾光临，聊伸一饯。"陈琳道："又要太师费心。"

那二人登席，两旁站立了一班女乐，筵前歌唱了一番，各各赶避进去。

丞相道："陈公公，目下钦差先从那一处寻访？不知如何美貌，合得圣意？"

陈琳道："老太师有所不知，不过温厚崇礼，自然福大。"

丞相道："妙阿，只要福大，必合圣意，这陈公公讲得极妙。若取温厚载福，老公公何必舍近而图远？"

陈琳道："老太师，倒要请教，难道洛阳就有？"

丞相道："怎么没有？老夫现有画图在此。"

陈琳接来一看，便道："老太师，这是谁家的丽贞？"

丞相道："这教不远千里而来，可能进得？"

陈琳道："莫非就在府上？"

丞相道："然也。"

陈琳道："这位丽贞，与老太师什么称呼？"

丞相道："这位丽贞，不瞒陈公公说，却是小女多花。"

陈琳道："原来是小姐，阿呀呀，咱倒失敬了！请教丞相，令爱今年多少贵庚？"

丞相道："才交十六岁了。"

陈琳道："今日亏得丞相说起，见了画图，好去进呈，定得上选。不然，岂不耽误了小姐？如今不妨，明日待咱赍了画图就进，包管老太师是国丈，小姐是贵人。"

丞相道："全仗公公仁力！"

那陈琳取了画图，别了丞相回府，专等仁宗升殿。陈琳奏道："臣蒙万岁差觅美女，昨值庞集饯送奴婢，谈及美人，他将女儿多花的真容进出，奴婢冒干赍进，恭呈御览。"

那仁宗接过画图，展玩良久，不觉龙情大悦。陈琳看见朝廷嘻嘻展玩，俯伏又奏："目下正春风浩荡，庞园牡丹盛开，丞相必定请驾赏玩，教他令小姐一齐见驾。那时圣上龙目细观，然后圣裁。"仁宗道："准依卿奏。"

那陈琳出朝，即传旨庞集，说："朝廷图已收进，必得丞相请驾游园，同了小姐接驾，立刻就聘，岂不好么？"

丞相道："多谢公公费心，既如此，老夫今日端正了请本，明早上达。"陈琳别去。

太师来见小姐，把前番的说话道了一遍。来到书房，端正请本。吩咐家人，将园内打扫洁净，以便恭迎圣驾。那家丁听得太师吩咐，各自分头料理。

丞相入朝启奏，请驾赏花。仁宗道："卿既奏请，朕于明日临幸便了。"

不知以后如何，且听下回分解。

第三回 仁宗帝驾幸庞园 宠多花喜封贵妃

天颜咫尺降洪波，名姓仍烦当宁呼。
从此身心须日检，君亲难负策驰驽。

那仁宗降旨，明日临幸。太师领旨出朝，回到相府，摆了香案，专等来朝接驾不题。

不觉已是天明，仁宗即传旨摆驾。那合朝文武，各各随班伺候。这些凤旂龙旃，旌幢符节，金瓜月斧，一对对罗列前导。又见那御林军都拿了豹尾长枪，前前后后，簇拥了龙车。那庞丞相跪伏府门，接了圣驾到厅，谢过了恩。那仁宗道："众卿回避。"那太监陈琳传旨少顷候驾，这随班文武都领旨回避。

太监同了庞丞相，随了朝廷进园，驾幸牡丹厅，坐下赏花。陈琳、庞集赐坐锦墩。仁宗道："今日朕幸赏花，惜少仙音。"太师奏道："臣女多花，却有新教的女乐，因未奏明，不敢见驾。"仁宗道："且召来。"太师领旨。那多花装做天仙，侍婢扮了仙姬，见了朝廷。那些侍婢吹弹歌舞了一会。这多花吹起凤箫，奏一曲《彩凤和鸣》。

那仁宗听了大喜。多花又吟诗一首：

名花却是长侯门，腼腆芳辰朝至尊。

一曲凤箫和奏里，幸教少女荷君恩。

那仁宗道："美人音容俱妙，六律精通。"即命陈琳赐他金龙宝带一围为聘。庞家父女一齐谢了皇恩。却是红日西沉了，仁宗传旨摆驾回宫。那丞相同多花小姐不胜欣喜，来到夫人房里，将仁宗天子聘女的事细细说了一遍。那仁宗天子回宫，想右丞相庞集的女儿果然百般风月，万种娇羞，真是：

月殿嫦娥离皓窟，九天玉女下蓬莱。

那仁宗道："今日见这女子，可称国色，是以朕解金带为聘。且召国子监祭酒陶先翰，同了太监陈琳，将黄金百笏，彩缎千端，着二卿赍送前去，即命庞卿将女儿送至宫中。"

那陶先翰等领了圣旨，来到相府。那丞相接了圣旨，款留天使，来至里边。吩咐挑选女婢二十四名，都要穿五彩宫衣，各执宫灯兜扇，一对对站列厅前。那小姐出厅，拜别了爹娘嫂嫂，又到黑虎的灵前告别了一番。那侍婢扶了小姐，上了凤车，只听笙歌嘹呖，迭奏仙音，送出了相府。

行来已是五凤楼前了，那太监陈琳即往宫门启奏："庞集已将小姐送在午门候旨。"仁宗道："既如此，送入正宫见驾。"陈琳领旨，引了香车来到正宫。那多花见了万岁，又见了正宫曹后。那仁宗又命嫔娥，引送偏宫。

曹后看了多花，心中暗想："咳，这庞多花人品却好，只恐心地乖张；况庞相是奸而且佞，他的女儿决非贤淑。今我皇上若隆重于他，只怕难免父女弄权，江山就有些不太平了。"曹后看了多花，就添忧国之思；仁宗得了多花，方称宫闱之乐。

仁宗挽了多花，进了偏宫，把他细看，却与进的画图一般，一宵晚景不题。到了金鸡三唱，仁宗升殿，即降旨册封多花为贵妃，封庞集为国丈，赐了半朝銮仪，立了下马牌。那丞相谢恩出班，合朝文武称贺不题。这教：

昨夜风开露井桃，未央宫殿月轮高。

平阳歌舞新承宠，帘外春寒赐锦袍。

且说呼得模叨蒙圣恩，袭封了忠孝王之职，府第改造了永平殿，皇命世守此职，却也威风。更且妻贤子孝，真是忠孝两全。这也不在话下。心想：我主仁宗，不念先王之重寄，止知美色风流。自从纳了庞多花，封为贵妃，庞集封了国丈，将来他家父女，必然就有狼狈为奸的事做出来了，如何是好？奈本藩职非谏官，不便谏诤。目下朝堂里，除下一个包文正，还有何人清直过他？无奈包公今又告病在家，朝政江山何人秉理？故俺旦夕忧闷。将来上朝，俺也不免仍遵先王恩命，依旧带了紫金鞭入朝的了。倘有权佞不法，俺也不能饶他过去的了。

千岁正在焦思，忽夫人杨氏来到书房，见了千岁道："相公为何愁眉不展？""咳，夫人！我只为朝廷恋色荒政，轻用权佞，只恐江山有失，是以旦夕忧心，愁怀百结。"

“阿呀相公,意见偏执,却是为何?”“咳,夫人,自古道:‘食君之禄,分君之忧。’今朝廷不以天下为重,人臣安得不加忧也?”“相公三思为上。古云:得宽怀处且宽怀,且把闲愁去撇开。百年三万六千日,日日寻欢有几回?”

那千岁道:“夫人,你是女流,岂知朝纲大节?若是做了人君,岂可一日不忧国?一刻不忧民?将祖宗的基业,竟置罔闻,是以放心不下。”

“阿呀相公,你岂不知桑田沧海,沧海桑田。若祖宗积德,子孙能保之。譬如人家的气运将终,出了不肖子孙,不能守成,如劝诫他,教化他,反生厌恶。况庞家是文官,他们父女作奸,我们是开国功臣,又非谏官,何苦结下这个仇怨?”

“咳,夫人,朝纲事宜,你那里知道!请进去罢。”

“阿呀相公,妾身今日出堂,非为别事,因太华山香愿至今未完,故于睡卧之间,常觉梦魂颠倒,神气不清。欲令次儿守信代妾前往太华,完此香愿,故与相公商议,不知意下如何?”

“吓!夫人,既令守信前去,且唤他出来,吩咐一番。”

那书童请了世子,来到厅前,道:“爹爹、母亲,不知呼唤孩儿则甚?”千岁道:“今日唤儿到厅,因你娘亲有太华山的香愿未完,令儿前去。守勇孩儿,你只消相送守信一程便了。”

千岁正在吩咐,忽家将道:“启上千岁:车马都在外面伺候。”“既如此,挑了二十名家将,同世子前去,路上须要仔细。”那家将领了钧旨,大家收拾起身。守信到厅,拜别爹妈。那夫人道:“我儿完了太华香愿,即往太行山去望望外祖母杨老令婆,并候母舅、舅母安好。”守信一一应诺。

那守信兄弟,别了父母,齐到厅前上马。这二十名家将,随了世子,一路匆匆,不觉已到十里亭了。守信下马,作别哥哥趱路。

守勇道:“兄弟,我有一句说话交代,你须耿耿,凡事小心。可记得我们游春打猎回来,过东庄的时节,听说抢亲,我们不曾问得明白,竟就追赶,打伤了庞黑虎,抢还了赵三姐。不道黑虎回去身死,庞丞相岂有不恨?奈我爹爹是个开国功臣,又且秉政朝纲,故庞集不敢声响。但目今的庞集,计将女儿献进,已封贵妃,只怕日后有害,不可不防备了他。兄弟,你完了香愿,到太行老令婆家去,务必熟习武艺,交结些英雄好汉,后来也好帮扶。”

守信道:“哥哥之言极是。但爹爹、母亲在府,亦须防了庞家的暗害。总是我之父母,唯赖哥哥留意。”

“这个不消贤弟叮咛。”那守信别了哥哥上马,守勇就勒马回京。这教:

送君千里终须别,西出阳关无故人。

且说庞贵妃的心里,恍恍惚惚,一无定准,时刻想害呼家。奈呼得模是本朝开国功臣,已封王位,先帝又赐了金鞭,朝廷十分优渥,如何摇动得他?“吓,有了!不免启奏朝廷,只说要往东岳完愿,若是准了这奏,然后乞借皇后的仪仗一用。倘然遇着了呼得模，他必然就要怄气。那时就好乘机而入，毁掉了銮仪，抓破了花容，回到宫里。见了万岁，就哭奏起来。只说呼得模仗了先帝的威力，目无纲纪。料想朝廷一定嗔怒，然后教我爹爹再奏一本。不要说他一个功臣，就有十个功臣，也不怕他不死。这教容情不举手，举手不容情。"

庞妃正在筹想，忽仁宗驾幸宫来。那庞妃接了圣上，摆下宴来。

仁宗道："庞卿，为何不欢饮？"

庞妃奏道："臣妾昔年许下东岳圣帝的宿愿，因臣父庞集送了臣妾到宫，至今未酬。昨晚臣妾睡去，宛然跪在东岳殿下，只见六曹官、典判司，查臣延寿案内宿愿未酬，限五日完缴。醒来恰是一梦。今日自觉神思困倦，臣正奏请圣裁，臣欲亲往岳庙缴酬宿愿。"

仁宗道："既是庞卿偿愿，待朕降旨诣行便了。"

那庞妃谢恩，又奏道："臣妾仰荷圣眷，已沐无疆之德。臣妾庞多花再叩天恩，伏乞我皇允臣，恳借曹后娘娘的銮舆，赐臣一光，那些臣民不敢亵慢，就是臣妾的祖宗父母均沐洪庥，这是臣妾邀请皇上格外之恩。"

那仁宗微微笑道："后妃各有定制，纲纪国典岂能转移？廷臣见闻启奏，朕难遮饰。"

那庞妃又奏道："臣如果蒙宠暂移，何敢不渎？"

那仁宗因过爱庞妃，勉依奏准。

不知以后如何，且听下回分解。

第四回　宋仁宗宠妃僭越　呼得模负屈无伸

琥珀尊开月映帘，调弦理曲指纤纤。
含羞敛态劝君住，更奏新声刮骨盐。

且说仁宗天子自从宠幸了庞妃，那庞妃就生出许多计来，打算要害呼家。谁道仁宗被庞妃哄准，那仁宗即命太监陈琳与正宫曹后娘娘借銮仪一用。陈琳遵旨来到正宫，见了曹后道："启上娘娘：今日奉万岁差奴婢与娘娘借銮仪一用。"那曹后听奏，沉吟半晌。若是不允，则违了圣旨。娘娘道："罢了，且允他便了。如宠妃僭用，是有廷臣谏议。"陈琳覆了圣旨。庞妃谢了恩，已是十分欣喜。仁宗与庞妃谈谈说说，不觉东方渐渐微明。却是：

恩爱欢娱嫌夜短，果然寂寞恨更长。

那庞妃专等天明，就梳洗妆扮，好似仙姑降世。仁宗见了，龙情大悦，即传旨摆驾，点三千铁甲，护卫娘娘进香。那陈琳伺候庞妃谢恩上辇。出了东华门外，这些百姓疑道："曹后娘娘驾到。"都摆下香花、灯烛，各各跪迎。

却值呼得模巡城到此，远远看见绣旗招展，宫娥拥住了凤辇。那呼得模躲避不及，只得俯伏道旁，口称："老臣呼得模因奉旨巡城，不知娘娘龙驾到来，有失回避，望娘娘恕罪。"

那庞妃明知呼得模跪迎，故意不睬。得模跪久，因未奉懿旨，只得重又奏道："臣该万死，望娘娘宽恕。"庞妃故做大怒，就命太监："打这老贼！"那些将校齐来动手，得模冤不敢言。

等过了辇，呼得模立起身来，道："咳，娘娘也变坏了。"正在自叹，忽见太监陈琳飞马赶来，呼爷道："陈公公，今日娘娘往那里去？""吓，老将军，方才过的是庞贵妃，借了娘娘的仪仗，往岳庙进香。""吓，有这等事！反了反了！君臣的体统，国家的纲纪，岂可这样的么？"陈琳道："老千岁，如今只好看破些罢。"陈琳就上马，道："老将军，咱先得罪了。"说犹未了，已是拍马扬鞭去也。

呼爷道："若是朝廷耽于渔色，不免被这淫贱弄出事来，如何处置？但朝中乱了法度，将来天下人民如何惩创？俺想先帝所赐的金鞭，上边写得明明白白：'如有文武不法，代朕施行。'此鞭却是先帝遗命，近日只怕原要用他，好正国法。"那呼得模执了金鞭，飞马上前，大喊一声道："庞妃！你休太猖狂，胆敢僭用銮仪，妄自尊大！可晓得后妃亦有统制，岂可混用？俺今恕你无知，快快换了便罢，不然，俺的金鞭不肯饶哩！"庞妃道："呼将军，你差矣！先王赐你的金鞭，教你打奸除佞，并未教你欺君辱妃的。左右，与我打这呼老贼！"

那些将校不得不遵，只得上前扯扯拽拽。谁知呼爷是百万军中战过的大将，谁敢抵当？呼爷将鞭柄打来，这些铁骑已是东奔西躲。庞妃看了，唬得抖个不住，心中好不着急，叫道："呼老将军，请息怒，凡事看朝廷金面，放我回宫，换正便了。"那呼爷想道："咳，得饶人处且饶人，何苦结这没用冤家？"呼爷道："既如此，快去换了便罢。"那太监陈琳素知呼爷性子急暴，故尔飞马赶来相劝："老将军息怒。"呼爷道："既承陈公公解劝，让他换整便罢。"陈琳道："多承老将军抬拔，咱送庞妃回去更正便了。"呼爷上马前去不题。

那庞妃心中细想道："好了，已中了我的计也。"即召内监："传令军校，将仪仗凤辇快快与我打掉！"太监道："娘娘，这是为何？"庞妃道："我有道理。"陈琳不能劝阻，只得吩咐军校把銮仪打坏。庞妃自把花容抓破，急急回宫去罢。陈琳道："娘娘，这诳君之罪如何？况呼老将军合朝都怕，他是个忠勇，故先王赐他金鞭纠察文武。如今娘娘却僭用了正宫的仪仗，原是不合。"庞妃不听。陈琳道："娘娘，若奏了万岁，抑或朝廷震怒，必然加罪。而呼家回奏起来，反为不美。若娘娘冤枉了他，岂不就有是非，风波从此而生？劝娘娘三思。古人云：'伴君如伴虎，刻刻要当心。'况且各处的外夷都是呼将军威镇，倘难为了他，只恐变生不测。还望娘娘体察，不可执之一见，须存保国之心，后来史官也好与娘娘称颂千古。”谁道庞妃执意不听，那太监陈琳只得随了庞妃。

回到宫门，陈琳就传鼓三下，里边走出两个小太监，问道：“咄，谁人在此传鼓？”陈琳道：“咱随贵妃娘娘在此。”那小太监听说庞娘娘回宫，即往里边奏道：“启上万岁：庞娘娘在宫门候旨。”仁宗道：“请娘娘进宫。”

那庞妃来到内宫，见了朝廷，一包珠泪。仁宗道：“庞卿为何如此？”庞妃道：“臣妾幸尔奉旨进香，恩荣已极。不料出京未及三里，撞着了巡城千岁呼得模，不知为何，见了臣妾就骂，将万岁比作纣王，臣妾是妲己。骂犹未了，扭住就打，将銮仪毁尽，罚令臣妾步行。那时臣妾再四哀求，不道呼千岁又是一把揪来，将凤冠龙袍扯破。可怜无处可躲，只得躲在破辇里逃回，得见天颜，臣妾瞑目矣！”仁宗道：“庞卿休怒，寡人代卿出气便了。”那庞妃又奏道：“臣妾被他如此凌辱，全不念君臣之面，看来必有歹意，望我皇龙腹细详。”

仁宗听奏，详察衷情，道：“庞卿，尔自思之：至于仪仗，后妃原有分别，借用却是违制。卿缘朕之所爱，勉强行之，固失体统，毋怪呼得模禁阻。况得模乃开国功臣，在朝却无差错，故先帝赐他金鞭纠察文武，如有奸佞不遵宣化，任其代帝施行。故尔封他忠孝王，造了宫殿，命他子孙世袭守职。是以定鼎之后，朝野肃清，可称栋梁柱石，确是忠孝两全，朕亦深信。卿何奏他歹意，觉狠了些。今呼得模冒犯了贵妃，待朕慢慢地训饬他。”

那庞妃道：“朝廷设官治天下，岂教他辱君殴妃的么？若不早为治之，只怕宋朝的天下，已在他掌握中矣，愿我皇思之。”

诗云：

水中有月原无月，镜里无花却有花。

此秘前贤俱未睹，低头我独拜龙华。

那仁宗天子听了庞妃反复所奏，心里却有疑惑：胆敢殴妃辱君，谅非忠孝之心。就是先帝赐他的金鞭，不过宠爱忠良而已，为人臣者岂可如是？果若不早为亟治，后患莫考。即传密旨一道，令庞丞相领兵歼灭。

那丞相领旨，即传令三军，点了三千铁骑，齐集教场候令。到了三更时分，忽听一声大炮，丞相吩咐起营。

只见一队队旌旗闪闪，刀剑层层，果然是兵随将转，马听锣声。但听耳边隐隐好似哭声一般，你道什么缘故？这是呼家的阴灵，所以阴风惨惨，细雨凄凄，已知子孙受屈。正是：

冤报冤兮恩报恩，前生冤债记分明。

若得生公重再世，谁能解释度群生？

且说仁宗对庞妃道："朕已差丞相领兵灭呼去了，爱卿可以雪恨也。"贵妃道："臣妾屡沐帝恩，粉身难报。"仁宗道："朕与卿不必说报。"那庞妃心中暗想一回，道："好了，如今不怕呼家逃上天去的了。"这教：

略施妙计胜陈平，数语龙情顿发嗔。

今日提兵歼呼贼，管教忠孝立时倾。

却说呼得模自从陈琳劝回，坐在西书房思想。恰好夫人到来，见了千岁，说道："相公，为何怒容满面？在此呆想什么？"千岁道："夫人，不要说起！俺今日巡城，见纷纷仪仗，道是娘娘经过，一时回避不及，只得跪迎道左，谁知被他辱骂一场。那晓陈琳走来，俺即动问其情，方知庞妃僭用正宫的銮仪，胆敢肆狂泼骂。俺气他不过，欲把金鞭打这泼贱，陈琳再三劝阻，俺就趁势放他回宫去了。"

正是：

莫以今时宠，不思旧日恩。

看花满眼泪，谁识假南宫。

却说杨夫人听了千岁这番话，说道："相公，妾闻庞多花是朝廷极爱的贵妃，所以由他僭用正宫娘娘的仪仗，廷臣都不则声，你今管什么是非？这教：各人自扫庭前雪，莫管他家瓦上霜。"

那千岁听了夫人这些言语，就呵呵大笑道："夫人！这宋朝的天下，那个不晓得俺父王呼延赞同杨业老将军征创起来的，怕他则甚！"

不知以后如何，且听下回分解。

第五回 庞丞相提兵暗伏 呼家将一旦倾亡

功盖三分国，名高八阵图。

一朝身负屈，千古恨遗多。

却说呼千岁说了这番的话，夫人道："相公，妾想连日梦兆，甚是不祥。每见火球掉下，把我家的宫殿烧毁，妾心所以日逐忧闷。今知相公与庞妃争闹，妾愈恐惧。相公亟早启奏才是。"千岁道："夫人差矣。梦中之事，何以取信！"千岁正与夫人讲论，忽见家将李元禀道："外面陈琳要见千岁。"呼爷道："请他进来。"李元走到外边，说道："千岁有请。"陈琳抢上厅来，见了千岁，分宾主坐下。呼爷道："公公乘夜降临，有何见教？"陈琳道："方才千岁同贵妃争了这一场，那晓庞妃回宫哭奏，朝廷大怒，今差国丈领兵到此，必然凶多吉少。咱与千岁交好，所以冒险而来。"千岁听说大惊，陈琳叮咛别去。古人云：

酒不醉人人自醉，色不迷君君自迷。

那呼必显急煎煎到了房里，喊道："不好了！"夫人道："相公，却是为何？"呼爷道："方才陈琳到来，说道庞妃回宫狡奏，朝廷大怒，今差国丈庞集领兵到来，只怕吉少凶多，如何是好？"夫人听说，唬得目顿口呆，魂消胆丧。醒来大哭道："相公既与庞妃争过几句，原劝相公奏闻圣上才是。如今反被庞妃耸怒天威，受此屈也。"千岁道："古云：君要臣死，不得不死；父要子亡，不得不亡。俺呼家将历授国恩，袭叨帝荫。今朝廷一时迁怒，唯听命耳。幸次儿守信太华未回，快令大儿追往前去，待他会见了守信，一同逃避他乡，俺呼氏方有接续。"夫人道："既如此，快唤大儿出来，与他讲明这话。"

道言未了，守勇已到书房。见千岁同夫人这般光景，守勇道："爹妈为何如此？"夫人道："儿阿，你爹爹与庞妃怄气，被他狡奏朝廷，已差国丈领兵到来，谅必凶多，故此唤我孩儿出来，把这个缘由与儿说明。你速去寻了兄弟，且往别处躲避，后来好与爹妈申雪。"守勇听说，一包眼泪，说道："蒙爹妈恁般吩咐，孩儿怎忍分离？"千岁道："我儿读的《孝经》，可是教你违逆父母之命的么？"夫人道："儿阿，你听爹娘嘱咐，快寻兄弟去罢！"守勇总是啼哭，依依不舍。

忽听外边河翻海沸，火炮震天，家将报道："启上千岁：外面许多官兵围住在那里了！"千岁听报，闭目凝神，想道："吓，有了！记得父王存日，说杨六郎破天门阵的时节，有个道人姓钟，曾与俺父王说，后世子孙有难，把这锦囊开看。我想今乃天大奇殃，何不取来一看！"呼爷取出锦囊观看，那知里边写得明明白白，说道："呼家将难脱庞妃害，两世子快从地穴行。到后来夫南妻往北，得恩诏除奸复大功。"千岁看毕，将锦囊交付守勇，催他速从地穴里去。守勇想道："事到其间，不得不依。"正是：

流泪眼观流泪眼，断肠人送断肠人。

那守勇别了爹妈，从地穴里去。却是里边隐隐有火光相照而行，直走去了。千岁又吩咐男女家人："你们也从地穴里去罢！"那家人、仆妇齐道："小的们蒙千岁恩养，情愿死生同在一处，不甘弃主贪生。"忽一小僮哭将出来，跪告千岁，也要从穴中逃命。那晓这地穴自世子去后，里边这火光就没有了。这教：

天书远召征辽将，暗度呼家续旧弦。

且说庞丞相专等天色将明，即传令开刀。三军奉了将令，疾忙升炮起营，领兵杀进。可怜呼家将一门三百余人，顷刻间都是无头之鬼。丞相吩咐兵士把首级过来点验，细细查看，单单不见呼家两个儿子的头颅。丞相满肚狐疑，只得硬了头皮覆旨,奏道:"臣庞集奉旨领兵抄灭呼家将,共杀男女三百三口,独呼守勇、呼守信的首级未见,他兄弟两个必然逃了。臣思斩草不除根,逢春依旧发。若不追除,倘然日后他结党成群,扰害殃民。臣本不言,因呼家两个儿子的武艺比他祖父更勇且强。"仁宗道:"卿奏甚是。着再点铁骑五千,追捉便了。"丞相领旨出朝,仍往教场点兵。正是:

旌头夜落捷书飞,来奏金门着紫衣。
白马将军频破敌,黄龙戍卒几时归?

那庞妃见仁宗进宫,疾忙俯伏谢圣,奏称:"臣妾叨荷皇上天恩,允臣灭呼雪恨,捐躯难报。蒙据臣父庞集所奏,呼守勇、呼守信知风逃去,臣父又邀格外之恩,仍赐领兵出追。但呼氏不惜天恩,胆敢狂悖,应将呼家尸首倒置,使奸者畏法迁善,则朝无奸佞之臣,家无悖逆之子,朝野肃清,皇上可谓尧舜之君哉!"这教:

美女姣音岂是良,倾城倾国败夫郎。
唯将媚语迷君意,只恐他年难主张。

那仁宗听奏,十分欢喜,遂命工部起造狱坟。那工部杜衍同侍郎王德用领旨出朝,往呼家废址改建狱坟,将呼必显夫妻的尸首倒葬在狱坟内,其余一切尸首,铺在四面。这杜衍、王德用正欲上本报竣,恰庞妃令内监吴琮、任文忠等与杜衍、王德用道:"咱奉贵妃娘娘命令,坟旁立一大石碑,上刻'奉旨抄斩呼家将之狱坟'。"那晓呼必显夫妻身虽受屈,倒葬了一块福地,却有个名儿:"双龙捧珠。"这教:

人恶人怕天不怕,人善人欺天不欺。
善恶到头终有报,昭彰天理有循环。

且说呼守勇自从地穴里逃出,连宵达旦而行,心中甚是恍惚,不知爹妈被庞贼害得如何了。"咳,天那!俺呼守勇不知何日与父母报此大仇!闲话休提,且去寻了兄弟再处。不觉红日沉西,天色将晚,却好有座神庙,待俺少歇片时再走。"

那呼守勇来到里边,抬头一看,原来是玄天上帝,守勇跪拜道:"神圣吓神圣!弟子呼守勇,因庞集父女作奸,殃害俺爹妈,又蒙爹妈令俺从地穴避走,寻了兄弟呼守信,一同躲避他方,后来好与父母申雪这个冤仇。倘弟子日后得遂此愿,重修庙宇,再塑金身。"守勇祷毕,沉吟了一回。"呀,为何在此耽搁,且趱路罢。"

行走之间,忽听人声逼近,回头一望,觉得胆战心惊,只见烟尘滚滚,剑戟层层,蜂拥追来,想必是庞家的人马。"呀,如今躲到那里去?吓,好了!前面黑隐隐的,想是一个庄子,待我避过那一阵兵马再处。"守勇就绕过了弯,见一扇小门大开,溜进一看,原来一座花园,且喜里面无人。守勇将园门推上,直往里边,假山石畔,上刻三个大字。"吓,这教'桃源洞'!里边恰也洁净,俺且躲在洞中。"正是:

屋漏更遭连夜雨,行船又遇打头风。

且说有个王汝南的不愿做官,怕有风波之险,故尔退归林下,守了田园,遨游山水,每日与高士博弈饮酒,弹琴长啸,河南地方号称"王百万"。"我想做官那有这等快活？但安人史氏与我同庚，今年五十二岁，止生一女，名唤金莲，已是十八岁了。因安人爱如掌上明珠，所以尚未适人。这也不在话下。方才听说呼家将被庞妃计害，已经抄灭了。我想当时那呼延赞、杨业，同我先父王贵，大破辽蛮，死于天门阵内，蒙皇上都追封了世袭公侯爵秩，钦赐了府第。那晓呼家如今遭此奇冤，倒是我退守林泉的好。”却是：

文章牛马尘中走，事业蚍蜉洞内栖。

无能岂敢邀天禄，潇洒林泉学地仙。

且说金莲王氏小姐终日焦思：“想爹爹王汝南乃宋朝开国功臣王将军之子，未知何故不去袭职，反恋林泉之趣？且我母亲亦不相劝，全不念及儿女。呀，且住！我昨夜梦见青龙，张牙舞爪，蟠在床间，看了倒吃一唬。忽云端里有一位仙姬，他见了我，就道：‘仙姑请了。你园中假山洞内这位青龙星，与仙姑有五十年姻缘之分，你当速速救他，不可错过。’那时我正要动问其详，这仙姬已驾云头去了。”这教：

蝴蝶梦中家万里，杜鹃枝上月三更。

那金莲小姐终日想这怪梦：“若然果是青龙星降凡，面貌必然丰美。但不知我自己可是上界的仙姑降生？”金莲正在思想，恰好翠桃使女走来，说道：“小姐，为何愁眉不展？”金莲道：“因昨晚得一怪梦，不能详解，我故忧闷。”翠桃道：“小姐，梦中之事，想他做甚！如今园内百花盛开，何不到园中散闷一回，多少是好！”

不知以后如何，且听下回分解。

第六回 王金莲仙缘天赐 包龙图硬救呼郎

袅袅城边柳，青青陌上桑。

提笼忘采叶，昨夜梦渔阳。

话说金莲在绣房呆想这梦，恰是使女翠桃来说后园百花齐放。“待我唤了翠桃同去。”金莲唤了翠桃，同出绣房，来到园内。金莲道：“翠桃，你看，果然千红万紫，百萼齐辉。”又听黄莺弄舌，紫燕呢喃，黄蜂飞舞，玉蝶穿帘，堤上梨花似雪，池边柳絮如银，一阵阵香风远送，笑盈盈主婢同行。翠桃道：“小姐，这是万花楼了，我们进去坐坐再走。”那金莲上楼一望，果然园景不让蓬莱，你看：太湖石独立玲珑，紫峰岩怪石千重。金莲远远望去，忽见桃源洞边红光焰焰，即唤翠桃往桃源洞去看来。

那翠桃奉小姐之命，来到桃源洞口一看，"呀！里边睡的书生是那里来的？我且不要管他，就喊一声捉贼！"守勇听喊大惊，说道："姐姐，我不是贼。"翠桃道："你既不是贼，在此做什么？"守勇道："姐姐，难生实不瞒，只因连日途路辛苦，且有官兵后面追来，难生见尊府园门未关，所以躲避尊园。"翠桃道："吓，你说后面有官兵追捉，避入我园，明明是强盗了！待我通报员外，叫官兵来捉你。""阿呀姐姐，难生并不是强盗。因爹爹呼必显奉旨巡城，那晓庞妃僭了正宫的仪仗，俺爹爹不许庞妃僭用。谁想庞妃回宫哭奏，朝廷怒令妃父庞集，领兵抄灭俺呼家将。那时俺爹娘叫难生走避，寻访兄弟，后可复仇。这话难生句句实情，望求姐姐怜救。"这是：

负罪将军在此逃，野田芳草绿迢迢。

高台爱妾魂消尽，凭仗丘迟为一招。

那翠桃听说，见他品格不凡，翠桃道："据你说呼千岁是令尊，你就是呼千岁的世子了！既如此，同我去见小姐，看你的造化。"守勇道："总要姐姐相救。"

翠桃上楼见了小姐，说道："那桃源洞边并没有什么红光，却是一个少年睡在桃源洞里，我就叫喊捉贼。他说不是贼，因官兵赶来暂避我家园内的。"守勇听翠桃禀明小姐，就称："难生呼守勇叩见，求小姐相救。"那金莲听他说难生呼守勇，就把他一看，心中暗想："莫非此人就是仙姬与我所说的青龙星么？如果是他，也不枉一生姻眷。"金莲思想自己终身，守勇声声求救。

不讲他园亭话久，忽听得炮惊天地，翠桃道："小姐，不好了！外面想是官兵来也。"金莲道："不妨。你且快叫呼家这少年同到绣楼上去，换了衣服，让他在女工伴里等着。待我与员外讲明，好来救他。"翠桃领了守勇，改妆上楼。女伴们见了，问道："翠姐，这是那家的小姐？"翠桃道："这是员外的亲戚，到此看学刺绣的。"这教：

道却横波字，人前莫漫羞。

只因兵马到，乔妆扮女流。

且讲金莲来到书房，见了员外，说道："爹爹万福。"员外道："女儿出来为何？"金莲道："爹爹，女儿昨夜得了一梦，甚奇。见一条青龙对我旋绕，忽然又有一位仙姬，说道我们园内有青龙星避难，教我相救了他。今早女儿同翠桃进园，见桃源洞边红光射天，令翠桃看来，说道，洞内睡一少年，问他，说是呼家将之子呼守勇，因官兵追捉，他就躲入我园。如今又闻炮声大震，官兵围在我们庄上。儿恐搜查出来不便，已令翠桃教他改妆，到绣楼上去，只说是学绣工的。"员外道："如果呼千岁的令郎，老夫也该相救。若官兵要来搜捉，不妨说是前村李员外家的小姐，在此学绣工的便了。"员外正说，果听炮不绝声，马嘶人闹，也觉有些胆怯。这是：

同时一脉旧英雄，辅宋平辽立大功。

先帝念臣加社稷，一朝涂灭逐孤鸿。

却说庞丞相领兵追捉，远远看是呼贼模样，不料转过弯来一望，绝无影迹，想必这贼决然躲在此处。即令三军扎下营伍,把这王家庄围了,这教瓮中捉鳖,怕他逃上天去。丞相看见一座牌坊,上写“御赐功臣府”。“咦,莫非是王贵老将军的府居?咳,难得他这公子,朝廷袭荫他爵禄,那公子王汝南不愿出仕,性爱林泉之趣,自己守了田园,颇有员外之称。如今他这庄子,却也不小,方才那个呼贼,想必躲在他家。”丞相即吩咐三军,且把王家前后守好,方可进门搜捉。

三军就奉令围守,丞相带领一千精壮的将士,一直赶进王家,齐说搜捉呼家兄弟。那员外府中这些男女,个个唬得目瞪口呆,赶进里边报说。员外道:“你们不必惊慌,待我去问庞集。”

员外出厅问道:“老太师今日提兵到舍,想是朝廷有旨来的?”丞相道:“员外,今日造府,也算得奉旨的了。”员外道:“太师差矣。既不奉旨,为何领兵骚扰我家?谁不晓得我先父王老将军系宋朝的功臣,袭荫子孙的府居,我是辞职归田的员外,你敢无是生非,乘机劫掠么?古云:钢刀虽快,不斩无罪之人。岂可率兵鼓噪?”丞相听说大怒,一把扯住了员外,说道:“你好大胆!敢将反贼呼守勇、呼守信窝藏在家,你自身命都难保了,还敢强辩!”丞相道:“众军士,快到里边搜捉反贼!”丞相一把挽了员外,说道:“你们先从大门搜起,一直搜到里面。”

唬得那绣楼上的女子,个个抖倒。金莲、翠桃唬得魂飞天外。那假装的小姐,犹如泥塑。

员外硬了头皮,上了绣楼,说道:“这班女子是绣工的。”那丞相细细看到西首这个女子,品貌像男,却是疑惑。不要管他,且喝他一声。丞相道:“员外,你何必遮瞒,自讨苦吃!那西首乔妆的,明明呼守勇,你还要瞒他则甚?快快交代出来,好救你的性命!”员外道:“丞相,你道西首这女子,他就是前村李员外家的小姐,在我家学绣的。这包文正是他的母舅。老太师,请看准了讲,不要错认了。”丞相听说,沉吟半晌,说道:“这个女子实有蹊跷。”员外想道:“好了,如今老庞有些软了。”正是:

逢人且说三分话,不可全抛一片心。

若然吐露胸机奥,祸起萧墙命岂倾。

且说龙图阁学士包拯自叹道:“我想告病的时节,蒙朝廷十分宠爱,命我病痊速行就职。咳!我包文正上感天地生成之德,下叨人君加我天禄,如此洪恩,教我怎生答报?只好克尽忠孝,代天宣化,辅政惠民,仰答天地好生之心。”文正正在思念天恩,忽家人报说:“呼家将已被庞妃毒害,奉旨诛灭全家了。闻得呼家两位世子逃在王员外家里,如今庞太师领了兵马在员外府中,搜捉呼家那两位世子。”包公大怒道:“老庞阿老庞!你忒煞横行了!我如今病已好了些,不日就要入朝办事,待我把这政绩理他起来。闲话休讲,且到王家看老庞怎么!”

包公就上了雕鞍,来到王员外家里。见那庞丞相指定这乔妆的,说是个男子,王员外道:“丞相,可曾认得明白,到底是真是假?”那丞相听王员外这般说法,心中好不狐疑:“若说是真的男人,这便治他的死罪;倘然果是李员外家的女儿,岂非又惹出事来？这教进退两难，如何定局？吓，有了！且唬他一唬再处。”丞相道：“员外，你说这乔妆的是包文正甥女，李员外的小姐，但是老夫难瞒的，军士们，你与我把这乔妆的洗剥了他。”那金莲、翠桃听说，急得面如土色。守勇胆战心惊。员外硬了头皮，喝一声：“呔，奸贼！你擅敢在此放肆！既要洗剥，也该请了李员外同包文正到来，洗剥未迟。”

道言未了，恰好包公进厅，员外道：“包大人，你今日来得凑巧，不道庞丞相将令甥小姐错认是呼家将乔妆的，说要洗剥他衣裙哩！”包公听了，疾忙上楼，道：“庞太师费心了。”丞相道：“包大人，这是朝廷密旨，不得不遵。”包公哈哈大笑道：“好个‘不得不遵’！但是朝廷差你捉的呼家子，并未教你洗剥李小姐。你仗了庞妃的势头，欺我老包的甥女。他好端端在王员外家学绣，你狠巴巴硬要洗剥。明明在王家寻衅，欺唬这班女子。如今苦我老包不着，与你去面君，看圣上如何？”丞相道：“包大人，诸凡要你教我，何必如此深责？今冒犯了员外小姐，亦可说明。总要请大人息怒。既然员外府中没有姓呼的，我们快到别处追赶。”

三军立刻起营，那丞相又取黄金百两，送与小姐压惊。包公道：“这倒不消。”丞相道：“包大人，这是老夫的微意，不必推却。”包公哈哈一笑，说道：“老太师，你好像《三国志》上的周瑜了。”丞相道：“这是何解？”包公道：“你倒忘了，这教：周郎妙计安天下，赔了夫人又折兵。”

那丞相道：“包大人，休得取笑。”包公道：“如此，舍甥倒要领的了。”

不知以后如何，且听下回分解。

第七回　包文正计退庞兵　呼公子病倒王园

梁园秋竹古时烟，城外风悲欲暮天。
万乘旌旗何处在，平台宾客有谁怜？

且说包文正在绣楼退了庞兵，来到里边，说道：“员外，这呼守勇究竟如何？”员外道：“方才这大脚的就是。”包公哈哈笑道：“怪不得老庞讲要洗剥他，老夫还道老庞欺人太过，与他硬争，那晓果有其事。幸亏老庞倒软了，不然老夫倒要吃他的亏哩！”员外道：“那老庞说要洗剥，其时我的魂魄都唬掉的了。亏得说了你的大名，却是你又来了,真正巧极!”

员外道:“院子,你去请了呼公子来。”员外就教他拜谢了包公,说道:“这就是救你性命的龙图大人。”守勇拜见包公,掉下泪来。包公看见守勇泪出,说道:“贤侄,你把受害的根由细说一遍。”

守勇道:“恩人听禀:俺父王巡城在道,忽见鸾舆队仗纷纷而至,父王认是正宫娘娘经过,那晓是庞妃僭用,彼时父王羞辱了他。不想庞妃诬奏,朝廷轻信,就差庞集统兵到来,把我一家三百余口,个个身亡。小侄因爹妈命从地穴里逃出,往太华追寻胞弟守信,一同避难。谁知才走得两日,只听炮声震耳,呐喊连天,想是追兵到来,如何躲避?小侄急欲逃灾,见一小门半掩,疾忙挨身走进,躲入假山洞里。到了天明,恰好小姐进园,见则喊叫捉贼。小侄只得实情哀告。蒙小姐垂恩,教我改妆充入绣楼。谁想霎时间庞兵拥入门来搜捉,指称洗剥。那时小侄已魂飞天外,幸员外同包大人退去庞贼的人马,小侄得以再生。若非二位恩人相救,小侄已做了刀头鬼哩。”

包公道:“贤侄,你今大难不死,日后必得厚禄。我想令祖呼延赞,同杨业、王贵老将军,都是同朝的开国功臣,岂料呼家遭此灭门大祸。咳,苦恼苦恼!如今贤侄从那里去呢?”守勇道:“不瞒二位恩人说,目下小侄犹如丧家之犬,只好到处为家了。”包公听说,道:“员外,我想呼家贤侄连受惊惶,且在府内消停几天何如?”员外道:“弟亦深有此意,我们且到园内去讲。”

三人行至万花楼,分宾主坐下,大家谈谈说说。不道守勇掉下泪来,包公道:“贤侄不必悲苦,老夫不久就要复官,将来慢慢地调摄便了。”守勇道:“多谢大人。”包公辞别员外而去。员外谕令院子将花厅收拾,好侍呼公子安歇。正是:

心中百结万千愁,恨煞妖娆怨怎休?
终宵睡却难成梦,切切思思复大仇。

且说呼守勇居住在王员外园内,忽然身子困倦,发寒发热起来。书童报知员外,员外进园问候。公子道:“多蒙员外大恩,今生恐不能图报的了。”员外道:“公子,你不过冒了些风寒,须耐性调养,切勿忧闷,且把愁肠放下,在舍消停岁月,少不得文正复官之后,将来自有区处。况我年将花甲,止有一女名唤金莲,今年十八未姻。老汉思量觅一位佳婿,还仗贤侄代老汉参酌哩。身子自宜保重,凡事宽心为主。”员外讲罢,出园去了。公子病将数日,精神渐减。却是:

才力应难跨数公,只今谁是出群雄?
或看翡翠兰苕上,未掣鲸鱼碧海中。

却说王氏金莲思想梦中青龙盘旋。那日同翠桃进园,见桃源洞口红光直透,令翠桃往看,却是呼家公子睡在里边,自想:“公子决然大器,他的年纪与奴仿佛,不知员外、院君心上如何?”

金莲正在思想,恰好翠桃进房,道:“小姐,你从前梦的青龙盘住了你,那晓恰有呼公子相遇，我想这是明明的宿缘，只怕员外、院君也明白的了，所以留他住在园里。但是近日公子身子有病。”

金莲道：“翠桃，那公子有病，员外可晓得么？”翠桃道：“员外方才在园内看了公子，方晓得病。员外说公子的病因思亲受唬两伴上起，只要宽心调养不妨。但他父母皆亡，员外又无子嗣，若是把小姐的终身托他，真正是天缘配合，不枉梦里的预兆青龙盘住了小姐。如公子得了这个喜信，他的病包管就好。”这教：

良缘自有三生约，好把心猿意马收。

且听岭南莺弄舌，鸟啼花落不知愁。

那金莲被翠桃说了这几句，倒觉面胀通红，说道：“翠桃，你今说话欠通。古云‘男女有别’，岂可到园私许，作此丑态，遗千古之羞？”翠桃道：“小姐，你羞今日之相许，何救初见之呼郎？有他日之搭救，订百岁之姻盟。”金莲道：“翠桃，你恁般说了，他把我看轻起来怎处？”翠桃道：“既如此，小姐作札一函，待我送去，看公子如何。”金莲道：“这倒使得。”小姐作札，内云：

闻兄双亲惨死，家室顿倾。幸亲命兄逃，尚有庞兵追捉。日前在园相遇，兄以直陈。忽听火炮声频，军兵震耳，只得委曲改妆，充入绣楼为侣。若非文正之能，险遭洗剥之厄。不料兵退祸消，兄又欠安尊体。谬叨兄妹，聊申启候，会晤有期。

那翠桃接了这封书信，疾忙送至花园。忽听公子正在那里自言自语的说道：“他日若非仙子降，今朝岂有解辰星？昨日且蒙员外到园，问我的病，又是一番言语。我想承他们父女如此厚恩，教我如何答报？倘能配偶，也不枉小姐的了。”

翠桃听了一会，走到里边，叫道：“公子，我家小姐有书在此。”守勇接来细看，道：“咳，小姐，教我怎能消受？”守勇旋又说道：“姐姐，我不能动笔，烦姐姐代言。”翠桃回复小姐道：“公子不及回书，教我多多致谢。”小姐道：“谢我怎的？但不知公子近日病体若何？”翠桃含笑道：“公子看了小姐的书，觉得病已轻可了些。”这是：

一纸真符除万病，半轮明月满乾坤。

且说呼守勇自从逃避到园，不觉一月有余。近日病体已愈，精神如旧，乘此天气晴明，不免把这根金枪试舞一会也好。就将衣服脱下，单穿了鹅黄紧身，拴一条压金的暖肚，手里提了金枪，使得来金光闪烁，犹如电掣雷轰。使了半晌，说道：“好厉害！病得这几天，就弄他不动了。果真拳不离手，待我歇息片时再舞。”

且说员外想起呼守勇的病，连日未曾进园看他，不知好否，心想：“呼贤侄品貌虽好，奈他颠沛太狠。若是纳他为婿，却也相当。今日闲暇无事，且到园内盘他一盘，再作理会。”

员外步进园来，只见一条青龙，在空场上百般飞舞。员外一见，口称：“奇怪，青龙发现，乃人间大瑞，莫非老汉有添丁之庆？”员外近前细看：“呀！明明是青龙飞舞，谁知原是呼家贤侄在此耍枪。果然将门之子，比众不同。看他拿这柄铁杆枪，犹如取了一根杉木棍，轻轻松松，不用气力的一般。我想小姐常常说要学枪，须得

习学这神枪,方有用处。咳,我想朝廷为什么轻听庞妃的谄媚,把一个辅助江山的功臣一旦倾亡?"这教:

孤猿更叫秋风里,不是愁人亦断肠。

那呼守勇把这金枪正使得高兴,抬头一看,却是员外在此看他舞枪。守勇道:"放肆了。"员外道:"公子,你病后元神未足,舞枪恐劳筋骨。"守勇道:"多谢大人清诲。"员外道:"公子,你可得知这柄枪么?"守勇道:"小侄却是不知。"员外道:"你既不知,老夫与你讲明了罢。""如此,请教。"

员外道:"公子,你道这一柄枪,是老夫立过誓:若有使他者,只要人才出众,枪法精熟,将小姐匹配。今日老夫看你枪法恰好,人才又妙,岂敢悔誓?况老夫膝下无儿,全赖公子,我得暮年勿忧也。"守勇道:"大人,但是小侄灾难迭至,且无一椽寸土,虽负虚名,岂敢耽误千金?况且现漂湖海,未卜何时有定。蒙大人恩命,小侄断不敢遵。"员外道:"公子,这是老夫的心誓,你今不必固却。"守勇道:"大人,目下小侄的性命,犹如:水上浮萍随浪去,漂流湖海任西东。"

那守勇虽然口里这般讲究,心窝里十分欣幸。

后来毕竟如何,且听下回分解。

第八回 王员外选择东床 牛夫人劝嫂完婚

本来银汉是红墙,隔得卢家白玉堂。
谁与王昌报消息,尽知三十六鸳鸯。

那王员外道:"公子,你今不必过虑,待老夫择吉,就可花烛。"守勇道:"蒙大人如此深恩,教小侄怎么消受?"员外道:"说那里话。自古云:姻缘本是前生定,莫作寻常世事看。"

员外出了花园,来到里边,对安人道:"老夫今日与女儿办了一桩大事,真正天从人愿。"安人道:"你如此快活,可是媒来与小姐说亲?"员外道:"说亲有甚快活?"安人道:"既不是说亲,是什么?"员外道:"是做亲哩。"安人道:"怎么说,世间那有不聘而婚的道理?"员外道:"只要女婿好,论聘则甚?"安人道:"员外,你好胡涂!怎么把女儿的婚姻轻如鸿毛?到底许了那一家呢?"员外道:"许的后山呼氏。"安人道:

"可是呼家将么？"员外道："然也。"安人道："既是后山呼氏，那个为媒的？"员外道："老夫亲自伐柯，所以即日就要完姻。"安人道："呀，呸！岂有丈人作伐，不聘成婚的道理？还亏你是功臣之子、员外之称，全然不识世务，把女儿的终身轻诺非人！我如今与你拼了罢！"安人就一把拽着员外胡须，员外急得屁滚尿流，说道："安人，不必动气，放了手，好好的讲。今日我到园里，见一条青龙在那里飞舞，近前一看，原来呼公子耍枪。我想，此子必成大器，故将女儿许了他为室。因他父亲与庞妃作对，以致全家抄灭，单逃了守勇出来，又遭庞兵追捉。恰好我家园门未关，躲进了园。谁知庞集又来搜寻，说要洗剥，骗他说是包龙图的外甥女儿。看那庞集有些疑惑，恰恰包文正到来，说了几句，庞集才退兵马。那文正教我留他在园安息几天。我想，这守勇人品不凡，故将小姐许他。若是平常不堪的，老夫焉肯把女儿与他？"安人道："你这胡涂鬼，倒说得干净！待我唤女儿出来，与你再讲。翠桃，你去请了小姐来。"

那翠桃奉主母之命，来到绣房，道："小姐，你快去解劝，员外为了小姐，今被安人大骂哩。"金莲听说爹妈为他反目，匆匆来到外厢，见了员外、安人，道："爹爹、母亲，呼唤孩儿则甚？"员外道："女儿，你娘道我把你许了呼家，嫌他穷途无聘，所以与我怄气。"安人道："女儿，我为你的终身，伤亲怪友，未曾应允。如今被这老胡涂将你许了什么呼守勇，你道气也不气？"小姐道："母亲，罢了，总是女儿命薄。既是爹爹做主许了，如今说也无益，劝母亲不必动气。若儿命好，爹爹也不许那漂来漂去的穷鬼了。"安人道："呸！你父女两个都是没下梢的。"这教：

抱鸡鸡弗斗，气杀抱鸡人。

那安人道："我如今只算在家修行，不管俗家的事罢了。"那晓员外的妹子牛夫人恰好回来，见了员外，说道："哥哥，为何嫂嫂、侄女都不出来？"员外道："妹子，我正要与你商量。你嫂嫂道我把小姐许了呼家，因他未曾聘得，道他是穷鬼，正在与我怄气。幸亏女儿倒明白，他说：'穷通富贵皆前定，岂知由命不由人。'"

那牛夫人道："侄女却贤惠，待我去劝嫂嫂。"牛夫人来到里边，道："嫂嫂在那里？"安人道："姑妈，请坐。我正要告诉姑妈，你哥哥忒煞胡涂，瞒了我把女儿许了一个穷鬼，亦无家室，亦无媒妁，就要与他完姻，可有这个道理么？"牛夫人道："嫂嫂，我方才到来，哥哥已细细说过，我已埋怨他一番的了。我想，既把侄女许了呼家，不能挽回。如今我为媒妁，相劝嫂嫂不必添怒。婚姻大事，须要吉利为主。家兄一时胡涂，总看小姑薄面。"安人道："姑妈，我今不管闲事的了。""呀，嫂嫂，你错了，凡事三思！"安人道："咳，姑妈，你哥哥可耻，金莲更可耻，他说由命不由人。"牛夫人道："呀，嫂嫂，那女孩儿家，更不知道理，何必计较他？嫂嫂与我哥哥争论，也不过为儿女。他既讲由命不由人，也明白了：姻缘本是前生定，果然由命不由人。那小姐后来决难怨及父母的了。嫂嫂，你何不欢天喜地，动什么寿气？"安人道："既蒙姑妈劝说，如今由他择日完姻，谅女儿亦难怨我做娘的了。"牛夫人道："嫂嫂，就是为父的,他也不怨的了。不然,那由命不由人这句,说在那里的呢?”安人道:“姑妈说话越发显明,真正妙极了。”

那姑嫂二人正谈到情理之际,恰好员外选了吉日回来,与安人道:“我与你总为女儿,岂肯配与平庸?”安人道:“你虽说得好,我终不能放心。”牛夫人道:“嫂嫂,这呼家却与我们是世代通家,同朝共政的大功臣,对亲恰是不错。不过,他父母遭了庞妃的害,我们目下对亲,非因他们势耀连姻,不过守勇可以裕后光前耳。”员外道:“安人,可是我不错,你姑娘也晓得这个源头的。”那安人笑嘻嘻道:“若然不是姑妈说劝叨情,我要把你这老胡涂的胡子逐根拔光。如今姑妈在此解劝,造化了你。”员外道:“多谢妹子帮衬,承安人海涵。”牛夫人道:“但不知哥哥择了何日?”员外道:“选的本月十六黄道吉辰。”牛夫人道:“既是通家世谊,何不先请来一见?”

员外听说,欣幸不过,请了守勇到厅。员外道:“贤婿过来,先叩谢了姑母。”牛夫人把守勇上下一看,心中暗想:“却品貌不凡,人才俊雅,日后必然大用。果然我哥哥眼力不差。”夫人道:“公子,拜见了岳父、岳母。”员外扶住守勇。安人看那公子果真人物俊俏,不似等闲,说道:“公子少礼。”员外笑嘻嘻道:“贤婿,请书房里去罢。”那守勇回了书房。

员外就吩咐院子收拾打扫,前后都要挂彩张灯。十六黄道吉日,小姐婚配良辰,一应乐工掌礼,齐来伺候。那院子奉了员外吩咐,大家料理停当。到了那日,这些亲朋纷纷称贺,乐人傧相吹唱匆忙,员外心中好不欢喜。正是:

洞房花烛今宵会,百岁良缘从此谐。

且说守勇见了小姐、翠桃,重又施礼称谢,说道:“卑人若无小姐垂慈、翠桃神力,焉能今日兰房得有乘龙之庆?此恩此德,教我如何答报?”

小姐道:“公子,这段姻缘,非今世事也。因先有一兆,梦一条青龙盘住我房,醒来不能解说。恰翠桃劝我进园散闷,不道桃源洞边看有红光透天,翠桃看了来说,桃源洞内有人睡哩。想欲喊捉,系翠桃阻住,因见公子不凡,说是逃难到园。却听炮声震动天地,人马沸反,谅事急迫,故把公子委曲,改妆了女子,方可混入绣楼。不料庞贼指定公子要洗剥的话,那时我同翠桃唬得胆战心惊,我家爹爹亦是土神一般。幸喜包文正到来,说得硬挣,庞集疑疑惑惑,就不讲洗剥,勉将人马退去。若非包公到舍,谁人解得此围?你我如今聚首,乃是上苍所赐。”

守勇道:“小姐,但为卑人蒙令尊、令堂这般抬举,又将小姐匹配于我,教卑人如何消受?”

金莲道:“公子,夫妇乃人伦之大节,原是五百年前结就的。若然不是前生注定,焉有预兆?我且不喜游园,偏偏那日进园得见公子,心中如有所得,岂非宿世之缘,得遂百年之乐?”

守勇道:“情理虽然如此,但是有屈了小姐。”金莲道:“已成夫妇,屈的也直了。”

谈谈说说,不觉天色已明。守勇梳洗完了,来到外边,相见了员外、安人,回进内房见了小姐。守勇想起了父母，一包眼泪。

小姐道："公子为何垂泪？"

守勇道："我想起爹妈，好不心痛。我在此欢乐，亲死九泉，苦之不胜，人子之心，孰不思劬劳鞠育？富贵贫贱虽殊，亲恩从无二理。但我的爹娘死非数终，被庞妃狡奏，遭仁宗的朦准，把我家三百余口一旦尽遭涂炭。惨毒至此，千古未有，教人怎不痛心！"

金莲道："公子，你且耐性。今公公婆婆已遭荼毒之苦，天下共知。将来包文正到京，他就不肯纵奸为恶，只怕有一番议论哩。我们且寻着了叔叔，慢慢的商量，该如何办理之处，先立了章本，就好计议，难道庞家杀了我们三百余人就罢了不成？古人云：'杀父之仇，不可不报。'何况杀了一家。"

守勇道："但不知我兄弟几时相会得着，可能报得大仇哩。"小姐道："公子不必心烦，灭了英雄之志，沉了父母之冤。自古道'大丈夫能屈能伸'，总立定了大志，神道亦即辅助。况今为父母伸冤，上天扶佑无疑。古云：黄河尚有澄清日，岂可人无得运时。"

那守勇试听了一番，心中方见明白。

不知后来如何，且听下回分解。

第九回 钦天监观星覆奏 庞贵妃激怒朝廷

巧笑知堪敌万几，倾城最在著戎衣。
晋阳已陷休回顾，更请君王猎一回。

且说庞丞相自从提兵之后，四处追捉这呼家兄弟两个，绝无踪迹。他诳奏："他善于妖法，军兵不能前进。伏乞皇上敕召法师，驰赴军前，荡涤邪氛，以便追获。并敕各省抚按，严督郡邑文武官吏、巡员将弁，一体协力查获，即以官升吏赏。如不严行，获首察出，一并究参。如此则易于破获，以免隐迹潜踪之患。"仁宗览奏，即降旨礼部王曾："着绘画了呼家兄弟的图形儿，颁布中外文武，一体巡获。如敢徇情故纵，照律应加三等治罪。钦此。"

那仁宗回宫想了一会，道："呀，错了！这呼延赞乃我朝的功臣，皇祖极宠爱他的,是以袭封呼得模为忠孝王,赐了金龙鞭,命他在朝秉政。不料朕躬临御,觅了庞丞相的女儿到宫,封了他为贵妃。朕一时未曾想到,被庞妃僭用了正宫的銮舆,被呼得模议谏了一场。那晓庞妃奏得模欺君妄上,朕即令丞相庞集领兵抄灭呼家。不道得模之子呼守勇、呼守信遁去无踪,庞妃必欲追获,杜绝其源。朕误听其言,复令庞集统兵追赶。今庞称呼家妖法厉害,军兵莫敌。但是呼家谅非奸佞,何庞集疏奏至此?于中是有嫌隙。"

仁宗正在思虑前非,恰好庞妃进见,奏道:"臣妾荷皇上格外之恩,已敕臣父庞集领兵追捉呼家。谁晓他妖法多端,不得不奏闻陛下。臣妾想呼家将如此难捉,莫非罡煞临凡,致多怪术。必请法师镇治,然后进兵有效。再令钦天监夜观星象,把迁位宫次讲明,方得追赶不虚。若不早为制伏,迟则生变,到了这个地步,只怕鞭长莫及了。"仁宗道:"庞卿所奏甚是。朕思呼家将乃皇祖开国的功臣,故袭封他子孙世守。朕因操守不坚,一时惶愧,把一个赤心忠良的呼家将一旦尽诛。今被廷臣议论,朕心常自忧思。今卿这奏,朕亦难为。卿且:各人自扫门前雪,莫管他家屋上霜。"那庞妃执意要仁宗降旨,仁宗只得降旨钦天监。

说那钦天监监正孙太,今日奉旨上台,要将周天过宫凶吉次序逐一查看。那青龙离宫三度,白虎迁垣数仞,查此二星恰恰应的呼家两子。幸喜将星尚伏,干戈不致冲旺。那监正下台,俯伏金阶,奏道:"臣孙太昨奉旨观星,查得青龙、白虎二星,虽属离宫迁位,幸将星伏下,台垣辅弼正在离宫退位,须皇上亟宜禳保,以安众象。"

仁宗听奏,沉吟良久。回到正宫,曹后接了驾,摆下御宴。曹娘娘道:"圣上今日进宫,为何不快活?"仁宗道:"娘娘,你有所不知。朕因误于庞妃,把一个皇祖的大功臣冤杀了。既已轻听误杀,勉令加兵追捉,去今四月。昨据庞集奏云,呼家妖法厉害,奏请法师驰赴除妖,以便追获呼家兄弟。今日庞妃奏亦相似。旋据钦天监孙太奏覆,青龙、白虎二星离垣,请朕祈禳归宫,以安辅弼。朕思呼家两个儿子,上应二星,如今只好不动不变,也不听庞家添兵去追,慢慢的不理这事了。"曹后道:"古云:'朝廷乃上帝委治中界,须代天宣化。'今我王慈祥教化,四海人称尧舜。但我王过于宠了庞家,只恐廷臣议论。惜乎我王将尧天舜日之名,反被庞家父女弄坏,岂不可惜?况且呼家将原有功于我朝,其忠良之念,决不肯变。庞家既有这般奏法,还宜省察,试看呼家果否,然后用事,使廷臣畏惧,庶朝野肃清。今我王听了庞家的奏章,不审是非,就把呼家这一灭,未免廷臣有道我王不分美恶,轻听佞臣之言,冤杀忠良。因我王太觉仁慈了,故奸佞敢于侮君。"仁宗道:"娘娘,已往之事,不必讲他,如今夜深了,睡罢。"却是:

五夜漏声催晓箭,九重春色醉仙桃。

到了五更时分,只见月淡星稀,仁宗升殿,却好朝堂无事,朝廷退殿进宫。正遇西宫的刘妃娘娘往正宫请安,仁宗就进了西宫,道:"爱卿,为何你的美容比前几日清减了些?"刘妃道:"臣妾近日觉得身慵意懒,想是精神稍减。"仁宗道:"刘卿,这教：春色恼人眠不得，月移花影上阑干。”

那仁宗来到西宫，刘妃接了圣驾，奏称：“臣妾不知驾到，有失恭迎，望我皇恕罪。”仁宗道：“刘卿何罪之有？”刘妃道：“臣妾接驾不恭，已违仪典。若不奏请赦除，虑恐廷臣议论。”仁宗道：“朕不责卿，廷臣岂知？”刘妃道：“若要不知，除非莫为。”仁宗听了沉吟不响，道：“准赦卿罪便了。”刘妃谢恩，又奏道：“臣妾闻皇上又差兵追赶呼家，这一节事怎么样了？”仁宗道：“那灭呼这事，恰非朕意。因呼家气数已绝，有此庞家的参奏。”

刘妃道：“二鼓了。”仁宗卸下龙袍，挽住了刘妃的手，同入寝宫。那晓睡至三更时分，刘妃做成一梦，见一朵五色彩云，上边立一位白须的老人，手里拿一只仙桃，向刘妃一笑，把手一招，拿这只桃子送与刘妃吃下，醒来一想，却是南柯一梦。这教：

蝴蝶梦中家万里，杜鹃枝上月三更。

且说庞妃思想：“为何皇上许久不进宫来？那呼家的事，不知钦天监如何查了？”不免令小太监到钦天监去问个明白，就知分晓。那小太监到了钦天监，细细的一问，进宫回覆庞妃，说道：“钦天监查看青龙星伏在西方，白虎星已迁兑宫。但查此二星，应在呼家将两子，不去惊动为妙。”庞妃听说一呆，想道：“呼家原是上天星宿，故此这般厉害。他的儿子又是青龙、白虎两星降凡，教我如何？偏偏这许久朝廷又不进宫，行止难定。”正是：

南宫冷落生孤零，北院空名强自眠。

庞妃怨想未已，恰好天子来宫，见了庞妃，道：“爱卿，为何美容无喜？”庞妃道：“臣妾因皇上久未进宫，日逐思念，故尔精神稍减。且虑呼家未绝，反复莫考。况呼家的儿子，又应青龙、白虎二星，务选精兵急追，方免后患。若不剪除，贻祸不小，臣妾旦夕加忧。”仁宗道：“庞卿既为国加忧，朕岂可逆天行事？”庞妃呆了半晌，想出一计，道：“臣妾别无他虑，因呼家打死了臣妾的胞兄，斩了庞家的禋祀。说也寒心，庶民有犯，严律非轻。况今臣妾在宫，臣父在朝，兄冤不伸，倒是一场话柄。蒙皇上如此恩隆，兄冤稍息。但臣父年老，还求皇上眷顾。臣等父女，粉骨难报，臣今拜谢天恩。”仁宗道：“庞卿何故谢恩？”庞妃道：“古云：‘为人欲尽忠和孝，臣报君恩子报亲。’臣蒙皇上节次提兵，亦谓臣之兄死不明所由也。圣恩如此，臣以死报。”庞妃言毕，就除了凤冠红袍，正辞驾出宫。仁宗一把挽住庞妃，说道：“庞卿为何动怒？”庞妃道：“臣唯捐生报主，并不有怒。”仁宗道：“卿既不怒，何以轻生？”即命宫娥与娘娘穿戴好了。宫娥与庞娘娘穿了宫袍，戴了凤冠，依旧回进了宫。见了仁宗，即俯伏谢恩，奏道：“臣妾又蒙皇上赐我再生。”仁宗道：“古人云：‘在生一日，胜死千年。’况卿国色天姿，且又富贵过人，朕劝娘娘大放襟怀，切勿固执。”

庞妃听了，暗笑不止：“被我这番做作，一个皇帝也就没法了。若是我哥哥不死，在朝也做了官，就好商量画策，内外有了人，还怕那一个？就是做他的皇帝，也不值什么。可惜我家没有人，爹爹年老，哥哥早殇，想他则甚。不如耸动一番，待朝廷添些兵马,竭力追捉,不怕不获到军前枭示。”庞妃想了一会,主意定了,见了仁宗,把添兵追捉呼家这话,细细地一奏。仁宗听了庞妃这般泣奏,细想良久,道:“卿奏理当,朕即降旨,仍令丞相挑选雄兵三万,赐了尚方宝剑,此去如朕亲行。”

那庞集领旨谢恩,飞檄宣召李飞熊为前部总兵,周国用为后部都指挥,吴虎、王俊、杨升经、阮泰、雷上卿为左右两翼,朱胜、林弼、郝大元、江孚仁、荣兆先、唐坤为四哨,邵宏奎、徐甫光、富弼、王体仁为参赞。各将奉令,把营伍兵器大家收拾停当。到了明日,又奉令点兵,那三营五哨的将官兵弁齐集听点,这庞太师坐在帐中,好不威风。一声号令,非同小可,顷刻间合营披挂,号炮三声,一齐拔寨。果然兵随将转,马听鸣金,这才是:

大将南征胆气豪,腰横秋水雁翎刀。

话说庞太师威风凛凛,果是一位将军,全然不是丞相。那一路经过的州县,那个官儿不来跪道?若没有孝敬,就要在地方上屯兵养马。这些百姓们人人害怕,个个想逃,弄得这些地方官东蹿西跳,安抚这些百姓。这教:

奸雄横扰惊人怕,屈杀忠良又害民。

那仁宗只知美色欢娱,岂念江山社稷?这庞集在朝到底是忠是佞,朝廷也不明辨。如今又差他领兵追捉呼家,那一路经过的地方,百姓受害,朝廷那里知道?总是庞妃这妖精迷得朝廷昏天黑地,一些民情也不管的了。所以官兵在此经过,任他骚扰百姓,就是州县官府,叫他也没法,须得:

朝廷国正天心顺,府县官清民自安。

如今朝里好官少,也是做百姓的该受这个苦恼。道犹未了,只见旌旗耀日,雪亮刀枪,一队队走来。又听轰天大炮放起,震聋人耳,忽然扎下无数的营寨。

庞集道:“宣令官,你快些传令三军,如有官府到营参见,须要分别文武。文武二品以上,不必要他贽见;武的总要披挂膝行,稍有失仪,军法从事。若是他贽见的礼厚,就要略略照顾他些,不可拘定这个‘军法’两字。”宣令官道:“得令!”飞赴前营,吩咐了李飞熊、周国用转谕五营、四哨、左右两翼。

不知以后如何,且听下回分解。

第十回 庞太师兵进长安 包文正钦召来京

威风凛冽似秋霜，将勇兵强气宇昂。
旌旗招展眩人目，宝剑光腾映夕阳。

话说庞太师领兵追赶呼家，不觉长安已近。你看地广人稀，一片荒凉。且在此安营，探些消息，然后进兵，怕他再逃到那里去？太师一声吩咐，这五营、四哨的官将，各各听令安营。却是：

将在谋而不在勇，兵在精而不在多。

闲话休提。且说包文正告病回里，不觉已是一年，目下可云康泰，闲居潇洒，胜似陆地神仙。包公正在自叹，不道朝廷差了杜衍，特召包公进京。包公接旨已毕，见了杜衍，说道："弟自告病归里，叨庇得痊。原思身不列朝，作一山林野老，以娱此生。谁想又蒙圣恩特召，并劳杜年兄远涉。"杜衍道："包大人朝廷眷顾，因班中少了辅弼，特召大人佐理国政。"包公道："杜年兄，弟久离仕班，恐失规仪。况目下朝廷，闻说要庞妃、庞集主政，只怕我辈出来不合时宜，请年兄宽坐片时，待弟写一个谢恩本，恳年兄代奏。"杜公道："包大人，岂不闻《四书》上两句说道：'君命召，不俟驾而行。'况且王谏议、吕通政辈，我们一同酌议，必得大人列班，还可整顿规仪。那知天从人愿，大人又得钦召。"包公道："既然诸位年兄酌议，弟敢不共事？如此就起身罢。"包、杜二公即上马趱程，不觉已到京都。到了来日五更时分，忽听静鞭三响，皇登御座，只见：

九天阊阖开宫殿，万国衣冠拜冕旒。

那包公俯伏金阶，奏道："臣包拯启奏陛下：臣病请归故土，幸叨皇上福庇，今获无恙。臣正来京谢圣，值杜衍奉命敕召，臣不胜依切。"仁宗道："朕临朝治政之际，廷臣总未能如卿之明敏，故命杜衍敕召卿来入阁办事，兼司九卿监察，唯卿职守，毋负朕恩。钦哉故敕。"包公谢恩退出。那王曾、杜衍、朱良左、吕广一齐见了包公，同至公廨，把朝堂品节规仪，细细酌议了一番，各个散去。却是：

君王勤政名空在，承露恩纶世已无。
唯有紫苔偏称意，年年因雨上金铺。

那包公同各官话别，心中耿耿不舒。"我想庞集如今又领兵往辽西一带追捉世子去了，但不知呼家侄儿可在员外家里，倒不要别了员外去寻兄弟，巧巧撞着了庞家的追兵，这便怎么？难道呼老将军的神魂，岂有空中不默佑那两个儿子的道理？待老夫一款一款地查实了，慢慢地奏闻，少不得他也恶贯满盈的了。古云：'暗室亏心，神目如电。人间私语，天闻若雷。'况庞家父女两个奸恶已极，上天岂不加怒亟诛？我想冤杀枉死之人，不一而足，以致滞魄沉魂，塞满酆都，皆阳世问官不能明察，或倚势冤枉人。须阳间无屈杀之人，地狱无含冤之鬼。但既为人臣，毋负天之好生，不论臣庶，正直则能为圣为神。我想官居辅弼，位列台垣，治事应代天宣化，教育冥顽，罪罚须省刑穷诘，民免呼冤于道路，幽无枉死于酆都。一生如此，则仰不愧天，俯不怍地，死后可见天地神明。"

包公正在追思，忽有家将到来，说道："王员外有事请包大人一会。"包公听了员外的事，当即启奏，乞暂假十日，视朝廷批下本章如何。仁宗见本，批准假十日。包公飞马赶来，到了王员外门首，家人即忙通报。员外同了呼公子迎接包公，来到书房里边，员外道："贤婿先来叩谢了恩人。"包公听员外叫呼公子"贤婿"，包公道："难得员外盛德，你把小姐配了呼家大侄，恰是门户相当。目下呼家贤侄不过难中贫窘，承员外不弃，结了缔盟。"包公道："贤侄，你先拜谢了令岳。"大家谦逊，只得一齐跪拜，起来分宾主坐下。

包公道："老夫因钦召赴京，不克奉辞，故呼贤侄聘娶贵千金，却是老夫不知，失了个礼。"员外道："包大人，我们都是通家世好，不敢费心。"守勇道："大人之恩，铭感五内。但差尊使到京，不知可有回音否？"包公道："不要说起！谁道你先人生前受了屈杀，死了更惨，那尸骸又倒葬在狱丘坟内，外边立了一座大石碑，碑上刻的'呼家将之狱坟'，四面差人看守。"守勇听得包公恁般说了，不觉泪如雨下。包公同员外相劝了一番。守勇听了叹一口气，说道："我日后能来祭扫，不要说一座石碑，就有十座，也要推倒他哩。"守勇正在唠唠叨叨，忽听包公的家将来说，如今庞家又领了三万人马分路追捉，只怕即日有兵马到王家庄哩。包公道："员外，你们翁婿商量，不可耽误。"包公说了，就别员外回府。正是：

屋漏更遭连日雨，行船又遇打头风。

员外道："贤婿，事不宜迟，快快与小姐商议。"那守勇见了小姐，把这番言语告诉了他。那金莲听了，心里犹如刀割一般，说道："公子，这叫福无双至，祸不单行。总是我王金莲害了公子。"守勇一包眼泪道："恩妻，皆卑人累及小姐。"金莲道："古云：'嫁鸡逐鸡，嫁狗逐狗。'既成了夫妇，那里讲什么你我。但是公子别去，教我怎能放心？况妊经三月，男女未卜。"守勇道："恩妻，卑人去后，倘然生了个男的，取名延庆，待他年长，好教他到新唐国来，便知卑人下落。"守勇说了这话，就别了员外。

小姐含泪道："公子，但不知新唐在何处。"守勇道："小姐放心，倘然孩儿想到新唐寻我，有什么难，则父子相会有日了。当初我曾祖呼延均，因刘王失政，听了欧阳束，把我曾祖冤杀，曾祖母遂生我祖呼延赞。曾祖母道，我祖必是大器，将金头马氏许配我祖。恰好大宋皇帝征伐刘王，钦召我外祖杨业老将军提兵征讨。我祖想起父遭欧阳束杀害，此仇未雪。正在想及，那晓杨老将军已奏闻宋主，我祖乘机投营效力。不道进兵与刘王大战，且喜皇天默佑，一战成功。宋太祖就封他为藩，子孙袭职，就是新唐国的马千岁。今卑人往彼，把受屈无伸的话说了，就好借些人马到来。翠桃姐，卑人将小姐交托与你，早晚解劝他。若是产生了官官，你同小姐耐心抚育，等他年纪大了，令他到西番新唐国来，访寻卑人的下落。你的终身快同小姐商议，切不可为了卑人，反误了你。”

翠桃道：“公子说那里话！我与小姐愿共生死。公子虽去寻弟报仇，自有团圆之日，何出此言？”那守勇眼泪汪汪，对了小姐、翠桃一看，含了眼泪作别出房，又别了员外、安人。那小姐、翠桃一齐哭出厅来，守勇硬着头皮说道：“夫妻本是同林鸟，大难来时且暂飞。皇天若不垂青眼，屈杀忠良父子离。”

那员外、安人，也是涕泪如流，说道：“贤婿慢走，还有话说哩。”守勇听得员外、安人叫喊，回身一望，喊道：“大人不必远送，小婿拜别了。”守勇就向空四拜，转身就走。员外急忙走出门来，一看，呀！头也不回，竟是去了。这教：

花落长川草色青，暮山重叠雨冥冥。
逢春便觉飘蓬苦，今日分飞一涕零。

那员外呆了一会，来到里边。那晓庞家的兵马已经围住庄子，放起轰天火炮，众军呐喊摇旗。庞丞相同了一班官将，来到王家厅上。员外毫无惧色，听从搜寻。庞家的兵就扭住了王家的小童，细细盘问他的根由。那小童怕极，只得招出呼守勇刚刚昨日逃去了。丞相道：“绑他起来。”唬得小童魂不附体，说道：“将军，你放了我的绑，招没是哉。”丞相道：“快些招了，饶你的砍。”那小童道：“将军，这呼守勇说，寻了他的兄弟，要到什么新唐国去了。”丞相道：“他到底几时去的？”安童道：“真正昨日向西首去的。”丞相即传令从西路去追，把童儿放了。正是：

鳌鱼脱下金钩钓，摆尾摇头再不来。

且说呼守勇别了员外，来到牛府，拜见姑妈，说道：“侄婿呼守勇，多蒙姑妈曲劝完婚，不料成亲半载，令侄女已孕三月。那晓庞奸又请大兵追捉，要来围困王家庄搜我。侄婿听包公说了，就别了恩妻，又托翠桃劝解。倘产了男儿，名取延庆。倘能长大成人，也好教他到新唐国来寻我！”那八姑娘道：“侄婿，你放心前去，凡事都在老身。”守勇道：“既承姑妈照察，侄婿呼守勇就此拜别。”那晓牛府家人飞报进厅，说道：“夫人，不好了！外面许多兵马杀来，说到我家来捉呼家兄弟。我想夫人的侄婿姓呼，不如快快放他躲过才好。那里晓得今日有此灾祸，这教青天里打霹雳。”牛夫人道：“不必着忙。侄婿，你拿了我的生铁棍子，防了身，从后门出去。只要随机应变，就可脱身。”

不知以后如何，且听下回分解。

第十一回　牛夫人怒打庞奸　赵凤奴力救呼郎

雪净胡天牧马还，月明羌笛戍楼兰。
借问梅花何处落，风吹一夜满关山。

那呼守勇提了这根铁棍，出了后门，把这棍子一直飞舞过来。庞家那些兵将摸头不着，眼睁睁让他过去。守勇想道："好了，如今要大步的走哩。"那庞丞相喝令兵士："你们随我一齐冲到里边，务要小心拿捉，不可放走他去。"那将士随了丞相，冲进牛府，那晓牛夫人大骂出来。丞相道："牛夫人，不必着恼，自古道：'无事不登三宝地。'因呼守勇躲在你家，所以惊动。"牛夫人道："老庞，只怕你是强盗，今日领了许多喽啰，赶到我家抢劫么？"丞相道："老夫乃朝廷钦命领兵查拿反贼呼守勇的，你不把反贼交出，反说老夫是强盗，好个不怕死的泼妇！"那晓牛夫人就伸过手来，在老庞面孔上打一下半斤重的大巴掌。丞相道："牛氏，休得无礼！老夫是当朝一个宰相，你这泼妇胆敢打我！'牛夫人道："老身教训你这奸贼！"丞相道："众将官，快快搜捉那反贼呼守勇兄弟出来见我。"谁道牛夫人赶上前来，一把揪住了丞相的胡须，举手又打。那庞丞相出于无奈，只得叫道："牛老夫人，请息怒，有话好好的讲。"那兵将欲来解劝，又恐牛夫人不分皂白，一起打在里边。"况他是诰命夫人，我们怎么动手？倘然搜不出呼家兄弟，岂不是我们又要吃他的亏哩。"

那庞丞相被牛夫人扭住骂道："你这奸贼，好端端为何打到我家？"丞相道："夫人，你错怪了。老夫是奉旨追拿反贼，闻说呼家兄弟在此，老夫故来请教。"牛夫人道："莫非皇上差你来抄抢我家的么？"丞相道："总是老夫错了，请放了手罢。"那牛夫人趁势放了。这五营、四哨的官将大家说道："老太师，且发令起营，不必在此耽搁了。"丞相正要上马，那晓又被牛夫人拉住。丞相急得目瞪口呆，细细想道："事到其间，不得不如此。"陪下笑脸，说道："牛老夫人，不必如是，老夫赔礼了。"牛夫人道："你是奉旨到我家来拿反贼的钦差，为什么倒来赔我的不是？也罢，依你说是奉旨来的，我看朝廷金面，放你去罢。"丞相听说，十分欢喜，立刻上马。吩咐三军速往西路追去，只要拿住了反贼，定即加功请赏；如敢不力协追，自有军法。三军奉令，星夜起行。正教：

日落辕门角鼓鸣，千群面缚出蕃城。
洗兵鱼海云迎阵，秣马龙堆月照营。

且说呼守勇得了姑妈这条铁棍，急煎煎飞奔而逃。一路行来，忽已红日西沉。远远望去，只见隐隐一座高山。“我且赶上前去，寻个庙宇，且歇息片时再走。”那晓走近山坡，忽听一声大炮。守勇心里好不害怕：“难道庞家的伏兵在此？天阿！如今教我从那一条路走？”守勇正想，那晓来了两员女将，后面许多喽啰，上前拉住道：“汉子，你往那里走？快放买路钱来！”守勇道：“你们错了，我是逃灾避难的穷人，劫我则甚？”那女将道：“好大胆！”提起刀来就砍，守勇急将铁棍架住。三人大战，胜败未分。

那女将重又道：“来将何名？”守勇道：“俺乃忠孝王呼得模之子、呼延赞之孙呼守勇是也。俺爹爹因遭庞妃狡奏，冤杀俺一家三百余命。庞家怕俺复仇，被他父女刁朦，朝廷十分昏聩，差了妃父庞集四处进兵追捉，俺无奈奔逃，在此经过。”那女将听毕，疾忙跪下道：“妾等不知恩人驾到，望乞恕罪！”守勇道：“请教将军高姓。”女将道：“阿呀恩人，妾等就是赵家庄上赵大郎的妻、妹。”道犹未了，忽听炮声不绝，人马声喧。那赵大嫂同凤奴奔上山去，四面一望，只见西南上旌旗招展，相对说道：“想是庞家的追兵来也，我们且令军士送了公子上山，待我们杀退了追兵，然后同公子去见大王”。守勇随在山上安息。

且讲庞丞相领兵追至高山，不道山坳里放起一个大炮，山坡上掌号鸣金，灯球火把照耀如同白日，那丞相甚是惊怕，不道旁边冲出一班喽啰，拦住去路，大喝一声：“呔！毛贼休走！快拿买路钱来！”丞相大怒，道：“有你这班不怕死的强徒，胆敢拦住了大兵的去路！”那赵大嫂飞刀砍来。丞相即令与战，吩咐：“要取这女人的首级来见我。”那晓庞兵杀不过这两员女将。那赵大嫂趁他畏惧，乘势一战，杀得他北斗归南。庞家已是兵残将寡。这教：

何处吹笳薄暮天，塞垣高鸟没狼烟。
愁人一听头堪白，苏武争禁十九年。

那赵大嫂、凤奴这两员女将，已经收兵上山去了。那庞丞相忍气吞声，只得收了残兵，再行追赶。正是：

葡萄美酒夜光杯，欲饮琵琶马上催。
醉卧沙场君莫笑，古来征战几人回？

且说赵家庄的赵大郎，原是田间村老，溪畔农人，娶妻孙氏，尚未生育。妹子凤奴，因被庞丞相之子黑虎抢去，幸亏呼世子相救，兄妹才得以团聚，故把妹子送与世子为妾。那哓庞黑虎被呼家妹丈打了几下，不多几日，黑虎就死了。谁道黑虎的妹子封了贵妃，那父女两个商量起来，抄斩功臣之子呼得模一家三百余人，因不见他两个儿子，故又起兵追捉。赵大郎恐庞奸害及，为此挈家而走。不道冒雨冲风，已经半月，正在心焦，恰遇了一个救星，姓梁名玉，山西人氏，善用一十八般武艺，是以他与妻妹一同拜他为师。那梁玉道他武艺精奇，教他守了这座高山，竟就下山去了。他即守住了山寨，查点喽兵，立法最严。那些军士们人人称善，个个颂扬。这也不在话下。方才巡军报说夫人同凤奴与一个小英雄战了半晌，后边又有人马追来，三人协同，杀得追兵望风而去。那道：

果然将相本无种，却是男儿当自强。

那头目进见道："禀上大王：方才小将奉令巡山，夫人同凤奴把一个小英雄交小将带上山来，禀见大王。"赵大郎道："那小英雄叫什么名字？"头目道："他说是呼家将的子孙，因遭庞妃作对，杀了一家三百余人，尚在起兵追捉他兄弟两个。又说他的兄弟叫呼守信，至今尚未会面。那呼守勇是单身逃难经过此处，恰好遇着夫人、凤奴，令小将引见，如今这呼守勇候在营门口，请大王下令。"

那赵大郎听了这话，立刻吩咐开门，军士都要披挂，队伍排列整齐要紧，令四员头目跪道相迎，口称："高山大王赵虎臣，特遣小将们接呼将军到营相会。"那守勇且喜且疑，喜只喜虽然为寇，且系称孤道寡，也是凛凛威风。"但不知可是俺父王昔年有恩于彼，如是殷勤接待。若非旧识，为什么这般光景？"那守勇正满肚疑想，耳边忽听笙歌嘹亮。头目道："将军，俺大王在此接见。"守勇抬头一看，只见他：

头戴九龙达登，左右插的雉鸡毛，横搭一条狐狸尾。身穿大红圆领，周围绣了滚龙。腰间围的白玉宫绦，足登的粉底乌靴。

那赵大郎踱出营来，见了守勇，说道："恩人为何到此？"连忙搀了守勇，一齐进了营来，相见了一番，分宾主坐下，各将旧日之事，细述一遍。大郎道："那年救舍妹的时节，觉得尊躯还懦弱些哩。如今恩人的尊躯，真正年富力强了。"守勇道："俺有何技能，承大王谬赞。"正在叙谈，那头目禀道："夫人同凤奴来了。"那守勇听说，就立起身来回避。虎臣道："恩人，房下同舍妹出来叩谢大恩，何必回避？"守勇道："俺有何恩德，安敢称谢？"

那大嫂、凤奴一齐出来相见。守勇道："方才追兵赶来，如何退得他去？"大嫂道："那庞集亲自领兵追来，被我姑嫂两个与庞家血战山坡，杀得他兵残将损，大败而逃。"守勇道："俺今日若不相遇二位，那庞兵追将来时，叫俺如何抵敌？幸承二位神力，救了这个难星。"大郎道："我们都是至亲骨肉，理应排难解纷，何必讲这些套话？况舍妹前年已许过恩人的了。"守勇道："俺现在难中，死生未卜，且自漂泊山河，行止莫考，岂可耽误令妹的终身？"虎臣道："这是一言既出，驷马难追，婚姻大事，不是耍的。人家夫妇那有不同患难的么？古人云：'夫唱妇随。'即此也。"正教：

高梧叶尽鸟巢空，洛水潺湲夕照中。

寂寂天桥车马绝，寒鸦飞入上阳宫。

那赵大郎道："妹子，你同嫂嫂进去梳洗罢。待我吩咐头目收拾起来。"那大嫂同了凤奴来到里边，头目进营端正。

不知以后如何，且听下回分解。

第十二回 赵大郎与妹完姻 庞丞相金山大败

玉楼天半起笙歌，风送宫嫔笑语和。
月殿影开闻夜漏，水精帘卷近秋河。

且说那高山大王赵虎臣自叹道："俺昔年若没有呼世子救我舍妹，俺一家儿性命就难保哩。那晓呼家世子打了庞黑虎，巧巧他的妹子朝廷又封为贵妃，故尔耸出许多事来，把一个功臣府化为乌有，杀了呼家三百多人。俺想起来，那呼家将之变，明明是我们害他的。若庞黑虎不抢我的妹子，那时我夫妻两个也不求告人救了，则使呼家在赵家庄经过，断不去打庞家，就没有这些灾难了。那晓呼世子被庞兵追到这里来，恰恰又遇俺的妻、妹巡山，所以先令头目上山通报。俺一见了他，就说将妹子且与他完姻，再作道理，但不知梳妆可完。"

那虎臣正说，只见一班女使簇拥了小姐出来。虎臣见了妹子，说道："贤妹，愚兄将你配与呼世子成亲，这是义不容辞的事。若非世子救你回来，我们一家性命早就被庞家害死哩。"凤奴道："小妹亦知大节。"虎臣道："难得贤妹才智不差。呼世子这般义气，俺当捐躯相助。"凤奴道："这个自然。"

虎臣又令头目唤齐乐工傧相，营门上挂彩张灯，今日与凤奴完姻，明日领赏。那一班军士都在营门伺候，乐工傧相齐集内营，吹打了一番。虎臣吩咐乐工傧相，到前营请了呼将军来与小姐结亲。那乐工奉令往请，傧相念了诗赋，三请新人来到里营拜罢了哥哥、嫂嫂。一班军士齐在营门道喜，女使仆从一齐叩见。到了日落西山，点齐了宫灯，送那新人进去。真是：

洞房花烛蟾宫喜，月殿姮娥下九重。

那一宵晚景不题。到了来朝，虎臣夫妇重又相见了两位新人，各述一番衷曲。虎臣夫妇解劝再三，那守勇时刻在心："想起爹娘如是之惨，俺受这般快乐，人子之心岂得放下？"凤奴道："公子，你且放心，我家哥哥、嫂嫂已经说明，帮我呼家杀庞贼报仇。妾劝公子留心兵将要紧。我们且到外边，与哥哥、嫂嫂商议，必有奇谋。"不道谈谈讲讲，又是黄昏月上。别了兄嫂回房，凤奴道："公子，你昔年去后到今的事，要请说一遍。"守勇道："凤奴，我说与你听：俺那年打了小庞，夺你回庄，那知黑虎不多几日死了。谁想他的妹子朝廷封了贵妃，不道他僭用正宫娘娘的仪仗，往岳庙进香，偏我爹爹巡城看见了他，不许僭用。那晓庞妃假公借私的一奏，仁宗也不问是非，把我呼家三百三人，一旦死于非命。那庞奸又查点首级，少了我兄弟两个，他又奏了仁宗，提兵追赶。这教：

奸逞权衡厌忠孝，昏庸朝政失纲维。

那晓自黑夜逃来，走了一日，听得后面炮声不止，回头一望，却是兵马来了。那时急煞我也，幸见有扇小门半掩，我且挨进了门，却是一座花园，且喜无人，我就到假山洞里躲下。那晓身子疲倦，且打个盹儿，待庞兵去了，我好再走，谁道竟睡了一夜。来日他主婢两人到园，看见我睡在他园里，那侍女翠桃见了我，就叫喊起来。幸他小姐喝住，正查究我的来由。略略说了几句，只听炮响不止，唬得我胆战心慌，亏得他小姐教我改妆了女子，叫翠桃送我上了绣楼，说是李员外家来学绣的。那晓老庞领了兵将，到王员外家各处搜寻，来到绣楼，指定卑人，说要洗剥衣裙，那是真正上天无路，入地无门。全亏王员外请了包文正来，退了庞贼，又蒙包、王二公，姑念我是功臣之子，留住花园，早晚与员外相叙相叙。正是：道古谈今皆学问，悟参世务即经纶。那王员外道我不凡，将金莲小姐配我，在他府中，欢娱已是半载。那日包公密差人来，说老庞请添了三万人马，分做东西南北四路追捉哩。我听他说了这话，若是逗留不去，未免漏了消息，反害及员外，于心怎安？是以嘱托翠桃一番，小姐怀妊三月，切勿唬坏了他，日后若生了个男，叫他延庆，后来也好到西番来寻我。说了这几句，又去叮嘱了小姐，就叩别员外起身。不道走了许多日子，才到这里。若不是你姑嫂在此，俺怎得相见令兄？庞兵如何败走？但是承兄嫂恩德非浅，退了庞家的追兵，又将你完婚，教俺怎么消受？”凤奴道：“说那里话！自古道：‘以德报德，天下皆然。’况我公公婆婆之身死非命，公子的受苦含冤皆妾之所害，我一家儿敢不捐躯图报，与这庞贼决个雌雄？”守勇道：“既如此，我们且睡，明日再与大舅细谈。”正是：

琵琶先抹绿腰头，小管丁宁侧调愁。

半夜美人双起唱，一声声出凤凰楼。

话说庞集请了那三万人马，分了四路追赶。那晓一路而来，又经两月，到此高山。不道反遇了一班强盗，拦住山坡口，说买路钱。“我想升平之世，那里容得他在此劫掠商民？趁此现成军马，思量剿其巢穴，谁知倒被这两个泼妇杀得大败亏输，人马已伤其半。”参谋道：“丞相，我们且收了残兵，退到后面那大王庙，扎下营盘，再作道理。”那庞家的人马已杀得力倦精疲，到了大王庙，扎下营寨。那些兵将个个垂头丧气，锐气全无。这教：

岁岁金河复玉关，朝朝策马与刀环。

三春白雪归青冢，万里黄河绕黑山。

那庞太师也是疲倦不过，蒙眬睡熟，忽见呼家将的兵马一直杀进京来，放那连珠炮，震得天摇地动，神鬼皆惊。旗上写道：“呼必显孙女呼梅仙、呼碧桃、呼延庆、呼延寿、呼延龙、呼延豹。”忽内中一员小将闪来，指定了庞太师，骂道：“奸贼！招箭！”道犹未了，只听“飕”的一响，那晓射中了庞太师的左额。庞大师大喊一声：“阿呀，不好了！”醒来却是南柯一梦。“我想呼守勇、呼守信日后必有扰累，若不去追他，犹恐放虎归山。提兵追捉，总是画饼充饥，捕风捉影。”想到这，太师下令速速回京请旨，添兵助战为要。那中军官赍了奏章，到京上达。这教：

军前告急非通小，直达丹宸下九重。

那仁宗览奏，“据庞集奏称，逆贼呼守勇等未免盘踞山林，集众猖狂，必得请兵追剿，以除逆恶。朕今降旨命众卿议奏，那晓合朝文武并未议覆。这样看起来，忠良都是假的。朕再降旨前去，若不速议具奏，一律按法治罪。自古到今那个不晓得，食君之禄，分君之忧，岂可伴食不理？”

仁宗大怒，恰好皇叔出班，启奏道：“臣康亲王启奏陛下：那逆贼呼家将已奉旨歼灭，尚有两子逃去，未尽剪除。我皇钦命贵妃之父庞集提兵追捉，久经未获。臣想那逆贼呼家将，我皇祖太宗开创宏基的时节，原亏了杨业、呼延赞、王贵辅治我朝的天下，他三人南征北讨，东荡西除，那夷狄听了这几员将官，人人可惧，个个佩服，无一处不钦敬他们。就是太宗也知他赤胆忠心，有功于宋，故太宗都封为藩爵，令他子孙袭职。臣思太宗这般恩宠他，谅不敢悖。今庞集具奏，可谓大逆，臣等曷敢妄议？据臣愚见，我皇颁诏抚归，仍敕呼守勇守职。他如果赤心为国，就好将功折罪；倘不能克尽厥职，立可拿问正法，何必提兵远追？臣今冒昧干渎，统望圣裁。”那仁宗听奏，心里甚是忧疑：“朕听王叔的话，极是情理，庞集的奏，也是为国，这便如何？且传旨前去，仍着庞卿作速领兵追捉。”却是：

遥知社稷山河永，全在廷臣战守功。

那仁宗一腔心事，回进宫来。庞妃接见朝廷，奏道：“万岁今日为何圣容加怒？”仁宗道：“朕今升殿，王叔奏说呼家的事，朕心深有不忍。”那庞妃听说“不忍”两字，心中好不害怕，说道：“高山的女寇，定是杨家十二寡妇，他同呼家是亲，只怕逆贼呼守勇必然躲避他家。但臣妾之父庞集年老，不堪报效，文臣不谙戎机，要求皇上格外赦免，敕召进宫一议，便知分晓。”那仁宗道：“卿见甚是。”即敕召庞集进京候旨。这教：

一封丹诏离金阙，马头行处即长城。

那庞集接了圣旨，星驰上马回京。召进宫来，见了贵妃，说道：“娘娘，可晓皇上召我到京，却为何事？”庞妃道：“爹爹，召请到宫，不过女孩儿的意见，要请教那呼家到底可有踪迹。”丞相道：“娘娘，不要说起！我起兵一路追赶，到了高山，那晓两个女寇，有许多喽啰，拦住了去路，要我买路钱。那五营、四哨的官将，大家与他一战，再不想人马被他杀伤了一半，只得将残兵移驻大王庙，告急本章已达帝听，不知圣鉴如何？”贵妃道：“爹爹，皇上看了这本，交廷臣议奏，那晓八王叔奏了一番，朝廷竟有不忍的心肠。被女儿也是一奏，如今平允了些。我说爹爹年老，且文臣不谙兵政，求皇上赦免罪过，召请爹爹到宫商议。”丞相道：“娘娘，我向来自无主见，如今弄得这样光景，我还有什么见识?”贵妃道：“女儿有一计策在此：那叔父庞天德，现任挂印总兵，他有四个儿子，极其骁勇，何不启奏了朝廷，召他同往军前出战？我们嗣了他一个，朝廷封荫了他。”丞相道：“果然妙计，女儿赛过陈平。”正教：

弟兄竭力山成玉，父子同心土变金。

且说仁宗恰好进宫，那宠妃父女接见了圣驾，就把敕召挂印总兵庞天德父子同往军前效力的话启奏了一番。朝廷大喜：“既是庞天德有四个儿子，应将他长子赐卿为嗣便了。”

不知以后如何，且听下回分解。

第十三回 庞东海钦召进京 赵大郎夫妇练兵

衡阳一纸鹧鸪飞，奉召金门著赐衣。
挂印将军能破捷，东海名镇在西岐。

话说庞太师听了仁宗，就写一封家书，差四个伶俐家将，教他到挂印总兵东海公府中投递。那家将来到公府门首，只见一个中军官问道：“什么人在此窥探?”家将道：“启爷：俺奉太师爷差来投书的。”中军道：“取书来看。”家将把书呈上，中军接了一看，道：“家将，你且在此等候。”中军来到里边，道：“启上公爷：京中太师爷差了家将到来，有家书在此。”那东海公接过书来，拆开一看，道：“好奇怪，几十年来绝无音耗，近年老夫封了公爵，哥哥想着兄弟了。”却是：

穷来休要寻亲眷，富在深山有远亲。

那庞天德道：“昔年我在军政府做监军守备的时节，求他几次到兵部里说个份上，免些差徭，他说宰相同兵部没有交往的，怎么去托他？况派差升调，关乎国政，谅难徇私。我听他这般说法，以后就不讲了。近年他晓得我征服了边夷，现在镇守辽蛮，他就差了家将来投家书了。我且不必讲他的势利，再把来书细看一遍。”上写着：

愚自少壮时与贤弟握别，倏尔韶光屡易，岁月频更。欣吾弟恩荣盖世，功冠古今，爵尊挂印总兵之职，位列台垣之重寄，以为我氏增光第，无不乐也。兹奉大宋仁宗皇帝留心治事，谈及我弟的英雄，四位老侄的技勇。忽奉恩纶，命愚火速修候，召我弟同四位贤侄齐赴京见驾，不得迟延。因有紧急重情，事关非细，为此特遣家将，赍了钦命的家书，兼程飞奔，望贤弟得阅来书，星驰就道入觐，稳叨天禄盈仓矣。

那庞天德重把家书看了一遍，忽然哈哈大笑："且喜我生四个儿子，却也个个精强。大儿龙虎使一根梨花枪，次儿牛虎用一把开山斧，三儿毛虎专用一对钢鞭，但是圆睛突出，赛过铜铃，面赤发红，犹如火部神将。唯四儿飞虎生得面如傅粉，唇若丹砂，宛似瑶宫仙子，用一柄方天画戟。我想老夫的公爵，也亏这四个孩儿帮助起来的。就是我庞家的祖宗坟墓，那风水也不算丑了。闲话休提，且唤那家将进见。"

中军来到外边，说道："公爷着你进见。"那家将听唤，随了中军来到里边，叩头道："相爷差家将叩见公爷，请同四位公子一齐进京议事。"公爷道："你们且到外厢消停两日再讲。"

家将来到外厢。公爷到了里边，见了夫人。李氏道："公爷，今日有何喜事，这般快活？"公爷道："夫人，说也奇怪，那晓我哥哥在京做了二十多年丞相，从来没有书信寄我。如今晓得老夫封了东海公，更且四个儿子正在血气方刚，都是技精力胜，我哥哥今日差了家将，下一封书来。"夫人道："不知书中若何？"公爷道："这一封书，说是朝廷的钦命，令我父子一同到京，想是要我父子帮他。"夫人道："论理该嗣一个儿子把他。但是大伯朝廷虽宠，同僚不睦，因冤害了呼家一门，尚在捉他儿子，倒被呼家的儿子杀得十败其九，所以大伯想起了兄弟侄儿进京去商议，不过要你帮他。"公爷道："夫人差矣。任使他无情，不可我无义。老夫应同孩儿到京，或者得了前程。倘然进兵获了呼家，就可名扬四海，威镇天下，就是大丈夫从兹建功立业，为之栋梁。如今你大伯差人来请，总不过手足至情，有此关切，进退老夫自有成见。家人过来，请公子上堂。"

那家人来到里边，说道："公子有请。"公子听唤，一齐上堂叩见公爷，说道："爹爹，呼唤孩儿们出来，有何吩咐？"公爷道："因你伯父庞集为了追捉呼家将，要我父子进京商议。若是拿住了呼家，就是个功臣，不怕不做大官哩。"公子道："爹爹，孩儿们应该去的，一则代朝廷出力，二则建功立业，为国除奸，为臣分内之事。"公爷道："难得我儿有志气。"你看他都是雄赳赳，气昂昂，齐往里边，道："母亲在上：孩儿同爹爹进京，故来拜别。"夫人道："儿阿，你们年纪都轻，不要听这老贼。况你大伯如此势利，因自己不能追获，骗你们替他死哩。"公子道："母亲不必过虑，孩儿此去少不得也要看风使船，请母亲放心。孩儿就此拜别。"夫人道："畜生！我做娘的舍不得你，你倒撇得下做娘的么？"公子道："并不是孩儿撇你，自古道：'男儿志在四方。'"夫人道："呸！有其父生其子，都是蛮牛！"夫人就一包眼泪道："燕子衔泥空费力，初丰毛羽想离巢。未知何日还乡井，可能相会小儿曹。"

那公爷听他母子说了多少唠叨，如今孩儿别了夫人哩。公爷吩咐家将："今日与四位公子起身，路上须要小心伺候。到京见了太师爷，说我耽搁一两月就到。"那家将请了四位小将军，一齐上马，公爷又叮咛了一番，说道："逢人且说三分话，未可全抛一片心。”

那东海公道:“你兄弟四个见了伯父,不可夸口,恃了自己的伎俩。”公子道:“晓得。”答应一声就走。

不觉行了数日,已是长安地面。来到军前,家将就同四位小将见了太师,说道:“伯父在上,侄儿们拜见。”丞相道:“贤侄请起。”那兄弟起身,又道:“爹爹随后到来,令侄儿先行,问安伯父。”丞相看了这四个侄儿,心中大喜,说道:“老夫闻你四个弟兄都是武艺高强,明日先到教场,我要试看一会,就好分别官职效用。”

到了来朝,丞相令侄儿们齐赴教场比试。那庞龙虎提了银枪,使的双龙争胜八面回绕。那庞牛虎拿一把开山斧,使了五六十个盘旋,犹如电光闪闪。那庞毛虎用一根竹节大钢鞭,乒乒乓乓舞得爽利。只见那庞飞虎拿一根方天画戟,使得来飞舞惊人。那丞相看他兄弟四个比试一番,心中十分快活。果然英雄出少年,你看兄弟四个都是凛凛威风,却是将门之子。吩咐回营,一齐上马,到了帐内。

丞相吩咐丫环,请众位嫂嫂出来相见。那丫环请了众位嫂嫂到帐前,见了丞相,道:“公公万福。今日呼唤媳妇们出来,有何吩咐?”丞相道:“今日请众媳妇到来,非为别事。我想黑虎死后,老夫自苦膝下无儿。今有四个侄儿到来,欲待嗣他为子。”众媳妇道:“公公极是。自古说‘不孝有三,无后为大’,若不早为嗣立,我氏何人接续?”丞相哈哈大笑:“我大房庞集有传了!”吩咐快排香案,拜谢了天地祖宗,将大侄龙虎为儿,叔嫂各个相见不题。丞相道:“假子真孙从古说,宗祧有继怕谁欺?”

那丞相带了嗣子龙虎,侄儿牛虎、毛虎、飞虎,一同上京启奏。见了仁宗,奏道:“臣庞集蒙我王命召胞弟天德,自因有病未至,先令四子谢恩。”仁宗即召四虎将上殿,见了甚是欢喜,就封四虎均为将军,随营听候调遣,又令龙虎等:“速随尔父尔伯前往军前效力,计功升赏。”一齐谢恩出朝,仍回营整顿不题。这教:

今日龙城飞将至,管教胡马度阴山。

且说呼守勇,自从逃到高山,幸遇了赵大嫂同凤奴救了上山,见了大舅赵虎臣,十分要好,将他妹子凤奴与他完姻,幸喜凤奴倒也贤惠。守勇时常想起爹娘,心里如何得安,且同凤奴商议道:“我往新唐国去,借了兵马来再处。”那赵凤奴听了公子这些言语,只得苦劝,说道:“官人休得如此。今日哥哥、嫂嫂在山下比试,我和你且去看来。”守勇道:“这倒使得。”

二人来到山下,只见在那里摆的一字长蛇阵,一声大炮,化做四门阵,变了八卦阵,又化一个五行阵。守勇道:“好阵也。那五行阵取金、木、水、火、土五行生克之意。”虎臣收兵,忽见妹丈、妹子,立起身来问道:“妹丈几时来的?”守勇道:“才到。”那凤奴把守勇的话说与虎臣商议。虎臣道:“贤妹,那妹丈的事不必心焦。我在此招兵买马,也为了妹丈。”守勇道:“既承大舅救助,在此处招兵买马,何不同往新唐,借了些兵马,就好与他决战哩。”虎臣道:“但此去新唐,说有八九千里,一路羌兵看守，恐不能去。妹丈你且耐了性子，还在此间耽搁的好。"那守勇听了，心中闷闷不乐。虎臣见他烦闷，备下酒筵与守勇散闷。

饮至半酣，忽有喽兵报道："启上大王：庞妃又差了四虎将领兵到来，要擒呼将军哩。"那赵虎臣听说，即刻发了十二枝令箭，教喽兵四处再去打听，令头目守好了山寨。那喽兵奉令去后，赵大嫂道："官人，我想必要敌住了他，再作计较。"守勇听了，唬得面如土色，说道："我们兵稀将寡，那里杀得过他？不如大家逃往新唐去罢。"虎臣道："不要长他人的志，灭自己的威。常言道：'兵来将挡，水来土掩。'既是妹丈害怕，快去同我舍妹商议。"

那守勇来到里边，与凤奴计议同往新唐的话。那凤奴道："公子，非是我不依，闻此去新唐，路有万里。我且同哥嫂在此，省得公子途路担忧。"守勇道："但是你身怀六甲，凡事须要小心。"凤奴道："这个自然。"守勇又叮咛了虎臣夫妇一番，作别就走。

不知以后如何，且听下回分解。

第十四回 庞四虎领兵灭寇 杨侯显圣救英雄

青海长云暗雪山，孤城遥望玉门关。
黄沙百战穿金甲，不获楼兰终不还。

且说呼守勇正作别下山，不道庞兵围住。不觉惊呼道："这山前山后，都扎下营寨，教我从何处去走呢？"虎臣道："妹丈，休要心焦，你且住在此间，待我夫妻与他厮杀便了。"虎臣说罢，即吩咐披挂，自己戴了一顶金幞头，穿一领金锁甲，提一根长枪。那赵大嫂用一副扎额，两根雉鸡毛，使一对飞剑。他二人一齐上马，飞赶下山，勒住一看，说道："娘子，我想必要杀他个措手不及。"赵大嫂道："官人讲得不错，同你冲将出去。"二人就拍马加鞭，冲出庞营，道："呔！那里毛贼，敢在此处讨死！"那庞家才到，没有防备他，倒被赵家夫妇冲杀了四五百个人马。那庞龙虎、庞牛虎兄弟两个，各执了一根长枪，也就上马追来，喝一声："狗男女！休走，快把呼家兄弟献出，饶你的狗命。若再支吾，管教扫荡山林，砍取你的狗头！"那赵虎臣夫妻听说，不觉怒气直喷，骂道："你这乳臭未干的龟子，招枪！"那庞龙虎也就挺枪迎住。

那赵虎臣与庞龙虎战三十余合，胜败未分。那赵大嫂拍马追来，庞牛虎也来厮杀。那赵家看这庞兵一个青脸，一个红脸，好像鬼怪一般，说道："我们且诈败了罢。"那庞家两个少年不知他诈败，反大喝追来，道："强盗，休走！"挺枪正刺，那晓旁边有一把板斧直砍下来。虎臣连忙闪过。那赵大嫂扳弓连射两枝神箭，只听"飕"的连响，已中了庞龙虎、庞牛虎。那毛虎、飞虎看见两个受箭，各领兵杀来，把那虎臣夫妇围将拢来。那虎臣、大嫂心里十分着急，只得拼命的与战，叹道："五六年来多战场，至今犹恨在山岗。不思吞国兴王霸，为报深仁义不忘。"

呼守勇望见虎臣夫妇被那庞兵围拢大战，急同凤奴商议道："贤妻，如今大舅、大嫂被庞兵围住，在那里大战，我和你快去解救了他。"凤奴听说，就令众头目："吩咐喽兵披挂停当，速将连珠炮放起，同我杀进庞营，解救大王上山。"那喽兵奉令，满山都用鹿角、擂木、石炮，守住了这座山头，一面放起炮来，一面同了守勇、凤奴冲进庞营，杀得他措手不及，如何抵挡。

那赵虎臣同大嫂看见守勇、凤奴领兵杀来，又是一场泼战，趁了守勇的势，一齐杀出重围。虎臣道："若非妹丈同舍妹领兵杀来，如何得能解救，看来庞家的人马果然充足。"守勇道："大舅，我想此处梁园虽好，终非久恋之乡，不如再到别的山头去住罢。"虎臣道："妹丈放心，我山中也算兵精粮足，可守数年。只要严加看守，待他营里疏防，乘机冲杀他一场，岂不是好？"守勇道："高见甚是。倘庞家杀上山来，怎么处？"虎臣道："已经吩咐头目，令众喽兵分守山头，准备了弓箭、石炮，待他攻上山来，四处齐发，射的射，炮的炮，谁敢上山？"守勇道："此计恰好，倒底打点一条去路的才是。"虎臣道："妹丈，你同舍妹且住在此，庞家倘有骚扰到来，我自抵挡，怕他则甚？"这教：

三戍渔阳再渡辽，骍弓在臂剑横腰。
边疆似欲知名姓，休傍阴山更射雕。

那庞集道："方才四虎将已经围住了一班草寇，稳稳地擒他，谁想反被逆贼呼守勇领了许多喽啰冲进阵来，劫了草寇上山。那晓龙虎、牛虎孩儿反被他射伤了，也罢，且消停几日，与他决个输赢。令三军且围了高山，再作理会。"

丞相正在吩咐，忽见巡兵报来，说道："满山都是鹿角、擂木，栅旁堆积许多石炮，炮周围伏了藤牌，势难劲敌。"丞相听了大怒，就命三军领兵杀上山去。一声号令，众军披挂齐全，三声炮响，各提器械上山。却是：

军威赫赫惊人怕，将令森严神鬼惊。

那庞家四虎奉了将令，领兵上山，见一个女寇，顷刻间，乱箭如飞，唬得那四虎将不敢上山与敌。丞相心里好不慌张，牛虎道："伯父不用慌张，待侄儿同毛虎、飞虎领兵齐往后山攻打便了。"

那牛虎兄弟领兵飞往后山，那晓树边立一小将，口称："俺呼守勇来也！"道犹未了，忽听轰的一声炮响，庞家未曾防他下山。谁想守勇领兵直冲下山，杀得那庞家措手不及，又伤了一千余人。那牛虎兄弟追上山来，大喝："逆贼休走！快快下马受缚！"守勇听了大怒，挺枪直刺过来。那牛虎正要与他厮杀，忽听号炮连轰，难以进敌，只得退兵，来见丞相，说道："侄儿蒙伯父令往后山进兵，不道呼守勇冲将下来，伤了八九百人。上山又是炮打，侄儿不敢领兵前进，为此缴令。"

丞相听了大怒，说道："贤侄差矣。自古道：休长他人之志气，不可灭我的威风。那守勇虽然诡计多端，前山放箭，后山抛石，难道我们奉旨捉他的官将，倒怕了逆贼不成？"那牛虎道："伯父，侄儿想他是个山林草寇，没有城廓的，只要担些芦粟秆子，拌了些桐油松香，周围树旁都堆他起来，到二三更天气，放起火来，他必然逃走。我们趁势上山，不要说一个呼守勇，就有十个，也要捉住他哩。"丞相道："好妙策！"就吩咐三军，依计办用不题。这教：

怨气难凭浊醴消，血天泪海恨滔滔。

统兵欲斩仇家首，全赖干将砍万刀。

那赵虎臣道："妹丈，亏得早为埋伏，不然他领兵杀上山来，如何抵敌？且喜前山一带都用的火箭、药箭，后山一带尽是石块、石炮，他家谁敢上山？此次，庞兵被我们的埋伏算计，吃亏不小，谅来不敢再来的了，我们安心守住在此，怕他做甚！"吩咐："拿酒来，我同妹丈快饮几杯。"并劝慰："妹丈不必过虑，自古道：遇有酒时须饮酒，得宽怀处且宽怀。"

呼守勇转身向凤奴道："恩妻，我想令兄、令嫂虽施妙策，把前山后山都已暗伏，庞家不能上山，以为得计。恐庞家亦有奇谋，他别开生面杀来，就难抵当哩。"虎臣道："妹丈所虑甚是。我已密令众头目，四处巡探去了。"守勇道："大舅，我们既在此督守山寨，亦宜披挂，以防不测。"虎臣就吩咐三军，速令众将披挂完备，以威军政。果然一声号令，火速就行。

不多时，只见巡兵纷纷飞报上山，道："启上大王：那庞家的兵将运了许多芦粟秆子，堆在山岗，听他说是半夜里引火的。"虎臣听说，呆了半日，说道："我只防他杀上山来，不曾想他放火，这便如何？"守勇道："这倒不妨。快快传令兵将，一齐冲下山去，与他决一死战。"话犹未了，忽见火光透天，守勇道："呀，不好了！快快杀下山去再处。"

那赵虎臣、赵大嫂、呼守勇、赵凤奴领了合山的兵将，一直冲下山来。谁道庞牛虎、庞龙虎大喝一声："反贼休走！快快下马受缚！"那守勇提起画戟，就挺将过来，龙虎即忙架住。正在不分胜败，那赵凤奴手舞双刀赶来，庞牛虎抡起板斧架住双刀。那时高山大战，杀得庞家兄弟战战兢兢。那晓守勇架起画戟刺来，刚中了牛虎的左腰，忽听一声"啊唷"，不道那庞牛虎跌下马来。那呼守勇就趁势冲杀过去，那庞毛虎、庞飞虎统兵围住。守勇心里急个不止，看来这般光景，只好与他决战。那晓战到一百余合，精神愈加强壮了。不想老庞也领兵追来，逐渐围拢，只听耳边喝叫："众将官，快擒反贼来领赏！"众军答应如雷。那守勇唬得上天无路，入地无门，

"不知恩妻同大舅、大嫂如今在那里？呀，呸！自己性命不保，如何想去救他？"

守勇正在厮杀，那庞毛虎挺枪杀来，飞虎又拍马追来。那守勇被庞家四虎围住大战，杀得气喘吁吁，身不由主。忽听隐隐的一声炮响，只见一支人马冲过山来，那号灯上大书"杨家将"三字。庞家人马见了杨家的号灯，都是马疲人倦，死的死，逃的逃，十去其五。

那呼守勇就借势冲杀了一会，出了重围，一想，究竟这支人马是何处来的？想了一会，在马上打起盹来。醒来一看，只见前面黑隐隐一座村庄，近前一看，呀，原来是钦赐的杨侯庙，不免进去少睡片时再走。下得马来，不道神思困倦，合眼睡去，只见那神道云："生前扶社稷，死后作神明。俺杨业因当时扶宋征辽，被潘仁美不肯发兵援救，害俺撞死李陵碑下。蒙上帝矜恤忠魂，封为神道。不想俺女婿呼必显，被妖妃庞多花屈杀了一门三百余命。昨日庞兵追来把俺的外孙呼守勇围住，不能解救。俺只得遣了三千阴兵，冲破庞营，把外孙救了出来。待俺差鬼判引他到来，指他一条去路。"

那鬼判奉令，召了守勇的魂魄上殿。只见那神道高声大喝道："呼守勇！你还不快到新唐，续完了后段姻缘，相会了夫妻、父子、兄弟，共庆骨肉团圆！那杀父之仇，报亦不远的了。若不速走，庞兵追来，就难解救了。"说毕那神道去了。

守勇如梦初醒，心里甚是恍惚，急叫："外祖老令公，快救了外孙！"恰在窗槛上一绊，醒来一想："呀，原来是一场大梦！方才明明叫我到新唐国去，日后自有团圆，报仇不远。古云：'宁可信其有，不可信其无。'既如此，待我拜别了外祖，快些走罢。"那守勇叩别了神道，立刻起程。

不知以后如何，且听下回分解。

第十五回 五霸山虎臣遇寇 王金莲产下麒麟

樗蒲百万不言贫，犯阵冲坚止赤身。
常诵《汉书》笑樊哙，但能屠狗不屠人。

话说赵虎臣夫妻那日被庞家的兵马围住，忽见远远标灯大书"杨家将"三字，后面又是一支人马追来，冲散了阵势，庞兵都不见了。那时两人就借这灯光，一直走出战场。赵大嫂道："官人，我和你脱了重围，不知凤奴同妹丈如何？"虎臣道："我们慢慢的走便了。"

正在行走，忽见一人一骑隐隐的走来。那虎臣大喝一声："呔！来者是谁？"答道："小将赵凤奴。"那虎臣哈哈大笑，道："贤妹，愚兄同你大嫂在此。"凤奴同兄嫂大家把被困的话讲了一会，虎臣道："不知妹丈可曾脱出重围？"大嫂道："此处离山已是二三百里，我们且脱了甲胄，算为土民，方好再等救兵。"凤奴道："这倒不错。"大家卸了甲胄，改作土民不题。却是：

干戈暂且权收拾，甲胄包藏为土民。
志存宋室忠良辈，尧庭指佞恨奸臣。

那庞丞相道："侄儿，我想费尽心机，使这个神通，已是十全的妙计，稳稳拿住的了。谁道旁边冲出一支人马来，把我们的兵马冲散。那呼守勇想是混出营头，不知又往那里去了。众将官，那冲来这支人马究竟那里来的？"众将道："启上太师爷：昨晚临阵之时，小将以为得计。忽见旁边冲来一支人马，灯上写的'杨家将'三字，被他杀得昏天黑地，七颠八倒，想是呼家趁此走了。"丞相道："我想灯上'杨家将'，必定是呼守信借来的杨家兵马。速令三军且到太行山一路追去，必然拿获他兄弟两人。"那四虎奉了将令，星飞追往西羌去了。却是：

凭他妙策难逃网，管取头颅献玉皇。

且说赵虎臣被庞家火烧了山寨，杀得抱头鼠窜，东三西四。幸亏有一支人马到来，出了重围。且喜他凤奴妹子，倒也足智多谋，大家卸了军装，扮做了乞儿，日间沿途求讨，晚间古庙顿住。虎臣道："我想此非久计，不如仍回故里再处。但不知妹子、大嫂意下如何？"凤奴道："哥哥尊见极是。古人说得好：'树高千丈，叶落归根。'"大嫂道："既是恁般，何不就走？"

那三人就此晓行夜宿，不觉已到五霸山了。那晓山旁冲出一班喽罗拦住去路，又有五个头目赶来，说道："俺等叫扳着天钱富、小霸王李兴、滚龙球吴大海、独角犀金胜、飞天鹏任大羽。"那五个头目各带一根齐眉棍，喝道："汉子休走！快把姣姣留下，你也好在此享些受用。"那虎臣听了大笑，说道："好大胆的毛贼！你快快送些金银与俺做个盘费。若不送来，你休想在这里称霸。"那五个头目怒道："也罢，不战不胜，且与他决个输赢。"

那头目道："汉子，看棍！"这五根齐眉棍一起打下。虎臣架住了棍子，心里一想："且诈败过去。"那头目逼住虎臣，举棍打来。虎臣趁势抢将进来，夺了一根棍子打将过来，把那扳着天钱富一棍打死。那四个头目见扳着天已死，他们心里想道："我们不如拜伏了罢。"大家跪地道："小可们不识英雄，多多有罪。如今大哥哥扳着天身死，求英雄在此做个寨主，小可们同这部下喽兵，甘愿听令。"

那虎臣同妻妹商议，凤奴道："哥哥，既有此说，应允何妨。"虎臣道："你们愿听俺的命令么？"头目们道："小可们愿在大王麾下效力。"虎臣道："也罢，俺且在此做个寨主。"那头目们听他允了,即传齐各部喽兵,披挂去迎赵大王升帐。虎臣同了妻妹上山,吩咐众喽兵免参,着头目进见。这四个头目一齐参见。虎臣道:"这里共有多少人马?多少钱粮?细细说与孤家知道。"头目道:"启上大王:这里有五霸,部下有二十名校军,二千人马。钱粮约有两年多些。"虎臣道:"古人云:将在谋而不在勇,兵在精而不在多。今孤家在此,少不得俺的夫人、妹子,日逐总要比试。你们四人既在孤家麾下,做个总监军罢了。那钱粮不足,不可害人性命借来,违则唯你监军是问。"那监军把大王的号令吩咐各部人马,奉令依行。果然:

图王霸业非我愿,孝义堂前集众英。

且说王金莲与呼公子成亲半载,公子走后,金莲想起:"自从被庞贼领兵追捉公子,害得我夫妇分离,如今不知怎么样了?"金莲正在思想,忽然肚中疼痛起来。那翠桃看见小姐疼痛,说道:"小姐,只怕今日要分娩了,待我报知员外、院君。"翠桃到里边说了,回到房来,只见小姐睡熟。那小姐梦见一位金甲神从天而下。正要看是何神,忽又一阵大痛。睁眼一观,呀,原来睡在这里,方才却是一梦。又是一阵紧痛,喜生一位官官。那翠桃抱来一看,说道:"小姐,官官生得鼻直口方,声音响亮,与公子面貌一般的。这是小姐与公子伶伶俐俐,自然生的官官也是清清秀秀。若是龌龌龊龊的父母,必定生个邋邋遢遢的儿子。"

那翠桃同小姐在里边抱了官官,好不快活。那晓外边这些田夫,见王员外家火起,急急赶来相救。员外听说后面火起,急唤翠桃出来问他。那翠桃道:"方才小姐肚痛,幸喜生了一位小官官,小婢正来报员外、院君晓得,里边并没有火光。那官官出世的时节,房里不过有些香气,那里有什么火光?员外睬他则甚!"那员外听说小姐添了官官,心里十分快活。来到外边,说道:"各位高邻,舍下并未有火,方才小女生了一个官官。"那些乡邻听说员外添了外孙,众人齐道:"员外恭喜!这位官官长成,必然是个大器,我们惊动了。"员外道:"多承各位,慢请。"众人各自回家。却是:

从来将相原无种,天怜忠孝降麟儿。

那员外、院君晓得小姐生了一个官官,十分欢喜,来到小姐房里恭喜一番。抱那小官官一看,果然天庭高耸,鼻直口方,说道:"女儿,你生了这样的儿子,日后一定享他的洪福哩。"金莲道:"多谢爹爹、母亲。"员外道:"待我与你取个名儿来。"金莲道:"爹爹,那呼公子临去叮嘱,说道:'生了个男的,叫他延庆便了。'"员外道:"女儿,方才你说呼公子,且喜没有外人在此,倘若人家晓得呼公子是王家的女婿,岂不是又要弄出事来?如今叫他王延庆罢。"金莲道:"爹爹主见不差,竟叫他王延庆便了。"正是:

文身断发贡苍茅,不反南人格有苗。
竭力致身分次第,先职子职后登朝。

且说庞妃闻西宫刘妃娘娘已经怀妊,心里好不爽快。恐他生了太子,朝廷必然宠爱。庞妃正想,那晓刘妃腹痛起来。那庞妃已令心腹太监翁贵买了一个女娃子进来。恰好刘妃正在临盆,庞妃假意殷勤看顾,一心要想调换。不道刘妃生了一个太子,被庞妃暗嘱了宫娥调换了太子出去,就命宫娥寇直将太子抛送御河便了。那寇直不敢违拗庞妃,只得奉命依行。来到御河岸边,将太子取出细细一看,不觉掉下泪来。

寇直捧了太子正在痛哭,忽听一声咳嗽,寇直急将太子藏好。恰是陈太监走来,见那寇直在金水河边,上前问道:“寇直,你在河边则甚?”寇直道:“陈公公,不要说起!庞娘娘调换了刘娘娘生下的太子,教我拿来送入河内。我不忍将好好一个太子弄死,所以在此悲痛。”那陈琳听了倒是一唬,说道:“寇直,此事断不可行。况皇上晨夕想生太子,岂可弄死储君?”寇直道:“我原是这般念头,为此啼哭。”陈琳道:“寇直,咱去也。古人说得好:‘闭口深藏舌,安身处处牢。’况这个庞娘娘何等厉害,咱不要惹出事来。这教:是非只为多开口,烦恼皆因强出头。双手撇开生死路,翻身跳出是非门。”

那陈琳说了这话,回身就走。寇直一把拖住,说道:“陈公公,你若不与我想个方法救这太子,还想做宋朝的太监么?”陈琳道:“寇直,依你便怎么?”寇直道:“依我想个法,则救了太子的性命。”陈琳道:“不依呢?”寇直道:“公公不救,我们大家死在河里便了。”那陈琳吃了一唬,想道:“他不过一个宫娥,也知大义,难道咱是仁宗皇帝的得力太监,倒不如个女子?也罢,待咱把这太子藏在身边,且到园内采了桃子,一齐送到八王爷府中。那八王爷最是修善的,待咱细细与他说明,再无不依。”寇直听了大喜,遂将太子交付陈琳。寇直一径回宫,来见庞妃,说道:“启上娘娘:这事办过了。”那庞妃道:“你须秘密些儿。”寇直应道:“晓得。”庞妃自言自语道:“一计操成真妙策,万千辛苦乐今朝。”

且说陈琳被寇直将太子托付在身,心里好不耽忧,不免采了几颗桃子,径往八王府去。陈琳想了一回,来见王爷,说道:“咱奉旨进桃,与王爷庆寿。”那八王开盒一看,只见桃内有一个孩子,八王就查究起来。陈琳把缘由细说。那八王细看这小孩子,却与仁宗相似,说道:“陈琳,你既送来,说话须要小心。”陈琳道:“理会得。”

不知以后如何,且听下回分解。

第十六回 呼郎哭别杨令婆 五台山五郎助战

太行回首望秦关，未卜家乡几日还。
今日拜辞唯有泪，不知风景在何山。

且说呼守信自从太华进香，来到太行山见了老令婆，又见了舅母、母姨、嫂嫂，“承他们再三留住，教我兵法，不觉到此三载。时常想起家园，外婆只管叫我耐性，说什么‘免祸’，始终未解其意。那八角琉璃井内的水，也曾吃过几杯，这长生诀可惜尚未学全。”守信正在思想，忽听一声炮响，震得地动天摇，却是为何？只见家将飞奔上山，说道：“公子，不好了！听说朝廷差了庞太师，领了三万人马，把一座太行山团团围住，说来搜捉公子哩。”守信听说，唬得魂魄俱消：“朝廷何故拿我？只怕你听错了。”家将道：“这是听得明明白白，一些不错。”守信道：“你再去探来。”家将重又探听去了。

守信急往里边，见了老令婆，说道：“外祖母，不好了！”令婆道：“我儿，为着何事？”守信道：“方才家将报来，说道朝廷差庞丞相领兵围了太行山哩。”令婆道：“你可记得同守勇出猎回家，打死那庞集的儿子，后来庞多花做了贵妃，就寻你爹爹的事，把一家三百多人尽遭涂炭，唯逃你兄弟两个，不知你哥哥逃到那里去了，所以提兵四处追捉。”

守信听令婆这番说话，一跤跌倒，令婆倒吃一唬。幸喜八姐、九妹在旁，扶了守信起来，说道：“我儿醒来，你切莫悲苦，须定出个计来才是。”守信道：“甥儿原想会见了哥哥，商议个计策。那里晓得弟兄南北，教甥儿独力难施。”令婆道：“你也不必啼哭，量你哥哥必在新唐。如今庞兵虽围山下，你且拿了这一根生铜棍舞下山去，待我吩咐八娘、九妹送你下山便了。”守信道：“多谢外婆。”话毕，就拿了铜棍，作别下山。那八姐、九妹各取了双刀飞舞，一齐赶下山来。只见：

旌旗蔽日张威武，甲胄如云布满前。

那八姐、九妹见了庞家的形势，心里顿生一计，道：“公子，你且慢走，待我同你舅母先去与他厮杀，你看我们势欲败走，他家必来追赶，你就趁势逃出营头去罢。”守信应声“领教”，称谢不已。那两员女将不问情由，竟一直杀进庞营去了。

牛虎正在帐中与龙虎兄弟商议追捉呼家两个儿子，谁道前营里人声沸腾，不知为何。忽中军报道："外面有两个女将冲杀进营，必须将军抵敌。"龙虎听说，提枪就走，大喊一声："谁敢来受死！"那姐妹听了大怒，舞刀飞砍。龙虎疾忙架住，道："你不将呼贼献出，还敢冲犯天兵，只怕这座太行山不能姓杨了。"女将道："你这奸贼休夸大口，看刀罢！"龙虎挺枪直刺，战斗三十余合，那女将趁势败走。

龙虎兄弟领兵追赶，守信乘机冲杀过去，却被毛虎看见，就拍马追来，大喝一声："小呼！你还不快来受缚，要想逃到那里去？"守信想来不能逃脱，只得举棍就打。毛虎道："兄弟快来！"那庞兵看见他沙场决战，急报到营，说道："此刻大将军与一个少年大战了二百余合，只怕是反贼，看来三位将军会战，可能获住，不然恐难相敌。"那庞牛虎、龙虎、飞虎听说，一齐上马冲来。守信在阵中望见，倒唬得毛骨悚然，只得与他泼战。"自古道：'死生有命，富贵在天。'想必我呼家只好靠天的了。"却是：

死生由命不由人，拼得微躯报二亲。
杨家未备三军令，难破重围降救星。

且说那五台山的和尚杨五郎，自从上山做了和尚，不道已是数年，不免拜别师父，到太行山去探望母亲则个。那五郎见了师父，说道："徒弟想回太行去，望望母亲就来。"师父道："你要回去，倒也不难，只恐你的性子全然不像出家人。"五郎道："师父，如今徒弟的性子，比前大不相同了，蒙师父这般化度，弟子亦知五戒三规。"师父道："既如此，须速去速回。常存佛在心头，不可少懈。"五郎道："这个自然。徒弟去了。"师父道："且慢。我有偈言四句，汝须切记。偈云：酒能乱性，色是败真。财乃致命，气动杀身。"

那长老说完了这四句偈，回身进去不题。杨五郎就拿了禅杖，背了包裹，兴匆匆下山，一望道："好爽快也！这几年俺在山上做什么和尚，何曾有一些儿酒肉到口，熬得个身子小了一半，你道苦也不苦？幸亏今日俺的命不该绝，如今是大碗酒大块肉，吃得好爽快哩。咦，那里鸣金掌号？待我看来。"

五郎上山一看，道："好奇怪。"见一个小将军在那里大战。"阿哟，不好了！你看这小将被他兵马围在里边了。"那五郎看得怒气直冲，他就拍马追来，抡起那根禅杖，趁势打将进来，那呼守信也就趁势杀出了重围。那庞家的兵将，被这和尚拍马冲来，倒杀得天昏地暗。众人道："难道也是呼家的羽翼？这个和尚却是十分厉害。闲话休提，且收了残兵再作理会。"

且说五郎见那小将趁势杀出，他就飞马赶上，道："小将休走，俺不知你姓名，在此则甚？"守信道："俺乃后山呼家将的世子呼守信，从泰安进香，母亲教俺往外婆家去来。"五郎道："你外婆在那里？"守信道："俺外婆是太行山老令婆。"五郎道："如此说来，你是我的外甥了。"守信狐疑未信，五郎道："俺就是老令婆第五个儿子，在五台山出家，杨和尚便是。"守信一想，道："呀，原来五母舅！如此请上，待甥儿拜见。”五郎扶住守信的手，说道：“甥儿少礼。”

那甥舅正在相叙，恰杨家一班寡妇追来，看见五郎同守信叙话，一齐上前相见，将守信受屈的话，细细说了一遍，大家上马回山。那一众寡妇道：“叔叔，我们先回，你送外甥一程罢。”守信道：“多谢众位舅母、嫂嫂。”五郎送了十里，守信拜别和尚，各自勒马前行。诗云：

杨柳东门树，青青夹御河。

近来扳折苦，应为别离多。

且说五和尚回山，见了令婆，说道：“孩儿从五台来，今日救了一个少年，正在查问他，恰好众位女将军都在阵前助战。后来说起缘由，孩儿才晓得是呼家外甥。”令婆道：“五郎，我想庞奸贼只怕不肯退兵，还要上山来搜寻哩。”五郎道：“母亲休恼，待俺去与他讲究，不怕他不退兵回去。”五郎提了这一根防身的禅杖就走。令婆晓得那五郎的性子最躁，就一把扯住道：“凡事不可任性，总要定了主意与他抵敌才是。”五郎道：“不错，我们且定了主意，再作理会便了。”自古道：

君王有道臣民乐，无道之君可奈何？

那庞家四虎与这两员女将，正杀得十分热闹，又追擒呼贼，才得围拢要拿住他，那晓又被这个和尚冲将过来，杀了这半日，好不厉害。那晓这个和尚，他就是征西杀了无数大将，回来到五台山出家的杨五郎。众人道：“偏偏我们晦气，撞了他来，杀得这般苦恼，怎么好去回覆？”牛虎道：“不妨，只说已有了呼家的踪迹，必得再添精兵五千，方可前去擒拿呼贼。”龙虎道：“好计策。明日竟去请兵，不必提起今日的事了。”那四虎商议已定，就吩咐中军前往京师请兵不题。

那晓这五和尚拿了禅杖，赶进庞营，大喊一声：“奸贼在那里？还不退兵逃命，想是要俺动气才走？”话未说完，禅杖已经飞舞，唬得这些兵将东奔西撞。那四虎在中军帐里，都是伸头缩脑，不知这个和尚赶来做甚。龙虎道：“兄弟不要管他，我们一齐出去，看他如何说法。”牛虎道：“哥哥讲得极是，我们大家出去。”

那龙虎兄弟来到外边，五和尚见了庞家四虎，抡杖就打，唬得四虎口里喃喃齐道：“望师父慈悲。”和尚道：“你们既要俺慈悲，还不起营快走！”四虎即传令三军，作速收拾拔寨。牛虎道：“我们收了兵马，也不必别处再屯，教他们离京二三十里住下，等我们与太师请了兵，同他一齐进赶，意为何如？”龙虎道：“我弟言之有理，竟是收兵进京去罢。”和尚看见他吩咐拔寨，就拿了禅杖回山，不题。

且说呼守信一路行走，想：“这和尚倒也骁勇，不是他这场泼战，俺今日焉得到此？呀，此处为何尽是皮帐，莫非是西凉界上了？不免少坐片时再走，有何不可。”守信跳下马来，把身子抖一抖，便觉有些困倦。“且在此打个盹罢。咳，我呼守信今日才晓得苦恼。”果然：

跨马自知皮肉瘦，袒裘犹见箭瘢多。

话说齐国宝乃杨家将的花花太保，因同十二寡妇征西失队，流落西羌。“且喜在此倒团了一班人马，推俺为定天山的寨主，倒也快活，只落得朝朝寒食，夜夜元宵。夫人脱氏，所生一男一女。孩儿名唤齐雄，武艺倒也十分骁勇。年方十八，娶邓氏三娘为媳。喜他一对夫妻，都是武艺高强。女儿月娥，年交十六，生得十分秀丽，果然佳婿难求。俺脱氏夫人精通韬略，每日教演武艺，女儿愈加精熟。且喜今日天气晴和，俺又闲暇无事，不免请了夫人、小姐同往教场操演一回，有何不可。"说犹未了，随吩咐侍女去请夫人、小姐不题。

齐国宝回转书房，不知以后如何，且听下回分解。

第十七回 齐国宝妻女观兵 擂台上选择东床

尘饭涂羹旧话填，或言坚壁或开边。
新奇暂赏刍荛策，谋事由人成事天。

且说齐国宝请了夫人、小姐同去观兵比武，三军齐集营门伺候。那大王同夫人、小姐上马下山，军兵拥护前后，一路行来，好不威风。大王道："夫人，你看前面柳绿桃红，半天鹤唳，西羌风土不弱中原。俺在此数年，集兵数万，垦地千顷，也不枉做定天山的寨主。时逢庆会，满殿高呼，比那大宋皇帝倒觉快活。"夫人道："大王，今日一路而来，果然此间山色比西夷不同。"国宝道："前面是那里了？"都管道："启上大王：前面是演武场了。"国宝道："既如此，吩咐扎下了营。"都管道："大王有令，在此扎营了。"说声未了，军兵齐扎下营，大王同夫人、小姐下马升帐。

忽有一匹带鞍鞯的五花马，飞跑过此。大王即问管马军："你在孤家帐下，管的什么马，鞍鞯也不去掉。"那管马军道："启上大王：这马委实不是我们的。"大王道："不是我们的，倒是天上掉下来的？"管马道："启上大王：这马只怕放草的。"国宝道："胡说！孤家在此数年，从没有大胆的人敢来放马。据你说来，明明有奸细在此，快去拿来见我。"

那管马军奉了大王将令，来到前营，把话细细说了一遍。大家齐道："既是如此，我们同去找寻。倘然果有奸细，拿来也好请功。"这些将士四处寻获，只见青草齐倒，莫非奸细躲在草内，也未可知。那些将士大家近前细看，谁道一只猛虎跳将出来，唬得那些将士个个魂飞魄丧，都说道："大王，不好了！方才有鞍鞯的，却不是马。”大王道：“不是马，倒是牛？”将士道：“不是牛，却是一只猛虎。”大王听说是虎，心里又惊又喜。国宝道：“若说青草里有虎，孤家倒要去看的。”

那大王坐了一匹白马，军兵紧随后面，来到了草间一望，不见有什么虎。国宝就往草边细看，只见一个年少的英雄睡在草里。“你看他的手里拿了一条棍子，一定是奸细了，待孤家盘问他一番便知明白。”国宝大喊一声：“汉子！你在此做什么勾当？”那守信听得耳边喊叫，睁眼一看，只见许多官兵，心里好不着急，只得硬了头皮说道：“老将军尊姓？在此镇守那里？”国宝道：“俺乃太行的巡军太保姓齐，在此做定天山的寨主。”守信道：“失敬了。愿大王听禀：俺是大宋皇帝的功臣呼延赞的孙子，因父王呼得模为了金鞭执法，见庞妃僭用了曹皇后的鸾仪，父王要他换用。那晓庞妃不从，俺父王怒执金鞭，要去打这庞妃，却有内监陈琳再三劝止。孰想这庞妃不思僭越违制，反在朝廷面前奏说俺父王打妃骂君，不久就要兴兵灭宋的光景。那仁宗轻听妖妃谎奏，一时怒发，就差妃父庞集，领了校尉到俺府中，抄斩一门三百余命。俺兄弟两个，蒙爹妈再三令逃，俺兄弟逃出，原谓报复斯仇，那晓逃后，庞贼又领兵四处追捉，唬得俺兄弟分飞，不知何日会面，图报此仇。古语云：‘逢人且说三分话，不可全抛一片心。’俺见大王重义，敢不剖心实告。”国宝道：“说起来，就是呼老将军的令孙小将军。但不知今往那一方去？”守信道：“大王有所不知，目下是：水面浮萍随浪去，何分南北与西东。”

那国宝听了这两句，想起流落西羌的日子，说道：“小将军不嫌弃，请到山寨谈讲谈讲，且憩息几天，再作计较何如？”守信道：“承大王如此大恩，教我从那里消受。”国宝听说，哈哈大笑起来，说道：“你我只讲一个义气两字，凭他到那里都可去得。”守信道：“既蒙大王恩义，敢效执鞭。”国宝道：“太言重了，呼将军请上马。”国宝也跨雕鞍，径回山寨。

守信远远看一位头戴雉尾的小将迎道赶来，守信道：“大王，这位小将是谁？”国宝道：“这是小儿齐雄。”那少年闻言下马施礼。国宝把守信一家受屈的事，细细说与齐雄知道。那齐雄听了，不觉怒上心来，说道：“爹爹，若是这般说起来，忠臣受屈无申了。不要管他，我们且到营寨里去细讲。”古人说得好：

从来好汉惜英雄，狐兔皆悲义侠同。

君王无道听奸佞，屈杀清忠忘大功。

那国宝已经吩咐摆宴，款待呼家小将。一面打发中军下山，去接了夫人、小姐回寨。那中军奉了大王的钧令，接了夫人、小姐上山进寨。那女侍见书房里有一个俊俊雅雅的小英雄在那里吃酒，倒也奇怪，心想：“待我去与夫人说知，便知分晓。”女侍来到里边，说道：“夫人，今日大王替小姐招一个女婿，在书房里边吃酒哩。”夫人听说，又去告诉小姐。小姐并不瞅睬，心里甚是疑惑，悄悄地唤了女侍，同到屏后看了一回，转身来坐下，又呆想了半日。“咳，那得这样好人品，就与他做下夫妻，也不枉了人生一世。但看人品却好，不知他才技如何。我爹爹如何讲说，就把奴许了？”

那晓国宝正在道问，月娥方听明白。只见国宝问那少年贵庚，守信道：“今年已是十六。”国宝大笑起来，“难得与小女同庚，愿结成婚姻，但不知呼将军意下若何？”守信道：“多蒙大王抬举，把小姐终身托付与我。须待俺去寻了哥哥，先将父母之仇申过，再来求亲便了。”国宝听说，沉吟细想：“莫非他不肯攀我女儿，故把这话说来我听，也未可知。”国宝道：“呼将军，方才这话，明日商议。”守信乘此谢酒安睡。国宝来到里边，与夫人商议。

齐雄进房，那邓氏三娘道：“今日请的是谁？”齐雄道：“今日请的呼延赞的孙子呼守信。”邓氏道：“请他则甚？”齐雄道：“不要说起！就是今日巡山观兵的时节，见了一骑有鞍鞯的花马跑来，那是父王查问不出，令军士巡查，报说一只猛虎眠在草里。父王不信，亲自往看，才见那呼守信睡在草中，并没有什么猛虎。父王的心里，就想他日后必是个人物，故此唤醒了他，一同上山，细细把庞家害他缘由说了一番。父王欲将月娥小姐与他。”三娘道：“既如此，待我去恭喜了来。”齐雄道：“虽然讲过，还未定准。且等明日定准了，去恭喜未迟。”三娘道：“如此且睡，明日再作理会便了。”

语云：

世间千万惊奇事，磨折多番出类群。

且说齐月娥来到屏后，听得父王在那里对这少年说道：“小女今年也是十六，与小将军是同庚的了，真正难得。”你道这少年怎么回我爹爹？他说报过了父母的仇，然后再来求亲。听他恁般说法，你道气也不气？难道结了亲就报不得仇的么？他明明在那里推托。不要讲他，且进房去罢。那月娥回房，长叹道：

不是姻缘莫问亲，那能红叶去传情。

徒望老人来月下，休题石上定三生。

那邓三娘到了次日，抽身起来径往里边，见了月娥，说道：“姑娘，你今日的面孔上，好像有心事么？”月娥道：“嫂嫂，我心事却没有，只是听得爹爹向那呼家的后生说什么同庚不同庚的话儿，倒被这后生淡白，嫂嫂你道气也不气？”三娘道：“怎么淡白？”月娥道：“他说报过了父母的仇，然后说那对亲的话，岂不是被他淡白？”那三娘听说，细细一想，道：“姑娘，你不用着恼，我有绝妙的计策在此，不怕他不来求我。”月娥道：“既有妙策，倒要请教嫂嫂。”三娘道：“我们去向公公、婆婆商议，搭一座擂台起来，张挂些榜文，择了日子，我们一家儿都到台上，少不得这些有武艺的都要来比试，只怕这姓呼的见了姑娘的容貌武艺，他要来求我哩。”月娥道：“好妙计，果然足智多谋。自古道：‘有志妇人，胜似男儿。’既如此，闲话少说，且同嫂嫂去与爹妈商议起来。”正是：

猫儿发性声狂吠，蛱蝶穿花绕苑墙。

那月娥同了三娘来见爹妈，道个万福。国宝道：“女儿、媳妇出来何干？”三娘道："闻公公昨日与姑娘对亲的话，儿媳倒有一个计策在此，故尔特来商议。"国宝道："你且说来。"那三娘把这擂台选婿的话细说了一遍。国宝听了大喜，即刻吩咐军兵搭台。一面挂起榜来，招集群雄，在擂台比试。

那些军士奉了大王命令，齐往山下，纷纷攘攘，不多一回，搭起了一座擂台，顷刻间灯彩齐全。那正管军吉屹罗飞奔上山禀见，说道："正管军启上大王：擂台已经完备，榜文已挂台前了。"国宝道："既如此，明日乃黄道良辰，早早传集军兵伺候夫人、小姐上台比武，不得有违。"那吉屹罗领了大王将令，来到山上晓谕。这些前军后校，各个欢喜，不胜快活，大家专等明日伺候了夫人、小姐上台，看他比试。

不知以后如何，且听下回分解。

第十八回　石头陀跌下擂台　呼守信夫妻拜别

年少离家受苦辛，剑囊空佩未邀勋。
昔日功臣今受屈，亲仇未报暮云生。

却说齐国宝为了女儿月娥招婿，高搭擂台，比选东床。此时红日已升，不免唤起夫人、女儿妆束起来。那国宝来到里边呼唤，那月娥小姐已是妆束完了，这些使女与小姐一样妆束。你道怎生打扮：

头上高飘雉尾，身穿红锦绣衣，罗裙低系。金莲似铁，双剑如飞。将军不敢近，神鬼皆逃避。

那齐国宝同了夫人、小姐，跟了一班女从，都来到台上，那管军力士一齐来到台前参见。那国宝就令管军："把珠灯彩球都要张挂齐备，四面都要扎营。"那管军奉令，吩咐力士把灯彩张齐，营伍完备。国宝又令："四路管军领兵暗伏，倘有人敢在台前喧嚷，立即擒住了他，拿来见俺。"那四路管军力士各个奉令把守。诗云：

今日雄才施技勇，擂台比试选东床。

那齐国宝为了女儿月娥招婿，建起这座擂台，挂了榜文，就有多少勇士齐到台上来比试武艺，倘然中选也显得英雄盖世。

却说西番单于王的儿子叫做单于吉，年尚十七，生得面青红发，手似钉钯。听说齐国宝擂台选婿，那单于吉也想中选东床，出厅禀道："父王在上：孩儿有话禀明。”单于王道:“我儿有话,且说来为父的听。”单于吉就把擂台比试的话细说了一遍。单于王听了大笑,说道:“定天山齐国宝的女儿,那个不晓得他的将才,你如何去得?”单于吉道:“爹爹放心,孩儿若去,包管中选。”那单于王道:“我儿既要去,须得见机才好。”单于吉诺声道“是”,就带了勇壮家将二十名,同往定天山比试。诗云:

年少辞家独出群,金鞍宝马去邀勋。

一枝百年姻眷好,英雄盖世古今闻。

且说呼守信在定天山,远听人声如沸,金鼓喧天,不知何故。守信正欲来问,恰好都管军走来,说道:“呼将军,为何不到山下去打擂台,倒在此间闲耍?”守信道:“打擂台则甚?”管军道:“为小姐招亲。”守信听说小姐招亲,心里想道:“向闻月娥貌似西施之美,不免踱到台前观看一番,有何不可?”正是:

日高三丈群英集,齐望台间美玉真。

那月娥吩咐女婢往台前高叫道:“俺奉小姐之命,在台赌胜。如有不怕死的,请上台来与俺比试。如果胜俺,好与小姐亲自比试,胜则与他花烛。”

道犹未了,那蹿出一个和尚,上台喊道:“俺乃波斯国和尚石头陀,在此与你们小姐比胜。”那女婢见了这个头陀,心里好不着恼,即使武艺高强,怎么与小姐成亲?那晓月娥在里边见这头陀生得恶状,倒在此撒泼,怒道:“待俺打他下台去。”那月娥走出台前大骂:“秃驴!你来送死罢!”那和尚见了月娥,就呵呵大笑道:“你休得夸口!只怕洒家这一拳也够你受用了,劝你不如快与洒家做亲的好。”月娥听了大怒,假使一路长拳,那晓这和尚纵上台来,被月娥一个双飞脚踢将过来,那和尚就一个劲斗摔下台去,引得一众英雄拍手大笑道:“你看金刚这样的胖和尚,原来是纸糊的。”

那晓单于吉也就纵上台来,喊道:“俺西番单于王的三太子在此!”月娥道:“呔!你像个什么东西,也来送命!”太子听了,怒上心来,就飞纵上台。月娥摆一个金鸡独立势打将过去,那太子连忙一躲,也摆个猿猴献果势打来,月娥就趁势打去,一个劲斗跌下台来。

那晓守信看得火气直喷,跳上台来,把眼睛骨碌碌看了一回。月娥也是暗想:“这人好像那姓呼的一般,不免待我叫他一声,看他如何。”月娥道:“小将军,你何苦也来送命?”那守信道:“为将之人从来不顾身命的,况俺乃呼家将的子孙,谁人不知?”月娥心旦已是明白,假意把两拳擎起,做个扑天雕舞势打来,守信趁势踏进,破了这势。月娥又摆一个蛟龙舞爪势,守信就钻将进去,一把抱住。那月娥低低说道:“冤家,松抱些。”

守信心里好不喜欢,只得放手,挽住了一根鸾带,正要一同回营花烛。忽见台下这些人儿说道:“快走!那边兵马杀来也。”守信听了,心中好不忧疑。忽巡报说是西番单于吉领兵围住,要抢小姐。亏齐雄小将同三娘在那里征战,不能取胜,要请小姐去助阵。守信不问情由,提棍飞跑,就单于吉拦头一棍,巧巧中了肩膀,跌闷在地。那些将弁见太子如此,说道:"不如收了器械,扶了太子起来去罢。"那单于吉道:"阿唷唷,好厉害!快回西番去罢。"单于吉领兵起身去了,齐雄同三娘、守信大家上马回山。这教:

姻缘巧遇呼家子,中选成亲齐月娥。

那月娥自中选呼郎,就同了国宝夫妻上山,端正花烛。国宝道:"女儿中选了呼守信,为父的也称心了。女儿,你且到房里收拾打扮,待俺端正花烛,请呼郎与女儿成亲。"国宝吩咐这些力士将灯彩挂好,快唤乐工傧相,今日黄道吉辰,与小姐花烛。国宝因月娥中选东床,不胜快活。那呼守信想起哥哥守勇不知流落何方:"俺的爹妈被庞贼父女冤死俺一家儿性命,此冤将何申雪?想到其间,令人心痛。"这是:

父母劬劳恩似海,沉冤何日与亲伸?

且说齐月娥与守信成了夫妇已经两月,齐月娥向呼守信道:"我看呼郎面庞,终日愁眉不展,却是为何?"守信将爹妈含冤的话说了一遍。月娥听说,不觉掉下两行珠泪,说道:"公子不必心痛,我去向爹爹商议,招些人马也去杀他满门,就申雪了公公、婆婆一家的深冤了。"守信道:"但得如此,就是九泉冤苦亲魂亦感不浅。"月娥道:"公子,古云'父母翁姑亲恩无二',不免同去与我爹妈商议便了。"却是:

且看翡翠兰苕上,欲掣鲸鱼碧海中。

话说呼守勇一路行来,过了许多峻岭。"你看此处山色,与中原无二。人物恰是不同,面上好似有漆,身上臊腥,穿的羊皮,耳上倒挂大圈。问他名姓,也不知他说的什么。恰好有一个老年的走来,俺就上前问他,他说是新唐国差来,查点马匹到此,不然也不到西凉。"守勇道:"这里到新唐还有多少路程?"那老者道:"这里到新唐,只有三天了,想是你要去么?"守勇道:"正是。"老者道:"你到那一个府第?"守勇道:"俺不到府第,要到王府去的。"那老者听了,又道:"小英贤,你怎么好到王府去呢?"守勇道:"那新唐国的主公,就是俺祖呼延赞的妻舅马化凤。他当初原想在中华做一个藩王,因出了赵匡胤做了宋朝皇帝,他就到新唐国来做了个番王。那里世子马韬就是俺父王呼必显的表兄。"那老者道:"小将军原来是马千岁的亲戚。如此失敬了!"守勇道:"你在新唐做甚么?"老者道:"不瞒小将军说,俺在新唐,蒙千岁容我做了一个查马军,所以到西凉查马。今日幸遇小将军,说起又是千岁的亲戚,俺真正有造化。"守勇道:"前面是什么地方?"老者道:"就是新唐了。"

守勇一望,心中大喜:"我道新唐怎样,原来与中华不相上下,你看城垣宫殿都一样。"守勇正在观看,只见前面许多官军、太监摆队行来。那老者道:"小将军,快请回避,前面花花公主驾来也,另日再会罢。"道犹未了,那老者就拍马飞去。那守勇只得回避。公主在马上飘然过去。那晓守勇伏倒草内偷看了公主,心里想道:"只说中华人物丰采,谁道番邦女子倒比中华女子更美。方才马上的公主,岂不是绝色?就是这些女侍,也有几分姿色。"正是:

休说中原有美女，谁知番国胜西施。

那呼守勇看见花花公主驾已过去，就立起身来，心中想了一会，不知公主到那里去。守勇正在那里心焦，恰好有一队武士走来，守勇上前说道："请教列公：今日公主往那里去?"武士道："今日公主到桃花潭去，因潭里出了一条大蛇，在这地方上吃了些百姓，俺国主晓得了这一桩事，故差公主前去看来。"守勇道："桃花潭有多少路程?"武士道："不过三十多里。"守勇把头一点道："路恰不远。"那武士道："看你不像俺新唐的官儿。"守勇道："俺是大宋的呼家将，俺父王呼必显因遭庞妃冒奏，说俺爹爹欺君罔上，有谋国之心。朝廷也不审察，竟命妃父庞集统了三千人马，围住俺家前后，抄斩了三百多人。又因俺兄弟两个尸首不见，知是逃了。那晓庞集又是一本，朝廷又差了五千校勇四处追拿。俺只得冒雪冲风到新唐国来，要向王公借些人马回去，与庞家报了这仇，才雪胸中仇恨一二。"那武士道："呼将军，你既要见主上，须向朝门上掌奏官讲明白了，他好代你启奏。"守勇听了这话，说道："承列公指示，俺且到朝门上去，却也不错。"

守勇别了武士，径自一个望朝门而去。那班武士一队队摆列得齐齐整整，向桃花潭而来。到底这怪物如何厉害，公主此去怎生擒拿，若问端的，且听下回分解。

第十九回　花公主奉命擒妖　呼守勇新唐受唬

新唐公主逞英强，奉命歼除妖逆狂。
天姿映出桃花面，笑带芙蓉香柳娘。

那花公主奉了国王的命，选了三百个雄兵。来到桃花潭住下。听那百姓讲："这个妖怪好不厉害，到了日午将西，那河里就要翻风作浪，性命被他也害得不少哩。"话犹未了，忽然起了一阵大风，河里顿翻白浪，公主就令番兵一齐放起炮来。谁想这个怪物全然不怕，在空中飞舞，好像要来吃人的光景。公主唬得浑身冷汗，就带了番兵勒马回宫随见国王，说道："孩儿领兵桃花潭去，计图扫灭，那晓这个怪物果然十分厉害。孩儿看见风浪大作，即忙传令放炮。那晓这怪忽地到半天里舞将起来，好像一条金龙向下飞来，势要吃人光景，唬得孩儿浑身大汗，料难抵敌，只得回宫，望父王赦罪。"

国王听了公主的话，心下忧思，进宫又见公主唬得这般模样。到了五更时分，国王升殿，百官朝见毕。忽王门官上殿奏道："有一大宋功臣之后呼延赞之孙呼守勇有事奏闻殿下。"国王沉吟半晌，想："父王曾说，有位姑妈嫁在大宋赵匡胤的功臣呼延赞为室。"国王道："既如此，着他上殿。"即传旨召宋臣呼守勇见驾。

守勇俯伏银阶，口称："臣呼守勇愿吾王千岁。"国王道："你既是功臣之后，先把家世奏来。"守勇奏道："臣祖呼延赞扶宋社稷，功并日月。祖母新唐马氏，止生臣父必显，世受国恩。母前山杨氏，老令婆之女，生臣兄弟二人守勇、守信。"国王道："你今来此何干？"守勇道："臣缘父母痛遭仁宗无道，宠妃庞氏僭欺正宫，臣父必显执先帝遗赐金鞭，恐吓庞妃。不料庞妃捏词狡奏，宋主听妃之言，即差妃父庞集统兵围住府第，放火烧杀，毁我家口计三百三人。臣弟守信，幸代母往太华进香，未逢惨毒。俺的性命，亏得爹妈逼俺从地穴里逃将出来，以便代亲雪恨。那晓逃命到今，历被庞家追捉。且喜屡遇救星，未遭杀害。今日到此新唐，得见千岁，以为万幸。伏祈千岁怜念至戚遭此惨杀，借给雄兵十万，剿灭庞贼父女，庶雪此仇，地府幽灵，永沐洪庥。"

国王道："你既是呼延赞的子孙，把那御赐的金鞭来看。"守勇道："千岁，难臣因被庞兵围绕，爹妈逼俺逃命，那里还想带这金鞭？"国王拍案大喝道："你既然是呼氏的子孙，岂有金鞭失带？明明是个歹人，将这番胡言哄弄孤家，提兵与大宋为仇，岂不是个奸细！"令校将将呼守勇绑赴法场。那校将正欲将呼守勇捆绑，班中有几个老臣奏道："臣等愚见，千岁既以将呼守勇正刑，何不加恩免其死罪，令其领兵将桃花潭之妖逆荡除，以安百姓，可谓两全。"国王道："卿等奏得甚妥。"即降旨赦了，呼守勇俯伏谢恩。却是：

几希一命入幽都，幸赖先灵暗保扶。

国王道："今众卿保奏，说你既是呼延赞的子孙，必定有些武艺，金鞭虽然失带，将略绝对随身。孤家今日试你一试，就知明白。你今领兵三百，前往桃花潭去，除了这个怪物。你爹妈的仇，孤家自有商议。"守勇听了爹妈的仇自有商议的话，心里好不快活。疾忙谢恩退出，就上马加鞭，来到桃花潭。只见：

绿阴深处柳垂腰，隔岸桃花粉面姣。
河内无风波不起，鸟啼花笑寂无妖。

守勇看了一会，毫无踪迹，唯对天祷告："弟子呼守勇因为爹妈惨遭庞奸杀害一家三百三人，俺弟守信代母太华进香去后，无从下落。俺今来到此间，几何性命不保。蒙番官保奏，领兵来此除妖，唯愿苍天默佑，万圣阴扶。"守勇祷毕，不觉日渐沉西。但见微风细浪，河内好似迷雾一般。守勇道："俺今日行事，乃奉国主之命，全赖众将官尽力攻击。倘能擒获，俺与众将计功。"那将校答应如雷，即忙整枪搭箭，各个齐备。

那河中正是起风作浪，迷雾漫天，远远望去，云里好似有条金龙在内旋绕，势欲飞将下来的情状。那将校见了，都是心慌意乱。忽听一声炮响，就呐喊起来，提枪的提了枪，射箭的扯起了角弓。那守勇提了一根铁棍，向前直冲，对着云里的龙道："你这逆畜！难道不晓得俺是大宋的呼家将在此，还不快来受缚！"那晓道言未了，这逆畜张牙舞爪的飞来。谁想守勇的真灵也化现了一条青龙，与那金龙两下里盘旋。忽地里起一阵怪风，吹得眼睛都不能睁开。只听半空中一声大震，好似地裂山崩，抬头一看，依旧红日青天。众军道："好奇怪，如今天上云也没有一片，龙也全然不见，方才明明是两条龙盘旋不了。"众军正在疑想，忽小校报说："前面哈都哩地方，天上掉下一根鞭在那里，咱要拿他，实在拿他不动。"守勇听说，也称奇怪，道："俺去看来。"

守勇到那哈都哩，见了金鞭，倒身下拜道："金鞭金鞭，帝赐流传。"拜毕细看，果然是呼家之物，上面刻的"鞭赐御弟呼延赞，世世相承，毋忘朕意"，一面又刻"毋论王亲国戚、文武朝臣，不遵规制，鞭死勿情。金鞭铁面，代朕施行"。守勇收了金鞭，回到桃花潭营里，安息了五六日。那方百姓也不讲起妖怪，潭里亦不生风兴浪了。

守勇带领将校来见国主，把领兵擒妖的话细细说了一遍，那得鞭的话又说了一番。国王听说，十分欢喜，接过金鞭细看，拍手大笑道："好！果然将军是呼氏子孙，不然那里巧巧就得？若说这鞭非将军得取，咱这里就要闹不清哩。"国王道："将军除妖辛苦，请到内书房安息，早晚便于叙谈。"

不知以后如何，且听下回分解。

第二十回 新唐国公主招亲 呼守勇坚却是假

才略应堪夸数公，只今方信有英雄。
喜看翡翠金枝贵，欲钓鲸鱼沧海中。

且说呼守勇自从除妖得了金鞭，见过国王，被请到内庭将息几天。那晓守勇将这金鞭逐日在手中舞弄，国王来到书房，守勇正舞得高兴。国王看了一会，连声称赞："果然将门之子。"守勇回转头来，看见国王，即忙放了金鞭，口道："难臣不知千岁到来，有失跪迎。"国王道："咱家与山前杨氏、山后呼氏，原是世代的老亲，何必这般谦逊。"守勇道："难臣承千岁如此抬举，也是叨祖宗的荫庇。"国王道："前日的金鞭得手，这是你令祖阴空默助，将来贤侄必作栋梁之器。"那国王讲了一番叙亲的

话,依旧回宫去了。这教:

相才还是将才高,万里江山一举劳。

皇封御弟呼家将,荫子荣孙穿锦袍。

国王来到西安宫,娘娘接了千岁。国王进宫坐下,说道:“孤家有一桩事与娘娘商议。”娘娘道:“千岁有何见谕,臣妾谨当领听。”国王道:“与娘娘商议,非为别事。因为公主年已及长,东床未选,孤家为此日夜焦思。前日为了桃花潭出了一个怪物,日逐在那河里兴风作浪,不知戕害了多少百姓。公主听了一时气冲斗牛,领兵前去剪除。那晓得到了桃花潭,正这怪物在那里兴风作浪的时候,那公主一看,好似一条金龙对着公主飞来的样子,唬得公主目瞪口呆。亏得他主意恰好,就急忙回宫,孤家心里甚为不安。幸喜公主近日身体安泰,孤家才得放心。”娘娘道:“人家为了儿女,父母的心肠都是这般的。唯有儿女的心肠待爹妈,只恐就不能够了。”国王道:“然虽如是,总要教导他。”

娘娘道:“那桃花潭的妖怪,如今怎么样了?”国王道:“娘娘讲起桃花潭,真正奇怪。那桃花潭这个妖怪,亏得孤家的表侄呼守勇到新唐来见孤家,那时孤家就教他带了三百名番兵往桃花潭去。那晓呼守勇到桃花潭不多一会,河里正翻风作浪,乌云蔽日,云里一条金龙飞舞。守勇喝了一声‘逆畜’,云里忽又出现一条青龙,与那条金龙盘旋了半日。忽然大震一声,那里晓得就是宋太祖赐与孤家姑丈呼延赞老将军的这根金鞭。咱侄儿得了这鞭,谁道那桃花潭里的风浪顿息,天上的乌云散去。又隔了几日,河里也不起风浪,百姓也不讲起什么妖怪。咱看那呼家表侄,将来必是个大东西哩。故此孤家有事与娘娘商议,咱想公主的容貌也好,武艺又强,年纪又是相仿,孤家欲将呼家侄儿做个东床佳婿。”

娘娘道:“既呼家侄儿到此番邦,应请他到府中安歇,也该来见我。”国王道:“娘娘,那侄儿已在西书房住。因他平妖辛苦,咱教他将息几天,然后相见罢了,所以呼家侄儿尚未拜见。”娘娘道:“既如此,臣妾与千岁同往书房,意谓何如?”国王道:“这是极妙的了。”那千岁同了娘娘来到西书房门首,内侍道:“呼将军,千岁同娘娘在此。”守勇听了,即忙出厅迎接,口称:“难侄不知千岁与娘娘到来,有失远迎,望乞恕罪。”国王道:“侄儿免礼。”

进了书房坐下,守勇拜见已毕,千岁开口说道:“孤家今日同娘娘到此,非为别事,一则念及老亲,二来见你人才出众,武艺高强,孤家欲将公主与你结个百年夫妇。”守勇道:“多蒙千岁与娘娘恁般抬举,难侄岂敢。况公主是玉叶金枝,宫帏闺秀;难侄如今是丧家之犬,东奔西逃,不知将来如何下梢哩。”

娘娘道:“呼家贤侄,你何恁般推阻?将公主匹配与你,也是千岁重亲情的好意,将来新唐马氏与后山呼氏的亲,不致疏失了。”守勇道:“难侄已曾娶过王氏金莲、赵氏三姐。成婚未几,又被庞贼领兵追捉,亏得三姐与贼对敌,难侄趁势走脱,苟延性命,得到此间,皆二位侄妇相扶,未经被贼擒拿,以为幸甚。”千岁道:“娘娘不必听他，咱们且进宫去，是有个道理。”

那千岁同娘娘进了内宫，说道：“公主，你到桃花潭看见的什么金龙，唬得孩儿浑身冷汗回宫，倒病了几天，那晓这金龙就是后山呼家将的紫金鞭。”公主道：“父王何以知之？”千岁道：“我儿那日桃花潭回来了，恰好你表兄呼守勇到此，咱就差他到桃花潭去。谁知你表兄呼守勇一到，河里风浪大作，白雾漫天，空中金龙狂舞。后又有一条青龙在云端里盘旋了一会，那金龙掉下地来，众人拥去看来，恰是一条紫金鞭，被守勇拾了这鞭，云已散去，风浪即止，百姓也不讲那妖怪了。”公主道：“这也奇怪，将来倒要与表兄相借这金鞭来试看一看的了。”国王道：“何必要借？孤家现在待黄道吉日，就要把呼表兄与公主完姻了。”公主听说，不觉腮映桃红。娘娘同公主随往里边更装去了。这教：

脱下罗衫换锦袍，宝髻高扳翡翠娇。

今日洞房香满院，专待仙郎度鹊桥。

那国王道：“今日是黄道吉日，与公主完姻，速速备了花烛，灯彩须要整齐。”一声吩咐，各官纷纷备办。待等良辰花烛，各官齐集宫门称贺。国王道：“众卿少礼。”令内监陈三千陪了众卿到御园饮宴。那乐工傧相请出驸马、公主拜了天地，见了千岁娘娘，夫妻交拜已毕，遂送入洞房去了。

千岁道：“娘娘，你道呼表侄配的公主何如？”娘娘道：“果然配得不差。这对夫妻好像仙子临凡，还有什么比得上他。”千岁道：“妙阿，没有什么比得上他。”那娘娘同千岁得意洋洋，也回宫去了。

那守勇把这庞妃狡奏，仁宗发怒，遣庞集领兵歼灭的话，对公主讲说了一番，二人同入香房安寝。到了天明，双双来到内宫，拜见了千岁、娘娘，请过了安，双双依旧回房。两下里谈谈笑笑，不觉又是梅梢月上，鸳枕蒙眬，怪煞金鸡报晓。却是：

御前初献紫罗衣，交颈鸳鸯卧碧溪。

南燕北来新洞府，蓬莱小院遇仙姬。

且说王员外想起：“招了呼守勇为婿，那晓与女儿金莲成婚未几，不料就遭庞妃的父亲庞贼领兵杀来，把俺的庄子团团围住，要捉呼守勇去，亏得俺女儿同了翠桃倒也有些主意。自从救脱了守勇去后，音信全无，不觉倒有八个年头了。俺女儿金莲时常想起了他，就要啼啼哭哭，俺与院君的心里好不懊恼。幸而有个外孙，叫做王延庆，今已七岁，倒也聪明。做娘的若是有些悲切，他就叫了翠桃一同在旁解劝，说道：‘凡事总待孩儿长大起来，自有个道理。母亲若然苦坏，教孩儿怎么？’翠桃道：‘娘娘，自古道：吃得苦中苦，方为人上人。官官倒也讲得是，劝娘娘凡事要看官官面上。’娘娘心里甚是明白。以后只把官官长成，再作理会。”

以后如何，且看下回分解。

第二十一回 呼延庆解分牛斗 王老禅顽石变虎

桂窟香生花萼楼，万方同庆是中秋。
倾城人看双牛斗，小小儿郎解斗牛。

话说王员外一日正与院君叙话，偶见镜中的形容，不觉鬓已将斑，员外道：“妈妈，俺与你的年纪已是半百，苦奈膝下无儿，俺的心上，欲将侄儿嗣续宗祧。”院君道：“这个极是。”员外就立了侄儿，改名环字，今年十三岁，面貌却也富丽。就见了员外、院君，又见姐姐金莲。见了延庆，向金莲道：“姐姐，这个是谁？”金莲恐外人知其为呼家子孙，于是诳道：“这是俺娘的过继儿子王延庆。”王环道：“姐姐，这是兄弟了。”王环与延庆见了个礼。

一日员外把延庆送进书馆里去，先生教他读书，那里晓得这延庆竟是个过目成诵的神童，先生甚是欢喜。那员外正到书房，恰好看见延庆在那里舞弄枪棍，员外道：“你小小年纪，弄他做甚？”延庆道：“这个才是文武全材，学会了他也就是个武艺。”员外假意要去打他，谁知延庆一溜，出了庄门。忽见田里有两条水牛，在那里争斗，延庆道：“不好了！俺家的豆麦都被他踏坏了。”急忙赶下田里，把这两条水牛的角一把扳住解开，对庄夫道：“你们拽了去罢。”那些看牛斗的人，都是伸舌摇头。这教：

老大无能看牛斗，不如员外小儿郎。

且讲那万花谷秀云岩有个道士，说是汉朝的一个宰相，挂冠入山，姓王名禅，曾拜云中子为师，日诵《黄庭》，夜则蒲团打坐，每到天明，采东方青气，参透了玄机妙秘，往来云汉。一日西池王母大会群仙，那王禅在云头里看见了云中子驾云从西而来，王禅道：“师父何往？”云中子道：“今日西王母寿诞，大会群仙。”那王禅垂下云头，仍旧在万花谷秀云岩打坐。这教：

谈玄自有无穷妙，熟读《黄庭》参道机。

那云中子赴了群仙大会，回归洞府，只见武曲星官迁宫。云中子掐指一算，“嗄，就是那年的魁罡星，降凡于复姓呼延为子，今年已交七岁，应传法了，所以武曲迁宫。”云中子驾起云头，来到万花谷，就按下云头，叫一声：“徒弟！”王禅开眼一看，说道："师父，可是群仙会回来？"云中子道："非也。"把武曲星迁宫的话，对王禅说了，道："徒弟，你须下山到王贵庄去，度了复姓呼延庆上山，教授了他的行兵十法，然后送他下山。"云中子依旧驾起云头，回归洞府去了。

王禅想起那王方平仙师的叱石成羊法。"待我试他一试，何不教他变了一个老虎，就好骑他到王贵庄去，岂不好么？"那王禅就对了这块顽石，把手在石上一摸，吸一口气，道："变！"你道这块顽石变的什么？谁想竟变一个猛虎。王禅就跨上虎背，道："快走！"一霎时已是王贵庄了。王禅道："住！"这虎就歇在庄前。

那庄前庄后的人，都唬得目瞪口呆，说道："不好了！我们庄上有了老虎，性命那里还保！"众人道："我们且去告知员外，都唤些庄夫，大家拿了家伙，筛起金锣来，只怕唬得动他，也未可知。"众人拥到里边，说道："不好了，员外的庄门口来了一个极大老虎，员外快快唤些庄夫，带了家伙，我们大家到庄上，鸣金追赶，或则赶了他去，大家就好安逸了。"王员外听说庄前有虎，满肚疑惑："我们在此住了几百年，从未听有老虎。"员外道："莫管他，同你们去看来，再作理会。"

那众人同了员外到了庄前，员外四面的一看，问道："虎在那里？"众人道："好奇怪，方才明明一个猛虎。"众人道："想是员外出来看他，那老虎也怕我们追捉。"员外听了哈哈大笑，说道："疑心生暗鬼，不听自然无，那里什么老虎，这是你们自己眼花了。"

员外踱进庄门，来到厅上，恰好院君听说庄前有了老虎，慌慌张张，见了员外，说道庄前有虎的话。员外笑道："妈妈，你那里拾的马屁孛，我已看过，那有什么老虎？"院君听说，就回进房去。那金莲也闻庄前有虎，来见院君，院君道："我已问过员外，庄前并没有什么虎，都是乡里人以误传讹的话，女儿不必惊慌。"这教：

人人见过田间虎，谁识王禅化石为。

且说王禅到了王贵庄前，就把那骑来的石虎伏在田间，那晓原化了一块顽石。王禅走到王员外的门口，说道："员外在府么？"门公道："是那个？"王禅道："特来拜访员外的。"门公道："请少待。"到厅前看见员外，那门公道："员外，外面有个道人，他说特来拜访员外的。"那员外细想："我没有什么相与的道人，既来拜访，且请他进来便了。"那门公来到外边，说道："师父，员外有请。"那王禅到厅，相见了员外。员外道："师长从那里来？"王禅道："特来拜见。"员外道："大师贵处？"王禅道："贫道荒居万花谷秀云岩。"

那王禅正与员外叙谈，恰延庆走出厅来，员外道："过来见了大师。"延庆奉过了揖。王禅道："好。这位是？"员外道："是过继的。"王禅道："可惜。"员外道："可惜什么？"王禅道："可惜他在母腹中就遭兵戈扰攘，父子分离南北，须早早习些玄奥，以免目下之灾、他日之难，过了十六岁，得有父子相逢，夫妇重圆。若不早与主张，解除不及了，岂不可惜？"员外道："请教大师：如何与其解灾除难？"王禅道："官官今年可是七岁？若交与贫道做了个徒弟，传授了他的玄妙，就有一切兵戈灾难也不碍的了。过了九岁，仍旧将官官送还。员外，你意何如？”员外听了，心里甚是惶惑：“若听了道人，要把延庆领去的了；如不听这道人，未免有什么灾难到来，又要抱怨及我。”员外一想，这话倒要与女儿讲的。员外道：“大师请坐，待老汉去来。”

员外走进金莲房内，说道：“女儿，你可晓得，今日老汉听了道人说起延庆，心中十分疑惑。”金莲道：“道人说延庆怎么？”员外道：“他讲延庆未出母胎已遇兵戈，目下有灾，他日有难，及早学习些技术，临事也好解除。若不与道人做徒弟，倘日后偶有灾异如何解法？道人说延庆九岁后依旧送他回来。”金莲道：“爹爹，快去回覆道人，断不能与他领去做徒弟的。自古道：‘死生有命，富贵在天。’”员外道：“待我回他去。”

那晓延庆听说回覆道人，他反哭将起来：“亲娘，怎么不放我去做徒弟，要我在家受灾难？巴不能让我学些法术，习些武艺，后来好与祖父报仇。”金莲道：“做娘的因你年小儿童，那里放得下心。”延庆道：“如今母亲舍不得孩儿，只怕日后母亲不能相救孩儿，悔已晚了。”员外道：“你娘儿两个不必哭，待我与大师商量。”

员外向王禅道：“大师听讲，因为儿年太小，待他长成送与大师为徒，何如？”王禅道：“既如此，贫道奉别了。”员外相送王禅出去。那晓延庆跟将出来，叫道：“师父，徒弟是要随师父同去的？”王禅道：“入山修道，是最苦的事。”延庆道：“吃得苦中苦，方为人上人。”王禅道：“既要我领你去，且坐在田里这块石上。”那延庆爬上石头坐定，叫道：“师父，快去！”员外只道他坐石上顽要，不去睬他。员外与王禅作别，王禅道：“员外，改日会罢。”员外道：“专诚候送仙长。”王禅走上了石头，道：“请了。”员外道：“请。”打了一躬，抬起头来，只见他师徒两人坐在虎背，在云头里，睁睛细看，已去远了。

员外心里如热油煎沸，痛苦万千。且去与女儿说明，再作理会。员外对金莲道：“那延庆决意不肯在家，已同道人去了。”金莲听罢大哭。院君急来查问：“女儿为何这般恸哭？”翠桃道：“员外说官官方才被道人领去了，娘娘听了啼哭。”院君也一包眼泪，同翠桃再三解劝。

不知以后如何，且看下回分解。

第二十二回 呼延庆入山授法 寇直女救出太子

学术从师有宿因，弃家权去读《黄庭》。
蒲团且坐千余日，道德圆成功自深。

那呼延庆骑了石虎，一霎时来到终南山后万花谷，那虎就立住不行。延庆跳下虎来一看，只见苍松密密，古柏垂垂，隐隐里宫殿层层，果是神仙洞府。延庆正在观玩，王禅道："徒弟，过来同我去见祖师。"延庆随了王禅走入洞府，只见蒲团上坐一个白髯老者，手里拿一柄拂尘帚，端坐中央。王禅道："弟子拜见。前奉祖师命弟子往王贵庄度那延庆到山。"云中子把头点了几点，王禅就教延庆拜见了祖师。云中子道："呼延庆既来，你须好好教授他。"王禅同延庆拜别祖师，回归洞府。那王禅把秘典术法的天书，细细与呼延庆讲究。这延庆倒会参解，王禅听了大喜。这教：

"仙诀不传凡，俗子无从觅。
台垣降尘世，真仙来教习。"

那延庆得了术诀，又将十八般武艺时刻演习。却是：

古来术法有真传，俗子安知玄妙玄。
武曲临凡飞白鹤，道成初试胜王禅。

且讲庞多花自从宋仁宗封他做了贵妃，把一个呼家将杀得东逃西奔，四处追捉终未拿获。今差四路总兵分头追赶，至今数月，未见有擒拿呼守勇、呼守信的奏章到来，心中却也烦闷。

庞妃正在焦思，忽内侍走到宫门口道："启上娘娘：圣驾已到外宫，请娘娘接驾。"庞妃道："臣妾庞多花见驾。"仁宗命宫娥扶起，用御手搀了庞妃，进了内宫坐下，庞妃西首侧坐。仁宗道："庞卿，你可晓得朕在八王府园内赏花，见一个孩子相貌生得甚是奇怪，与朕梦中得受九天仙女抱送来的孩子一般。更且那孩子的八字，又同刘妃生下公主的年月日时，都是相同的。如今朕把这孩子嗣为太子，续了赵氏香火，再作道理。"

庞妃听了，犹如小鹿在心头撞个不住，口里道："万岁，这也极妙，有了接香火的，江山还要怕谁？但八爷这个孩子，是那位娘娘的？"仁宗道："那孩子却不是王爷宫里生的。是八王做寿，差陈琳在御园采取仙桃，庆祝八王寿诞。八王开盒取仙桃称祝，那盒里开出这个孩子。王叔留养宫中，朕将来还要慢慢的察问。”庞妃唬得两手如冰，无言登答。仁宗讲了这话，又道：“贵妃，今日朕来，与卿下一盘棋，也好消遣。”

庞妃旁坐，正要着棋遣兴，忽内监许世泰奏道：“启奏陛下：三边总制施彪有告急本章到来，说辽兵猖獗，杨家将被辽兵战败，杨家兄弟已到西番借兵去了，不道辽兵攻破三关哩。”仁宗将施彪的告急本看了又看，即降旨到兵部衙门，会同九卿科道：“速点骁将百员，精兵十万，随朕亲往三关破辽。”那九卿文武齐集朝堂，议选骁将周仁、江一飞、郭兆熊等百员，挑集了精兵十万。仁宗就命梅又李做个领兵前部先锋，雷胜点做全营参赞，右翼、右哨、左翼、左哨各个点完，就此起行。这教：

秦时明月汉时关，御驾亲征果不凡。
自古真龙得虎将，管教胡马度阴山。

且说庞妃听了那一番话，心里时刻不安，幸喜边关告急，万岁领兵亲征。“且送了圣驾，待我慢慢的来诘问。”庞妃备宴，跪请圣驾，那晓仁宗已上马出宫去了。庞妃在宫终日昏昏噩噩，一日想起陈琳、寇直，就差一个小太监去，道：“唤陈琳、寇直来见我。”

那小太监奉了贵妃的命，唤了他们到宫。那陈琳、寇直道：“娘娘在上：奴婢叩见，望娘娘恕罪。”庞妃道：“我怎么待你，你们全然没有良心！那金水河的事，到底怎样办的，快讲出来，免你的死。”寇直道：“那年奉娘娘的命，将太子抛送金水河去，婢子敢不依行？况今数年，又提起他做恁？劝娘娘不必拨草寻蛇了。”庞妃道：“这事明明是你弄在那里的了。”庞妃又查问陈琳：“那时你在御园则甚？”陈琳道：“奴婢在御园是奉旨取桃，与八王爷做寿。就是金盒里有什么小孩子，奴婢并不晓得。”庞妃想一想，道：“陈琳，你既不知，与我取鞭子来，把寇直先鞭他一百下，然后再问。”

陈琳对了寇直，大家一包眼泪，“若不依庞妃鞭打寇直，庞妃愈加忿恨；如听了他鞭打，这寇直的冤陷，如何分剖？我想庞妃不念圣恩，反把一位太子教寇直送至金水河中淹死他的性命，俺与寇直不忍把太子淹死，商量将太子放在盒中，与仙桃一齐送进八王府去，那晓隔了七年又来讲起。”陈琳假意提了那鞭子，把寇直鞭打。庞妃看陈琳鞭打寇直，并不实力鞭责，想是陈琳、寇直通同作这个弊，故此陈琳遮掩，不肯用力鞭打。庞妃就接过鞭来乱打，寇直熬受不起，被庞妃鞭死。

庞妃看那寇直已死，那陈琳决难留他，庞妃将鞭子也就劈面乱打。陈琳道：“娘娘请息怒，即使奴婢救了太子，也是奴婢们分内的事。若依娘娘将太子淹死，将来宋朝的天下，就没有社稷主哩。”庞妃听了大怒，教令内监李茂才等一齐动手。陈琳道：“快些打！自古忠臣不怕死，怕死不忠臣。俺陈琳救了太子，今日被庞贵妃打死，将来也得个名儿。设使见了先帝，俺也无愧。”

陈琳正在那里受苦，忽有守门太监孙恩道：“启娘娘：万岁有旨，特召内监陈琳飞骑前往，随驾征辽。”那庞妃接了圣旨，唬得浑身冷汗，抖个不住，说道：“陈琳，难道你不念我平素看待你的恩么？”陈琳道：“这是再不忘恩的。”庞妃道：“既是知恩，我今恕你，快去端正起身，前往驾前行走。那金水河的事，我如今也不来究你，你可晓得么？”陈琳道：“奴婢知道。”话毕，就同孙恩出了宫门，上马去了。这教：

王孙脱难寄珠楼，内侍几希命不留。

有此忠良心不昧，天恩犹助宋春秋。

那陈琳奉召，星飞赶上边关，随了圣驾，这也不在话下。

且讲庞妃密令内监李茂才等，把寇直的尸首推下金水河去。“日后圣上回宫，问及寇直，你们竟说是落河身死便了”。那李茂才等把寇直的尸首，抬到金水河边推将下去，只见一道白光，直冲上天去，那晓河里的神道，早报龙王知道，说那内侍寇直因为救了太子，庞妃忿恨，遭屈身死。

不知以后如何，且看下回分解。

第二十三回　呼延庆受术回乡　王金莲新唐访夫

何期术法运无穷，采石云车起寿宫。

闻有三山仙子窟，茂林修竹古苍松。

讲那呼延庆自从王禅老祖度他到了终南，教习了术法，那行兵的策略无不精详。不觉光阴迅速，来此已经三载。“待我前去拜别，看师父如何。”延庆到洞府见了王禅，说道：“师父听禀：徒弟在此已是三年，蒙师父教授了许多术法。”王禅道：“你且把学习武艺试演我看。”延庆就将师父教习的武艺，都试演了一番。王禅道：“你的武艺倒也去得。”师徒两个又把术法讲究了一番，王禅道：“我看你武艺术法，却是精通，可以下山去了。我与你一个锦囊，倘日后有难，方可开这盒儿，便知明白。但这盒儿须带在身边，不可外人知晓。”延庆把盒子藏在身边，又道：“师父，徒弟还要师父将石虎骑去才好。”王禅道：“你好没见识，行了一个缩地法，岂不是好？”延庆道：“不错。”就召了六甲六丁神将，拔山倒海功曹。延庆别了王禅，脚上画了灵符，倏忽间已到了王贵庄。延庆道：“这法儿倒也使得。”正是：

云中岁月无多日，翘首离家已数年。

故园风色依然在，苍松如故竹生孙。

那延庆看了一会，回身来到里边，恰好员外与院君在厅上讲那金莲终日想念孩儿延庆的话。延庆正走上厅来，见了员外、院君。员外道："我儿几年在那里？"延庆道："孩儿那年同了师父，在终南山修道习学了三年，今日才得回来。"院君道："翠桃，你去劝小姐不必哭了，如今官官回来哩。"翠桃正要通报，那金莲正走出来，听说官官在厅上与员外、院君叙话，金莲心里甚是快活，走来见了延庆，又一包眼泪，说道："儿去三年，我心今日略放，但不知何日与你爹爹会面哩。"延庆道："母亲放心，将来儿去寻访爹爹，自有见面的日子。"员外道："夜深了，女儿，你同延庆孩儿进去罢。"那金莲别了员外，就同延庆来到里边。那晓母子两人谈谈讲讲，不觉已是红日东升，延庆依旧读书去了。却是：

离家三载似行云，稚子胸藏玄妙文。

坐卧石床且养性，他年骨肉乐天钧。

话说王环自继与员外为儿，不觉光阴易过，如今已是十六岁了。每日里把一条金枪常在手顽耍，倒也熟练，人皆称赞。那晓延庆听见王环在庄前使枪，前去观看，看得高兴起来，连叫了几声，王环却未听见。延庆疑似不答应他，就抢将进去，接住了枪杆往后一搡，王环没有防备，竟跌了一跤。众人拍手大笑："这个汉子倒被那小孩子拉跌了。"王环爬将起来，看见延庆在那里使这杆金枪，王环气他不过，做个坐马势纵将进去，夺这根金枪。那晓延庆正使得高兴，把枪杆一洒，王环又跌了一跤，连忙爬了起来，一把抓住了延庆的右手，说道："兄弟，枪法却是你的好，这个皮锤俺比你硬绷哩。"王环就把手一捺，延庆借势也就用力一拼，王环又跌倒在地。延庆连忙扶了起来，说道："哥哥不要动气，兄弟得罪了。"王环道："比武那里论得什么得罪。既如此，同你再来耍拳。"王环就做个金鸡独立的势子，延庆趁势踏将进去，拿住了王环的右手。王环把身子骨碌一转过来，延庆的左手被王环拉做一个太公下钓。延庆回身过来，用两手向王环背上一把，趁势托了起来，说道："哥哥，你可晓得这是小鬼朝天势？"王环等延庆的手一松，就跳将开去，骂道："你这忘八蛋，倒要欺我么？少不得赶你这野狗子去。"

延庆被王环骂了这场，好没趣兴，回到里边见了金莲，道："娘阿，孩儿闻得王环哥哥使枪，孩儿看得高兴起来，与他接过枪来也使了一会。那晓王环又要与我耍拳，忽然又骂起孩儿忘八蛋、野狗子，是何道理？"金莲道："儿阿，做娘的对你说过，你是呼家的子孙，呼守勇是你的父亲。为了庞妃提兵到此捉他，做娘的与翠桃放他去借兵复仇。生下你来就改姓王，说了姓呼，恐有后害。这你亦是知道的。那王环并非你的哥哥，这是你外公的嗣子，骂你几声只好罢了。"

延庆道："如今孩儿的爹爹在那新唐借兵，求吾娘说与孩儿知道详细。"金莲道："你的爹爹到新唐国去借兵，已经数年，绝无音信。"延庆道："既是爹爹到新唐借兵，久无音信回来，不免待孩儿前往新唐，就知爹爹下落。"金莲道："你小小年纪，怎能放你前去？"延庆道："娘亲差矣。古云'男儿志于四方'，孩儿终南已曾去过，何况新唐？"金莲看那延庆，男儿虽小，血气甚大，料不能阻住。"若放他前去，教我如何放心？”翠桃道：“娘娘，看来官官是阻他不住的，不如小婢和娘娘陪了官官去罢。”金莲道：“这倒使得。既如此，你快收拾起来。”

翠桃收拾了包裹，一齐来到厅前，见了员外、院君，把延庆寻亲的话细讲了一番。员外、院君看来难阻，说道：“途路风霜，你们那里受得？”金莲道：“这也出于无奈了。爹爹、母亲请上，暂且拜别。”员外与院君一包眼泪，说道：“女儿，你既同延庆前去，路上须要小心，早去早回，免我一家记挂。”金莲道：“这个自然。”三人就此起身。

光阴迅速，已有月余，不觉又是潼关了。金莲向延庆道：“做娘的听说，关口最是紧急，倘然盘诘起来，这便怎么？”延庆道：“我们扮做唱连相打花鼓儿的。”到了关前，延庆口里一路儿唱将起来，翠桃把花鼓也打弄起来。挨到关口，那把关的道：“咄！你这班花子，到这里干什么？”延庆道：“爷，咱要过关去讨饭。”那些把关的见了金莲、翠桃，就道：“你们要想过去，可晓得咱们的意思？”翠桃道：“求爷放了咱三口子过去，回来自有个道理。”把关的道：“放了你去，回来不怕你扯谎。既如此，且先唱个曲儿与咱家听听。”那把关的听了这曲儿，大家道“好”，对延庆道：“孩子过来，你姓什么？”延庆道：“姓王。”“那两个女呢？”说道：“那个是咱的娘，这是咱的姊妹。”把关的道：“好孩子，不错，领了腰牌走罢。”延庆接了腰牌，径出了潼关。

金莲对翠桃说道：“我们出关才得两三天，为何就是这般沙漠了？不知新唐还有多少路程？”延庆道：“母亲不用烦恼，既来之，则安之，咱们只管走，少不得总要走到新唐，再作道理。”不觉行了半月，隐隐望见一座大山，金莲道：“这里是什么地方了？”延庆道：“母亲同翠桃慢慢地走，待孩儿前去打听个消息。”金莲道：“既如此，我们在此等你一同赶路便了。”那延庆拍马飞跑到山前问信去了。

不知以后如何，且看下回分解。

第二十四回 齐月娥出猎遇美 呼得模显圣嘱儿

边城日暮雁低飞，更见寒鸦觅树栖。
远听铃声遥过碛，何时解道到安西？

话说齐月娥带了百名女将，来到山前打猎。忽见坡上好似两个女子，到此不知作何勾当。月娥吩咐众将道：“你们住在此，待俺下山去看。”那月娥同邓三娘就拍马飞奔赶下山来，大喝一声："奸细看刀！"金莲同翠桃一齐跪下，说道："二位将军听禀：我们因迷失了路，等孩儿问了个信儿就要去的，不是什么奸细。"月娥道："你们既是问信，到那里去的？"金莲道："我们要往新唐去的。"月娥道："既是迷失了路，今日天气已晚，请二位且到山上安歇一宵，明日早行便了。"金莲道："多蒙将军抬举，待等孩儿到来，一同叩谢便了。"月娥道："你们也不必推辞，请到敝山少坐片时，着人去寻令郎到山，以为何如？"

月娥搀了金莲的手，说道："我们有缘得遇二位。"金莲道："请教将军，这叫什么山？"月娥道："这叫天定山，那山主花大王就是俺爹爹齐国宝，这位就是俺的嫂嫂邓三娘。"金莲同翠桃说道："二位将军原来是姑嫂。"四人说了一会，大家上了雕鞍，一路行来，只见百花齐放，殿阁巍峨，却也别有洞天。正是：

万谷千山堆锦绣，乔松古柏接青云。

一直到了花园里面，不但崇山叠翠，且有涧水潺潺，果是蓬莱胜境。金莲虽在花园游玩，心儿里想那延庆，为何问信一去还不到来，那晓月娥已差人找寻去了。

谁知延庆到了山岗，只见那山寨里都围的木栅，插满旗枪，旗上写四个大字，写的"花大王府"。延庆看了，就拔出两柄铜锤打将进去，唬得这班把守的喽兵浑身冷汗，气吼吼报知寨主。那寨主大怒，吩咐："喽兵，快快擒这小厮来受死！"那晓国宝这两个外孙也是好动的，听得一声吩咐，就各持器械飞出府门。你道国宝这外孙是谁？就是那呼守信的儿子，一个叫呼延豹，一个叫呼延龙。那两个小将拍马赶来，骂道："野狗子！你敢来冲犯爷爷么？看枪！"话犹未了，延豹挺枪直刺，延庆架起双锤，撇过了枪，骂道："黄毛小子！你何苦赶来送死！"那呼延龙听了火上头来，兄弟两个一齐勒马，杀做一团，不分胜败。

那国宝出府一看，只见三个小孩子战斗，倒也十分厉害。国宝看得眼热，赶来与他们解救。谁想延庆就撇开他弟兄，即与国宝接战，国宝倒被这小子打了一锤。喽兵上山报说："大王被那带紫金冠的小将杀得大败，同了两位小将军下山去了。"

那呼守信听了大怒，提枪拍马，也赶下山。只见寨主同那两个孩子正被呼延庆盘住在那里追赶，却好守信追来，大喝一声："小子休狂！教你快来死在俺手里！"延庆就撇了国宝，勒马迎敌，两下里在山后交战，一直杀到山前，已得一百余合，却是劲敌。那喽兵飞报到园，道："不好了！两位小将与大王都被那个孩子杀得大败回来，如今驸马爷同这小孩子在山后直杀到山前哩。"

月娥同邓三娘、金莲、翠桃正说得高兴，听了这报，不觉气从心生，同了金莲、翠桃一齐出府。恰好守信也杀败回营，同见大王。那晓国宝吃了这一锤，疼得不能坐，说："那孩子实在厉害，亏得俺外孙儿没有受伤。"月娥道："爹爹休恼，待女儿同嫂嫂下山，擒他到来便了。"

月娥正要上马，国宝道："住了，后面这两个女子是那里来的？"月娥道："他们是因迷失了路，女儿领他上山来的。山下这孩子，不知可是他的儿子，故此女儿同去认个明白。”国宝道：“女儿且慢，待咱诘问明白再走。咱看你这两口女人同了儿子到此，其中必有个道理，快快说个明白，饶你们的性命，倘有半句虚言，就一个也不能活了。”

金莲道：“大王听禀：俺祖公是宋朝的开国功臣呼延赞，公呼得模，袭封之职。俺公公得模，因庞妃僭越了正宫娘娘的仪仗，被俺公公羞辱了他。庞妃自把花容抓破，哭奏朝廷。那圣上听了庞妃，就差奸相庞集带了三千骁将，把俺的王府毁掉，杀了上下人口三百三名。俺夫呼守勇奉了爹妈的命，从地穴里逃了出来，躲在俺家庄上。俺爹妈念他功臣之后，招他为婿。不料完姻未久，那庞贼又提兵追捉。俺夫呼守勇临走说往新唐，所以俺带了孩儿要往新唐。谁知又迷了路径，承蒙公主留俺上山。”

国宝道：“你姓甚名谁？”金莲道：“俺姓王，名金莲。孩儿呼延庆。这是义女名唤翠桃。俺家还有一位叔叔呼守信，是俺婆婆差他太华进香，至今也无下落。”国宝暗想：“那妇人的话甚是切实。”月娥同守信出厅，各各叙了一番，方知叔嫂妯娌，重又见礼，守信叫那两个儿子拜见了大娘。这教：

叔嫂从今初拜识，稚儿方得少分明。

且说延庆在山前得胜，喜洋洋来到坡前，一眼望去，并不见母亲、翠桃，心中一想：“莫非此处有虎驮了去不成？咳！俺的命好苦也，如今也不能到新唐的了。”延庆正要寻死，只见许多喽兵赶来，说道：“你母亲在花园等将军去哩。”那知翠桃坐了一骑龙驹赶来，说：“你母亲在山等久了，快快上山去见你叔父。”

延庆同翠桃来到园里，月娥正与他母亲坐下。金莲见了延庆，说道：“孩儿过来拜了婶娘。”里面去拜了叔父，守信见了延庆，叫道：“侄儿果然将门之子！”令延龙、延豹：“大家出来见了延庆哥哥，你们同去请了外公的罪。”延庆一同来到里边，国宝见那三个小将到来，心里十分快活，便道：“你们好好的进去罢。”

那三个孩子勾肩搭背，一路儿笑将出来。延庆道：“这老头儿方才被我打下一锤，如今倒也不讲，好快活哩。”这小将大家拍手，哈哈笑到里边去了，各自归宫安寝。只教：

禁钟声响客离魂，万里关山子访亲。
无限深愁谁识得？只闻林鸟鸣山阴。

闲话休提。且说呼得模的英灵虽死犹生，到了三更时分，起了一阵阴风，显出个形来，与在生一般，口道：“俺赤心为国，铁面无私，荷蒙圣恩，加俺忠孝王之职。朝廷忽被庞妃淫迷失政，把正宫仪仗庞妃僭用。俺想体制不可颠倒，俺说了庞妃几句，谁想这淫妇抓破面皮，回宫谎奏，圣上就差庞集领兵，把俺一府三百余人杀得苦恼。幸喜留下两个孩儿的命，今日叔嫂子侄俱已相见，待俺前去与他托梦。”

那呼得模的鬼魂来到守信寝宫，唠唠叨叨说了又说，化一阵清风而去。守信醒来，道：“呀，好奇怪！方才明明是爹妈向俺说道：‘你今叔嫂侄儿已见，不久你就与哥哥相会,你们弟兄作速与为父的报此大仇。'"月娥听得夫主说话奇怪,连忙问及,守信把梦中的话说起,月娥道:"果然奇怪,俺方才得的梦也是恁般。"守信道:"俺十几年来没有梦见,如今想是骨肉就有团圆之日,故俺爹妈先来托梦。"

忽听金钟报晓,天色已明,起身梳洗才完,恰好嫂嫂到来,大家说起做梦的话,好生奇怪。守信道:"嫂嫂,俺想爹妈托梦于我们,为子理当到坟一拜。"那延庆道:"叔父说得极是,待侄儿同去。"金莲道:"但你年纪幼小,如何可去?"延庆道:"母亲,你同翠桃在此盘桓,孩儿同了叔父前去拜坟,回来再到新唐便了。"金莲道:"你既要同去,路上不可生事,诸凡要听叔父命令,不可自图其主。俺修书一封,你带在身边,到京打听挂印总兵姓牛名士通,这是你做娘的姑丈。你把家书送进,是有个道理。"延庆接过书来,就拜别上马。那晓守信这两个儿子也就上马,四人在路上飞跑,前面已是潼关了。

四人都改了姓名,来到关上,那管关的将校问道:"你们是那里来的?"守信道:"咱乃西番狼主差来送宝进京的。"那晓把关的苏文、苏武也是西番人,与守信讲了一会番语。苏文道:"既如此,把名字开来。"守信写了,把关的接来一看,道:"你就叫金天,这三个孩子,一个叫童地,一个叫赵龙,一个叫赵虎。"

那把关的来到里边,见了总兵,禀道:"西番来有四个人,咱问他,说是番王差他们送宝到京的。"总兵道:"你们盘查明白的么?"把关道:"咱细细盘过。"总兵给出腰牌四面,把关的领了,给付明白,放他进了关来。又道:"这腰牌你们回来也要查验,好放你回去,"金天道:"这个自然。"就别了苏文、苏武,四人上马飞行去了。

不知以下如何,且听下回分解。

第二十五回 呼延庆擒妖招婿 叔侄盗祭铁丘坟

悲秋应似抵伤春,屈宋当年并楚臣。
何日相逢好时节,只将惆怅付词人。

话说呼守信带同子侄呼延龙、呼延豹、呼延庆,想那日过关,如今又相近祝家庄了。延庆道:"咦,前面这许多人在那!则甚?"延庆在马上一路问来,听人说道:"那庄里出了个妖怪,不知何日得能太平哩。"延庆听说,跳下马来,飞奔前去,延龙也就追到树边来看。那众人道："啊呀呀，你们这两个小官官好不知厉害。那妖怪是要伤人的，还不走过些儿。"

道犹未了，忽起一阵怪风，吹得那些人跌的跌，倒的倒，延龙也就闪过一边。呼守信心焦祭坟，急呼呼延庆归回，那晓这延庆还在河边细看，谁知那河里忽然河翻水沸，起了极大的浪来。众人正在看这河里，不想那波浪里边跳出一件怪物，唬得这人儿魂魄都没有的了。延庆有心与这怪物斗上一斗，于是回转对呼守信道："叔父与弟弟们先行一步，待侄儿与这怪物打斗一番自去追赶。"守信无奈，只得叮咛延庆小心仔细，与两个儿子离开祝家庄。送别叔父后，延庆就在腰间拔出那两柄铜锤，赶将上来，那怪物口里吐出火焰，在河边上飞来舞去。呼延庆架起铜锤，在那里东追西赶，引得村庄上男男女女都来看这小孩子与那怪物战斗。

那祝有道同了祝麟、祝凤都来看斗。祝太公一望，就说道："好个小英雄，果然厉害！俺想这个少年不知谁家之子，若能除得此妖，老汉就要招他做女婿的了。"那太公正在自言自语，忽众人一齐拍起手来，喊道："好了，好了！这两锤打得好厉害！"大家拥到河边看那什么怪物，众人道："呀，啐！这是一条古枪。"那延庆拾起枪来，用力使舞。众人道："使得好！连使枪的人也看他不出，真正使的是神枪，比众不同的。"那些看使枪的称赞个不了，延庆也使得越发高兴。

不道祝太公同了两个儿子，在马上喊道："小将军请了。老汉特来相屈，到舍下奉茶。"延庆收了这枪，回头一看，见是那老头儿叫唤，也便应声道："老丈请了。"太公道："屈将军到庄用茶。"延庆道："多谢老丈，不消了。"太公道："老拙特来相请，要实些儿。"延庆同了太公来到庄子上，太公挽了延庆，到厅相见坐下。太公道："将军府居那里？"延庆道："小生西番进宝，在此经过，听说这里拿妖，所以小生来看，不想倒得了一杆古枪。"太公道："这是天赐的神枪，可知将军洪福不小哩。请教上姓？"延庆道："小生姓赵名龙。"

太公道："老汉有一个女儿素娟，今年才得十二岁，日日喜弄双刀枪棍，两个小儿也是这般的。今日老汉看你的枪法恰好，老汉要把小女与将军为室。"延庆道："老丈差矣。小生乃过路的，岂可把令爱的终身大事轻许？这话却是不便领教的。"太公道："呀呀，老汉因女儿呢，最喜舞刀弄棍，今日见你除妖的时候又得了神枪，为此老汉将小女配你，何必推却？"太公就吩咐："请了两位官人，同了小姐一齐出来相见。"那祝麟、祝凤、祝素娟到了厅上，太公道："来、来、来，你们见了礼。"太公道："贤婿，如今是天缘已定了。"延庆道："承岳父大恩，叫小婿何由答报。既如此，岳父请上，待小婿就此拜别，到京进宝之后，回来再与岳父细谈。"太公道："贤婿既匆匆要走，老汉也不苦留，如此静候便了。"

延庆别了太公上马就走，流星赶月，不觉已是京都，且问那牛总兵府上，好把这封书信送去。延庆道："咦，这是总兵府了。"延庆踱到府门，说道："门上那个在？"牛文道："你们那里来的，在此大惊小怪？"延庆道："俺从西番到此，有书面呈夫人的。"

牛文看他野头野脑,也不细问他了,领了延庆,一直到了后堂,禀道:"有一位西番来投书的,他说要当面呈的,故此烦姐姐们通报一声。"那丫环把这话儿转禀,夫人道:"既西番有书到来,径带他进来面呈便了。"那内使来到后堂,说道:"夫人请西番来下书的进去。"延庆随了内使来到里边。

夫人拆书细细看完,说道:"不想你家如是大变。若说要到坟上一拜,倘或被人看破,如何是好?我想这事断不可行。古人说得好:'人防虎,虎防人。'庞家既与你们做这天大的对头,况又晓得你爹爹叔叔逃在外面,尚在四处缉访,岂有坟上他倒不差人巡查?倘然被他们知觉,弄出事来,干系不小哩。"延庆道:"姑母的话,句句都是金玉之言。但是此来专为坟上一拜。"夫人道:"既你这般说一定要去,也只好改装。"延庆道:"姑母说改装,这是绝妙的好计。如今倒扮个乞儿,只要到坟前,拜了一拜,也就是了。"夫人道:"这倒使得。"

延庆就装了个乞儿,出了牛府的后门,一路行来,不觉前面已是呼王坟了。延庆走到坟前一看,"呀,好奇怪!倒有几个官儿坐下,这是什么缘故?莫非他先晓得俺今日要来的?不要管他,且硬了头皮,闯到坟上,看他如何。"延庆闯上坟来,那看守呼王坟的校尉喝道:"呔!你这花子好不乖巧,这呼王坟是庞贵妃娘娘差咱们在这里看守,你要上去则么?"延庆道:"俺是讨饭的,一路来没有个地方歇息,看这坟里倒有几株大树,要求老爷们行个方便,俺在树荫下歇息一刻,弄一点东西吃了就去的。"校尉道:"罢也,让他进去歇息一会儿罢。"

话分两头,呼守信带着延龙、延豹来到呼家主坟。亦是易装改容,延龙、延豹扮作叫花子,背了筐儿,到了坟上。无巧不成书,正遇上延庆,几人拜祖,唏嘘不已。看见立的石碑上,上写:"奉旨剿除反贼呼必显狱囚坟。"那晓延庆、延龙把这石碑打了两段,口口声声骂:"庞妃这淫妇,少不得死在俺手里。"延庆弟兄正骂得高兴,外面的监守道:"这几个花子为什么还不出去?天色差不多要晚了,咱们进去赶他们走罢。呔!你这花子好没分晓,天色晚了,你还不去?不要噜苏,快些走你娘路。"那延庆兄弟们径趁此去了。

那监守的叫道:"不好了!那坟上的石碑跌做两块,坟前还烧了纸灰,咱家的干系非同小可,这桩事儿怎了?"那都监道:"你们不要多讲,快些上了牲口,追那花子去。"那些监军四面追寻,这延庆弟兄还是慢慢地走。监守的飞奔到来:"呔!你这花子,想往那里走?"伸手想要擒住他。谁知延庆拔出锤来乱打,监军没有防备,只得虚张声势。那延庆一面将双锤乱打,一面原想逃脱,那知巧巧一个坑池,延庆跌下这池,爬不上来。这些监军也恨他不过,一齐围拢,用套索拴住。

不知以下如何,且看下回分解。

第二十六回 牛夫人计救呼郎 包文正法场释放

西羌万里路迢迢，英雄留迹姓名标。
堪叹冤仇何日尽，自古忠魂登九宵。

话说这呼延庆却趁势飞奔，谁想一直望了前面，那里想到脚下有个池儿，竟跌下池里。不想池有一丈多深，正要爬将起来，被这些看守呼王坟的军卒，拿了挠勾套索放下池来，打的打，套的套。延庆被他们弄得昏天黑地，还被缚了起来，送到庞丞相那里，正要审问。这教：

寂寞孤鸿何日还？死生由命且由天。
空留一片三生石，忠孝双呼在燕山。

且说庞丞相坐在内堂，那监守呼坟的都尉禀道："俺蒙太师差都尉们监守呼坟，方才有几个花子赶进坟来，把石碑打作两段。"太师道："花子呢？"都尉道："花子当面。"太师拍案骂道："好个大胆的死囚！你把石碑为何打断？老实招来！"延庆道："俺又不曾打庞妃坟上的石碑，与太师甚么相干？"太师道："吠，胡说！难道不晓得这坟是奉旨看守的？"延庆道："亏你做了宰相，忠孝两字都没有的，难道俺做了呼家的子孙，倒不许拜祖坟么？"太师听了大怒，道："今日才晓得你这死囚就是逆贼的子孙，待俺奏了朝廷，把你这死囚砍作肉泥哩。你们押他监禁，俺且进宫去。"都尉把延庆押往天牢。却是：

年月日时已载定，算来由命不由人。

那呼延龙看延庆跌下坑池，被庞兵用了挠勾套索套住。"俺哥哥送到庞集那里，审了一会，俺哥哥挺撞了一番，那庞集就要启奏，说把哥哥必要砍为肉泥。俺且到姑母那里，告诉他一番，看他可有救得延庆哥哥的妙策。"延龙飞马到来，见了姑母，把延庆的话细说了一遍。牛夫人道："原阻当过的，如今怎么处呢？"正是：

屋漏更遭连夜雨，行船又遇打头风。

牛夫人道："如今且待俺去见包丞相求他，不知可能救得。"忽门公报道："夫人，那庞太师差都尉到来，说有呼家的子孙在我们家里，他们要搜一搜。"夫人连忙教守信及延龙弟兄："你快快改扮了使女。"向门公道："你去请他们来便了。"

那都尉见了夫人，道："俺奉庞太师差来，闻说呼家子孙在此。"牛夫人道："俺先老爷去世，冰操多年，俺想庞丞相是当朝一品，岂有不知理法？既说呼家子孙在此，不妨请到里边搜一搜看。倘然没有，俺好与庞集讲话。"那都尉到了内厅，各处搜了一会，毫无踪迹，说道："夫人不要着恼，俺也奉公差遣，惊动了。"然后，把延龙兄弟叫出来道："俺也不怪你们。"然后，把延龙兄弟叫出来道："好了，这难星躲过了。你们换了衣服，原到后门去罢。你哥哥的事，俺就去见包文正也。"那守信、延龙、延豹都到后门逃去。

那牛夫人来到包丞相门首，连忙通报，包爷道："请见。"牛夫人来到里边，见了包公。包公道："夫人因何到此？"牛夫人道："那呼守勇是俺的侄婿，成婚未几，因庞兵追捉，守勇逃去无踪，有子延庆寻父而来。不想延庆闯到祖坟上，把这石碑打断，被都尉拿住，庞集审了，发到天牢里去，说要斩决，故此特来求救。"包公道："忠孝本无二理，太冒险了。夫人请回，俺设法救他便了。"

包公出府未远，忽听街坊上人说去看杀呼家将，就勒马飞跑到法场，说道："庞太师，杀人不是当耍的。下官送驾往辽，圣上即命下官回京督理朝政，廷臣那个不知？庞老先生，像这决囚大事，连下官都瞒了，是何道理？左右放了绑，带他回去，便要审问哩。"庞集自觉羞愧，道："包老先生，下官看律上原有逆恶重犯，获即斩决这一条的。"包公道："庞老先生，可晓得明正典刑，死而无怨？"即作别起身，庞太师也即回家。

那庞集顿生一念，点了三百名虎兵，叫他守在路头："这呼家的小逆贼要到包丞相府中去审的。你们看他走来，上前去砍死了他，回来赏你。"那虎兵都往十字街站住，等这小呼。那知延庆在包文正府里作谢，包公道："俺念令祖交好，今牛夫人又来面托，俺勉力救你。此处不宜再住，你快快走罢，但路上须要用心。"那延庆别了包公，行至十字街，只见一堆军马。延庆一直走来，那虎兵赶上前来，想要一把拿下。那延庆拔出这两柄铜锤，拼命打将过去，这虎兵个个打倒在地。延庆上马飞跑来到牛府，见了姑母，姑母说："你叔父与你兄弟都已去了。"延庆叩谢了姑母，也就上马飞跑而去。

不知以下如何，且听下回分解。

第二十七回 呼家将途逢兄妹 铁丘坟三复盗祭

幽谷人稀不似春，古来遗憾岁时增。
而今欲解无穷恨，漫道他年且道今。

呼延庆打散了虎兵，别了姑母，快马加鞭地追赶叔父及兄弟。不日便合在一处。兄弟相见，欢喜自不必说。只是少年心性，玩性甚重，走走停停。这厢呼守信归心似箭，于是仔细叮咛一番，便打马先行，欲回定天山。不题。

话说呼碧桃同妹子梅仙说道："俺的爹爹呼守勇自从被庞妃发兵四下追捉，害得东逃西躲，不知可是往新唐去的。幸喜母亲同了舅舅做个寨主，这也不在话下。俺姊妹两人亏得这双刀，交战起来无人可敌的了。"梅仙道："姐姐可记得母亲说公公托梦，说要到坟祭他。又说王氏母亲生的哥哥名叫延庆，兵法却好，七岁的时节见牛斗就两手把牛分开了。但目下他有灾难，亏得有文曲星救解，脱了这个难，就骨肉也得相逢了。说了这几句，那公公就不见了。"碧桃道："俺姊妹二人一路到此，究竟不知坟在那里？"梅仙道："姐姐，俺想延庆哥哥，不知何日兄妹则可相逢了？"

道言未了，忽见远远有几个少年飞马而来，梅仙道："姐姐，那来的莫非延庆哥哥？"碧桃道："妹子，不要管他，俺且上马。"梅仙道："来的只怕是歹人，为何看见我们，他们在那里慌慌张张？"碧桃道："我们追上去。"梅仙带了家将追赶。

延龙认是庞家设计擒他，所以延豹也是带转马头想要逃走的模样。那姊妹二人见他如此，越发生疑，就架起双刀，拍马飞追。却好延庆也是飞马赶来，延龙兄弟见延庆赶来，喊道："哥哥快走！后面庞妃埋伏的女兵追上来也。"延庆道："兄弟不要害怕，我们且迎他上去，与他战便了。"那延庆、延龙、延豹一齐拍马迎来，两下里好像元宵的走马灯，来来去去，倒战有一百多合，胜败不分。

延庆想道："这两个女子倒也不差。"那碧桃也想："这几个少年却是将官，不要管他，待俺欺他一欺。"碧桃道："呔！你这班无毛小子，还不快快下马！"延庆道："难道你还不晓得爷爷是呼家将么？"那碧桃听呼家将三字，说道："俺倒要讲一讲的了。"大家跳下了马，那延庆道："请教二位女将尊姓？"梅仙道："俺姊妹是呼守勇之女，忠孝王之孙。"那延庆弟兄听了忠孝王之孙这一句，岂不令人心痛。碧桃道："呼延庆可在此?"延龙道:"喏,这位就是俺延庆哥哥。"碧桃、梅仙一齐立将起来,大家把年岁叙了兄妹。延龙道:"哥哥,我们不如就到前面扎下营盘,也好细细商量。"

延庆道:"二位贤妹,你们那里晓得俺的名字?"碧桃道:"这是公公托梦到来,说哥哥现有灾难,亏文曲星化解,不久兄妹就可相会。"延庆道:"吓,原来是公公托梦,所以晓得。"延龙道:"俺公公却也灵感。"延庆道:"俺不知妹子因何到此?"梅仙道:"小妹到此,要往公公坟上走遭,烧化些黄钱金银宝钞与他,也不枉做了呼家的子孙。"延龙道:"姐姐,但是公公的坟前,庞妃差些都尉看守的。"梅仙道:"他既是这般严密,咱家把人马远远顿住,不必扎营。俺姊妹两人,扮了扬州来的打花鼓唱连相的,到坟前把花鼓儿打将起来,唱起词儿,少不得那些看守的人儿都要来看打花鼓,听唱歌词,这便可见机行事。哥哥、兄弟扮做花脸,岂不好么?"延庆道:"两位妹子,这个计策却是不丑。既如此,不必再议,我们径竟起身去罢。"

那带的将校,三个一走,五个一行,也有往前的,在后的,左边走的,右边行的,都是远远的暗地相照。行来不觉离坟不远了,延庆道:"不要走了,就在这里歇下罢。"这教:

生事事生天理在,害人人害莫生嗔。

那庞集自从这一日正要杀那打碑盗祭的逆恶,"谁想龙图阁学士包文正来,到法场上把我一顿羞辱。俺若与他争论,他必定就写个有死无生的奏章,俺一家儿性命怎处?故此俺只得忍耐了他,逆恶被他又放了,绑带去要审问哩。无奈他奉旨督理朝政,俺女儿贵妃娘娘也说得是,若是别一个,一定要同他见个雌雄。这包文正合朝那个不怕他几分,就圣上见了他,心里也有些惧怯他的,这包老头儿想起来恰是惹他不得。俺如今且吩咐这四个孩儿,叫他到坟前去监守,况庞家四虎将人人晓得厉害不过的。"那庞家四虎即往坟前监守。

那碧桃道:"我们且扎扮起来。"延庆道:"妹子,俺听见人说,如今坟前又多了庞集的四个儿子,叫什么四虎将。"梅仙道:"哥哥,这倒不怕他,只要我们自己见机而行。哥哥你同兄弟把那花脸儿扮了。"延龙、延豹一齐扮好。碧桃道:"既扮完了,我们走罢。"那兄妹手里拿的锣鼓敲将起来,引得监守的兵将都来拥住,说道:"这唱歌儿的却生得齐正。"四虎道:"你们可会唱秧歌的?"梅仙道:"俺都会唱的。"四虎道:"既如此,你唱起来。"延庆说:"早些唱起来。"碧桃把锣儿打将起来,梅仙把鼓儿也敲将起来,唱了一套《吕布三战虎牢关》。四虎道:"唱得好,你再唱。"那碧桃又唱一套《小尼姑下山》。四虎道:"果然唱得好。再唱,快些再唱!"延龙也唱了一套《昭君和番》。那四虎听了,两手拍个不住,口里道:"好,你们捡好听些儿的再唱。"

那延庆把霸王鞭打将起来,正要开口唱,忽见一个内监飞马到来,说道:"俺奉贵妃娘娘令旨,说今乃元宵节下,大家小户都要出来看赏花灯的。圣上辽东去了,尚未回銮。这几日闻得京城里逆党甚多,请四位将军即刻上马进城。"那四虎听了,就同内监上马到京去了。

那呼家兄妹说道："我们如今且去，一齐到了前面歇了下来，计议一番。"碧桃道："且住，待我把这锦囊儿开出来看。呀，好奇怪！他先知俺兄妹到坟祭祖，教我们须用火工脱得庞家这个难儿，又教我们快快到王城里救驾。"延庆道："不要管他，我们且去放起火来。众家将，你们见火就杀过来，那庞兵必要救火的，我们趁势到坟上，就烧化纸钱拜了，便杀出坟来，这庞兵总防备不及的了。他见坟里有火，一定要去看的，我们且到了京，再作理会。"延龙道："哥哥，俺想这个计儿神仙也猜不着的。"

不知以后如何，须看下回分解。

第二十八回 宋太子观灯遇害 赵文姬仙指游园

昨夜秋风入汉关，朔云边月满西山。
更催虎将飞骑转，莫遣沙场匹马还。

话说庞妃请四位哥哥到京，计欲商谋乘此元宵大放花灯，差心腹内侍陈玉到八王府，哄太子出来玩赏花灯，趁此下个毒手。"此计绝妙的了。"庞妃正思想，那四虎将已到宫门，见了贵妃，把这话儿商议。庞飞虎道："这是极妙。既如此，我们到外边见机而行是了。"这四虎正走出宫来，忽有都尉差小校报说："那坟旁火起，忽有一队人马冲杀过来。正与那贼厮杀，不想坟里又见火起。都尉赶到坟里救火，谁知这一队人马倏然都躲过，如今不知从那一条路去的。恐怕这些贼躲在京里也不可料，所以都尉差小校们报与将军知道。"那四虎听了这小校的话，肚子里好不受用。这教：

是是非非且慢管，先施奇策奏功勋。

且说那内监陈玉听了庞妃的计，来到八王府见了太子，便道："千岁，今日元宵佳节，外面大放花灯，千岁何不出府去赏玩一会？"太子道："陈玉，待咱禀了八王爷才好同去。"太子到得里边，见了八王爷，道："老王爷，今日元宵，咱同陈玉到外边瞧灯去。"八王道："今日瞧灯人挤，要去顽耍多叫几个人同去，你瞧瞧就回。"

太子带了几个将校，同陈玉出了八王府，一路看玩，心里好不欢喜。太子道："陈玉，这里什么人家？"陈玉道："这是勾栏院，里面歇的都是名妓。"太子道："咱进去瞧瞧看。”陈玉到里边说道：“俺小千岁在此。”那妓女都跪下道：“俺姊妹们不知千岁到来，有失跪迎，望千岁爷恕罪。”陈玉道：“千岁不计较你们。”那太子见这些妓女，却内中只有一个与众不同。太子把手一招，便道：“你叫甚么？”女子道：“启千岁：俺名儿叫做佛见笑。”太子哈哈大笑，说道：“你这名儿取得好，果然不差。”太子道：“陈玉，赏他一个元宝。”那佛见笑道：“俺姊妹们请千岁里面坐。”太子竟到里边坐了。这些歌妓站在两旁，吹的吹，弹的弹，唱将起来。太子听得有兴，便叫道：“你们且坐下了唱。”那歌妓大家席地坐下而唱。

那陈玉暗暗照应那庞妃差来的心腹，探知太子在勾栏院宴会。这探子闻信，飞报庞飞虎道：“启上将军：俺今探明太子在勾栏院饮酒。”庞家四虎听了不胜快活，就差这两个探子：“你们再到那里远远看着，凡事须要小心，待俺到来好行事哩。”探子道：“这个自然。”言罢各自分头去了。

那庞飞虎正飞马而行，忽有那呼家狱囚坟监守都尉上前说道：“将军起身来京晚上，坟旁忽然火起。军校正在扑救，那晓冲出几百个人马，好似那昨日唱歌的。俺正要追擒，谁知坟里又火烧起来，只得再去救火。不道这厮趁机逃去，想必到京师来了。”四虎听说，连忙传令：“今晚城门早些下锁。”那守门官奉了四虎将令，立刻把门锁闭。那庞飞虎同了兄弟，带一百名虎将，分作四路巡查，又说道：“待俺先到勾栏院干下这桩大事，然后查拿这班逆恶，也不怕他逃上了天去。”

那庞飞虎见了探子，说了如此如此的话，就放了一个大炮，令四面人马会合拢来。那歌妓都已跪下，要求千岁：“救俺姊妹的性命！”太子听了，却也满肚疑惑：“这炮因何放的？”将校道：“千岁不必惊惶，且去看来。”那将校往外，听军马雍雍，人声嚷嚷，说道：“快快送了太子出来，免你们的死。若敢违拗，你们休想要活。”校尉听了大怒，一齐拔刀往外，太子的宝剑也出了鞘，杀出街来。只见庞四虎把刀逞舞，杀将过来，那将校难以抗敌。飞虎用戟直戳，太子飞剑就砍。飞虎将戟又刺，太子一闪，不道坠下马来，现一条金龙。飞虎见了，倒吃一惊。

那庞牛虎、龙虎正在那里看这一道红光，那呼延庆、呼延龙道：“这红光是甚么缘故？”延龙道：“哥哥，这红光却是有个道理，我们前去看来。”那呼家弟兄看得动起火来，那延庆兄弟大家执了器械冲杀过去，照正四虎，把那双锤提起乱打，倒弄得庞家四虎没处设法。谁想又杀出两个女将，横枪直刺，倒来得厉害。那晓一个太子被那女将救上了马，飞跑的到八王府里去。

八王爷听得说太子是这般光景到来，倒有些不解，“这两个女子来此何故？待咱问他个明白。”八王道：“你们到此何干？怎同太子相认？”那女子道：“千岁，俺姊妹在这里看见那勾栏院门首围了多少人马，拥住那太子，俺兄弟们同什么四虎将在那里打仗，俺姊妹看那些人马都寻向太子闹乱儿，俺姊妹为此保送太子到王爷府来的。”

那晓话犹未了，延庆弟兄擒了两个军校，一个叫巴山虎，一个叫混江龙，也送到王府里来。八王又问,那延庆道:“俺弟兄同这妹子看灯,到勾栏院门首,见那些人都向着这小将追杀,俺弟兄气忿不过,只得拔刀相助,同他们杀了半日,俺两个妹子保送到这里。”八王道:“俺家的太子亏你们兄妹相助,又承保送咱府里,真正难为你们一片的义气。但不知你姓名,你说与咱知道。”

那碧桃、梅仙泪流不止,延庆、延豹跪下,也涕泪如雨。那八王看这光景,便道:“你们有什么话只管说来,咱自有分晓。”延庆道:“俺家被庞妃害得苦恼。”八王道:“庞妃怎么害,你明白说。”碧桃道:“俺祖呼必显因见庞妃僭用正宫仪仗,俺祖不许,那晓庞妃谎奏朝廷,就差妃父庞集领兵围起,把俺一家三百三口杀得半个无存。俺父呼守勇从地穴里逃了出来。俺叔呼守信幸往太行进香,未遭此劫。谁知庞妃杀了俺一家儿性命,尚犹未足,又把俺祖父母的尸首倒葬,又统兵四处追捉俺父呼守勇、呼守信,赶得无地存身,俺家只得逃往西番,生俺兄妹。到京原想祭祖寻父,那晓庞妃的兄弟四虎将看守这坟,俺兄妹改扮唱歌儿的才得偷祭。那守坟将校见俺追杀,俺兄妹才逃进京来。恰好大放花灯,俺正观看,只见前面有些人争闹,俺见几个将官光光把这太子相杀,俺气他不过,出去就同叫什么四虎将与他交战,俺妹子就保送太子到王府里来,求老王爷把俺兄妹救这一救,俺祖宗在狱囚坟里也是感激的。”八王道:“你们原来是呼必显的子孙,且住在府中,慢慢打算。”那呼家兄妹住下。

延龙正被庞家追赶,没处躲避,幸喜吹起极大的狂风,吹得眼睛也不能张。延龙见前面一带花墙,趁此奔来往花墙里跳将下去,四面一望,却不晓那家的园亭。“且待俺躲过了庞兵再处。”延龙躲在石洞里边,过了一会,延龙出了洞门,正欲跳出墙去,忽听有人走来,延龙依旧躲到洞里。正是:

善恶到头终有报,只争来早与来迟。

且说赵文姬善于舞刀,有一女子教了些兵法,不想昨晚得个梦儿,好生奇怪。“俺梦中见的这位仙姑,明明是教俺兵法的女子,他说俺园里有角木蛟转凡,避难而来,与俺却有姻缘之分。仙姑又说那人姓呼,现在园里仙岩洞。”那文姬醒来一想:“呀,原来是梦。”文姬正想那梦里的话,却好瑞莲走来说道:“小姐,今日天气晴明,梅花盛开,俺同小姐到园里游玩一会,却不是好?”文姬暗道:“瑞莲这婢却是知趣。”文姬道:“既要游园,我们就去。”

瑞莲同文姬来到花园,看了一会梅花,文姬到万花亭坐下。赵文姬忽又想起梦里仙姑与他说的话。那晓这瑞莲走到太湖石边游玩,忽见那仙岩洞里有一个少年睡在洞里。瑞莲喊道:“小姐,我们进去罢,有贼在此。”文姬道:“青天白日,那里有贼!”瑞莲道:“现睡在仙岩洞,不信俺再同小姐去看来。”

以下如何,下回分解。

第二十九回 仙岩洞延龙遇美 四虎将带伤逃回

逢虎声威且避兵，谁晓豺狼作信人。
纵使将军能仗剑，不如岩上哭田横。

且说那赵文姬见瑞莲喊说仙岩洞里有贼，还睡在洞里，怎处？文姬道："瑞莲，俺和你去看来。"那主婢两人行来，相近太湖石边，看这洞里，果有一人睡着。"呀，人脸那有红的？"文姬道："瑞莲，只怕那个妖怪见俺家园大人少，这怪潜藏于此，也未可知。"那晓瑞莲这婢甚是作怪，默地里一声："呔！"

那延龙听有人来叫喊，起来奔出这洞，不道文姬倒吃了一惊。延龙撞见了人，心里也是一唬，大家睁眼一看，文姬道："瑞莲，你来问他，到底是人是怪，到此为何？"瑞莲就问，延龙道："俺非是怪，也非是贼，因避难到此，望乞恕罪。"文姬道："既非贼又非怪，如何来的？瑞莲，叫他到厅上来，待俺细问个明白，方可放得。"

文姬到玩月轩坐下，瑞莲同了延龙到来，瑞莲道："难道不晓得规矩的，见了小姐，还不跪下去求？"文姬道："那个要他跪，只要他把姓名住址、避什么难到俺花园里来，俺免他送官出丑。若有遮掩，叫家人拿老爷的帖儿，送官法究的。"延龙道："小姐，难人不敢欺隐一句，但是泄漏了出去，俺的性命就不能逃了。"瑞莲道："你放心，俺小姐也决不害你性命。"

延龙道："既如此，俺直讲了。俺祖呼必显是宋朝的功臣，为庞妃僭了正宫的仪仗，因俺祖戒饬了他，庞妃自觉羞耻，回宫妄奏。仁宗听了，就差妃父庞集，领兵操斩俺家三百三人。俺父呼守信幸往太行去了，未经遭劫，俺伯呼守勇死里逃生。俺父避到西羌，生俺兄弟。后又逢俺兄寻父，可恨庞妃还把俺祖的尸倒葬在狱囚坟里。俺兄弟思量到来祭祖，路遇俺姊妹。那晓庞妃还差四虎将严守在坟。俺就在坟旁放火，大家弄得昏天黑地，俺趁此到坟致祭。庞兵追杀，俺兄妹且退且敌。谁知坟里又是火起，俺兄妹就乘机逃进京来。见勾栏院那边有人马挤一少年太子，听说庞家四虎将要杀那少年，俺兄妹拔刀相助，与四虎厮杀。俺兄妹救了太子，保送他前去。俺尚与庞家相杀，俺想寡不敌众，逃避为先，是以跳将过来，恰不晓得府上的园里。"

文姬道:“俺方才见你的时候,那红脸的是谁?”延龙道:“俺并没有伙伴,那有两个人儿?”文姬道:“俺明明见有一个红脸的人儿,怎么说是没有?”延龙道:“不错,俺昨日到京,恐怕遇了对头,俺涂过花脸。方才听说小姐唤问,俺才把这花脸儿去掉的。”文姬道:“这就是了。”

延龙道:“俺蒙小姐大恩,未曾请教贵姓。”文姬道:“俺姓赵,爹爹赵普,现随朝廷往辽东未回。俺因昨晚得了一梦,甚是奇怪。”瑞莲道:“小姐,这梦怎样奇怪,说与俺听听看。”文姬道:“俺梦见一个仙姑,说俺园里有角木蛟临凡在呼家,今遇难逃避在仙岩洞,与俺尚有姻缘之分,岂不是奇梦?”瑞莲道:“小姐,这梦不凡,况仙姑说有姻缘之分,这叫天遣相逢,小姐何不就此说明?”文姬倒有含羞,瑞莲道:“俺代小姐去说。”

延龙听瑞莲代小姐说了这话,总道“不敢”。那瑞莲在小姐头上拔一只金凤钗,又向呼公子道:“公子,你也取一物来,大家收好,日后为证。百年夫妇,今日为定。”延龙在腰带上解下一个碧玉环,瑞莲将此两物调换过来,各个珍收。呼延龙道:“这教俺呼延龙如何消受?”就在阶前跪下,对天拜告:“俺呼延龙避难到此,蒙小姐又许终身,愿上天保佑前去得通。”那延龙立起身来,说道:“俺承小姐之许,决不负盟。姐姐乞烦转谢小姐。请进去罢,俺今去也。”延龙仍旧跳出花墙去了。却是:

金钗从兹相期约,玉环遂成百岁姻。

且说庞妃听四虎将反被呼家打伤,太子亦被逆恶抢去,暗想:“俺想城门紧闭,如何得能逃去?”庞妃仍差四虎:“在你们身上,要擒还那呼家这些逆贼罢了,不然,休道俺没有兄妹之情!”庞妃这话,唬得四虎将胆战心惊,连忙发令,挑选精健兵丁三百名四路追踪。听守门官说:“今日开城门的时节,却有两个女将领了头,那一队人,有这么二三百个,出了城下东北去的。”那四虎听了,吩咐:“快追下去!”

那晓追来不及十里,忽听山坳里一声大炮,四虎倒吃了一惊。谁料女兵女将四下里追来大战,骂道:“庞贼,你还要听庞妃的计谋害太子,若非俺呼家将相救,岂不是宋朝堂堂一个太子,又被你这奸贼弄死了?你这班奸贼,快来受死!”那庞家四虎大怒,就挺枪戳来。碧桃、梅仙也就提刀砍来,战有一百余合,庞家倒也有些惧怯。

不知以后如何,且看下回分解。

第三十回 庞四虎攻打祝家庄 祝三姐飞马到西凉

唱得凉州意外声，溪桥南北集军兵。
一朝复得功勋业，册府能留汗马名。

说那庞家四虎正与呼碧桃、呼梅仙大战，心里却有些惧怯。恰好庞家的探子报来，说道："方才见几个花脸在马上飞跑过去，同前番唱歌儿的相似，听他们说如今到祝家庄去了。"那四虎闻报，就半退半迎。这碧桃、梅仙见他败走的模样，想要追他，恐他诈败。"这贼使奸计诱我们去落他的圈套。"梅仙道，"姐姐，我们倒不如收了缰，且去寻着了兄弟，定个计儿，然后再去追他，岂不是好？"碧桃道："既如此，我们勒住了马，看他可回追转来，也好与他再杀。"

这四虎看那女将勒马的光景，就趁此转过山坳，一直径往祝家庄。那祝家庄的庄勇，却在山上扒柴，看这军马都往庄路上来，"这是何故？我们快下山去报知庄主。"那庄勇报与祝太公。祝太公道："想必为了呼家的事，有这些人马到我家庄上吵闹。"那祝麟、祝凤道："爹爹，不知他们此来行什么计，我们且传集庄勇防备要紧。"

一声吩咐，庄勇俱已齐集，各执器械。那晓庞兵把这祝家庄团团围起，四面堆了些芦秆，到了三更时分，不想庞家放起了火，烧得半天通红，庞兵逞此火光，杀进庄来。祝麟看见兵火齐来，急来保救太公夫妇逃出这庄。祝凤同了金定、迎烟，泼开板斧，冲出了庄逃难。那晓撞了一个老年的将官，领了一队人马飞跑过来，那祝家兄弟躲避不及，只得放了太公夫妇，就与他搏战。不想那祝太公被庞兵捉住，祝凤、金定拼命追来，谁道亦被庞兵擒下。那祝麟回头一望，心里正想弟嫂为何不来助战，那知庞牛虎从小路追来，刺这么一枪，恰恰刺了右肩。祝麟回马正要看这一枪从那里刺来的，不料已被扎下马来的牛虎擒了，被带着祝麟来见飞虎。飞虎道："哥哥，那祝家父子如今都擒在这里，我们可要问他呼家这逆贼在那里，俺就好去追擒了。"飞虎道："既是这般，也须绑了他，俺问明白了他，再作道理。"

飞虎问讯太公道："你这老头儿，买腌鱼放生——不知死活的，如今姓呼的在那里？快些说！"那祝太公道："那呼延庆到新唐去了。"飞虎道："三姐呢？"太公道：

“西番去了。”四虎听说,便道:“这逆贼还在那里做他娘的梦哩。不要管他,俺且提兵追他便了。”飞虎领兵,分为四路追赶。那晓金定同迎烟与四虎战得气衰力疲,说道:“不如且到三家村舅亲梁员外家去,再作理会。”

那金定、迎烟到了三家村,见了三姐,呜咽不语。三姐道:“嫂嫂,你们为何这般光景?”那金定、迎烟道:“三娘,你早上出门到此,谁想不多一会,那庞家的兵马把祝家庄围了。祝麟看了此来甚是蹊跷,就把太公扶出了庄。那晓路上又撞着庞贼,俺就与这贼迎敌,祝麟、祝凤也来与贼厮杀。不道庞飞虎拍马冲来,那祝麟兄弟同祝太公被庞贼都擒住了,故此我们特到三家村来。”三姐道:“嫂嫂,这个祸是俺丈夫呼延庆害的。”金定道:“三娘不必怨及,这是俺家的气运有此不测之祸。”

道犹未了,忽有庄兵报道:“俺祝家庄已经被那庞家烧得干干净净,就是这些庄兵,也不知被他们杀了多少。那太公同这两个官人,也被庞家捉去的了。”三娘、金定听了庄兵这话,大家心如刀绞。三娘道:“我们赶到西凉去,借兵回来报仇要紧。”梁员外道:“若往西凉借兵,俺想还是新唐去的好。”三娘道:“员外说径往新唐,却也甚妙。”

那三娘、金定、迎烟别了员外,就往新唐借兵。那知行来,远远见有营寨,不知是那里来的兵马安营在此。金定道:“三娘,我想天色已晚,不如就在这庙中躲一躲看。”三娘道:“也罢。”一齐进了庙来,拜了那神道,大家躲在殿旁却好睡去。只听神道升殿,说道:“俺乃山海神是也。今有孝女、孝媳到来,上帝命俺助他阴兵一千,领他到庞家营里,认取了祝太公父子的首级回去,不得有违。”

鬼判道:“领法旨。”

那三娘醒来一想,说道:“俺方才明明听那神道吩咐鬼判的话,呀,此时已是三更,且唤了金定、迎烟,大家说个明白。”那晓金定醒起,也是这般说。三娘道:“既神道指引,我们且去看来。”

出了庙门一望,远远挂着标灯,三娘等悄然来到营边,三娘说道:“你们在此,俺且进营去。”谁想这些军士都已睡熟。三娘到了帐前,看这标竿上果然挂起四颗人头。三娘把那标竿放将下来,把人头看了,哭道:“却是俺父兄的首级。”三娘背了那四颗头儿,心急慌忙,飞奔出营,同了金定、迎烟,拽过马来,骑上就跑。

那营里的巡兵醒来一看,疑惑道:“这标灯为何息了?”于是喊叫道:“俺营里有奸细哩!”那些军士听了大骇,这四虎也就出帐,只见标竿倒在地下,那号令的人头一个都没有。这一定是呼家来盗取的,吩咐:“拔了寨,快去追哩!”那四虎来到山冈,看那几个女子,想背的就是首级。飞虎道:“快追!”那四虎加鞭一赶,忽见前面起了雾露,连那东西南北也都看不出了,吩咐:“就是扎下营寨,总不能擒他的了。”

那三娘盗了父兄首级,不觉来此已相近三家村了。三女取出首级,大家恸哭了一会,就在村后埋下。

那祝三姐同了两位嫂嫂到新唐借兵,不道一路而来,前口是雄关了。“教我们如何能得过去?”那姑嫂正在掩缩,只见一个戎装的女将飞马赶来,说道:“你们来此则甚?”那祝三娘道:“我们是避难的。”这女将道:“你们可是来追呼家的?可是要过关去的么?”三娘听了,那里还敢说话?

不知以后如何,且看下回分解。

第三十一回 花瑞莲徇私放关 庞四虎兵被雾迷

雄关古道路迢遥,意往新唐岂惮劳?
权恶渐深天地怒,功勋堪复佐王朝。

且说祝三娘同了张金定、柳迎烟到了关前,不能逃出此关,如何得到新唐?那姑嫂三人正在心焦,只见一个女将飞马直奔过来,问道:“你们可是想要过关去的?”三娘听问,那敢答应。那女将又道:“你们的心事,俺都知道的了,何必还要遮遮掩掩?”三娘道:“女将军,你英雄盖世,请勿责备难女。”女将道:“俺因昨晚梦中有个仙女向俺说道:‘今日有三位女娣出关。’教俺照应,送出雄关,所以今日俺在关上看你三位到来,为此赶来道问。”那三娘道:“请问将军上姓?”女将道:“俺爹爹花万年在此镇守雄关,俺乃花瑞莲,夜梦中仙女说与呼家将有姻缘之分,不可错过了这三位姑嫂的义侠。”三娘道:“承将军恁般相照,俺姑嫂得能到了新唐,先把将军救度出关的话,细细诉与丈夫知道。那仙女指示之言,必然从愿。”花瑞莲道:“请三娘换了俺的衣服,做了俺的姐姐,那两位嫂嫂也扮了女兵,我们要装个打猎的一样。”

那瑞莲同了三娘,各持了弓弩,那女兵都带了器械,拿了鹰犬,来到关前。那把关的道:“那个叫关?”走来一看,“咦,姑娘往那里去?”瑞莲道:“不要噜苏,早去开关,咱要到山南打猎顽要。”那把关的又道:“少刻将军到关查问,教咱怎么回报他?”花瑞莲道:“将军到来,也晓得咱往山南顽要。”把关的道:“吓,这就不用说了,咱去开关,请姑娘过去。”那花瑞莲同了张金定、柳迎烟这一班女武士,一齐出了雄关,已是山南了。那瑞莲道:“姐姐,一直往西大道,且到新唐了。小妹不能远送,望姐姐恕罪。”祝三娘道:“俺姑嫂蒙此厚恩,日后自有图报。”那三娘说罢,就与瑞莲拜别。这姑嫂三人,径是上马去了。瑞莲道:“我们也就进关去罢。”那花瑞莲来到关前,叫道:“咄!快些开关,俺姑娘进关哩。”那把关的应道:“来了。为什么大呼小叫?”瑞莲进关回府去了。自古道：

大抵乾坤都一照，莫教人在暗中行。

仙姬梦指新唐路，倾城最在著衣戎。

且说那庞家四虎将正在追擒那盗取首级的奸细，追来恰好相近。正要擒拿，忽然一天大雾，迷得人马也看不出了，东西南北的路也没处走了，“俺只得扎下营寨，等这雾散，再去追那奸细。那晓这个大雾竟迷了三日，这些人马死得十不及二，俺同那三个兄弟也是胀闷不过。”飞虎道：“我们且收拾回京，与爹爹商议，再作理会。”那军士听了，一齐收拾上马，到了京里，来到相府。

那丞相庞集听说四虎到了，心里十分快活。见了四虎，庞集便道：“我儿为何这般光景，想必追擒那呼贼过于劳动了。”飞虎道：“爹爹，道他则甚？常言道：‘入门休问荣枯事，一见容颜便得知。’”那丞相道：“你这畜生！敢对为父的这般挺撞？”飞虎道：“爹爹息怒，孩儿岂敢挺撞，因追擒呼家这逆恶，在路上受了几天大雾，那知人马已死了八九，孩儿因受了那气味，胸里胀闷不过，故尔回见爹爹，原是有话要告禀爹爹的。”丞相道：“既然如是这般，也须就向为父的说了。”那四虎道：“爹爹，这事将何计较？倒是呼家这几个女将，却倒十分厉害，他动不动横冲过来，孩儿们与他征讨，却是倒难招架。”那庞丞相听说大怒，便道：“俺写书与你的叔父东海公去，教他统兵追擒，也不怕呼逆再逃上天去。”

丞相写了一封书信，差了四名家将，飞骑到了海东，见了这总兵东海公庞琦。那家将道：“俺奉太师爷差来，有书呈上。”东海公就接了家书，拆开细看，“吓，呼家这逆恶，还不俯首，敢于聚练这些女兵女将，干犯宋朝的天兵么？”庞琦道：“俺有回书在此，你们回去呈上太师便了。说俺已令副帅点齐了人马，即来相助公子便了。”

那副将岳鸣皋道：“人马都已齐了。”庞琦道：“就此起兵！”三军听了这令，一齐上马，前军、后哨，那个不是扬威振武。庞琦道：“这里叫什么地方？”岳鸣皋道：“前面相近到京了。”庞琦道：“既已到京不远，就此安下营寨，待俺进京见了太师，然后提兵前去。”

且说那东海公带了这岳鸣皋来到相府，太师听说东海到来，那庞集出厅接了东海，便道：“为了呼家这逆恶，今日又要烦劳贤弟。”东海道：“哥哥，若说歼除逆恶，乃是为弟分内的事。”大家把这追擒的话，细细议论了一番。东海道：“哥哥，可晓得古人说：‘斩草不除根，春来依旧发。’这话就是防后患之意。”太师道：“贤弟，这已往不必再讲了。今日请贤弟到来，要商量如何追擒之法。”东海道：“这要唤侄儿出来再问他一番，就好定计。”那庞集道：“孩儿进宫去见了贵妃娘娘，就回来的。”

话犹未了，那飞虎、牛虎、毛虎、龙虎见过了贵妃回来，把贵妃的话，见了东海，也就细说了一遍。那太师同东海听了，就呵呵的笑将起来，便道：“呼家尚未有拿获，如何说是明日先斩了他的首级来喂狗，岂不笑煞了人！”东海公道：“贤侄，你把三打祝家庄的话说来。”

四虎道："叔父听禀：侄儿到祝家庄围住了他，那祝家父子被俺弟兄绑了起来，问他呼家这逆恶，他说到新唐去了。俺就叫将弁放起火来，少不得这逆恶总不能逃上天去，却把一个祝家庄烧得寸草无存，并不见有逆恶。俺把祝家父子的首级挂在标竿上面，以为收藏逆恶之惩戒，谁想那晚这四个首级都不见了，俺弟兄就领兵四路飞追。天色将明，远远见有几个女人背的四个首级，俺弟兄见了拍马飞跑。那晓起了大雾，连路径都看不出了，只得暂安营寨。不想这大雾迷了三日，人马死去了八九，连侄儿也受不住了，只得回京禀知了爹爹，写书相请叔父到来，商量个妙计，好去追擒那呼家的逆恶。侄儿看将起来，此事若斩草不除根，将来后患就不可测了。"东海道："俺同侄儿到雄关一问，就好追擒了。"

不知以后如何，且看下回分解。

第三十二回 庞东海怒领三军 天定山母子诉衷

巧笑知堪敌万几，雄关总制着戎衣。
晋阳已陷休回顾，更请君王猎一围。

话说海东的东海公庞琦听了飞虎弟兄的话，心里好不焦躁，便道："闲话休说，既呼逆练了女兵，难道俺怕了他不成么？"那庞琦就向岳鸣皋道："你传令三军，速速统兵到雄关等候。"鸣皋疾忙吩咐三军统兵到关等候。那庞琦就同了这侄儿四虎，别了丞相，上马飞行，一径来到雄关。

那庞琦到关坐下，便道："谁在这里管关？"那把关的道："俺本官不知公爷到关，没有在这里伺候，公爷不用发恼。俺已着人通报本官，随即就到。"庞琦道："你们在这里把关，那来去的人儿可盘问的么？"把关的道："咱们放关，总看腰牌才放他过去。"庞琦道："这个才是。"

那雄关总兵花万年听说东海公庞琦到来，连忙披挂到关见了。东海公道："花将军，何必穿了甲胄到来？"花总兵道："不知公爷到来，有失远迎，望恕不周。"庞琦道："俺今非为别事，因知近日那呼家的子孙反教练了些女兵，不知怎么到了京城，那贵妃娘娘知道，差了俺的侄儿四虎追擒这呼逆。俺想呼家到京，关上岂有不知？所以今日俺到来，要这过关册查这么一查。"花总兵道："那出入的军民，俺俱查过，亲自给付腰牌验放,并没有姓呼的出进。”庞琦道:“你取关册来看。”那花总兵道:“你去拿关册过来。”那把关的取了关册,花总兵道:“送与公爷去看。”

那庞琦把这关册细细的查看,却是注得明白。看到那初三这一天,注的西羌进宝四人,给有腰牌四面,验明后放。庞琦道:“花将军,你道没有姓呼的过关,那初三有西羌进宝,这四人的名姓都没有,如何给他的腰牌?”花总兵道:“因他是进京上贡的,要出关回去的。那给他的腰牌同册上都没有填写他的名姓。”庞琦道:“好胡涂!你知道他西羌来进的什么宝?这个明明是那呼家的子孙,冒了西羌进宝的,你就不问他的名姓,竟放了他过关去,这是什么意义?”

花万年道:“他出关未久,待俺急急追去,擒他回来是了。”庞琦道:“既如此,你快快领兵去追,俺且回京去也。”花万年道:“公爷听禀:但是俺出了关去,那沙漠地方地广人稀,去追这姓呼的,恐怕又弄出别的事来。”庞琦道:“俺有五千人马,你可带去,擒了这逆贼,就砍了他们的首级,不可再放脱了他。”那花总兵立刻升帐,点了人马,炮声一响,将挂征袍,马挂鞍镫,红旗一展,放起三个狼烟大炮,却震得地动天摇。果然:

将施号令非通小,大小三军敢不遵。

且说那祝三娘同了张金定、柳迎烟道:“我们在雄关的时候,若然不是这花瑞莲得梦,如何得能他在关先来问俺,又教俺姑嫂改装扮了出猎的一般,同了花瑞莲一齐出这雄关,难道不是天公点化,仙姑扶助,焉得出那雄关来到这里?”

金定道:“三娘,你看这里的景象,比中原竟是绝然两途了。中原地方何曾见此沙漠,连那眼睛皮上也是灰土。你看地面这般广阔,也不见有人来往,唯是满野牛羊。”迎烟道:“且喜这里没有虎豹怪兽。”那三娘便说:“就有我们也不怕他。”金定道:“三娘,你看前面这个山,怎么树木都没有的,好似烟雾四起,不知这个山里可有虎豹盘踞?”三娘道:“我们紧紧的过去便了。”

道犹未了,山上忽起一阵大风,吹来甚是腥臊气味。那晓这腥风一阵一阵的刮来,三娘虽有武艺,却也有些胆怯,便道:“我们勒住了马。”那三个女将正抬头看这山顶,谁想山坳里跳出两个怪物。那女将倒吃了一惊,说道:“又不是虎豹。”迎烟道:“这兽却是人形兽面。”立将起来,原是头顶日月,不过头上披下的是长毛,蹿来跳去,哈哈地一笑。

那女将都唬得浑身冷汗,挺枪拍马追来。那知这个怪兽竟可说话,叫道:“美人休恼。俺夫妻两个在此黄毛山修炼千年,上帝命俺夫妇在这山洞里镇守那珊瑚宝塔。今美人到来,祝素娟在那里?”三娘道:“祝素娟,你问他则甚?”那老熊仙道:“俺今日见了素娟,就好把这宝塔交他收去,日后好破妖龙阵。”

那三娘同了两个嫂嫂随那熊仙来到山洞,却那洞中灯光照彻。那姑嫂一路随了火光穿出洞来,只见石床上果有一个宝塔,长有尺外,上写“轩辕世宝”。那三娘寻这熊仙,恰是毫无形影。这姑嫂三人就对了这个宝塔拜了几拜,望空祷告了一番,收藏了那个宝塔,绕出这个石洞下了山来,依旧上马前行。

金定道:“好久不见人烟,前面簇拥,想是这里才得有人哩。”迎烟道:“姐姐,你看那人儿都是红须赤发,口里讲的这‘布尔期哈达拉什’,不知他讲的什么?”三娘道:“他们讲的是番话,咱中原人那里听得他出?”却是:

天外有天国外国,西羌岂是比中原?

那姑嫂三人在马上一路话来,不觉前面又是一座高山,不知是什么地方了。金定道:“三娘,你看那山上倒有个营寨。”话犹未了,忽听金鼓之声。三娘道:“嫂嫂,却不道此处倒有个山寨,我们去看他一看再走。”

那姑嫂来到山前,金定道:“咦,好奇怪,这里倒也有一个关口。”上写“天定关”三字。那姑嫂进了这关,三娘往前一看,吓!原来是教演女兵。迎烟道:“姐姐,他们为什么分出四个营头,这是如何讲究?”三娘道:“这是他在那里演习分合法。”金定道:“姐姐,你看他们各自排立了旗,必然练那攻冲法了。”

那旗上写的是“忠武将军王金莲”“孝武将军邓三娘”“昭武将军齐月娥”“义武左军翠桃”。

那祝三娘看了又看,便道:“嫂嫂,我想这四位女将莫非也是为呼家的事在此练兵,也未可知。”金定道:“姐姐,我们在此,你径到营前喊叫起来,看他如何,就明白了。”那三娘听了金定的话,来到营前喊道:“婆婆那里?媳妇要到新唐去寻丈夫回来报仇,今日在此经过,望婆婆相救。”那金莲听说新唐的话,便道:“何人叫喊?”就吩咐翠桃:“你去同他进来,待我问他的来由。”翠桃道:“那一位姐姐叫喊?”三娘道:“是俺在此叫。”翠桃道:“如此,同我进去。”

那三娘见了金莲,口称:“婆婆,受媳妇一拜。”金莲道:“姑娘,不要错认了。”三娘道:“婆媳岂有错认?”金莲道:“吓,既不错认,可晓得俺的儿子叫甚名字?”三娘道:“呼延庆就是俺的丈夫。”金莲道:“媳妇,既如此,请了邓三娘、齐月娥一同相见。”又道:“那营门外的是何人?”三娘道:“这是同媳妇来的两位嫂嫂。”金莲道:“快去请了进来相见。”

金莲道:“难得三位女英雄这般义侠,不知庞贼的势力如今怎么样了?”三娘道:“婆婆,说也可惨,俺爹妈同两位哥哥都被庞贼杀了,那首级被他挂起标竿。亏这两位嫂嫂同去盗了首级,回到三家村埋了,就往西行。那晓到了雄关,正愁不能过此,恰好花总兵的女儿瑞莲梦见仙姑指迷,说瑞莲与姓呼的有姻缘之分,教他度俺姑嫂出关,才得到此。”金莲道:“如今府上还有何人?”素娟道:“婆婆不要提起,俺家祝家庄被庞贼搜俺丈夫,遭他两回攻打。到了第三次,四面放起了火,烧得那庄子上要一根椽子也没有的了,所以那两位嫂嫂逃到三家村来,同了媳妇一路逃来。”金莲道:“贤媳,难得你姑嫂三人为了我的儿子,害你姓祝的也遭庞贼这个惨苦。少不得你公公同了叔叔在新唐见了你的丈夫,必然借了兵马出来,就有报仇的日子,否则我们赶到新唐也好。”

不知以下如何,且看下回分解。

第三十三回 呼延庆新唐见父 仙山洞公主成亲

岁岁金河复玉关，朝朝马策与刀环。
三春白雪归青冢，万里黄河绕黑山。

话说呼延庆一心向往新唐，于是别了八王，将两位妹子送归赵氏母亲处。同了这两个兄弟出长城，一路行来，却也筋疲力乏。“兄弟，你看前面的城廓，又不知那里了。”延龙道：“哥哥，你们慢来，待俺且去看个明白再走。”那延龙往前看了一路的呵呵笑来，说道：“哥哥快走来，已是新唐的王城了。”延庆听说已到新唐，心里十分欢喜。进了王城，便道：“兄弟，这里新唐国倒也不丑，你看百姓倒也清秀，服式又不怪异，就是他语言也都是官话，倒不比在路上见的那些人儿，蓬头垢面，赤发红须的。”延龙道：“哥哥，那路上都是沙漠，吃的是飞禽走兽，自然生出人来，都是那古里古东的。”延庆道：“兄弟，咱们问个信儿再走。”延龙道：“哥哥，俺去问。”

那延龙便道：“老人家，咱问你个信。这里的驸马可是姓呼？”老人家道：“你问他则甚？”延庆道：“老人家，那驸马就是俺爹爹。”那老人家听了，就笑将起来，说道：“驸马到这里成亲生的儿子，今年不过十三四岁，俺看你这年纪，有二十岁的光景，就是那两位也有十七八岁了，怎么要充驸马的公子，岂不要笑死了人！”那延庆兄弟见那老人家是讲不清楚的了，就带马前行。

延龙道：“哥哥，这里是驸马府了。”延庆道：“官儿，你快到里边通报，说中原来的侄儿、公子在外。”那中军听说，来到里边，把这话也就传说。那内侍听了，进宫便道：“启上公主：方才中军进来报说，俺驸马爷的侄儿、公子都在外边。”公主道：“请他进来。”那内侍对中军道：“请公子进见。”中军道：“请公子进见。”

那延庆同了延龙、延豹进了府门，一直到了堂后，内侍就开了宫门，来到寝宫门首。内侍道：“启上娘娘：公子在此。”公主道：“请他进来。”延庆道：“孩儿拜见。”延龙、延豹道：“侄儿拜见。”公主道：“少礼，请起来。”那延庆兄弟立在两旁，公主道：“你三位从那里来，到此做甚？”延庆道：“孩儿听得母亲王氏金莲说，我们公公呼得模，号称必显，因见庞妃僭了正宫的仪仗，庞妃怕公公启奏，他反逞奸哭诉，那朝廷不察是非，就差奸相庞集领兵，把俺全家抄斩，杀了三百三人。俺爹爹守勇，亏得爹妈教他在地穴里逃了出来，就到王家庄，俺外祖王员外就招他为婿，生孩儿一人。那晓庞家起兵追来，俺爹爹就向俺母亲说到新唐借兵。孩儿想将起来，我今长成了,因同母亲到来,寻了爹爹,提兵前去报了此仇,俺祖父母在九泉,亦稍息恨。”公主道:“这两位呢?”延庆道:“这是守信叔父生的。”公主又道:“如今你母亲在那里?”延庆道:“王氏亲娘现在天定山住下。”公主道:“你既到此间,且等你爹爹回府,就好商议。”延庆道:“母亲,如今爹爹到那里去了?”公主道:“你父亲借兵去了。”

娘娘对内侍道:“你去请了公子、小姐到来。”那内侍请了公子、小姐来到寝宫,公主见了便道:“孩儿过来,你同这三位哥哥相见了。那延庆哥哥是你爹爹同王氏母亲生的,那延龙、延豹这两位哥哥,是你叔叔守信生的。”公主明明白白的说了这话,兄弟妹子大家拜见了一番。延庆道:“母亲,孩儿还未拜见外公哩。”公主道:“今日天色晚了,明日去见便了。”却是:

五原春色日迟迟,二月垂杨初挂丝。
即今河泮冰开日,正是长安花放时。

且说延庆弟兄到了来朝进宫候安,公主领他见了国王,把这话也说了一遍。国王就赐了金冠三顶、玉带三条、蟒袍三领。那延庆兄弟领了,遂拜谢了国王。又道:“母亲,孩儿就此拜别。”公主道:“你拜别了我,想到那里去?你若要寻爹爹,待我唤你的延寿兄弟同去。”那延庆兄弟别了公主,就上马出府,不觉已到仙山了。

那延庆兄弟上山顽耍。延龙道:“哥哥,这是什么榜文?”延庆看道:“吓,原来为公主招亲。”延寿道:“哥哥,不要看了,我们快去见爹爹罢。”来到山冈,延寿吩咐家将:“你去禀驸马爷,说俺同公子来见也。”那家将疾忙报道:“启上驸马爷:有几位公子在外。”驸马听说,便道:“放他进来。”延寿同了延庆、延龙、延豹一齐进见。

延庆见了守勇,哭道:“爹爹同王氏母亲一别,孩儿还在母腹,不觉到今将二十年了。”守勇道:“你母可住外公家里么?”延庆道:“母亲同儿寻父到来,今在天定山同婶婶住下。孩儿就同这两个兄弟到京祭祖,那庞贼正追捉孩儿,恰好有两个女将冲将过来,帮儿杀那庞贼。孩儿谢问,那女将道:‘俺乃姓呼,也要到京祭祖。’孩儿同这妹子,又到京拜祭而来。”

父子正讲得高兴,那家将道:“启爷:今日俺狼主招婿,所以请爷看比武哩。”守勇同延庆弟兄来到帐前看那比试,那晓一个一个的走过,金龙、银凤两位公主眼都不看。这些比武的英雄个个垂头丧气,说道:“好笑,那公主倒在那里看人的风雅,并不是比试招亲。”

那晓呼延豹、呼延寿在旁边跳将出去到台上,拔了长枪就舞弄起来。那两个公主笑嘻嘻道:“你们这两位英雄的枪法却是活泼,俺与英雄比一比看。”公主也拔了一根长枪,同延豹弟兄比舞。谁道公主的心里已是十分有意,就是使的花枪,那里肯下手刺去?那守勇一看,急得一身大汗,飞到台前说道:“你们收住了枪罢。”那延寿只顾使枪,这仙山洞主问道:“驸马为何叫喊?”守勇道:“今日乃公主比试大事,俺孩儿只管同公主使枪,俺在此叫唤。”洞主道:“驸马的子侄与俺的女儿比试,这是最妙的了。”话未说完,那公主已收枪进去,延豹、延寿也就跳下台来,大家回到山上。

那洞主看见公主笑盈盈的走来，洞主便道："女儿，今日台上的比试如何？"公主道："母亲，今日孩儿初在台上的时节，有要来比试的，孩儿看他，不要说他的武艺，就是那人品也不中式。"洞主道："那后来这两个小英雄如何？"公主道："这两个的枪法，孩儿们倒也合式。"洞主听了便道："俺女儿的眼力却好。那比枪这两个英雄，就是驸马的儿子，一个是他的亲侄。如今且去向驸马讲了，就好成亲。"

洞主请了驸马出来，把那比枪的话说了一遍。守勇道："但是俺侄儿同延寿的年纪俱幼。"洞主道："驸马愁他则甚？俺看起来，他们是天赐的姻缘，所以路隔万里，到此成亲。"那洞主就吩咐："备了花烛，今日是黄道吉日，与公主完姻。"洞主一声吩咐，立刻齐备。家将道："启上洞主：花烛都已完备。"洞主道："既如此，请两位新驸马同了公主出来成亲。"那延豹、延寿同了金龙、银凤公主拜了天地、谢了洞主，拜见了守勇，各自回房。

不知以后如何，且看下回分解。

第三十四回 天定山庞琦大战 道童儿广施术法

将家难立是威声，不见多传卫霍名。
一自元和平定后，马头行处望回程。

话说东海公庞琦自雄关回京，终日心焦："俺差花总兵出关去后，忽又数月，不知可曾追着呼家。"那庞琦同军师安期子商议，那安期子道："俺昨晚看那太白过宫，正是荧惑当权，只怕真火烁金之象。"东海公道："将何以克制他？"安期子道："制火必得以水。俺想公爷亲征，最称相得，住在海东，公爵又是东海，此去十全十胜的了。"那庞琦道："既安先生看定，俺就领兵出关。"中军道："人马点了三万六千，都披挂停当，候令起行。"庞琦道："就此发兵。"

那庞琦到了雄关，问道："你们将军可有信息么？"中军道："俺昨日接到总兵的牌文，说呼家不止三四个人，如今分为四路去追擒了。"庞琦道："你在关好好看守，俺今日领兵亲自出关去追哩。"中军吩咐开关，庞琦出了关来，便道："安先生，你看出关才得两日，那灰土就这般厉害。"安期子道："沙漠地面，都是这般的。"庞琦道："果然。地面却是广阔，人烟实在稀少，行了几天，没有几个人儿看见。俺想这呼家到底在那一方呢?"

庞琦正在烦闷,忽见有人笑奔而来,吩咐了中军:"那前面的人来,你去唤他过来。"那中军上前,便道:"你们往那里去?快来同俺去见公爷。"那些番民齐道:"咱都是过路的,公爷叫唤咱则么呢?"中军道:"想是公爷要问你们的话。"番民道:"这又出奇了,问咱什么?"中军道:"启上公爷:番民在此。"庞琦道:"百姓们不用惊慌,俺乃奉旨要追擒呼家将到此。俺因出了关来将有一月,不知呼家从那一方的道上好去追哩。"那番民道:"公爷,小番们听得老人家说,那天定山齐大王的驸马好像姓呼。"庞琦道:"他几时到天定山的?"番民道:"这话有一二十年了。那驸马生的公子,差不多有十四五岁的光景。"庞琦道:"这里到天定山还有多少路?"番民道:"从大道去二千来里。"庞琦道:"百姓们,都回去罢。"庞琦道:"中军官,快吩咐从大道赶上前去。"却是:

东去长安万里余,故人何惜一行书。
天关四望肠堪断,况复明朝是岁除。

且说天定山齐国宝的儿子齐雄同了邓三娘、齐月娥、王金莲、翠桃、祝素娟、张金定、柳迎烟,各带女兵一千,在山上扎下营盘,各人立了将旗。那国宝坐了大营,齐雄做了副帅,各自鸣金,四下里冲将过来,似乎一番攻打,那些女将各自又守个山洞,大张旗鼓,在那里分营布阵。那晓将校飞报上山,说道:"启上大王:俺在金牛岗见有许多兵马,在那里扎营哩。"国宝道:"再去打听。"

国宝把令旗一展,各将齐到营前,便道:"众将官,速速端正披挂,以防不测。"齐雄道:"爹爹,怎么说以防不测?"国宝道:"你们还不晓得,方才报子到山说道,金牛岗地方有许多人马,在那里扎下营盘哩。"齐雄听了大怒,就上了将台,把令旗一扬,口里喊道:"大小三军听着:第一炮各各披挂,第二炮一齐上马,第三炮开关冲出。那鼓须要紧紧的催,鸣金呐喊的声音须要看令。"众将道:"得令!"忽听一声大炮,众女将各各披挂,听了二炮,一齐上马,放起三炮,大家冲出关来。

那庞琦差了左翼朱尤、右翼俞任柳,正到山前探听,忽听山上放起三个大炮,急忙飞回金牛岗来报知。庞琦大怒,说道:"咱家就此起营,杀上山去。三军听着:如有活擒呼家一人者,官升三级,兵赏银牌。获得三五人者,照例升赏。如砍取呼家首级一颗,官加一级,兵赏十两。如有十颗、五颗,照例加赏。"众官将道:"得令!"中军就禀令放炮,冲出营来。

那齐雄同了这班女将,正杀到金牛岗来,那两边人马一齐围将拢来。那岳鸣皋、朱尤、俞仁柳、庞飞虎、庞牛虎、庞毛虎、庞龙虎一齐拍马冲将过来,那齐雄、齐月娥、王金莲、邓三娘、祝素娟、柳迎烟、翠桃大家出马迎敌,东奔西窜,南来北去,杀得烟尘抖乱,红日蔽隐,耳畔中只闻刀剑之声,眼睛里唯见光芒闪烁,却战有一百多回合,胜败未分。那晓王金莲一枪挑去,朱尤跌下了马。那俞仁柳跑将过来,却被朱尤一绊,一齐跌倒在地。正要爬起,被齐月娥用枪一勾,那女兵就赶将过来,绑了解到山上去了。

岳鸣皋连忙跑进营来,说道,"公爷,快请安先生出来商议。看他这班女兵女将,非是术法,不能制伏。"庞琦道:"既如此,请安先生商议。"那安期子来到帐前,庞琦把那岳鸣皋的话说了。安期子道:"俺早早吩咐,若与他们争胜,在亥子两时,保可决胜。若用申酉二时,也还可战胜。如今偏在巳午两时出战,正乃天火临宫,战恐有伤。"岳鸣皋道:"那左羽、右翼这两员虎将,已被他们擒去的了。如今要先生用个神术,就可决胜。"安期子道:"且去收了兵,明日去战,可以取胜的了。"那庞琦道:"宣令官,你把令传谕,暂且收兵,明日点齐人马,径杀上天定山去。"

不知以后如何,且看下回分解。

第三十五回 岳鸣皋助法大战 天定山国宝受困

金牛岗前沙似雪,齐家关外月如霜。
不知何处吹芦管,一夜征人尽望乡。

说那岳鸣皋回营,把天定山大战被呼家擒去两员虎将的话说了一遍,那庞琦就请安先生出来商议。安期子道:"且去收兵,待俺作起法来,也须明日交兵的了。"那庞琦就令岳鸣皋且去收兵,回来再作计较便了。那岳鸣皋得令,飞行来到阵前,把令宣了。那四虎正杀得力怯,忽听那营里放炮鸣金,呼家也正要收兵,两下里人马一齐各归营寨。

那齐雄上山,同国宝计议。齐雄道:"爹爹,如今把那擒来的两个人,如何处置他才好?"国宝道:"自古说'擒贼必擒王',那些小校擒来处死他也没用。照须带他到营前,割去他的两个耳朵,放他回去何妨。"那齐雄依令,把这擒来的左将朱尤、右将俞仁柳,带他到了营前,把他两个耳朵割了下来,放他回营不题。

且说齐雄正来缴令,呼守信却也回山,齐雄告诉守信道:"庞家领兵到来,要擒你的子侄哩!"守信听了大怒,见了国宝,说了一番。国宝道:"你们行事,总要看清路头,不可造次。"守信同齐雄道:"这个自然。"那守信来到营里,见了月娥、邓三娘、金莲、翠桃、祝三娘、金定、迎烟,把这话儿大家计议妥了,一面就吩咐将校:"你们总随了将令,营前营后须要时刻巡逻,不可懈怠。"众军齐道:"得令!"

话说东海庞琦正与安先生讲用术法,要擒捉呼家。那晓朱尤、俞仁柳回营,安期子道:“他怎么放你回营?”朱尤道:“先生不必说了。俺也曾南征北讨,东荡西除,在军前二三十年,从来没有这个希奇。”安期子道:“请教将军,有什么希奇?”朱尤道:“先生你还不晓得哩。咱同他们正杀得热闹,谁知咱两个的耳朵被他们杀掉了。”安期子道:“只怕割去的。”朱尤道:“先生那里晓得?”安期子道:“听言当于理察,二位将军请进营调息。”

那安期子炼个飞砂法,不道天色已明,就令三军放炮冲将出去。那王金莲听得炮响,连忙装束上马,吩咐放起炮来。那金莲冲出营来,就与庞飞虎盘旋大战。庞牛虎、毛虎、龙虎一齐冲来,那齐月娥看见,便道:“姐姐,我快去也,你们随后就来。”那月娥冲出,就与庞家接战。正在那里杀到东追到西,两下里都想要擒,那晓邓三娘、祝素娟、金定、迎烟一齐冲入阵来,兜来绕去,杀做一团。

安期子上台一看,便道:“岳将军,你快去助战。”那岳鸣皋飞马入阵,就用起飞砂法。那王金莲、齐月娥这班女将,正杀得高兴,不道狂风大起,吹得石走砂飞,那些女将都唬得胆战心慌。谁晓祝素娟一面与他厮杀,怀里就取出那珊瑚宝塔,对着庞家的营里,这砂就不飞起,那石也不走了。岳鸣皋道:“安先生,不好了!那法儿没用的。”安期子道:“不妨。俺有徒弟,即刻就来。”

道犹未了,那晓五个道童来到营前,说道:“要见安先生的。”那中军领了道童进营,说道:“有人要见安先生哩。”安期子道:“来的是谁?”中军道:“他说是先生的徒弟。”安期子道:“如此,请他来见。”那道童来到里边,便道:“师父唤徒弟到来,有何吩咐?”安期子道:“请你到来,非为别事。俺今在此行了一个飞砂法,因被他破了这法,俺如今要用那五行阵,所以请你们来帮俺行了这法。”那道童道:“师父,弟子在此,请师父布阵便了。”那安期子就令摆下五行仙阵。

那女将正同庞家四虎杀得个昏天黑地,那安期子把这五个道童就分布了五处,按的是金、木、水、火、土。那段道童得了青旗,派守东方;解道童得了白旗,派守西方;鱼道童得了赤旗,派守南方;元道童得了黑旗,派守北方;王道童得了黄旗,派守中宫。那晓安期子把那阵图分派定了,就令岳鸣皋冲出阵前,哄动他们来讨战,进了这营,也不怕呼家再逃上天去了。

那岳鸣皋引这女将到了阵前,便道:“俺家这个阵儿,你们这些毛贼还不知死么?”齐雄道:“呔!你这班奸贼,休在这里猖獗,俺来也!”那齐雄拍马赶来,只见那五个道童把旗一招,进营去了。那齐雄就从东方杀进他营里,那道童挺枪就战。那齐雄正要来擒,谁想这道童口里吐出许多青烟,熏得个齐雄连马跌倒在地。那呼守信看见齐雄跌下马来,他就从南方杀进。那解道童道:“你何不好好下马受缚?”守信大怒,架起刀来正要砍着,那晓这道童开了这口,那火就喷个不止。守信见了喷火,倒也呆了。那邓三娘见那道童在那里把这白旗一招,三娘就从西杀入。那道童措手不及,就把手一招,只见眼前许多刀枪砍来,惊得个邓三娘手足都软了。齐月娥对王金莲道："姐姐，难道他有妖法的么？"金莲道："且杀去看。"月娥竟往北首杀进，道童就迎面喷出一口水来，那知月娥已淹在水里了。那王金莲不问情由，一直杀进营来，思量助战。那晓这个道童的口里喷出许多黄烟，把一个王金莲迷住。

那齐国宝看了，便道："俺一家儿去与庞贼交兵，为何追进了营去，却还不见出来？难道倒被庞贼擒去不成？倘然庞贼那里用了术法，这便如何？"那翠桃同祝三娘道："大王不必心焦，俺同三娘去也。"那翠桃见了道童，就骂道："你这妖道，黄毛未退，敢在此撒野！"道童道："俺在海岛里修道千余年，就是那四海的龙王，也知俺是终南散仙，你们这班狐媚，晓得什么来！"这翠桃就把双刀砍去，那五个道童哈哈大笑，口里就吐出许多烟来，熏得那女将昏昏沉沉。那三娘取出了宝塔，对着那妖道，却是烟起不上来了。

不知以后如何，且看下回分解。

第三十六回 呼家将大破五行阵 金牛岗杀死庞东海

石碧千重草木森，白云斜掩不知春。
昭君溪映年年月，偏照忠君一片心。

且说庞琦听那探子报说，安先生同了徒弟布的五行阵，却把那些女将都收拾在五行中了。庞琦道："快请安先生来商议。"那探子就道："安先生，俺公爷请先生快去商议。"那安期子道："徒弟，今公爷请俺到营，不知商议什么，你们一同走遭。"

安期子同徒弟进营相见，庞琦道："安先生，这五行阵却好。如今请先生到来商议，那擒住的反贼，为何不就斩了他的首级，挂在营前？"安期子道："俺擒的那反贼，自然带他到京，必须大张旗鼓，法场上斩他，使其羽党也晓得天朝的法令。"庞琦道："先生妙见。但是不就杀他，恐防反贼再逃了去，就徒费心力了。"那安期子、道童齐说道："公爷，若说这反贼要想逃脱，料他今生也不能够了。俺擒住了反贼，就令值日神将用了铁网网住，所以一动也不动的。"庞琦道："好，果然先生是通神的。这几日先生大费神思，辛苦极了。今日俺同先生小饮一巡，明日就要打算收营回去。"

那庞琦在营，大排筵宴，同那岳鸣皋、安期子、飞虎、牛虎、毛虎、龙虎、朱尤、俞仁柳、段、解、鱼、元、王这五个道童，都吃得醺醺大醉。那安期子道："公爷，俺想此时不如我们领了人马杀上那天定山去，捣了他们的巢穴，回来带了反贼，就收拾回京，岂不是一举两得？”岳鸣皋道：“公爷，那安先生这个计策，却是个神机妙算。俺这里领兵杀上山去，那山上的贼党，就是他做了神仙，也是想不出来的。”庞琦听了，拍手大笑，说道：“先生的计越发妙了。”便道：“我们快饮一杯，统兵就去。”

安期子、岳鸣皋等就传令三军，披挂完备，立刻放炮起营，来到天定山，杀到关前。那守关家将报进山寨，说道：“庞家的兵马已杀到关前了。”那齐国宝道：“俺在山二十多年，从无人敢来冲犯俺的关隘，那晓今日倒被庞贼到关鼓噪，教俺这口气如何消去？”便道：“翠桃姐、祝三娘，你们这几位在山守了，待俺出关与这庞贼搏死一战。”翠桃道：“大王，若说与庞贼搏战，待俺翠桃前去。”国宝道：“你们去是不会见机，这事必得俺去方妥。”

国宝就披挂了一副金锁甲，戴一顶九龙双凤盔，穿一双龙目虎牙的战靴，腰佩龙泉宝剑，手提一根铁杆金枪，坐一匹千里驹。那齐国宝正在上马，要出关与庞贼搏战，那祝三娘道：“大王且慢。你看山后那些人马，好像番兵来了。”那国宝勒住马头一看，便道：“三娘，那边跑来的人马却是番兵，为何倒分了四路而来？”国宝看了，正同三娘在那里讲论，那知翠桃奔来说道：“大王，那山后来的人马，只怕不是新唐来的番兵。”那国宝道：“不要管他，吩咐开关。”

那大王一声吩咐，这些把关的立刻开了。齐国宝冲出关来，便道：“俺天定山齐国宝来也！你这奸贼，快来受死！”那庞飞虎道：“你这反贼，窝了呼家这些逆匪在山，还敢在此猖獗！”飞虎就一刀砍来，国宝挑起枪来架住。飞虎带转马来，又是一刀砍过，国宝趁势把枪一挑，却好挑着了咽喉，那飞虎就跌下了马。谁知国宝又兜肚的一枪，牛虎拍马就战，不及十个回合，牛虎败走。那毛虎、龙虎一齐飞赶过来接战，国宝把这根枪一洒，那晓毛虎、龙虎不敢迎敌，国宝就拍马飞追。

那岳鸣皋趁着酒兴，出马迎住，说道：“俺想你好不知人事，难道你不晓得自己的那些男女，俺一个个都拿下营里来了，你还想闹什么？不如早些下马，受了个死，岂不倒安耽些儿？”国宝听了大怒，提枪就刺。岳鸣皋道：“且慢来。俺还有一句话儿，与你说明白了。”国宝道：“有话快讲。”岳鸣皋道：“俺久已要做你……”国宝道：“你要做俺什么？”岳鸣皋道：“俺要做你家的女婿。”话犹未了，国宝就是一枪，恰恰刺中他的胸膛，那岳鸣皋就坠下马来。那晓鸣皋的腿挂住了镫，这马惊得跳将起来，拖了鸣皋一直冲进庞营。谁想那庞毛虎、龙虎又被这马冲来撞倒在地。那庞琦恼将起来，骑上了马，提枪飞奔直戳过来，国宝也就挺枪迎敌。

呼守勇正领了番兵到来，守勇道：“众将听着：你们就此天定山下屯了人马，俺上山走遭，回来起营便了。”那呼守勇到了山上，见翠桃在那里披挂，守勇便道：“翠桃姐，你在此慌张什么？那山下屯的人马，就是俺在新唐借来的番兵。”翠桃道：“驸马爷，俺不是为山下人马，因俺家这些人马都被庞家围住，那金莲姑嫂都被庞家擒去，我们就一齐冲下山去，与贼厮杀。那晓这贼营里有些道童跳将出来，口里都放出烟火,迷得天昏地暗。幸那祝三娘在黄毛洞得了一个珊瑚宝塔,取来托在手里,那烟火略略退散了些。我们看来不济,急忙回到山来,把这话儿细细诉知大王。那大王听了大怒,立刻披挂下山去了,我们因此披挂也要下山。"守勇道:"你们且慢,待俺下山前去。"

话未说完,守勇下山来到番营,把那话儿说了。那晓延庆、延龙、延豹、延寿、赵荆隆、赵迎风听说,立即上马,各执刀枪,飞往关前,拍马冲杀过去。那庞琦回转头来一看,却被齐国宝一刀砍去,恰恰砍了庞琦的右肩膀。那庞琦忍痛大叫:"安先生快来!"那安期子听得阵前叫喊,走出营来一看,便道:"不好了! 徒弟快些做起法来,俺到阵前去救公爷哩!"

那五个道童听说,疾忙做那妖仙大法,布起天罗阵,思量一齐兜进网来。谁想道童急急行那阵法,安期子飞马跑到阵前,那晓呼守勇同了子侄直杀过来。安期子看来不能抵敌,就勒马回营,说道:"徒弟使法看来鞭长不及的了,那呼家这反贼都杀进阵里来也。"道童道:"师父,俺今行了一个妖仙大法,布下了天罗阵,还怕这反贼则甚? 且等到午时,我们大家也杀他出去,就一个个的拿进来哩。"

师徒正在营里商议,那晓庞琦败进营来,说道:"安先生,呼家这反贼把俺的右肩砍下那一刀,俺忍了痛与反贼搏战,先生为何不来相帮,擒这反贼?"安期子道:"俺同徒弟行了个妖仙大法,又布个天罗阵图,正在此商议,俺与徒弟到阵前搏战,拿贼回营。"庞琦道:"安先生,你们要去就去,快快与俺拿下这些反贼。"

安期子听了,正同徒弟上马,那晓呼守勇、呼延庆、呼延龙、呼延豹、呼延寿、祝三娘、翠桃、张金定各领番兵一千,一直杀到五行阵来,那道童也就拍马迎敌,安期子、俞仁柳、朱尤仗了这个阵法,大家挺枪就战,男男女女,杀去杀来杀了五十余合。

那晓呼家将把庞贼这个五行阵杀得瓦解冰消,那被贼擒去的呼守信、王金莲、邓三娘、齐雄、齐月娥忽闻雷声大震,电光耀日,豁然惊醒。起来一看,守信道:"这里的人马那里去了?"月娥道:"俺家都为杀贼,被擒到此,如今庞贼的营寨,不知为何没有人了?"邓三娘道:"那前面的人马,只怕就是庞贼的。"金莲道:"既如此,我们上马快去追哩。"

那晓一路追来,路旁首级不胜其数。转过个弯儿,只见无数人马,在那里追来追去。守信拍马飞赶阵前一看,见齐国宝、祝三娘、翠桃都在阵里,守信也追入那阵,与贼就战,杀得庞家大败亏输。这道童也想要遁下土去,那知素娟托出这座珊瑚宝塔在手,庞家的妖法再也作不起来。安期子道:"公爷,古人有言:'凡事须要见机。'看来难以取胜,不如且避他一避,再作理会。"安期子说了这话,拍马飞逃。庞琦道:"先生同去!"言未说完,恰好国宝赶来,喊道:"奸贼休走!"就一刀砍来,庞琦已分两段。守勇、守信一齐追来,那五个道童都显出原形,借土遁去。祝三娘回马追来,割了庞琦的首级,说道:"这首级拿去,要祭祖坟的。"那庞龙虎带了杀败的残兵,望风逃去。

这呼守勇道："众将官，我们仍回山前扎营住下，择日起营前去。"立刻放了三个大炮，一路扬威振武，回到山下，扎了营盘。那呼守勇、呼守信、呼延庆、呼延龙、呼延豹、呼延寿、王金莲、翠桃、邓三娘、祝素娟、张金定、柳迎烟一齐送那齐国宝、齐雄、齐月娥上山，大家拜见了一番，那呼家弟兄子侄各把相别到今的事，各人叙说了一场。国宝排下筵宴，饮至更阑。国宝道："今已夜深，我们明日细讲。"

不知以后如何，且看下回分解。

第三十七回 八王叔代呼面圣主 假宫女三祭铁丘坟

十二年来多战场，剪除权佞赖西凉。
君王有道知贤否，功业将成名渐扬。

且说呼守勇与弟守信说道："俺家世代功臣，是以宋太祖袭封到今。谁想仁宗宠幸那庞妃，僭用正宫的仪仗，俺祖公因为纲纪不可紊乱，反被庞妃唆怒了朝廷，不问是非，就差妃父庞集领了人马，操斩俺一家儿性命，幸喜俺同兄弟逃了，那晓庞家又来四处追捉。"守信道："哥哥，这是俺弟兄的命里应有这些磨难。"延庆道："爹爹，如今难星已磨尽了。"金莲道："闲话少说，要讲我们怎么前去报仇。"延庆道："只须孩儿同了延龙、延寿两个兄弟，到京去同八王爷商议，请一道除奸的圣谕，就好统兵剿灭。"金莲道："雄关怎么过去？"延庆道："这不愁，就扮西羌进贡的何妨。"金莲道："不可，倘然被他看破，再惹出事来怎处？你既同兄弟进京，须金龙、银凤这两位公主同去，只说仙山差来进贡，那关上才得肯放过去。"

延庆兄弟就同那两位公主上马就走，晓行夜宿，不觉已是雄关。那延庆到关，便道："谁人把关？快开，着咱家公主过去。"那把关的道："谁敢大呼小叫？"延庆道："咱奉仙山寨差送公主到京进贡，快快开关让咱过去。"那把关的道："你忙些什么？俺去禀了将军，才好放你过去。"那把关的道："启上将军：外面有仙山进贡的，可要放他进关？"花总兵道："你们在关管理出进的人，查验明白，就知道放得放不得。总要查点明白，有几个人给腰牌几块，他们出关去，先验收了腰牌，放他出去。查他没有的，就拿来见俺。"那把关的来到关上，又查问了一番，给了腰牌，注那关册，上写"仙山贡使五员，随使家丁八十名"，一个个点放进关。

那延庆道："今日关上比前番紧急多哩。"延龙便道："哥哥，若说他紧急，难道我们飞进来的？"延寿道："前面是三家村了，我们可要进去？"延庆说道："不要耽搁了。"延龙道："哥哥，你看这祝家庄如今变了一片荒郊，岂不苦恼？"这教：

关山万里远征人，一望长安泪满襟。

青海波涛空夜月，黄砂碛里似无春。

且说庞集因女儿做了仁宗的贵妃，十分宠幸。"那忠孝王呼得模，自恃宋朝开国的大功臣，世袭食禄三千石，黄金十万两，朝里这些同僚那个不畏惧他几分？动不动就要面圣，弄得那朝里的官僚，个个胆战心惊，就是那龙图阁学士包拯，也是这般厉害。偏偏那个包文正同他也是一般的，朝廷十分信服，果然他是铁面无私，如今亏得朝廷差他封王去了。"那庞集正想起心事，忽家丁报说："四虎将到了。"庞集不胜快活。

那牛虎、毛虎、龙虎一齐见了太师，庞集道："我儿去后，为父的那一日不想念你们？我请你叔父同出关去，也是个打算。他的声名已振四海，那个不晓得他力鼎千斤？不要讲擒那呼家小子，就是那杨家老令公、老令婆，也晓得你叔父的威名。就是你哥哥飞虎，为父的看他将来也是个大将。如今他年纪轻轻，倒也有些大志。"那牛虎道："爹爹，不要说了。俺弟兄同了叔叔出了雄关，分作四路追赶。遇见一队番民。细细查问呼贼，他说新唐的驸马，闻得人说就是呼延赞的子孙。孩儿们同叔父听了番民的话，不分昼夜，驰追那呼贼。那知赶到金牛岗，探子报说，呼贼就是天定山齐国宝的女婿。叔父同岳鸣皋、安期子先生商议，就在金牛岗扎了营盘，令朱尤、俞仁柳一同杀上天定山去。那晓呼贼同一班女将出来讨战，那安先生作了飞砂法，正杀得高兴，那晓这个砂石都飞到自己营里，那里招架得住？只得收兵回营。谁想朱尤、俞仁柳被呼贼擒去，割了耳朵逃回。俺叔父大怒，安先生道：'不妨。布个五行阵，怕他还不就擒这贼。'岳鸣皋同孩儿们出去诱战，却是这贼的女将，都收在五行阵来。那安先生同叔父又要统兵一齐杀上山去，扫除他的巢穴。谁道山上这个关，好扎实东西，整整打上一天，动也不动。不道一个老将杀出关来，抡起这一把大刀乱砍过来，俺的飞虎哥哥被他把刀一撩就不见了。叔父挺枪同这反贼战了百十余合，也被他砍上一刀，连首级被他拿去了。俺家的五行阵也没有了，擒他的女将也抢去了，安先生同那道童都逃走了。孩儿们看来不好，此时不走，更待何时？只得带了那二百来个残兵回来。"

庞集听了大怒："俺兄弟东海公庞琦，孩儿庞飞虎，反被那呼贼杀死，这还了得！气杀我也！"牛虎道："爹爹，休得动气。人之死生，也是个天数。即如孩儿，也受过他一枪的。如今只要多挑几员大将，多选几万人马，待孩儿们一同出关去追擒这贼，也报了叔叔、哥哥的仇了。"庞集道："既如此，你们也不必出关去，只须挑选三千精锐，牛虎守在鸡鸣关，毛虎你去守了飞石关，龙虎去督守了雄关，各带一千精锐，在关守住。那呼贼不见我们去追他，越发猖獗，必然反要杀到关来，你们逞势开关放他进了关来，就令精锐围将拢来，那时节就好擒了。”那庞集说了，就选精锐三千，那牛虎、毛虎、龙虎各领精兵一千，星飞到关把守，等那呼贼到来，就可报仇哩。这教：

荆山已去华山来，日照雄关四面开。

戎府莫辞迎候远，相公能破蔡州回。

且说呼延庆弟兄同了两位公主上马就走。延龙道：“哥哥，这条绕道我们倒也走熟了。”公主道：“前面什么地方了？”延庆道：“前面是京城了。公主，我们一齐改扮了差官前去。”大家把衣服脱下，换了差官的巾服，来到八王府门首。延庆把手一拱，便道：“老公公，拜烦禀报一声。”内监道：“好糊涂！你也没有名姓儿，又不晓得你来做么，教咱禀报什么？”延庆道：“公公说话不错。俺名姓儿不用说了，你只讲五霸山来的差官，要见王爷。”内监道：“这个话就是了。剪剪绝绝，咱好去禀哩。”

那内监来到宫门，禀道：“老王爷，外面有几个官儿，他说是五霸山来的，要见王爷。”八王听了，再也想不出来，道：“他说要见，你去带他来见。”内监走到外边，说道：“差官，来同咱进去见老王爷。”那差官同了内监进宫，便道：“王爷，这五霸山的差官在此。”八王道：“你五霸山来此做什么？”差官道：“特来求见王爷。”那八王把延庆细细一看，说道：“那碧桃、梅仙你可认得么？”延庆道：“这是臣的妹子。”八王道：“如此，书房里坐。”

一齐来到书房里边，八王道：“你们此来有何话说？”延庆道：“千岁，小臣有冤相告。”八王道：“你且说来。”延庆道：“臣祖呼得模，因为贵妃僭了正宫仪仗，被庞妃谎奏，害臣全家抄灭，杀得鸡犬无存。幸臣父、臣叔先奉祖母命，一个逃走，一个进香，后来晓得庞妃陷害，只得东躲西逃。那晓庞妃仗了太师庞集，他的儿子就是四虎将，同庞妃是兄妹。上年看灯时候，臣同妹子在勾栏院门口，扶了太子，送回千岁府来的。”

八王道：“是阿，俺再也想不起来了。如今你妹子在那里？可喜太子有心相娶，与二位妹妹成亲，不知令妹可有意？”延庆道：“如此，延庆代妹谢过。都在天定山，等臣回去，就要起身到京，送妹子与公子成亲。今臣到来，要求千岁为臣奏请一道除奸的敕命，小臣父子得能报雪大冤。”八王道：“公子，难道你不晓得庞集、庞妃朝廷十分隆重，咱即使奏了，倘然朝廷反去问起他们，非但不准，恐怕再弄出事来，这便如何？”那延庆、延龙、延寿同那两个公主一齐跪倒，说道：“千岁不能代奏请敕，臣祖之冤永世不能申雪的了。”八王听他如此哀切，便道：“你们且消停几天，咱明日上朝，待看机会是了。”

那知不多一会，却有太监梅盛林到来，说圣上请老千岁即刻进宫议事。那八王就同太监梅盛林上马进宫，见了仁宗，八王就促紧眉头，闷闷不乐。仁宗道：“朕因久未与王叔相叙，今日请来，朕要谈讲谈讲，不知王叔为何愁眉不展，使朕忧疑。”八王道：“圣驾征辽去后，朝政委命包文正监察，文武僚属肃清。后来圣上将包文正差去封王，朝政庞集就自恃起来。且如上年的元宵节，那庞妃暗托他哥哥四虎将探听太子出宫玩赏花灯，那四虎埋伏奸细，在途谋命。彼时亏了呼得模的几个孙子、孙女救护了太子，送到臣的府中。臣询问原委，方知呼家的忠心尚在。若说庞集官居极品，不应纵子肆谋。若论庞妃圣上如此宠幸，当思报主，不应肆毒，以刘妃所出之子推河致死。是时若非陈琳救送到臣府里收养，倘陈琳丧心，依了庞妃计害，臣那里晓得？圣上何由而知？幸赖祖宗庇佑，年已长成十八岁了，不然宋室江山，谁做圣上的社稷主？就是那庞集的四个儿子飞虎、牛虎、毛虎、龙虎，不念身受国恩，极图报效，胆敢父子兄妹内外勾通，朋奸害国，我圣上毫无觉察，臣心日夜忧煎。”

仁宗道：“老王叔太狐疑了。朕每试看贵妃的行止，倒也不过如此。若说妃父庞集，也还忠直。就是他儿子四虎将，朕看他的智勇倒也不差。今王叔这般说法，明明是与呼家出头，要算计庞家父子。难道王叔就是昧良的？就使天下的人亦难深信。”八王道：“臣再不想我王如此昏聩，听了庞妃，把个正宫曹皇后平空废他。难道做了个朝廷，也是不晓得的？庞集勾通海东的庞琦，招集那些人马，听了庞妃，反封为东海公，难道我王又是不晓得的？那庞家四虎将交结许多奸细，难道也不晓得的？我王圣明天子，岂以朝纲大事都由嫔妃做主？望我王猛省其奸，当思堂堂一个国后，被唆轻废。好好一个江山，庞家已占过半了。若再不除，不让于武望的了。我若不是宋朝的王子，再也不肯与你讲到这个地位。无奈俺是你王考的胞弟，所以言不惮烦，望我王三思。如谏之不察不行，只好各人自扫堂前雪，不管他家瓦上霜了。”

仁宗道：“王叔之言，却是为了宋朝的天下才讲。但朕一时放不下脸，请教王叔怎么可除。”八王道：“果若要除，只须降一道除奸削佞的敕谕，交与老臣，待呼氏子孙报复前仇，果能朝野肃清，忠心不改，复还了他的旧秩。倘有差失，总在老臣身上。”仁宗道：“既承王叔代朕加忧于国，朕心岂有不明？朕今降旨，以除奸敕命一道送到王府，请王叔代朕发判施行。”

那八王出宫回府，排了香案，供奉圣旨。就令内监请出呼延庆弟兄，把那见驾的话，细细说了一番。延庆弟兄一齐跪下叩头，说道：“俺呼家的祖宗在九泉之下亦可出狱，生者蒙恩，死者戴德。”八王道：“俺这札信，你带在身边，倘关津有阻，把这札付与他看，你竟讲奉旨到新唐差使，那关上就不敢噜苏了。”那呼家弟兄领了札付，拜谢了八王叔，即便起程。延庆道：“我们偷祭两番，遭了许多磨折，今日可以到坟拜扫祷告祖宗，然后起行。”延龙等都道：“哥哥所言，正合弟等意思。”遂即一齐策马向前而往。正是：

特奉皇恩雨露新，八王一语重千钧。
力图报国还思祖，忠孝真堪绝比伦。

要知后事如何，且听下回分解。

第三十八回 三家村女将出兵 呼延庆飞马出关

忆记新唐去复来，日照重关次第开。
公子远迎山寨里，将军捧敕玉京回。

且说呼延庆同了延龙、延寿、那两位公主，到坟上拜祭了一番，上马就走。一路行来，前面已是鸡鸣关了。那延庆取了札敕，飞赶到关。那守关道："你们那里去的？大呼小叫做什么？"延庆道："俺奉旨出关有事，你还敢不快快开关？"守关的道："这倒不相干，你说是奉旨出关，咱也不管你有事没有事，拿凭据来看。"那延庆取出那札付，守关一看，便道："请坐，咱去回明了将军，好来开关。"那守关的说："有奉旨出关的要过关去。"庞牛虎道："既是奉旨，可有什么凭据？"守关回道："有八王爷的札付。"牛虎道："放他过关去。"守关的连忙开关，便道："请爷们过关去。"

那延庆兄弟一齐过了关来，延龙道："哥哥，俺听那把关的说呼家将杀了庞琦、庞飞虎，因此各关都紧急得了不得，倘查问不清，弄出事来，就有干系的。"那公主听了大笑起来，说道："亏他这样紧急，我们才好到坟祭祖，请我们过关哩。"这教：

世间好事多磨折，今日方知苦后甜。

且说那三家村的刘定金、刘胜金、刘赛金日逐在花园里演习枪法，教女婢们操练刀剑弓马，谁想那鸡鸣关的总兵庞牛虎密差中军卜世球、宗洪来到三家村刘员外家里。那员外出厅相见，说道："两位老爷到此荒村，有何公干？"中军道："今日俺奉鸡鸣关庞总兵差来，与员外的令爱做媒。"员外道："呀呀呀，二位既是总兵要你们出来做媒，难道不晓得我家的女儿久已配定与人的么？"

那中军听了，就作别员外，回到关来，把刘员外的话细细说明。牛虎道："他既不承抬举，俺到明日领了几个家丁，径去抢了回来，看他有甚法儿。"卜世球道："将军既要抢亲，何不今晚就去？"牛虎听了大悦，便道："既如此，你去点了三千人马，就到三家村去围他起来，到刘家去要他将女儿好好送了出来，我们也不必再到他家里骚扰。他若有推阻，我们就杀他进去，也不怕他的女儿不来到俺的手中。"

军官领了将令，立刻点起人马，来到三家村围住。那营里放了三个大炮，震得地动天摇，惊得那村上的百姓慌慌张张，"这官兵到来，不知什么缘故？"那几个老人家说道："不好了！我们大家去报知员外，那些官兵团团围住，听他说到刘家抢亲的。来来，我们都到员外那里去。"村上这些男女见了员外，说道："员外，不好了！"

员外道："什么事情？大惊小怪。"众人道："如今有许多官兵围在那里，听他说到员外家里要抢小姐去哩。"员外听了，唬得目瞪口呆，说："这便如何？"

员外急忙来到花园，说道："女儿，你们还要在这里射什么箭？"小姐道："爹爹，却是为何？"员外道："今日早上有两个武官来说，鸡鸣关的庞总兵要我女儿去成亲，为父的对他们说，俺家的女儿久已许配与人的了。那武官听说也就去了。谁想此时有许多官兵在我们村上，说要抢女儿去，如何是好？"那定金、胜金、赛金道："爹爹，不妨。自古道：'兵来将挡，水来土掩。'等他到来，待女儿出去与他决个胜负。若是胜了就罢，倘女儿不能取胜，女儿乘此就到新唐去也，爹爹你也不必挂念。"员外道："这教那里说起。"定金道："爹爹，事到其间，不得不如此。"

员外父女正在悲苦，忽听炮声不绝，外面人声沸翻。赛金道："姐姐，事不宜迟了，我们快些出去。"庞牛虎、卜世球、宗洪假作舞枪杀来，那晓这三个女将同了那三百多个女兵，各用了双刀冲将出来乱砍，那庞牛虎倒也不能招架，只得勒马避过。然后带转马挺枪杀上，那女将迎枪就战。那晓刘家这村上的男男女女，也取那女将威势，只听村上倒是战鼓咚咚，牛虎心里却也胆怯。不道这女将一直追来，庞牛虎道："姣姣，你好厉害，把汉子追得这么狠，怎么同你做夫妻哩？"那女将道："你这龟子休走！"

那牛虎正想半战半退，那晓呼延庆、呼延龙、呼延寿同了金龙、银凤到三家村来。延龙道："哥哥，那三家村里怎么倒有庞总兵的旗号？"延庆看道："兄弟，莫非庞家又到三家村来寻我们么？"金龙道："哥哥，不要管他，我们追上前去。"那延庆兄弟就拍马飞赶，喊道："庞贼，你呼爷爷来也！"那牛虎听喊，便道："反贼，快来受死！"道言未了，呼家已刺过枪来，牛虎回马架住，说道："你好大胆！现在奉旨拿你，你还敢与俺照面杀阵，好不知死的呼贼，快快下马受缚！"延龙道："奸贼看刀！"那呼家弟兄同这两位公主，杀得庞家的人马东奔西窜，零零落落，四散奔逃，那呼家依然上马前去。那牛虎看那呼家上马去了，心里又想追他，又怕杀他不过。

那卜世球道："将军，我们且把人马点一点看。"牛虎道："点他也无益，快着宗洪到关，速速挑选利兵二千，便好追这呼贼，也不怕不擒的了。"卜世球道："既如此，何不再去请了飞石关的三将军到来，也好商议商议。"牛虎道："宗洪，你到关点了人马，叫他先到三家村来，你再往飞石关，请三将军作速到来，好去追擒呼贼。"

那宗洪到关点了人马，令他到三家村去，一面飞石关请了三将军到来。那庞毛虎道："哥哥，你差宗洪来说，呼贼在三家村看见，何不就擒住了他，怎么又放他逃去？"牛虎道："你好讲没气力的话，那晓得呼贼带的女将好生厉害，把俺的人马杀得东窜西逃，教俺独自个儿怎么好擒住这几个反贼？"牛虎道："兄弟，自古说：古镜虽明难比月，上阵还须亲弟兄。"

且说刘定金败了庞牛虎，那胜金、赛金趁此到新唐寻访呼家将去了。那姊妹三人一路而来，好不苦楚。胜金道："姐姐，前面这大山是那里了？"定金道："妹子，我们快些盘山过去罢，想必这里有歹人的。"道犹未了，忽见山后赶出一班喽啰喊道：

"留下买路钱去！"定金就骂："你这瞎眼贼，难道不晓得俺是过路的？"喽啰道："咱不管你过路不过路。"那定金提起枪来就戳，那喽啰架起了一根棍来。定金掣转枪来，一连戳伤了十余个喽啰。定金道："造化，你这狗贼！"胜金道："我们去罢。"

那姊妹三人刚刚盘过这大山，那晓一个赤脸大汉同了四五十个喽啰飞奔到来，大喝一声："呔，你这妖精休走！"定金回头一看，便骂："你这红脸贼，敢是要来讨死？"那赤脸的同那一众喽啰飞赶过来，这赤脸的就提起板斧砍将过去，却被胜金就趁势一枪戳来，恰恰刺中了赤脸贼的腰里，血流不止，就跌下马来。那晓赛金赶上，又是几刀，砍得他脑子稀烂。

谁知山上又赶许多喽啰到来，那刘定金姊妹三个见了，倒是一唬。胜金道："姐姐，寡不敌众了，如何是好？"定金道："妹子不要害怕，我们总拼着命与这强盗杀到底。"赛金道："不妨，我们的女兵也还算有胆气的。"

那三个姊妹正在那里忧闷，不道这许多喽啰赶来，一齐跪倒，说道："俺这里的高山大王已经被将军杀死了，如今俺高山没有了寨主，如何是好？故此小喽们特来请将军权做个寨主。"那定金道："你们既请俺上山做主，凡事须要听令。"小喽道："这个自然。"定金道："既如此，先把旗号改了'三金王府'，你把山上的人马传集到来听令。"

那喽兵逐一齐到，候将军发令。三金王道："人马既齐，共有多少？"小喽道："启上大王：兵有三千三百三十三名，马有三百三十三匹。"三金道："小喽们，你上山来把俺将旗扯了，你们把营寨扎下，俺今升帐，吩咐大小喽军按名领赏。"喽军奉了将令来到营前，说道："小校们听着：今日大王吩咐大小军校按名领赏。"那各营军校都道："这个寨主不是当耍的，看来赏罚是厉害，连着在那里的了。"喽军道："我们总依了他的令就是了。"

不知以后如何，且看下回分解。

第三十九回 庞牛虎戏黄亡身 呼家将领兵过关

远别秦城万里游，乱山高下入商州。
关门不锁寒溪水，一夜潺湲送客愁。

且说庞牛虎想着那三家村这三个美女，"谅他去也不远，俺且追上前去，若弄了他来，由俺作乐哩。"那牛虎立起身来，带了三百个雄兵飞追过去。那延庆听见有人追来,心里倒吃一唬,回头一看,“呀,这是庞贼,为何又追了出来?”说道:“兄弟,那贼此来必有奇祸,我们倒要留心的。”公主道:“哥哥放心。”

道犹未了,牛虎提了板斧砍来,延龙挺枪迎住,放马就战。那晓这女将在阵里冲来杀去,把庞家的人马杀得东逃西散。谁想延寿放上一支冷箭,恰恰射中牛虎的手腕,这板斧就掉了下来。延庆也就一枪,那牛虎跌下马来,就不响的了。延龙认是装死,急忙跳下马来,腰里就拔出龙泉宝剑,斩了牛虎的首级,挑在枪头,说道:“哥哥,我们上马趱路去罢。”

那探子到飞石关报道:“三将军,不好了!俺这鸡鸣关的将军,为追那呼将军,如今反被呼家把俺家二将军的首级都割了去哩。”那毛虎听说大怒:“吓!这反贼胆敢这般肆横,待俺到离山同石头陀去商议,是有分晓。”

那毛虎疾忙赶到离山,只见茅篷里坐一个和尚,“却同俺梦中相见的一样。”那庞毛虎道:“俺乃飞石关总兵庞毛虎,特来拜访。”和尚道:“衲僧久坐荒山,何幸将军到来?”毛虎道:“俺家四虎因奉旨追捉呼家将的子孙,如今倒被这反贼杀掉俺两位哥哥。今来拜访老和尚,要求方便个神妙。”和尚道:“山里虽有四五百个头陀,都是不中用的。”毛虎道:“和尚不行方便,菩萨也不慈悲了。”那老头陀道:“将军既来见召,衲僧不得不领将军台命,且陪下山走遭。”

那毛虎就在飞石关扎了个营,请这和尚进营商议。头陀道:“老衲只晓得拜佛念经,那交战的事,佛经上是没有讲起,教老衲商议,也是白说的了。”毛虎道:“你念的什么经呢?”头陀道:“老衲常念的是《金刚经》。”毛虎道:“这《金刚经》可灵么?”头陀道:“这是最灵。”毛虎道:“和尚,你在营里念罢。”头陀道:“将军,那军营中不能洁净,须得老衲回到山上,老衲代将军拜念这经,就灵验起来了。”毛虎道:“既如此,差中军送你上山。”头陀道:“这也不消,待老衲自去便罢。”那头陀出了营来,就驾起云头去也。

那毛虎飞檄前去知会,那雄关总兵花万年接来一看,便道:“将军,你令兄调你鸡鸣关去防守,教俺一体严查,这也不劳吩咐的了。”那庞龙虎急往鸡鸣关去了。那晓呼家恰恰到关,那花总兵正在心焦,却好瑞莲走来,便道:“爹爹为何愁眉不展?”花爷道:“女儿不要说起。偏偏今日庞龙虎被他哥哥又调守鸡鸣关去了。”那瑞莲道:“爹爹闻得呼家将都是忠臣,庞家都是奸臣,杀了呼家许多人口,还要追捉他的子孙,天理也是不容的了。据孩儿看起来,爹爹该救忠臣的子孙,乃是顺天;若依了奸臣,将忠臣的子孙杀尽,谓之逆天。孩儿劝爹爹凡事顺天的好。”花爷道:“女儿的话倒也说得极是,如今教俺怎好放他去?”瑞莲道:“这又何难?只要爹爹发一支令箭,孩儿扮个差官,到关去叫他们开了关,放他过去,就是爹爹顺天的阴功了。”花爷道:“既如此。与你令箭一支。”

那瑞莲扮了个差官,请了令箭,到关说道:“你们是仙山进来的么?”公主道:“正是。”瑞莲道:“你们在这里把守什么?晓得番婆子是要过关去的,就该请令放他们过去。”守关的道：“咦，好话！咱们奉花爷将令，在此把守这个关口，谁敢开他过去？这是怪不上咱们的。”瑞莲道：“不要噜苏，快些开关。”守关的道：“咦，又来了，开了半天，不见你们过去，咱来请你过了关去，好上锁哩。”延庆弟兄一齐出关去了，瑞莲带钥匙缴令。

那晓庞龙虎飞赶到关，不道那仙山假进贡的呼家将已过关去了。龙虎道：“快快开了这关，待俺快去追这反贼。”守关的道：“庞将军不要性急，待俺去领了钥匙，好来开将军过去。”龙虎道：“谁叫你拿什么钥匙？”龙虎就赶将上去，把锁裂了下来，急忙过了雄关，一直追赶。那晓忽地里起了大雾，迷得天昏地黑，连这路儿也看不出来，白白的守了几天。庞龙虎忿恨不过，说道：“俺且进关，与花万年算账，总在他身上，要交还俺的反贼就罢，不然就讲花总兵有意放那反贼过关去的。”

那庞龙虎回进雄关，对这花万年道：“朝廷差你在此防守关隘，你并不查奸察匪，把那奉旨密查的反贼呼家将，你敢私放他过关，什么讲究？你去追还了反贼就罢，倘不出去追还这反贼，则怕你的官儿也做不成，性命也就难保哩。”花总兵听说大怒，便道：“庞爷，你好没分晓，俺放的是仙山进贡的番使，那有什么姓呼的过关？你既要开关出去，也该向俺拿了钥匙开关，你就裂锁逃关，俺那里知道你做什么勾当？”庞龙虎道：“花爷，这话也不用提了。将来放关，须查个明白就是了。”花总兵道：“放人过关，总要查清白的。倒是那裂锁逃关的官儿，没有防备他。”庞龙虎道：“花爷又来讲笑话了。请进去罢。”

那龙虎回到飞石关，想起离山那和尚，龙虎来到离山，见了和尚，便问道：“这《金刚经》念得可有灵验么？”头陀道：“怎么不灵？将军请看：那西天这一股不紫不黑的杀气，从西一直到东盘结这一块赤气，只怕不久就有兵火来了。”龙虎道：“和尚，这金刚经果然灵验，他们西边杀来，只须俺人马多些，围住了他，放起火来，这个兵火也够他受用了。”那头陀听了也不回答，把头点这么一点。

龙虎依旧下山，来到鸡鸣关，见了毛虎，把那话儿细细说了。又道：“哥哥，我们关上都添几千人马，倒是要紧的。倘然早晚那呼贼到来，我们就好与他出战，四面的人马趁势就围将拢来，却是这个兵火，人都不知道的。”毛虎道：“既有这话，我们就差中军去提了一万人马到关，也够用了。”龙虎道：“哥哥，俺到飞石关去了。”自古道：成人不自在，自在不成人。

不知以后如何，且看下回分解。

第四十回 呼家将除奸雪恨 奉圣旨骨肉团圆

阴碛茫茫塞草肥，高山岭上暮云飞。
交河北望天连海，苏武曾将汉节归。

且说呼家弟兄同了金龙、银凤出了雄关，前面已是高山寨了。延龙道："哥哥，那边有人追来了。"延庆听了，就勒住马头一看，便道："我们且慢走。"金龙道："不妨，迎上前去。"那山上追来的女将叫道："二位姐姐，可是同呼家将新唐借兵么？"金龙便道："你是何人，在此乱呼乱叫？"刘定金道："俺姊妹三个，因庞贼起了官兵，围住了三家村，说道抢亲，唬得俺爹爹只是摇头。外面又是金鼓喧天，俺同胜金、赛金两个妹子，带了三百女兵，就与庞贼决战，杀掉他五六个将官，千把多兵，那庞贼也就逃了。俺想庞贼此去，必要再来争战，故此俺姊妹也是到新唐去。那晓到了这里，有一班喽啰赶来拦住，说什么大王要俺的买路钱。那时俺恼将起来，把这班喽啰杀退。谁想又有许多喽啰飞奔到来，架起朴刀砍来，俺姊妹女兵就与他们厮杀。不道杀了他几十个喽啰，那知山上又跑下二三百个人来，说俺杀了他的大王，要俺做他的寨主。俺姊妹一想也罢，在此权做个寨主。今日看见姐姐是中原来此，故而动问。"延庆道："三位既是要到新唐，我们一同去罢。"

倏尔就离了高山，一路行来，将有半月，不觉已到天定山了。那探子看见延龙到来，疾忙飞报上山，说道："驸马爷，俺家的小将军都到了。"那守勇、守信听了，便道："谢天谢地。"那延庆、延龙同了刘定金、胜金、赛金、金龙、银凤一齐上山见了，那守勇便问："我儿到京见了八王，可曾求他请诏？"延庆道："爹爹，孩儿们到了八王府里，就实实在在这话，孩儿也细细告诉了他，就求他请诏。八王说道，明朝上朝，去看下落。那晓八王正讲，恰好朝廷召他进殿议事，八王将孩儿告诉他的话奏闻了。谁想朝廷总不肯准，八王又把庞妃勾通四虎谋害太子、听了庞妃废弃正宫、庞集结党弄权这几端的事奏了，朝廷才肯准了除奸，八王就请了一道察佞除奸的敕命。那是八王就退朝回来，与孩儿讲了这话，就给付一道玉札，教孩儿们速回新唐，禀知爹爹、叔叔，商议统兵前去。"

守信道："哥哥，这亏得八王出面，请了这道敕命。"守勇道："这是冥冥中俺的祖父也感激不尽的了。”守信道：“哥哥，明日黄道吉日，我们先去拜谢了大王，就起兵前去可好？”守勇道：“既如此，一齐进去。”

那呼守勇、呼守信、呼延庆、呼延龙、呼延豹、呼延寿、王金莲、邓三娘、祝素娟、张金定、柳迎烟、刘定金、刘胜金、刘赛金、金龙、银凤、齐月娥、翠桃、呼碧莲、呼梅仙一同来到里边拜谢，那齐国宝道：“呵，今日你们到来，却是为何？”守信道：“小婿承蒙岳丈厚恩，俺哥哥、嫂嫂说道，一向叨了岳丈的福庇。因明日黄道大吉，就要起兵前去，故此今日一同到来，拜谢岳丈的大恩。”国宝道：“贤婿，就是你令兄、令嫂，都是至戚，何必这般称谢。既如此，贤婿你同了兄、嫂、令侄、各位公主到厅上请坐，俺备水酒一杯，聊为荣旌一饯之敬。”守勇道：“俺一家在此叨蒙大王眷顾，不知此恩将何以报。今日又要大王费心，何以克当！”国宝便道：“今日是个家宴，眼前都是骨肉至情，依次序坐罢了。”

国宝道：“俺正要请教，这除奸诏，可是甥儿面圣求来的么？”延庆道：“我们弟兄求的是八王爷。那八王看我弟兄求得哀切不过，朝廷也正是差了太监来请八王，见了仁宗，就把俺救太子的话启奏明白，朝廷就写一道察佞除奸的敕命交八王爷，给俺家是个札付。”国宝道：“那八王的恩德也不小哩。”说完了这一番话，不觉已是天色微明。守勇道：“天色已明，我们谢了宴，大家好去收拾起兵了。”齐国宝道：“你们既择吉行兵，俺也不好苦劝饮酒。俺在此眼望旌捷旗，耳听好消息。”那齐雄说道：“爹爹，孩儿陪送妹子前去。”国宝道：“你既陪送妹子去，路上不可生事。”齐雄道：“爹爹不必记念，孩儿晓得。”

忽听一声大炮，三军立即收拾行装。营前又放两个大炮，众军兵拔寨收营。又放了三个大炮，那些军兵一齐披挂上马起行。那守勇道：“中军官，你可曾吩咐众将官，须得离关十里扎营安歇？”中军道：“小将奉了将军的令，立刻就传令大小三军的了。”

一路行来，未及半月，不觉前面已到雄关，那中军就禀令放炮安营。那雄关总兵花万年问道：“那里放炮？”家将道：“待去看来。”那家将看了，疾忙禀道：“那放炮的是奉旨除奸察佞的呼家将，在关外扎营安寨，所以放炮。”那花总兵想道：“难道呼家将就是俺女儿扮做差官，拿了令箭放他过去的人么？”花爷满肚疑想，忽中军禀道：“外面有新唐来的呼家将，他说是奉旨进京去察佞除奸的。”花爷道：“请他进来。”中军便道：“呼将军请会。”

那延庆来到里边，见了花爷，便道：“前蒙老将军发出令箭，又承令爱扮了差官放俺兄妹出关。俺今奉了朝廷敕命进京，特来拜谢。”花爷道：“今朝廷隆眷，令祖的冤就可雪了。”延庆道：“老将军请上，俺就此拜别了。”花爷道：“小将军回营，代俺多多拜上各位将军。”

延庆作别回营，就传令放炮，拔寨起行，来到关前。那晓花万年的儿花荣、花贵把关，不肯开放。那守信取了两个铜锤，在那里同花荣、花贵争闹。不道他的家将报道："花爷，两位公子同那呼家在那里闹哩。"那花总兵听了，疾忙到关，便道："畜生！你在此做甚么？"花荣、花贵道："孩儿奉了爹爹将令，在关把守。那呼家到来叫关，孩儿不肯开他，他说不开就要打进关来了。"花爷道："那呼家叫关，就该禀令，那有争闹的道理？"那延庆正在关前喧嚷，花爷道："你呼家将既奉旨进京，什么凭证？"延庆道："怎么没有凭证？"延庆把这札付展开，说道："花将军请看。"花爷道："既有凭证，且开了关，放他过去。"

那关上过了十多万番兵，延庆拿这札付送来与验，花爷正接过手来展开要看这札付，恰好瑞莲走来："爹爹，你看什么？"花爷道："看那呼家将的札付。"瑞莲道："爹爹，只怕就是女儿求了令箭放他过去的。"花爷道："不错，俺倒忘了。"那延庆道："这位是谁？"花爷道："这是俺的小女。"延庆走来称谢，瑞莲道："你我都是将家儿女，谁不怜谁，何必称谢。"那花爷听那"谁不怜谁"这一句话，想了一会，便道："吓，是了！讲那都是将家儿女谁不怜谁。"

花爷道："小将军，俺瑞莲女儿的性子最是刚烈。不道那年小将军到来，俺女儿请了令箭放小将军过关去，足见他的智勇倒也不丑。俺想小女配与小将军，真正一些也不错。"那延庆假意推辞，花爷道："小将军，你想'谁不怜谁'这一句，请令放关，只此两端，可知天遣奇偶，推辞他则甚？"那花爷便吩咐："备下花烛，请将军同小女成亲。"

延庆同瑞莲完了百年姻眷，延庆便道："小婿承岳父大恩，则好后日图报的了。"花爷道："儿女至情，何说图报！"那家将道："启上将军：那呼家将的番兵都过去了。"延庆听说，便道："岳丈请上，小婿就此拜别。"那瑞莲在旁，也就跪下说道："女儿亦同丈夫前去了。"花爷道："女儿同去极是。但路上须耐个性儿，凡事禀命翁姑，不可擅专。"瑞莲道："爹爹，这些女儿知道。"那延庆同了瑞莲就上马飞行，来到大营，见了翁姑，延庆把这成亲的话说了。那守勇吩咐摆宴，一家骨肉相见完毕。谈谈说说，不道天色已明。

中军道："禀上将军：前面飞石关了。"守勇道："快去叫关。"那中军道："俺呼家将到此，你们还不快些开关！"庞龙虎道："你这反贼来了么？俺正要拿你。"那龙虎立刻发令，传集二十四员虎将，一万二千锐利的精兵。那庞龙虎道："众将官，作速放炮，开关杀上前去。"众将道："得令！"连忙放了三个大炮，那关已开了。龙虎领了二十四员虎将，一万二千精兵，一齐杀出关来，骂道："呼家将，你这反贼！你祖宗这般威风，那样厉害，可逃得脱俺家的手哩？"那守勇听了大怒，骂道："你这奸贼！还不下马受死！"那龙虎同了虎将一齐杀将过来。谁晓延庆、延龙、延豹、齐月娥、齐雄、花瑞莲绕住大战，苦怜庞龙虎被呼家将杀得上天无路，入地无门，那二十四员虎将，倒死了二十多个，庞龙虎的首级，被那花瑞莲挑起枪头，杀得众将官片甲全无。守勇就吩咐："不必扎营了，我们就此杀到鸡鸣关去。"

那呼家将一路行来，却是威风凛凛，神鬼皆惊。延庆道："爹爹，我们一直杀上鸡鸣关去。”守勇就令众将官：“我们杀上关去。”那大小三军奉了将令，领兵杀到关前。那守关的家将一看，疾忙禀报，说道：“三将军，不好了！那呼家将已在关前，就要杀进关来了。”那鸡鸣关总兵庞毛虎便道：“这反贼，俺正要寻他，他倒送上门来了。”毛虎就传了三军，吩咐：“快去提兵，我们一齐杀出关去，擒这反贼。”那中军飞奔到营，挑了三千人马，来到关口。那毛虎看见军兵齐到，立刻放炮开关。谁想那呼家将听得放炮开关，不道呼延庆就杀进关来。庞毛虎又气又怕，只得挺枪迎战。

延庆诈败，那毛虎认他败走，骂道：“反贼！你想逃往那里去？还不快快下马受缚！”毛虎飞追下去，那晓延庆回转马来挺枪直刺，毛虎恰好闪过。延庆又是一枪戳来，急忙架住，延庆拔枪又戳过来，正中了他的咽喉，一跤跌下马来。那晓延庆用的是一杆钩镰枪，可怜这毛虎被延庆的枪勾住了咽喉，拖得那手也没有，脚也不见，就是那毛虎的头，也不知拖掉在那里了。那延庆回了营寨，把这战斗的话说了。守勇、守信听了，便道：“如今关隘多打过了，我们趱路去罢。”那中军疾忙吩咐：“大小三军听着：老将军有令，作速趱行前去。”众将官道：“得令！”却教：

数年马上不离鞍，今日乘风过虎关。

从兹试看忠与佞，始知天理有循环。

且说庞集正想：“为何这几日不见三关信来，不知孩儿在关则甚？”庞集正在忧闷，忽有家将报来，说道：“三位将军都被呼家将杀死，连首级也都拿去了。”庞集听了，急忙进宫。见了贵妃，把这个话讲了。庞集哭将起来，贵妃道：“爹爹，事已如此，哭也无益。爹爹且待明日早朝，女儿一同上殿面奏的好。”

那晓朝廷正同八王叔在龙图阁与包文正议政，忽巡城御史朱可绶有机密重情见驾，那黄门官飞奏到来。仁宗道：“朱可绶有何紧急重情？”八王道：“圣上何不召他进殿廷问？”仁宗就降旨召见，那朱可绶奏道：“臣奉命巡城，看见呼家将的人马在王城外扎下营盘，我王必须提兵防御才好。”

仁宗听了这奏，忽然大怒：“朕想这呼家将虽有功绩，太祖、太宗之加恩于他也不小了。就是朕登极以来，也晓得呼得模是个忠义的鲠臣，就加了他忠孝王。前庞集父女虽有挟嫌妄肆歼灭其家，此庞家之咎。不应统领人马到来，朕今若不题兵征讨，岂不坏了宋朝的体制？”

那包文正同八王奏道：“圣上仁风远布，四海咸知。臣等看那呼家子孙，不过所恶者因庞妃诳奏无过，剿灭他一门几百口，今日呼家子孙真意思图报复。自古道：‘君父之仇不共戴天。’据臣等看将起来，庞妃屡行毒害，幸我主洪福齐天，太子得保无恙。就是元宵那一日，庞家四虎挤住太子行刺的时候，也亏得呼家男女力救太子到府。止此一端，那庞集父子就该律拟凌迟。庞妃不感君恩，屡思计害太子，其罪较其父兄更甚。臣等愚见，以庞妃赐死，庞集父子革去其职，勒令回籍，则臣民忻忭，朝野肃清。臣等再以呼得模之子孙知我王如是惩伐，亦为平允。臣等观其动静，委无谋叛之心，望我王召来，他必奏明。”仁宗道：“朕依卿等所奏便了。”

仁宗回进宫来，对庞妃道："你同庞集行的事，朕也不究你们。庞集着去了冠服，庞妃着即自尽。"那内监就剥去了庞集的冠服，缢了庞妃，那内监就覆了旨。仁宗即召八王同包文正到宫，便道："庞妃朕已赐死，庞集革除其职，只但召呼家将到来，应卿等保奏，朕好降旨加恩。"那八王同包文正道："臣等荷蒙我王谕旨，前去召来见驾便了。"

八王同包文正出朝，就差内侍前去召那呼家将到来，那晓呼延庆领了人马，已经把那庞集家里杀得鸡犬不留。谁想这该死的庞集，因女儿已死，自己好好的一个丞相，如今做了个百姓，正大气回来，恰恰路上被那延庆遇见，赶来就是一刀，砍去了庞集的首级。呼守勇道："好了，我们只要到京杀了庞妃，就去谢恩伏罪了。"延庆道："爹爹，不如一直到京去罢。"

话犹未了，那晓有几个内监飞马到来，说道："呼将军，俺王爷召你快去。"那呼家将听说八王呼召，一齐同了内监到京，见了八王。那八王道："昨日俺同包文正在朝议事，有御史奏说呼家围了王城，那时朝廷大怒，俺同文正把你报仇的话细细奏闻，如今庞妃已经赐死，庞集父子俱已削职为民了。"那延庆道："千岁，但庞集父子都被小将杀掉的了。"八王道："既是庞集一门都死，这末你祖父的大仇已报尽的了。"延庆道："多蒙千岁匡扶，仇是报的了。"

包文正同八王道："既是呼家将齐在这里，我们就同他去谢恩哩。"那八王同包公进朝见驾，那呼家将俯伏金阶，齐道："臣等实该万死，望我王法诛，臣等死亦瞑目的了。"仁宗道："朕那年征辽去后，谁想丞相庞集误听庞妃，把你全家抄没，朕心深为不安。昨包丞相、老王叔等竭力保奏卿等忠勇正直，朕从宽姑免不究外，特再沛恩编录史实，以表奸良于中外。特封呼守勇为忠孝侯，妻王氏、赵氏为一品夫人。呼守信为忠勇侯，妻齐氏为一品夫人。呼延庆、呼延龙、呼延豹、呼延寿俱封为孝勇将军。祝素娟、刘定金、刘胜金、刘赛金、张金定、花瑞莲、金龙、银凤、柳迎烟、翠桃俱封为英武郡君。齐雄为副将，妻邓氏封三品夫人。呼碧桃、呼梅仙着丞相包文正领回，择吉送进八王府，与太子完姻。齐国宝另召来京封职。功臣府再行建造。那呼得模坟上，着礼部撰了祝文，遣八王前去设祭，以慰忠魂。那祝太公夫妇、子女，无过屈死，着地方官建造房屋，使神魂得所，一体致祭。此朕嘉惠忠良，务须克尽厥职，毋负朕恩。故敕。"那呼家父子兄弟谢恩退出，谢了八王叔、包文正。那呼守勇、守信立刻写书回兵。那碧桃、梅仙送往包丞相府中候旨，择吉与太子完姻。那呼家将亦择吉奉旨完婚。钦赐造了功臣府第由呼家居住。延庆弟兄奉旨团圆。

是是非非二十年，死死生生几变迁。
从今骨肉重完聚，千古芳名忠义传。

五虎平南

第一回 南天国差臣进表 平西王夜宴观星

暴戾边夷屡不和，贪吞疆土动干戈。
扰攘不息兵遭困，征役无休将士磨。

却说前书五虎将征服西域边夷，奏凯班师，回朝见主，论功赐爵，俱受王封。当时，各将士同告假荣旋谒祖。仁宗天子准奏，各赐荣归故土，限以三年为满期，期满之后，仍复回朝伴驾，同保江山，后话慢表。

再考大宋开基承统以来，边廷侵扰之患，屡屡不息。始自太祖传位与匡义太宗，以至真宗，及今仁宗。然太祖之初，代周承统，登基一十六载而崩。太宗继御，在位二十二秋，其初威武仁智，不在太祖之下，三年而收吴越，四年而灭北汉，天下一统之盛至矣。及真宗之世，在位二十五载，虽宽仁慈爱，大有帝王之度，然至景德初年，契丹大举雄兵猛将，入寇澶州，所到之方，旦夕攻陷，当日若无寇准之才智，劝主亲征，国家几乎亡灭，其弱甚矣。至仁宗在位四十二年，虽然忠义之士满朝，仁柔有余，武刚不足，是以边疆敌患，不觉旋踵而来。其初，文有王曾、孔道辅、包拯、文彦博。当扰乱之日，其武朝廷所倚重，初知兵机韬略者，莫如范仲淹、韩琦、富弼等；智勇双全者，有呼延赞、杨宗保并帐下结义英雄甚众。前书已见，此时不题。以后众臣年老力衰，相继而亡，却也不表。再言上年五虎将征服西辽，其边夷拱服，入贡不绝，仁宗天子龙心大悦，思念皆狄青五将之功。其众将回朝之日，告假荣归，原限三年。此时期未满，方有二载，所以众将俱未回朝。

当日乃皇祐四年壬辰秋九月，南蛮王侬智高作叛，初起于广源州，后兴兵攻夺交趾，僭称南天国王，发兵入寇邕州。兵势甚锐，百姓惊怵，各府州县望风逃遁，所到皆破不题。忽一天，仁宗天子尚未退朝，有黄门官俯伏金阶，奏曰："微臣启奏陛下：今南蛮交趾南天国王侬智高，差使臣到来，有表文一道，上达天颜。"仁宗王闻奏说："朕思这南蛮王可恶无礼。前月边关有本，奏说这逆凶起兵侵掠，黎民不安，求恳发兵征诛。朕想劳师动将，府库浩繁，非同小可，是以尚未发兵征讨。不想彼势愈张，未满二月，其边关本章雪片而来，说邕州危急，近日即思兴兵前征。他今又差使臣来上表,未知何意。即可宣进来。”当下黄门官领旨,即出午朝门宣进使臣。这使臣慌忙俯伏金阶,拜伏已毕,手捧着表文一道,说:“边国使臣叩首,仰见龙颜,愿圣寿无疆。”天子开言说:“外国差使见朕,有何本章奏?”使臣说:“微臣奉南天王有本章一道与陛下。求龙目观瞻,便知明白了。”当下有御前当驾官,将本章接上龙案展开。仁宗天子一看,表文上写:

南天国王书致宋天子御前,曰:从来天下者,人人之天下,非一人之所私得也。至于尧、舜之君,圣德具备,尚且揖让相逊,况今君圣德未及于尧、舜,而柔弱不及才能。公然南面称孤,实为不称耳。兹臣故束锐师百万,战将千员。喜则待时,坐守南国;怒则发愤,奔越中原,宋君如识时达势,即割云、贵、两粤之地,暂止征伐之车。文书到后,尚属狐疑不决,戈盾耀于汴梁,帜帻扬于中国。倘玉石不分,君耻臣辱,追悔何及!

当下仁宗天子看了这道战书,其中许多不逊无礼之词,不觉龙心大怒,手拍龙案,骂声:“好大胆南蛮逆畜,焉敢逞强,出此大言,欺侮于寡人!决不姑宽。”传旨将使臣官绑去斩首。这使臣看见天子大怒,又闻传旨斩他,唬得魂不附体,连唤数声:“圣主在上,容罪臣启奏。这乃国王差使微臣来上表,不干微臣得罪陛下。奉命差使,焉能推却得来?况其书中所犯罪者,皆由我主国王,微臣本内之词全然不知。伏乞陛下龙心鉴察。”说罢,不住连连叩首。仁宗王听了,尚然怒气不息,指着使臣骂道:“大胆逆畜,尚敢多言!你既奉差使而来,与你无干,死罪免了,活罪难免。”传旨捆打四十,发往开封一路,起解监押出境。旨意一下,两边武士,将使臣捆打四十大棍。放起来,仁宗帝指着使臣,喝道:“恩饶你回本国,与你狗蛮王得知,教他小心伸出狗项等候罢。不日大兵就到,断不死捉,定然活擒,碎剐于他。”那使臣官含泪谢了不斩之恩,起来往开封府一路回国去了。

当时仁宗天子把本章复看一遍,怒气尚忿忿不息,说一声:“可恼!你这逆畜如此欺侮藐视我中国无人。朕情愿江山不要,必亲临征讨,以决雌雄。”言之未了,只见文班首中闪出一位大臣,执简上前俯伏,口呼:“陛下,不可,不可!”天子闻言,往下一看,这位大臣乃铁面无私包龙图。天子即命侍御人下阶扶起,说:“包公休得行此大礼。”即赐坐锦墩。这仁宗因何如此隆宠这包爷,比之别臣不同?素知他是忠梗无私之臣,多少奸谋不决之事,得他理白,为国为民,社稷依赖之重,是以天子格外加恩,以师事之。当时包爷谢恩起来坐下,天子说道:“包卿家,这南蛮王侬智高逆贼,作叛于南隅,攻打邕州甚急,朕本欲提兵征讨。今又下此无礼战书,欺侮朕躬,藐视太甚,寡人必要亲自提兵捉拿逆贼,以泄此忿。因何包卿谏阻?”包爷说:“陛下,自古以来,边廷之害,那一朝一代没有?如今南蛮之叛,邕州之危,皆因边关缺少智勇之将帅耳。苟能用韬略之将,提兵征讨,未有不克,陛下何必御驾亲征?臣保举一人领兵前往,可以指日成功。”仁宗天子说:“卿举何人与朕分忧?”包爷说:“臣所举者,乃平西王狄王亲也。此人领旨定然马到成功,望吾主龙意参详。”天子闻言大悦，说："包卿所举得人。但念他征西劳苦几载才得安然，今又命他前征劳神，朕心觉得不忍。"包爷说："陛下恤念臣工之劳，足见仁慈了，但食君之禄，担君之忧，理当如此。这也何劳圣虑？"天子说："包卿所言者，乃为国之计。"说罢，即发旨一道，付与包公前往山西，诏取狄王亲回朝。是日退朝，文武各散。包公接了圣旨，带了家丁，往山西而去，且慢表。

先说平西王自从平西得胜回朝，告假荣归故土，与老太君带了公主娘娘回至家乡，王府安享，已是无事，非止一日。是岁，乃十月小阳春了，忽一夜乃中旬天气，月色如银，中天灿烂。狄爷吩咐备酒，设上西楼，与公主宴乐。夫妻对酌，两边宫娥歌舞，音乐悠扬。酒酣之际，狄爷举金杯，说声："公主贤妻，下官当初受尽多少辛劳，西征北伐，方立下此汗马功劳，又得贤妻内助，才得玉带横腰，安享荣华。皆叨内助之力，贤妻吃了此杯。"公主开言，说道："千岁之命，焉敢不遵！"即接了此杯，又说："千岁当且言：'夫乃妇之天。'妇所倚重者，夫也。前者，千岁与国家出力，屡立大功，今日身居王位，妾藉有光，正要上贺。"说罢，即命宫娥满满斟上一杯，玉手双拿送至。狄爷微微笑说："公主过奖了，下官哪里敢当？"也接了金杯，一饮而干。夫妻对谈酬酢之间，时交二鼓，不觉正南方一派红光射入南窗里，只见一星大如碗，从南方滚到太阴，化为数百小星，将月围了半个时辰，方散。公主一见，唬了一惊，连说："不好了！南方贼星冲犯太阴星，有刀兵之患。国家不安了。"狄爷说："夫人，怎见得如此？"公主说："妾颇晓得天文，此乃吉凶预兆。"狄爷听罢，点首嗟叹："倘然南方有事，圣上必然要差遣下官领兵征讨了。"公主开言，呼声："千岁，你难道不见么？方才见贼星冲犯太阴，乃不祥之兆，只恐此回领兵，主帅凶多吉少。依妾主意，明天预上一本，告假归林。我夫妻趋吉避凶，侍奉年老婆婆，训诲儿子，以省烦忧。你道如何？"千岁闻言不悦，说声："公主，你且住口。本藩自布衣行伍出身，立了些功劳，叨蒙圣上恩封王位，位极人臣。恨不能粉身碎骨，报答圣上。公主如何反教下官趋避，贪图安逸？这话何解？"公主说："千岁啊！非是妾身多言，因贼星冲犯太阴，领兵主帅是定然不利，是以妾劝你暂为权避。千岁啊！为人岂知有凶险不避之理？"狄爷笑道："夫人之言差矣。我狄青乃一撑天立地的男子，须以忠孝两全。自幼习学武艺，必要出力于国家，岂为贪生怕死，以诬圣上？况生死自由天命，焉能以人料之，苟免避得来？且本藩久要芳名留于后世，何患生死利钝之机关！"当下公主见狄爷说轰轰烈烈之言，又见他全执己性，不依良言劝解，不敢再说，只得手举金杯，呼声："千岁，此乃上天指示幽微，非妾所知也。倘有失言，望乞恕罪。"狄爷连忙接下金杯，说："公主不必如此。既然你预知今日南方有刀兵之患，圣上不知底细，也要明日回朝探听。果然南方有事，必要领旨平服南蛮，方才回来见你。"公主闻言大惊，不觉泪下沾襟，说："千岁呵，方才皆乃妾之失言。但为臣须要尽心报国，倘天心不顺，非人力可强为。千岁何不听天命，随时而遇。倘若圣上不差遣于你，就罢了，因何一闻有此凶信之事，即欲回朝面圣领兵？不听妾解劝之言，又出此不利之语。

万望千岁明日不要回朝，坐以待时，且由圣上所命如何？”当下狄爷听了，低头不语，半晌说道：“既然如此，权依公主罢了。”是夜已交三更，公主吩咐收拾余宴。夫妻二人共回宫房安寝不题。

再言这狄青乃武曲星降生，辅佐仁宗天子保国之臣，原乃大宋擎天玉柱，架海金梁，所以一腔忠义，赤心为国，不以生死利害为嫌。是以公主一说明南方有刀兵之患，即思回朝领旨征剿为己之任。劝你多少良言不依。这是从忠义之天性流出也。是夜不表。

包爷何时到来诏取狄千岁回朝，且听下回分解。

第二回 包公奉旨召英雄 五虎兴兵临敌境

食君之禄报君恩，尸位素餐枉作臣。
把笔文官分善恶，提刀武将立功勋。

慢言平西王与公主是夜家宴之言，再说包龙图领旨，诏取狄爷回朝，一路带了王朝、马汉许多家丁，执事銮驾，实难尽述。出了汴京城，向山西太原府而来。一路俱各有府州县相送，不用多谈。是时，包爷有王命在身，不敢停留，无分日夜进发。

一日，到了山西地面，进了太原府西河县，早已命家丁通报。是日，狄爷正在银安殿闲来，有宫门官报来：“圣旨下来。”狄爷闻知，吩咐大开王府正门，预摆香案灯烛接旨。当包公来到小阳村内，下了八坐大轿车，进至王府银安殿，开了圣旨。狄爷俯伏于地，包爷启读诏曰：

奉天承运，皇帝诏曰：今有交趾逆寇侬智高作叛，举兵犯界，反击邕州，危于旦夕。朕乃欲兴兵征讨，不意逆贼又差使官投下战书，内有不逊之言，十分无礼，侮辱朕躬。恨于切齿，三欲亲征擒拿，以正国法，方消朕恨，方泄朕耻。今特旨来，诏请卿家回朝，商议平南之策，以靖边疆，以安庶民。旨意到日，卿须勿缓登程。朕预设筵宴于金銮殿，与卿饯行。钦哉！谢恩。

包爷宣罢旨意，狄爷谢恩起来，接了圣旨。当时与包爷重新见礼，分宾主坐下，早有家将献上香茗。吃罢，包爷呼声：“狄王亲，目下边关危急，圣上深恨叛贼战书之侮辱，原欲御驾亲征。但下官想起来，当今之时，一者国家政烦，不可离君。况目下朝廷尚未立定太子，圣上却是不问。太子所立，乃国之本，群臣与下官谏陈多少，只不准依。是以下官荐狄王亲为平南总领。望祈早日动身。”狄爷说声：“包大人，我下官一介武夫，行伍之贱，初立些微小之功，蒙圣上加恩，今已位极人臣。须赴汤蹈火，也要图报皇恩，何况马上之劳！即于明日起马登程，回朝面圣便了。但是一路风霜跋涉，有劳于大人。”包爷说：“狄王亲呵，这也是奉君之命，何须言劳。”狄爷点首称是。当下吩咐大摆酒宴，与包大人洗尘。对酌之际，谈论一番国家政务一番。至更夜已深，方才用过晚膳，安歇一夜。

次日，狄爷打点，备了行装登程。是夜，公主知有圣旨相召，难以谏阻，暗暗垂泪，不敢多言。此时狄龙、狄虎二位世子，在书房闻爷爷回朝，也来送行。狄爷吩咐兄弟二人用心，发愤攻书，不用远送。言罢，拜辞母亲，老太君也有一番吩咐。相辞公主，许多叮咛之言，难以长谈。是日，狄爷、包公一同起程，出了王府，路由本省山西进京，忽一天到了汴京。次日，天子临朝，文武百官参见已毕，有当驾官传进旨意。包爷即上前俯伏，呼声：“陛下，前者臣包拯奉旨宣召狄王亲，今已回朝，现在午朝门外候旨。”仁宗天子大喜，说：“包卿平身。”又忙传旨：“宣平西王上殿。”值殿官领旨，宣进狄爷。狄爷俯伏金阶，朝参已毕。天子大悦，说：“御弟平身。只因南方侬智高逆贼作乱，入寇邕州，昼夜攻打，百姓不安。今又送来战书，侮辱寡人，朕原欲亲征，包卿又谏止。故特宣御弟回朝，领兵征剿逆党，与寡人泄忿，足见卿之忠义也。今由御弟调拨那一方雄师，先斩后奏，便宜行事，大展雄才。得胜班师回朝之日，大加升赏，以酬卿劳。”狄爷说：“陛下呵，臣受主恩，即粉身碎骨，难报万一，敢不效犬马之力，代主之劳。蛮兵虽锐，何足挂怀。臣托陛下洪福，此去必然马到成功。”仁宗闻言大悦，传旨于偏殿摆宴款待狄爷，又赐统帅印。狄爷饮毕谢恩，天子又呼：“御弟，提调各方军马，必得一智勇双全的上将同往为先锋，方妙。”狄爷说：“不用别方调取大将，前者平西四将，与手下焦、孟六将足矣。但上年四将告假归家未回，须要陛下发旨，各路调齐回朝，然后发兵。”天子闻奏，即发诏旨四道去讫。

是日退朝，狄爷与路花王千岁并驾同行，一路往王府，直至南清宫内。路花王千岁先进内禀知，狄太后娘娘大悦，即命宣进。狄爷进内，拜见姑娘。见礼毕，又与千岁见礼，一同坐下。是日姑、侄、兄、弟相逢，仍有一番别后之言。狄爷请安，不一会摆上筵宴相饮，不用烦言。自此，狄爷就在南清宫等候四将回朝，然后发兵起程。按下不表。

不觉已有十余天，四位将军先后陆续回朝，俱已面圣。天子慰劳了一番。与狄千岁相逢，欣欣喜色。兄弟四人到了狄王府，会了焦、孟弟兄。焦廷贵说：“自今又有趣了。”孟定国说：“你趣在何处？”焦廷贵说：“老孟，你难道不知？前者千岁平西回朝，告假荣旋，弟兄四人走得干干净净，单剩我二人，代管王府。差不多些守了二载，好生寂寞厌弃。今得南方作叛，方得聚会。今千岁又提兵前去，把南蛮杀个不休，岂不大趣么？”四虎英雄听了皆忍笑不住。狄爷说：“休得多言。众兄弟们，今夜须要准备刀枪马匹，明日发兵。”众将应诺，此夜不表。

次日，狄爷仍在南清宫拜别年老姑娘，太后一番叮嘱，狄爷连连诺诺相辞。路花王千岁也是一番言语，不能一一细述。是日，狄爷到了教场中，挑选了十五万精兵、五十员偏将。是日，拜辞天子，相别众大臣，祭了大旗。当时，天子又命各大臣在教场送别，备下饯行酒。元帅谢了君恩起马。先令刘庆为开路先锋，领兵一万；张忠为左监军；李义为右监军；石玉为后队中军接应；孟定国、焦廷贵二人，各领兵三千，在后运粮。分派完了各将，自统大兵于中军，吩咐放炮登程，跨上现月龙驹，分开队伍，离了汴京城，向南方大路进发。涉水登山，旗幡招展，杀气冲天，一路上威威武武。当时狄元帅军令：所到之处，不许惊扰百姓、私下行凶、强取民间一物，如违令者，立斩首。是以军中肃静，不敢妄行，民间安居如故不表。

大兵所到之地方，俱有官员迎送，不用多述。水陆并行，有两月程途。一日，大军正在行走之间，远远探子报上：前面乃广西之地界了。狄元帅闻报，又闻报邕州已失，陈曙总兵阵亡，横州、宣州俱已攻下，兵进广州。当时狄元帅一闻此报，即与广南总兵会合，同进征讨。正总兵孙沔、副总兵余靖，此时得了狄元帅文书，紧守关中不出，待等大军一到，然后开兵。再说狄元帅大兵，是日择地安营，起了中军大帐。是晚，三军埋锅烧饭已毕，元帅有令：“紧闭关门，兵丁停息三日，然后开兵。”又发令小军，小心逡巡，以防敌人攻其不备。前面，离关八十里，乃蒙云关也。次日，狄元帅即着飞山虎刘庆下了战书。

按下宋营慢表。且说蒙云关，乃南方头座关寨也。守关老将姓段名洪，年已五十余岁，使一柄大刀，有万夫不当之勇。有儿子两个，一名段龙，一名段虎，也是能征惯战之将。还有一个女儿，名红玉，三小姐也，乃南山金针洞仙翁徒弟。他八岁便学法三年，这些腾云驾雾、隐身逃遁、撒豆成兵，俱已习熟，更有法术迷人魂魄，更加厉害。是日段洪正在帅帐中闲坐，忽闻报子报说：“大宋天子差平西王狄青、五虎将，提大兵一十五万，前来征伐。现在扎营于关外，下了大寨。”当下段洪闻报，传令紧闭关门，严加紧守。次日，又得了战书。段洪说道：“我主南天王攻破邕州，已得昆仑关驻兵。这狄青不向此进兵，争夺此关，深入我南地征进，此乃先割根本，后收枝苗，作用大合兵法。这狄青果然名不虚传。我主安坐于昆仑关，那里得知？况又屡屡行此无道之事；凡民间美色女子，不论孤寡、有夫无夫，令兵抢了，百端淫欲；及于行兵，侈然放纵横掠。眼见得亡灭不远，焉能成得大事！但本官食他之禄，必要尽彼之忠，至死而后已。”是夜不表段洪之言。是时已第三天，狄元帅有令开兵。一声炮响，十万精兵，蜂拥而出。元帅后面带了四将，来至关下。只见蒙云关十分高耸，气接云霄；遍围垛口，乃刀枪密密，剑戟森森；箭窗之内，暗藏火炮；守地兵人，悬弓搭箭，具是彪形大汉。狄元帅看了，令众军士攻打城池。众兵领令，个个奋勇争先，向前攻打，炮声不绝。上面守城兵丁一见，急用箭石纷纷打下，又差人飞报中军。段洪闻报，即忙与二子说：“孩儿，如今宋兵攻城，你二人快些披挂，随我出关，以退宋兵。”兄弟听了，即忙披了盔甲。父子三人，各提兵器，跨上征驹，出了帅府，直至关头。段洪说：“我们且看他虚实，然后与他交锋。”二子依言，一齐来至城楼。往下一看，果然宋兵旗幡密密，杀气腾腾，盔甲鲜明射目，刀枪晃亮骇人。当下段洪父子三人，看罢宋兵锐气，不觉大惊。

未知如何交锋出敌，且看下回分解。

第三回 狄元帅以众攻关 张将军临阵斩将

良将英雄有大名，六韬三略鬼神惊。
兵符掌执人钦服，一柱擎天定太平。

当下段洪父子三人，在城上观大宋兵马锐气倍加。正看之间，只见大旗幡下一员大将，骑一匹高头骏马，在此指挥三军攻打城池。段洪向二子说：“我儿，你看旗下这员宋将，穿白盔甲，手提大刀的，必是督兵主帅。若伤了此人，何愁宋朝军马不退。”段虎开言，说声：“父亲，孩儿不才，愿出马擒拿此将。”段洪说：“我儿，你看此将，身高马骏，必然是骁勇英雄，况两边有许多战将保护，你一人出马，焉能取胜，犹恐不及。不如你与哥哥同出马，为父在此与你掠阵。对敌之际，须要小心，人不可乱兵，马不可乱进才好。”段虎应允，弟兄一同下城带领一千兵，放炮开关。二人一马冲出，一千精兵列开长蛇阵势。

狄元帅正在催趱众将攻城，忽然一声炮响，关门大开，冲开一支兵马，蜂拥而出。狄元帅看见，冷笑一声，骂道：“好胆大逆贼，敢出关与本帅对敌么！”金刀一摆，把雄兵阵势排开以待。远远只见旗下少年之将，带兵冲来。元帅正欲纵马挥兵上前，左边闪出刘将军，说：“不劳元帅动手，待小将出马。”元帅见是刘庆上前，便说：“刘兄弟，既你去擒贼，须要小心。”刘将军得令，一马冲出，大喝：“贼将休来，快些通名受死。”那段龙、段虎闻言，勒马一看，但见这员宋将，生得身高体壮，脸黑颧高，海下短短乱须十分威武，二目圆睁，高声呼喝。段虎大怒，把马一催，手提狼牙棒一指，大喝：“宋将，休得猖狂。快快通名，待本将取你首级。”飞山虎喝声：“贼奴，你且恭听，吾乃大宋天子驾下，官封振国大将军，名刘庆。你难道不知？昔年平服西域，边夷各国具已入贡称臣，你主乃隅角偏地、乌合之众，妄称国号，擅敢下战书到中国，不自忖度。今日天兵到此，理应自绑辕门，还敢出关迎敌！你有多大本领，敢与本将军对敌么？你知事者，快快下马受死，若还多言一字，我走马横刀，教你尸首不全。”段虎听见了，怒声如雷，骂声：“好狂妄匹夫，敢夸大言，与你拼个死生。”持起狼牙棒，拍马上前就打。飞山虎双斧急架相迎。二将一来一往，一上一下，二马交锋，只杀得乌尘遍野，大雾迷空，不分高下。狄元帅在旗门之下远远观看，见二将杀得如虎争餐，如龙取水，说道：“好一个年少南将也！”即命擂鼓助威。当下刘庆正在大战南将，忽然听见战鼓加响如雷，便知元帅与他助威，即奋勇争先，双斧如雪花飞舞。这一刻，把段虎杀得两臂酸麻，浑身冷汗，招架不住。刘庆看见这段虎棍法混乱，暗暗喜悦：“不趁此时立功，更待何时！此贼休矣。”把双斧一紧，照定段虎脑项劈下。段虎连忙用棍往上一架。刘庆一斧又在拦腰，段虎忙叫声：“不好！”两膝一夹，把马一催，又把马头拖转。刘庆大斧早已砍下，正在马后大腿，劈开筋骨多段了。那马忍痛不住，跨前一跃有丈余，又不能走动，把段虎抛于地下。那马缰尚拴系着足，不能逃脱。飞山虎一见大喜，催马上前，要伤他性命。蛮兵弓箭手一见，纷纷放箭射住。段龙大惊，忙绝马缰，去救段虎。此时马已跌地死了。狄元帅看见大怒，用鞭梢一指，一万宋兵飞步冲杀向前。段龙不敢混战，保了段虎败回。宋军一阵厉害厮杀，真乃犹如砍刀切菜。段洪在城上看见兵败，被宋兵追杀，大惊，急令放下吊桥，接救败兵。败兵一齐慌忙奔上。狄元帅正在追兵赶杀蛮兵，一见纷纷上了吊桥，传令：先抢吊桥。有人先登城者，为头功。一声令下，众将兵人人奋勇，个个争先，喊声不绝，奔上齐攻，竟来抢关。段洪一见大惊，忙令众兵放箭，飞石一齐打下来，宋兵方才不敢上前。狄元帅方传令鸣金，收军回营，犒赏大众。

慢表宋营之事，再说南蛮段洪见宋兵退去，再令军兵小心巡守四方城池，防备宋兵攻打。与二子回进帅堂坐下，谈论大宋兵将英勇。不觉天色已晚，大小三军用过夜膳。

次日，段洪升了虎帐，众将立于两旁，议退宋师之策。段之共开言说声：“列位将军，我老夫奉了我主国王之命，镇守此关。奈宋朝兵雄将勇，昨天开兵失利，折了一阵，段虎险些送了性命。列位将军，有何计谋以退宋兵？”言之未了，只见班部中一将，高声说：“元帅因何长他人志气，灭自己威风？依小将看来，宋兵乃平常之勇，宋将乃些小之能。昨日虽然不胜，今日小将出马，定要雪了昨天之辱。若如不能擒得宋将回关，甘受军法！”段洪闻言，抬头一看，是大将花尔能，便说：“花将军，你有何高见出敌？退得宋军如此容易。”花尔能说：“元帅放心，小将出马，捉得宋将，自然兵退了。”段洪闻言，冷笑说道：“花将军，你休得要藐视宋朝兵将。这狄青非比寻常将士。五虎将西征北伐，享过多少大名，武艺出众，刀法精通，用兵如神，何人敢敌。昨因攻城，出敌一阵，三千兵丁伤了二千余。今日将军若肯临阵交锋，保得无事回关，也算难得。”花尔能闻言不悦，说声：“元帅，末将今日出阵，胜不得敌将，誓不回关。”说完，不待将令，提刀上马，出了帅府，领兵三千，来至北城。吩咐放炮开关，一马当先，跑到宋营中，喊杀如雷。

宋兵一见，连忙进内通报。狄元帅闻报，便问："那一位将军出马？"帐中闪出一将，名扒山龙张忠，应声："小将愿往。"元帅说："张贤弟，须要小心。"张忠得令下帐，提了大刀，上了银鬃马，带了一千精兵，一声炮响，冲出营前。一千精兵列开阵势，花尔能也排开队伍相待。但见来将威武严严，气概昂昂，遂大喝："宋将何名？"张忠闻言，但见蛮将生得面如朱砂，浓眉怪眼，海下无须，手执三尖大刀，声如霹雳，喊叫通名。当下张忠说："吾乃大宋天子驾下，狄元帅麾下，官拜定国将军张忠是也。你这贼奴，也通下名来。"花尔能说："本将军乃段元帅麾下正先锋花尔能也。你若知本将厉害，快些下马投降，免作刀头之鬼。"张忠听了大怒，喝声："休得夸口，放马过来。"提刀当头就砍，花尔能三尖大刀急架相迎。二将杀了五六十合，不分胜负。张忠气忿难消，大刀砍发不住，花尔能三尖刀招开。二人再交手一番，这花尔能看看抵挡不住，气喘嘘嘘，大刀虚晃一架，带转马头而走。张忠那里肯放走，忙把马一拍，赶上一刀，从顶脑一挥，劈为两段，割了首级。三千南兵，一见大惊，四散奔逃。张忠挥刀追赶，大杀一阵，所得干戈器械不计其数。收兵来至大营下马，小军收拾兵器，上帐交令，献上首级。元帅大喜，上了功劳簿，吩咐将首级号令，悬挂营前，然后贺功赏劳不表。

有南兵败残的，逃回关中，报知段元帅，说："花先锋阵亡了。"段洪闻报大惊，说："花将军恃勇轻敌，今日阵亡，咎由自取。"他闷闷不乐，只是点头咨嗟不已。后堂夫人与红玉小姐闲谈，只见天色已晚，还不见段洪退进后堂。夫人疑惑一会，说："奇了！往日将晚，老爷必进后堂了，如今有六七天不进来的。"段小姐口称："母亲呵，孩儿闻得大宋天子差遣狄青，领兵十五万，攻打我关。想必连日交兵事忙，所以爹爹不暇进来。但不知开兵胜负如何。母亲可打发了丫环出中堂，打听老爷闲暇否，以后请他进来，待女儿问他，连日交兵如何。"夫人说："我儿，你乃闺中少女，哪里晓得交锋对垒事情，问他何用？"段小姐启上母亲："古言：君仁臣敬，父慈子孝。今日兵临城下，父亲终日汗流浃背，为上勤劳，为儿之心何安。倘然宋兵未退，女儿自愿领兵当先，与父代劳。"夫人闻言冷笑说："女儿，你为何今日说此无根之言？临阵对敌，乃男子所为；你年轻弱女，因何说出临阵当先之言？"小姐说："母亲不必多问，只请爹爹进来。女儿问他连日交兵，胜败如何。女儿自有退兵之策了。"夫人道："孩儿既如此说，可差了丫环往中堂，请老爷进来便了。"丫环领命去不多时，段洪来至房中，夫人与小姐起身迎接。小姐拜见礼毕，各自坐下，段洪说："夫人，你请下官进来，有何事故？"夫人说："老爷呵，近日宋兵临城，不知出敌胜败如何。妾与女儿放心不下，故特请老爷进来，问及宋兵攻打消息也。"段洪闻言，叹声说道："夫人呵，不必提起宋兵之事。连日交锋，俱已失利。初阵，段虎孩儿险些送了性命；二阵，先锋花尔能被杀。倘此关有失，下官必要尽忠了。但可惜满城百姓，玉石俱焚。"此时，段小姐听了父亲之言，只气得柳叶眉倒竖，银杏眼圆睁，便说："爹爹放心！既然宋朝兵如此猖狂，待孩儿明日出阵，若不将狄青生擒了回关，誓不生立于人世。”当下段洪一闻女儿之言，勃然大怒，喝声：“胡言妄语！你这小丫头，从小失与教诲，满口道着无根之言。”

此时段洪发怒。不知后事如何，且看下回再行分解。

第四回 段小姐夸能演术 飞山虎逞勇交兵

年轻女将术精通，出敌关前独逞凶。
大宋将军诚不畏，沙场对垒见英风。

却说段洪一闻女儿之言，大怒说道：“你乃闺中一弱女，出此满口妄诞之言，反激恼为父的，还不退去！”夫人说：“老爷何必动怒，我想女儿之言，不过一刻戏言，你就认为真的。”段洪怒道：“夫人住口。这都是你失于教训，还敢多言拦我，真乃令人可恼！”说完，往外去了。夫人见他忿怒而去，又不敢请他转来，只是不悦，不觉两眼含泪，向小姐说：“女儿，你往日的说话，最是谨密的，为何今日如此狂妄，惹得你父动气，连我也怪进了，受此恶气。”段小姐说：“母亲不必心烦，此乃女儿不是，累了母亲怄气的。”

又再表明原由：这位段红玉，会用法术，武艺高强，因其父母不知其由。但他前生，乃是终南山金针洞看守门户的一个女童，已得了半仙之体，只为一时思凡，托生于段氏之家为女。其金针洞中一道人，乃云中子也。他乃千年得道仙翁，法力高强，道德清高。段红玉乃是看守洞门的。见他惹了红尘，托生于世中，心中不忍，所以特来度他为门徒。一日在后花园中，云中子化作一道人，假作化斋，授却三卷兵书与段小姐。书上所传飞天遁地，六丁六甲神符，隐形变化，撒豆成兵，各式阵图，多少真言咒语，一一难以细述。又教他遇有不明不白与急难之际，焚起信香一炷，向南说三声：“师父。”金针洞主即不过三刻就到了。是以红玉在闺中日日演习，熟看兵书、真言咒语。一连练习三年，乃件件俱各会了，他亦不与父母知之。

当下小姐说：“母亲呵，你须放心，女儿虽是一闺中弱女，三年前曾得异人传授兵书，上知天文，下知地理，呼风唤雨，腾云吐雾，能知七十二般变化，三十六式阵图。我想，宋军不过十五万军兵，何足道哉！”夫人说：“我儿，为娘却不知你这小小年纪，有如此本领。莫非是你妄说狂言的？倘然果有这般手段，杀退宋兵，就是祖上之幸福也，与段门争光了。但不知你言，究竟是真是假的？”小姐说：“母亲不信，当面试验与你观看便了。”夫人闻言大悦，说：“既然要试验与我观看，方才说撒豆成兵，何不将此术试验出来？”小姐说：“此间地方狭窄，何不到后园演弄一番，与母亲观看？”夫人应口。当时小姐回到自己房中，装束停当，复进夫人房中。夫人见女儿如此打扮，但见盔甲鲜明，双挑雉尾，比往日大大不相同，倒吃了一惊，说：“我儿，你这般打扮，果然像一员女将，只欠了坐骑一匹。”小姐说：“女儿的坐骑在袍袖之中，到了园中，就放了出来。”夫人闻言，半信半疑，就一齐同出了房，来至后花园中。在于空阔之处，小姐先向袖中拿出一条红汗巾，双手高擎，口中念动真言，对太阳吸一口气，吹于巾上。登时间，一阵红光，已成了一匹马。夫人看见大喜说：“我儿神通广大。不意你小小年纪，有此手段，何愁宋将英勇！”小姐当时见母亲褒奖于他，便大喜说：“母亲，孩儿演取马匹，何足为奇。还有三千兵马，已带藏身，待我取出，与娘观看罢。”言未了，取出葫芦一个，拿在手中，念咒一会，向空中抛起。只见葫芦内现出一道白光，白光之内拥出一支人马，有三千多，迎风变化，俱是身雄魁伟大汉，顶盔披甲，手持兵刃。小姐将队伍排开，左进右出，把令旗一展，喝声：“听令！”忽闻呐喊，旌旗大振，旗幡展动，把夫人唬得眼振心惊，忙说：“我儿，快把人马收去，娘已看过了。”此时小姐见母亲害怕，连忙念咒，将葫芦望空中一抛，这三千军士向小姐葫芦进讫了，不留一人。夫人又说：“女儿，你今日有此手段果然不惧敌人了。”小姐此时得意洋洋，又跨上桃花马，提了日月刀，说：“母亲，你可少待片刻，待女儿出城，擒拿几员宋将回来，爹爹方才见我言不谬也。”言罢，将马一拍，只见一阵风，唬了一声，起在空中。夫人一见，觉得惊慌，高声呼：“女儿，不要去，快些下来，同为娘到中堂，见了你父，点起人马，跟你去讨战才好呢！”段小姐在上，说：“母亲，女儿此去，不用一兵一卒。我有三千神兵，自能迎敌。可擒拿宋将了，然后回来见父亲未迟。”说完，就不见了。夫人见他去后，心中十分不安，说：“不好了，女儿此番临阵当先，虽然他会用神术，但是从来娇养闺中，未曾出身对过大敌。倘有疏失，如何是好！”连忙离了后园，赶到内堂，吩咐丫环：“快请老爷进来。”不一回，段洪来至内堂，夫人就将女儿红玉到后花园撒豆成兵之法，腾云前往宋营讨战之事说明。段洪听了，又惊又喜：“想来女儿既有如此法力，此事真乃奇怪了！”便说：“夫人，我段洪从来不信鬼神，最恼的是兴妖作怪。自生以来，未见有几人会腾云驾雾之奇，况我女儿，从未有出闺门的幼女，如何有此法力？莫非我段门不幸生此妖怪女儿！”不曾说完，命家人呼唤段龙公子。到了后堂，段龙说：“爹爹呼唤孩儿有何吩咐？”段洪说：“你快些带了二千人马出关，前往宋营，接应你妹子。”段龙问妹子因何会出敌之由，段洪就将夫人所说之言，述了一遍。段龙闻之，也觉惊骇，即忙出了中堂，至帐中选了二千人马，上了征驹，直至关前。吩咐守军开关，前往宋营慢表。

先说段小姐驾云出关，来至宋营前，把怀中的葫芦取出，口念真言。葫芦内一道亮光，放出三千军马，列开队伍，旗幡招展，杀气冲天。小姐布置已毕，即趋马至宋营前，大呼："守营的宋军听了。今有蒙云关段元帅的小姐，前来讨战，快些报知。须令有名大将出马，若无名小卒，休来纳命。"此时宋军在营前见有女将讨战，即忙跑进中军帐内，禀知元帅："此刻有女将讨战，口出大言，要有名大将出马，方才可对敌。"元帅闻报一想，把小军喝退，低头不语。众将见元帅如此，并无发兵遣将之意，众人揣摸不着，不知何故。班部中有一将士上前呼声："元帅，如今女将讨战，因何不发兵遣将？莫非惧怕这女将不成？"狄元帅闻言，抬头一看，说道："刘将军，你问本帅不发兵遣将之意么？你有所不知，上阵交锋，乃是男子之事，如有妇女、傍门道士、释教头陀这三项人出马，必然全用邪术的，或用暗器物件伤人。所以，本帅正思众将中无可临阵之人。"刘庆闻言，忿忿不平，说："元帅，你言差矣！你我行伍出身，战过多少英雄，会过多少将士，今朝岂惧一员女将！今日小将情愿出马，如若不胜，甘当军法。"元帅闻言，便说："刘将军，若论你本事，不在低微，莫说一员女将，就是千军万马，何足惧惮。但本帅今所疑者，这女将不是倚仗邪术伤人，定然有回马兵器，抑或袖藏暗箭取胜。我想到刘将军平日性子刚强，为人鲁莽，倘若开兵，只恐伤于女将之手。不如你且暂退，待本帅另点别将开兵便了。"飞山虎一闻元帅之言，气得浓眉倒竖，怪眼圆挣，口呼："元帅，小将不是贪生怕死之徒。当日在大光山，与元帅义结金兰，全布衣出身。虽然行伍之贱，曾已身经百战，东征西伐，立下汗马功劳。跟随元帅多年，今日征南，因一员女将临阵，反用小将不着，小将羞惭死了。"元帅听了他一席之言，便说道："刘将军，非是本帅用你不着，只因外国偏邦每用邪术伤人。想这女将，不善邪法，那肯出阵。今刘将军定要出马，须要十分小心。倘他败去，勿追，眼观八角，耳听四方。"这才发令一支，又是一番叮嘱。刘庆应允，即接令下了虎帐，点领精兵一千，提了双斧，上马出营而去，三军随后。

当下段小姐正在营前催战，忽闻炮响，似有敌将出马，住驹以待。只见队伍中一员虎将，甚是猛勇。小姐望见，心想："好一员猛将！怪不得爹爹夸奖宋将骁勇，看他那威威武武，面如黑漆，人高马骏，乃是一条勇汉。若动手以实力交锋，马上取胜，却是难了。"想罢，即把桃花马催拍，提起日月刀一亮，启一点朱唇，露两行玉齿，喝一声："来将住马，我段三小姐在此候战多时，快通名受死。"刘将军看这员女将十分威武，千娇百媚，齐齐整整，年纪不过十六七岁，坐下一匹红花马，使一对银白钢刀，袅袅娜娜声音，呼叫通名，刘将军看罢，大喝："女将，要问本将军大名么？说出犹恐你要翻下马来。你且坐稳雕鞍，听着：我乃五虎名将，振国将军刘庆也。本将军谅你乃深闺一弱女，有何本领，敢大胆出来送死么？"段小姐闻言，冷笑说："你这匹夫，不是我三小姐敌手。你若知事者，快些回营，与主将商议收兵回去，便算你们造化。倘若仍复执迷不悟，必要攻我城池，不独你这匹夫与狄青五人被诛，连累了十五万军兵，百员宋将，人人伤命，直杀上汴京城，叫你君王一同尽作刀头之鬼，毫不用情。"

当下不知刘庆如何回答，交锋之际何人胜败，再看下回分解。

第五回 飞山虎出敌被擒 段小姐灵符迷将

虽云虎将逞刚强，迷魂法术孰堪当。
宋帅慧心推测度，将军方免误伤亡。

当下刘庆闻女将一番辱骂之言，大怒，无名火高发三千丈，大喝："好花言贱婢，你有多大本领，出此大言？马前若容你十合，不为好汉。"把坐骑一催，喝声："贱婢休走，看大爷家伙。"一个猛虎争餐的架势，把双斧往顶脑上砍下。段小姐见他来得凶勇，也觉惊骇，说："好一员骁勇宋将。"连忙把双刀架开，这小姐的神刀也不弱，也劈开相迎。男女二将，一往一来，刀斧交锋，叮当响亮，战法不分高下，慢表。

再说南将段龙领兵二千，前来接应妹子。此时来到宋营，但见沙尘滚滚，杀气腾腾，看见刘庆与妹子两边混战，金鼓齐鸣，喊杀喧哗，只杀得难解难分。看了一回，又见妹子手下约有三千军马，个个虎背熊腰，狰狞恶狠，段龙又觉心慌："父亲早说妹子单人独马，腾云出关讨战，如今他手下又有此支人马，必定方才说撒豆成兵法术了。我想妹子从小未离闺阁，今能出阵，实是奇哉，又得异人传授法术，更觉罕见罕闻。"想罢，把众兵排开队伍，伫立旗门之下掠阵不表。

又说狄元帅虽然发了令，刘庆出马，到底放心不下，传令众将跟出阵，与刘庆接应。令一下，众人即提刀上马。当时元帅领大小三军，放炮大开营门。至战场之中，只见刘庆与这员女将冲杀，但见刘庆手中的大斧如雪片飞舞，杀得女将只有招架之功，并无还刀之力，心觉颇安。又见对面头队兵，有三千余，头顶一派乌云，黑雾封迷，后面另有一支人马，二千多，旗门下一员大将，在此掠阵。那元帅细看女将这队兵，吃了一惊，忙传令鸣金收军："倘延迟一会，刘将军性命休矣。"众将闻言，说声："元帅，你看差了，刘将军与女将对敌，正在取胜之时，因何反要收军，放走了敌人？"元帅说："你等可看女将前锋，这支人马，黑雾腾腾，一派妖气冲霄，此女将定然有邪术伤人。若不及早收军，刘将军性命难保了。"当时令一下，鸣金收军，惊动了飞山虎，把眼一瞧，看见元帅与众弟兄一班战将，同在营门外掠阵。忽又听鸣金收军，暗想："早间元帅不许我开兵，如今见我将胜，生了疑忌之心。我且不理他，擒了这丫头回营，塞了他口罢了。"主意定了，手中双斧恶狠狠越发收不住。原来段红玉虽用双刀，武艺不弱，到底蛮力不及这莽夫，刘庆此刻发愤冲锋，杀得小姐两臂酸麻，浑身香汗，骂了声："狗强盗，营中既然鸣金，你还不退回，逞此豪强，今若饶你，誓不为人。"即时虚架一刀，败走下去。此时刘庆见他败走，大喝道："贱丫头，你还想败走，万不能了。"拍马追上，又道："你乃是未出闺门那幼女，那有什么邪术伤人，有回马兵器胜我？况在军伍，跑马抡刀，我刘庆大敌危机见过了多少，若不将这丫头擒了，誓不称为好汉大丈夫。既畏邪术丧身，就不该自称武将临阵，与朝廷出力了。"说罢，越发将马加鞭。有营前狄元帅看见，忙催收军，刘庆决意不肯罢战，偏反追赶上去。众将大惊失色，说："不好了。"元帅说："刘兄弟此番不听将令，追赶女将，定然有失。"即差张忠、李义二将，赶上接应。有段龙在旗门下，看见妹子败走了，又见刘庆在后紧紧追赶，宋营中又飞跑出两员大将，随后同赶，吃了一惊，连忙拍马一催，跑上拦住张、李二将。三人战作一堆，按下慢表。

再说刘庆一路飞马追赶段红玉，恨不能赶下拿他过马，在后面大喊，高叫如雷。小姐只作不知，一边败走，回头看见刘庆赶上，即带转马头，向怀中取出一条红绒套索，抛在空中，喝声："着。"忽然空中呼呼响亮，向着刘庆顶上落下来。刘庆正追赶之间，远远看见段红玉带回马头，仔细一看，只见半空中霞光灿烂，索子千条，已向他顶上落下来。刘庆此时方才慌忙，说："不好了，果然中了元帅之言。如今不走，必受其害。"即带转马如飞而走。红玉看他逃走，冷笑一声，说："你休想活命了。"用手往上一指，其速如同闪电闪动，一声响亮，索子千条，向刘庆落下来。这刘庆带马走时，正在囊中取出席云帕要走，已来不及，红光一冒，已被索子绑缚，跌于马下，身压尘埃。见女将恶狠狠赶来，自知性命不保，嗟叹一声："我悔不听元帅之言，至今日伤残性命。想丈夫临战场之地，生而何惧，死而何恨，舍命一死，以报朝廷罢了。"

此时，段小姐已赶至跟前，下来正要割取首级，忽然想起："师父云中子有言嘱咐，说若初次交兵，不可仗法力伤了敌人性命，若违背师父之言，难免五雷击顶。若然今日仗此法力，伤了宋将一命，岂不是违背师言！何如将他拿进城中，听凭爹爹发落便了。"上了战驹，招呼神兵，令提刘庆。小姐一路跑马而回，来至关前，只见兄长段龙还在此与两员宋将交锋，将要败下来。段小姐一看，即忙掐诀，念起咒言，日月刀往空一指，喝令三千神兵，发喊如雷，一齐冲杀到宋营中。狄元帅忙令三军急退，岂知三千神兵已杀到跟前。张忠、李义只得抛了段龙，两下罢战，保护元帅。各兵丁舍命相争，又有南兵二千一齐动手，两边战鼓之声不绝。战时宋军只顾奋力冲杀，段小姐又用剑作法，念咒语一回，忽飞沙大作，蔽日乌天，宋兵在顺风之下，二目睁展不开。段小姐又喝令神兵把宋兵乱砍乱杀一阵，伤了宋兵不计其数。狄元帅与众将急急带了残兵败回，退到本营，呼令射弓守辕，一齐放箭，犹如飞蝗骤雨一般。

段小姐见了蛮兵被箭所伤太多，方才把葫芦抛起，收去神兵，与兄段龙领回军兵。将刘庆绑在关外，兄妹二人一同下马进入帅府，交了令。段龙将妹子擒拿宋将刘庆得胜原由禀知父亲，段洪听了大喜，说："女儿，我当初说你一个闺中幼女，年方二八，有何本领。如今既能上阵交锋，又加无边法力。我儿既有此神通，岂畏大宋将兵之能？必要杀他片甲不留。原来我主洪福！如今宋将在于何处？”段小姐说：“他现在有兵丁押绑于辕门外，候爹爹发落。”段洪闻言，吩咐刀斧手：“将宋将与本帅推进！”一声令下，两边刀斧手忙出帅府将刘庆押至，推上帐前，站于丹墀之下，怒目圆睁，英气勃勃。段洪看见刘庆身高八尺，腰圆膀大，黑脸金睛，圆睁虎目，倒竖眉毛。看了，段洪骂声：“好大胆宋将，你既被擒，见了本帅，为何不下礼，还敢立着目前，藐视本帅么？”刘庆大怒，喝道：“蛮将，我乃堂堂上将，误被你贱丫头擒来，唯甘一死，焉肯屈膝与你乌合之叛么！”段洪怒骂道：“好强盗！既被擒拿，还敢口出大言。”喝叫刀斧手推出辕门斩首。两边刀斧手领令，将刘庆推出。刘庆回头大骂：“叛贼，我乃一条堂堂大汉，难道畏刀避箭不成么！我为国身亡，名流后世，虽死犹生，不似你等叛逆之徒，万年遗臭。乌合之众，鼠窃之流，灭于旦夕，还敢施威，擅杀朝廷将士。我狄元帅闻知，怎肯干休，必领大兵前来，打破城池，将你这逆贼、一辈同党狗首类，个个不留，杀得尽绝。悔之晚矣。”段洪闻言大怒，大喝：“快快押出去斩讫。”刀斧手即忙推出，有段小姐喝声：“刀下留人。”这段洪正在盛怒之下，见女儿拦阻，有些不悦，便说：“女儿，你言差矣，你难道早间不闻宋将大胆辱骂之言，是以为父将他斩首。你即来阻拦，是何缘故？”小姐便说：“女儿师父曾传一法术，善能迷人真性，摄去原魂。这刘庆乃宋营中一员上将，待女儿书灵符一道，封贴他顶脑发际之上，把真性迷住了，魂魄不全，以往之事全然不知，与他五百兵丁，反去宋营讨战。他的斧法沉重，走马如飞，一定斩却几员宋将，岂不是一举两得之事。”段洪闻言，笑道：“我儿，这刘庆是为宋将，如何反教他往宋营讨战，岂不是放虎归山林？”小姐说道：“女儿有此灵符，书于他脑顶，乃百发百中的。将他真性迷去，魂魄离本体，女儿呼唤他往东，他就不敢向西，此乃灵符压镇之妙。休说宋营中将士他相认不出，就是生身父母也认不得了。除非将顶脑灵符揭去，真性真魂复还本体，方能醒悟如前。此乃借刀杀人，宋将弄他心如乱麻了，自己不费一弓一矢之力，且消前日段虎哥哥大败之耻，有何不可？”段洪闻言大悦，说道：“我儿既然有此法术之妙，也不宜迟，即便可为。”

但不知段小姐演此法术，飞山虎性命如何，看下回分解。

第六回 破迷符宋将留神 遭大难刘庆得救

南蛮少女法高强，拒宋开兵斗战场。
异术灵符迷将士，英雄一命险伤亡。

当下段小姐说毕，段洪闻言大喜，说："女儿既有法力，即可施行了。"当下命刀斧手把宋将押回府内，仍在丹墀之下。这刘庆还是怒目圆睁。此时，段小姐吩咐手下兵丁取到净水，沐手拈香，祝告已毕，取出朱砂灵符一道，拿在手，口中念真言，命人安放在刘庆顶脑发之内。这刘庆的魂魄，一时离了位舍，邪符恶气归心，两眼见人的相貌，个个多是狰狞凶恶，认不出一人，又呼唤不出话来。此时段小姐令左右松他绳索，另与他妆扮，改换盔甲，还他原马兵器，复又念咒一回，吸水一口，向刘庆面上一喷，口念真言："真火速降，刘庆还不速往宋营讨战，烈火烧你。"此时，刘庆在马上只见烈火飞腾，不知往哪里走，心中惊惶害怕，只得拍马加鞭，飞跑而出。五百蛮兵，连忙随后出关，排开阵势，来到宋营中，喊杀声如雷，按下慢表。

且说狄元帅败回营，查点众兵丁，伤了千余人，幸得众将保护，独有刘庆被擒。心中纳闷，便对众将弟兄说道："刘将军心粗，乃真性的硬汉，今日被擒，必然骂贼而死。思量当日结拜一场，不异同胞，想来也觉令人伤感。"张忠、李义说："元帅，刘将军虽被擒，此时还不见号令，或者苍天怜悯他忠君之士，逢凶化吉，也未可知。"元帅说："众位将军呵，这刘将军真性之人，定然有死无生了。想忆从前布衣起首，行伍出身，今日立下汗马功劳，才得玉带围腰。如此结局，看来富贵如同春梦浮云耳。"正在言谈之间，有军士报上说："刘将军降了南蛮，领兵前来讨战。"元帅与弟兄等闻报，俱吃大惊。元帅说："刘庆与我几人在火光山结义，直至今日，甘苦共之，义重情长，焉肯投降叛逆。分明是你这狗才报事不明。"吩咐左右拿出营门斩首。刀斧手一声答应，正要上前拿绑，军兵大呼冤枉。元帅大喝："奴才，你报事不真，妄哄本帅，还敢呼冤叫屈。"这报军急呼："元帅爷，小的报事并无差错，这刘将军果然带领南兵数百，在营前喧哗讨战。元帅爷若还不信，可差人出营一看，小人若有一字虚妄，甘当军令，死而无怨。"此时元帅听了，正要开言，又见来报："刘庆讨战。"一连几次，把元帅气得目瞪口呆，叹道："刘庆，我与你自从义结金兰，情同手足，甘苦与共。刀枪中不知战尽多少英雄，才得玉带横腰。岂不知今日改变心肠，投降了叛逆，贪生怕死，背主忘恩。结交之情，今付之流水，真乃是：'画虎画皮难画骨，知人知面不知心。'背反了又来讨战，本帅若不亲自出马，真假尚然狐疑。"想罢，吩咐放了报军，盔甲军装已毕，正坐下中军大帐，忽有下面一将，声如巨雷，呼声："元帅，只须小将出马，真假将刘庆拿来。"狄元帅抬头一看，原乃张忠，便说："张将军，你此去观看真假，生擒回营，还是伤他性命？"张将军说道："元帅，如今刘庆既降了敌人，即是仇敌。他背反了朝廷，罢了家乡妻子，全然不念圣上之恩、朋友之义，这等奸险小人，古今少有。小将出营，只须走马抡刀，碎砍其尸，方消我恨。"狄元帅闻言，说："张贤弟，你休逞一时之气。我想这刘庆平生为人，性刚质直，乃硬直无私，焉肯背反，投顺敌人，其中必有缘故。今贤弟逞一时之忿，不想彼平日为人，倘然万一错误，伤残了他性命，岂不有误了大事么？你且退去，待本帅亲自出马，看个明白。果然他背反了，然后擒他回营，定罪斩首未迟。"此乃狄青细心，体谅刘庆平日为人，乃一硬汉子，况"日久见人心"，古言不错。这狄青不为众将之官所惑，细察参详，犹恐屈陷了将士，智量深高，搜求仔细，非人可及。当时不独张忠忿忿不平，就是李义、石玉一班偏将，焦、孟二将，见元帅如此说来，俱各敢怒不敢言。张忠也不敢多言，便说："元帅不用小将出马，我等同去观看如何？"元帅点头应允。此时与众将兄弟，领了三军，俱各上马提刀。三声炮响，大队军马冲出营前。

狄元帅远远在旗门之下，把眼一瞧，对面数百蛮兵中，果然刘庆也。元帅使人呼："刘兄弟，大宋天子待你不薄，你因贪生怕死，便甘心降敌，姓名遗臭。本帅与你结义一场，也觉面无光了。"一连说了几次，刘庆只是不回言。狄元帅在马上，睁着双眼，看着刘庆。当时元帅看他如此光景，想一回，又对众将说："好生奇了！刘庆既然投顺南蛮，领兵讨战，为何本帅问他数次，一言不答，令人可疑。"张忠冷笑说："元帅，你看刘庆，头带雉尾，领着南蛮，耀武扬威，前来讨战，分明投降了南蛮。元帅何必多疑。小将不才，自愿出马，立刻擒拿。何必与他再讲。"李义说："元帅，你看刘庆，羞脸变成怒，元帅问他话，一言不语。不如我们上前，擒了这无义之人罢。"众将也是纷纷谈论，亦要出马。狄元帅细想，刘庆如果投顺南蛮，这就蹊跷了，若从众将出马对敌，抑或伤了他性命，如何是好？想了一会，又见众将人人忿怒，个个摩拳擦掌，都要出阵擒拿。元帅一想，呼声："众位弟兄、将军等听着。"手提金刀，向地下画了一条刀界，说，"你等若无将令，出我画的这个刀界之外，立刻斩首，决不姑宽。"说罢，一拍现月龙驹，与刘庆不隔二丈之遥，即呼："刘兄弟，你实因何意，去投顺南蛮？须说知本帅。"岂知刘庆全然不理，双目看着元帅，手舞双斧，砍来劈去。元帅把金刀拨开，又大叫："刘庆，你因何反了？见了我们兄弟等，如同陌路之人。倘若你中了敌人之毒计，捉弄于你，故尔如此。"他也不回言，又把双斧砍来，又不发一言。元帅此时发怒，还刀急架相迎，二人刀斧交加的大战。此时一班宋将在刀界之内勒马观瞻，见二人杀在一堆，众人纷纷讲论，说："刘庆为人，一生硬直，谁知今日其心改变，投顺南蛮，竟与元帅对敌，真乃狼心狗肺之徒了。只恨元帅画此刀界，不然我们上前擒了他，碎尸万段，方得消恨。"也不表众人之言。当时元帅与刘庆冲锋三十多合，只管把刀虚架于他，见双斧一慢，即赶上一步，将近马头，伸开猿臂，将他肋下甲带一扯，即拿过马来，往本阵而走。众南兵见到刘庆被擒，一齐奔走，回关去了。

众将见元帅拿了刘庆，俱已大喜，一同回营。元帅将刘庆放下，众将把他捆绑了。元帅上了虎帐中，一看刘庆面上血色全无，照前二目圆睁，呆呆立着。元帅开言，呼声："刘庆，你食朝廷俸禄，就应该尽忠报国，因何贪生怕死，投降了敌人！你有何面目立于人世？"一连问了数声，刘庆只是睁着二目，并无一言。元帅复又细看，只见他如凶神附体，乱跳乱舞，忽然高身跳跃或呆呆立着。元帅细看，疑心不定，说："莫非此妖女用什么妖术，乱他的真性不成么？"说完，忙下了帐，至刘庆跟前，将他浑身上下一看。只见他盔顶上露出一点纸角来，心中早已明白，即伸手除了头盔，揭开发际，果然有朱砂书成符一道。元帅看罢，不觉点头嗟叹一声："将军呵！你果然中了妖贱婢之毒计，险些伤了性命。"吩咐左右用火将妖符焚化了，忽闻空中有巨雷之声，众将惊疑不已。又见刘庆此时大气喘了一声，真魂回归本体，又倒下地，把身一翻，二目一开一闭，往周围一看。只见众将与元帅众弟兄俱在两旁，即开言说："奇怪了，莫非我刘庆在梦中不成？分明早间被女将擒回关内，我在他帅堂骂贼一场，甘心一死，以报圣上之恩，岂知今日仍在本营，此时好不明白也。莫非我做了无头之鬼，身入黄泉，游魂至此？"说罢，立而不言，停息一会，呼声："元帅，望乞将情由说知小将。"元帅点头，叫声："贤弟呵，若不亏得我本帅知你平日忠硬之人，必不贪生怕死，就中了丫头的毒计。今日托上苍庇佑，天子洪福，全了你性命。"刘庆闻言一想，又见身上却被捆绑了，不悦说："元帅，小将犯了什么罪，把我捆绑？"元帅冷笑说："原来刘贤弟你被妖术所迷，所行的事，全然不晓理法。"吩咐手下军兵放了绑，然后细将前事一一说明。刘庆闻言，说："元帅，我早间所行之事，全然不知，这贱丫头真好厉害也！倘非元帅如此留心细察，小将性命休矣。我刘庆若不拿得了丫头，报了此辱，此恨难消也。"说罢，即将南人的戎装盔甲，拿来扯得粉碎，重新妆束，元帅又吩咐军中大排筵宴，与刘将军压惊。此日，众弟兄将士俱各开怀畅饮，另有一番言语谈话不多提。

不知来日交兵，何人胜负？欲知详细，且看下回分解。

第七回 斗法宝大败红玉 施异术诈陷宋师

天生虎将护天朝，奋斗沙场各不饶。
败却法高年少女，威名赫赫镇南辽。

是日宋营内之事不表，且说南兵二百，逃向城中，报知主帅段洪。这小姐在旁闻报，说道："我本想借刀杀人，岂知反被宋将擒他回去。倘然识破了迷符，将来除去，一定他平宁如旧了，就便宜了这贼将。"段洪闻言，叹声说道："这也算他命不该绝，我儿不必说了。你今有此仙术法力，何愁宋兵不逃。"此日，父女商议退兵之策，不觉天色已晚。

再到次日，段洪升了中军大帐，众将兵排立两旁，有段小姐上前参见，叫声："爹爹，女儿今日出关，要擒回那宋将。"段洪说："女儿进退须要小心才好。"小姐领命下帐，挑选了一千健卒，出关而去。来至营中，命军兵前往喊战。又说宋营狄元帅闻报，有女将讨战，心中大怒，骂声："好贱婢，焉敢如此轻战，藐视本帅。前日擒了刘兄弟，今日又来逞强，如若再容你，誓不为人。你虽有妖术伤人，本帅必要拼个你死我活便了。"说完，拔令一支，说："刘将军，今日本帅出马，与丫头交锋，你可领兵一千，在于要路埋伏，拦截于他。待本帅擒拿。"飞山虎得令去讫，又令石玉、张忠二将左右拐阵，焦廷贵、孟定国队后接应，李义守营。

此时元帅披挂，上马提刀，带领三千常胜军，大开营门，列开阵势，元帅一马当先。段小姐正在讨战，只听见宋营中一声炮响，营前冲出一支军马，队伍齐整，旗下飞出一员大将，随后两员押住阵脚。但见来将年三十余，生得威风烈烈，手提大刀，旗门后面两张绣旗，身高马骏。段小姐看罢，喝声："来将住马，我段小姐候战多时，可通名来。"元帅抬头一看，一员女将，倒也生得如花似玉，武艺必然平常，不过全仗邪术伤人耳。也不计量了，即喝道："吾乃天子驾下征西王、征南主帅狄青也。只因你等叛逆朝廷，擅敢投递战书于天子，尔等叛逆，化外顽民，本帅今日奉旨征剿你等。若知天命者，早早投降献关，不然本帅打破城池，可惜满城生灵了。"段小姐闻言不答，双刀便砍。狄元帅大刀一架震得小姐两膀酸麻，马上乱幌，只得急架相迎，战不上二十合，架不住，只得虚砍一刀，即飞马逃走，要想败中取胜，向西而逃。狄元帅说："这段红玉不是本帅对手。他既败了阵，因何不走本营队伍中，竟向西逃去，定然要用妖法邪术了。自古道：'打人强不过先下手。'何不把我的法宝先施。"即向怀中取出一物，名为血结鸳鸯。此宝乃梦云山水帘洞王禅鬼谷先师所赐。凡敌人用什么妖术，祭起放了此宝在盔上，便有霞光灼灼，将妖物打下；倘若祭起空中，金光一冒到敌人身上，即要翻下马来了。此时，元帅祭起此宝，红玉仍在前跑走，听得后面铃銮声响，知是狄青赶来，暗暗大喜，在豹皮袋中取出金狮一只，不过四两重，乃云中子久炼的一件活宝。若念起真言，便成长大，有二人身体，跑走急速，吼声如雷，喷出半天烈火，了不可当。幸得狄元帅先抛起鸳鸯，不逢此难，大小将兵之幸也。此时，段红玉正要发金狮子，不料半空中金光一冒，即落下来，红玉不意被金光坠下马，吓得大惊，三魂七魄不知去在何方，还用得什么法宝伤人？前面看见狄青飞马赶来，此时顾不得手下一千兵将，双足一蹬，即驾上云头而走。狄元帅定睛一看，见他走上云端去了，喝令众军杀上前去。众南兵一阵心慌，被杀得如砍瓜切菜，血流成渠。段红玉在前看见，复下来厮杀，忽闻炮响，一支军马突出，拦截去路。当先一员大将，立马横刀，大喝："贱婢休走。"段小姐一看，说："已恩赦你，因何今又领兵拦阻？是恩将仇报了。"飞山虎大怒不言，双斧便砍，小姐急架相迎。战不数合。这段红玉虽然战斗，到底难抵刘庆，这狄青后面赶来，耳边又闻喊杀之声已近，心慌意乱，把坐骑一催，念动真言。那马哮叫一声，四足一纵，腾云去了。飞山虎一见，连忙取出席云帕，随即飞身赶上云头而来，向段红玉脑后一斧。小姐吓了一惊，将身一闪，说："原来宋营中有此能人，我今休矣。"口中再念催云咒，向前奔走。刘庆只顾追赶，但见他快如闪电，直向关中落下去。刘庆也只得落下尘埃，与狄元帅、众将领了兵，追杀南兵一阵。一千兵杀得四散奔逃，鸣金收军，众将得胜回营。刘庆又将段红玉败了进关，禀知元帅。

不表宋营大小三军，且说段红玉败回关，落下帅府。段洪见女儿喘息不定，就揣测几分不好，连忙问女儿："收兵回来，胜败如何？"小姐见父亲问，只得将战败原由一一禀知。段洪闻言，吃了一惊，仰天长叹曰："此乃天命原有归，非可强也。"说罢，闷沉沉无言坐下。小姐说："爹爹呵，女儿今日虽然败了一阵，如今还要商议一个万全计策，以退宋师，方为正理。爹爹不可以一败灰心。"段洪闻言，说："女儿之言有理。"即问："众位将军，有何良策以退大宋之师？"原来段洪手下还有十余员将，并无人答应。段洪怒曰："你等皆是一国之臣，今日兵临境界，众人并无一言一策，倘若城破之日，难道你等独生么？"段小姐说："爹爹放心，不须烦恼。孩儿蒙师父传授一件妙法，名'绑虎绝营计'。若把这一件法力施出来，休说狄青几员宋将，就是有道术的人，本事高强，也难逃性命。师父有言在先，再三吩咐，叫我不可轻易施为。但今城破家亡，危在旦夕，不得已要用此等绝计耳。"段洪闻言大悦，说："我儿，你既有如此手段之妙，何不早说出来。今日为父尽把令箭交付于你，手下兵将任凭你差遣,如有不遵者,即时斩首。”段小姐开言说:“爹爹不必如此。此法不用多少兵将,只须一员大将,领五百兵丁,可以困得住宋兵百万,此地离关十五里之遥,有一岭名曰黑风岭,高接云汉。岭下四面无路可走,只有一条万丈涧在于西。倘若山水发流,赛过汪洋大海,用船可渡上山。如今秋尽冬初,涧水低下,纵有船不能渡了。望下来,高低相隔有万千丈。涧边有山凹,可容一人一马行走,故女儿只用一员大将、五百军兵可守了。将兵不用战斗,只要往来巡查。女儿今日仗着师父法力,将大宋营寨,连人马移至此岭,只须待他粮尽,将兵都要饿死了。如若要脱此难,除非俱会腾云驾雾,纵有救兵到来,也难救出的。”段洪听了女儿之言,喜形于色,说:“我儿才智过人,为父不及也。我今日父女忠诚保主,虽然伤害了许多人,但忠于君国,却是不防。今日天色已晚,各将士用了夜膳。”

是晚,段洪将帅印令旗交与女儿,小姐坐了帅帐,拔令一支,差段龙哥哥带兵二十名,悄悄出关,打探宋营,夜深了,人声寂静,前来报知。又差段虎领兵五百,暗暗出关,往西涧边山凹把守,不许放出宋兵一人,须要往来紧紧巡查。宋兵一知此处有路,必然舍命杀出,然谅他一马之险路,杀出也费力。如违将令,定按军法,决不姑宽。二人领令,分头去讫。时交初鼓,父女谈论宋将之能,狄青善于用兵。段洪又说:“女儿,此关无你一人善于法术,徒以兵力交攻,此关破之久矣。大宋狄青,名不虚传也。”谈一会,时交三鼓,段龙回报宋营中已静了,必然众将安息。小姐闻报,即吩咐左右摆香案。小姐上前,拈香跪下,祷告一番,礼毕起来,披发拔剑在手,念动咒语真言,烧了符章,喷了四方法水。忽闻狂风大作,走石飞砂,满山叶落,呼呼响亮,又似走马飞奔一般。

不知此术如何厉害,宋营中大小三军如何落难,且看下回,便知分晓。

第八回 困高山宋将惊惶 越险地刘张讨战

驱邪作法女英雄,峻岭高山困宋戎。
越险刘张求取救,勤劳王室见精忠。

再言段红玉是夜三更时候出关,对着宋营仗剑施法。忽然半空中犹如天翻地覆,山中木叶尽落,狂风大作,走石飞砂。原来段红玉烧了灵符,念动真言,就有那些山精野兽到来候旨，趁着大风势力，不一时将一座宋营与十五万兵丁、将士，一齐搬运至两峡高山，轻轻放下。

是夜，宋营中大小三军将士，耳边只闻狂风呼呼响亮，开不得眼，不觉身体浮浮荡荡，身不由主。不一会就不觉五鼓了，直至黎明，这狂风方止。大众二目睁开细看，四围是一座万丈高山，不知何故这座营盘移至此处。大小三军将士见了，胆战心惊，魂飞魄散。狄元帅见此光景，也觉惊骇，只不敢说出惊慌之言。此时众兵丁人人慌乱之际，喊声大振，多说："不好了，我们被灾风乱吹到此，只怕有死无生了。"狄元帅见三军慌张，大振喧哗，连忙出令禁止，说："你等不可惊慌，昨晚吹此狂风，乃是南蛮女将施的邪术，移我营盘至此。待等一息，本帅令人探路，自然可出此山。若再喧嚷，惑乱军心，一同斩首。"一声令下，大小军兵俱不敢喧哗。

当下，狄元帅细看此山，一望无涯，不知有多少宽广，但见云雾漫空，连天接壤，亦不知何地何山。细想："山洞之中，山势高耸，无路可上，他处定然有路可通的，不如命人前去探路。"想罢，传令三军。且下了营寨，不许妄动。令一下，众军兵在山洞中拣下不受风雨之所，下了营寨。元帅说："张、李二将，你二人各带几人，善能爬山越岭之夫，分头前去探路，打听此地此山是什么所在，地土何名，有多少路途。倘有出路，快来报知。"众将领命，即便挑选了二十名健卒，各带了短刀，分头而去。只见两旁高山，并无出路。一连跑了二三十里，尽是黄沙，人不能行走。足踏重些，沙陷数尺，不能前进。张忠、李义长吁短叹，只得依原路而回，将前事一一禀知。

元帅闻言大惊，仰天长叹，说："苍天，我狄青乃一心为国，提兵至此，满望扫平叛党，以报君恩。岂知此关有此能人，黑夜中连大营人马移于此地，天顶山高，四面又无出路，入了天罗地网，我本帅一人丧在此地也罢了，只可惜手下军兵十余万性命。难道天子洪福将尽不成！当初我妻曾有谏言，说贼星冲犯太阴，出师不利于兵将。今日看此光景，正中了公主之言。想来本帅命该死于此地，不如一死以报圣上之恩便了。"说罢，拔出宝剑要自刎，有四兄弟及孟、焦抱住。众将大惊，大呼："元帅不要动手。"焦廷贵早已跑上，抢了宝剑。众将说："元帅何必如此？众人商议，或别有良谋可出此高山，亦未可知。纵然元帅身首分开，也无益之事，望乞元帅参详。"有刘庆说："元帅，我们幸得十万粮草也蒙他运进上山，不然，势越急了。今暂守候在此，待小将用席云帕前去探路，回朝取救，何愁不出此高山？"元帅见众将苦劝，便说："刘将军，你有席云帕子可腾云，难道这十五万人马也会腾云不成？"焦廷贵说："刘将军，你有席云帕可能回朝，我也愿去的，可否借我用用。哪个困在此山，甘作饿鬼的么？"元帅听说，大怒喝道："好蠢才！众人多已困在目前，你尚然说此无根之话，触怒本帅么！"四虎将军也忍笑不住。焦廷贵又说："元帅，我想万丈高山，又无出路。如今刘将军有席云帕子，他一回去，必然在家乡安安乐乐的坐享了，可怜我们与元帅众人困死在此处了。"元帅大喝："匹夫，不用你多言，还不速退。"焦廷贵也不敢再说。元帅又说："刘兄弟，你有席云帕，可回到汴京，但恐救兵到来，也难得到此高山，如何是好？”飞山虎也说：“元帅只管放心，天波无佞府杨家众将，不论男女，俱是出类拔萃之人，岂无一法力高强的来相救？何愁不出此牢笼。”元帅依允，即修了求救本章一道，交与刘庆。刘庆接了，装束停当，带了些干粮，正要起身，有焦廷贵大呼：“刘将军，你切记不可私身走了回乡，安享太平。若然没有救兵到来，我们困死在这里，我焦廷贵决不与你干休。”元帅大喝道：“好大胆狗头！本帅不用你多言，你还敢违令么？”吩咐刀斧手：“与本帅绑去砍了。”两旁答应一声，焦廷贵忙跪下说：“元帅，小将以后不敢多言了，望元帅开恩一线。”只是叩头。狄元帅不语。众将忍笑不住，一同代他讨饶，元帅方才喝退刀斧手。焦廷贵叩首起来，说道：“险些这吃饭东西就难保了，以后我哑口不言罢了。”此时飞山虎正要动身，有张忠说：“刘兄，小弟也要同去。”刘庆说：“我此去不过仗着席云帕，这样险峻高山，你步行如何去得？倘足踏不住，岂不送了性命。”张忠说：“昨天探路，近西角深涧下，望到底隐隐奇奇怪怪，好似有人声音，必有南兵把守。此路必然相通的。只是山凹狭隘，可容一人一马。或者南兵不在意，小弟出得此路，就不妨了。况我步快走速，与你席云帕差不多些，二人作伴，岂不胜于独自寞寞寥寥。”刘庆听罢，只得应允。二人带了干粮，别过元帅与众将兄弟而去。焦廷贵说：“张将军，这都便宜了你了，今走出阎王关去。”张忠微笑不言。

当下，二人向西方行走了半日，但见好厉害的险峻高山，二人寻路不着。刘庆说：“待我上云头，看此山在何处可通，再行走罢。”张忠应允，住了足。刘庆驾起云，四方观望，果见山凹涧下，有南兵几人，带了短刀，往来巡逻。刘庆也不去惊他，悄悄下来，对张忠说知。张忠说：“刘兄，你驾云下去，一刻出其不意，将他打死，我就能爬下山涧凹了。”刘庆说：“贤弟之言不差。”即驾云落下，照定一兵双斧砍下，已活不成了。有二人见了，双棍打来，刘庆一闪，一斧一个，又倒了两个。一个拿短刀的要走，被刘庆上前一飞脚打倒，踏在地下，大喝：“还要走么！”那军慌忙大呼：“好汉饶命。”刘庆喝声：“你是何人，在此巡查？此山可再有别路，易于出入否？离蒙云关有多少的路途？可一一的实说。如有一字虚妄，即照前三人一例，分为两段。”这小军忙说：“好汉，小人说明罢。我乃蒙云关军兵，奉命把守巡查，困守宋兵的。尚有二公子段龙、段虎带领一百五十名兵丁，日夜巡查。今日二公子循山打猎去了，众兵丁一同前往，单剩得我四人，今夜被好汉打杀了三人，望祈饶命。”刘庆说：“此处隔关有多少路？”小军说：“离关不过十五里。但此处下山路崎岖，难以行走。今值冬初，涧水尽涸，船只不能渡上，仅有此山凹，止容一人一马上山的。小人并无一字虚言。”刘庆听得明明白白，手中拔出利刀，将他一刀杀死，然后席云上山，一一说知。张忠说：“这女子倒如此厉害，困我师在山，又无出路。只有此山凹，又有兵把守住，止容得一人一马上山。今天幸他打猎去了，只得四个小军，又被刘兄打死了，不然小弟回去不成，只得与元帅同困守了。”

此刻，刘庆也不驾云，同着张忠，攀住奇峰怪石，一步步落此山凹深涧。落到半中,黑暗暗,二人也觉惊骇。又恐攀不住,跌下去必碎尸了。爬攀两个时辰,方才落到山下。出了山凹,天色已晚。此乃十月初旬,月色微亮。二人又行数里,月光已落低了,山路渐暗。二人踌躇一会,只管往前走路,不觉又走数里,见有些灯光。二人望着灯光而来,行近,树林内有茅庵一所。二人进内借宿求茶,里面有一道士,童颜鹤发,道骨仙姿。二人上前施礼,说明来由,道人说:"二位贵人到此,贫道已备下茶汤、铺盖,请里面坐。"二人称谢,进内吃茶,用过干粮,二人只因走路辛苦,遂睡于庵中。不觉忽已天明,二人醒来,哪里是庵中,原是一间古庙。见有书柬一个遗下。二人惊骇不已,拾起一看,不知如何,且看下回分解。

第九回 孙总兵有心陷将 杨文广不意拿奸

背主忘恩孙总兵,因将宿怨叛朝廷。
欺君误国奸臣事,千载臭名洗不清。

当下张忠、刘庆见此处不是茅庵,乃一间无香火的古庙,上面旧牌匾隐有"星君庙"三字。又见神案上面有一柬,二人拾起一看,上写着:"人情杯酒休贪恋,太白金星赠偈言。"二人看罢,方知昨夜道士乃太白金星,就是此神像。二人倒身下拜,谢神圣指示,出了庙门首,乃平街大道,居民稠密,但不知此是何方。问一土民,方知此处乃湖广地面辰州府,近襄阳城,与河南汴京交界,回朝十余天可到。二人欢喜不尽:"皆得星君庇佑之力。"二人一路同行,谈谈说说,一日到了襄阳城。

城中有一总兵把守,此人姓孙名振,乃兵部尚书孙秀之侄,借叔父势力,做了总兵武职,圣上调他镇守襄阳城。自狄青取了珍珠旗回朝,参倒了庞国丈,拿了孙秀,一同斩首。这孙振借了朝内一个权臣冯拯之势,他官居吏部,赫赫有权,人人敬仰。孙振是他女婿,故孙秀被斩之时,亏得丈人在内扶持,幸而不曾被参。但他贼心不改,为人狠毒,一心恨着狄青,屡欲报仇,料想他如今势大封王,不能下手。此日,正在关中安居无事,忽有守城兵报知刘、张二人回朝取救之事。孙振听了,想道:"我日夜思量要与叔父、太师报仇,今日既有此机会,何不将他二人用酒灌醉,囚禁住了。狄青困于山洞之中,粮草一绝,岂不饿死了他。如此方消我恨也。"想罢,吩咐大开关门,出来迎接二人。

一同进城，至帅堂分宾主坐下，孙振故问来意原由道："二位将军奉旨征南，到此何干？莫不是得胜班师了？"二人见问，将回朝取救之事一一说知。孙振听了说："二位将军，原来为此。但路途辛苦，肚中必然饥饿了。"即吩咐家丁摆上酒席，说："二位将军，淡酒粗肴，休嫌简慢，请饮数杯如何？"二人说："总戎大人，说哪里话来。我兄弟二人叨扰，实不该当。但我二人公务在身，酒却不敢用的。"孙振说："二位将军，一路回来，关山跋涉，劳苦不堪，略饮几杯，以消闷怀。明日起程，安息一宵，岂不为美？且在下官之处，吃酒也无妨。莫非是嫌下官恭敬不周么？"原来二人也是好酒之徒，刘庆更是豪爽，只因太白星君嘱咐他不要贪酒，有此灵异，是以初时推却。今见摆上香喷喷的佳肴，扑鼻香的美酒，此时二人又见孙振如此谦恭，甜言蜜语，便道："总戎大人，你言重了。我兄弟哪里敢当。"刘庆又说："既承美意，吃数杯酒罢。"张忠见刘庆早已允了，也不推辞，随即坐下。这刘张二人不听星君指示，贪了杯中之趣，狄青与将兵多受五六个月之难，后来十五万人马死了一半在山洞中。这是劫数难逃，深属可悯。当时，这奸臣只竭意奉敬，杯杯殷勤敬劝。二人只因一路爬山过岭，身体劳倦，岂有见酒不贪的？孙振敬上一杯，吃一杯。二人饮开肠胃，哪里还记着星君偈言？初时还略待孙振相劝，后来吃了多少杯数，大呼小叫拿酒来。孙振只命人更换大杯，二人不分好歹，只吃得大醉，人事不知。

孙振大悦，吩咐众家丁，将二人捆绑起来。家丁领命，上前忙把二人绑得紧固。二人因酒大醉，全然不知。孙振又令家人把二人本章搜出来，拆开在灯下观看，洋洋喜色。看好了，又恐怕二人气力狠大，即加铁索监禁牢中。又是夜修本一道，劾奏狄青自提兵至外庭，将已一载，按兵不动，妄差人回朝奏捷，令刘庆、张忠私自逃回，已经被拿收监，候旨发落。另写密书一封，托岳丈冯太尉在圣上前如此如此，两路夹攻，方雪得胸中之恨。是晚，将本章一道封好，外加密书一封，差心腹家将二名，连夜赶上汴京不表。

又言刘庆、张忠二人睡到五更天，酒已醒了，方觉浑身被捆了。又见四面阴风森森，墙上一灯，半明半灭，耳边只闻铁链声。定睛细看，两旁都是犯罪之人，二人大惊。张忠说："不好了！我们昨夜在关中吃酒，今日捆绑到牢狱中，吃酒眼见得上了当。"刘庆说："张贤弟，孙振这贼要陷害我二人。如今不能回朝取救，元帅与众人性命休矣。皆因我二人违背太白星君所赠偈言，吃醉了酒，故有此祸耳。"当下弟兄恼悔怀忿，大骂："孙振奸贼，我二人无罪，被你囚禁。陷害无辜，有误军机大事。倘朝廷一知，只怕诛杀你全家。"

不表二人痛骂，再说孙振的家人，领了本章密书，前往汴京，不分日夜，行程十数天方到。经过开封府，进了城。跑走不远，只见前面远远的鸣锣呼唤之声，喧振不绝，金瓜月斧，多少金字牌、文武棍不断而来。八对看马，数道清旗，行路之人俱闪避一旁。冯太尉家丁二人，只得跑下马，立在一旁。只见马旗完后，尚有许多兵丁护拥着一位年少小将军，生得眉清目秀，威仪堂堂，十分威武，戎装武扮。两人看罢,说:“好一员小将!果然生得威武。看来官职不小,定是王侯家的小将军了。”当下二人因要上本,等候他已久了,只因街道宽阔,不免打马在街旁而走。只见护随小将一人,拿着一根枪,刚刚与两个家丁对撞,枪头对着马头。这马咆哮一声,就惊跳起来,四蹄跑开数尺。也是该当奸谋破露,这马向着杨文广的马前一撞。拥护之人,呼喝狂骂。杨文广见有人闯他马道,也觉大怒,喝道:“好大胆的人!闯道么!”两个家人慌张着急,双膝跪下,说:“小人乃襄阳城总爷孙振的家将,奉了主命,到京中上本章,只因坐马不熟,一时错撞,误犯虎威。小人罪该万死,望乞恕罪。”杨文广说:“你既是孙振家人,上什么本,因何如此鲁莽?说得明白,饶你不死,倘含糊一字,活活打死。你家总爷奈何本官不得。”两个家人听了,呆想一回,便改口道:“小的奉命来,不是上本,乃送总爷与冯太尉的家书。”此家人上前慌张,错说上本二字,不知临行时,孙振嘱咐,千万不可与人知道上本,今见小将盘诘,故改口说与冯太尉家书。将军听了,冷笑说道:“你初说上本,今见复问,何说投送家书?一时间两样言词,分明胡说可疑。”吩咐左右:“搜他身上,可有什么夹带东西否。”原来杨文广叫人搜他身上,是虚吓二人,看他如何光景。二人听了要搜他身上,犹恐泄出本章密书的机关,十分着急,面目失色,将头叩个不住,口呼:“王爷,小人岂敢大胆说诳,果是奉命寄书的,不是上本。一时错说了,望乞饶恕小人之罪。”杨将军听他言语慌张,面上失色,听说搜他,手贴胸膛,其中必有诈弊,再喝手下:“快搜来。”家将十余名答应一声,上前将二人扭住。二人口呼王爷,惊得面如土色,两手紧抱胸膛,大呼:“你倚王侯势力,欺凌下人,胡行打抢。难道朝廷就无律法,由人乱抢的?”众家丁不由分说,众家将大喝:“快搜,休要听他。”众人拨开衣服,怀内果有本章密书。一齐呈上。杨将军接上,冷笑一声,说:“原来孙振与冯太尉的密书。我想这个奸险小人,做出什么好事来!不是私通南蛮,定是陷害大臣。我有个道理,此私书信又不可独自开看,不若将二人带到开封府,当着包公拆开此书,一同观看便了。”原来孙振两个家人,一名李四,一名王受,二人分辩不脱,实在惊慌,只得随了众人同走。一路行来,已到了包爷门首,令人通报。这包公正上朝回来,在书房观看各处的文书,见家将报说:“无佞府杨将军在外请见。”包爷听了,起位吩咐:“开中门,请进后堂相见。”杨文广却不从中门而进,往角门而进入内,只见包爷双手拱立。而这杨文广因何不从中门而进,却在角门而来?他虽是功臣之后,荫袭封王,不过一位将军之职,况且少年晚辈,是以在角门而进,乃是尊敬前辈之礼。

但不知这杨文广见包公,将二人如何发落,下回分解。

第十回 露计谋传书得祸 明陷阱奏本伸冤

天机文曲佐君王，大宋称忠万古扬。
铁面无私奸佞畏，丹心报国重纲常。

当时杨文广与包爷见礼毕，坐下，包爷呼声："杨将军，今日到此，有何事见谕？"文广说："晚生今日到贵府，因有一件机密事，与大人商量。"说罢，便在袖中将孙振的私书取出，交与包公。这包公接过一看，说："杨将军，此书乃孙振与冯太尉的家书，如何算得机密事件？"杨将军就将前事说知。两个家丁已经带到。包爷一想，说道："孙振家人寄书，内里夹着本章与冯拯，上面封皮写着：'机密大事，不可与外人同看。'其中定有些缘故，怪不得杨将军起疑。若然你我拆开同看，果有奸谋不轨之事，就不相干了；倘是他家闲言，不关国事，恐冯太尉见怪了。若不追究此书，又怕误了国家大事。"左思右想，又对文广说道："如今孙振这封书皮上虽然如此写的，但不知内里何词。倘果是他家书，不关国事，你我也不相干。若不拆看，也是不稳。今有一计：将军暂退后堂，将孙振两个家人藏在别室，待老夫打发家人去请冯拯来，将书拿出，强要他当面拆看。如果是他家书便罢，若有关碍朝廷，即时拿了这封书，你我上朝启奏圣上，岂不公私两全。"杨文广说："包大人高见不差。"即时传令出府："门首杨府家丁，不必伺候，俱各回去。"此时包公差人将王受、李四带入后堂，又命家将拿名帖去请冯太尉。

这家丁一直来到冯府，投递名柬，传说："我家大爷在府，立候太尉去商议一宗大事。即请起驾，勿延为妙。"冯拯一见家丁传进此柬，并传述包公之言，便吃了一惊，说："这包拯素不与人交接，如今邀我何事？"不好推却，只得吩咐家丁，备了大轿，带了数十名家将，拥护而来。冯太尉一路思量，猜摸不出什么情由，不觉到了南衙。

早有家丁通报，包爷命大开中门，迎接至大堂相见。礼毕，家丁献茶，冯太尉开言，呼声："包大人，何事见召？幸蒙见教。"包爷见问，冷笑一声，说："太尉，只因令婿孙振在边廷寄有家书来，这寄书之人，今日到下官衙门来叩首，告说太尉私通外国，行为不轨。因此奉请前来，判明此事。"说罢将书拿出，递与冯拯。冯拯闻言，大惊失色。原来此话乃包公试探他的。当时冯拯连忙接书一看，封皮上写着："此书谨呈冯太尉府中，与岳父亲拆。其中乃机密大事，不可与别人观看。"太尉看罢，暗暗吃惊，抱怨女婿。包公见他惊骇，拿着书只管沉吟不语，便呼声："太尉，因何手拿着书信，闷闷无言？你女婿在边廷外通了外国，与太尉一党勾连，已有出首之人。今日事已败露，明早我与你上朝面圣，任凭圣上主意如何？"太尉闻言，呼声："包大人，下官的小婿，镇守边关，蒙天子的洪恩，焉敢行此灭门之事！就是下官身受皇恩，怎肯与婿勾连。这事一定是仇家诬赖，假造此书，来陷害我翁婿的。望包大人详察如何。"包爷说："下官也是疑心不定，故请太尉前来，一同拆此书，两家观看，便知真假了。"太尉闻言，低头一想说："这黑子好不厉害，丝毫作不得人情。若不拆开同看，定然不允；倘拆开，内里真有私通谋反之言，怎推卸得脱？也罢，不若如此如此，方始可以保全性命。"主意一定，只得将此书展开，一同观看。上写着：

书奉太尉岳丈大人尊前。向日，小婿叔父被诛，仇为狄青；祖父身亡，冤由狄广。三世渊冤，深如冤海。岳丈不述尽知。小婿屡思图报，奈彼势大封王，实成妄想。今被番女施法移营，被困高山，料已危急，兹差刘、张二将，回朝取救。到关却被小婿用酒灌醉，囚禁南牢。今上本奏他按兵不动，将降南蛮，刘、张二人私自回朝，现已被获，恳求岳丈将本上达天颜，鼎力夹攻，除却狄青，得雪三世冤仇，则存亡感德汪洋矣。难逢机会，伏乞留神。密书投达。并候佳音。

包公看罢，大怒："原来太尉竟与令婿勾连，陷害忠臣，要误国家大事。"太尉此时吓得面如土色，说："包大人，休得胡疑。下官翁婿，实无此事。必然冤家憎恶，故设此毒计暗害。"包爷冷笑说："现今人赃两获，太尉你还强辩。明早在驾下，便见明白。"太尉听了，将密书本章收入袖中，说："既然大人要面圣，老夫明早在朝房伺候罢。"吩咐家丁打轿伺候。正要起身，包公怒道："老冯，你想拿书回去，明日在天子驾前胡涂抵赖么？我包拯只有头可断，奸不可留，慢说你是太尉权臣，我要作对，就是王亲国戚，且不容情。"即吩咐关了府门，不许放走了误国奸臣。家丁即把府门关上几重。太尉见此光景，料想不能挽回，必要天子驾前奏知，不如将此事推卸在孙振身上，我自身洗清，再作商议。只得放下笑脸，呼声："大人，不必动怒，孙振这奴才，虽然我的女婿，做此不忠之事，我岂肯依他！明日面见天子，差人前去扭解回京。"言罢，在袖中取出书来，交还包公，便说："包大人，将此书作个凭据，明早上本，你我出头。"包公接回，说："太尉，虽然如此，你还未必全信。今已将令婿的家人带至了，须要审个明白，方知不是仇家陷害的。"吩咐："传三班衙役，排堂伺候。"一言未了，杨文广又到。包公一见，呼："杨将军来得正好，你与太尉一同到大堂上审问这孙家人，免得明日面见天子，两下含糊抵赖。"文广说："我也不明何事，但奉陪二位大人罢。"太尉无奈，只得随行到大堂。

一声云板响，包公升堂，府门大开，三班衙役侍立，像活阎王殿一般。又命带出孙家人两个。那王受、李四一见，胆战心惊，跪下说："襄阳李四、王受，叩见大人。"

包爷喝声："胆大的奴才，焉敢私传密书，陷害忠良？快把实情供上，免受重刑。"二人呼声："大人在上，小的奉命所差，不是自主。内里原由，小人如何得知？求大人参详。"包爷大怒："你是奉命所差，不知情由。孙总兵将刘、张二人用酒灌醉，收在囚牢，你难道亦不知？"吩咐头号夹棍来。左右一声答应，正要动手，二人忙呼："大人息怒听禀。小人一日听得来了刘、张二将军，称说狄王爷困在高山上，差二人上汴京讨救。是晚，孙老爷与他吃酒。次日，听说拿下南牢，说是临阵私逃之犯。即时打发小人，寄书与太尉。岂知到此冲犯着杨将军的马道，被拿下，搜出密书，送到大人公堂之上。此非我二人私事，望乞大人开恩。"包爷听了，即命书吏，将二人口供录明已毕，吩咐将他二人押下监禁了，听旨发落。此时包爷离位，呼声："太尉与杨将军，且暂各回府，明早上朝相会如何？"二人允诺，相辞去了。太尉回到府中，一夜思量此事，推在孙振身上，就可抵赖了。

次日，五鼓上朝，早有文武在朝房等候。不一会，天子临朝，文武山呼已毕，只见包爷俯伏。天子传旨："平身赐坐。"包爷谢恩坐下。仁宗天子说："包卿有何本章奏与寡人？"包爷离坐，奏说："襄阳城孙总兵，差人上本，事关重大，老臣不敢隐讳，有本求陛下亲自观看。"将本呈上。仁宗接本看罢，大怒说："谁知狄青往边关按兵不动，妄差人奏捷，虚耗军粮，纵众三军奸淫妇女，居民受害，将已叛降。张忠、刘庆临阵私回到襄阳关，幸亏得孙总兵拿获，不知作何究竟。如此欺君误国之臣，若不早除，终为后患。"包公闻言，又呼："陛下，这本章不足为奇，还有一书，更见相反之奇。"说罢，又将书呈上。仁宗看罢大惊，说："包卿，孙振本上说狄青按兵不动，将投降敌人，因何这书又说被困高山，女将施法，特差二将回朝取救，孙振要报仇，用酒灌醉二人，已收禁了，托冯卿转奏？朕好生不明，卿且奏来。"包公就将杨文广拿到孙家人审问的口供呈上。天子一看，大怒说："此贼胆敢欺君作弊，暗害忠良！若无杨卿拿住，包卿查究，险些屈害忠良，误了军国大事。"传旨立拿冯老贼，再差人到襄阳拿孙振全家，一同治罪。

旨下，即有校尉武士将冯太尉去了衣冠，冯拯大呼冤屈。仁宗天子大骂："老奸贼，你翁婿勾连，蒙君作弊，罪重如山，该灭满门，还敢在朕面前叫屈么！"冯拯大呼："陛下开恩，暂息雷霆之怒，容臣细奏，死也甘心。"天子闻言，传旨放他转来跪下，奏说："臣婿孙振，素日为官不仁，心怀狠毒，老臣几番劝训，不但不听，反因谏成仇，至今音信不通。谁料他今又心怀不善，差人上本，暗寄私书。未及臣门，即被杨将军拿了，累及老臣，皆由此贼。老臣深居阁府，深沐皇恩，焉敢欺君误国，今日我主盛怒之下，岂不屈了老臣么？臣一死何足惜，只是冤枉无伸，遗臭万年。"说毕，痛哭不已。仁宗乃仁慈之主，听他言词恳切，向包公道："朕想他未必知情，一时犹恐屈错于他？不如待拿到孙振，审问明白，然后正罪。"即传旨暂发天牢。太尉还要强辩，唯恐包爷在驾前想出不好计策，反性命不保，不如暂到天牢，差人通知孙振，投了南蛮。无人对证，可保性命。后事待下回分解。

第十一回 闻被困议将解围 忆离情专心训子

忧国忧民是帝王，盐梅辅弼赖忠良。
调和鼎鼐赓飏治，君圣臣贤化万民。

却言武士将冯太尉押往天牢而去。仁宗又说："包卿，今狄青困在高山，不知差何人领兵解围才好？"包公奏道："南人困我师于高山，所依的是妖法邪术。依臣主见，除非是无佞府杨家的人马，方能解此重围。二者，襄阳孙振不用差兵部前往拿捉，有张忠、刘庆被他囚禁，降旨即调二人扭解这孙振回朝对证。不然，迟缓时日，恐这逆贼生变了。"天子说："卿言不差，今命卿到无佞府宣调杨家能将领兵便了。"

包公领旨，辞驾往无佞府来。一到杨家，命人通报。佘太君闻知，与杨文广接旨。包爷到了中堂，将圣旨宣读，诏曰：

奉天承运，大宋皇帝诏曰：自朕为君，四海颇盛，全赖文忠武勇，以安天下。曩日，宋太祖恩赐天波无佞府第，可见卿门忠勇。兹南蛮反叛，御弟狄青领兵征剿，已被困于高山。朝中虽有武将，然精于法力者，唯尔杨家。舍尔杨家众将，孰能敢当此任？旨意到日，望太君挑选奇能者，统领三军，以解边关之围。危急甚于燃眉，莫虚朕意。凯旋之日，自当重赏。钦此。

包爷宣罢，佘太君与杨文广叩头谢恩。站起请过圣旨，包爷开言，说："太君，圣上要你们选能将一员，领兵解厄，立此一段功劳。"太君闻言，呼声："大人，老身家中，自从丈夫老令公辞世，八子为国相继而亡，至今孤儿寡妇，止剩杨文广，大人尽知，哪里还有能将英雄？恳求大人转奏当今，免误了国家大事才好。"包爷说："老太君，圣上不是必要你们领兵，皆因敌人女将法力高强，满朝文武无精于法术者，故圣上特谕旨尊府，挑一员上将，破除邪术，包管成功。为国分劳，太君何必推却。你家数位夫人，个个精于法术，圣上所知，教下官如何复旨？"太君说："包大人，非是老身推却，只因我杨家，自从别山后，归投大宋，辅太祖立下血战之功，岂知后来父子被奸臣所害，相同归世。提起令人下泪伤心。想来忠义之士，受此恶报，如何不心灰意冷。如今南蛮反叛，狄王亲遭困，倘不依旨领兵，断乎不能。既如此，大人暂且请回，明朝老身上朝面奏圣闻，我家便叫媳妇带领文广孙儿领兵便了。"包公大喜，即辞别太君，文广送出府门去了。按下慢表。

再说狄千岁家中，公主娘娘二子，一名狄龙，一名狄虎。弟兄二人，乃一胎双生，身体相貌一般无二，年方十六岁，天上左辅右弼临凡。弟兄二人生得仪容俊美，骨格清奇，日在书房，勤习诗书，闲操武艺。公主用意教导二子操练，兵马纯熟，刀枪精通，不用多表。

这公主娘娘自从丈夫提兵征南一别，光阴一载。前者兵犯太阴，果然兵动于南。终朝挂念，唯望早日得胜班师。但月犯太阴，出师必不利于主帅，究不知如何，吉凶未卜，想来不觉潸然泪下。又有狄龙、狄虎弟兄进宫房，向母请安。公主一见，说："我儿，为娘倒也很安。但你兄弟二人，好在书房习学诗书，闲时操演弓马，休要生疏了，犹恐你父得胜回朝归家，就要考校的。"弟兄二人说："为儿谨记母命。"起来要出宫房，抬头看见母亲眼中含着珠泪，二人一齐跪下，说："母亲为何不乐起来？"公主见问，便说："我儿，为娘思念你父起兵征南，至今将已一载，音信不闻，未知胜败，未卜吉凶。为娘日日担忧，倘有疏失，如何是好？故此伤心。"二人闻言，说："母亲，我父王奉旨提兵，此乃借天子洪福，定是旗开得胜。母亲何须过虑？"公主娘娘听了，说："我儿，你二人但知其一，不知其二。你父与娘，上年一夕在兴西楼设宴，有南方大星直犯太阴南角，有刀兵之患，出师不利于主帅。今日你父提兵去了，是以为娘过于思虑。"二人同说："母亲，古云：'吉人自有天相。'吾父王今日提兵为征南主帅，大宋天子乃有道之君，借圣上福庇，自然逢凶化吉，转祸成祥。请母亲放心。前两月，打发家人狄成上汴京探听父王消息，也该回来。"母子三人正说之间，只见庭前来了老家人狄成，往汴京回来，说有要言禀娘娘。公主听罢，吩咐叫他快来禀达。不一会，狄成进来跪下，呼声："娘娘，小人叩见。前时奉命到汴京，打听数日，一桩天大事，好不怕人！只因我家千岁兵到南方，连战连捷，得胜后，被一员女将用邪法，连人带马，将大营移困在高山上去了。差张忠、刘庆二将回朝取救，路经襄阳，却被总兵孙振用酒灌醉，毁了求救本章，拿囚了二位将军入南牢。反说他临阵私回，我家千岁按兵不动，日费斗金，纵兵害民，将降南蛮，与密书托冯太尉传本。幸得杨文广捉拿孙振。又闻挑选杨家将士，出兵解围。故小人不分星夜，赶回来报知娘娘、世子。"

母子三人听了，吓得魂不附体。公主骂声："奸贼，我夫困于高山之中，二将爬山越岭回来取救，你倒欺心要报私仇，不顾十余万人生命，耽误军机！幸得上天怜念，泄漏奸谋。如今圣上虽然调遣杨家将前去解围，算来已有两月多，只不知千岁生死存亡。"说罢，放声而哭，珠泪纷纷。二子见母痛哭，忙呼："娘亲，父王被困边廷，但粮草丰足，如今不过两月余；今包公究出奸由，父王无罪，母亲不必伤怀。孩儿明日上京，面见天子，合同杨文广一齐兴师前去解围，父王无害了。拿了孙振，方消我恨！"公主闻言怒道："你二人满口胡言！乳臭孩儿，又未经阵伍，如何出敌交锋？你父乃英雄名将，行伍之中身经百战，今日尚然遭困，未卜存亡。何况你弟兄初习武艺的孩童!”二子闻言不乐,呼声:“母亲,孩儿虽然年少,有些感念之恩。为子尽孝,为臣尽忠。岂有父困在边廷遭难,子在家中坐视,可谓孝乎?况儿年轻弱冠,文可略达,武已超能,岂有坐享家中,不去救父之理?”公主闻二子之言,心中着急起来,说:“儿啊,非是为娘拦阻你救父。但你弟兄从小不曾远离膝下,况千里程途,远征南地,为娘好不心忧!今圣上已降旨杨家将帅提调兵马,此去定然救出你父。只须差家将回京打听此事如何,方为正理。”此是公主无可奈何之说。劝阻二子,乃父母爱子之心,将夫妻情分丢在一边,反说宽心来劝弟兄二人,恐他当真要去随征之意耳。二人又呼:“母亲,父王困于山峡之中,至今两月余,未知生死,母反说此宽泛之言,乃为孩儿年少,前去打仗冲锋,唯恐有失。这也望母亲放心。‘有志不论年轻,无志空长百岁’,昔日周瑜年方十八岁,他就执掌大权,退曹兵百万于赤壁;甘罗十二之年,为相于秦;近唐之罗通,年少十四,挂帅平定北夷,英名冠世;唐末史达年交十五,大破王彦章于鸡宝山。英雄出于少年,历观少年幼将,多少建立奇勋,与国家出力,孩儿虽不及古之人,但君父之难,孩子断不坐视安享,而为天地间之罪人也。”说罢,不住地叩头哀告。公主见二子参透其中意见,暗暗心头喜悦,喜他敏慧志高。但二子自小娇生惯养,犹如掌上明珠,又再无三弟四兄,如今要远去驰马抡刀,沙场险阻,倘有疏虞,悔之不及。想来二子智慧明白,难以言语恐吓于他。罢了!不若如此,可能吓退二人的。遂喝道:“好两个逆子!我养育你一场,做尽多少劳心事,才得你兄弟长大成人,尽些孝道。岂知你年已十六,就不依母命,再三劝谕,还是执拗。可怜我数载劬劳,已成乌有,但命该如此,忤逆之儿。”说罢,悲泣不已。弟兄二人一见,惊慌起来,呼声:“母亲,孩儿焉敢逆母之命,不过是出于无奈。既是母亲不欲孩儿前往,就罢了。何须动怒?”公主闻言,止泪说:“我儿,非是为娘懊恼。只因你弟兄不遵训诲,是以伤心起来。”说罢,弟兄起身,又说:“今孩儿不去,也罢。但于心放不下,要到汴梁,一来打听实信,二来相谢包公,亦见厚情。未知母亲意下如何?”公主听了,沉吟一会,说:“既然如此,差老家人狄成随你二人前去罢。”当时又唤狄成来,公主开言说:“如今,两个小主要到汴梁,一来探听实信,二来拜谢包公。你须小心服侍,务要早回,免我心中怀念。”狄成说:“娘娘放心,小人自然小心服侍,速催早回。”

是日已晚,母子三人用过晚膳,各自安歇。次日早晨,弟兄二人起来,梳洗已毕,进宫内拜辞母亲。公主叮嘱一番,不用多述,无非速去速回,涉水登山须要小心。弟兄二人又应允,与狄成出了王府,上马登程。

不知他弟兄到了汴梁之后,再得如何,看下回分解。

第十二回 到汴梁兄弟同志 当金殿太君陈兵

忠臣孝子两双全，救父兴师立大功。
年少英雄谁可及，平蛮指日位封隆。

却说狄龙、狄虎兄弟二人带了老家人狄成，随后出了王府，一程向汴京而去。狄龙在马上一路行来，向狄虎说："贤弟，如今父王困在高山中，未知生死，到今将已三个月，还未动救兵。父王在山受困，圣上虽已点调人马，但不知何日兴兵，母亲又不许我弟兄同去随征。我心甚觉不安。"狄虎说："哥哥，我想到了京中，见景生情。先拜探过包公，相求他保我二人前去平蛮救父。圣旨准了，一定金殿封官，奉旨征南。命狄成先回家报知母亲，有了旨命，他也拦阻不住了。你我速到边廷，奋勇当先，救出父王，忠孝岂不两全的！"狄龙说："言之有理。此去见包公，定然诉说心肠，他必应允。"一路之上，你言我语。

这狄成一一听得明白，吃惊不小，慌忙称说："二位公子，你说随征去，岂不害了小人。主母娘娘，临行再三嘱咐二位公子，早去速回。你说上京相谢包公，到了京时，又求包公荐与随征。倘若朝廷准了本，教小人回归怎生上复主母娘娘？倘二位公子要去，须要回府说明白了，若是娘娘从你去的，免得小人受责，说我不谏阻你们。公子意下如何？"这二位公子闻言大怒，骂声："大胆奴才，敢来擅自拦阻！我何难把你这牛筋打断。专将主母来欺压于我。如今不用你同往，快回去罢。"狄成大惊，忙呼："公子不必动怒，老奴就是浑身是胆，也不敢拦阻二位公子。因主母临行，吩咐多少言词于老奴：'一到汴京，叩谢了包爷，不可耽搁，须早去早回。'将二位公子交与小人。你今反往边关去，岂不是违背母亲之命，乃为不孝；又叫小人难复主母之命。是以难怪小人拦阻。"弟兄二人听了，一齐住马，说："胆大的奴才，你敢说我二人违背母命，身为不孝。这样言词也说出来，我兄弟不打杀了你这狗才，誓不为人。"狄虎生来秉性刚强，上前便将马鞭照头打去。不知他手重力强，脑后打破流出血来，打得这老人家哀哀叫喊，说："公子息怒，饶了小人罢。"狄虎不听他讨饶，又要打，狄龙阻住说："贤弟不必与他生气，将他赶回家去，不要他跟随便了。"狄虎住鞭,大喝:“奴才,快些回去,我兄弟不用你跟随。”狄成说:“公子,这也使不得。若是回去,倘主母一怒,只怕性命就难保了。不如跟随公子才好。”狄龙开言说:“你不肯回去,只忧主母生气,若要跟随我们,以后不许你多言管事。再要违背,定然打死。”狄成说:“小人下回不敢多言了。”兄弟方才催马扬鞭而去。

数十天水陆,一日,到了汴京城。进酸枣门,过了十数条大街,有狄家旧宅子,王府里面还有家人看守。弟兄二人进内,到了书房,狄成把行李搬运收好,早有家人捧水与公子洗浴。浴毕;狄成打开衣箱,与公子更换了,又有家人摆上夜膳。弟兄二人用过,不觉天色已晚。弟兄商量,灯下修本一道,明日见包公,进朝上本不表。

狄成在途中脑袋被狄虎打破,用绿绢扎包了,有守王府的家人,一名陈青,一名何进,一见说:“老管家,因何用绢包头?莫非骑马不牢,跌下打破的么?”狄成说:“列位弟兄,迟了些慢慢说你们知之。”

是夜,公子睡了,有何进打了一壶酒,摆上肴馔,邀了狄成到灶所,一同坐下,三人吃酒。陈青说:“老管家,你一路跟随公子到来,关山跋涉,劳苦不堪。缘何头上着了伤?”狄成见问,就将前事一一说知。陈青、何进二人说:“原来如此。老管家受了一番屈气,须看老主人之面。况二人年少,无分好歹。据云劝他休违母命,这话也不是伤犯于他,为何就将管家头打破?”狄成说:“我也如此想,又不是强词冲撞于他,下此毒手。但我有一事:烦二兄与我写个禀帖,明日打发人送回家去,禀知主母娘娘,方止得他随征势头。我亦安心回去。”何进说:“是要的。”陈青说:“此见不差,待我去叫管帐李先生写个禀帖,明日差人赶回山西便了。”三人吃酒一会,又说老主人待下之恩,安慰狄成一番,不用烦言。次日五更,陈青、何进与李二取了禀帖,命人带了盘费干粮,赶回山西不表。

再说杨府佘太君,一日五更黎明,穿了冠带,拿了龙头拐杖,坐上銮车,出了府门,到了朝天门外候旨。一到景阳钟一撞,龙凤鼓重鸣,文武各官,纷纷进朝。有包公执笏,步履金阶,奏道:“陛下,今有故臣杨业之妻佘氏,要上殿谒见天颜,现于午门外候旨。”天子闻奏,传旨宣太君进见。佘太君闻召,手执龙头拐杖,到了金阶俯伏。天子一见,命侍臣扶起赐坐。佘太君谢恩坐下,仁宗开言说:“老太君今日亲身上殿,不知有何本奏?昨日寡人差包卿到你府中,劳太君选法力高者领兵挂帅解围,不知老太君挑选那一个人前往?”佘太君奏道:“臣妾昨天也曾接旨,但臣妾家中,并无可任的良将。有臣之媳妇们,近多衰老,难以当大任,望乞我主另调选良材领兵,庶不致有误国家大事。”仁宗天子道:“只因南蛮女将善用妖术,将狄御弟困于高山。朝中将士虽有,但多年老力衰,只剩下些世袭少年,故朕特调你杨家精于法力者提兵。如若太君推却,无人可用,就以杨文广为帅便了。”佘太君奏道:“臣妾孙儿,年方十余,如何执掌得兵权?军机重任,非同小可,还求我主参详。”仁宗说:“文广虽然年轻,智勇双全,心灵性敏,实乃国家之栋梁。待寡人诏回三关昔日杨延昭手下小英雄,相助军机,必无不克。”太君一想,推却不得了,即奏道:“臣妾孙儿文广虽然年少，尚谙武略，不是粗蠢之徒。即三关众小英雄俱乃将门之后。但一众俱是年少之人，倘内有争权心，各不相让，必然自生矛盾，岂不误了军机。不如命臣媳王怀女执掌中军，带领众英雄前往。不知我主龙意如何？”天子闻奏大悦，传旨众臣：“哪个愿往三关调众小英雄回朝？”言之未了，有枢密使范仲淹步下金阶，口呼：“陛下，老臣愿往。”天子一见，说：“卿乃官居台辅，燮理阴阳，与朕宣治之臣，怎好远离劳顿？待朕别派他人罢。”范爷呼声：“陛下，臣之荣列三公，躬膺厚禄，俱托圣上洪福。事君致身，臣子之职，何辞些小跋涉之劳！不须圣虑，乞吾主准奏。”天子龙心大悦：“足见贤卿忠君爱国之心。”说罢，即书圣旨与范爷。范仲淹接旨谢恩。天子又呼：“太君说王怀女前为征西元帅，今朕再加封征南元帅，赐以宫袍玉带、千两黄金，回朝另加封赏。文广为征南副元帅，赐赠蟒袍玉带、黄金五百两。”佘太君叩首谢恩而回。次日，杨文广与王怀女进朝，谢了天子龙恩，出朝挑选兵马，只等三关众将到来发兵。按下不表。

先说狄龙、狄虎，是日一路来到包府，令家丁通报。只见包爷家人传命出府：“请二位往书房相见，我家老爷在此伺候。”二位公子一同与步，到了书房，见包爷一同下礼，呼声：“包大人，家父遭困边廷，被奸臣计害，幸蒙老大人与杨将军破彼奸谋，救了父亲。小侄奉家母之命，特来叩谢大人。”包公说：“老夫哪里敢当。此乃国家公事，非为私情，何劳二位公子相谢。”连忙挽起，说：“请坐罢。”弟兄行礼坐下。二弟兄又呼：“大人，家父屡被奸臣计害，多劳相救，感德无涯。但今父困于边廷，为子焉能放心。今我兄弟实欲恳求大人与小侄上本，自愿从征救父，未知大人意下如何？”包公听了，说：“二位贤侄，有此武艺，正当施展之日，一来救解父亲之危，二者与国家出力，此乃忠孝两全美事，老夫何不成人之美？明日与你上本便了。”弟兄二人称谢，登时告别。包公送至外堂，因他人长辈朝臣，弟兄二人力请他回驾。

次日，包公上朝，将他兄弟之本呈上御览。天子一看，龙心大悦，即封狄龙、狄虎为行军指挥之职。二人随征，有功回朝，厚加官爵。旨意一下，弟兄入朝谢恩。又往参见过正副二元帅，然后进南清宫谒见太后娘娘、路花王千岁。兄弟请了安，自然另有一番言语相叙。是日，在宫留宴不必细表。

次日，狄龙兄弟因圣上准了本，封他指挥之职，是夜写下家书一封，交狄成明日赶回山西太原府，去回家报知母亲，免他在家悬望。这狄成老家人，因前日在途中被他兄弟打过，所以不敢多言，凭他所为。今日一接家书，即别了公子，星夜赶回山西去了。是时，兄弟只等三关众将到来，即与元帅起身。

不知究竟何日发兵，且看下回分解。

第十三回 平西妃杨府托儿 范枢密三关调将

杨家嘱咐两娇儿，爱子情深不忍离。
善体亲心难尽报，昊天罔极见深恩。

却说狄成领了二位公子的书信，只因心中太急，意欲早日回归，报知公主娘娘，好禁二位公子不去随征提兵，故日夜不惜辛劳地赶路，也是他一心为主的忠诚处。

先说狄府家人李四，领了禀帖，非止一日，到了王府。将禀帖传进，公主厚赏他而去。拆开禀帖一看，吃了一惊，叫声："不好！这两个小冤家，一时又改变心肠，违背了嘱咐之言，求包公上本随征。狄成劝谏，反被打伤。倘若皇上准了本章，这两个嫩骨头去冲锋对阵，如有差池，怎生是好！"想来想去，心乱如麻，说："罢了！丈夫困于高山未知生死，如今两个儿子又要同征，岂非是念丈夫，又是忆子！正是心悬两地，令我愁烦。"不想过了两天，丫环报进："狄成回来，有话报知娘娘。"公主闻言，即命传进。狄成跪下，说："小人奉了娘娘之命，随二位公子到京，拜谢包公。谁知他弟兄改变心肠，反求恳包大人荐本。皇上准奏，封二位公子为指挥之职，随营效用。今着老奴顺带家书回来。"说罢，将书呈上。丫环接了，公主闻言观看，长叹一声，说："果然圣上准了本，二人封行军指挥，不日即要起程。这两个小冤家去了，教我如何放得下心？罢了！不若明日亲上汴京，面见天子，领兵亲到边庭。一来带了两个孩儿，免得心悬两地，二来救了丈夫之危。岂不为美！"又呼："狄成，你可知杨府大兵几时动身？"狄成说："天子已准了佘太君之奏，王怀女为总兵元戎，只等候众小将三关到来，方才发兵。大约还有一月余。"公主听了喜悦，说："今圣上差王怀女为总兵领元帅，我想这位夫人，有鬼神莫测之机，百战百胜之勇，此去一定成功。二子托他照管，彼与妾家有姊妹通家之谊。明日到京，当面言明嘱咐，便不用哀家亲领兵了。"说罢，叫狄成："你赶路劳苦，快去安歇。"狄成叩谢去了。公主娘娘又吩咐宫娥，打点预备行装。是夜修表到京。

次日，公主起来，梳洗已毕，带了八个宫娥侍女，家将五十名，一路速催行程，向河南汴梁而去。忽一日到了汴梁，来到旧宅府门，早有家人飞报入内。狄龙、狄虎闻得母亲到来，吃了一惊。狄虎说道："不好了！母亲一定为着我们上本随征，不依他吩咐之言，必然恼我，是以星夜赶来拦阻我弟兄。如何是好？"狄龙说声："贤弟不必着忙。事到其间，说了也是枉然，且去迎接母亲便了。"说完，弟兄即出仪门外。公主方才走下了大轿，弟兄一齐迎接，一见，口称："母亲，孩儿们迎接。"公主娘娘见了二子，也不回言，往内去了。弟兄二人已知母亲不悦，只得跟着入内。

公主娘娘坐下，弟兄请安已毕，公主看看弟兄，带怒骂声："小逆畜！你在家中起程之日，怎生吩咐于你？岂知你二人不听教训，倒来反托包公上本随征，反自违逆母言，好生大胆，犹与母作对一般。老人家狄成，好言劝你，何必将他妄打，是何道理？彼乃临行受我重托，不得不言的。"兄弟二人听了跪下说："娘呵，父亲边庭遭困，现有儿子两个，正在血气方刚之际，况我弟兄学全武艺，岂肯坐视父亡，不去救解之理？今日违背母亲，实出万不得已，母亲不欲孩儿前往，乃是爱子心，未详大节。今我弟兄二人违背了母命。负罪非轻，任凭母亲如何责罚。"公主听了二子一番驳论，句句言词合理，及说到"身获重罪，任凭责罚"之言，就动起爱子之心，不觉反心酸起来，呼声："小冤家，既前去救父，须依娘三件要事，为娘方得放心。"弟兄说："母亲慈命，为儿焉敢不遵？请娘吩咐。"公主娘娘说："我儿此去边关，首记小心仔细为本，军令森严，须防有犯；与敌人冲锋，如若得胜，穷寇勿追，还防回马兵器，不可私劫贼营，私自开兵；惜手下兵丁，勿生暴虐之心，倘遇急难之时，他必舍命为援。此乃行军保命之大略也。领兵元帅王夫人，彼与我们有通家之谊，今娘将你弟兄面托于他，无有不照管之理。你二人须要听他之言。你兄弟万不可违背了娘亲嘱之言。"二人连声应诺。公主又唤他起来，同往杨府。

弟兄二人当日随娘摆驾，望着杨府而来。早有家丁传报进去，佘太君忙令大开中门迎接。有王怀女、杜金娥、穆桂英同杨公主、马赛英、耿金花、董月娥、杨金花、梅七姐、杨秋菊、它龙女、八姐、九妹等，前来迎接公主，连佘太君也来到银安殿。公主娘娘一见，叹声："妾有何德，敢劳太君与列位夫人远迎！"佘太君笑道："平西王后，非是别人，乃国家诰命，况有通家密谊，老身与媳妇们焉敢不出来迎接？"当下一同上中堂，见礼毕坐下。佘太君说："自从娘娘奉旨回乡至今数载，睽违两地。今日回朝光临，莫非为着狄王亲遭困，知我媳领兵，有言见教否？"公主说道："一来敬请老太君金安，二来有事奉托与王夫人。丈夫已被困了，但二子又要随征救父，妾再三劝训，只是不依，私自托包大人荐本，随行南征。因他二人年少，娇生惯养，未涉风霜，是以放心不下。今闻王氏夫人奉旨领兵，但这两个小冤家，全仗夫人指教，临深陷险，伏乞扶持。妾心感恩不尽矣。"佘太君闻言一笑："二位公子年方十五六，就有孝心救父。吾媳自然照管，公主何必忧虑。"王氏接口，叫声："公主娘娘，我杨、狄两家，一交亲谊，你二位公子即妾之侄儿一般，何分彼此？况我孙儿文广，一般年少，就是三关调回众将，都是年少之人。二位公子，乃将门之种，他焉有坐守家中，不去随征之理？公主且请放心，所有阵内，就是历险临深，妾自留心指点。"公主闻言称谢。佘太君早已命人摆上酒宴,公主不好却意推辞,分宾主坐下。外堂二位公子,进内谢了太君与众夫人,然后与杨文广三人一同坐下。堂中内外,一片歌乐之音,袅袅不绝。

慢表母子在杨门宴乐,说到枢密使范仲淹,领了圣旨,一路上饥餐渴饮,历尽风霜,涉水登山数十天,方至三关。三关乃六使杨延昭的老营。杨延昭殁后,真宗天子命杨宗保镇守,北夷屡犯,皆被杨宗保杀败。后来西辽犯界,杨元帅击敌,被辽将薛德礼化血金钟所伤。杨宗保殁后,杨文广年幼未能受职,前时,狄元帅镇守数年。征西收录得二位英雄,一名肖天凤,一名苗显,二人随同狄元帅征西,立下战功。班师回朝之日,天子命他二人镇守此关,俱为总兵之职,代了狄元帅之劳。又有杨延昭帐下后代小英雄,同守此关。一名岳纲,乃岳胜之子;一名高明,乃高怀德之后;杨唐,杨青之后。焦廷贵,焦赞之后;孟定国,孟良之后;但二人已随征了。

三关五员小将,皆是武艺超群。是日闻报范爷到来,大开正门,众英雄出关迎接。排开香案,接了圣旨,五位英雄请范爷坐下,要行众见之礼。范爷说道:"众位小将军,这是老夫不敢当的。你们俱是一殿之臣,何必行此大礼。众将军此去立功,即王侯之位可至,请坐罢。"众小将军见范爷如此谦让,俱各大悦。是晚,吩咐设宴伺候,与范大夫洗尘。众位英雄请他上坐,各人然后依次坐下。肖天凤手执金杯,呼声:"大人,薄酒不堪恭敬,聊且请饮数杯。亵渎之罪,乞祈宽宥。"范爷说:"各位将军,哪里话来。老夫深领厚情,铭于五内。军情紧急,甚于燃眉,明早众位即可登程回朝了。"众人说:"大人吩咐,小将当遵。"范爷大悦,与英雄开怀吃酒,言谈一番。更交二鼓,用过晚膳,收去残宴。是夜,范大人就在帅堂安歇一宵。

次日,五位英雄请安毕,肖天凤、岳纲、高明、杨唐四将,一同起程,单剩苗显总守三关。此四人一起与范大人出关,苗总兵送至关外数里,范大人请他数次,方才住马,拜别范爷,相辞肖、岳、高、杨四位英雄,殷勤而别。

不知众将何日回到汴梁兴兵,且看下回分解。

第十四回 王夫人奉旨兴师 孙总兵背君投敌

杨门女将有雄名，救解重围领大兵。
背主总兵投敌国，忠奸异路各分明。

却说范仲淹与三关众将，涉水登山，赶趱路途，数十天到了汴京。范爷进朝，奏知天子。仁宗宣众位英雄进殿，四人即拜见天子，一同俯伏金阶。天子一见大悦，降旨加封肖天凤为正先锋，岳纲为副先锋，高明、杨唐为左右翼威武将军。众英雄谢过天子洪恩，出朝，一同来到天波无佞府，参见过正副元帅。是时，王元帅见众将俱已齐集，即挑选了五万精兵，三关众将调来五万，共成十万。择了吉期，大帅带领众将，拜辞天子。是日，公主娘娘唤至二子，亲自叮咛一番，然后辞别令婆太君与众夫人小姐，又往南清宫拜别狄后娘娘，回归山西而去。按下不表。

当日，王元帅动身，三声炮响，大兵起程。十万人马，一干众将，浩浩荡荡，向南进发，日夜行程，一路催赶。有二位先锋岳纲、肖天凤带领一万人马为前队，逢山开路，遇水搭桥，一连走了十余天，过了荆州，将到襄阳城。王元帅忽然想起刘庆、张忠爬山取救，被孙振所擒，收下南牢，前日圣上已差官去捉拿孙振回朝，并放出二将随征。想圣旨行程，未必有行军赶路之速，不若命人先到襄阳，放了二将同征，免他回朝跋涉，二将又早些心安，路途且又惯熟，有何不可？即唤副先锋岳纲、行军都统制高明二将，领令一支，速往襄阳而去，限期三天要到，违令者斩首。二将得令，带了健卒五十名，不分日夜行程，这且不表。

先说孙振，自从刘庆、张忠二人困禁入牢，毁了求救本章，差了心腹家人上汴梁，约岳丈行事，他日日听候回音，岂知一去两个多月，并不见家人回来。正在十分纳闷，忽一天只见家人报说："外面有一人，口称从汴京而来，乃冯太尉家人，说有机密事要见老爷。"孙振闻言，不见自己家人回来，反是岳丈差人有话，心下猜疑，不觉着忙，令他进来。不一会，只见家丁带了一人，一见即下跪叩头。孙振说："起来，你家老爷有何机密事见我？"那人说："小人奉了冯太师之命，日夜赶路到来，有书一封，上呈君看。求老爷照书行事，即速可为，不然钦差一到，老爷悔之晚矣。"孙振听了，意乱心麻，即拆书一看，吓得魂不附体，说："不好了！我只望报前仇，岂知反害了自己，还先已累及岳丈。如何是好？可恨杨文广这小贼，并及这包黑子，如此厉害，岳丈已被禁天牢。若非他有书通知，本官险些落于虎口。如今若不投南蛮，再无别处可存身了，定然要依岳丈来书，投了南蛮，保了家口，前去逃脱此难。事不宜迟，我也不回书了，拜上你家老爷，说本官照书行事，倘脱逃外出，必设计救岳丈脱牢笼。"冯家人领命，即时叩别去了。

孙振吩咐家丁："即速备马应用。"急进内房中，对妻子说知，打点金宝细物之类，正要上马，忽想起一事，说："我仇未报，反害得有家难保，有国难投。如今现囚着刘庆、张忠二人，不若杀了他，带着他首级去南蛮王处献功，一见自然收录，以雪心头之恨。"想罢，吩咐家丁推着车辆，往城外伺候。即忙升帐，传刀斧手提刘庆、张忠，捆绑在辕门斩首，正在押出二将，只见府门外来了数十个军兵，飞跑擅入帅府，呼喝而来，犹如凶神恶煞。孙振吓得面如土色，暗说："不好了！朝廷差人来拿我的。"即连忙离了位，往后而走，随后出城。早见人备了马匹，犹如得了珍宝一般，连忙跨上，离了城厢，一程跑出西城，赶上家口保护，飞奔而去。

先说这数十个闯入帅府的人，乃是岳纲、高明带领五十名军兵，奉了元帅之命，前来调取刘庆、张忠，同去随征。只因二位小将军限期三天，要紧回复军令，二人年少英雄，性子急，奔到帅府，不着人通知，直闯进大堂。孙振心虚，只道朝廷来拿他，吓得魂不附体，那里还敢杀害别人，只往后城外逃走。岳纲二人来得快速，不然迟些，刘庆、张忠二人，头已落下。此二人未曾被害，乃天子福庇，不该失此二员忠勇之将。岳纲、高明一进了帅堂，唤声："你等快唤孙振出来，有紧要语与他说。"这些衙役等，早见孙振已命他提出张、刘二人，所以刀斧手俱在帅堂伺候。此时孙振往后西门逃出，众人尚然不知，只道老爷退进后堂去。众衙役便说："二位老爷是哪里来的，有甚公事？请说明白，好进去回话。"岳纲、高明喝道："胡说！我们军情紧急，哪有长篇话说。快快唤出你们狗官出来，问他有多大的官儿，误了我军情事。"众衙役见二人口出大言，必是有些来历，不敢言论，连忙进内，只见后堂悄悄肃静，并无一人。楼外房中寻了一回，不独老爷不见，连夫人侍女俱无。差人只得出来，向二人说："老爷方才进内，此刻不知往何处去了。"二人闻言怒道："胡说！你本官出门，难道你们不知？"正说间，只见辕门口远远捆绑着二人，有四个刽子手守着在此，忙问道："这是何人？"差人回说："这是狄元帅手下二将刘庆、张忠。只因临阵私逃到此，被我家老爷拿住，今日奉令开刀。"岳纲、高明听了，嗟叹一声，大骂："狠心孙贼，我们来迟一刻，二人性命休矣。"忙令兵丁解了绳索。这些刀斧手、衙役，见二位相貌凶恶，口出大言，又见本官逃去，不知为着何故，谁敢拦阻？正是蛇无头而不行，鸟无翅而难飞，众人竟一个个走尽了。

当时，张忠、刘庆在辕门得放了绑，一程来至大堂，欲寻孙振厮闹。一见了岳纲、高明二人，方知他们来搭救的，但不知其详。二人见问，一一说明。刘、张二人大喜，叩谢道："不是二位早来一刻，已被奸臣所害。我亦不待钦差到来拿他，且扭锁这奸臣回朝，亲自杀剐，方消此恨。"岳纲说："二位将军不必了。早间众衙役说他已逃去。但朝廷钦差，不日就到，焉能逃脱？况我二人奉令来取二位，同去随征，因你路途惯熟。如若二位朝中一去，往返二十多天。行军救困，急于燃眉，如何是好？不如我们不理这奸贼，待钦差去拿这奸贼，我等同去，快快催兵，解了狄千岁之危，有何不可。"二人应允。

一路不分昼夜赶回，一同下马，进来见了元帅。岳纲、高明将前事一一禀明。王元帅与杨将军、众将且惊且喜，背后骂奸臣恶毒，若待朝廷钦差到来，拿这奸臣，放二位将军，已是不及，定然被害了。刘庆、张忠二人说："若非元帅差人搭救，我二人必作刀头之鬼。今得全性命，皆赖元帅之力，与岳、高二位小将军行程之速，恩同再造。"谈一会，不觉天色已晚，元帅吩咐摆下酒宴，与二位将军压惊。是晚排酒筵，元帅与众位小英雄，各依官职次序而坐，一同尽管吃酒，至更深方散。

到了次日，王元帅问张忠、刘庆二人路程如何阻险，狄元帅如何被困，二将说："元帅，我们一到边关，乃于蒙云关安营，此关高耸，十分坚固，雄兵猛将，不足为多。头一阵小将出马，已杀败了南将，伤兵千余。第二阵张贤弟出敌，斩他大将先锋，也伤了他兵千五百余。我兵非不精，将非不勇。但此关主将，姓段名洪，有女名唤红玉，神通广大，法力高强。第三次讨战，元帅不许人出敌，欲挂免战牌。小将心头不服，恃勇开兵，被他妖术擒拿回关，用邪符迷了真性，反奔宋营讨战。若非元帅细心查察，小将一命难存。后来移营至高山，也是女将法力。此关贱婢，甚是厉害。"王元帅听了，点头说："南蛮乃乌合之众，叛逆之徒，也有女将如此之能，倘能得女将投顺，何愁不指日成功。"说完，吩咐拔寨登程。

一路催兵，兼程而进，已有月余，进至南蛮之地。初入广南，一路俱有武将把守关隘。地土还属大宋。王元帅是日正在催兵进发，忽有探子报道："我军慢进。"未知探子所报何事，且听下回分解。

第十五回 杨文广奉命探山 段红玉施法取胜

英雄小将到边关，解救重围破敌蛮。
为国为亲诚两尽，他朝奏绩凯歌还。

话说大宋师一路行程，催促进发，忽有探子报道："前面有兵一支，打着大宋旗号，不知哪方兵马。请令定夺。"元帅闻报，吩咐暂驻征兵。三军驻足，看其哪一方救兵。驻师一会，果见前面旗幡招展，打着云南总兵旗号。

原来这支兵马，乃云南总兵陈沔、余靖二人。前时，狄元帅初进兵，已知会他同征。只因南蛮王早已败了昆仑关，邕州尽下。至此，狄元帅吩咐陈、余二位总兵把守住广南，待他大兵征进，方才无后顾之忧。此乃狄元帅行军慎重之处。至此二人奉命，紧守广南一府。前时屡屡差人打听，只闻元帅大胜，正副二位总兵大悦，是以安心把守广南。待等狄元帅大兵攻破他数关，复进交趾，破他巢穴，便见成功，然后移兵复回昆仑关，拿获南蛮王，早日班师。后数月，探听元帅，不独不闻胜败，连营盘人马不知去向。至此，二人心实是惊慌，是以尽与人马三万，亲往蒙云关，看元帅下落。

此时两军相遇，陈沔、余靖二总兵，见了正副元帅、众位将军，各各说明起兵之由，合兵一处。二总兵闻元帅困在高山，算来已有五月，甚为惊骇。

大兵又是行程半月，已至蒙云关。离城五十里，元帅吩咐择地安营。二位元帅升帐，众将列于两旁，王元帅说："哪位将军往探其山穴，然后进兵？"有狄龙、狄虎应声："愿往。"王元帅说："二位贤侄虽然英勇，但初至边庭，路途不熟，待本帅另点别人罢。"狄龙正要开言，这杨文广愿与他弟兄同往，元帅许之。有刘庆、张忠亦愿随副元帅与狄龙、狄虎二侄前往。王元帅见是刘庆、张忠二人，大喜："二位将军同去甚善，只因你路途已熟。须要小心。"众将应诺，领兵三千而去。王怀女仍放心不下，又差岳纲、高明带兵一千，分进峡山，接应副元帅，不得有误。二人领兵而去，慢表。

又说南蛮探子，报进府堂，大宋救兵已到原由。段洪闻报，对女儿说："今大宋已有救兵到来，扎营关外。杨家将领兵，也是有名的，我儿倒要小心。”小姐说：“父亲放心。他纵然本事高强，自有女儿抵敌。他既先差人到山凹，纵使杀散守山的兵，狄青还隔高山万丈，焉得知之？除非生翅能飞。他兵既至，待女儿先挫他锐气，教他救兵不敢藐视我们。”段洪说：“但凭我女儿主意，须要小心。”小姐应诺，即时上马提刀，领兵一千，出关而去。

再说杨文广与四将带了三千兵，一路来到两峡山凹，虽有南兵把守，不过数百名。杨文广喝令：“杀奔上前。”众南兵见宋兵大队杀进，早惊吓得四散，不剩一人。刘庆、张忠细观这个山凹，唬了一惊，说：“不好了！我们前时回朝取救，山凹上下，俱是崖地，今水势奔腾，汪洋上下。不如杀散守山兵将，席云回山，报知元帅，但无船筏可渡众人，也是枉然。”只是长吁短叹。杨文广听了，默默无言，二位公子仰天惨切，呼声：“上天！我父王困于山涧之中，未知生死，今救兵到来，又遇水灌山凹，不能上去，必然凶多吉少了。”哀哀痛哭。刘庆、张忠见他弟兄二人痛哭，心头不忍，不觉虎目圆睁，忍不住流泪，呼声：“元帅，今日看来，果然难以搭救你了。”兄弟二人，倍加凄惨，恰似平西王当真死了一般的痛哭。弟兄悲痛之际，狄龙将手中长枪抛于地下，跳下马来说：“不能救父，焉能苟全性命。不如跳下山凹涧中，与父同死罢。”说未完，狄虎也跳下马，一同走前数步。杨文广看来不对，连忙下马拦阻，说：“不要走。”早已左手挽住狄龙，右手挽住狄虎。张忠、刘庆亦忙来拦住弟兄，大呼：“二位贤侄，今你父虽然遭困，今日王元帅奉旨解危，回营商议，自然有个主意，可使你父脱离此难的。二位贤侄何须性急？”杨文广也来劝他回营。狄龙、狄虎见三人力劝他回营，带泪含悲说：“列位相劝，乃一场诚心。只是古云：‘君有难为臣死节，父有难子岂独生。’乞三位放手，全我兄弟之念罢。”说完大哭。三人此时十分着急。杨文广说：“二位贤弟，我且问你。你言君父有难，应臣子死节，但今你父困在山中，手下现有兵将十五六万，不过是没有出路，目下不能即脱此难。我今回营，见了元帅商量，自有计策解救你父。倘你一时气忿，跳下涧凹中死了，岂不枉送了性命？且身负不孝之名，有何益处？你父实乃未死，你们如此执迷，岂不作他当真死了，不孝孰大于此。即使你父果死，还有母亲在，何至一刻轻生？贤弟，你们二人可想，愚兄之言是否？”当时，狄龙、狄虎听了杨文广之言，忽然醒悟，忙向三人深深打躬：“蒙兄金玉良言，敢不如命。”说完，众人上马。

忽见那前面来了一支南兵，排开队伍，拦阻去路。杨文广一见，吩咐列开阵势以待。队伍中来了一位女将，刘庆对杨文广说：“这位女将便是会用邪术的段红玉。他今来拦阻我们，倒要小心。”杨将军听了，催马上前，大喝：“贱丫头，通下名来。”段小姐一见来了一员小将，十分威武，想来早间探马报道，“杨家女将王怀女领兵”，如今看这位小将打扮模样，又有四人保护，极似个领兵主帅一般，遂大喝：“来将何名？”杨元帅说：“小丫头，你听真了：吾乃山后寨、威振石关、金刀杨令公之曾孙，三关元帅杨延昭之孙，杨宗保之子。本帅乃副元帅杨文广。若知我的大名，早早下马，献关投降，放出天兵将士，共拿叛逆，不失封侯禄位。如若仍然执迷不悟，难免玉石俱焚。”段小姐闻言大怒，指着杨将军，喝声：“你这年少匹夫！我且问你通名，就说出瞒天大话，许多妄言。看刀。”言未了，双刀挥来。杨文广金枪急架相迎。一连战了二十余合，段红玉看看抵敌不住：“不好了！这小贼本事厉害，再战，恐怕性命不保，不如用法擒他便了。”杨文广喝道：“小丫头，交锋未有十合之勇，便来阻截我师。本帅来取你命。”正要催马追赶，一想起不好赶他，但他用邪法，我且勒马看他怎样，再作道理。登时停马不追。段红玉见杨文广一时住马不赶，暗骂一声：“好一个伶俐小贼！知我有法术伤他，是以勒马不追。罢了，虽然你乖巧，如若单单容你回去，不独便宜了你，也不知我法力高低。”即口念真言，一向北方用剑一指，霎时间飞沙走石，日色无光。其砂尘竟向宋军队里打来，宋兵顿时大乱，队伍不整，四下奔逃。小姐喝令一千兵杀上，宋军大败。小姐正在催马喝兵追杀宋兵，又见两峡山一队军马，打着大宋旗号，十分严整，方才不敢穷追，收军回关而去。

且言宋兵见飞沙走石住了，见后没有追兵，方聚于一处。当时岳纲、杨唐见了副元帅，说：“奉王元帅之令，唯恐有失，特差我二人来接应。”杨文广五人，清点人马，折去七八百。即时回营，进了帐中，将探山战败，一一说知。王元帅说：“胜败初次，何足挂怀。败此一阵，乃本帅之过也。明日待本帅临阵，拼个高低便了。”

有狄龙、狄虎上前，口称：“元帅，我父困在高山之中，未知生死，望祈元帅早定良谋，救出我父，恩如山海，自当犬马效劳。”王元帅说：“贤侄，你休得性急。这小丫头用法移营于南山，时值三更春，水灌发在山凹。昨刘将军所说，秋冬时，山凹干涸，俱是旱地，止容一人一马，山凹下有兵丁把守，上面虽有英雄好汉，数十万雄兵，不能得下。为今之计，必然众兵往山伐木为渡，杀散把守山兵，刘将军席云上山，报知狄元帅，一渡可下。且必然瞒不过这贱婢。本帅明日出阵，看他山势如何，与这丫头斗法。待元帅众人一同渡下，就可脱离此难了。但是性急不来的。明日，本帅亲自出阵，一者看其山势，在何方可乘木筏，二者看他这蒙云关，如何险阻。然后众军上山伐木，十天方能作用。二位贤侄性急不得的。”兄弟闻言，打拱称谢。

但不知来日交锋，何人胜败，如何救出狄元帅众人下山，且看下回分解。

第十六回 沙场地阵困英雄 锋镝中思婚小将

年少英雄肯让谁，沙场对垒勇为先。
阵中被困缘谋寡，方信六韬三略奇。

再说次日王元帅带领一万军马，众将杀奔至蒙云关下，投寨讨战。只闻一声炮响，关门大开，段小姐一马冲出，三军随后。王元帅一看，这女将果然生得姿容绝世，美貌娉婷，细看：

皓齿莹眸柳叶眉，神如秋水玉为肌。
恰如仙女临凡界，秀色可餐足解饥。

王怀女看罢此员女将，暗暗赞道："这丫头果然有沉鱼落雁之容。"杨文广见了，说："待我出马，好报昨天折兵之仇。"元帅吩咐小心，杨文广应允，一马飞出，大喝："贱婢，休得逞强，本帅来也。"段小姐一看，笑道："杨文广，你这小畜生。昨日容你败去，今日还敢临阵当先。"杨文广怒道："本帅昨天误中你妖术，今日特来斩你，休想要活命。"提起金枪便刺，段红玉双刀急架相迎。男女二人，战不上三十合，段红玉实是招架不住，只得跑马退了数步，口念真言。忽一阵狂风大作，半空中落下许多豺狼虎豹，向宋营阵中扑来，吓得宋营兵将惊慌逃走。王元帅看见，急拔宝剑一指，口中念动真言。只闻半空中雷声霹雳一响，这些兽物纷纷化成纸剪的，落于地下。段红玉一见大惊，不知何人破法。又见杨文广持枪刺来，小姐双刀架住，想下一个主意，便呼："杨文广，我闻你杨家大小男女俱称无敌，我看来不过仗着血气之勇，演习得几路枪刀之法耳。我今与你斗阵，摆个小小阵式，你若打破，我便献关投顺；若打不破，你的性命难逃，枉你杨家名望。"杨将军冷笑说："丫头，你小小女子，有何本领？由你摆什么阵图，只须我一人一骑，就来破了你的。"段小姐见他答应打阵，暗暗欣悦，便呼："杨文广，且待片时，看看摆来。"言罢，往本营而去。杨文广勒马观看，只见布兵一千，东南西北旗幡动摇，不一刻摆成一阵。杨文广笑声："丫头，我只道你摆什么奇难惊人之阵，原来如此平常也。"说未了，只见段红玉到来，呼："杨文广，你会打这阵图么？"杨文广说："本帅只道你摆得什么奇难怪异之阵，岂知乃一字长蛇阵也。这十座古阵，本帅自十一二岁时已熟悉了，何必再来卖弄！”小姐冷笑说：“杨文广，你夸此大言，我摆的虽乃长蛇阵，你敢来打的，方算你是英雄。”文广喝道：“丫头，不必多言，看本帅来打破你的。”说罢，飞马冲入阵头。

王怀女一见杨文广冲入阵中，吃了一惊，说：“不好了！侄孙此去，必中那丫头之计。”众将忙问：“元帅，据末将看来，段红玉摆来这一字长蛇阵，只得用兵一千，副元帅向阵头冲入，只打乱蛇头，此阵即破。元帅何须着急？”元帅说：“列位将军有所不知，他摆的虽是一字长蛇阵，容易攻破，只防这丫头用起妖法，孙儿受他牢笼了。”岳纲与肖天风说：“元帅，既然如此，待末将前去接应。”王元帅说：“如此，肖将军打阵尾，岳将军打阵腹。倘阵一破，不可恋战，追赶这丫头。”二将领令，拍马向前。

先说文广冲入阵中，勇不可当。段红玉见杨文广闯进阵中央。暗暗欣悦，呼声：“小贼，中计了。”连忙念咒一回，仗剑一指，只见阵中天昏地黑，难辨东西。这杨文广正冲杀进阵中，忽然一时黑暗，伸手不见五指，耳边只闻喊杀如雷，犹如千军万马之声。心中慌乱，喊声：“不好！中了贱婢之计，此番性命休矣。”此时肖天风、岳纲二人，也冲进阵中，只见乌天黑地，不见人形，只认得声音，三人只得勒马，聚于一处。停住慢表。

且言王怀女看见三人进阵中，不一刻，见阵内起了一朵云，将长蛇阵罩住，大惊，说：“不好了，必然这丫头用些妖法，三人中了他计。”正要抽身，又见阵内跑出一支人马，乃段红玉用撒豆成兵之术。当时他又来喊战，恼了狄龙公子，怒道：“可恶贱婢，我来也，不斩你下马，誓不回兵。”提枪飞马而出。

段红玉看见来了一员小将，甚是齐整：

金冠雉尾两边分，粉脸朱唇体貌新。
直竖秀眉多耀采，横排美目有奇神。
征衣合衬黄金甲，章袋联装白羽�。
摆弄银枪风雅样，哪吒相似下凡尘。

当下段红玉看见狄龙，恰似潘安再世，恍如卫玠重生，暗暗想来：“好一个风流小将，美貌郎君。倘若我得配匹了此人，一准风流一世。但今两为仇敌，岂非妄想妄思的！”思忖一会，自道：“我好不知羞耻！我乃一闺中幼女，难道终不知礼节的。婚姻大事，当由父母之命，媒妁之言，如何一见这美貌少年，就胡思妄想？况与为敌国，一面未交，不知姓名，何不向他问声。”便喝道：“那位宋将，休得逞强，我段小姐在此。快与我通上名来。”狄龙早见，已饱看这段红玉一会，但见他生的果然绝色无双，恰似昭君再世，又如月里嫦娥。三寸金莲，令人可爱，手拿双刀娇声滴滴。狄龙看罢，想来：“此女生得美貌如花，古言昭君之美，至今所传，比之这红玉，不知又何如也？只但我中国目睹，未有一人及他之美。这样嫩躯弱质，想彼与人对敌冲锋，不过仗着邪法利害伤人。困我父王人马于高山，至今未知生死，若不拿得这丫头，焉能救得我父？”想罢，催马上前，喝声：“段红玉，你问我的姓名，须要洗耳恭听。我乃大宋朝世代簪缨之臣，我父平西王，我乃应袭大世子狄龙也。我父身居王位，奉旨征南，误中你妖术，困于山涧之中。至此目今本公子领兵前来救父，特来先拿你这小贱婢，雪了此恨，再来剿灭你们。如若知事者，急急下马投降，倘然执迷，尚敢抗拒天兵，一同灭尽，悔之晚矣。”

段红玉一闻他是狄青之子，怪不得生来如此之美，即开言呼声：“狄公子，你是青春少年，家中有几位令夫人？”狄龙见他忽然问起此言，不觉十分稀奇，便呼声：“贱丫头，我与你两军对敌，因何动问家中事情？”提起枪喝道：“我与你非亲非故，既不愿投降，休说闲言，看枪。”说着，对面刺来。小姐双刀架住，叫声：“小将军，休得发怒，待奴奉告一言，未知公子意下如何？”狄龙说：“你有何言语，快快说来。”段红玉满面笑容，道：“奴家久仰公子令尊大人，如雷贯耳，乃大宋朝一条擎天玉柱，保守江山、社稷倚重之臣。前者一时错了主意，冒犯虎威，困他于高山，至今劳动了公子众人前来，奴家多多有罪。今我实告一衷肠之言，望祈公子猜测。若然猜得出，救父何难？我且回关，劝父投降你们一同南征。奴之心事，尽在于此。公子你乃聪慧之人，定然猜透奴家心中之事。”当下狄龙闻段红玉之言，想道：“丫头，我猜你的心头事，倘若猜透，救出我父，且回关劝父归降。这话十分奇了！莫非此女如此柔和光景，思量与我订良缘？”欲知心内事，尽在不言。

当时段红玉看见狄龙不做声，便呼声：“公子，在你堂堂一表，只道你聪明过人，岂知你如此懵懂。莫非你明知其故，哄着奴家不言么？”狄龙诈作不知其意，喝声：“贱奴，不必多言，看枪。”段红玉用刀架住，便呼声：“蠢冤家，奴这一段衷肠心腹之事，你何故推开，只作不知？你本是一个王侯公子，知书达理，岂有这样事情不知之理！自古有话言得好：‘月老做定姻缘簿，千里合婚天配成，系足红丝偕到老。’”段小姐一时说出婚姻二字、配合数言，不觉脸上泛出桃红，一时实为羞愧。当下狄龙闻他说出此言，想道：“丫头既有心与我配合，不该亲自明言，实乃不知羞愧之女。罢了，待我诈作不知其意，耍他一耍，看这贱婢如何回答于我。”便呼声：“小姐，我狄龙生来愚蠢，不知你有什么衷肠心事，何不明言？不必这样半吞半吐，既肯投降，即速献关，救出我父王，任凭你有什么天大事情，我无有不依的。快快明讲罢。”

此时小姐如何答话，姻缘曾订结否，且看下回分解。

第十七回 段小姐明言心事 狄公子假订姻缘

天定良缘不可强，赤绳系足是前生。
虽然假定终身事，月老神祇已察明。

当时段红玉听了狄龙之言，暗骂一声："小冤家，你分明知我为着姻缘之事，你故意推作不知，教我说明。我乃未出闺门的少女，这话如何叫人说得出口？"想了一刻，说道："这小畜生，倒也老辣，心中明白，反难我明言。若不说明，他假作不知，岂不将此段良缘当面错过了？罢了，我也忍羞，不如与他当面言明便了。"唤声："公子，奴实乃未出闺门的少女，今年十六。幼年十岁间，在后花园玩耍，偶遇终南山云中子仙师，传授与我兵书仙术，件件法力俱全。前时我主进了反表于中国，天子振怒，差你令尊提兵南征。初到我关，几场得胜，后来奴家施法，困在高山中。今虽受困，幸而他军中有粮。若要令尊脱离此难，有何难处？只要公子依我一事：除非你我订了良缘，两下许成佳偶。"公子闻言一笑道："好个无耻贱丫头！自古婚姻须待父母之命，须凭媒妁之言，哪里有男女亲自对言婚姻之理？你实不知羞耻，而败人伦。我堂堂一个男子，生长天朝，岂肯配你偏方化外不知廉耻之女？如若久后人知你我于阵上自订为婚，岂不羞惭的么？我劝你休要胡思妄想，收拾此念罢。"

狄龙几句言词，说得段红玉恼羞成怒，说："狄龙，你这不识好歹的蠢东西，焉敢出口伤人！你说是个堂堂的男子，生长天朝，不肯配匹我蛮方之女，只怕你今后求救兵时，踏破铁鞋无觅处。我虽乃生于南方，父为伪官，但南方一角九溪十八洞俱已闻名他是英雄豪杰之人。我虽年方十六，女子之工，何所不晓；诗文刺绣，何所不精；兼能隐遁变化，腾云妙术，善于六壬神课。你国纵有雄兵猛将，哪里使我挂怀？就是奴的容貌，虽不敢称为尽美，也不是败陋之姿。我虽一少弱之女，法术精通，文武双全，你敢大胆狂言，藐视我么！早知你如此轻薄奴家，错于口吐真情。今日不斩你头，怎雪我胸中忿怒！"拍马抡刀，照头砍下。狄公子长枪急架挑开。二人冲杀了二十余合，两边战鼓如雷。有王怀女在旗门下看见狄龙与段红玉杀得难解难分，说："这二人果乃将门之子女。"当时小将狄龙想道："我称将门之子，武艺传家，难道反不如一个油头粉面之少女？今日不胜他，誓不为人。"即抖擞精神，长枪一紧，上下飞腾快刺，杀得段小姐有招架之功，无还兵之力，口中发喘，遍体生津。段红玉说："这小冤家的枪法厉害，真乃少年英雄。怪不得他眼横四海，旁若无人。少年出众，人物轩昂，超群儒雅，观他是福禄齐全。我段红玉若得匹配这员小将，就死瞑目。此非我私心淫行，但是终身大事，百年会聚，必求相当，岂可草草为伍耶！"正想之间，狄龙枪已飞至面前，小姐一惊，拍马而走。狄龙催开坐骑赶去。

段红玉回头看见狄龙赶来，便取出一宝贝，名落魂幡。正要插起，又恐他惊受不起，伤了他的性命。虽然还有解救，但爱惜这员小将心切，不忍他受苦楚："但恨他不肯依从我，还来多言羞辱，奴家何不取红线绒索，擒他下马！"即念动真言，只见一道毫光，飞起仙索。小姐呼声："狄龙，看我的法宝来取你。"公子听他"法宝"二字，忙将马勒住，但见半空中毫光闪闪：

红光透起日无明，飞舞空中乐军情。

不啻天罗兼地网，纷纷滚滚到天灵。

当下狄龙不知这件是何东西，吓了一惊，说："不好了！果然这丫头以妖术弄人。想这件东西落下来，只怕性命难保了。"连忙拍马而逃。段小姐冷笑说："你思逃脱，休想的。"手往上一指，只闻一声响亮，红光忽落，狄龙身上忽被捆绑住，跌于马下。小姐催马上前，手举双刀，喝声："狄龙，我来取你的性命。"狄龙此时料不能逃脱，说声："罢了，再不想我狄龙，今日死在阴人之手。"说罢，闭目待死。段小姐喝声："狄龙，你今被捆绑，我刀一下，就身首分开。你只管打算来：若允婚事，我就饶你，如一句不字，枉送你性命。"狄龙想道："这无耻贱人，痴心妄想，要我许婚。我若允了，久后人知，岂不耻笑于我？宁可死在他手中，此事断乎不可依他。"又想："身已被擒，若一言不允，他刀一下，我死在目前。我也不打紧，但父亲困在高山中，未曾救出，母亲尚在，我若死了，好不凄惨。不若我诈哄了贱人，放起我来，谅他的武艺不是我的对手，此时出其不意，刺死于他，岂不为美！"想罢，呼声："小姐，我一时愚昧，不依从于你，今已悔过，伏望涵容。我今允你婚姻之事，快些放我起来，待小将回营告知元帅，才是正理。"小姐闻言大悦，呼声："狄公子，你此话真的么？"狄龙说："小姐，我并不虚言的。"小姐说："既然如此，奴安肯得罪？放你起来。"口中念念有词，登时仙索解下。

狄龙翻身上马，提起银枪，瞪起目看看段红玉，大骂："无耻贱婢，你依仗邪法拿我，好不羞耻！要强逼为婚，我狄龙本是个顶天立地奇男子，焉肯匹配你化外之人？"说罢，提起长枪便刺。段小姐怒道："好负心小贼！"双刀架住，战不上几合，又照前索他下马。段小姐提起双刀，不过是恐骇于他，哪里当真舍得斩下？勒住马，喝道："好失信的冤家！你既不肯允婚姻之事，当面食言，我也不擒你。但你不该假言谎说哄我，辱骂于我。本该即时杀你，但今若果真心允我婚姻之好，奴即回关劝父归你，然后放出你父亲。你意下如何？倘若允肯，快快说来，待奴打发你的去路。"

狄龙此番思来想去:“这婢奴三番两次不忍伤害,不过欲订结婚姻。何不哄骗了他,解了目下父王之困,岂不胜于自设机谋,又要上山伐木,许多辛劳。今他许我放回父王,不用吹毛之力,有何不妙?倘若见了父王之面,反说未允也由我。”主意想罢,唤声:“小姐,我今当真许了此事,成就了百年之好,你就要收兵回去,救出我父王,献关投降。万不可失了信的。”段小姐呼声:“小冤家,说了半日话,你难道不闻知么?”狄龙冷笑说:“小姐如此,何难依你。倘救出我父,乃我的恩人,献关投降,乃弃暗投明,同为一殿之臣,与我就好成为夫妇。如今再不失信哄你的。”小姐听了,呼声:“公子,你的言词,实难真信的。若是真心,可对苍天发了一誓。”狄公子闻言,踌躇一会,便说:“岂有此理!我男子汉一言既出,难道反悔的么?”小姐说:“公子,你早间已骗我一次,焉可再骗二次?倘反复起来,一时之怒,伤害于你,奴心何忍。若不对天盟了誓来,谅你又有反复的。”公子一听,暗暗骂声:“好厉害的贱人,迫我誓言,方信为真。我如今既不过瞒他,可将不痛不痒誓言哄骗于他。”即呼声:“小姐,既要凭信,我就对天盟誓:倘我狄龙反悔失信,辜负了小姐之约,自身遭兵难。”

此时狄龙公子对天发誓,只道无心乱说之言,岂知成了忏偈,日后却也应验了。他后来要抛弃段小姐,困于敌阵之中,险些伤了性命,幸亏得小姐前来搭救,方能保全性命。验盟却也奇的。

当下小姐见他发了誓言,心花大开,呼声:“公子,愿你改祸成祥,永无灾殃。”说罢,口中念念真言,收回仙索。狄龙起来。段红玉唤声:“公子,今领兵回去,等到晚间,将狄千岁众人放回,待你父子聚会了,三日后,劝父归降。你道如何?”公子称是,又想:“这丫头果然投降的。且先哄了他,收了长蛇阵,救出杨元帅三人,再作道理。”便呼:“小姐,如今话已说完,你何不回去收了此阵?”段小姐说:“公子之言有理。你且慢些回营,待奴先收兵回去,准三日后来投降。”说完,上马加鞭去了。狄龙公子方才上马提枪,垂头丧气而回,便一路思想这段红玉的痴心,觉得好笑:“若非仇敌,他生得如此美貌,为我之妻,不是辱没的。”

又说王元帅见狄龙去赶段红玉,不见回来,心头挂念。正在差人前去探听,见狄公子远远回来,心头放下。想起:“实为奇了,段红玉法力多端,狄公子因何逃奔而回?”想未完,狄公子已到,即开言呼声:“公子,你追赶段红玉,胜负如何?”狄公子见问,反觉得羞惭起来,遂将阵上之事,一一说明原由。王元帅听了,不胜大悦,说道:“既然段小姐一心归降我朝,与公子结为姻好,真乃一双美满夫妻,亦由当今天子洪福。这员女将法力高强,若得他为助,南方何愁不平。等狄元帅明日脱了此难,老身自然与令尊细细说明,成全你二人的美事。想来万里程途的姻缘也。”狄公子闻言,满面发红,说:“元帅,此事休得再提起了。我狄龙既以英雄自许,岂肯屈于丫头之下。今日不过权词暂哄于他,即日救出我父,强如自己劳师动将,设施谋计。我父倘脱离此山,与他拼个死活。纵然身亡,亦无所恨的,断然不要这贱婢为妻。”

不知王元帅如何答话,且看下回,再行分解。

第十八回 段小姐谎言哄母 云中子真偈规徒

一心订就好姻缘，谎哄双亲结凤鸾。
下降祖师好赠柬，他年破敌理方连。

却说王怀女当下闻狄龙一番负约失信之言，便说："公子，你言差矣。你既英雄自许，一言既出，驷马难追。此乃婚姻大事，岂能轻于出口，对天盟誓，难道天神地祇皆不灵应的么？我不与你相论，待等狄千岁身离虎穴，段小姐前来投降，老身必然执柯的。"

再说杨文广、肖天凤、岳纲等，在阵中只因暗如黑夜，不敢放马。守候多时，忽然光亮，其阵纷纷自解。三人不知其缘故，不敢追杀这些南兵，一同拍马向宋军队伍中而回来，到王元帅跟前，各言困于阵中黑暗之由。王元帅说："此段红玉用法掩了阵中光明，今幸狄龙同红玉自缔婚姻，收军回去，汝等得出。"传令三军回营慢表。

且说段红玉收了阵兵，领一千兵回去，一路思量婚姻之事，不觉进得关来。想起十分难言，只忧父母不允，不若先探父亲之言，随机应变，此事方妥。当时来到滴水檐前下了马，拜见父亲缴令。段洪一见道："女儿今日出阵，胜败如何？"段小姐说："今日与王怀女斗法，他果然厉害，手下战将甚多，皆是骁勇之汉。女儿对敌一场，未得其利，是以收兵回来。"段洪说："胜败乃军家常事，今日虽然未胜，明日为父尽令城中众将，与他见个雌雄。退了大宋人马，为父方得安心，与你定个良缘，乃公事私事两毕。"段小姐闻言，默然不语，别过父亲，往后堂而去，见过母亲。

夫人正在后堂，一见女儿进来，忙问道："女儿，你连日军务事情十分劳苦，今日开兵，胜负如何？"段红玉见母亲问他，谎说："女儿今日出兵，遇了杨家女将王怀女。他的法术精奇，女儿的法术施去，总不灵验，不知何故。"夫人听了说："我儿，你平日说过，倘遇疑难之事，可以请得师父到来。今女儿何不焚香，请师父前来，细问其中缘故。"此时段小姐忽然醒悟过来，心中暗喜："何不如此，将计就计说出，看母亲如何。"此时小姐将眼一揉，双眼流泪，口中嗟叹。夫人一见大惊，说："女儿因何忽然伤心起来？快说知为娘。"小姐见夫人追问得紧切，不但不说，反大哭起来。夫人越觉心慌，连忙近前扯住女儿玉腕，与他拭泪，说："女儿，你有甚事情,不必如此,快说与娘知。"小姐呼:"母亲呵,只因提起了师父仙师来,为儿心中不觉凄惨,以至悲伤。"夫人说:"女儿,为娘提起你师父来,因何就触起你心事?到底是何原由?"段小姐说道:"此事,论理,孩儿不能说出口,事到其间,无可奈何,只得禀明罢,当日我师父传授女儿的法术时,临别之日,吩咐女儿:有某年某月,大宋兴师前来,领兵主帅,乃王怀女。他的武艺高强,法力精通。他提兵至此,立刻就好前去投降。况南天王我主,乃一叛逆之流,终为狄青所灭,我们拒敌,就算逆天行事,传我法术,自然不灵验的。果然,今日交兵,法宝不灵验了。若不早降,举家还有性命之忧,倘降了大宋,世代身受国恩。还有一言,不好出孩儿之口,但母亲要我说明,女儿也顾不得羞惭了。仙师说女儿的姻缘,该是宋营中狄龙,若违背了师言,就有天大的祸。再三叮咛而去,女儿谨记在心。直至今日早上交兵,果有狄龙其人出阵,与女儿战了二十合。他的武艺高强,女儿非他对手,指望施法得胜,奈王怀女更高于女儿,只得收兵回城。方才母亲说起师父,倘女儿欲待不言,诚恐有不测,说出来,实是羞惭。"

当下夫人听了,吓得目瞪口呆,叫声:"女儿呵,幸得你对我说明此事,若竟含羞不说,险些耽误了此事。娘且请你父进来,与他商议。"忙唤了丫环传请。不一时段洪进来,坐下,说声:"夫人有何事?"夫人见问,就将女儿的话一一述知。段洪闻言,默默不语,想了一会,唤声:"夫人,我想此语,甚是荒唐了。况且终南山云中子仙师,怎肯忽离仙界,来管此俗间之事?我段洪虽生蛮地,身受皇恩,岂肯低头受降?夫人休信女儿之言。"段红玉初时假这虚言谎哄双亲,满以为可遂他心愿,岂知今日父亲不准信,心内暗惊,粉面通红,暗说:"不好了!这事休矣。如何是好?且看如何答话。"原来这夫人乃是妇人之见,把女儿之言认定为真,今听得丈夫不信其事,心中暗怕,呼声:"老爷,我想云中子仙师,乃道德深高,能知过去未来之事。既是预留下此言,老爷何不准信的?只忧逆天背理,大祸临身,悔之晚矣。"段洪闻言,喝声:"妇人家听信谗言,随口乱道,陷我行此不义之事。我断不背主求荣的。"夫人见丈夫大怒,不言。小姐当下想:"不好了!父亲决然不信的,姻事不成了。"想一会,呼声:"爹爹,女儿焉敢在父母跟前说谎?若还不信,待女儿今夜焚香,请祷师父下凡,便知明白了。"段洪说:"我从来不信鬼神的,你说法术,乃云中子仙翁授你,我方亦信,如若你请他到来,为父亲口问明,方才准信的。"小姐满口应承,一心思量师父偏护于他。

是夜,命丫环排开香烛,深深拜祷,暗祝仙师助赞姻缘。

却说云中子仙师,正在洞中坐,忽闻一阵信香风过。屈指一算,已知其意,笑道:"徒弟呵,你虽与左辅星有姻缘之份,怎奈机缘未到。况你以法刀擒他,这小将心中不服,口虽应允,不过哄骗你的。只等候到黄花洞,狄门父子被王铁头和尚困住,该你前去相救,那时才得你姻缘会合之日。右弼星姻缘乃王兰英,二人还未曾会面。今他叩祝,要贫道助力,怎奈你姻缘未至,若然不至,又失信与你,不如前去赠他数言。”即时提笔，将柬上书了几句，吩咐道童洞中谨守，袖一柬驾云而去。不一时到了，按下云头，呼声：“贤徒，为师到了。”

小姐当晚祷告完，正在盼望之际，见仙师到来，大悦，跪伏于地。仙师唤声：“贤徒，你事为师已尽知明白，今授你柬一纸。观看柬中之言，便知你终身大事。”说完，云中子落下一柬，仍驾云而去。那段洪一生不信鬼神，见女儿焚香叩请，果然来了一位仙翁，吩咐一番，云头落下一柬，忙上前拾起。小姐叩首起来，见父亲已将柬拾起，一同观看。上有七律诗云：

千里为婚一线牵，也须待命达时权。
左辅红玉成匹配，右弼兰英也共联。
其中变幻真难测，若里机关岂预言。
询问和谐花烛夜，黄花洞口结良缘。

八句之后，又有字数行列后，上写着：“贫道言词须当谨记，倘违背师言，轻举妄动，必遭天谴。凡事随缘安分，自有一定之数，岂可强为。此八句诗，即你终身之事，尽在于此。切嘱。”

段洪看罢此柬，勃然大怒，说道：“好个狡猾头，险些被你哄弄了，误了忠臣名节。你为了婚姻大事，就要父投降大宋，陷我于不忠之地。若非仙师来指点，轻举妄动，祸不远矣。我养你这个不孝女儿，败坏家门，要你何用？”说罢，拔出宝剑，走到红玉跟前，正要动手。夫人连忙上前扯住。夫人含泪急呼：“老爷，且息怒，听我一言。想来女儿请师父到来，亲赐一柬，上面言词，隐而不发，未有显言，如何要杀他？你且说个明白。若还屈死了他，妾身与你决不干休的。”段洪说：“你言我无故杀女，你难道未曾听见仙师柬上言词？先八句，其中深奥一时难明，后面书明白分清：不许轻言妄动，凡事随缘，不可勉强而为。他早间对你之言，皆乃谎说。明是阵上遇着少年宋将，私订了婚姻，所以回来谎哄欺瞒。若不斩了这不肖之女，难雪心恨。”夫人说：“纵有此事，求老爷暂且宽容了他，妾身自有主意。”有段龙、段虎闻知，也来劝解父亲，段洪只得收回剑。小姐满面羞惭，啼哭起来。夫人说声：“老爷，我想女儿自幼端正，岂有一时改换心肠。于阵上遇了宋将，这婚姻之事，如何说得出口？况仙师柬上言词，含糊不白，细细参详出内里情由，或者女儿该配合这宋将，也未可知。”段洪说：“夫人，你要见个明白，也不难。那贱人谎你，应配这狄龙，但宋营必有其人。明教贱人出马，若将狄龙擒来，或阵前伤他，就罢了；若不然，定是难容。”夫人说：“老爷之言不差，明日教他出敌便了。”夫人劝解，段龙兄弟又劝父出园而去。夫人劝解女儿说：“你父一时气忿，错认机关，要来伤你，明日又要你出敌擒宋将。但娘心里明白，不用悲伤了。”小姐只是含泪不语。夫人吩咐丫环，将小姐回房安歇，小心服侍。

此时，小姐坐于房中羞怒，恼恨师父下了此柬，出丑一场。越思越恼，忿怒中欲寻自尽，又想在阵上与狄公子许下婚姻，又许他放回狄元帅。“我死不足惜，一来未曾放出狄元帅,二来未见公子一面,诉我被屈一场。对他说明,我死了,使他知我不是失信负心女子。"想罢,纷纷泪珠滚流。有侍女上前,再三劝解小姐。不知后事如何,且听下回分解。

第十九回 段小姐移回宋营 狄公子羞辱女将

姻缘订就小英雄,许救天朝众将戎。
施法移营真险地,狄家父子得重逢。

当下侍女几人劝解:"小姐不必伤心,我家老爷性如烈火。不过一时之气忿。古云'狼虎不食儿',老爷后来醒悟,必悔过的。小姐若然恼恨坏了玉体,老夫人受惊,小姐心也不安。生身父母,不比外人,老爷虽然错怪了小姐,还须忍耐才是。"小姐见众丫环不住劝解,方止了泪。时交三鼓,吩咐众丫环安睡去了。单剩心腹四个侍女,一同伴着小姐,来到后园待月亭上。只见得皓月当空,不禁触动愁肠,嗟叹一声。丫环已排开香烛,小姐当中下拜,披发仗剑,步斗踏罡,仰天叩祷:"过往神祇,今日奴施法移营,救回狄青,非因卖主求荣。实是因许下狄公子姻缘,方存我的信行。"禀告已毕,烧了灵符。但闻半空中一声霹雳,走石飞沙,狂风大作,月色阴阴,乌云四起。两峡高山这些山神妖怪,遵着旨,将一座大宋营,乘风连带人马吹起半空中,移回沙场地原处。小姐收回了法术,回归房中安歇。按下休提。

再说狄元帅自从打发刘庆、张忠回朝取救,已经半载,粮草将尽。十五万军兵,内中有胆小者,日夜惊惶,死者数万。元帅众人日日悬望救兵。忽一夜中旬天,月色光辉,一时间天乌月暗,狂风大作,鬼叫神惊。这些人马,吓得战战兢兢,不觉身体浮起,飘飘荡荡。黑暗中飞沙走石,不辨东西,渐渐落下平阳大地。大风止息,众将兵方才定了神,二目方得睁开。风已息了,黑雾未散,不分东西。迟一刻,黑雾一散,方才现出一轮明月。初时,众人都说:"被此大风,又不知到了哪一处。"各各称奇,不觉你言我语。许久天色光明,狄元帅传令齐正三军,各归队伍,令人探路,方知大营一座,仍归原处。得脱岩穴,心头大喜,一同叩谢苍天。元帅说:"圣上洪福,有此神力相助。"正说之间,探子回报说:"启上元帅爷,我营外隔三十里,又有一座大营。小人前去探听，原来是我朝大宋救兵。领兵主帅乃无佞府杨门王夫人，副元帅大将军杨文广，统兵十万，在蒙云关左边屯扎。请令定夺罢。"狄元帅闻报大悦，说："好了！定然刘、张二人请得救兵回来，怪不得昨夜狂风大起，将大营人马移回原处。"忙令："众将兵，快随本帅前往叩谢王元帅众人。"此时兵将大小三军，拔寨起行，随着狄元帅前去。按下不表。

再说蒙云关段洪，次早逼令女儿出马，擒拿狄龙，小姐无奈何，只得带人马来到宋营，令人讨战。有宋军飞报进营中："启上元帅爷，有段红玉在营外讨战，请狄大世子出马。"王怀女说："这段红玉昨与公子交锋，已约订婚姻，放出被困人马，为何今日又来讨战？真乃外国蛮人，反复无定。"正说间，帐前一人呼声："元帅，小将愿领兵出马，拿此贱婢。"元帅一看，乃是狄虎。王元帅说："二公子，昨天段红玉将你哥哥连擒二次，要结婚姻。你兄虽然应允，不过是诈哄于他。原许放出被困人马，今天不见放出，又来讨战，指明要你哥哥出马。本帅想来，这南蛮化外之人，反复无常。二公子休得出马，还叫你哥哥出营，问明于他为是。"有狄龙说："元帅之言有理，贤弟且慢出敌，还是愚兄会他。"狄虎说："哥哥何得拦阻于我？你昨日交兵，被他三擒三纵，辱尽祖父威名。弟今出马，定与这贱婢拼个生死，岂畏他妖法高强。"王元帅闻言，暗暗说道："真乃将门之子，果然胆量包天。"便说："公子既要出敌，须要小心，杀败了他，切记不可追赶。"狄虎应诺下帐，提了八耳九环大刀，上马领了一千精兵，三声炮响，冲出营前。

段小姐远远见宋营中一队军兵，拥出一员少年将：

头戴紫金冠，上插雉尾翎。

手提九环刀，年少有英名。

段小姐看他，只当作他是狄龙，便呼声："狄公子，休得逞强，奴家在此。"狄虎抬头一看，只见女将生得十分齐正，手提双刀，坐下一匹胭脂马。狄虎看罢，喝声："贱丫头，你莫非就是段红玉么？我今特来擒你，快放马见个高低。"小姐闻言，不解其意，呼声："公子，奴昨天与你订结婚姻，为何今日反面无情，又来与奴为仇敌？怪不得人说，中原男子反复无常。此话不为虚语也。昨日已对天盟誓，今日就忘却那前言，王魁无义，你比他倍加，只忧你后日多要犯誓的。"

原来狄虎兄弟两人，公主双生，所以一般面貌，一样身体，若无意之时，就认不出哪个是兄，哪个是弟。故公主一产之时，因他相貌声音无异，恐后来难以分辨，故将狄虎耳上带了一个金圈，以为认记。当时，段红玉昨天初见狄龙之面，今日狄虎出马，一时哪里认得出来，是以责怪他昨天盟誓，今日负约之言。当下狄虎闻言，想来哥哥与这丫头果然订了婚姻，怪不得指明要他出马，有此段缘由。他误认我作哥哥，可笑之至。原来狄龙公子，乃年少无私、真正英雄，假哄段红玉，共订姻好，实欲他放出父亲，并非真意留心于彼。岂知段红玉一心认以为真，又认错狄虎作狄龙，说了一席私订婚约。狄虎听了，暗想："哥哥好没志量，一心贪恋着他的颜色，不愿放我出马。与你同胞手足，因何不以诚心相待。罢了，待我捉了这丫头回营，看他有何面目。”正思动手，又忽想道：“既然这段红玉错认我为哥哥，不如哄引他真话说吐出来，看他有何言语。”想罢，呼声：“小姐，昨天小将与你订约之言，焉敢有负。只因今日出阵，一时错记，只道交兵，望祈恕怪。小姐今日出阵，呼唤小将，有何商议？望小姐说明内中情由，待我回营与元帅商量对父王说。你我早晚共成亲事，同心协力，共灭南蛮，那时一家完叙，岂不是好。”小姐听了公子之言，遂将昨日回关，劝父归降受屈一段情节，一一说完。眼中落泪，伸颈提刀，正要自刎，狄虎一见，马上竟忍笑不住，呼声：“无耻贱人，你当我是何人？我名狄虎，狄龙是我哥哥，共母同胞，相貌相同。我有耳上金钏为证，你不明时，看我手中兵刃使用不同。他使的是点钢枪，我使用八耳九环大刀。错认我为夫，这些丑陋事对我说出，不顾一些羞耻，好一个未出闺门外之女！自己寻婚觅配，不依父母之命，月老传书，岂不羞煞人也！还敢临阵见人，真乃可羞可耻。”狄虎一席之言，说得红玉粉脸尽放桃红。细细看他，果然与狄龙无异，但耳上多有一只金钏，手用八耳九环大刀。坐下浑红马，举止各别，打扮略不相同，认真方知不是狄龙。看罢，羞愧难当，众兵在于左右，十分羞辱，把马一催即腾云而起。南兵见小姐去了，一同逃走。狄虎见段红玉驾云而去，催动兵丁，追杀南兵。杀得南兵四散奔逃，方才收兵回营。

却说段红玉在云头往下一看，只见南兵被宋兵杀尽，心中带怒，又羞又恼，只骂一声：“狄虎，不该套出我的私约之言，当面羞辱于我。是我一时失于检点，真乃令人愧死。如今虽然走了，但难以回关，如何是好？”欲要自尽，又未见狄龙公子之面，心下实在难熬。忽然想起：“我不如往芦台关驻足。王兰英贤妹与我一师之传，情同骨肉，今去投他尽诉心头之恨。他乃一女中之豪杰，智勇双全，宝贝法力不让于奴。乃父王凡官封王位，手下雄兵数万，战将千员。明日于他处借些人马来，拿了狄虎，以泄羞辱之忿，岂不为美。”想罢，催云向芦台关而去。

先说狄元帅带了三军众将，来到王元帅营前，令人通报。王元帅大悦，狄龙、狄虎喜之不胜。王元帅吩咐大开营寨，与众将出营，一同迎接。狄元帅一见，连忙下马。踏步上前，深深打了一躬，说：“下官多亏搭救，已是感恩不尽，又敢劳二位元帅远迎。”王元帅、杨将军说：“我等接驾来迟，休得见怪。”遂揖让进营中，一齐上中军帐。礼毕坐下，狄龙、狄虎上前拜见父王。狄爷大喜，命他起来。

不知说出什么话来，且看下回分解。

第二十回 出高山宋帅责儿 逢劲敌段洪忆女

掌握三军法度昭，亲情父子不轻饶。
如违将令难私庇，立绑辕门把首枭。

当时狄元帅满面春风，说声："我儿，休要见礼。为父今得重生，乃蒙二位元帅与众位将军之力，我儿代为父叩谢罢。"弟兄二人领命，正要叩谢，元帅众人哪里肯依，只得一同答拜。又有刘庆、张忠、肖天凤、岳纲、高明、杨文广，一众偏将十员，一同上前，拜见狄元帅，又与众将见礼。狄元帅呼声："列位将军，休行大礼。本帅已蒙列位相助，解脱困厄，实在铭感，没世不忘。"当下王怀女呼声："狄千岁，我王氏蒙恩旨命，领兵到来，救解重围，只为山高险峻，一时无计可施，正要上山伐木为渡，不知元帅一时到来。未知如何出脱了此山？"狄元帅闻言，着惊说："元帅，我师被这丫头移营于高山，将近有半年，不知刘、张二位贤弟，爬山讨救，得到汴京，不知如何。军兵不服水土，死去数万，粮草将尽，正自待毙。偶然昨夜一阵怪风，比前更加猛力，将大营与被困人马，吹到了原处。早间令人四下打探，方知二位元帅救兵到来，只得托仗虎威，我众人得离大难，因此前来相谢。为何元帅推辞不受？莫非怪了我来迟不成。"王元帅听了说道："千岁哪里话来，老身果然不会移营之术。但必有一人也。"

此时王怀女已知段红玉了，不即明言。有狄虎上前说："父王与元帅不必猜疑，移营者必是段红玉也。他今早间出战，羞耻走了。"狄虎遂一一说明。王元帅笑而不言，狄元帅唤声："狄龙，你前日交锋，果然与段红玉私约了婚姻么？"狄龙道："父王在上，孩儿昨天与这丫头大战，他竟求恳婚姻。孩儿不允，他用法擒拿我二次，只要孩儿许婚姻，他就投降，定然放出父王。孩儿只得假意应允，哄骗了他。今日放出被困人马，必然是这丫头。"狄元帅闻言怒道："好愚蠢之子！被女将擒命，贪生怕死，诈许婚姻，贪其美色，溺我清名，辱尽锐气。先斩你不肖之子，后擒那丫头。"拔剑抽身，众将上前拦住，王元帅呼声："元帅且息怒，听禀一言。你今父子本是英雄之汉，在战场上三合两荡，就败了南蛮女将。论彼武艺，怎敌你们。奈今所用邪法，是以公子无奈，假允婚姻，又将计就计，令他放出被困众将，移营下寨，不费吹灰之力。其功莫大，焉得以贪色罪之？他用了邪法，你们堂堂大将，尚且被他困了，何况公子年少之人。”狄爷听了王元帅之言，说他堂堂大将，也被围困，也觉羞惭，说声：“罢了，你二人年轻，谁要你领兵前来？”王元帅说：“他弟兄二人，为国救父，忠孝双全，实为可喜。”狄元帅听了，收回宝剑，坐下，又问刘庆、张忠爬山取救如何。二将就将孙振陷害，一一说明。狄元帅叹了一声，说：“若非上苍庇佑，众人多死在山中。”王怀女又说：“千岁想来，段红玉有意投降，实欲招婚。不若招安了他，与世子完了婚，取了蒙云关，得此咽喉之地，谅他九溪十八洞不济矣。”众将皆言王元帅之言有理。狄元帅亦点头称是，又说：“列兄弟，且将兵马一同调聚扎营。”刘庆领命，出营去了。王元帅吩咐预备酒筵，与千岁众将压惊贺喜，又命以酒肉犒劳被困三军。一时酒筵排开，众人欢叙，上下欢呼畅饮，饮酒至更深，各回营中。

到次日，元帅三人开帐，众将参见已毕，狄元帅说：“本帅昨夜思想，段红玉既要联姻，本帅就准他投降。若得了蒙云关，得他为助，一路势如破竹矣。”王元帅闻言说：“千岁之言，足见通权达变。但必须元帅亲去招安，方妥。”狄元帅允诺，即戎装披挂上马，带了三军，三声炮响，与杨元帅一同向蒙云关而去。这且慢表。

却说段洪只因一时之气，逼女儿出关去擒狄龙，不一时败兵来报说：“小姐驾云逃去，众兵俱被狄龙战败，小姐不知走往何方。”段洪闻报大惊，盼望了一夜，不见女儿回来。夫妻二人心中慌张，老夫人含着一包眼泪，说：“我好好一个女儿，被你逼得他不敢回来，定然自刎在沙场之上。城中若没了他，怎能抵敌得大宋人雄马壮之师？倘一朝攻破城池，你我一死倒罢，又连累了满城百姓。”说完，哀哀痛哭。段洪听了夫人抱怨，心下十分不安，低头不语，只得到帅堂。忽见军兵来报：“宋将讨战，要小姐出马。”段洪闻报，说声：“不好了！宋将要女儿出敌，不知他往何方，又无能将，谁人出敌？这便如何是好。”想罢，即传众将计议。坐下帅堂，众将参见已毕，段洪呼声：“列位将军，宋将讨战，谁人出马？”众将闻言，面面相觑，不敢应命。段洪怒道：“你等无能匹夫，食君之禄，当分君之忧。今日宋师临城，因何个个怕死贪生。”骂了多时，即令备马。披挂上马，离了府堂，众将随后上了城头，只见宋军中远远望去，杀气连天，旗幡密密。段洪父子看了，实是心寒，众将观此，哪里还敢出战。忙令人挂出免战牌而止。

那狄元帅、杨将军在关下闻知挂出免战牌，料他城内决少能人。但段洪不肯出关答话，不知何故。杨文广说：“他既挂出免战牌，又不见段红玉，且回营再议罢。”狄元帅点头，即传令收兵回营而去。

当下段洪下了城头，吩咐军兵小心防守巡视，不许擅离，即退入后堂坐下。思想宋兵难与争锋，不如上本一道，到主驾前取救便了。即写本一道，差段龙前往。

段龙领命，赍了本章，离关催马，不分晓夜，行了十余天，已是临安地面。遇着一队人马，男女共数十人，极似宦家模样，看来不是民家，心中着惊：“这些人莫非宋朝奸细?”遂催马上前,喝声:“你等何处去的?”原来这些人乃孙振带了家兵,要投奔南蛮,跑了数月,方才到此,见有人吆喝之声,回头一看,来人似南蛮的妆扮,即口称:“将军,我姓孙名振,祖居中原,官封总兵,镇守襄阳有十余年。只为与狄青仇敌,结下深冤,天子偏爱于他,况他羽党太多,倚仗王亲势力,欺压文武。此次他提兵南征,在我关前经过,纵兵掳掠,弄得鸡犬不宁。因此下官一怒反出襄阳,要投南天国王驾下,以效犬马之劳。”段龙听了孙振之言,便说:“你今果有真心来降我主,有何良谋以退宋师?”当时孙振见他问起退兵之言,便呼声:“将军,你高姓大名,官居何职?”段龙说:“吾乃蒙云关总帅长子段龙是也。奉了父命,到昆仑关求取救兵,以退大宋人马。”孙振闻言,连忙下马,深深打躬说:“原来乃大公子,久仰英名,如雷贯耳,何幸此地相逢。”段龙见他谦恭,也下马施礼,孙振乃势利中人,最会趋奉迎人,上前手拉段龙,呼声:“小将军,你今日邕城求救,何不带小弟同行。荐我见国王,自有退兵之策,可取宋室的江山。”段龙见说,允许同行,即时一齐上马赶路。

二十多天,到了昆仑关,有令传上,军兵进内报知:“有蒙云关差人,有本报知大王。”南天王闻报,即传旨宣进。不一时,段龙进关到府中,于阶下参见已毕,呈上求救本章一道。南天王将本拆开,上写:

蒙云关主将臣段洪,领命镇守边关。自我主战书一达中国,宋王即命狄青带兵到来征伐。与臣交锋数次,胜败未分。今彼又添兵益将,臣之城内缺少英雄,却被日夜攻击,有泰山压卵之危。倘吾主稍缓救兵,则关非吾有矣。况蒙云关乃我国归家退守之要道,咽喉扼要之重地,倘若有失,进退无依矣。

南天国王看罢,传递与混元长老、刘雄、鲁达三人看罢,南天王呼声:“国师与二位王兄,不知如何高见,可退大宋雄师,以救蒙云关之危。”有混元长老说:“大王呵,臣思蒙云关果然是咽喉之地。”即问:“带本之人何名,与大宋救兵主帅何人?细细奏来。”段龙奏道:“臣乃蒙云关段洪之子,奉父命前来,来取救兵。初时,狄青大兵一到关时,交兵失利,他手下几员战将英雄无敌,二阵花先锋被伤,后得臣妹子用法力困他于高山,已有半载,只待他粮草一尽,自然饿死山中。不料宋天子又差杨家王怀女、杨文广前来,领兵救出狄青,杀败吾妹子,未卜存亡。目下此关危急,伏望吾主即日发兵,方保无虞。”混元长老说:“怪不得段元帅着急,此关至危。”当下不知长老说出何言,且看下回分解。

第二十一回 南蛮王收录逃臣 王禅师开兵捉将

背主奸臣投敌邦，蛮王不察妄收藏。
罪刑满贯难逃日，天眼昭昭报应扬。

却说混元长老对南王说："怪不得段元帅的失机，狄青乃大宋有名之将，智勇双全；王怀女，杨家有名法力。我主若要退大宋人马，除非差黄花洞驻云溪铁头王禅师方可。"南天王说："国师之言有理。"即于案前书敕旨一道，付交段龙。段龙又言孙振来投，一一达知。南王正要使孙振进见，混元国师说声："不可，安知不是敌人诈乎？须要我主如此如此作用，方可。"当时南王依了国师之言，然后命兵丁拿孙振进见。孙振至阶下，见有二三百人分列两旁，手持利刃，居中设一滚油锅，上面南天王怒目圆睁。孙振看了大惊，又见兵丁狰狞阶下。南天王喝声："武士，将大宋的奸细与孤家拿下油锅去。"武士答应上前，吓得孙振胆战心惊，叫喊哀求，呼声："大王，容臣说明，死也甘心。"南王命放他来，喝声："你乃大宋奸细，敢骗孤家！"孙振叩头，一一说明来投之意。南王又问："你既来投奔，家口何在？"孙振说："大王，臣家口现在关外。"南王命人出看，回报果有家口随来，南王便呼："孙振，这是孤家心疑了。你今来投奔孤家，一定忠心为国，但你可将大宋朝的底细，一一说个明白。孤自当因材重用。若有妙计退得宋师，再加官爵。"孙振听了，口称："大王，臣弃宋来投，只为狄青不仁，倚势欺凌下属。臣心实有不甘。定然一心竭力图报。宋朝文臣所倚者，孔道辅、文彦博、包拯，武将不过范仲淹、狄青、杨家几名寡妇。今狄青被困高山，未知生死，但今王怀女救兵曾到否，臣实出不知。句句实言，望大王鉴察真情。"南王见他句句真情，即封为参谋之职，共议国事。孙振叩首谢恩，退出安顿家口不表。

再说段龙领命来到黄花洞调兵，一日，到了洞中。王和尚本有两徒弟，一名青松，一名卜贵。师徒三人，神通广大。手下雄兵二十万，个个秃发，名为和尚兵。段龙一到，命人通知，王禅师吩咐二徒一同接旨。段龙读罢，和尚师徒谢恩毕，与段龙见礼。是日，即刻登程。王禅师吩咐二徒看守山洞，自己带领十万军马，与段公子向蒙云关一路而来。跑走十余天,已至关下。早有兵丁报知,段洪即时出关迎接。按下慢提。

先说段红玉那日被狄虎羞辱一场,在云头中竟投芦台关而来。正走之间,只见一座大山,名回雁山。离芦台关只有十五里之遥。段小姐看见山凹之中旗幡招展,呐喊惊天。段小姐看见一员女将,带了无数女兵,在山中打围。原来这员女将,就是芦台关王兰英宫主。红玉一见,心中大悦,连忙按下云头,来到宫主跟前,叫声:"贤妹,愚姐在此。"宫主听了细看,笑道:"原来段姐姐到此,因何单人匹马而来?"段小姐见问,即将前事一一说知,只瞒了私约狄龙姻事不言。王兰英听了,说声:"姐姐既然失机败阵,奴家一定去相助。如今且请姐姐回关歇息一宵,待奴禀过父王,然后与你同往兴兵。"说罢,二人并马进关不表。

且言段洪开关迎进王禅师,分宾主坐下。段洪说道:"未能退敌宋兵,今敢劳佛驾相助,何幸如之。"王和尚呼声:"元帅且请放心,贫僧不独杀退宋兵,我还要攻进汴梁,夺了大位,方显我法力高低。"段洪闻言大悦,吩咐将免战牌收回。是晚,备酒与国师接风。

又说宋军看见蒙云关收去免战牌,连忙进至帅府,报知三位元帅。狄元帅闻报,说:"这蒙云关高挑免战牌月余,今日收去,定然救兵到了。"杨元帅说:"既然如此,我们何不去差人讨战,看他领兵者何人。"狄元帅点头称是,便问:"何人出敌?"有岳将军应声:"愿往。"元帅说:"岳将军须要小心。"岳纲得令出营,到了关前,令兵骂战。

南兵报进帅府,禅师大怒,即时别段洪,吩咐放炮开关,冲过吊桥。岳纲看见乃一和尚,大喝:"何处妖僧,敢来对阵?快些通名上来。"王和尚勒马一看,见来了一员少年宋将,便喝声:"小将要问俺法师名号,吾乃黄花洞驻云溪铁头王禅师,法号净慈。你师侵我南界,今奉南王命,特来擒你。快快通名受绑。"岳纲呼声:"妖僧,吾乃大宋天子驾下威武将军狄元帅帐前副先锋岳纲也。不必多言。"提起大刀就砍,禅师铁头急迎。杀了三十多合,王和尚想:"此将虽然年少,果然骁勇。不若用法宝拿他罢。"转马逃走。岳纲大喝:"妖僧休走。"催马赶上。王和尚暗暗喜悦,向囊中取出金铃一个,口念真言,将铃摇了,一声轰响。岳纲追近,一闻铃声,登时人事不知,昏迷跌于马下。有和尚兵上前捆缚拿了。禅师命人带回关中,又来喊战。

有宋军败兵入报,狄元帅大惊,忙问:"何人出马?"有张忠说:"小将愿往。"元帅说:"须要小心。岳将军被拿,皆由轻进。"张忠应允,领兵上马,提刀冲出营前。王和尚一见来将猛勇,不敢恋战,杀不上十余合,一摇铃,如前拿去,捆绑进营。又有宋兵见主将被擒,个个慌张,奔回营内,走到中军帐前跪下,口称:"元帅爷,不好了!张将军出马,与妖僧交战,战不上二十回合,妖僧败走。张将军追去,妖僧怀中挂一皮囊,登时取出一金铃,向张将军一摇,就跌于马下,被和尚拿去。我等舍命往救不及,只得败回禀知。"狄元帅怒道:"原来妖僧用妖物伤人,连擒去两员大将,这还了得。本帅出营擒此妖僧,方消此恨。”吩咐备马出敌。有刘将军呼声:“元帅不可亲临险地。你乃三军之主,万一有差,如何是好?不若待小将去擒他罢。”元帅说声:“刘将军,妖僧有术伤人。但不擒他就罢了,若败逃去,不可再追的。”刘庆说:“元帅请放心,小将特拿席云帕与战,倘他用着妖物,小将即驾云逃走。”李义说:“刘将军,小弟也愿同去。他止擒得一人,焉能拿得两个。”刘庆应允。元帅说:“须要小心本帅之言。”

二将领命,登时上马,持了枪斧,飞跑出营,一见妖僧,不问名姓,枪斧一齐砍刺。这王和尚见二员宋将来得凶勇,铁杖架不住,心头带怒说道:“怪不得元帅屡败,如此危急。所来对敌宋将,个个骁勇英雄。如今二人凶勇齐战,倘不用宝贝,必反遭其害。”说罢,跑开数步,取金铃,向李义一摇,早跌于马下。又提起向刘庆一摇,刘庆看见拿了李义,看来不好,早已席云逃去。反把王和尚作了一惊,说道:“宋营中不意有此异术之人,果然狄青行军不可轻进。”此日一连拿了三将,王禅师得意洋洋,又吩咐众兵将李义捆缚了,推进关中而去。

有刘庆驾云逃脱,回到营中,一见元帅,说声:“不好,李贤弟亦被拿去。”元帅闻言,气得五内生烟,双眉直竖,骂声:“妖僧,连擒拿三员大将,若不出营与他拼死生,难消此忿。”喝声:“快些备马。”王怀女说:“元帅既要出马,我等相随。”当时带领众将,一同出马。

元帅顶盔贯甲,带领一万精兵众将,杀奔而来。到战场中,见妖僧生得虎头怪眼,十分雄壮,胸中挂着一皮囊。王元帅想:“这和尚用法术,除非待本帅与他交战之间,如此算计,方能取胜。”当时王和尚喊战之间,不见有人出营,正要收兵,忽闻炮声响亮,营中冲出一支军马,队伍分排,旗幡密布,两杆大旗高悬帅字,就是主帅出马。王和尚心中暗喜,大呼:“宋将何人出马?我禅师在此候战多时。”狄元帅听了,一马飞出,大喝:“何处妖僧敢猖狂,吾乃平南主帅狄青也。”这王和尚一看狄爷,果然好一位平南王,生得气宇轩昂,人品出众,与前出敌四将大不相同,暗暗称赞。当时,狄元帅大喝:“妖僧,你国化外顽民,倚仗邪说,哄动侬智高逆贼背叛朝廷,百姓被害。今日本帅奉旨擒拿,还敢率兵抗拒。况乃佛门弟子,理当深藏古寺,炼性修真,因何贪恋红尘,扶反助逆?今日本帅出马,还不献上秃头来,免本帅动手。”王和尚听了大怒,喝声:“狄青,你纵有擎天架海之能,我禅师道高法广,哪里在心!”不知二人斗战,胜败如何,下回分解。

第二十二回 王怀女助战得胜 王和尚布阵逞能

精兵法力女英雄，破敌沙场建大功。
不愧杨家前烈辈，兴师相助狄元戎。

再说王和尚说完，手中铁杖打来，狄元帅金刀架住。二人对敌。当时王怀女看见这王和尚形容古怪，坐下独兽，胸中挂皮囊，出来未曾战斗，原是全仗妖术伤人的。又考王怀女，因何精于仙法？他父王令公乃北汉之臣，这王怀女乃金丹圣母之徒。当日宋太祖平定河东时，王令公与杨业订了儿女姻缘，匹配六郎。后来王怀女别师下山，带了雄兵侵宋，将来认夫。杀得三关众将，无人拒敌，都被他擒拿，无奈只得成了亲。是以王怀女屡次开兵，仗着圣母法力，到处成功。此日想这王和尚必然战狄元帅不过，又用起邪法，不如先下手为强，出其不意，暗助一阵便了。即向怀中取出一面小黄旗，口念真言，往空中招摇。忽然间，半空中一阵狂风，涌出一群虎豹豺狼巨蟒，平地又起一个霹雳，向南兵队伍冲来。这些三千和尚，那里站立得住，杀得四散奔逃。这王和尚与狄元帅战不上十合，抵挡不住，正要败下施法，一见狂风大作，又见满山怪物猛兽，乘着狂风，飞奔撞来，大惊败走。狄元帅拍马赶去，王元帅呼声："狄元帅不必追赶，恐他有妖物伤人。"狄元帅听了住马。不道杨文广早已喝令众军追杀，王和尚兵被他杀得四散奔走。

王怀女收回法宝，狄元帅吩咐收兵回营，坐下短叹长吁，口言："罢了！我弟兄五人，自布衣起手，立下战功，才得身荣。如今失去二人，万一有伤，如何是好？"王元帅、众将忙用好言安慰。

按下慢表宋营，再说王禅师败回关中，段洪迎接坐下，呼声："禅师，你连擒宋将，使他丧胆了。"王和尚说："元帅，虽然擒他三将，但不知他用何法术，败我们一阵。贫僧若不泄此恨，不算手段高强。"段洪呼声："长老何须着急。今日胜中得败，皆因宋将本是能人。若非长老法力，焉能擒他勇将？"禅师说："待贫僧明日摆下一阵，若不拿尽宋将，誓不称雄。"段洪闻言大喜，吩咐治酒与禅师贺功。

到次日早晨，禅师与段元帅升帐，禅师又差人往洞中，命卜贵徒弟来，起法台一座，有三丈高，离城十里，台中挖一深坑。一日，卜贵到了，领命去摆弄停当，回来交令。是日，禅师与段洪元帅，带兵三万，出了蒙云关，登上台。原来此座法台有三层，中央立起一杆大旗幡，立一帅字；下面立中旗二十四面，按先天二十四煞。二层首立十二杆小旗，应十二支；下面周到排着六十四座大炮，以应八八六十四卦之数。台外选战将一百零八员，合着三十六天罡，七十二地煞，两行侍立。王禅师左手执令，右手持着宝剑，一时间布成一阵。再更法衣，顶礼祷告一回，起来仗剑焚香，登时请了二十八宿下凡，镇守阵中央。登程驾云去了一刻，请得两位法师，一名王麻礼，一名王麻成。他二人乃王和尚之兄，同一师学法。用他二人守阵正门。然后，下台备了战书，命段虎前往通报。

段虎领命，来到宋营，命人通报。狄元帅、王元帅二人听了，命段虎进营中。一见二帅，打拱将战书呈上。狄元帅接着，见言词不逊，带怒递与王元帅。王元帅看过，冷笑一声，说："可恼你这秃贼，口出大言，有多大本领。前日与肖后幽州对敌，我杨门曾破天门七十二阵，难道你摆此阵，可倾尽我师？狂言可恼。"喝令："将投书之人推出斩首。"左右将段虎拿下，这段虎全然不惧，反冷笑道："段虎不是贪生畏死之人，倘然怕死，我亦不来了。"

狄元帅一见赞叹，对王元帅说："你看这少年南将，果然胆略非凡，恐吓他不得。要知三将下落，除非用着重刑拷问于他。"王元帅点头说："有理。"令左右放他回来。狄元帅大喝一声："南蛮，本帅今日开恩宽恕。我且问你，前日王和尚拿我们三将，至今如何？快将情由实说，放你回去。"段虎说："元帅，你宁可斩我，军机断不可泄漏的。"元帅喝声："好大胆狗才！本帅问你，你因何不说？左右与我拿下，重打四十。"军士上前，将他扭下就打。这段虎虽然性硬，但少年未曾受过苦，被文武御棍打至二十，早已禁受不起，叫道："我说。"军士住手。这段虎起来，欲待不言，又怕再打，只得上前说："元帅，王禅师拿了你三将，如今已监禁城中，并未加害的。"元帅听见他吐出真情，三将未曾被害，心中暗喜，即于他战书后批回："第三日打阵。"与段虎带回去了。当下狄元帅说："王元帅，这妖僧下此战书，要我破阵，不知他阵势如何，狂言不逊。"王怀女说声："千岁放心，明日整顿人马，我们先去观看阵式何名，然后见机而作，调人前往破阵。"狄元帅应允。

到了次日，三位元帅装束停当，带领三军众将，炮响出营。来到阵前不远，元帅传令扎营，也布了一个五方阵势。中央设立一道云梯，二位元帅登上云梯观看。只见南蛮阵内齐齐整整，有冲天之势一座大阵。人如金光映日，马如怪蟒追风。旌旗摆乱，变化无穷。明显杀气，暗藏玄机。看来此阵十分厉害。王怀女看罢，知是先天纯阳阵，便呼："元帅，此阵何名？"狄元帅说："此乃先天纯阳阵是也。"只见满四方毫光透起，中领黑气冲霄。王元帅说："阵是纯阳阵式无差了，只是阵中定有神人把守。只有五遁俱全，腾云暗隐之人，方可进阵。他有二个正门杀人，今我只进一门。手下战将临阵，如以卵投石，枉送尽性命。破此阵，要两个会腾云穿遁有法保身者才可。看来除非上汴京请了穆桂英来,与他进阵,以阴破阳,方得成功。"狄元帅说:"昨日约妖僧以三日打阵,如今回汴京来往三月余,如何使得?如若出了战,不往打阵,妖僧越得藐视猖狂。"王元帅说:"千岁,令刘将军席云,六七天已到汴京。穆桂英一日一夜可到此了。不如今日遣两员将前去探视他阵虚实,然后差刘将军回朝,好全了我打阵的话。"狄元帅说声:"有理。"便问:"何人愿往?"只见二将应声:"愿往。"

狄元帅一看,见是焦廷贵、狄龙来前应令,吓了一惊,暗骂道:"好不肖之子,你是未逢大敌少年,焦廷贵是个鲁莽之人,进阵必然有失。"只因众将跟前,又不能退他不往,带怒喝声:"你二人要去探阵么?"狄龙说:"父王,孩儿愿往。"焦廷贵亦愿往。元帅喝道:"你二人诚非大将,此阵厉害非凡,莫言年少无知,不能进阵。即超群宿将,倘不知机,亦是有去无回的。"此语乃元帅暗点二人,不可前往之意。焦廷贵是个莽失之徒,狄龙亦是年轻,只道父王说他年少力弱,不会父王之意。二人说:"若不取胜,甘当军法。"王元帅说:"你二人既要去,须依我将令方可。第一,须立下军令状,违令者斩。第二,在阵外略探消息,不得轻进阵内。第三,一闻大营鸣金,立刻回营,违者斩首。"二人领令,纳下军令状。

双马冲到阵前,焦廷贵说:"公子,怪不得我们二位元帅再三叮嘱,看此阵果然厉害。"见阵中毫光昭昭,杀气腾腾。狄龙说:"须带兵一同杀入罢。"焦廷贵说:"公子之言不差。"正是二人皆有此难,带兵飞马打入阵中去了。王怀女大惊,说:"不好!你看此阵门,不冲自开,他进头座即回,乃可;若不知利害,攻进中央,必然休矣。"忙令鸣金。此时,焦廷贵、狄龙杀出了神头二门,并无拦阻。二人初进此阵,南兵偏将哪里在心,一同枪挑棍打,不计其数。二人杀入阵,定要打破妖阵,一听本营鸣金,只作不闻,催兵杀进阵中央。离法台不远,一片锣声响亮,雷音大作,只见四方八面,俱是旌旗,天兵一派飞动,二人早已不辨东西南北,只得勒马观看。又见四方大将军杀来,台上俱是奇形怪状神将,二人才觉心惊,此时又无出路。王和尚仗剑作法,将后路化为洋海。二人无奈,杀上前法台,又见妖僧仗剑指挥天兵杀下。狄龙对焦廷贵说道:"你看这妖僧,在法台上指引天兵来围困我们。今日看来,死在目前。我二人是要束手待毙了。"不知二人性命如何,且看下回分解。

第二十三回 纯阳阵捉拿宋将 报异梦明传武曲

妖僧排阵困英雄，助逆回天强立功。
哄动蛮王开杀戮，生灵百万丧场中。

却说狄龙、焦廷贵在阵中央，王和尚喝令神兵来拿他。狄龙说："如今料不能脱逃，我与你跑上法台，将妖僧杀死，我们纵死在阵中，也得瞑目。"焦廷贵说："公子之言有理。"二马一拍，抢上法台。王和尚一见二将来得凶勇，飞抢上台，急忙取出追魂铃，口念真言，摇了两摇。二将在马上早已昏昏迷迷，跌落马下。王禅师吩咐手下兵丁："将二人收入囚车，待拿了狄青，一同解上我主大王发落。"

歇一会，焦廷贵、狄龙苏醒了，睁眼一看，见身已陷入囚车，方知被妖僧法术擒了。此时心中十分懊恼，不该强领帅令，到此打阵。焦廷贵忿恨难消，将秃贼呼骂不绝口。

又说众天兵，把宋军一千五百人马，挤到中央戊已土陷坑中。宋兵心慌意乱，踏着此处，"呔"的一声响处，一千五百人马俱下坑中。王和尚用旗一挥，天兵各归本位，令人去蒙云关将张忠、李义、岳纲俱上囚车，推入阵中，连焦廷贵、狄龙，共是五架囚车，齐放法台之下不表。

再说王元帅与狄元帅，见焦廷贵、狄龙二人带兵直进阵中，只望鸣金，意二将便回，岂知彼二人自逞英雄，闻金不退，进阵不回。二位元帅吓得大惊失色，连说："不好了！二人杀入阵中，定然性命不保了。"心头着急，又见阵内杀气冲天，旗幡变动，有半个时辰，阵中方才不见杀气，动静收藏。二位元帅就知不是被擒，定必伤残性命。王元帅口中嗟叹不已，狄元帅思起了父子亲情，犹如刀箭穿心，暗暗垂泪，呼声："逆子，你未知出马，就嘱你浅进阵中，略探消息，你就满口应承。与王元帅立令，鸣金即回。岂知你闻金不退，硬进阵中，如今生死未卜。这焦廷贵虽然一鲁莽之夫，也是忠义之人，随着本帅多年，也深可惜。"王夫人劝言："元帅何必烦恼？死死生生，自有数分。公子打阵，虽然凶吉未分，料这妖道伤人，俱用落魂铃生擒。身安也未可知。"狄元帅说："他二人自取其祸，也言不了。只忧这妖道摆下恶阵，何日方能破他,如何打算方可?"王夫人说:"你放心,虽然这妖道有此法术,摆下此恶阵,困了我师将士,也是众将该有此灾,非于兵将之弱。我们且紧闭营门,往汴京调取穆桂英。他驾云,一日一夜来至相商,此阵自可破了。"狄元帅无奈,只得收兵,连夜差人回汴京,又发令紧闭营门,不许懈惰。

当夜,狄元帅为思儿子被陷阵中,无情无趣,闷坐帐中,不觉隐几而卧。忽外厢有脚步声响,一刻,只见二位青衣童子至帐前,笑呼:"武曲星君,吾主武侯差吾等来相请。现在洞中相见。"狄帅也不问他姓名,即随着二青衣而去。耳旁只闻风声响,如入云中。不一时,到了一座宫殿,甚觉幽雅。元帅进了中门而入,侧耳又闻音乐之声,无数仙官两旁坐定,一尊神圣在中央。纶巾羽扇,身披鹤衣,色分八卦,腰束九股丝绦,面如冠玉,目似流星。一见,即离位恭身,揖至大殿中见礼坐下。尊神呼:"狄元帅,你今奉召南征,蒙云关上遇了妖僧,摆下恶阵,除非是段红玉,他乃千年狐狸转世,他有一宝,名曰阴沙,若用此沙一撒,其阵立破。令公子狄龙,乃左辅星下凡,他两人千里姻缘。必然请到女将军,方能破此阵。吾曾算过,若是甲子之日错过这段良缘,再没处寻了。若汴京人至,也不破此阵。这是天数,非人力所强为。但令公子良姻为要。吾乃后汉诸葛也。"言罢,吩咐二青衣:"速送狄元戎回营。"

狄帅正要开言,只见青衣将他一推,忽然苏醒。四下一看,方知作一大梦。开言便问左右:"此时候将有几鼓?"有巡逻更军人禀上:"正三更了。"狄元帅闻言,细想梦中之事,真奇哉!不信此事有此奇验,有此神灵。果有此事,乃天助成功也。再思一番,乃是历历可说。他言如此,狄龙二人未曾被害。思思量量,不觉天色已亮,命左右出营外唤一二此处土民,速带进来。左右领命去了。半刻,带了两个年老土民来到帐前下跪。狄元帅吩咐他们起来,询问他们:"此处可有诸葛武侯庙否?"二老民禀说:"此地有山名曰富春山,在西南角,离此一百二十里。果然山上有一武侯庙。前时蜀汉得他征平孟获,不伤害一个民,百姓沾感他恩,是以建立庙宇祀享。"狄帅大悦,厚赏老民而去,带喜色说道:"这是天子洪福,感动神明前来托梦。这武侯乃后汉一大忠臣也,他指示说,要破此阵,除非段红玉。前者,他有意投降,思我儿为婚,但今不知他在于何处,实难寻见。"又想:"神圣吩咐,不可不信,何不前去进香,谢谢神明,求签再探消息便了。"五指推算来,今日壬戌,明日癸亥,后日甲子。

又到次日,狄帅说与王元帅知之,王元帅说道:"此乃南蛮之地,若去,必改换戎装,悄悄而行才好。"狄元帅道:"此去,只带大将一员,暗藏兵刃,假扮商人,在客店一宵,暗中密访。"言罢,狄元帅即令石玉换过衣装,暗藏兵器,辞过众人而去。王元帅放心不下,又差孟定国、高明、杨唐三将,带领精兵二千,在半途埋伏,以防不测。又五十名小军,在富春山四方周围打听,若有急事,即速奔回,以便救应。

且言狄元帅与石玉一路言谈,不觉天色已晚,二人进了饭店后,用过晚膳,寄宿一宵。次日,备了香烛,一程跑了二十里,方才到了山前。果然好一派山景,二人也无心看玩。一程上到山中进庙慢表。

先说王兰英宫主,说起富春山武侯灵验,呼姐姐去叩谒同往。段小组大喜,呼声:"贤妹,愚姊屡闻父说武侯神圣灵感,祸福无差,乃一尊正直之神。离此不过五十里之路,明早去烧香许愿。于狄公子婚姻之事,果然神圣准我奴家心愿,即死亦甘心。"王兰英笑道:"姐姐,你我一闺中之女,焉能自择婚姻,自寻佳偶?我想这员小将,虽然生得美貌,他乃中原大国的贵公子,犹恐他从小有了亲事。姐姐一心念他,只怕后来懊悔不及,做大反小,不遂你心愿的。倘姐姐听我所谏良言,且将狄龙公子丢在一旁,免得你日日怀思苦念,坏了身体。你道如何?"段小姐听了,无言可答,满面通红。王兰英看见他长吁短叹,便呼:"姐姐,奴适才之言,多多有罪。只因你我交结情深,胜如骨肉,是以倾肝吐胆,尽忠告之言,望姐姐休得见怪。"段红玉说:"贤妹何出此言。你我姐妹情深,有喜相助,有过相规,正当如是。但我前生欠下牵连债,以故此段姻缘,蹉跎不就。但奴今生不得与狄公子相配,自愿终身守贞,誓不适人。"王宫主见他心如铁石,不觉好笑,说:"姐姐伶俐一世,懵懂一时。岂不闻姻缘前生所定,人事焉能强为?姐姐今坚守无二,可谓钟情也。"段小姐说:"贤妹可谓知奴肺腑。"说完,命丫环备香烛。家丁数十人,二人登轿而去。

先说狄元帅、石将军二人,到山顶,一程进了庙门。头座乃是后汉五虎将关、张、赵云、马超、黄忠五尊神位。过了头进,穿下丹墀,就到大殿。只见香烟霭瑞,灯烛辉煌,有几个道士,在大殿一旁并立。中央端坐此位尊神,上有牌匾书云"后汉诸葛武侯"。狄帅看罢,顶礼祝完,石将军答叩下阶,与众道士见礼。这些道人见那两个打扮不同,相貌不俗,连忙下阶顶礼相迎,说:"二位居士,贵处何方,哪里人氏,尊姓大名?乞道其详。"狄帅说:"承老师们下问,吾乃远处湖广人氏,贱姓王名青,此位舍弟。因为置货物,路经此山,闻得武侯灵感,是以虔心前来进香。"众道士说:"原来二位乃中国之人,小弟失敬了。"连忙请他上客堂坐,待茶。忽有本庙侍者来报:"老师父来了。"众道士听了,慌忙起位,吩咐侍者:"款待尊客。少刻小道再来奉陪。"说完,个个奔去了。狄帅见此心疑,忙问侍者:"这老师父来,因何你们如此慌张跑去的?"不知侍者如何答应,且听下回分解。

第二十四回 祈神祇翁媳相逢 因情义金兰助力

神明指示狄元戎，翁媳富春山上逢。
大破纯阳归降日，姻缘得遂两情浓。

当下这侍者闻狄帅动问，便说："二位上客，乃远方中国人，不知来历。这位老师父，乃本庙中一尊活佛，道行非常，能知过去未来之事。在本山南角小蓬莱回光洞居住，但凡本庙有祸福与有缘的贵人降临，老师父方才下山到来。今日不知何故又下山的，所以合庙道士前去迎接。如今怠慢二位，休得见怪。"狄帅听了大喜，说："道士，这老师父有多大年纪，道号何名？"侍者道："闻人说，这老师父乃残唐时郭威的军师王朴也。后出家访道至此，道号静云。见本山幽雅清洁，在此修行。后来见本庙人多，故迁往小蓬莱，闭户不出。"

侍者说未完，有先时见过的二位道人进来，呼声："二位贵客，小道奉老师父之命，前来请相见。"狄爷、石将军听了，心中惊疑，只得随同道士，一路到了一间静室。只见一个道士，红颜白发，已在室堂外恭迎。狄爷二人，见这道人仙姿古貌，上前迎接，老道连忙答礼。到了堂中坐下，老道说："狄王爷、石将军今日驾临，故贫道下山相迎，莫道无因却有因。且喜今日甲子之期，令公子良缘有机会了。"狄爷闻说，实是惊怪，说："老师能知过去未来之事，果不虚也。今日弟子心事，难以相瞒。后事还望指点一二。"老道人微笑曰："不劳千岁吩咐。小道此来，一者为大宋天子平定南方，二来助成令公子一段姻缘。是以贫道特来饶舌。"狄爷大悦道："弟子何幸，得逢老师。"当时道人呼声："千岁，歇一刻间仍到武侯庙后坐坐。等待段小姐二位到了进香，你切不可见面无情。只等他叩赞完神明，然后千岁在后堂诉说情由，痛哭令公子。小姐一闻知，即来与千岁会面。但令公子与小姐尚有一债未完，小贫道不敢预泄天机，破阵之后，便知分晓。"狄元帅呼声："老师，弟子多蒙指点之恩。得胜班师回朝，奏闻天子，请旨宣诏加封，以报老师。"老道人说："贫道山野之人，弃红尘已久，那功名富贵，视之如浮云。只知闭户念经，不管凡间世事。"狄爷闻知，自知失言，忙上前打拱，呼声："老师，弟子一时失言，望祈宽恕。"老道者起位陪礼，说："千岁之恩过厚，贫道福薄耳。”狄爷又说：“吾今奉旨南征，未分胜负。我终身之事若何，望祈指示。”老道人说：“千岁，你乃大宋保国名臣，忠心贯日，天道岂无报之以福禄位。王侯子孙历荫，永无灾殃，何须过虑。”狄爷点头称是：“人生只要忠孝两全，祸福机关何暇计及。”老道人又呼：“千岁，段小姐将至了，你到庙中等待方好。”狄爷、石将军听了，一同谢了道人，辞别他回到庙中。

只闻众道士说：“芦台关二位小姐到来进香。”狄爷二人隐于殿后，只见兵丁数十人拥护，使女排开礼物，焚起香烛。只见二位小姐，进上大殿中，一同恭身下拜，吩咐屏退从人去了。二人各有禀祝，狄爷早听段小姐祝言：“弟子段红玉，只因大宋来征伐，奴用法困了大宋将兵，已有五月余。后至杨门王怀女领带来小将军狄龙，与奴许下婚姻之约。但两为敌国，父亲不允投降，至婚姻蹉跎未遂。今藉汉相威灵，扶持得遂，情愿重修庙宇，再塑金躯。”此时狄爷一一听得明白，暗暗大悦，登时想起，依着老道之言。

小姐正参神已毕，忽闻内厢咨叹之声。静听，口口声声叫哭“狄龙儿子”，莫非是宋元戎狄青到来此山进香。他的言辞正是中国之音，莫非狄公子困于阵中，是以前来叩诉神明保护？正想之间，又闻呼声：“元帅不必心忧，死生皆由天命。公子虽然困入阵中，倘杨家穆桂英一到，可破此阵了。”又闻：“虽然如此，但父子天性，我怎能放心。穆桂英不知何日到来破阵。”又闻：“昔日蒙云关段小姐，与公子两下订了婚姻，因何至今不见回音？这事小弟不明。”只闻说道：“这是我儿狄龙没有造化，被不肖子狄虎，在战场之上羞惭他数言，将小姐气走了，是以姻缘不就。苦当此时错了这个机会，方才有僧妖布阵之强，困了我儿与众将，至今不知生死。无奈前来望求于神圣的。”此时段小姐听了，又惊又喜，说：“此人原乃宋元帅也。我何不见他，救了狄公子，成就婚事。贤妹，你道如何？”王兰英说：“姐姐既言此人乃狄青，正是机会不可失的。”

小姐遂进后庙，呼声：“千岁，段红玉在此。若肯施恩，愿即归降，同心协力征南。先去破了纯阳阵，救出公子，后劝父一同归宋，建立奇功。不知千岁意下如何？”狄爷大喜，说：“小姐既是真心归降，离却叛党，实为可喜。本帅成功回朝，奏知圣上，你父兄一门受封。但令小姐破了此阵，救出众将为要。”小姐说：“千岁放心，奴一到，王和尚哪里在我心上，此阵必然破的。”狄爷带喜说：“如此甚好。请小姐与本帅回营，好去破阵。”小姐说：“千岁先请回营。外面同奴来参神的，乃结义妹子芦台关宫主，奴在此关一月有余。如今与他回去辞别他父母，然后再来破阵。”狄爷说：“众将与小儿陷于阵中，度日如年，万勿迟徊方好。”又说：“小姐既去，不知何日回营？”小姐说：“奴计芦台关与蒙云关一百五十里相隔，奴不过三天，赶回破阵。”又说：“千岁不须吩咐，奴自然速至的。”说完，拜别狄爷，转出外厢，与王兰英说知，一同坐轿而去。

有狄爷对石玉说：“贤弟，今得神圣灵感，蛮女投降，你我且谢神圣罢。”二人转出拜毕，又向小蓬莱辞别老道人下山。次日方同回营。

王元帅调回各路去的孟定国、高明、杨唐二千兵，与五十名巡山小军，续接而回。狄爷将往进香得遇老道人指点、段红玉允降情由说知，王元帅说，“他既投降，何不与他同回营？”狄元帅说：“允降是允了，只是要回至芦台关辞别王兰英父母，是以不得同来。大约三天，他就到了。”王元帅大喜：“小姐既降了，不待穆桂英到来。此阵可破。但他进阵，必要两人的。”

不表宋营议论，再说段红玉在庙祈神，遇见狄元帅，当面许他归降，满心欣悦。二人说说笑笑，已回至芦台关。小姐忽然想起一事：“这王兰英虽然与我结拜姐妹，但要这三颗阴沙方能破阵，这是他随身至宝，此宝神通广大，祭起神鬼不能近，岂肯容易与我去破阵？”又思：两人进阵，方得照应。思思量量不觉回关，走至宫房。二人更衣坐下，宫女奉上茶茗，段小姐开言说：“破阵法宝，首用阴沙，不知贤妹肯借与愚姐一用否？”宫主说：“姐姐，你一心要去救出狄公子，借此宝贝。但此三颗宝沙，镇守芦台关全凭此宝，虽然借你一用即可，倘一失去，非同小可，奴实放心不下。但与你姊妹之情，焉能不成全姐姐姻缘之事，不若与你同去，又得助姐姐一臂之力，又免奴挂心，岂不为妙！”段小姐听了大悦，说：“若大贤妹妹如此用情，真乃厚交过于同胞。”宫主说：“虽然如此，但不可泄漏风声。倘被父王闻知，其罪不小。只是如今要想一个脱身之计，方为稳当。”小姐说：“此何意也？”宫主说：“必须禀知父王，只说蒙云关失机，姐姐前来，特为请救，要我同往退敌。大王若允，那时与你同去。不说借宝沙与你用。”段小姐说声有理。不觉天色已晚，各自安歇。

次日五更，天尚未明，二人梳装，一同上殿。又说这王凡，生得身材魁伟，海下一部胡须，使一柄九环大刀，一百二十斤，坐了一匹象，有万夫不敌之勇。自从侬智高反叛，他未曾挫败一阵，实为头功，是以蛮王封他为常胜王，命他镇守芦台关。此日在殿前商议军情，忽左右报说：“宫主到来。”言未了，宫主小姐一同上前行礼。王凡见女儿与一青年女子在阶下见礼，便问：“吾儿、那位姑娘免礼。此位是何人？”王兰英说：“父王，这女子乃蒙云关段小姐，昨天前来求救。他关被宋人攻打甚急，要女儿同往相助。儿念着金兰之谊，实欲前往相助，但不敢自专，特来禀知父王。”不知王凡允否，下回分解。

第二十五回 议破阵金兰同志 计劫营段洪失机

金兰契合义相投，大破纯阳用计谋。
降宋弃蛮归圣主，姻缘得遂乐同俦。

当下王凡说："我儿，段小姐与你姐妹之情，你当相助。此去若退了宋兵，即要回来。但是我久闻人说，杨家人马个个善于术法，狄青善于用兵，你前去切要小心，勿倚恃法力。轻敌必然有失。"宫主领命，二人拜别王凡去了。宫主又进宫辞过母亲，也是一番叮咛。出宫门，挑选了一万精兵，二人并马起程，向蒙云关而来。自辰刻催兵赶路，至二更天方到关下。

立下营来，用过晚膳，宫主呼："姐姐，你我前去破阵，反助了敌人，与反叛无异，须要偃旗息鼓，做得机密，休使外人知道。"小姐说声："不错，昨日我看兵书，上面写得明白，说此阵有二正门可进，台上有天兵、神将把守，中军凝结纯阳之气，都是这和尚练就阳气发胜，日则难攻，夜则易破，只因阳衰而阴旺也。用五千军马，各进一门杀入，黑夜中，和尚纵有法不敢用，恐伤了自家人马。一阵成功，救出狄公子，夜来神鬼不知，与贤妹各回关去，你道如何？"宫主说："姐姐之言有理。"二人商议已定，宫主又呼："姐姐，不知王和尚之阵到底摆于何处。今不过二更余，何不先去看他，探其如何。"段小姐说："你我前去探阵，诚恐爹爹或王和尚看破行藏，反为不美。不如命精细军人前去探听为稳当。"宫主称言："有理。"即差人去了，也且慢表。

却说王和尚自从困了宋将几人，连日出阵，到宋营外挑战，并无一人出马，心中不悦，与段洪商议："宋将不敢前来打阵，如何是好？"段洪说："宋将畏惧此阵厉害，不敢来前，定然另有设想。依我愚见，今夜带领人马，前去劫他的营，禅神在后接应，一阵可以杀他片甲不回了。"王和尚大喜，说："老将军高见不差。"说完，时交三鼓，段元帅即差二子段龙、段虎，各带三千军马，副将各五员，为左右翼，自为中军，王禅师随即后应。令下，各去打点。禅师令卜贵守住法台，自己带领随身法宝而去。

先说王兰英的探子来报，说："此阵在西南方，离关十五里。阵式周围四十余丈方圆，有门有户，一派毫光。其中奥妙，小人不知。"小姐二人见探子报明白，宫主说:“今已知阵在西南,不用带兵杀入,我向南门杀入,你向东门杀退了天兵,你于台下放火,乘乱可用法门脱出宋将了。”此时宫主驾起云头,段小姐带兵一万旗卷鼓息,一程到了离阵不远,埋伏于茂林,待阵一动,然后杀入。

先说王兰英驾云来到阵前,看见阵内黑气冲天,四角毫光闪闪,暗说:“此阵果然厉害,我若无此颗神沙,焉能破得此阵,自然立定不住的了。”言毕时,台上旗幡一动,众天兵天将杀来,宫主葫芦内放出宝沙,口念真言一撒,只听得一声雷响,犹如天崩地裂。神沙光亮,将黑暗冲散了,阵中旗幡自乱,阵内鬼哭神愁。众蛮兵只当作宋人来打阵,黑暗中不分真假,刀斧交加,自相残杀殆尽。众天兵神将回避神沙,俱升天而去。卜贵不知何故,吓得目定口呆,有法术不能施展。宫主见天兵走散,法台上止剩一僧,宫主飞跑上台,一刀斩于台下。南兵众将大乱。

段小姐一见阵乱,即杀进中央放火。看见法台里五架囚车,就知被擒宋将乃岳纲、张忠、李义、焦廷贵、狄龙公子。小姐目中下泪,暗呼:“公子,可怜你年轻体贵,焉能受得如此辛苦?”吩咐众兵将囚车打开,放了宋将,慢些放手,犹恐着伤。南兵领命,即时打开。五位将军看见段红玉令人放他,心下惊疑。焦廷贵大呼:“这妖妇与我仇敌,须防他来算账。”岳纲说:“这妖妇虽然放我们,决无好意,何不趁此上前,将他拿住,除了大害罢。”早有焦廷贵大喊一声,飞奔上前,四人一齐拥着,将小姐拿住。众兵正欲动手,反防伤了小姐。这小姐看来不好,念咒对焦廷贵吹一口气,焦廷贵反变化一个段红玉,五人正拥着的却化作一焦廷贵。要擒拿段红玉,岂知是“焦廷贵”,“段红玉”在旁逃去。他众人惊疑不定,却放开段红玉,反将焦廷贵拿住。小姐趁势一纵,跑上云头而去。当时众人拿住,只见是焦廷贵,吓了一惊,都说:“奇了!反被妖妇走了,拿的又是焦廷贵。”张忠道:“他走了不可再延,且回营罢。”五人即出了纯阳阵。此时已四更天了,路途黑暗,只得随步慢行。

又说王兰英见段红玉带兵杀进阵中,不见动静,忙下了法台,见是带来兵马。众兵执火照辉光亮,认得宫主,遂将小姐救出宋将,反被他擒拿,说了一遍。宫主听了大怒,说:“姐姐,你既脱了此厄,何不来寻我?”想了一会,说:“必然救出他五人,不想宋将恩将仇报,见劳而无功,所以羞愧不来见我。待奴前往找他。”说完遁光而去,寻见段红玉,呼声:“姐姐,因何独自一人在此?”段小姐说:“贤妹,不消提起。只望破了此阵,救出公子,降宋,自有好处,岂知宋人险恶,一离大难,就反面无情来拿我。若非有些法力,险遭毒手。料想婚事不成,枉费贤妹与我一番的跋涉,用尽机谋,空成画饼充饥。”言罢,珠泪盈盈。宫主说:“姐姐不用心烦,且听我一言,教你忧中变喜。”段小姐说:“贤妹有何良谋?”宫主说:“你当日在富春山,与狄元帅许下投降与公子结婚,教你破阵搭救五人。想五将困于阵中,已有半夜,焉能得知你投降了?因何你一人放出五人之时,又不说明其故?倒是你失于检点,如何怒恨他人。”小姐听了方才醒悟,说:“贤妹,若非你言,愚姐错怪他人了。但想众兵还困住五人,你我何不回报知狄千岁,如何?”宫主说,“你见差矣。这五人乃堂堂好汉,众兵哪个是他对手,早已杀出回营去了。你我何不回去,命众兵多持火把,追赶上他五人,同到宋营,报知狄元帅,以成就姐姐的良缘。你道如何?”段红玉大悦,说:“贤妹高见不差。”即按下云头。一刻,阵中已是冰消瓦解,和尚尸首满地,实为可怜。二人咨惜一番,招回众军,传令随同走路不表。

再说王禅师与段洪,带来兵马,前去劫取宋营,人马肃静衔枚。此时仍复四更未残,将到宋营,段洪对王和尚说:“今夜劫营,又遇大雾迷空,云封月色,乃天助成此功也。倘退了大宋之师,皆得禅师之力。”正说之间,只见报马如飞来,报说:“不好了!纯阳阵被敌人打破,一万和尚已被他杀尽。”段洪大惊,和尚大哭,即令回营。行不上二里,只见远远来了一支人马,灯笼火把照耀如同白日。王和尚将军排开,伺候敌人。

又说段红玉、王兰英正催兵追赶众人,只见面前扎定一队兵马,只说是大宋之师。行近,灯光下细看,见是南蛮旗号。王兰英见是段洪与王和尚,便对段红玉说:“姐姐,既然见面,只须如此如此,方不露出机关来。须将令尊大人哄诓过。所惧者王和尚,须要算计到了他,方保得无事。若被他看破了行藏,投顺大宋就连累非轻,再难设计了。”段红玉闻言,道:“贤妹果然妙算无遗,非人所及。”二人于是催马上前。段小姐呼声:“父亲,孩儿红玉在此。”段洪听言,在灯光之下抬头一看,见一员女将,金甲全披,戎装威武,手拿双刀,在那里呼父亲。看真,原是女儿也。思量:“这贱人一去两月余,并无行踪,在于何处居止?莫非已投大宋不成。”遂开言大喝:“你这不肖之女,不受父训,流离失所,好个未出闺门的幼女!你又因何黑夜领兵至此,是何缘故?一定心有反叛之意了。若不斩你这不肖之女,岂不被人耻笑,被人谈论,说我不忠。”言罢,拍马数步,跑到段红玉跟前,提刀斩去。段小姐闪开躲过,呼声:“父亲息怒,待儿细细禀明。”此时不知小姐如何说出,下回分解。

第二十六回 施巧计兰英斩僧 中计谋段洪降宋

天网恢恢焉可逃,助逆强僧杀戮遭。
国运当兴归大宋,被诛失计女英豪。

当下段小姐见父亲发怒要斩,即便说:“父亲不必动怒,待女儿禀明。”段洪说:“有话快些讲来。”小姐说:“女儿自那日出敌,只望取胜,岂知反败了,无面回关见父,至此一程跑到芦台关。多蒙兰英贤妹相留两月。今日起兵相助,日夜催师行程,只赶至此处。但黑夜之中,闻人说出风声,打破阵图,放去了宋人,打开五架囚车。耳旁又闻父亲与王长老前去劫取大宋之营,是以女儿一闻,与宫主前来接应,并无反意,望乞父亲鉴察参详。倘因一时之忿,伤害了女儿,岂不有屈难伸,且臭名难免。爹爹于心何忍!"当时段洪听了女儿一番言辞,料不是说谎,正在沉吟思想。有王和尚闻段小姐之言,看见段洪疑惑,呼声:"元帅,令爱句句忠诚实话,有何虚言,元帅何必执性生疑?"段洪听了,便说:"你既请得宫主来,如今在于何处?"小姐说:"现在中军队伍中。"段洪道:"他既在中军,何不请来相见。"宫主闻请,催马到前,称声:"元帅、王法师,奴兰英甲胄在身,不能全礼,休得见怪。"说完打拱。段洪和王禅师即忙答礼,同说:"有劳宫主起兵相助,感谢不尽。"

王和尚又呼:"宫主与小姐,你二人一路而来,谅必知情。不知贫道的阵法何人打破?可对我说知。"二人听了一惊,宫主忙唤:"法师,若问你阵法谁人打破,我们不知。但带兵来到阵前,隔二三里,但闻败残和尚说,阵被宋人打破了。我二人一闻此,正赶上阵前,意欲除杀宋师。未到阵前,只远远见灯光照耀,一派红光。喊杀如雷,料想此阵已破,只得回兵。意欲进蒙云关,又风闻元帅、法师去劫宋营,特回兵前来帮助。"王和尚闻言,信以为真,吓惊不小,想道:"此阵厉害,已被他打破,想来天命有归中原,天子洪福非轻,自有神明相助。看来贫僧虽有法力,终于无用。只恐有败无赢,枉用心神,徒开杀戒耳。"王和尚想到此处,把刚强杀伐之雄心冷灰了。宫主、小姐见他信以为真,方才安心。宫主想:"这秃贼往日攻取各城,倚仗法力,哄动南王作叛,即将所取地方妄加杀戮,今日强狠在哪里?我何不哄他,如此出其不意,杀了他,然后劝段伯伯投降大宋,有何不可?姐姐姻缘又就了。"想罢,呼声:"禅师,不但大宋神圣佑助,他还有一句稀奇的话。只众军前不可说,恐乱军心。"王和尚说:"不妨。"宫主说:"不可,不可,须要法师行近,细细说的方妥。"王和尚听了,心中疑惑一会:"宫主有何稀奇之事?且请说来。"将坐骑跑上数步,只望王兰英说什么机密大事。宫主暗暗挽着王和尚,手起刀落,一刀挥为两段。

段洪吓一大惊,喝声:"王兰英,你将长老杀死,定要反了投顺宋朝。"宫主呼声:"老伯父,你还不知么?"将段小姐的事情一一说知。段洪闻说大怒,气得三绺长须根根直竖,喝声:"你等不由我做主,私降敌人。此玷辱门风之女,我今不杀你这丫头,誓不为人。"说罢,拍马抢上,双手持刀,向段红玉砍去。宫主双手架住。段洪见他架住大刀,复又横刀斩去,宫主又横刀挡过,呼声:"老伯父且请息怒,听我奉告一言。大宋天子乃受命之君,中原之主,运会当兴。我南天王乃一叛逆,布衣初起时尽是匪贼亡命之徒,僭夺交趾,妄自称孤道寡,所行非义,所做非仁,焉有甚福荫成其大事!纵使他再攻僭得一二省,亦不济事。中原大国,兵多将广,文多武勇,天命所归。审世度时,南蛮不久必为所灭。即我父王,久有降宋之心,但未得引线耳,苟有机会,必然降顺天朝。但今老伯父不降,必有大祸临身。"段洪说:"不降宋何得有祸？你且说来。”宫主说：“这王和尚乃奉南王之命来助敌，不是死于敌人之手，乃在你关自杀死也。倘他手下一泄出，言你陷害于他，南王岂不动怒。这达摩军师，又与他是道友，在南王跟前劾奏你私杀命官，那时一家性命不能逃脱，不是大祸临身么？倘老伯父不听我谏言，奴即赶往昆仑关，奏你私杀法师，脱了我的干系。”段洪说道：“你杀他反诬我。”宫主说：“奴则脱却干系，何分你我。”段洪想：“这丫头果然厉害，倘他当真诬奏起来，一家性命休矣。”说：“罢了，今从你二人陷我于不义的。”段小姐、宫主大喜，合兵一处，吩咐埋葬了王和尚的尸首，一同回关。段洪命段虎查点府库，预备来日投降。是夜，父子、兄弟、宫主五人，论议投降，这一番言语不必细说。

又说狄龙五人杀出重围，天色黑暗，辨不出路途，况地头广杂，五人只管慢行。走到天明一看，众人惊疑，勒马说：“我昨夜天暗，只管跑走，如今走错了，不知此是什么地方？”张忠说：“南蛮地广人稀，又无村民，一问去路，又无人指引，如何是好？”廷贵说：“我们何不跑上前面高山看看，找了出路。”众人于是走上山头。只见山侧松林下，有两人在此抬头张望，五人一见，说道：“有了，那山上有人在此。”狄龙说：“待我去询问路途。”催马去了。张忠对李义说道：“公子年轻，此去问路，山上人装束不同，不知是好人是歹人，倘有失足，上他们的当了。”二人即拍马追上。狄龙在前，张、李在后，三匹马往松林中走，相隔不远。山上人见三骑来近了，一回身往松林中就跑去。狄龙带怒拍马，也赶入松林内。忽听得一声锣响，就地拉起绊马索来，将狄龙连人带马绊倒在地下。两旁跑出千人，手执挠钩，将狄龙拿去。张忠、李义一见狄龙拿去，心中着急，拍马大喝，众人看看赶近，只闻锣声振耳，松林内涌出一队兵，当中一员蛮将，生得丑陋奇形。二人大喝一声：“野奴，你是何人，擅敢无故拿人？快快送回，下礼赔罪，就饶你一死。”这员丑将嘲声：“你等莫非是宋人差来问道的？自到吾此山横行大胆，还要放回被擒之人，休想了。”二将听了大怒，枪刀齐刺，南将提刀相架。三人杀起来。张忠、李义不是本事低，皆因放出囚车，只得小军短刀，所以敌不过此将，又被拿住了。焦廷贵与岳纲二人，在山下看见，忙跑上来追。南将见山侧又有二人杀奔上来，只得勒马以待。二将看见这丑汉十分威武，怪不得他三人被擒，原来这贼凶恶武勇，遂大喊：“贼寇一连擒我三将，是何缘故？”南将闻言不答，长枪又戳来。二将短刀架开。三人战了一回，二将抵挡不住，亦为刀马不堪使用。岳纲想：“三人被擒去，原因刀马不合手骑，如今再战，难保不输。”即拍马败走。焦廷贵看见岳纲先走了，他亦拍马跟随。南将不来追赶，收兵回山而去。岳纲道：“吾人出阵，只道脱离虎口回营，谁知黑夜错行误入此山，遇着蛮将，擒去三人。未知生死，怎能回营见元帅？”焦廷贵说：“依着我言，找路回营禀明元帅，兴兵前来，踏破此山，可救出三人。”岳纲无奈，依允寻路。已交巳时，肚中饥饿，路上又无住家人，只得忍饥而已，不表。

又说蒙云关段洪，此日打点开关投降，云：以虚为实，以实为虚，又未曾与狄元帅面订。若开关出投，宋兵杀入城来，不准投降，那时一家性命难保。不若命女儿前去献了降书，果然应允，然后开关未迟。即时写了降书，交与红玉，说："女儿可先到宋营，献了降书。倘宋师准降，即可回来。"小姐领命，正要动身，王兰英思量："这段红玉去献降书，一恐他不顾生死，一心要匹配着狄龙，必然此位小将军生得相貌非凡，人才出众，何不跟随他去看看这位狄公子。"说声："姐姐慢行，愚妹陪你走走。"段小姐说："如此甚好。"二人上马，带了数十名家丁，辞过段洪与段龙二位，徐徐而去。走了二十多里，已到宋营，遂令家丁通报进营中。狄元帅闻知，又惊又喜，说："蒙云关既愿投降，因何不教五将回来？"低头一想，问军士："此员女将有何人同来献降书？"不知投降如何，段小姐有何答话，下回分解。

第二十七回 老南将真诚降宋 少蛮女私订良姻

南蛮老将降天邦，大宋当年气运昌。
择木而栖称名鸟，拣君以事是臣良。

当下狄元帅见段小姐来投降，有降书献纳，不见五将回营，又见军士回禀，只同一员女将同来，兵丁数十人。狄元帅听了，一言不语。王元帅便呼："千岁，莫非疑着段红玉有什么诈处？"狄元帅说："然也，段红玉既破了此阵，缘何不放五将回来。莫非段洪不降，他女儿私降的。"王元帅说道："不如命人出营问他明白，然后准他投降相见。倘若含糊有诈，抢关便了。"狄元帅问："何人出营？"狄虎说："孩儿愿往。""你去恐失。盘诘敌人，须要随机应变之事，你年轻智浅，哪里参得他人面情虚，岂不误了大事。"狄虎满面羞惭而退，想来："父王不教我去，只言我做事不妥，待我暗暗出营。"当下由杨文广出营，带了人马，一字排开，看见两员女将。王兰英便问红玉说："姐姐，这员宋营小将，莫非是狄龙？"小姐说："非也，乃山后杨某的后裔，杨文广也。他是一员骁勇小将，奴与他交锋，险些丧在他手，幸然有些法力。但不知他因何带兵出营，狄元帅如何主意。"王兰英说："何不前去问个明白。"小姐说："贤妹之言不差。"即拍马上前，呼声："杨将军，今日领兵出营，不知何故？"杨文广早已看见二员女将，生得美貌超群，一个段红玉，一个不知何人，开言说："我元帅闻你前来投降献降书，特差本将军问你，既然破了阵，因何不放我们五将回营。"段小姐说：

"自从在富春山别了元帅,次日即领兵打阵,破了阵,杀死一万和尚兵,救出五将。正要诉说前情,岂知这五人反将奴拿住,幸得我有法力脱身,不然性命不保。"杨文广说:"既然放出众将,因何不见回营。明明你害了他们性命,如今又来诈降。幸得我元帅参破机关,命我前来擒你。"抡枪就刺。小姐大怒,说道,"奴好意投降你,只为破此恶阵,费尽许多心神,杀了王和尚,劝谏父亲多少,方肯归降。谁知你难信我的,反面无情,救了五人反说我诈降。早知你们失信,奴枉为极力辛劳。今教我如何回归见父,岂不被他人耻笑。你是不知其原由的,快请狄元帅出阵,待奴问他在武侯庙的言辞至今何在。"杨将军说:"据你言辞,亦是真情归降。但我五将不见回来,难以准信。"小姐说:"黑夜中五人杀出阵来,一定迷失路途。既然将军不信,且收了降书,限我二日探听五人消息,再来回报,如何?"杨文广说:"小姐言之有理,待我回去,与你转达元帅。"说完接了降书,回营去了。

小姐见杨文广回营,长叹一声:"只说前来献了降书,即姻缘两合,岂知又是吉内成凶。五将不见回营,狄元帅心疑不定,岂不活活将他急杀。"兰英在后见姐姐呆呆不语,虽不耻笑于他,却也忍耐不住,跑到跟前,呼声:"姐姐不必如此的着急,此处不是望夫台,如何站立不动?古言:'万般皆是命,半点不由人。'姻缘乃前世所定,赤绳系足,岂能逃脱。若听我言,你必去寻狄龙。他既然与你无缘就罢了,倘若勉强而为,恐有关于性命,又防与你父兄伤了和气,反为不雅。"小姐闻言,又羞又愧,低头不语。王兰英见他进退两难,当时只得又劝道:"姐姐不必忧愁,如今事已至此,须要寻个计策方是。"小姐说:"望求赐教,开奴茅塞。"兰英说:"依奴愚见,那五将走失路途,必然在竹枝山。此山离此不远,其中路径丛杂,想必误走此山。姐姐可速到彼打寻,奴今回关见过段伯父,将前事说知,使他放心,就在关中等候。"小姐应允,二人别了。

按下段红玉不表,有兰英宫主,带回众兵,向大道而行,一路暗笑段红玉痴心。正想间,忽听得前面有人喝声:"妖婢休走。"宫主一看,见来了一员小将,生得眉清目秀,俊雅风流,想必此将乃狄龙,怪不得段红玉如此痴心为他,看罢,便问:"小将何名,因何阻吾去路?"狄虎看见此员女将生得相貌如花,世所罕有,三寸金莲,令人可爱,丰姿艳冶,倾国倾城。狄虎暗赞道:"好一个齐整蛮女!看他弱质柔躯,有何本领,俱是仗着邪术伤人。"仔细一看,又不是段红玉,另一员女将也。想:"段红玉我父王不准他投降,被我兵杀败,未知走往何处。"正在思量,见女将问他姓名,便答言:"吾乃平西王次子狄虎也。若知我二公子刀法厉害,快快下马投降,饶你一死。"王兰英听了,一想:"段姐姐言平西王公子狄龙,生得一美非俗。我只道此人是狄龙,如何又唤作狄虎?想必是他手足。"便说:"吾乃芦台关王兰英,乃王凡之女。请问小将军,既是狄元帅公子,今年青春几何,狄龙是你何人?"狄虎闻言冷笑,想:"此女问长问短,此是何故?"遂答言:"狄龙吾之胞兄也,你问他是何缘故?"王兰英说:"将军,你既然是狄龙的令弟。岂不知蒙云关的段小姐与他订结了姻缘。今日亲到宋营献纳降书,狄公子因何阻我于半途?”狄虎听了,想来:“我父王既好好约许了段红玉为婚,今日他是随行来归降于我们。若半途阻截他,于理不合,不若哄激于彼,看此女有何关节之言。”便说:“我兄虽许段红玉为婚,不过诓哄于他。方才小姐被我埋伏擒回营了,今又奉父命来拿你,快快下马受缚。”宫主闻言怒生,骂声:“匹夫,你们俱是忘恩负义之人,敢来拦我。奴与小姐,你想擒拿,万不能了。”说罢,双刀斩去。狄虎大刀相迎。

一连杀了二十合,宫主抵挡不住,暗暗喝彩:“真乃将门之子,话不虚传。料难取胜,又不可用法宝伤他。既是狄元帅之子,姐姐既匹配狄龙,奴何妨订约于狄虎。不如与他面言罢。”架住大刀,喝声:“公子且住,奴有言相告。”狄虎听了,说:“你有何言,快快说来。”公主说:“你令兄既匹配了段小姐,你我若联了婚姻,同心协力,以灭南蛮。不知公子意下如何。”狄虎闻言,想:“此女好不顾羞惭。我且诓他一会,看他如何。”笑说:“宫主既有此美意,却也不难,我今奉命来擒段洪,在元帅跟前夸了大口,倘宫主成全我此段功劳,我是无有不依。”兰英听罢,心下十分难处,想:“此事如何是好?若依他,姐姐怪我不义,若不依他,这婚事难成。”事在两难,又想来:“段红玉去寻找五将,奴不与狄虎进关,只说宋帅差二公子前来请去,待他拿绑了段洪,请宋将进关,岂不两全其美。”即对狄虎说:“此事俱在奴身上,只是不要失了前言。”狄虎心中暗喜,呼声:“宫主既言应允,但不知有何良谋,乞道其详。”宫主说:“奴哄段洪出关,说公子奉命相请,即将他绑了。你道如何?”狄虎大悦,道:“宫主且回关做作,我在此等候。”

宫主辞去,进关见了段洪,他问事体如何,宫主说:“狄元帅虽然收了降书,他心中疑惑五员将士不见回营,段小姐许他寻找五人去了。狄元帅实疑我们有假,传言要我请老伯父到他大营,与狄元帅面订一言,方为真实。我不知老伯父意见如何,未敢应允,不知他内里有什么机谋。今狄元帅有差二公子在后面相请,老伯父,你意见去否?”段洪说:“既如此,本帅就亲到宋营,与狄元帅一会何妨。”宫主又说:“老伯父既去,不必带人马,诚恐宋将疑心。”段洪应允,即时上马,与宫主出关而去。

行了一程,只见狄虎匹马横刀,立于大道。王兰英诈作不见,段洪勒马,向宫主说:“我看来将不怀好意,莫非不准投降,差人前来迎敌。”王兰英说:“伯父放心,这员小将乃狄元帅次子,名狄虎。想是狄元帅差他来迎接。”段洪听了,只得前进,与狄虎答话。不知段洪被擒如何,且看下回分解。

第二十八回 王兰英背义夺关 狄元帅正军斩子

契结金兰意味长，缘何日久竟相戕。
奇关背弟恩情失，且看交深是虎狼。

当下段洪只言狄虎奉了元帅之命，来迎接于他，连忙上前，口称："小将军，老夫乃无能降将，何劳远迎。"狄虎见他来近，起手横刀刺去，刀尖刺中咽喉，段洪一命呜呼，跌于马下。

王兰英一见，面如土色，忙呼："公子，你说擒拿他，因何伤了他性命？"狄虎说："宫主，我意欲大刀挑他下马，不意误刺中咽喉，悔已不及。"王兰英听了，心如麻醉："只忧段红玉知你杀死父亲，怎肯干休。教我如何回答？"想了一会，对狄虎说："你今误杀段洪，皆因我错了主意。一不做，二不休，如今不若与你同去取了此关，差人回营报知狄元帅，请他前来进关。倘若段红玉回来，慢慢与你调停劝解于他。若有不依，即时拿住，挟他投降，方为妥当。"或谓这王兰英为人，前后极似分为两截。初时待红玉情深意厚，为设计周全，算无遗策，智量堪嘉。无如今日为着要与狄虎结婚，误伤段洪，毫无怜惜之心。虽非骨肉，但念与红玉结契深情，于心不忍，何也？

只要我躬连理偶，哪管他人不戴冤。

当下狄虎听了，便呼："宫主，蒙你美意相助，我岂相忘。事妥之日，与你永结百年之好。"于是二人进关。此时段龙、段虎只道宋师势大，爹爹已死，即时与母亲奔往芦台关去了。狄虎收殓了段洪，差人回营报知。狄元帅大惊，说："这畜生好大胆，不奉令前去杀了段洪，骗抢他关，如何是好？"王元帅说："我想段洪既来投降，又去取了他关，伤他性命，如此不仁，归于我们，公子虽然有功，难逃违令之罪。如今悔亦不及，且去安了民罢。"此时元帅留下高明、杨唐、孟定国三员战将，与副元帅杨文广同守营盘，其余战将随往。又带兵五万，一路来到蒙云关。

兰英宫主乃投降之人，只得与狄虎出来迎接。二位元帅进了帅府，大堂一同坐下，狄元帅令探子四路追赶，诘段氏家口奔逃何处，打听明白，即来报知，又命将段洪棺柩运入关内，出榜安民，然后吩咐兰英宫主进见。宫主进内，只见众将威严，与我国不同，心中惊恐，含羞说声："芦台关王兰英叩见。"狄元帅起位拱手，说："宫主请起。"王怀女早早离位挽起，说："宫主，你乃南蛮之女，我乃中国之臣，以此并无管辖，何必行此大礼。"宫主见此，心中方安，说："奴本女人，仰千岁与夫人威德，军民感仰，所以蛮女献关投降，望乞收留。"说完又要行礼。王元帅扶住，请他坐了旁首。王元帅说声："宫主，这段小姐不知往哪方寻找五将？"宫主说："只因元帅不准投降，小姐今已往竹枝山，打寻五人未回，是以奴一人前来献关。"王元帅说："狄虎差人说攻打关城，这算不得是宫主开城归顺。狄虎又不该妄杀了段洪，此事反复不明，望宫主细说其详，免本帅疑惑。"王兰英低头不语，暗想："此事教我如何回答？欲将前事说出，狄虎危矣，欲要不说出，又恐哄他不过，反为不美。想倒不如含糊说了罢。"即呼声："元帅，你未知其详。此日段红玉往竹枝山，奴独自回关，与段洪商酌。这时有军士说，宋营有将一员叫关，段洪只道好意，元帅差人来关打探虚实。段洪出关迎接，狄公子以为他出城迎战，并不答话，大刀略举，实为误伤。段氏一门闻知，俱逃走了，奴家献了城池。公子以为夺关。"王元帅心中明白，想来："此女言语支吾，必有难讲的话，休要诘破他，待后问明便了。"即说道："原来有此原因。难得宫主见机投顺，真乃审势达权。"狄元帅说道："此中必有委曲，只须问那逆子，便知明白。"传令狄虎进来。

不多时，狄虎到帐前来了，说："孩儿破了此贼，特来请功。"狄元帅大喝："逆子，一派胡言。不遵将令私出，妄伤降将，乱我军规，还不知罪，反来冒功。姑从实言说来，免得动刑。"狄虎听了，心下惊惶，只得跪下，诉声："父王与王元帅听禀。这是孩儿单刀独马往河边，不题防草丛中跳出了一虎，扑面走来，惊我马直到城下。遇见段洪带了几个小军出城，孩儿误伤了他，登时关内军民人等大乱，段氏家口逃去无迹，芦台关王兰英只得投降了。至此，孩儿来请功。"狄元帅大喝一声："好逆子，满口胡言！此处离山甚远，焉有猛虎？纵然马失惊，不过一箭之路，何得一连跑到十余里，到他城下？况且自己战马，如何降他不住？既然沿河饮马，何用带刀？眼见诓言欺哄，乱我军规。"吩咐刀斧手："拿出正法。"两边刀斧手答应一声，上前将二公子正在捆绑，那王兰英一见着急，心慌意乱，自己又不敢开言劝导，眼看没有解救，只是眼中下泪。

忽有探子来说："段氏家口俱逃往芦台关去了，特来交令。"细细禀上。又说王怀女，当日出兵之日，狄家公主将二子叮嘱，托他照管。难道今日二公子犯了军令，死在目前，有袖手旁观，不来劝解之理？只因狄青为人，性刚直无私，军令整肃，不受人情。若于先前细问二公子之时，若即劝阻，不但狄青不依，只怕狄公子死得更快，所以心中虽急，仍不敢开言，只思量寻机会待他怒略平，方好解劝。此时探子回报，段洪一家奔往某处，他又盘诘一番，缴回令，厚赏探子。此时怒气已过，正好趁机劝解，遂呼："元帅，妾奉告一言，不知尊意若何。"狄元帅说："有何见教？"王元帅说："二公子实属年轻幼小，生长王侯之门，不知法律，一时误犯军规。如若伤了公子，一来伤了父子天性，二来正在用人之际。不如命公子戴罪立功，差他招降段氏兄弟回关，将功折罪。若不能招降，正法未迟。”狄爷说：“元帅说情，本当依允，唯有两件事不能奉命。一来，狄虎乃我亲生之子，今日犯罪，岂肯轻饶，岂不被人谈论。众将若是效尤，这数十万人马不能管了。”王元帅说：“戴罪立功，也是常情，谁敢不服？”狄爷说：“第二者，段洪乃南蛮老将，一心归顺，不曾沾中国点水之恩，反被逆子伤了性命。若不将他斩了，倘若段红玉找寻五将回来，闻知此事，问起缘由，你教本帅何言以答？”王怀女说：“元帅放心。段洪既死，不能复生。如今与他盖造庙宇，请旨封他，春秋祭祀。倘段小姐回来，妾另有设施，管教无事。且看妾薄面饶他。”狄元帅说：“罢了，且看元帅之面，饶了这逆子。”吩咐左右放了。

狄虎上前叩谢父王、王元帅不斩之恩，狄爷喝声：“逆子，今看在王元帅面情，权且饶你。如今且领兵五百，带罪招安段龙兄弟。限你五日功夫，便要招安回来，将功抵罪。倘若不能，治罪不免。”说完，拔令一支，掷于地下。狄虎连忙拾起，道声“得令”，领兵而去。王兰英见狄虎去了，心中挂念，不如同狄虎去招安，指点他，方为妥当。正欲开言，又想：“我与公子同往，只恐元帅不依。纵然依了，又怕名声不好，岂不被人谈论。”想了一回，对王元帅说：“二位元帅，奴虽投顺天朝，并无寸箭之功，心中甚是惭愧。芦台关系奴父镇守，手下雄兵三十万，粮草丰如丘山。奴意欲回关说了父母前来归降，不知二位元帅意下如何？”元帅大喜，说道：“难得宫主一段美意。倘劝得老将军投降了，此段功劳非小，焉有不依宫主之理。本帅在此专候佳音。”当时王兰英拜辞二位元帅，即刻上马，出营而去。按下慢表。

再说段红玉自别了王兰英，一路往竹枝山而来，独自赶路程，越岭登山，找寻五位宋将。先说焦廷贵、岳纲二人，失去狄公子与张忠、李义三人，只因腹饥寻路回营，无神无气向前而走。忽远远见段红玉对面而来，焦廷贵说：“岳将军，你看对面来的不是段红玉这丫头。”岳纲一看，说道：“不差，昨日被他走脱，如今又在此处为何？”焦廷贵早已拍马，提起铁鞭，大喝：“贱婢休走，焦廷贵在此，快快下马受缚！”铁鞭对面打去。段小姐急架相迎。

不知他访着五将消息，如何着落，且看下回，便知端的。

第二十九回 宋将军脱逃回营 段小姐单身探穴

强伤危地古英雄，轻进无谋定丧身。
兵法两地虚实变，三军司令见材人。

当下段小姐见焦廷贵铁鞭打来，即将双刀架住，呼声："将军，奴特来找寻你。"焦廷贵闻言大怒，喝声："好贱婢，你既来寻找我，不要走，吃我一鞭。"手提铁鞭打去。段小姐将身一闪，双足一蹬，连人带马起在空中。焦廷贵大骂："贱婢不要使邪术逃走。你若是好汉，可下来拼个死活。"段小姐在云端呼声："将军，我如今不是与你敌手，何必动怒。奴只问你狄公子今在何处？"焦廷贵说："狄公子与你有甚相干，你要寻他么？"岳纲听他言语，忙上前说："焦将军不必性急，且听他说来。"段小姐说："二位将军听禀。自从奴在武侯庙遇见了狄千岁，在此山参拜神头，只为众英雄被困在阵中，许与狄公子结为婚姻。"小姐言到"婚姻"二字，就不觉羞惭起来不说。焦廷贵大呼："因何不说？"段小姐无奈，只得说："奴与狄公子先在阵上许了姻缘，后在富春山狄千岁面允，公子既困于阵中，哪有不怜惜之理。是以不惜辛苦，与芦台关王兰英一同冲破恶阵，放出众将军。忙中有错，如今将原故说明。谁知你五人疑心中将奴拿住。奴家用法忙逃脱，不然遭你毒手。昨夜回关，今早奉父命前来投降。岂知狄千岁见阵虽破，不见五将回营，心中疑我不是真心归降，限三日找寻公子等回营，然后方准投降完婚。故奴到此地找寻。你们五人被困，缘何只剩二人，公子往哪里去的？"

岳纲二人听了回嗔作喜，请小姐落下了云头。岳纲口称："小姐，我五人自从出了阵，有劳搭救，意欲归营。不想迷失路途，错进此山。早间，张忠、李义与狄公子往问道路，遇了山寇擒去。我二人舍命去夺，无奈兵器马匹不合，是以不能取胜。如今赶回营中，欲破此山，救取公子。"小姐说："你们战败于何处？"岳纲说："倒也不远。直向西去，一转，山左树林内就是。"小姐说："如此说来，此地乃竹枝山也。二位将军何不与奴同到此处，救出三人，一同回营，岂不为美。"焦廷贵说："使不得的，我们饿了一日一夜，回营食个饱顿，睡觉养神。"岳纲说："休讲闲言。我想公子与二将被擒，未知生死，事关不小。倘你救不得，岂不误了我事。”小姐说：“既然二位要回去，奴不敢相强。二位见了千岁时，须替奴禀上，说奴前去舍命找寻，救回三将，随后就到了。”说完，纵身一晃，连人带马随风而去。

二人齐声称赞他法力高强，今得他降，实乃圣上之福，南蛮当灭。赞欢之间，无奈人困马乏，只得缓缓而走。又走了半个时辰，方回到营前。进内，有小将军早已通报，杨文广大喜。二人已至大军大帐，又不见了二位元帅，杨文广说：“二位将军因何今日方到，昨天在于何处？又不见张忠、李义、公子三人，是何缘故？”岳纲因将三人失路在竹枝山，他二人特回取救说明。杨元帅说：“失去公子与二将，非同小可，快些到蒙云关取救方好。”岳纲闻言，呼声：“杨元帅休得戏言。我营中雄兵猛将不少，因何反到蒙云关敌人处取救？”杨文广听了，将得关缘由说知。岳纲二人说：“原来如此。但此事缓不得。”肚中饥饿难当，二人往后营用过膳，岳纲辞别众人，飞马向蒙云关而来。

又说狄元帅见王兰英去后，一心牵挂狄龙与四将，见交午后，尚不见回来，放心不下，纳闷沉沉。王怀女劝慰说：“段小姐已去找寻，定有消息，元帅何须过虑。”正言间，忽报子报说：“岳先锋现于关外求见。”元帅忙令进来。岳将军来到帅堂，参见已毕，元帅一问前事，岳纲将脱离敌阵，遇盗拼战失去三人，一一说明。元帅说：“你二人回来，因何不见焦廷贵到来。”岳纲说：“他已在杨元帅营中，小将一人来报知。但段红玉一人去救公子三人，犹恐未必可胜？如元帅发兵去帮助，可保无虞。”此时元帅听了，说：“既然如此，你且退去歇息，本帅自有商量。”岳纲谢了元帅，往后堂安息。当下狄爷对王元帅说：“本帅提兵将有二载，方得一关。如此迟延岁月，不知何日奏凯班师。他三人被擒，不知生死。段红玉女子一人，虽然厉害，胜败未知。”王元帅呼声：“元帅，天命有归，但杀运已起，忧不来的。但段红玉法力高强，何虑不能救回三将。慢些等等，自有佳音。”言谈不表。

却说段红玉小姐别了焦、岳二人，驾云即刻落下山坡，一看，前面好派树木阴森，十分幽雅。小姐一步步纵马上山来到，走入林中，不题防“扑通”一声，连人带马落在陷坑中。吓惊不小，急忙将身一晃，腾空而起。往下一看，只见山林内走出三四百军兵，手执挠钩。赶到坑边，不见一人，望上一看，见一女将身骑红马，手执双刀，吓唬得小军四散奔逃。

段小姐说道：“怪不得三人被捉。但不知守山将何人，不免拿个小军，问个明白，方好讨战。”将身飞下，将一军人横拖于马上。这小军吓得魂不附体，大呼“饶命”。小姐喝声：“你快说明白，此山何名，守山将何人。一一说知，饶你一命，倘有半字虚词，只挥为两段。”小军慌忙说：“此山说是竹枝山，守山副元帅大金环。山寨中结下五个大营，每营有五万兵，战将十余员。因为大宋南征，是以主帅设此陷人坑，等待宋师过山，一鼓而擒。今早来五将校，我元帅拿了三人，走了两个。如今不知仙姑下降于此，小人一时冒犯，望乞恩宽。”小姐想来：“三人虽被捉去，但不知吾那狄龙性命如何。倘若伤了我的小将军，虽斩金环，不足消奴之恨。不免再问明白，免得挂怀。”又喝道：“如今主帅拿了三员宋将，今在哪里，快快说来。”小军说：“今早拿的三将，如今现囚在山中，明日起解往邕州昆仑关，待南王发落。”小姐喝声：“我饶你性命，你快快报知主将，教他即刻放出三员宋将，万事皆休，倘若迟延，奴乃蒙云关段小姐，奉了狄元帅将令，杀进山中，寸草不留。饶你去罢。”小军慌忙鼠窜而去。段小姐想道：“山顶中尽是陷坑，我虽不惧，倘若踏翻了药箭架刀，躲之不及，就不妙了。不若低驾祥云，离地数尺，四个马蹄，不沾尘土，如此方好。”于是驾云，扬鞭乘马，竟奔山寨而来。

先说这小军跑回山中，到府堂禀上主帅，说：“山下来了一员女将，口称蒙云关段小姐，奉了狄元帅之命，前来救取三员宋将。若早早放回便罢，若稍迟延，杀进来寸草不留。”当时金环已将三人装入囚车，方要起解去，一闻呼言，喝声：“胡说！蒙云关段洪，与我无仇无怨，焉得差人犯我？况狄青提兵到他关，对敌年余，两为仇敌，他女儿焉有替狄青来救三人之理。”有众将通臂猿说：“莫非段家敌不过宋将，投降了，也不可知。何不出山一看，便知明白。”正言间，又报女将在山下讨战，大金环只得带一千兵、八员战将，出寨而来，列成阵势。

段红玉一见，将刀一指，喝声：“来将莫不是大金环。好好放出三员宋将，饶你一命，若有半个不字，即教你尸横于野。”大金环听了，怒目圆睁，大喝：“贱人休得妄语，本帅正是竹枝山管辖五营头领大金环也。你既是段洪之女，我主待你父子不薄，不能尽忠，反替宋人出力，讨他三将。将此卖国反叛之人，不如畜类也。”段小姐喝声：“你乃山禽野鸟，焉知鸿鹄之志，岂不闻良禽择木而栖，贤臣择主而事。南天王侬智高乃一叛逆之民，妄自称尊，不久亡灭，故我父子弃暗投明。今奉狄元帅之命，前来讨取三将。你若不早献出，妄自逞舌，要你死在目前。”大金环喝声：“小小丫头，死期至矣。左右与我拿来。”早有先锋王仁答应一声：“待小将擒来。”说罢，拍马舞锤砍去。段小姐双刀架开，喝声：“说下名来。”王仁说：“吾乃协定山先锋王仁也。你这丫头，快快下马受缚。”段小姐听了，怒道：“你乃无名下将，敢逞狂言。”双刀直下。王仁铁锤架开。

二人战斗，不知胜败如何，且听下回分解。

第三十回 大金环中术被诛 段红玉夺山救将

行军首重是关机，有勇无谋不是奇。
轻敌定然遭失败，小心为胜古叹词。

当时男女二将，杀了二十多合，胜负未分。这南将王仁想来诈败，待他望地坑跌下，方可取胜，即纵马向陷坑边地而逃。小姐乘云，离地数寸，望坑中而追，早已赶近，抢上喝声："奴才看刀。"照定脑后双刀一下。王仁跑闪不及，已砍于马下。副先锋吴智，看见王仁被杀，催开战马，挺枪刺去。小姐双刀架迎。战有三十合，又被小姐杀于马下。

大金环见段红玉一连杀他两将，大怒，持铁叉刺来。小姐急架相迎。刀叉各拼得叮当响亮，火粒飞扬。小姐见他恶狠狠的叉乱戳，看来抵挡不住，将刀虚砍一下，往下跑来。大金环拍马追赶。小姐用法使个借影形移之术，向王仁尸骸念咒几句，刀一挑尸，尸骸变作一个段红玉。他原身一闪，借影已不见了。这尸骸跨上小姐战马，飞跑而逃。大金环正在追赶段红玉，一到陷坑边，只见段红玉连人带马跌于坑中，大金环心中大喜，哪里认得马上人是尸骸化的。不敢从坑中跑走，只绕道追赶近段红玉陷坑，双手一叉，将尸骸切为两段。只用力太猛，将尸骸截断，铁叉还刺入泥土二尺多深。定睛一看，乃王仁尸首，方知被段红玉摆弄，急急转用力拔叉，未及拔出泥土，段小姐已在后面双刀砍下，早已分为两段。

他手下一员名将叶惠，混号开山豹，抡大刀拍马杀来，与段小姐不分高下的大战。他的妻子刁氏，又名"母大虫"，一见拍马追来。段小姐见了，想来战一人尚且费力，何况又添一人来相助，不如用捆仙索擒他罢。急向怀中取出捆仙索，向空中一抛，望这叶惠落下来，捆跌马下。母大虫一见大怒，飞马抢来，并不答话，大锤劈头来砍。段小姐双刀一架，两手振得疼痛，马退几步，说："不好了，这泼妇力狠锤重，力战反遭其害。"急忙退后，双刀急挂于马鞍上，取出葫芦，放出豆子，撒起空中，口中念念有词。好仙家妙用，非比寻常，只见化成千军万马，纷纷从空中而下，喊杀如雷，向母大虫杀来。刁氏见空中落下人马许多，个个盔甲鲜明，摇旗喊杀，就堆涌来，心中大怒，骂声："贱人，你使妖术拿老娘，只怕万不能了。"也住了大铁锤，向袖中取出一条绿绫帕，口念真言，望空中一丢。登时之间，就滚长有十余丈，好不厉害，变化作一条大蟒龙，眼睛圆睁，竟向六阵冲闯出去，冲得此神兵纷纷自乱。此时段小姐见母大虫用帕化成怪蟒，冲乱他神兵，喝声："泼妇，你想要弄法力么？"即念咒一遍，五指一放，半空中响亮一声大雷，大喝："逆畜还不回头！"就五雷齐震。果然邪不胜正。这蟒怪被小姐五雷正法降了，就不敢向前，竟奔回向刁氏扑来。刁氏心中慌乱，即念咒收回绿绫帕。段小姐见他收回绿帕，挥动神兵一齐杀去。小姐又拿出红绒套，起去万丈红光，罩落刁氏身中，即时绑于马下。

只剩两员南将，一名关奇，一名云海，看见主将已死，母大虫如此厉害也被他擒了，我二人如何迎敌，只得愿降。小姐说："既然你们愿降，这三员宋将在于何处？"关奇说："现在山寨中。"小姐说："你们既降顺，须回山传谕众将兵知之。奴然后进山。"二将与众兵，人人领命去讫。小姐见他们投顺了，即收神兵回来，到叶惠夫妇跟前说："你合山人马，俱已投降了。你二人今要生或要死？"叶惠夫妻说："段小姐，如今我主将已死，众人俱已投降，何独于我夫妻二人，况小姐法力、武艺非凡。我夫妇一时冒犯，但求宽恕，足见大恩。"小姐见他愿降，大悦，收回法宝。夫妇得放起来拜谢。山中又有两将，一名王聘，一名贾青，一共二十万军。内有一半自愿回家去的，小姐也不勉强。这时众人引他进山寨中，升了大堂，众兵参见。当时，小姐早已命人带至三员宋将。小姐一看，只见三人被他囚牢，人人闭目。段小姐离座，呼声："三位将军，奴段红玉来迟，有负三位，多受磨难。今得脱虎口，此地相逢，真乃厚幸也。"三人听得"段红玉"三字，一齐二目圆睁一看，果见段红玉立在旁边，便喝："丫头，昨天被你逃脱，今日反来拿我们么？"小姐说："你三人不知原由。只因奴在武侯庙遇见狄千岁，说明铁头王和尚摆下一阵，将五位英雄困于阵中。奴们即许投顺千岁，与芦台关王兰英带领人马，大破此阵，救出众将军。只因仓忙，未曾说明详细，反被众位疑心，将奴拿住。幸奴用法逃走了。不料众位将军错走路途，却被此处陷坑拿了。千岁不见诸将回营，限奴三日，命我找寻。幸喜中途遇见焦、岳二位将军，说三位被擒，故奴找寻到此，杀了本山守将。合山人马投降了。搭救来迟，奴多有罪。"吩咐："快将三位放下。"叶惠众人将绳索割去。三位听了小姐之言。如梦初觉，李义、张忠说："原来小姐投降了我元帅，今又蒙搭救活命，深恩不敢有负。"三人深深打躬的相谢。段小姐回礼，说："均皆一殿之臣，何必言谢。"张忠说："昨夜得蒙相救，实出不知，反将小姐捉拿。乞祈恕罪。"小姐说："不知不罪，焉有恨心。"三人大喜。小姐又吩咐备办酒筵。与三人起来，早已排开盛馔。小姐情意殷殷，与公子眼角传情，但见着众人，不敢说秘情，只言："奴不奉陪了。"移步进去了。三将饿了几天，一见此佳肴美酒，好不甘甜，如龙取水，似虎争餐，吃个尽饱，大醉方休。三人用膳已毕，即要告别回营。当时日已晡了，小姐允说："想必千岁在营中指望，正该早些回去。"又吩咐小军，牵头马匹候着三人，命二小军引路。小姐说："奴本该与三位同往，但合山人马恐有不愿投宋，听其自便。奴今夜点过名，来日必到，有烦众位上达元帅。”三人连诺起程。小姐送出山门外，作别而去。

这三位将军，出山顺平川大路而走。时已日落西山，得到营中。有军士报知，杨将军接进，一同坐下言谈。又说知狄元帅众人已在蒙云关。是夜歇了一夜，次日，三将拜辞杨将军，往蒙云关而来。

先说狄元帅与王夫人说：“狄龙三人被山贼擒去，今早不见段小姐回来，定然凶多吉少。不若即发兵灭焚此山，助着小姐，方知下落。”王元帅说：“千岁放心。我思段红玉为着令公子的姻缘，他舍命也夺回来。况此女法力高强，有胜无败，千岁何须过虑。”正在言谈，有小军禀进：“三位将军回来。”二位元帅大喜，即令传进。不一时，三将直至帅堂。一一参见毕，狄爷说：“昨天焦廷贵二人回来，说你三人被擒，今天怎得回来？”张忠说：“元帅，只因出阵，我众人迷失路途，误落虎口。后得段小姐寻到，杀了守山将，救我们回来。皆得此女不惜辛劳之力也。昨日末将等回营，杨将军说明，方知元帅得了蒙云关。段小姐临别时多多致意，明日到来。”张忠说完，三人退出。

狄元帅思量：“段小姐到来，如何调停。”自觉闷闷不乐。王元帅一见千岁不悦，说：“如今众将已回，又得段红玉平了竹枝山，不用我们吹毛之力，岂不是大喜之事。因何不乐起来？”狄爷说：“吾所忧者，段红玉既与我儿有婚姻之约，若得成就姻缘，有愿献关投降。当时五将又被擒困于阵中，不能解救，又得武侯梦中指示，往富春山有老人指点，得遇于他面许为婚。所以他破了阵，却不惜辛劳，救出五将。是有功于我大宋。况此女虽然生长蛮地，却也美貌超群，吾儿虽也不才，乃一王侯之子，才貌不弱，岂不是相配佳偶。又有救将一段功劳。所悔者，本帅不该错疑于他投降，不应该令他寻找五将，才有狄虎小畜生妄杀他父亲之祸。本帅思量，过意不去。段小姐到来，如何调停？倘若一闻父亲无辜被戮，他怎肯干休，本帅如何答他？此事难于算账，如何不闷的？”

不知王夫人如何答话，怎生设计，段小姐到来姻缘得就如何，且看下回分解。

第三十一回 庆洞房恩成虚愿 露缘故爱反为仇

洞房花烛本姻缘，何故初谐反结冤。
一丝未系因前定，谋事在人成在天。

当下王夫人呼声："元帅，事已至此，说不得了。依妾愚见，即日与大公子完了婚，乘他初时不知其故，权宜瞒过于他。不然迨缓了数日，一旦回关，知二公子之事，必然要报仇雪恨了。他的神通广大，法力多端，我营中谁是他的对手？一反起来，就不好了。趁他不知，与大公子成了亲，既知其事，不过是叔嫂争斗一场，到底看着手足份上，不至十分反面。又着旁人劝解，自然停妥。千岁意见若何？"狄元帅听了，点头说："多蒙指教。"即拔令一支，唤到旗牌，吩咐众将与大小三军，有段小姐问杀段洪之事，俱言不知。若有漏泄半言，即斩首。又令中军在城外搭起一座鼓乐亭，俟候着至洞房花烛。二事已毕，旗牌、中军回来交令。二位元帅商议已毕，退入后堂。将诸事停当，只待小姐一到，迎接完婚，好瞒其杀父之仇，慢表。

又说刘庆用驾云帕回汴京，求请穆桂英来破阵。是日一同驾云到了南方，一齐落下云头，进来营中。杨文广见母亲到来，大喜。母子言谈一回。刘庆方知得了蒙云关，阵又破了。他要到元帅处缴令，穆夫人也要同见元帅，二人起程。杨文广送出营外方回。二人进蒙云关，见了元帅，言谈一会，又知会了段小姐婚事，也且慢表。

再说段小姐送别三将，到了次日，梳妆了，吩咐众将兵守住山寨，带领了叶惠夫妇、一千小军，提刀上马，望蒙云关而来。行了一会，已到宋营。杨将军出营会他。小姐一见，拱手请杨元帅通报："奴已救出三将，今日回关投降。"杨将军说："原来小姐不知狄元帅众人俱在蒙云关了。"小姐说："原来千岁准我父投顺。兵俱屯扎于关内么？"杨元帅说："然也。"说罢，带转马，说："小姐请往，某不陪了。"拍马回营去了。这也是狄爷预先吩咐杨文广的，犹恐他多问，询出情由。

当时小姐一程来到关前，只见城门紧闭，外搭起一座鼓乐亭。小姐看罢，正要进城，只见外面来了一人，高叫："小姐住马。"小姐一看，认得飞山虎刘庆，便问："刘将军，因何阻奴进城？"刘庆说："小姐有所不知，某奉了元帅将令，在此专候小姐到来。”小姐说：“不知元帅主意如何？”刘庆说：“今日乃良辰吉日，元帅吩咐，小姐到来不可进城，暂屯扎于城外，等候帅府鼓乐三通，王夫人亲来迎接小姐入城，与公子完婚。”段小姐说：“因何如此急速也？本该让奴见过父母，因何不许进城，反要在城外安扎？”刘将军说：“这是阴阳官选日辰，说本年月日今日乃吉，其余多有冲犯不美。但此日仍有碍父母，成亲三日后，方可相见，这亦是日辰所忌。是以元帅吩咐安扎此亭于城外完婚。”段小姐听了，又要问询，只见城中来一旗牌，手执令箭，呼声：“刘将军，元帅有令，唤你急速回转，有急事差你。”刘庆听了，明知元帅之计，心中会意，便呼：“小姐快到鼓乐亭侧安屯人马。某今回关听令，不得奉陪了。”小姐听了刘庆之言，半疑半信，只得吩咐众兵，离城二里之地安屯下。

当时段小姐坐于中营，思量说道：“既是完婚，出自真诚相待，因何狄元帅不许我入城，又不许我见双亲之面？据刘庆所说，是选择日辰所忌，也未可知。难道父母亦不差人来看看我么，此是何故？”正想象之间，远远只闻音乐悠扬之声，又有小军入报：“狄元帅派人来俟候小姐。”言未了，音乐已至营外，早有四个妇女，一见小姐，一齐跪下，口称：“小姐在上，奴等奉了狄元帅、王元帅之命，前来俟候小姐的。”小姐听了，即吩咐他起来，厚赏四人。众妇女喜悦，言言语语，也不烦叙。当日，四名妇女又带来宫妆之物。这公子乃四品之职，诰命小姐的凤冠、霞帔、玉带、宫裙，定然是四品梳妆。各物俱已齐备，专候着吉辰。歇一会，时已交酉刻，四个妇女拜上小姐，请小姐早些梳妆起来。段小姐说：“暂且停一刻，待奴家中人一到，问个详细，梳妆未迟。”众妇女说：“小姐，你家中人只恐没有人来了。等待多久，岂不误了良辰。”段小姐听了，心中就有些不喜悦，说道：“你们这些妇女，说话全无道理。难道老爷、夫人不知今日成亲的日期？见不得他面，定然差我两位哥哥来的，因何你们知道我家中就没有人来的？”众妇女见小姐怪责，自知失言，不敢再说。

当时，小姐猛然看见，内中有一个妇女暗暗下泪。小姐一见大怒，细细看此妇女，有些认得他，喝声：“你这妇人，莫非我家夏莲女么？”这妇人见小姐呼他的名，一发悲哭起来，当时跪下，说：“正是奴婢。”小姐听了，骂声：“好贱人，你一向来去在何处？今日随到于此，难道不知奴喜事，因何两眼汪汪流泪赚我势头？快快说来何故，免得重刑。”夏莲女闻言，呼声：“小姐，如今事已至其间，奴婢不得不说，奴自初笄，蒙夫人育长成人，老爷将我嫁与军兵王成为妻。自从出了帅府，不上两年，丈夫死了，孤身苦恼，日夜难熬。时常思念夫人、小姐，未得见面。因奴一个下流婢女，不敢进见夫人、小姐一面的。”小姐说：“这几年既在民间苦挨，今日宋元帅差你前来，是何原故？”夏莲女呼声小姐，即将昨天段洪被杀原因，一一说知。小姐闻言，不禁悲啼大哭，即命叶惠速即回山，立行快点人马，杀奔进关，擒拿狄虎与老爷报仇。叶惠领命，拔寨起行。三个妇女哭声：“小姐，你们既去，我三人回关俱是死的。”小姐说：“不要啼哭，一同随我去罢。”说完，一齐上马而去。唬得同来伺候兵丁，即忙回关报信。是夜，段小姐回到竹枝山，再点起三千人马，恨不得赶回芦台关来，慢表。

话分两头，再说狄虎奉了帅令，到芦台关招安段氏兄弟人马。正在行起，后面王兰英领着五百兵赶来。已到狄虎跟前，说明奉令回关，劝父归降。狄虎闻知大悦，合兵一处。二人一路并驾而行。宫主呼："二公子，你今去招安段氏兄弟，如何主意？乞道其详。"狄虎说："宫主，我去招安段氏，少不得说明误伤了段洪，带罪前来。倘若段氏不允，自然与他交锋，今求宫主帮忙如何？"宫主冷笑说："你言差矣。芦台关非同小可，我父亲有万人之勇，手下雄兵有二十万，九溪十八洞有名。段氏兄弟与你有杀父之仇，焉肯投降，定然以死相拼，尚且不知鹿死谁手。"狄虎闻言大惊，说："不好了！你父骁勇，还是小事，段氏是我杀父之仇，果然焉肯投降，定有一场恶战的。但我兵微将寡，收兵回去，父王必不容情，这便如何是好？"想一会，不觉长叹一声。王兰英说："公子你若果真许我婚姻，奴自有妙计，何愁段氏兄弟不降。"

不知公子如何答话，且看下回分解。

第三十二回 王兰英劝父归宋 段红玉兴师讨仇

劝父归降大宋朝，只为姻缘配合调。
赤丝系足非今定，五百年前宿缘按。

当下狄公子听了王兰英之言，便说："宫主，你却多心。前日已蒙宫主不弃，订了姻盟，我一男子之汉，岂有失信之理。你休得起疑。"兰英呼声："公子，若果诚心许为夫妇，少不得将计就计。与你进关见过父王，只说军前被你擒住，狄千岁不杀，反与二公子配匹成亲，已有三日，特要送回关见父母。但我父平生性烈，定然不依。幸他原有投宋之心，又值母亲慈善，从小溺爱于我，在旁必然庇护的。奴再申理劝解，父王无有不允。我想父王既已归顺，何愁段家兄弟。"狄虎听了大喜，说声："宫主果然妙计。"二人一路并马言谈，不觉已到了芦台关。宫主勒马叫关，有守城军士看见宫主回关，连忙报与主帅。

王凡正与夫人言谈，只见小军跪下，口称："千岁，如今宫主回关了。"王凡听了，吩咐军士退出，说："前日段龙说这贱人投降了大宋，暗引敌人杀夺了蒙云关，今日回来，是何主意？"夫人听了大喜，说："自女儿去后，妾日日忧心。今幸回来，大王有甚狐疑之心？"王凡闻言，冷笑说："夫人，自从女儿去救蒙云关，已有一月。只道他与段红玉去退宋师，岂知前数日段氏带来家口，逃进关中，说这贱婢投降了大宋，勾引敌人杀了段洪，抢了蒙云关，与段红玉同谋。我想他乃幼年之女，与敌人为伍，败坏我声名不小，岂不被人谈论。”夫人听了，呼声：“大王，这是耳闻之言，未为凭信。不如命他进来询明，便知内中详细。”王凡听了，即令传宫主进来。

不一时，只见女儿与一位少年宋将并步而来，并无愧色。王凡一见大怒，即拔出剑来。夫人一见大惊，想：“女儿呀！只怕你今日性命难保了。岂不闻‘男女授受不亲’，你如今竟同这少年并首而行，但不思尔父向日为人性刚，今日怎肯容你！”又不好明言，暗暗的着急。只见丈夫抢上几步，手起剑落。宫主将手抓住手腕，呼声：“父亲息怒，且听女儿告禀一言。”王凡只气得三尸神暴跳，七窍内生烟，喝声：“贱人，任你花言巧语，不过多活半刻，总难逃一死。”宫主说：“父王，君要臣死必死，父要子亡必亡，但内有原由，女儿说明。父王且放下此刀，待自己受用罢。”王凡听了，顶上生烟，喝声：“贱人，你敢恶语伤父。我的宝剑杀你不成，你要为父留着自用，好生胆大！快快说明。”宫主说：“非是女儿言词伤父，待女儿明白禀了，虽死亦甘心。”王凡被他苦苦哀求，接托住手，砍不下，夫人亦扯住袍袖，两泪汪汪，无奈只得放了手。宝剑落于地下。夫人连忙拾起，命侍女拿去了，劝丈夫坐下。

宫主跪于地中，眼含珠泪，说：“自那日起兵去救蒙云关，岂知大宋能人不少，女儿出敌，被他擒去。不料狄元帅不加杀害，将女儿匹配与二公子，王夫人为媒。已与公子成亲数日，如今奉命前来，劝父归降。叮咛吩咐：倘父允降，奏明大宋天子，许以永封王位。强如父王做此伪宫。”王凡听了，喝声：“贱人，你贪生畏死，投降了敌人，又匹配了宋将，已将名节丧尽，还敢前来劝说我吗！你不思‘食君之禄，报君之恩’。不思父王平昔为人，岂效此寻常下贱之辈。”宫主说：“父王，你言差矣。古云：‘君不正，臣逃外国。’如今南王乃一反叛为王，所行残害好杀，陷害了多少良民，上天必然不佑，焉能成得大业！目视南天王大势，犹如风前之烛，釜中之鱼耳。倘若父王不及早知机，只恐临时悔之晚矣。”王凡喝声：“小贱人，且住口。只要心无二向，尽臣之忠，任君之祸。”宫主又呼：“父王，女儿已匹配了狄虎，蒙云关又失，我国人人尽知。父王纵有忠心，那南王一生疑忌，那时祸及满门，反为不美者所笑也。况他所交之人，俱是邪说妖言害民之贼，足见奸佞亡命之徒。今大宋差千岁狄青统领堂堂正大之师，手下是个个英雄豪杰，南蛮王灭在眼前。父王与之俱亡，甘作亡命之徒，若莫及早降宋。一者或得封王之位，二来脱了叛贼之名。识时务者为俊杰，父王请自参详。”王凡见南蛮王平日无故常夺民妻女，种种不仁，原有退步之心，今听女儿言词，句句合理，他心原乃明白的。夫人此时见他不语，料他有投顺之心，便呼声：“大王，女儿匹配敌人，也是无奈万分的。况狄元帅身居王位，狄公子乃金枝玉叶，女儿配了他，也不辱没的。据女儿言来，降宋实乃高见不差。”王凡说：“此言虽是，但降了大宋，有知道者，说我女儿被擒，出于无奈的，有不知者，说我畏死贪生，献女与敌人为妻，只贪荣华，不顾耻辱也。”夫人说道：“这却不然。在前被擒，谁人不知女儿已失身于宋将？今事已至此，悔已不及，不如趁早归降，方为万全之策。”王凡听了，只得应允。宫主见父王允降，心中暗喜起跪。

狄虎又上前施礼。王凡看见公子，果然一表人材，少年美貌，大悦，令人摆宴。他虽是外国伪宫，已封王位，宴会比之别众不同，美有琼浆，说不尽的丰厚，阶下的音乐齐鸣。畅叙之间，有小军来报，说：“蒙云关段小姐领兵前来，要狄公子出马。”王凡唬了一惊，便问女儿冤恨原由。宫主回言：“误伤他父。”王凡说：“你二人一师之徒，异姓骨肉之谊，公子不该伤他父。其不是处，归于你的。他与你夫妻有杀父之仇，既领兵前来，怎肯干休。况他武艺高强，我儿非他敌手。”宫主说：“父王放心，女儿自有法退他之兵。”王凡说：“不可粗莽的。”宫主允诺，戎装已毕，上马提刀，出关去了。

先说段小姐正在讨战，忽见关门一开，涌出一支人马，乃过了吊桥，兵阵排开。小姐一看，乃王兰英，心中大怒，喝言：“贱人稍歇，红玉在此。”宫主见了，呼声：“姐姐，你到竹枝山找寻五将，得胜回关，与狄公子成亲，正在新婚燕尔。不去享受，因何领兵至此，有何原故？莫非怪着奴不曾贺喜么？”小姐听了，大怒道：“贱人。你还巧语花言。从小至长，与你结义金兰，情胜同胞。你今忘恩负义，勾引狄虎杀我父亲，谋抢关城，以致奴父死母逃，一家离散。今日与你有不共戴天之仇，你若将狄虎献出，万事皆休，如若不然，誓不与你同生。”王兰英冷笑说：“姐姐休得错怪他人。不想你自身不正，反来怨我。大宋与你敌国仇人，因何见了狄公子，就起淫心，忘了君父之恩？父母手足，全然不顾，谎言欺哄，妄想成亲。一家骨肉分散，皆是你自己招来。今日兴兵到此，姊妹相攻，不知是何主意！”段小姐大怒，抡刀砍去，宫主将刀架住，呼声：“姐姐息怒，奴与你一师姊妹，倘有不是之处，还望你海涵。”段小姐喝声：“贱人，难道我杀父之仇忘了，来念什么私爱！”说完，双刀又落。宫主架开，又呼：“姐姐，你休要使尽势头，望宽一线，后日还有相逢。若认真反面无情，只恐你往日英名，从此尽矣。”小姐听罢，气得咬着银牙，喝声：“我与你仇如渊海，日后还有什么相逢。今日不斩你，誓不为人。”提起双刀，当头就砍，宫主亦怒，急刀相迎。二人在阵中四刀交加，杀在一方。

又说王凡坐在中堂，专候女儿消息，忽想起一事，说：“不好了。”夫人与狄虎忙问其故，王凡说：“孤想起段龙兄弟带来家眷在此，倘欲闻知贤契在此，二人岂肯容情。况段红玉兴兵关外，不知与我儿打仗否。这事到其间，有此为难。段洪与我有一拜之盟，岂肯有心陷害他弟兄。若留在关外，不妨，今居关内，必然生祸端。如何是好？”狄虎说：“依我愚见，却也不难。将他兄弟并带来家口，哄差到一所僻静房屋，把他关守此处，用人看守，进城不容出入。待退了段红玉人马，大王亲自去劝他归降，共为一殿之臣，岂不礼义两全。”王凡听了大悦：“贤婿妙算不差。”即差人将段氏家口关锁了门，令人看守去了。王凡说：“不知女儿与段红玉对敌否，不若孤与公子出关去看看罢。”

二人披挂上马，领兵一千出关，向前一看，只见他二人杀得如同猛虎下山，蛟龙出海。王凡看见女儿与段红玉杀得难解难分，暗暗称赞，向狄虎说："你看他二人，一双刀上下飞腾，真乃女中豪杰也。"狄虎说："我看交锋多时，不分胜负，真乃厉害。令爱只有抵敌之功，不得还手之力，再走上几步，只恐有失，就不好了。待我前去相助，共擒于他便了。"王凡说："须要小心，不可加害于他，这原是你夫妻的不是。"狄虎应允，即飞马跑去冲杀。段红玉正与王兰英杀个平交，一见狄虎冲来，犹如火上添油，不胜忿怒。

不知三人争战，哪人胜败，且听下回分解。

第三十三回 红玉败走竹枝山 王凡归降狄元帅

金兰谊雅已成仇，只为姻缘各自谋。
恩义两乖从此日，当初何必结绸缪。

却说段红玉正与王兰英交战，只见狄虎冲到阵前来帮助，心中忿起，正是"仇人相见，分外眼红"，咬牙切齿，大喝一声："小畜生，你我有不共戴天之仇，今日来得甚好。"即撇了王兰英，来杀狄虎。二人动手，杀得翻江搅海，刀斧交加。宫主又跑来助战。三人又战了二十合，段小姐想来抵挡不住两般兵刃，欲用法伤他，王兰英俱已晓得，不如用红绒索擒他罢。想完，将双刀虚砍，飞马败走。狄虎拍马赶来，小姐取出红绒线，祭起空中，犹如天罗地网一般，将公子捆于马下。王兰英飞马来救。段红玉看见，说："奴的法宝拿他，被贱人救出，岂不枉用力的。"连忙把索用力一收。狄虎此时被索缠住，心中慌乱，只望争脱，又被小姐收紧。王兰英转马向红玉背后一刀，谁知刀短，落在马后腿上。这马负痛后足一掀，把段红玉已掀于马下。王兰英一把双刀，尽力一下。段红玉大惊，魂不附体，忙借地云起在空中。兰英因用力太猛了，亦跌于马下，砍地略深有数寸。

段小姐见他跌下，亦思回手，只因下马时失去双刀，手无兵刃。想来："趁众人在此，关内无人，将母亲、哥哥放出，同到竹枝山，再点人马来报仇。"即驾云落下城中，找寻一遍。只见一所屋宇，有兵数百看守住，小姐就知是王凡的主意，说："奴在城外拼战，不道王凡这老贼放心前去掠阵，原来将我的家口困住。如今且去见母亲、哥哥，一同杀出城来，再作道理。”即时腾空而下，只见母亲、哥哥闲坐于一处。小姐来近，夫人一见，吃了一惊。母女相逢，不觉下泪。小姐又将前事说知，吓得夫人、哥哥目瞪口呆。小姐说：“母亲、哥哥如今不必慌忙，可否与我保着家口，杀出关去。到竹枝山点起军马，再来报仇。”段龙应允，即时披挂，保了家口出来。数百看守兵抵挡不住，由他杀出。

又说王兰英跌于马下，见段红玉驾云走了，连忙爬起来，与狄虎松去索子，奔回到王凡跟前，说：“段红玉败走了。”王凡说：“他既逃走了，我们回关罢。”宫主正在催兵回关，只见城内冲出一阵人马，当先乃是段虎兄弟，后面红玉保着夫人家小。王凡一见，手持大刀一柄，叫人马分开，拦住去路，喝声：“你往何处去，快快下马受缚。”段小姐见手下兵少，只得取出葫芦，揭开，倒出豆子，念动真言，撒起空中。登时迎风化出数千军马，手持兵刃，呐喊摇旗。小姐用刀一挥，只见众兵上前冲杀。段龙、段虎也趁着动手。众兵抵挡不住，被他冲杀出阵。小姐保着家口，断后而去。王兰英与狄虎见红玉走了，又要追赶，王凡即令收军，带领人马，一同回城。

三人回进内堂，卸下盔甲，王凡向夫人细将交锋之事说知。夫人早已命人备酒宴，再坐花烛，与女联婚。席间，夫妻父女言谈。酒至数巡，时交二鼓，用过晚膳。夫人命侍女掌了灯烛，送公子夫妻归洞房。丫环领命，提了银灯，公子夫妻拜辞父母，携手归房。此夜正在成婚之期，夫妻二人股肱恩爱，万种风流，一夜欢娱，成了百年姻眷。春风一度，倍觉情浓。

慢言此夜之欢，到次日黎明，夫妇二人起来，梳洗已毕，王凡要前往宋营投降。是日，同了狄虎上马出关，一路往蒙云关而来。此时正逢夏季佳景，只见山花满目，荷沼凝珠，绿阴交加，青莲径道，真堪悦目，足住行人。王凡对狄虎说：“贤婿，此今又是夏残秋至了，其乃光阴迅速。令尊大人自起兵南征，不觉已有二载多。”狄公子点头称是。二人一路言谈许久，不觉到了关前。

狄公子叫守城军士通知，狄元帅传进。当时狄公子引了王凡直进关来。王凡进去，见大宋一旗一旗的军马，真乃人雄马壮，粮积如山，不觉喟然长叹曰：“行军在于主将，信不诬也。怪不得西辽败降。只有我南王妄图天位，强侵疆土，自取灭门之祸耳。纵使他再攻下一二省，亦非久远。如今他得了邕州西粤地，安坐昆仑关，与几个奸臣日夕行此不仁之事，命将把守关地，以为安然万全之固。岂知今日段洪已死，妖僧既诛，蒙云关已失。吾初时以彼为豪杰，激一时之忿，见酷吏剥民，随了他攻下许多疆土。后来见他残暴伤民，劫夺妇女，胸无远大之谋，实思退步。趁今女儿降宋，脱了此祸，正就了机谋。”言罢，不觉已到帅堂。看见左右众将，状貌十分威武。但见：

凛凛神威众杰豪，岩岩气象把枪刀。

鲜明盔甲多骁勇，个个忠心为国劳。

王凡看罢众将英勇，说：“果然中国将士非凡，狄青用兵井井有条，诚不可及的。”

行至滴水檐前，只见左边狄千岁，右边王夫人，早已站起坐位。王凡连忙上前拱手，呼声：“二位元帅，我王凡乃边地反逆之人，昨天蒙元帅差二公子与小女到关招安，今日奉命前来，情愿投降，献上芦台关。今特请元帅前去安民。”二位元帅大喜，连忙离位下来还礼：“请老将军皆坐罢。”三人共座。狄元帅说：“将军，本帅虽然奉旨征伐，但非好杀之辈。是以破了蒙云关，不肯兴兵到你边城，故差人前来招安。果然将军从顺见机。待本帅奏闻圣上，恩封官爵。”王凡称谢。又有狄虎跪下缴令：“禀上父王，孩儿奉命招安，遇着段红玉，与他交锋一阵，他施法逃去，与段龙、段虎保了家眷，奔往竹枝山去。”元帅便说道：“这丫头反复异常，待本帅亲自拿他便了。”王元帅说声：“千岁，段红玉虽反去，其势已孤，蛮王又疑忌于他，虽有法力，也无用处。元帅何必着急兴兵，不若先差人去芦台关招安百姓，此乃要紧。后到竹枝山。”狄爷听罢道：“言之有理，谅段红玉须返回竹枝山，然已计穷力尽，定不远矣。”令军中设酒庆贺王凡，然后差使杨将军往芦台关安民去讫。当日二位元帅与王凡吃酒肴间，说起狄虎与兰英匹配成亲。狄爷允诺。到次日，狄爷留下五万精兵，三员大将孟定国、肖天凤、高明守蒙云关，然后带领大兵，往芦台关挂榜，竖起大宋旗号，不表。

却说南天王在昆仑关，是日正与达摩军师言及蒙云关已失，王禅师阵亡，段氏不知逃往何处。正言间，报子又报：“芦台关王凡投降了，与狄青之子联为婚姻，归属大宋。请令定夺。”蛮王听了大怒，骂声：“王凡老贼，孤家见你立功多次，封你王位，谁知你忘恩投降敌人。”正在大怒，有达摩道人呼：“我王息怒。王凡降了大宋，乃癣疥之疾，何足为忧。待贫道提一支兵，兴师前往，杀他片甲不回。”蛮王大悦，说：“若得国师前去，何愁宋兵厉害。”即令设酒饯行。到了次日，道人带领雄兵十万，望芦台关进发，非止一日。

原来这达摩乃冒假名的，他本是大蟒蛇，神通广大，千年得道，修炼功夫，变化无穷。冒了达摩名字，前来哄动侬智高作叛。他果有法力无边，反叛日，屡次借他得胜。妄言数年后大宋江山必得，当时伤了许多性命。交趾王的地方，乃粤西全省与攻至云南，至伤了百万生灵。天生之物，尚且养惜，何况妖道伤害多人，上天如何不怒！后来不免刀下而亡，倾了千年道行，皆由自作之孽。后话不题。

当日道人一路带领人马，来至关前屯扎下寨。有报子报进。狄元帅闻报大惊，说：“僧道领兵，只忧众将兵难星到了。”王夫人点头说：“果然这些人出阵，倒要提防。”却说达摩次日升帐，便令飞将军孟浩出马。此人乃毒水溪寨王，姓孟名浩，自称孤朵王。南天王命他领兵为后队。此人乃后汉孟获苗种，生得身躯雄壮，力大无穷，海下根根短须。一柄钢叉，一百五十斤。宋军飞报，狄元帅便问：“何人愿往？”焦廷贵上前说：“元帅，小将愿往。”元帅说：“你出敌，切不可莽为，须要小心。”焦廷贵领命，带兵出阵。孟浩见来了一员宋将，十分凶恶，便喝道通名。

不知胜负如何，且听下回分解。

第三十四回 狄元帅计斩孟浩 达摩祖毒陷宋军

南蛮孟浩也称能，逞勇沙场赛斗争。
无奈天时归大宋，夸强轻敌必丧生。

当下焦、孟二将会阵，焦廷贵见来将生得面如锅煤，马雄人壮，高唱通名，便喝："贱奴，吾祖乃焦赞，拜兴国公之职，六国闻名，幽州、函谷闻他丧胆。只因盗取尸骨，死于昊天塔下。吾乃焦廷贵，大宋天子驾下，狄元帅麾下，官封威烈将军。你老子鞭下不死无名之卒，快快通名。"孟浩说："吾乃毒水溪孤朵王孟浩也。南王命吾为后军主帅，统兵前来灭你大宋。你非本帅对手，快唤狄青出马受死。"说罢，拍马抡刀，当胸刺来，焦廷贵铁鞭急架相迎。大战三十多合，孟浩本事高强，杀得焦廷贵抵挡不住。孟浩将钢叉横旁一捣，使个乌龙伸爪过去。焦廷贵说声："不好。"将身一闪，在左肘下早已中了叉伤，刺进征衣透甲，鲜血流出。焦廷贵喊叫一声，负痛拍马逃走回营。

孟浩又来讨战，狄元帅见焦廷贵被伤，怒道："谁人出马擒他？"张忠说："小将愿往。"即领人马杀出关前，大喝："贼奴休得逞狂，我来也。"孟浩喝声："来将何人？"张忠道："吾乃大宋天子驾下，官封五虎上将。本将军乃狄元帅麾下扒山虎张忠也。若知厉害，快快下马受缚，免得动手。"孟浩听了大怒，喝声："休多言，着叉。"张忠大刀一架。二将飞马开战，杀得刀斧交加。一连冲锋四十多合，张忠觉得招架不住，虚斩一刀，拍马便走。回转本阵。

孟浩正要追赶，有长沙小将石玉，一马飞抢来，大喝："贼将休来。"孟浩见他来得凶狂，提叉指着道："本帅刀下留情，不斩你无名小卒，快唤狄青出来受死。"石玉怒道："吾乃五虎名内将军，你道斩不得你这奴才么？"孟浩笑道："本帅尝闻人言，大宋五虎将英雄无敌，却原来狐假虎威的伎俩。"石玉闻言大怒，喝声："不必多言，看枪。"孟浩钢叉又急架相迎。冲锋到五六十合，石将军看看抵敌不住，想来难以取胜，只得拍马回来。

狄元帅早已闻报，即时披挂上马，带领众军，出到关前。孟浩催马正追赶石玉，只见关前来了一支军马，旗下一员大将，手持大板刀。他忙勒马，看见宋将来得威风凛凛,相貌非凡,把马退后几步,喝声:“来将何名?”狄爷大喝:“奴才听着,吾乃大宋天子驾前、征南主帅平西王狄青。本帅威名,四方畏服,扬名宇宙,谁人不知。你们侬智高乃一无赖小民,妄敢倡首为乱,据陷吾土。本帅奉旨征剿,还不献上首级,尚敢抗拒么!”孟浩听了大怒,喝声:“放马过来。”一叉直刺。狄爷大刀架开。二将一来一往,杀得征云遍野,雾气腾空。正是棋逢敌手,将遇良材,杀个平交。一连争持百余合,两边战鼓如雷,三军呐喊。狄爷想道:“若与他力战,便费力了,不如用拖刀计斩他罢。”即虚砍一刀,诈败而走。孟浩冷笑道:“谅你走到哪里!”拍马追来。狄元帅故意把马一催,见孟浩来到切近,狄元帅即带转马,大喝:“贼将休赶,看刀。”孟浩已退不及,被砍于马下。元帅见孟浩已死,他手下众兵逃回营去,狄爷也不追赶,即令回兵。王元帅出关迎接,设酒贺功不表。

又说南兵回报知这道人,此时道人大怒,正要出马报仇,一班众将劝息说:“天色已晚,已难交兵,况宋将已回关去,我兵又是初到,正在劳动。国师且息一宵,明日出马如何?”道人说:“列位将军之言有理。”言罢退去。

次日用了战饭,即时拿了铁铲,三声炮响,大开营门,向关骂战。早有小军报知帅堂,狄元帅闻报,大怒道:“本帅明知这妖道有异术伤人,我何惧怕。事君致身,何忧利害机关,必要与你拼个雌雄的。”传令抬进金刀、盔甲、马匹伺候,王夫人说:“千岁且息怒,今日切不可亲临敌地。你乃一军主帅,倘有差池,就不妙了。不若命别将出关罢。我想僧道出军临阵,定然恃用妖术的。”言未了,只见帐前恼了穆桂英,大呼:“元帅之言也差了。妾想邪不胜正,堂堂大国,岂惧一妖僧。如若是延迟不即出敌,由他辱骂,岂不被妖道耻笑我大宋无人,惧怕于他。”此位穆夫人,乃:

天门阵破惊夷狄,杨家女将是名员。

当时,这位穆夫人头一位英雄,怪不得他一团怒气,不肯任敌人施威。这王夫人见他定要出马,便呼:“贤媳,你出关迎敌,倒也使得。只是要小心为主,千祈勿恃法力穷追妖道。”穆桂英应诺,即时戎装上马,带领女兵三千,放炮出城,来到沙场。

妖道一看,只见宋营中队伍内冲出一员女将,但见装扮得:

头绝青丝勒用箍,外披铠甲内征袍。
猖头兽面腰间系,锦翠貂裙脚下附。
金莲斜踏葵花蹬,玉腕手提雪片刀。
虽然半老佳人质,四海闻名女丈夫。

道人看罢,喝声:“妖妇道名受死。”穆夫人一见这道人生得面如朱砂,一脸杀气,海下一派红须。夫人道:“吾乃天波楼无佞杨府穆桂英也。你这妖道,不必言语支吾,看刀。”言未了,大刀夹头砍来。道人大怒,铁铲急架相迎,杀将起来,不分胜败。却说狄元帅在关,只闻远远战鼓之声,狄爷对王夫人说:“穆夫人出关与妖道交锋,本帅也放心不下。莫若与元帅同出关视敌,如何?”王夫人说:“妾也有此意。”二人各各戎装披挂,带领三军众将,炮响出营。又说这道人与穆桂英战有三十多合,耳边又闻炮响之声，就知有救兵出城。远远见关内果然涌出大队人马，中央两柱龙杆帅旗，左右分开男女二员大将，后面数十将拥护。道人心中暗喜，料得二将乃大宋的中军主帅，倘若伤他，宋军何愁不退。当时与穆桂英斗杀，料难取胜，只得混成一口毒气，喷将过去，形如黑烟，腥气难禁。穆夫人按纳不住毒气攻心，自知不好，忙借土遁走回关去，不表。

场中二位元帅大惊，连忙喝令众将冲杀过去，将妖道围在中央厮杀。当时道人以仗法力赛斗，这一穆夫人与他法力本差不多，况有王夫人为助。所利害者，他未脱蟒形，千年毒气，凡体固不能禁受，即炼成仙道，亦要避他。此时来将刀斧交加，杀得道人前后受敌，蛮兵一万已被杀败，道人大怒即混口毒气，向王凡喷去，早已跌下马下。道人即伸手一铲，早已脑浆迸流。王兰英大惊，抢回尸首。道人一连四喷，四员将落马。他一铲四下，已分为八段。他乘势杀出重围。狄元帅见他伤了许多大将，心中忿怒，舍命拍马追去。王元帅大惊，早已驾云跟随狄爷，刘庆也飞来随后。道人当时见一大将随后赶来，心中带怒，把马兜回，也不动手，将毒气喷出。狄爷打个寒噤，又跌于马下。道人正要动铲，王夫人跑上，一枪向他面门刺来。他吃了一惊，收回大铲，刘庆将元帅抢回。道人毒气又向王夫人喷来，不意王夫人驾云走了，道人得胜回营。

当时王夫人返回营中，见穆桂英等已死了。王凡与四员偏将，尸骸已被道人所伤，吩咐收殓了，但狄元帅、穆夫人，面如黑漆，七窍流血，然心头尚暖，身体未伤。狄龙兄弟下泪纷纷，王兰英放声痛惨，众将均为伤感。王夫人与杨文广十分悲痛，王元帅含泪呼声："贤侄与孙儿，众人不必过哀，已死不能再活。一来狄元帅已死，军心恍惚，二来妖道得胜，今日一阵将我大宋军威挫尽，这妖道如何厉害，毒气伤人，看来三军之众危矣。"王兰英带泪说道："妖道南地屡闻他这毒气厉害，伤人无药可救了。依妾愚见，一面紧守城池，埋了元帅，办了丧事，安养三军，然后差刘将军回朝，奏知圣上元帅归天，待天子知道，再选能人。速令公子往竹枝山，招安了段红玉来降，可以抵敌这妖道。"王夫人说："宫主之言有理。"即拔令与狄龙，命他往竹枝山去招安段红玉。公子含泪领命去讫，王夫人又拔支令，正要差刘庆回朝，他忽然想起一事，大呼："元帅与夫人有救了。"不知如何有救，且看下回分解。

第三十五回 鬼谷师遗丹救将 狄公子奉令招安

托形蟒怪法高强，助逆违天拒宋邦。
毒气喷伤中国将，难逃罪恶遇刀亡。

当下刘庆想起一事在心，满怀大悦，说："众位不必心烦了，元帅、夫人有救星的。"王夫人与众位问何故，刘将军说道："前时末将奉令回朝请穆夫人至此破阵，席云于空中，与王禅鬼谷仙师相遇于半途。他有言嘱咐小将，说取了芦台关之后，有一场恶战，伤将甚多，只恐主帅凶多吉少，有性命之忧。付下丹丸两颗，倘元帅有不测，服此丹药可救了。一颗可活一人。我当时想求仙师下降破阵，他说阵有人破的，但等元帅服丹之后，南蛮渐渐当灭。吩咐将丹药收藏好。我回来亦未泄知众人。今日元帅、夫人被害，正应了机会。"说完，王夫人、众将大悦，刘庆箱中取纸包拆开，藏有二丹一柬：

二命难逃丧毒中，丹丸二粒见奇功。
回生起死凡非妙，一服还阳化尽凶。

众人看罢大喜。王夫人叹声说道："死生自有天命，非人力可强逃。今日仙师来救他徒弟，连我的穆媳妇亦可救了。刘将军事不宜迟，快些化开金丹与二人服罢。"刘庆即忙用水化开，拨开他牙关，每人灌了一丸。

不上一刻，只见穆夫人口中吐出许多恶水，大气喘息，狄元帅也口吐恶水，身体转动，俱各二目睁开。穆夫人先爬起来，见了杨文广、王怀女，长叹一声："奴只道今宵一阵，中了妖法毒气，必然永别婆婆，丢抛孩儿了，何以又得还阳？只恨我自幼空学了神仙之法，却不免轮回之苦，何必为人争利夺名，思量果然是回头高。"王夫人与杨文广泪下，杨文广说："今得余生，多亏王禅师仙师之力。因他救元帅，兼及母亲的。"穆夫人说："原来多蒙鬼谷仙师赠赐灵丹，这再造之恩，何日图报。"正言间，狄元帅亦苏醒。狄虎兄弟一齐上前扶住，放声呼叫父王。狄爷也长叹一声，说："本帅早上追赶妖道，被他毒气伤亡，只道父子今朝永别，岂知又得相逢。不知如何复活？"狄龙含泪说："得刘庆遇着仙师。"细细说明。狄爷听了，道："又得师父赐丹相救，深感活命之恩。"当时王夫人与众将都说道："千岁与穆夫人辛劳过极，且精神未复，且请回帐内调养精神，再作商量。”众人扶归。穆夫人扶往后堂去了。

到了次日，狄龙与杨文广别了父王、王夫人，前往竹枝山而来。杨文广见近了山下，吩咐军中住营立下寨。狄公子上马提枪，冲出营来，叫军喊杀。段小姐正在山中，忽见军人入报：“宋将带兵来讨战。”段小姐一闻报话，即戎装上马，冲下山来。只见一员小将，不是别人，乃狄龙公子也，暗暗叫声：“小冤家，奴为你弄得家破人亡，做下弥天大罪，忍耻含羞，不逢你一面诉说。你今又来军前出马，眼目众多。何不擒他回去，问个明白，死在九泉也甘心。”想到此处，不觉下泪。

狄龙一马飞近，连忙扣住，呼声：“小姐，如今到来非为别事，只因你言而无信，反复不常，见事不明，特来请教。”小姐听了，呼声：“公子，非是奴心不定。你们既是中国大臣，也该存立信行，我父忠诚投降，因何你父命狄虎杀奴之父？奴实有不忍之心，定拿狄虎报仇的。”

公子听了，微笑呼：“小姐，你平日素称伶俐，达理通情，如何今日就不明白了？吾弟伤害你令尊，原有缘故。他不是奉令，不意在关外遇着老将军，因此时乃仇敌之人，各为其主，一时动手误伤你令尊，夺了关城。回营时，吾父王大怒，说小姐已经投降，责他擅自伤了你令尊之命，一怒将他斩首。幸得王夫人、众将解劝多少。至此带罪招安王凡。实乃如此，请小姐上裁。况我父身为上将，全凭信义以服三军，焉肯有陷害降将之理，于外邦落下不美之名。但你令尊已死，倘日后班师回朝，奏明圣上，墓顶封王，以报投降，子孙将世享荣华。小姐若依我良言，且自释忿心罢。”小姐听了，呼：“公子，你弟误伤我父，既属不知原由。令尊与公子，奴家全无恼恨，可恨王兰英贱婢无义，要配狄虎，就暗算奸谋，夺了蒙云关也罢了，就不该哄骗我父，于半途截杀了。我段红玉断不饶他，誓不与贱婢同生。”公子说：“小姐息怒，我还有一言相告。兰英与你结拜，自小密谊之交，情同骨肉，焉肯背义负心，如此不仁。此旁人谗说，你休信为真。若乃吾弟误伤令尊，他此时有口难辩，只求小姐原谅，姑置勿论。小将虽未同你会花烛，但丝萝已经缔结，纵有一切恼恨之事，只求俱看我面情解释。小姐若然果要认真，则说不得了，悉由尊意，从此水流花谢，各自东西。”

小姐说：“公子，你言虽是，只是我父仇人，不共戴天，岂得轻舍。若是我不依公子之言，必然见怪了，若依了你，只恐旁人言我为着婚姻，忘了父仇。只恨自己当初便了。奴今日既去了父仇不报，想来难处，已不愿居于阳世了，公子不必以奴为念。”说到此言，不觉目中纷纷滴泪，苦切伤心，拔剑要自刎。公子一见惊骇，上前扯住小姐手腕，含泪呼：“小姐呀，劝你勿要性急。若小姐寻了短见，我狄龙也愿相从于地下矣。吾奉命前来招安小姐，解救破敌，倘小姐寻了短见，无人退敌，数十万人马危矣。也是难处之事，也不愿留生了。”说罢珠泪沾襟。小姐到底心肠慈软，见公子伤心即收回剑，扯着公子袍袖，说：“公子，你何必伤心。且你言差矣，奴报不得父仇，枉生于人世，情愿自刎于九泉，因何你要说不留于生？此乃何解？”公子说道：“只因吾已得芦台关，蛮王又差来达摩妖道，十分厉害。口吐毒烟，伤我大将无数。我父得灵丹救活。敌兵屯于关外，目前此关已难驻守,还防众人不免妖道之难。已经差人回京,奏知圣上速救,但远水难救近火。小姐若怜惜我狄龙,拔刀相助,擒了妖道,则我父子感恩不浅,如此我何虑哉!"小姐听了达摩领兵,不觉惊唬了,说:"今这妖道兴兵来战,非同小可。他妖术无边,向日闻他之名头,一件毒气伤人,还有一事,他乃妖怪修炼成形,若与敌人战到深处,一转形张开大口,连人带马吞陷腹中,未知是否。但此人到来,你大宋将士遭劫了。奴虽有法力,只恐擒拿不得他。"狄龙听了大惊:"小姐,如你言来,妖道的法术就无人破了。难道大宋反让于妖术之徒?"小姐看见狄龙不悦,呼声:"公子,不必着忙,如今且把父仇权放了,今与公子到关会会妖道罢。"公子闻此言,大喜,说:"小姐如此用情,乃是我的恩人了。何其幸也!"小姐说:"既为夫妇,何必言谢。公子且请回营,待我禀明母亲、哥哥,然后与公子一同前往便了。"说完二人分手。

小姐回山,向母亲、哥哥说知,夫人允了。小姐即时带了随伴使女,来到宋营。杨文广与狄龙接进中军见礼,言谈一刻。只为军情紧急,不敢延迟,连夜拔营起马,定是五更到关。

狄龙先进内禀知,狄爷大悦,传令进帅堂相会。不一时,与小姐、杨文广进来,参见二位元帅。王元帅呼声:"小姐请坐,休行见礼。老身久仰贤良,又是弃暗投明,真乃女中豪杰,实乃令人可敬。"小姐说:"元帅乃过奖。奴乃一无知弱女,焉敢当此重赞之言。"王夫人说:"小姐休得过谦,今日既来相助,足见忠诚。但退得妖道时,功劳簿上算你头功,奏知圣上。"小姐说:"奴乃南方蛮女,胸中有何经营,全仗二位元帅天威。与妖道会敌,倘若侥幸得胜,也尽奴一点义气之心。但这妖道厉害,倘有不测,只要二位元帅看顾我父母哥嫂,奴就感恩不浅矣。"狄元帅听了大喜,吩咐置酒款待。当时摆上酒宴,狄爷看不便相陪,着王夫人与小姐对酌,与穆夫人三人共是一席。原来狄爷进至后堂,遇到狄虎、王兰英夫妻二人说:"段红玉到帅堂上吃酒,王夫人一刻必然讲情面之说,你二人趁此席间之言,前去请罪,必然他有回心的。"夫妻领命出来。

先说王夫人起位,双手执起金杯,唤声:"小姐,今日老身奉敬一杯。一来替狄虎、王兰英请罪,二来贺喜小姐投降此邦。请饮此杯。"段小姐一见,起位也一双手接下了,说:"蒙夫人一点见爱之心,又蒙指示,奴家自欲领命。"一饮而尽。王夫人十分欢悦,又是一连奉劝三杯,小姐饮下。穆夫人也来欢敬。

但不知狄虎、王兰英二人出堂请罪,是否段小姐允许和好,且看下回分解。

第三十六回 再投宋红玉完姻 施毒泉道人伤将

一次归投大宋朝，天生女将定蛮辽。
洞房佳话唯今夕，琴瑟从今两合调。

上回王怀女、穆桂英与段红玉开怀乐饮，你斟我劝之际，忽见王兰英、狄虎二人来到席前，双膝跪下，一呼"小姐"，一呼"姐姐"。狄虎说："小姐，我前时误伤了令尊，实出不知小姐已投降了。当时即是各为其主，乃仇敌也，望小姐谅情鉴察，看王夫人与我父之面，消了前恨不怪，足见小姐大德。"王兰英呼："姐姐，愚妹也要说明原故，然后请罪，免你怪我不义薄情。当日令尊老伯父出城，原因狄千岁疑心投降不真，言姐姐既然寻不得五虎将来，城内还有老将军段洪，既愿投降，也该前来营中一会。是以愚妹回关说于老伯父。他闻言即刻与我出城，行不上数里，遇着狄虎。愚妹与老伯父只道他奉令前来迎接，谁不知他也不知是投顺来由，一时动手，误伤了令尊，引兵抢了城。姐姐的家口，早已逃散，奴见势孤，只得投降了。但我二人自幼交深，情投意合的，岂有不仁，故伤你父。今非愚妹谬言遮饰。现在元帅之计，特请姐姐共破妖道，望姐姐不记前仇，共图功业。"红玉道："事已至此，既承狄元帅、王夫人等美意，只得先商破敌之计。"于是姐妹和好如初。

城中笙歌鼓乐，结彩张灯，好生热闹。到了黄昏后，诸事停当。众将士大排筵宴。大小三军，俱有赏赐喜酒。是夜音乐齐鸣，请出小姐，夫妻交拜，送入洞房。二人交怀合卺，携手共进纱帐，云兴雨布，遂其旧识痴心。自此段小姐遂了痴心之愿，狄龙思量弄假成真，实乃万里良缘，此夜恩幸真如鱼得水，快乐不啻登仙。好事之中，实难尽述。

不觉欢娱夜短，寂寞更长，已交五鼓。狄爷升帐，夫妻叩见。狄爷对王夫人说："前日命刘庆回朝，圣上必然火速差兵前来，至快有两月方到。但灭得妖道，不用差兵来的。"有小姐开言说："元帅，奴今日出敌试试法力，以定胜败，如何？"王夫人说："小姐，这妖道毒气厉害，须要小心。"小姐应诺，上马提刀，领兵三千，出关讨战。

达摩闻兵，带兵出营。只见一员女将，在此耀武扬威，生得千娇百媚，绝色无双。妖道喜得手舞足蹈，连声赞美："好个美貌佳人，不若贫道拿回营中受用，岂可当面错过。"拍马上前，带笑呼："女将何名？"小姐见道人问他之名，喝声："我非别人，乃蒙云关段洪之女红玉也，只思南王乃反叛之贼，近日残民好杀，不得成大事。故奴父子投降于大宋朝，脱了叛名，有功于国。奴今奉狄元帅之命来擒你，倘若知事者，退归隐于山林，方免杀身之祸，是你之知机。速急回头。"道人冷笑一声："美人，你原来是段洪之女，焉有投降天朝？我想中国之人狡猾之辈，忠厚原算我南方。小姐若依贫道劝，依然投南蛮王，贫道爱你天姿国色，随我回营，保得南王赦你，匹配吾国师。富贵荣华，任你受用。"小姐听了大怒，一刀砍去。道人用铲架住，微笑呼："小姐不必发怒。本国师的法力，难道不知？在本国官职不小，你若与贫道成了夫妻，可谓佳偶相配的。"小姐骂声："妖道，休得胡言。"双刀又砍。道人又架过，说："小姐因何如此气忿？方才贫道与你订婚之言，千万不可辜负了吾的美意。但吾法力厉害，一动手时恐伤了你，贫道舍不得你花容。"小姐听了，怒从心上起，恶向胆边生，大骂："妖道，奴若饶过你，誓不为人。"说罢，双刀乱砍。道人看此光景，说："这女子如此强横，以言语劝他焉肯听从，全没有一点惧怕之心，反恃勇杀来。不若暗施法力，将他拿回营时，由吾快活，岂不妙哉。"说完，提铲急架相迎。二人杀得性起，一阵开杀了二三十合，胜负未分。道人想道："这段红玉刀法精熟，武艺不低，倘用毒气喷去，又怕这丫头禁受不起。不如诱他到无人之处，现了原形，拿他回去取乐，有何不可。"即时放马败走，喝声："红玉，你国师今日回营有事，不与你恋战，明日再决雌雄。"说罢，拍马逃去。

段红玉说："这妖道逃去，必定是诈败了诱我，使妖法来伤害。奴岂惧怕你，不若先下手为强。"按下刀，取出小小一枝神箭，拍起赶去。道人一见大喜，暗骂："这贱人，你今赶我，休想回营了。"即时口念真言，向东南巽位吹一口气，不时，狂风卷面，黑雾迷空，暗中现出一个怪物，口大如脚盆，长有三四丈，遍体金鳞，张牙扒爪，像个东海神龙。口吐黄烟，远远竟望小姐扑来。小姐一见冷笑："你这大蟒怪形，炼成人形，怪不得口生毒气，利害伤人，一沾染即亡。"当时见大蟒来近，拿起神箭，对准怪物一放。弦一响时，早射出小箭，正中在大蟒怪右目。那妖道大叫一声，疼痛不止，连忙打了一滚，现出人形，跑上马，痛叫难忍，怒声如雷，说："贱人呵！我倒有慈悲之心于你，不使毒气，不若欲拿你回营，想与你结为夫妇。岂知你无情无意，下此毒手，用小箭伤吾右目。今日贫道若饶过你这贱婢，誓不为人。"即运满口中毒气，对段红玉喷射过来。小姐说声不好，双足一蹬，早腾起空中。这阵毒气一沾着马身上，马一跤跌下地中死了。小姐在云头看见，好不惊慌，说："妖道好不厉害，若非奴走得急快，只怕性命难保。"

当时这妖道毒气只望要喷红玉，岂知被他驾云走了，气得怒发冲天。忍痛拔出眼中小箭，血流不止，收兵回营，用药搽洗，越思越恼。至晚，施出一条毒计。在月下焚香，当空拜礼，禀告一番，书符念咒，仗剑作法。忽见半空中来了一怪神，说："大力鬼王奉命前来，不知法师有何使唤。"道人说："无事不敢烦大王。今夜有劳，带鬼兵十万，将毒水溪之水连夜运进宋关中井泉下，不得有违。"大力鬼王领法旨去了，连夜招集数十万鬼兵，往毒水溪一齐挑运了数十担。大力鬼王到营来复法师之旨，也且慢表。

次日天明，大宋将兵、大小三军哪晓得大早饮食了此水，未到午尽，人人染病。只有王怀女、穆桂英、段红玉、王兰英皆有半仙之体，病不沾染。王夫人见众将士卒忽然如此，心中十分着急，仰天叹曰："莫非我大宋江山气运已尽，忽然间三军将士人人得此暴病。上天降此灾殃，倘敌人来讨战，谁人出敌守城。观看此关难以保守。"段红玉说："三军一时得此暴病，或妖道施毒计来陷害，也未可知。"王夫人道："你言不差，定然是妖道被你射伤，因而暗施毒计。今小姐生长此方，平日妖道惯用何术伤人？"小姐说："昨天妖道被我射伤右目，今看众人疾，恰似误食了汉溪毒水一般。"

小姐猜疑不知如何，下回分解。

第三十七回 救三军女将求泉 活生灵龙神运水

妖道毒水陷宋军，违天拒敌助蛮君。
无如运会归真主，难免他年杀戮身。

当下段红玉说："众将兵的暴病，实似吃了汉溪毒水之状，定然是妖道夜施邪术，运来恶毒水，要陷害我们。若真有此事，众兵不过三天日期，五脏六肺皆腐烂而死。"王夫人说："这便如何是好？"小姐说："若要救众军，除非到飞云洞去求威灵圣母。"王夫人道："这飞云洞在哪里？"小姐说："离此不过约三百里之遥。只因圣母从不与人相见，居于接天山飞云洞修真。他洞中有井水，名曰救命宝泉。时常有外方人误饮此水，命在旦夕，吃了泉水，吐出恶毒，立刻痊愈。夫人要救众人，除非往求宝泉方可救。他又不受人礼物，只要虔诚顶礼前往，无有不见与之理。"王夫人听罢，大喜说："果然如此。"即要与小姐前去，留下穆桂英、王兰英看守城池。

二人在关驾云，不满一个时辰，已到山脚。二人按下云头，一路上山，无心观望景物。但这仙山比之别山大不相同，其词赞曰：

接天方古山，细看色斑斑。顶上云飘渺，崖前树影翻。飞鸟争枝立，走兽夺争餐。凛凛松梢解，大夫竹嫩竿。野猿哨聚立，鲜果麋鹿扳。枝上翠岚岚，冷冷水漫漫。暗闻幽鸟语，间关几处溪。藤罗牵又扯，怪石集香兰。磷磷怪石，磊磊峰崖。狐鹿成群走，猿猴作队行。行客正愁多险峻，奈何古道步艰难。

王怀女看罢此山，二人加鞭并上，又对小姐说："这座高山峻广，但不知可是接天山否？”段小姐说：“元帅，这座就是接天山了。圣母的飞云洞，附近西北一座奇峰之下便是了。”王夫人听了大悦。二人又拍马向西角而走。

方才到了一派松阴之下，时已日落西山。又走了一会，只见远远有些灯光，洞口闻猿啼鹤唳，见异草奇花。忽又闻琴声嘹亮，王夫人与段小姐侧耳而听，音韵幽扬，如怨如慕，如泣如诉。静听之间，令悲者倍悲，乐者倍乐。二人听见七弦瑶琴配五音，按宫商角徵羽。其词韵操。其词曰：

人生在世如春梦，夺利争名枉费神。
身过逐北终须散，名标凌烟不算能。
世人枉作千年计，大梦回头两手分。
不信但看郊野外，无分贵贱尽归坟。
古今兴废无休歇，有福兴来无福灭。
江山转眼姓名更，疆场都是英雄血。
得放手来且放手，远近迟速无长久。
百年三万六千日，劝君何不早回首。
当年英烈秦始皇，并吞六国逞豪强。
只望子孙传万世，岂知不久属他邦。
楚汉相争韩信至，九里山前战霸王。
埋兵十面一场战，刚强项羽刎乌江。
汉朝被篡因王莽，光武中兴汉运昌。
懦弱献帝出三国，英雄并起各争强。
晋兴一统群雄灭，五国纷争起战场。
天命归隋文帝出，炀帝乱淫属大唐。
一统山河三百载，残唐五代动刀枪。
梁唐晋汉周连灭，一统山河炎宋当。
陈桥兵变成体命，执掌乾坤坐汴梁。
烛影摇红龙入海，仁宗天子继为皇。
四海升平民尽乐，只有南蛮叛逆强。
领旨剿灭推武曲，王师一怒奋鹰扬。
妖蟒夸狠施毒水，违逆天心不久亡。
贵人今夜来求水，可活三军将士伤。

王夫人与段小姐听罢惊骇道：“圣母果然灵验，他未逢吾二人，就知吾军被害，并知我二人已到了来求。众人称他是一地仙，果不虚传也。既知吾到此，定然肯赏宝泉与吾的。且下马进洞罢。”二人下了马，正思起步，只见洞门里来了一位仙女，前来引路。一进了头门，只闻香风阵阵吹来。又行到大丹墀左右，许多麝獐鹤鹿。上了丹墀，当中坐下一位圣母，刚刚放下瑶琴，起位来迎接。王夫人细看这圣母，头带七星冠，身穿八卦敞衣，飘飘然真有神仙风采。二人看罢，连忙上前施礼，称言："圣母，弟子王怀女、段红玉。虔心前来朝见圣母，乞恕吾二人不恭之罪。"圣母一见，连忙挽扶着二人，呼："院君与小姐，贫道乃山野鄙贱之辈，敢劳中国二位贵人以礼相见，贫道哪敢当！如今鼓琴慵性未得远迎耳。"言罢携手上堂，见过礼，三人坐下。只见旁边一桌上，横放一架瑶琴，中央焚起一炉香。其香扑鼻，直透五心。当下二人道其来意毕，圣母说："院君、小姐请放心，你二人未来之先，贫道早已得知。这妖道乃千年蟒怪，修行得道，日久炼成人形，心毒意狠，哄骗依智高叛乱，妄想谋占宋室江山，倡首反叛，伤害了百万生民。上天振怒，他性命只在早晚之间，还是永不超生作人伦，深为可悯。因他害命太多的。待受害人一会集，就是南蛮授首之期。但依氏之罪案，亦与妖道罪相等的。"王夫人说："方才圣母所言，妖道乃是蟒怪精修炼成人形，怪不得毒气伤人，如此厉害。"圣母说："他果然蟒也。但今时交三鼓，夫人、小姐且请先回关去。待贫道命龙神作雨，运泉到关，方得多来。只因大小三军将士，有三十多万之众。"王夫人、段小姐听了大悦，抽身拜谢了。仍复驾云而回。

当时圣母仗剑作诀，喝声："井泉龙听旨。"一言未了，只见半空中红光缭绕，瑞气纷飞，现出一位神圣，落下云头，上前施礼。圣母一见，便说："有大宋将士，被蟒怪使此毒气逆天害人。龙神今夜可将解毒泉运进芦台关去，救了宋将兵，是你的功劳不小，玉帝必有封赠你了。"龙神领命去了，即施展神通，一到解毒泉中，运取宝泉。一刻乘云驾雾，雷电交加，遮住了一天星斗。时值王怀女、段红玉回至关中，令人接水。丹墀之中，排列了数十个瓦缸。一时间只见雷电大作，猛烈狂风一阵，辄雨倾盆。龙神显圣，关外半点俱无，关内地水有一尺，下至天明而止，数十缸已满，小姐、王夫人乃传令众将兵取水分服。众人饮下圣泉，吐出恶水泉，个个精神平复如常，一齐顶礼当空拜谢。王夫人对狄爷说知，大喜。按下不表宋营。龙神回山上复圣母法旨，也不烦表。

却说南蛮营中道人，只因箭伤未愈。二来料着宋兵中毒，待他人人自死，一连静养营中几日，方才令人前来探听。但见关中四城门紧闭，城楼上旗幡招展，剑戟如林，腾腾杀气。有探子回报，道人惊疑，只得带领人马，向关讨战。城中无一人出马，道人无计可施，只得收兵回营不表。

且说孙振自从在襄阳城逃出，投降了南王，封为参谋之职，他得苟全了性命，在南王跟前百般奉承。知南王好美色，就命了家丁，去往民间四下找寻，遇着有美貌青年，不论民妻或女，立刻抢了，就献于南王。依智高乃好色之徒，定然喜悦，至此君臣相得，孙振之言无有不依，加封为大夫之职。伪臣中有正直的，心中不悦，又难与争衡谏止，南王反冲其怒，或被诛或赶逐，剩下这些奸党佞人，多来奉承孙振，相助逢迎。南王须乃反叛当灭，实乃万民遭殃，收了这奸臣，受着万民嗟怨。

他在此做了高官，有冯氏夫人时常埋怨，说他因害狄青，反害他父亲，今在此为官享乐，岳丈在天牢内囚禁，其心何安？"况且当日逃出之时，也亏得我父有书到来，通知逃脱，不然一家已作刀头之鬼，今日得安，你亦不记前恩了。"日日埋怨于丈夫。孙振说："夫人不必烦恼，下官于岳丈的恩德岂敢有忘，时常在心。他陷于大宋天牢中，恨无机会可救，今日已想出一计来，可以救脱他，到此同享荣华了。"夫人说："相公有何妙计，救得妾父到来？请言其故。"孙振说："夫人要救脱岳丈，只须差精细有识的家人数名，暗到汴梁，交结这狱官，说是你家老夫人差来服侍太尉的，多送金银与他，且先到你母亲处通知此事。待下官传书与岳丈观看，知会其意。待十天八天不定，寻此机会，黑夜中将狱官杀了，暗中放出岳丈，带了岳母一同逃出到来，共享荣华。有何不可？"

孙振此计可救脱太尉与否，下回分解。

第三十八回 获私书奸谋尽露 拜战本旨意参详

叛臣狡猾曲肠多，欲救同谋出网罗。
奈何天眼昭昭显，败露行藏计反疏。

当下夫人听了丈夫之言，大喜说："相公果然妙计。在于何日行事？"孙振说："下官即日修书，明日可往了。"是夜夫妻商议，修了密书，到次日挑选了十名能言家丁，带藏密书的，叮嘱一番，出了昆仑关而去。

却说狄元帅只因妖道厉害，毒气伤人，不许众将出敌。妖道只因眼目被伤不愈，亦不前来讨战。狄爷一日思量侬智高攻下粤西邕州，得了昆仑关，前月已差李义探听他虚实，已有一月余。

李义打听明白，正在回来，他带小军五十名，扮作京差模样。只见前面远远来了十多人，一见数十名京差，即闪闪缩缩，跳在树林里面。众兵丁见此蹊跷，大喝一声："你是什么人，在此埋伏？不是行窃客，定是刺客了。"话未完，早有一人应声呼："众将爷不必见疑。我们十人乃是近处小民，只因探亲吃酒，是以夜晚回来。"言未了，此人身上一把刀脱下地。众小军见了，越觉思疑。有一军人禀知李义，李义听了，即前来喝道："黑夜行走，身上又有腰刀，必非良善之人。何须与他争论，且拿住搜他身上，看他人人可有刀斧否。"众兵上前要搜，原来孙振家丁，十人内有一人藏书的，心中着急。这十人原是孙振挑选的，有些武艺，他仗着本事，初时只道以言说就罢了，今见众人要搜，怕什么几十个官差，大怒骂声："贼囚，朝廷养你是巡查敌国奸细，不是教你欺怒小民。若要搜时，只怕你有性命之忧。"李义听了大怒，喝声："众军擒拿。"十人早已拔出腰刀，众人一齐动手,杀将起来。黑夜中刀斧交加。原来十人果有些本事,斗了多时,不能拿获。李义大怒,提出双鞭,冲出中央,左一鞭死一个,右一鞭跌一个,不一刻打死五六人。剩下几个思量逃走,也不能得,被众人乱刀砍于地下。时已天明了,李义吩咐:"既杀十名强盗,未曾搜他身上可有什么夹带否。"众将将十个尸骸搜完,内有一人,身上一封书,并众人有些干粮之类。李义接书,一封书套上面写着:"此书岳丈大人亲收披览。"下面:"愚婿孙振拜。"李义看了:"原来是孙奸贼反投敌国了。若非奉命到此打听蛮王,焉得知之。想他又有密书与冯老贼,又有自说委曲在内,不免待回关时,与元帅观看,便知他有何奸谋了。"即时军士埋了十人尸首。

一路跑走,七八天方才回关中交令,说:"元帅,小将奉命前往粤西探听,蛮王十分不仁,抢夺民家妇女种种,亡灭不远。又于半途中截杀得一伙奸细,原来孙振奸臣的家将,搜出一书,与冯太尉的。"元帅说:"有这等事?"李义将书呈上。元帅看过封皮,即时拆开此书,展披案上,书上写着:

愚婿振书禀上岳丈大人座前。自上年小婿有书到来,捉拿刘庆、张忠,只望扳倒了狄青,报了大仇,消了心中之恨。岂料被杨文广搜出来书,带累岳丈陷入罗网,小婿昼夜不安。又蒙岳丈有书通知,逃得性命,合家得脱虎口,依命走往南蛮。兹南王收录,现乃为上大夫之职,十分信用。小婿挂念岳丈羁绁天牢,特差至家将十名,着他暗投狱中,见机行事。改妆衣服,逃出汴城,到此一家完叙,共享荣华,免受囚禁之苦。恭候早日脱离成祥,并请金安。

狄元帅看罢此书,心中带怒,骂声:"奸贼,降了敌国,真乃生成人面兽心也。又有书回朝劫狱,要救太尉。幸得李贤弟前往探听蛮王消息,又拿得他私书。待等平服了南蛮,捉回叛贼,回朝正罪便了。"王夫人接书看过,便说:"元帅之言有理。可密收下此书,以待班师奏闻圣上,好屏逐奸臣党羽,方才得国固邦安。"狄爷称是。又有岳纲上前说:"元帅,小将前时与高将军奉命到襄阳救取张将军、刘将军,他便逃走。小将一时未曾说知,当时若要捉他回转,易如反掌矣。"狄元帅说:"岳纲,你有知有不知。如若此时捉拿他,就便宜了。此贼不投降敌人,罪亦轻了。如今他又有书来,特救冯太尉,背面欺君,又扳倒了冯拯。待等班师回朝,拿他正罪,焉能得活。正是奸臣机深祸亦深,天网恢恢,岂能逃遁。"岳纲说:"此言不差。"按下慢表众言。

却说刘庆奉命持了本章回朝,席上云不止,至三日已赶回汴梁。天色将晚,就在金亭驿歇了一日。次日枢密院上朝,待他启奏天子。即时刘将军俯伏金阶之下,将本呈御前侍卫接上,展开龙案,仁宗皇一看:

征南总帅臣狄青,奉旨征南,已逾三载,败胜参差。后蒙圣上添兵益将,兹已芦台关、蒙云关得取,收录女将二员,已匹臣子。但二人所立战功颇多。意欲灭南王在于旦夕,不料他差来妖道,异术非常,毒伤将士甚多。头阵穆桂英与臣及降将王凡数员偏将,俱已中毒被伤。所活者,臣与穆桂英耳,余皆救已不及。当时军心破乱,无人出敌,敢撄妖道毒气之风。臣兵非不众,将非不广,奈妖道拒阻大兵,不能进取。倘得法力高强不畏妖毒者一人，收除妖道，奏凯班师指日可待也。临表不胜迫切惶恐之至。

仁宗天子看罢大惊，说道："南蛮叛逆如此厉害，有妖道毒气伤人，阻挡大兵不能征进，如何得灭南王。御弟本上，只要一人收得妖道毒气，不用救兵多少。"言罢，正思量之间，只见文班中闪出一员大臣，执笏上朝。天子已看见是包拯丞相。天子说："包卿，边关人马被妖道阻住，不得进取，只恐刀兵没有收场了。御弟有本来，只要一人抵挡得妖道毒气，就易于剿灭。朕想朝中文武众人，哪个有此法力之士。"包爷奏道："用毒气伤人，必然妖怪修炼成人形，纵有英雄好汉，也不能抵挡妖法。臣想无佞府中，十二寡妇中去了穆桂英一人，尚有十一人，俱有法力。旨命下去，着佘太君挑选其人前去，必有可往之人。"仁宗天子听了，点头说："包卿所言不差。"即书旨一道，着包卿前往。包爷领旨，辞朝而去。

一程来到杨府，早有家丁报进。佘太君吩咐大开中堂门迎接。包公下了大轿，到了大堂中，开读圣旨：

奉天承运，大宋皇帝诏曰：兹平南主帅奏本回朝，已将得胜班师，不料蛮王差来妖道，毒气厉害，伤将甚多。朕思朝中将士须有，但非精明法力者无可任其职，故着包卿赍诏前来。旨到之日，太君可与十二寡妇中有能抵敌妖道者，即进朝领旨，以慰朕望。钦哉。

包公读罢，佘太君着惊，说声："思想自从吾夫老令公撞死于李陵碑之下，八子相继而亡，只有杨文广一点骨肉。今已奉旨南征。十二寡妇中俱已年迈，哪有什么英雄领兵。有烦大人回朝，代为转达当今。"包公听了，说："老太君，朝廷岂不知你府没有英雄。只为南蛮用了妖道，用毒气伤人，一触着即死，非以战关为强，要精于法力者，方拿得妖道。所以圣上命老太君，于十二寡妇中挑选一人进朝足矣。望太君以朝廷江山为重，勿要推辞。"佘太君听了，呼声："大人，难道你不知老拙家中之事。自从吾夫山后归宋以来，祖孙父子，西征北伐，俱丧没了沙场。只剩下的重孙文广，已随了媳妇南征。现在十二寡妇，奈俱年老，不中用了。今日大人想我家中还有何人法力广大的？"包爷说声："老太君，圣上旨意又不是诏你亲身领兵，你何必如此力却。不过求你于众人中间察明可以抵挡得妖道法力，破他毒害耳。老夫看你们大小妇女、老少丫头家将，有法力武艺之人居多，老太君声声言无有，倒有欺君逆旨之罪也。"

不知老太君如何答话，包公选得何人领兵，且听下回分解。

第三十九回 包龙图登台选将 杨金花夺帅逞能

暴逆南蛮太怒凶，生灵百万伤丧中。
干戈不息民遭害，势尽难逃入网凶。

却说佘太君见包公不信他家没有能人，推却不下，忙说："大人既不确信老身之言，何不劳步到鼓将台，传鼓点问，便知有人否。不知大人意下如何？"包爷说："太君言之有理。"佘太君吩咐擂鼓点将，家丁领命。

当时佘太君、包公同上了将台坐下，只见杨府中家将男分于左，女分于右。包公在将台上两边一看，这些男将个个虎背熊腰，身材凛凛，果像武夫，只见右边女将，十二寡妇皆是年老，下是些小姐们、丫头辈，短衣窄袖，竟非妇女气象，倒像个勇战将军。包公见了众将男女英雄，不知哪个是出类拔萃之人。佘太君见包公沉吟思想，呼声："大人，何不传圣旨所命，或有奇能者可擒妖道去领旨，也未可知。"包爷点头，便大呼："你等男女众将兵听着：老夫奉旨前来选将，因为狄千爷征南，蛮王差来一妖道，神能广大，妖法高强，还有毒气喷人，受毒即死。是以无人抵挡。你今众中男女将士，如有破得妖道才能，快些前来应旨，待老夫启奏知天子，加官爵重赏，领兵前往。"言未了，只见女班中有一人应声："愿往。"包公抬头一看，但见这女子生得：

身材短小方三尺，圆眼浓眉粉面光。
跑走如飞来往急，声音响亮似铜钟。

包公看见，说道："好个奇丑女子也。"便问那女子："既肯领旨，可通名上来。你胸中有甚韬略，法力如何？"它龙女开言，口称："丞相，奴家乳名它龙女，只因身材短小，面貌奇形，行事粗鲁，合府中人三百余，吾独任厨中饮食职。我虽一丫头，且喜武艺，闲来后园演习，合府中人哪里是吾对手。用一对火叉，叉重有一百四十斤。有一日在厨中打瞌睡，梦见灶君老爷，说我后来有大贵之命，只要去随征南蛮立功，方有出头之日。他传我腾云空遁之法，教吾将双叉咒念真言，飞起即化大龙。说数年之后，可擒敌人。"包公听了大喜，说："你言虽如此，未见法力，不敢准信。万一虚词，有误国家大事，非同小可。"它龙女说："包黑子，你何必以言捉弄。我小丫头平日为人，一无不实，并无一句谎言。果然灶君老爷教我许多法力。虽然身材矮小,力量高强,武艺不弱,必要去随征南蛮的。”佘太君听了,喝声:“好大胆的贼丫头,无些的律礼,得罪包大人。”吩咐:“与我拿下,重打数十。”包爷忙呼声:“太君且息怒。此女言来若实,口出大言,必有奇术的。且试验他罢。”太君说:“虽然如此,他言语不逊,得罪大人,乞祈恕怪海涵。”包公说:“这老夫也不介怀。”当时太君喝声:“你的法术何来,哪有此事?快快拿兵器来看。”它龙女说:“太君不信,待奴婢取兵器来。只由太君挑个好汉来与奴婢比拼五六合,倘若数合之中不能取胜,奴依旧回厨中炊火煮饭。”言未了,身子一扭,已不见了,借土遁去取兵器。太君、包公大悦。包公叹息道:“海水既不可量,人亦不可量。此女必然可用的。”

不一时它龙女飞跑而至。他手持两把叉,叉有五六尺长,众男女将士一见哂笑。它龙女见众人笑他,心头大怒,说:“众位有本事可来比武。”有杨金花喝声:“贱人,出言无状,欺压众人,吾来也。”包公把金花小姐一看,生得:

头戴垂金凤,娇花一朵新。腰细如春柳,步走似云飞。心慧知韬略,材高达武文。天降凌霄女,扶助宋明君。

佘太君见是金花小姐,便说:“孙儿,你今来与它龙女比武,只恐吾儿手重,伤了他。不若在众人中选一将来,与他比试便了。”佘太君言尚未了,见男部中飞出一家将出马,喝声:“吾来与你比试。”二人上前禀明,太君吩咐:“只许你比武,不许你伤残性命。如有伤了性命,即比胜亦重处逐出,永不再用。”二人领命,此将乃陈洪先也。二人动手,战有三十多合,陈洪先打败走了。有金花小姐拍马上前要比武,它龙女一见,说:“奴婢不敢与小姐比手段,情愿小姐出师,奴婢为先锋。”金花说:“这不相干,奴只要比拼武艺法力高低的。”一枪刺去,它龙女双叉架过。金花又是一枪,他仍用双叉架过,不回手。

包公与佘太君一见,喝住说:“你二人不必动手。”上前吩咐,二人下马,走到将台前。包爷说:“老夫看来,你二人皆可用之材,不必相斗争雄。明日奏知天子,金花封为主帅,它龙女为先锋,往擒妖道回朝,其功不小。”二人拜谢起来,只见下手一人大呼:“留下先锋印与我来。”众将一看,乃是魏化也。包公一闻此将声如巨雷,果然生得勇猛:

身高九尺貌凶狠,两目如珠闪电光。
英雄杨门为领袖,飞腾神术兽称强。

当下它龙女一见着惊,说道:“我素知杨府中只有此人,名魏化,合府中称他第一条好汉,力能推山,今夺先锋印,就不妙了。罢了,他以鲁力为强,奴以法术胜他。”此时佘太君喝声:“魏化,你也来比试,料它龙女不是你的对手。依吾主意,你也跟小姐前往出征。与朝廷出力,均同一体,何必争夺此印。”魏化听了,冷笑说:“太君,非是小人前来逞勇,只因他眼横四海,目底无人,藐视一府中人,若任丫头夸了口,岂不羞煞了杨府中男子英雄,小人一定与他比武见高低。”佘太君尚未回言,它龙女大怒,喝声:“匹夫,敢来与奴比武么?”魏化说:“然也。”二人放开坐骑大战。斗杀二回,它龙女到底敌不住,忙退下几步,口念真言咒,起左手火叉,它龙女驾云而起,上九霄云而去。魏化见了,把金头乌一拍,只见神禽二翅展开,起在空中赶来,它龙女见了,又抛起火叉,化作一条火龙,口吐乌云,张牙舞爪追来。魏化一见,惊骇而逃。它龙女赶去,魏化一声:“它龙女,我本欲取印,不想我法力低微,让你为先锋。我无颜回府,烦你转达包公上本,说我魏化要随小姐去平南。明日我在教场俟候小姐。”它龙女听了,大喜应诺。见魏化既说明了,忙收回火叉落下,拍马来至将台下马,将魏化之言达知。包公、太君大悦。当时包公下将台,回朝复旨不题。

当日刘庆上了求救的本章,即又席云到山西。是日进了小梅村,直至狄王府,下了席云进内,将狄爷家书传进王府内。这位夫人自丈夫被困,二子随征,时常思怀,放心不下。前时差人到汴京,屡闻奏凯回朝,其心略安,是日只见丫环进来:“报上千岁爷,边关有家书回来。”即时递上。平西夫人拆开书一看,云:

愚夫奉旨南征,别母抛妻,不觉光阴三载。自兵进南方,屡已得胜,连取二关,收录降将二员。女将段红玉、王兰英已匹配二子。二女将俱有战功于宋,正乃才貌相当,毋庸为念。近日下南方一妖道拒阻大兵,愚夫临阵,中毒而亡,后得恩师灵丹救活。今拜本回朝,顺附家书。倘朝内觅取不得破妖之人,未知何日班师,哪军胜负。如贤妻优于法力,可除妖道,望祈领旨兴师。倘得其人,不劳跋涉。代为奉侍年老萱亲,足赎愚夫远离膝下之罪,使见贤妻恩德。但愿早日得胜回朝,夫妻再叙。

公主看罢,说:“书上虽然他父子无灾无咎了,但今又来此妖道,如何是好?俺想自家贪利图名,焉得埋名自乐。他倘有日得胜回朝,劝解丈夫弃职归林,以度天年,免得耽惊受恐,尘雾中没有收场。况二子年少随征,倘得不测,追悔莫及。幸他书上传言平安。想来朝中未知差何人前往除妖道,倘若无人,俺家必要领旨的。”命丫环问明刘将军,圣上差何人去收除妖道。不一时,丫环到来,说:“刘将军言圣上旨意到杨家,着老太君挑选众将。今已定夺了,乃是杨金花为元帅领兵,他府中人它龙女为先锋,魏化为后军统制。领兵倒也有限,不过二万五千人。只为狄千岁并不是求请救兵,只拜本回朝,寻觅法力高强、不畏喷毒之害,就进兵,指日可破灭南蛮了,是以不用多领军马。但他兵定于本月数日后动身了。”公主听了点头说:“俺家久闻杨金花小姐法力高强,深明战图阵策。吾师父说他的兵书武艺皆精。如今领兵去,一定得胜回朝了,但愿丈夫二子早日得胜班师方好。”当日刘庆辞别去了,回朝奏知天子,席云回去南蛮地,以安元帅之心。天子允奏,刘庆即日驾云先走了。

不知大兵何日动身,且看下回分解。

第四十回 当金殿三杰领兵 施法宝群英献技

顺逆存亡是古言，如何妖道强为天。
北奔势尽离逃日，身首分开孰可怜？

当见包公复了圣旨，奏知天子："已选了杨金花，深明韬略，武艺超群，堪为主帅。有丫头它龙女，法术精奇，可为先锋。家将魏化，义勇无双，可为后军总管。"是日仁宗天子见选了三将，说道："救兵如救火，实是迟延不得。"即时传旨，宣诏三人上殿。

不一会，杨小姐三人进朝，俯伏金阶朝见。天子开言说："赐卿等平身。"三人口呼"万岁"起来，仁宗一见杨金花，果然人才出众，生得气宇岩岩，不像妇女之态，反似个少年将军，又看它龙女，身材不满三尺，体貌不扬，一看魏化，身体高大，海下无须。圆眼大珠，浩气扬扬。天子看罢，疑惑说："它龙女生得如此，焉得有甚奇能？因为包卿说得法力精强，保为先锋。"包爷见天子疑惑，忙奏道："陛下不必多疑。此女虽然生得丑陋不扬，臣在杨府中已经试验，他果是有法力之人。他为先锋，实能称其职。臣保他断不误事的。"天子大喜，即封杨金花为元帅，它龙女为先锋，魏化为后军都统，当殿御酒三杯。

三人谢恩出朝，它龙女、魏化在教场伺候，杨金花点起一万二千五百人马，即日登程，拜别老太君与众夫人，三声炮响，拔寨起行。一路上旗幡招展，杀气连天，向南面进发。日夜追赶，非止一日。水陆程途，已要一月多方才到得。

却说刘庆这一日回到芦台关，细细禀达元帅。狄爷听了，安心紧守城池。当时已有一月外，妖道被伤右目已经痊愈，日日领兵到关讨战，宋军并无一人出马，天天如此。妖道十分恶恼，一日带齐十万大军，将城池围困得水泄不通。狄元帅吩咐多加滚木石灰，督兵压守妖道之兵。南兵亦不敢近城，只因守城之具齐备，箭炮甚多，蛮兵一攻城池，不是被滚木所伤，定遭箭炮所害。道人一连攻了三次，不独未攻得城破，反伤了兵千余。

不言道人气怒攻城，却说杨金花小姐三人，领了三军兵马，一路进了云南，行程数天，已至蒙云关。知会了肖天凤、孟定国，然后起行。二将送出关外。又走三天，到了芦台关。但见蛮兵远远围困此关，喊杀之声，喧闹如雷，刀剑密密，枪戟森森，不见城中大宋旗号。杨小姐当时领了众军，一马当先，大兵随后杀进阵中央，如龙取水，长枪一摆，众蛮将纷纷坠马，个个受伤。它龙女、魏化一杀入阵，将蛮兵狠杀一阵，伤了数百。众兵逃散甚多，自相残杀。有小军急急报知国师，说道："宋军将蛮兵杀得七零八落。"道人大怒，说："大宋救兵到来冲杀，贫道有何惧哉！"即跨上神兽，来到南城。只见一员女将，遂大喝一声："贱妇休得逞强，你法师在此。"一铲打来。杨小姐一见，知是妖道，将长枪架开，大喝："妖道慢来。今日天兵到此，还不下马受缚。闻你修炼有年，若还归于正教，再续得一二百年功力，身入仙班，因为大胆妄为，不思修行之苦，一日倾尽前功，原形立现。"道人听说他始末根由，心中大怒，喝声："贱婢，你有多大前程，敢出妄狂之言！拿你碎尸万段，方见你国师手段。"言罢，恶狠狠一铲打来。金花小姐亦怒，将长枪急架相迎，只杀得沙尘四起，战鼓喧天。魏化、它龙女只带了万余军马，以一当百，只管四边透杀。

慢言关外喊声喧哗，狄元帅此日在关中，正与王夫人议论军机，静听只闻远远金鼓之声不绝，喊杀喧天。二人正在惊疑，方欲探听，早有小军报知："启上元帅爷，今有我邦旗号人马到来，已到关外战杀了。请令定夺。"元帅闻报，即下令：大小三军一齐出敌，以接应救兵。军令一下，各将领兵，放炮开关。四虎将军、陈平、余靖二位总兵，各带兵马杀到阵中，将蛮兵大杀一阵。尸首堆积如山，血流遍地。妖道手下亦有百员偏将，哪里抵得大宋众位英雄，差不多他十万兵去其大半。

当下道人与杨金花杀个平交，又见众兵被杀得大败了四散奔逃，心中大怒，退后几步，口中念动真言，怀中取出一巾，名曰掩日云，去起在空中，一时间乌天暗地，伸手不见五指。手中拂尘向宋军队伍中一指，只见一团烈火乘风卷去，宋将兵个个心惊。只因地方乌暗，又不能逃脱。金花小姐见了，即射出一弹子，名曰开阳石，去起空中，一道毫光，已是天明日色了，烈火俱无。

道人见破了他的法，大喝："贱婢，你敢破贫道的法宝么！罢了，看你再有什么神通来与贫道斗赛的。"言罢，即抛掷起手中铁铲，口中念念有词。铁铲在空中旋舞不止，忽然间变作千千万万，向宋阵中飞打来。金花小姐连忙拔出桃木剑，去在空中，也化作千千万万，满天响亮交加，在空中赛斗一会。小姐一见，已将铁铲打下来。道人看见大怒，即收回铲，小姐向空中一招，又收回宝剑。

当时道人说："看不出这丫头有此法力，真真不可轻敌也。想来不若如此拿他回营便了。"将身一摇，忽然变一怪物，长有二三丈，遍体生鳞，金光射目，张开血口，舞爪獠牙，向金花扑来。小姐一见，冷笑一声，喝道："好怪物，敢来作弄么！"正要用五雷正法击他，有它龙女一见，丢了蛮兵，不去追杀，呼声："小姐，待奴婢拿他。"即发起一火叉左右旋转，化作一条火龙，比那怪物更加十倍，向着蟒怪便扑去。原来妖道原形，见火龙来得凶恶，要拿他，不觉大惊，忙忙滚回原形，运满一口毒气，向着宋军众人喷来。狄元帅与王夫人一见大惊，说："不好了，毒气来伤人，须要提防。"话未完，只见火龙口吐赤气一团，狂风大作，向着毒气打回。道人见了，心更着忙，口又咒念真言。一阵狂风四起，飞沙走石，向宋兵打来。金花小姐用桃木剑一指，念动真言，只一会，狂风大息，飞沙走石不起，又破了法。

当时王兰英说道："此时不下手擒妖道，更待何时。"即发混元锤。段红玉抛在空中红绒索。王夫人见众蛮兵尚不少，即取出小黑旗一面，即对太阳摆了数下，忽见半空中纷纷落下许多虎豹豺狼、山精野兽，向着南兵队中纷纷冲去，吓得众将兵魂魄俱无，四下逃散，单剩下道人一个。又见众女将发起许多宝贝来拿，心中大怒，谅来对敌不过，大呼一声："不好了。如今不走，性命休矣。"向着神兽喝声："畜生，快些向地下走罢，不然性命不保了。"此兽大吼一声，向地钻进去了。

众人一见，大惊失色，说："这妖道逃走去了，如何是好？"金花小姐说："妖道此坐骑十分厉害，既会腾云，又能遁土。但腾空不足为奇，他遁地，必要指城成钢的法术方才擒拿得他。"狄元帅听了大喜："既然妖道走去，且收兵回关，再作道理。"令一下，众兵队得胜军马回城。

狄元帅、众将回至关中帅堂，一同见礼坐下。它龙女与魏化来参见元帅，又与众位将军见礼，通了姓名。狄元帅开言说："多蒙小姐不辞跋涉之劳，领兵前来，破下妖道。果然法力高强，从此料南蛮能人有限了，剿灭叛逆，在于早晚，皆赖二位小姐之力也。但不知为先锋此女是何人，有此仙法的？"金花小姐见问，细细说知。狄元帅与众人多有羡慕："倒看不出此女，身材如此短小，外貌不扬，有此法力伎俩。"众人暗暗说笑他，且不表。当下金花小姐谦逊已毕，又说："这妖道虽然败去，其心必然忿怒不平，不甘屈于人下的，未必醒悟回头。他再来时，这妖道亦是劲敌，法力原不弱，在场中一时难以捉获收除。他隐遁飞腾，乘风变化，五行中妙术俱已通晓，除非摆下一阵，待他前来攻打，困他于阵中，方才可以翦灭的。"王怀女听了，说道："孙儿之言，实是不差。他将千年道行，若非用阵困住，难以擒拿。"狄元帅听了大喜。是夜大排酒席庆贺，大小三军俱有犒赏。众位英雄见今日将已成功，也觉心欢，开怀饮酒不题。且看下回分解。

第四十一回 排八卦收除蟒怪 度昆仑剿灭蛮王

力微休负重千斤，兵弱如何斗勇军。
气运不归功枉用，逆天必败古来云。

是晚宋营大小三军犒赏，欢乐吃酒，按下不表。又说道人借了土遁，大败回营，只得招集回败残军马。十万兵只招回二万余，内有受伤者不少。伤将百员，逃生者不满二十人。败进营中，气喘嘘嘘，坐下思量，越觉忿怒不消。道人道："今日就输却大宋女丫头，我的数百年功及不得他众贱妇。待贫道明日斗过一会法术。倘若再不得胜他，必要前往阴山求道兄，请他下山帮助。他法术比吾高强数倍。他如不肯下山来，待贫道亲往，借他混天雾，将大宋这些人马、一众狗党收入囊中，以定雌雄。但前有本奏南天王，要他派大兵来围困他城，要早夺回二关，方显吾国手段，但今兵微将寡，难与他争锋。今大宋兵雄将勇，贫道有此手段，也难取胜。"

他正在思虑之间，有小军报道："启上国师爷，今有吾大王差彭虎领兵五万，前来助战，已至营外了。"道人听了大喜，正要抽身迎接，不觉彭虎已到帐中。二人见礼，一同告坐。彭虎问起交兵情由，道人将昨天败下一一说知。彭虎听了大怒，说："宋将英勇，哪挂在心。待小将开兵，擒拿宋将，消昨天之耻。"道人应了。彭虎出营喊战。宋将焦廷贵出马，与彭虎斗了三十多合。焦廷贵抵敌不住，正要逃走，却被彭虎架开铁棍，伸手擒拿过来，吩咐军士捆缚了，进营去了。狄爷闻报大惊。刘庆大怒，出关不问姓名，双斧乱劈。彭虎本事高强，刘庆又败走了。后来魏化出敌，与彭虎杀百余合，胜负不分。天色已晚，各自收兵。彭虎回营，道人大悦，摆酒贺功。

次日，狄元帅说："南蛮也有此勇将。擒去焦廷贵，如何是好？"金花小姐说："元帅，虽焦廷贵被擒，必然生禁的。今但摆阵，除了妖道，打破他营，何愁焦廷贵救不回营。"元帅称言："有理。"即将帅令交与小姐。当时小姐领了印令，挑选了一万壮勇精兵，二百八十四员偏将，二十八员大将。令选会腾云遁土之法的八人，乃王怀女、穆桂英、段红玉、王兰英、刘庆、它龙女、魏化，自守一门，共成八人，守八个门。小姐执令一摆，只见一队兵尽执黄旗，驻于中央戊己土；小姐令一摆，又见青旗一队，驻于东方甲乙木;令一摆,又见红甲一队,驻于南方丙丁火;令一摆,又见白旗一队,驻于西方庚辛金;又令一摆,又见黑甲一队,驻于北方壬癸水。阵内用八员将把守,二十八将排队二十八宿,合于八卦方位,三门三百八十四爻,按以周天三百八十四数。阵排停当,远远离开三里,好不厉害,变化多端,祥瑞冲天。穆夫人一看,知道女儿摆的乃是先天八卦阵也。狄爷与众将称赞小姐,狄龙、段红玉、王兰英也为深服。当日小姐差人下战书,激说妖道,待教他前来打阵。

是日道人看过战书,内言十分欺藐不逊,果然大怒,领兵二万余出兵,令彭虎守营。出马果见八卦阵十分厉害,说:"贫道法宝甚多,何惧于他。"看见乾、坤、艮、震、巽、离、兑、坎八位地,即向乾门杀入。

杨小姐看见道人领兵向前门杀进。此门乃王怀女把守也。一惊动中央戊己土上,黄旗一层,四方沙地黄烟滚滚,众兵不见东西,被二十八将杀了一阵。道人领了伤兵败卒向南方而来。守坤阵门乃穆桂英也,也红旗一展,只见烈火烧来,蛮兵好不慌张。道人领兵即退,已烧了千八百军人。进东门意欲逃出,此门乃段红玉把守,只见青烟云雾迷途。道人不敢向东门而走,不分南北三门,重进阵中,三百八十四员将大杀一阵,折兵万余,止剩数千军马。道人此时心慌意乱,不知走到哪方有路,不分东西南北,哪里寻觅得出路。八卦之门,跑乱了路途,又生出八八六十四卦门。东南西北跑,折兵已尽。

杨金花看见只剩妖道一人冲杀,把令一展,八门法力将士合以为一,将道人八方截住。杨小姐大喝一声:"妖道休走,今日已罪贯满盈,还思逃脱,枉妄思量了。"道人一见杨金花,实觉怒从心上起,喝声:"贱丫头,出此狂言。你料贫道无能,小小阵式逃不出么?"言罢一铲打来,小姐长枪急架,与之大战。守八卦门七人王怀女等,看见杨金花与妖道战杀,即时一齐动手,将道人团团围住。道人八方受敌,哪里抵挡得住,思量:"今日不逃走,必遭他毒害,且跑出阵中方才好。今又无军马,回营实觉羞见彭将军,不若借势腾云,前往阴山求请道人来破阵罢。"将神兽一拍,向空而走。八人连忙腾云围住他厮杀。道人又见逃走不去,心中大怒,将神兽打了三鞭。此兽口吐黑烟,满天乌暗,忽不见了妖道。它龙女即飞火叉,化作火龙,将黑烟吞尽。只见道人已离,向南坤位阵逃走。此位乃穆桂英守的,他见妖道从此门逃走。口念真言,掌中五指一交,忽一声响亮,已将道人打回阵中。八人又赶回阵内。道人见他用五雷法打他回阵,心中慌乱,又喝叫他神兽向地而遁。不想金花小姐早已用法,周围阵内指地成钢,此兽钻遁不入。道人大惊,说:"不好了,今番性命休矣。只恨错了主意,又不想大宋有此能人,不该下山护助南王的。"正在懊悔,王兰英发起阴雷,一声响亮,将他打下神兽来。思量现形逃走,穆夫人仍用雷击他变原形,不能复现人形,乃一大蟒蛇也。刘庆飞跑上前,大斧一下,已挥作两段。

杨小姐见诛了妖道,令旗一招,收散八卦阵,带兵直攻踏他大营。彭虎闻报,领兵数万忙来对敌,正遇刘庆。两下交锋,刘庆正在招架不住,有魏化上前帮助。彭虎抵挡不得两般兵器,却被二将斩于马下。当时军中无主,各自逃窜。宋兵大杀一阵,南兵散于四方。王怀女吩咐攻入他营,救出焦廷贵,众兵早已逃败。

宋将各自回营,狄爷大喜,吩咐养兵三日,拔寨起行,前往邕州,要收复昆仑关。当日狄元帅思算,早定计谋,如此方妥。当日即吩咐众军偃旗息鼓,不许喧哗,一路只声言班师回朝。当时又留下焦廷贵、石玉、李义兴兵一万,同守芦台关,然后登程。一连涉水登山,疾速发进,催兵大进。一路过去,不许惊扰居民,百姓感恩,不用多谈。一连走了一月,进了西粤邕地,离昆仑关五十里安扎下大营。

此日,关内侬智高,得探子进报,方知大宋有兵驻于城南,吓得三魂六魄俱无:"只道国师领兵,必胜得大宋,灭得狄青,不期今日宋兵临于城下,方知国师败亡。以他的兵,如此法力高强,尚且丧于狄青之手,再又何人与孤抵敌宋师?此乃天亡我也。"心中忧闷。况近左右之人,皆是谄媚奸臣,无能之辈,只因宠孙振而来。当日蛮王便问一班文武:"何人与孤家对敌,破得大宋之师?"两行文武面面相看,不敢答应。蛮王大怒,骂了一回,又忽然不见孙振。小将报知:"孙振一闻宋师到了,连家一齐逃走,不知去向哪方。"蛮王闻知大怒:"今日方知他一大奸臣。"十分切齿,进内去了。

当日何以狄元帅不许声张兵势而来?只待敌人不介意,一时束手无策也。此乃兵贵神速之意。即日大兵五十万,遂将昆仑关围住了。军士报知,侬智高看来不好,随上城头一看,好不怕人,杀气连天,炮响不绝。下了城头,无计可施。几次命将领兵杀出,不能抵敌,伤了数万。料得此城难以保守,还防逃走不出,是夜思想了一计。到了三更时候,于南门放起火来,登时焰势冲天。大开关门,向南逃去,带兵数万。

是夜大宋师进了城,城中大乱。众兵杀入,砍得尸首堆积如山。直杀到天明,狄元帅令人救息了火,埋了尸首,不止十万,实是伤心。又命即将侬智高锁来,有军士报知元帅,后堂有尸身,覆龙衣。众人多言侬智高自缢,狄爷微笑不言。不知何故,且听下回分解。

第四十二回 获叛臣奏凯班师 诛佞贼荣封宋将

害人反害身自亡，善恶分明报应扬。
且看今朝孙佞贼，高飞远走也难藏。

当下狄元帅一闻众人之言，谓这覆龙衣之尸骸乃侬智高尸首，说他自尽了，狄爷说："不然。岂非他之奸计欺诈也。今若草草不实察，不恃有诬朝廷，且召了后日之患矣。"众将闻言，但已拜服，齐呼："元帅智虑果远，非吾等所能及也。"狄爷又说："本帅想这侬智高被围困时，已计穷力竭，吾将士又无不舍命斗杀的，必自乘火作乱逃走了，用此金蝉蜕壳之计也。"即呼孙沔、余靖二总兵："这贼必然由此邕州西城，走向云南地方。但尔二人身在此处多年，熟习地理，你二人即领回本部军马回云南，细细缉查，必获叛贼。回朝之日，其功不小。"二将领命，带回本部兵三万，拜辞元帅、众人，登程而去。按下慢表。

当日狄元帅出榜安民，出令众军不得借势残民，惊扰百姓，倘有违令，百姓出首者，不宽恕定斩。以此狄爷大兵一到，不满三天，万民安乐，十分感狄元帅之恩。只为前被孙振陷害，本多奉承叛主，抢劫民财，掳掠民间妇女，以献于蛮王，种种为非作歹，非止一端，万民嗟怨。今日大兵一进了城，反安静如此，百姓如何不感狄元帅之恩德。闲话休提。

再说孙振奸臣，只道南蛮兵势甚大，不防大宋胜他，又有道人法力厉害，谅不至败的。今日闻宋师临城，自知不好，心下忧惊，又不顾蛮王，即日带领了家口奔逃了。但不敢十分露迹，只因在本处陷着人民不少，如今势尽奔逃，好不胆怯。是日原欲逃跑离关远些，不想家小人众走路烦难，逃不得四十里，天色将晚了，只得投了饭店。是晚，店家看见投宿之人诚多家眷，初时他也思疑，后来又察他乃汴京人氏，又见他行为非民家气象，所用器乃官家物。

只因狄元帅出榜安民之后，就出示晓谕军民人等，若将侬智高送到关前，赏给白金与他一千五百两；知其埋伏何处，来报明者，赏白金五百两；倘有收留藏匿者，罪与他同类，全家诛戮；近处知而不报者，亦定充发。又有投来做官孙振，倘能送到关者，赏给白金一千两；来禀报藏在哪方者，亦赏白金五百两，收藏于家不献出者，重处不宽。是以各客寓于客店者，多方盘诘，方才宿歇一人。

当日店主见孙振如此光景，猜度七八分是孙贼。正是奸臣该当败露，这店主一则思量想领此银，二来这奸贼与他是仇人。此乃何人？这店主乃本处士人，承父业开此旅店生理，家道颇足。父已弃世，有妹子一人，已许字了，年方十七八，尚未出门，姿容有七八分美貌。一日乘轿去参神，被孙振抢回去献与叛王。后来此女不从，自缢而死。但这女子许字了人，弄得这店主赔补百两银子与人，才罢了。如今这孙振来投他店，岂不是自投罗网的。

是日，这店主思量着捉拿他去见狄元帅，倘若不是此人，岂不罪大如天。但今猜得七八分，不如明朝五更天，远跑去昆仑关，禀知狄元帅。依实言我不认得此人面貌，捉形影倒有几分。若不来禀知，犹恐走脱奸臣。待他差人来认。他捉拿领赏，这五百银子岂不稳当的。这店主是夜定了主意，果也识见高明。

次日，天气尚未黎明，即时飞奔至昆仑关，用了十两银子，叩求中军，将言禀进狄元帅。狄爷一闻此言，即叫张忠、刘庆二人与店主人即飞跑而来。不上一刻，已到了门首。这孙振用完早膳，正要起行奔走。张忠、刘庆一到店中，店主正要引二人入后阁来认他，不想这奸臣领了十余家口出店来。刘、张二人一见，上前扭住奸臣，吩咐手下数十兵丁一齐将他捆住，连捆家口起程。这店主跪下，呼："将军，千岁赏给的银子，求给与小人。"二将说："千岁出示，没有虚的。你且随来领赏。"店主大喜，拜谢起来，大骂："奸贼抢吾妹子，谄媚叛王，望永图富贵，岂知今日天理昭昭。你往日恃势凌人之威，今日何在？"当时人民愈众，有人骂抢去妻，有人骂夺去女，一刻间何下百余人，均痛骂道："十恶的奸臣。"张、刘二人叹道："奸臣害人太多，何苦结此重冤的。"当时张、刘二人押了他，连家口十余人，一路回关。见了元帅，吩咐打入囚车，赏给店主五百两银子。店主大喜，谢赏而去。

是日狄爷一点仓库，比别城多于数倍，乃侬贼掠民聚敛所得。当时狄爷吩咐，银子数百万，带回圣上处分。是日班师，留将数员，兵一万，自行守关，传令大小三军，拔寨登程。三声炮响，众将士喜气扬扬，鞭敲金鞍响，人唱凯歌声。一路上威威武武，出了西粤，行路一月，又到湖广省。出了襄阳城、荆州外，又走了十余天，方进汴京城。

仁宗主闻报，传旨众文武出城十里外迎接一程。大兵到了教场，吩咐三军于此屯营，又不许放炮惊动。

当下众人在午朝门候旨。天子传旨，众将随着元帅步进金阶，一同俯伏。天子和蔼龙颜，传旨："众卿平身。"众将三呼谢恩起来，天子赐坐。五人敬谨陈明南征一切事情，又将昆仑关被侬智高劫夺民财，带回白金三百余万奏明。天子闻奏大悦："今日平南，复回西粤云南，皆御弟与你们众将之力。这些银两系民之财，不必收归国库，且赏与众将三军。"狄爷奏道："我等得胜回朝，皆借陛下洪福。"言罢，又将孙振要救太尉的密书呈上。仁宗大怒，说："这奸贼死有余辜，险些误了国家大事，屈了有功之臣。如今该贼投降敌人，虽碎剐其尸，不足以伸朕恨。如今此贼何在?”狄爷奏道：“臣已拿下囚车了。”天子传旨取出他，又往南牢吊出冯拯，跪于阶下。冯拯口称：“陛下，罪臣见驾。”天子不开言，武士打碎囚车，拿孙振伏于阶下，不敢做声。仁宗一见大怒，喝声：“孙振，你这狼心狗肺之徒。朕有何事负于你，你以私仇宿怨，要害有功之臣，暗施毒计，心向外邦。险使我君臣永别，将江山送与敌人。如此大奸大恶，误国叛臣，是朕的仇人。”传旨拿去西郊，碎剐其尸。妻儿子须无罪，但是谋反大逆，背国之臣，罪及妻小，一同斩首。当时武士献上三颗首级缴旨。其家人小使不罪，俱已赦去。当时冯太尉魂飞魄散，战战兢兢。仁宗大骂：“你这老贼，位极人臣，不思报国，与奸臣为党，图害忠良。前者虽然包卿未曾审断，如今孙振又有书暗传，可见你平日为人不端，罪死不为过。拟念你先君老臣，恶迹未能证，拟开你一线之恩，削职赶逐，不许再言。”吩咐除官逐出。当时天子杀逐奸臣，怒气已消，传旨与孙沔、余靖二总兵，获了贼首，回朝之日，加封官爵。各各谢恩。

是日退朝，狄爷奉旨将三百余万银子分给了众兵，众人欣悦沾恩。是日各各回家，见过父母妻兄，脱了征役劳苦，好不欢欣。

不上半月，孙沔、余靖二人回朝，奏知圣上，侬贼果逃往云南，大理捉获，恐他逃脱，至即斩他，将首级解京。

天子见了今日已获贼首，传旨南征将士受封。当时天子说：“狄御弟虽然功劳浩大，已加封王位极品，无如前者二次平西，已有旨意。但有功无报，朕心不安。恩赐金花金牌三十六道，每月加俸银一万两。”杨府六将，除了金花、魏化未曾受封，王怀女六郎在日也受封一品之职，如今年迈，加封一品太郡君，御赐龙杖。杨文广封为御前太尉。杨金花只因年少，未曾配婚，封英烈少女，一品服色。封刘庆为耀武公，张忠封保国公，李义封安国公，石玉封定国公，狄龙封护宋侯，狄虎封卫宋侯，段红玉、王兰英俱授一品夫人诰命之荣，孟定国封英武侯，焦廷贵封烈武侯，肖天凤封安宋大将军，杨唐封定宋大将军，岳纲封保宋大将军，高明封护宋大将军，魏化封异勇将军，与它龙女赐婚，封安国夫人。降将段龙，封振南将军。段虎封平南将军。阵亡降将段洪，阴封忠烈侯，王凡封英烈侯，阵亡三偏将，各封靖忠侯。俱以春秋祭祀。封赠毕，天子令户部分头去建祠。又传旨于金銮殿大排筵席，随征各大小三军，俱有赏赐。君臣欢叙，酒至三巡，齐鸣音乐。值殿官见至午刻酒筵已摆，酉刻酒阑已浓，犹恐失君臣之礼，跪下请奏酒宴当散。除去残宴，众臣谢恩，各回府中。

次日，天子加封孙沔、余靖二位总兵均为虎卫将军，命他镇守昆仑关。二人去讫，肖天凤四将也辞圣驾守三关，辞别狄爷。众人去讫，圣上又命魏化夫妻到襄阳，补了孙振之缺。夫妻又到杨府拜辞老太君、众夫人等，上任去讫。段龙、段虎即命他回去分守芦台关、蒙云关。二人领旨，进狄王府辞别千岁，辞过妹子夫妻而去。当时天子又命狄爷五将仍回家三载，以平西回时未及二年，又召回征南。见人劳苦，此乃仁慈之君，体谅臣心。当日狄爷不免要进南清宫拜见太后娘娘，姑侄相逢，弟兄相会，不胜喜悦。两位公子夫妻，同入参谒，当晚酒筵相待，不用烦言。

前时得胜，狄爷已命刘庆席云回山西报告，今宫主领了婆婆家小，又到京来，岂不是一家完叙，乐莫大焉。狄爷请过母安，然后夫妻相见。礼毕，二位公子夫妻礼拜祖母，后叩见翁姑。宫主扶起，命儿媳坐下。一见两个媳妇，一貌如花，与公子匹配，可称四美，暗暗大悦。当日，四虎、焦、孟也在狄王府中，一闻太君、宫主到了，俱来拜见。他四人乃狄爷结义兄弟，焦、孟随狄爷多年，七人实乃义气相投，故不往别处，只在王府安歇。狄爷说："众位弟兄，本藩母亲一家已至，不用回旋了。昨数日，圣上已降旨，你们何不回旋，待限满回朝叙会日久。"六人说："千岁，我们不回旋，只因老太君与娘娘未到。今日见过老太君，自然回旋。"狄爷称谢："难得众位情深见爱也。"次日各各回旋去了，不表。

当日老太君到了，又进南清宫与太后相逢，少不得宫主娘娘随行拜见。狄太后相会言谈，也无非别后衷肠之语。是夜，老太君就在南清宫内安歇，只因年老妯娌情深，今日相见，不忍即分，故老太君就在宫中安歇。宫主拜别二年尊，回归王府，不表。

如今五虎平南成功，奏凯回朝。上书已有平西初传载录，此是续集。宋仁宗自西夷一乱，赵元昊一反，侬智高一叛，以后方得国家平宁无事。史言仁宗之世，西域扰攘，范仲淹、韩琦战功居多，而侬智高之叛，而全收功绩者，狄武襄也。而后言："文有包，武有狄。"引七绝诗为结。侬智高乃叛逆之民，乃欲谋图大位，后来不得善终，身首异处，思量免不得利心看得太重。世人苟能将"利"字看得明白，世间无争论之事矣。其诗曰：

富贵焉能分外求，愿君自己早回头。
乐天由命何尝损，放利而行众疾仇。

此书上回须名《五虎平西》，是前传。兹又采录得狄青降生、包公临凡初传，附有杨宗保守三关，狄青解征衣按守三关，后封元帅，并附录包公审疑案。内除了群奸曲折事情，即前后此书方全完世情。未知狄青初临，乃武曲星下降保宋，古本故作领守三关作始。如看者追全此书，今此书已有行者。

呼延庆打擂

第一回 宋仁宗降旨挑美女 庞太师定计害忠良

昏君仁宗宠奸臣，庞文定计灭呼门，
忠良后代呼延庆，大闹京城祭祖坟！

话说大宋年间，三帝真宗晏驾，四帝仁宗登基，文官治国，武将安邦，扶保宋室江山。

这一日早朝，宋仁宗驾升八宝金殿，文武百官山呼万岁，文东武西，站列朝班。宋仁宗说道："众位爱卿，朕有一事相商，不知可否？"

众大臣开口说道："万岁，有事请讲，君臣之间，何必如此！"

文武群臣说完这话，等了半天，宋仁宗还没开口。这时，只见文班内闪出一位大臣：头戴一字相貂，身穿白缎素色蟒袍，腰横蓝田玉带，足登粉底朝靴，慈眉善目，面如古月，颏下一部花白长髯，此人就是四朝元老、老丞相王苞王延龄。王延龄憋不住气了，出列说道："万岁，有话为何不速速讲来？急煞臣也！"

仁宗说："众位爱卿，自寡人登基以来，刀枪入库，马放南山，天下太平，国泰民安。朕早有选纳西宫之意，不知众位意下如何？"

仁宗的话刚说出口，从武班内闪出一人：只见他头戴三扇王帽，斗大皂缨冠顶，身穿皂缎蟒袍，上绣海水江崖，腰横八宝玉带，内衬大红中衣，足登墨泥朝靴，面如乌金，眼似铜铃，三绺墨髯飘撒前胸，此人正是御封敬山王、靠山王呼延丕显。双王呼延丕显接上了话茬儿："万岁纳西宫，臣等岂有不赞成之理？可是，圣上要谨慎从事，古语说得好，'不怕南北战，就怕西宫乱'，望我主选择一位品貌端庄的良家女子，也好替万岁分担些国事。"

众位大臣听了呼延丕显的话，都连连点头，可宋仁宗听了这话，内心很不高兴，于是，随声附和地说道："众位爱卿言之有理，朕自有安排。众卿有本早奏，无本卷帘散朝。"说完，宋仁宗驱驾回后宫，众大臣各自回府。

皇上要纳西宫的圣旨往下一传，嗬！各州、府、县的大小官员，都急忙差人走街串巷，询家问舍，忙活起来啦！因为他们都明白：若是给皇上选一名中意的西宫娘娘，那是既升官，又发财，还能耀祖光宗，所以，个个都挖空心思，东查西找。有的甚至把自己的什么大舅哥的小舅子的大表姐、二表妹也都折腾出来,要往京城选送。真若当上西宫娘娘,那可就是“一人得道,鸡犬升天”哪!这些暂且不题。

单说滨州有位总兵,此人姓庞名文。这个人是:办事阴险,对人毒辣,溜须拍马,上勾下挂,搜刮民财,连敲带诈,欺男霸女,人人都怕,贪赃枉法,头号恶霸!庞文专会托门子、挖窟窿、送礼、上供,连做梦都想着陪王伴驾,站列朝班,参议朝中大事。如今,听说皇上要纳西宫,可把他乐坏啦!为啥呢?他有一位长得如花似玉、貌若天仙的女儿,年方一十八岁,名叫庞赛花。庞文心想:凭我这个宝贝女儿,岂有不被选中之理?若真被选中,我就是掌朝太师、皇帝的老丈人,一人之下、万人之上,文武百官谁敢不敬重我?我再把兵权抓到手,那大宋的江山不就有我一半了吗?庞文是越思越高兴,越想越得意。他拽着夫人刁氏,来到了女儿绣房,说明其中之意。那庞赛花可不是一般的姑娘,她是机灵鬼儿,透笼杯儿,光占便宜不吃亏儿。一听说去京城候选西宫娘娘,那个高兴劲儿就甭提了,就好像她已经当上了娘娘似的!

庞文说:“哎哟,我的好闺女呀,你要是真被选中,爹爹我情愿每天给你磕头上供!”

庞赛花一边撒娇,一边说:“爹爹,看你说的,真叫女儿受不了!”

庞文心急似火,生怕这个机会被别人抢去,急忙准备停当,带领着庞龙、庞虎两个儿子,亲自送女儿进京。

这一日,来到了京城郊外。庞文因进京心切,让赶车的快赶,车老板“叭、叭、叭”抽了几鞭子,那马撒欢跑了起来。这马是越跑越快,跑着跑着,刚一拐过弯儿去,忽见前面来了一队人马。车老板大喊:“快快闪开,快快闪开!”

这车老板儿在滨州一带赶车,不管遇到谁,从来没停过。因为庞文在那儿是土皇上,谁敢不让路呢?今天,庞文让他快赶,他那横冲直撞劲儿又上来了,没想到这回可遇上“茬子”啦!那队人马不但没有闪开,反而冲过几个武士来,一下子把马给拦住了。武士厉声喝道:“你们不要命啦!”

车老板一听,这口气比他还硬;再一瞧那队人马的派头,比庞文还大,他吓得没敢吭声儿。庞赛花在轿车里正得意呢,马突然停住了,车一晃悠,她吓得直叫唤,急忙下了车。这时,庞文骑马从后面赶上来,忙问:“摔坏了没有?”

“没有。不过孩儿可吓了一大跳!我倒要看看谁这般大胆,敢拦挡去路!”庞赛花说着,就往前走了几步。她本想大骂一通,可一看见那队人马,不由大吃一惊!

书中暗表,对面那队人马,为首者不是别人,正是四帝宋仁宗。宋仁宗整日沉溺酒色,在宫中作乐,今天想散散心,就带领武士到郊外来游春打猎,没想到碰上了庞文他们冲了龙驾。皇上心中大怒,正要发火,看见庞赛花了,他心想:出来打猎,没碰上獐狍麋鹿,碰上了一个小女子。哎呀,长得好美呀!他俩眼睛都瞅直了,那怒气、火气霎时烟消云散啦。

这时,武士高声喊道:“万岁在此,还不赶快见驾!”

庞文一听,立时吓出一身冷汗。他赶紧摘下腰中的宝剑,来到宋仁宗马前,撩袍跪倒,叩头参拜,口称:“吾皇万岁万岁万万岁,小臣罪该万死,求万岁开恩!”

宋仁宗见庞文身穿官服,便问:“你在哪里为官?”

“启禀万岁,小臣是滨州总兵,姓庞名文。”

“你不在滨州把守,为何到此?”

宋仁宗这一问,可把庞文给吓坏啦!为什么呢?因为没有皇上的谕旨,私离滨州,身犯死罪呀!可是,庞文心眼儿来得快,连忙说道:“小臣离开滨州,奔赴京城见驾。”

宋仁宗听罢一愣,说道:“孤王并未宣你进京!”

“万岁传下圣旨,挑选天下美女,选纳西宫娘娘,小臣专程护送小女进京,献于圣上,特表小臣忠心!”

宋仁宗一听,心中暗想:哦,莫非刚才看见的那位美貌女子就是他的女儿?想到此,忙对庞文说道:“既然如此,还不速速将她带来与孤王相见!”

“小臣遵旨。”庞文急忙退下,来到庞赛花跟前,三言五语把事情一说,让她赶快见驾——

庞赛花闻听见主公,
不由得暗自喜心中,
忙祷告苍天多保佑,
又乞求地下众神灵:
地府里阎王身边查事鬼,
天堂上玉帝殿前李金星,
千万让帝王把我来选中,
我定要一天三遍念真经。
庞赛花心中祷告想得美,
忽然间好像自己进了西宫。
好似见仁宗皇帝来携手,
好似见宫娥彩女前后拥,
好似见龙飞凤舞衣锦艳,
好似见凤冠霞帔黄澄澄,
好似见仁宗同她共饮酒,
好似见玉玺落在她手中,
好似见父亲坐上太师椅,
好似见父亲殿上议国情……
想到此,镇静下来显娇媚,
笑微微一步一摇往前行:
走一步,轻轻盈盈蝴蝶舞,

走二步，飘飘忽忽点蜻蜓，
走三步，摇摇摆摆蛇姿美，
走四步，弯弯绕绕蟒探睛，
走五步，缠缠绵绵鸾随凤，
走六步，曲曲弯弯如走龙，
走七步，翩翩颤颤如妲己，
走八步，纷纷扬扬天女星，
走九步，叮叮当当环珮响，
走十步，娇娇滴滴燕语轻，
前一步，好像西施重出世，
后一步，犹如嫦娥出月宫，
左一步，亚赛仙女下凡界，
右一步，恰似昭君又再生。
前后左右走了个连呀连环步，
她施展出平时练就的那套绝技功！

庞赛花本来就争强好胜，喜欢卖弄风骚，现在到了这个节骨眼儿，她连吃奶的劲儿都使出来啦！把平时练就的那套功夫都用上啦！一不心慌，二不害怕，行动自若，她要夺女中之魁。

宋仁宗闪目往下观瞧，见庞赛花好比湖中的鲜花，岸边的嫩柳，走起道来似风吹荷叶、雨打芭蕉，千娇百媚、万种风流！

宋仁宗俩眼直勾勾地盯着庞赛花，看得痴呆呆、乜斜斜。庞赛花来到驾前，飘飘下拜。宋仁宗这一回看得就更清楚了——

见此女青丝巧挽盘龙髻，
髻上别着白玉簪，
簪插鬓边飞彩凤，
凤袄相衬绿罗衫，
衫袖半吞描花腕，
腕带粉镯是法蓝，
蓝缎中衣捏百褶，
褶边微露小金莲，
莲花裤腿蛇皮口，
口内珍珠糯米含，
含情微露多娇女，
女子长得赛天仙，
仙人长就芙蓉面，

面搽扑粉柳眉弯，
弯弯柳眉衬杏眼，
眼似秋水频"涂丹"，
丹珠点缀樱桃口，
口吐莺声不平凡，
凡间女子有多少？
少数堆儿里没看见！

宋仁宗从头至脚仔仔细细地一打量，暗道："美啊！妙呀！"他一见此女长得如玉无瑕，是真魂出窍，浑身发麻，只顾观看，忘了说话！

庞赛花娇声娇气地说："臣女庞赛花见驾！"

仁宗说："你且抬起头来！"

庞赛花这时已经明白个八九了，她抬起头，脉脉含情地微微一笑，把目光就送过去了，这目光像带钩似的，一下子就把宋仁宗给勾住啦！宋仁宗脱口说道："孤王封你为西宫贵妃。"

庞赛花听了，连忙叩头说："谢主隆恩！"

这时，随从武士忙跪倒参拜娘娘千岁。宋仁宗吩咐一声："给娘娘带马，摆驾回宫。"

第二天上朝，宋仁宗封庞文为国丈，加封掌朝太师，并掌管十万护城兵；封庞文的两个儿子庞龙、庞虎为国舅。宋仁宗又传下圣旨，给庞文修太师府，让他夸官三日。诸事已毕，宋仁宗匆忙回后宫会庞贵妃去了。

庞文这小子真是骑毛驴吃豆包——乐颠馅啦！他一边派人把家眷接来，一边派人准备夸官。

庞赛花选为娘娘，庞文封为太师，满朝文武私下议论纷纷。有的说："前几位太师可都是专横跋扈，利欲熏心，残害忠良；但不知这位太师怎么样？"

有的说："咱们往后看吧！"

征南王镇国公高锦，对几位忠良大臣说道："当年庞文跟随双王呼延丕显押运粮草，因他私卖军粮，捞取金银，被双王贬为滨州总兵。从这件事上看，这个人也不是什么忠良之士！如今他当上了掌朝太师，咱们可都得提防点儿！"

单说庞文。他一切准备停当，开始夸官游街。汴梁城里的老百姓听说庞太师夸官，都争着抢着想看热闹。嚄！男的、女的、老的、少的、黑的、白的、丑的、俊的、高的、矮的、胖的、瘦的，一溜溜，一趟趟，一排排，一行行，黑压压，密匝匝！人分三六九等，水分花梨紫檀，三山五岳汉，七长八短人，你挤我，我挤你，前面的集堆儿看，后边的仰脖望，都围在大街上，要看看庞太师是个什么样的人！

不大会儿，庞文夸官的队伍过来了。他骑着高头大马，马身披红，挂着串铃，前面旗幡招展，铜锣开道，随从前呼后拥，大喊大叫。庞文头戴乌纱，身穿蟒袍，腰横玉带，足蹬朝靴,耀武扬威,神气十足!队伍前面有一人:坐下骑高头大马,手持一条长鞭,满脸横肉,趾高气扬。此人就是送庞赛花进京赶车的那个老板儿,现在庞赛花当上了西宫娘娘,庞文说他赶车有功,收他为干儿子;这小子为了显示忠于庞文,把名字都改了,现在叫庞贵,在马上高声断喝:"大小人等听真!我家太师游街夸官,不论是男女老少,都得跪拜迎接祝贺。骑马的下马,坐轿的下轿。如有冲撞太师马头之人、挡道之辈,乱棍打死勿论!"

他一边喊着,一边"叭叭"地甩着长鞭乱抽乱打。这时,大街上的人群可就乱套了,跑的跑,躲的躲,不多一时,大街上冷冷清清。

简短截说。庞文夸官,一连两天过去了。到了第三天,正行进间,对面跑过来四十八匹对子马,当中一匹白龙马,马上端坐一人,风尘仆仆,威风凛凛。此人不是别人,正是双王呼延丕显。

庞贵一看,对面来了一批人马,"叭叭"甩了两鞭子,高声喊喝:"呔!何人敢拦挡太师夸官游街的队伍?我看你们是老母猪拱粪堆——找屎(死)!"

他这么一骂不要紧,双王的差官不让了:"何人这般无礼,敢辱骂我家王爷!"

"什么王爷、李爷,到我家太师爷面前都得是孙子!"

"哎,你怎么出口不逊呢?"

"骂是好的,我还要打呢!"庞贵说着,"叭"就是一鞭子,正抽在那个差官身上,双王呼延丕显见马队停住了,又听见吵骂之声,就催马来到前边。他一看庞贵正在挥鞭打人,大声喝道:"前面何人,休要放肆!"

庞贵闻听喊声,扭过头来,小耗子眼睛眨巴两下,冷笑了一声说:"呀哈,一脚没踩住,又冒出一个来。我愿意打谁就打谁,你管得着吗?我还要打你呢!"

这小子说完,抡起胳膊,朝着双王又是一鞭子。

那位问了:庞贵怎么这么硬气,竟敢打起双王呼延丕显来了?因为庞文有话:"不管是谁,谁挡道就打谁!"所以,这小子谁都敢打。他真没想到,今天可碰上硬茬儿了。

呼延丕显一看鞭子抽了过来,哈腰低头一闪,鞭子"嗖"的一下从头顶上过去了。庞贵心毒手狠,用力过猛,等鞭子抽空了,也控制不住自己了,身子一斜歪,就从马上栽了下来,"咚!"大头冲下,摔了个鼻青脸肿。疼得他"嗷嗷"直叫,爬起来就跑,找庞文去了。

庞文坐在马上美滋滋的,正想好事儿呢:我庞文盼升官盼了多少年,这回可算盼到头啦!如今,我从小小的滨州总兵,一下子升到国丈、掌朝太师,高官得做,骏马得骑,一人之下,万人之上。不管是文官,还是武将,不管是五府,还是六部,谁人不惧怕于我?我还掌管着十万护城兵的兵权,等以后找个时机,我也当当皇上。到那时,称孤道寡,岂不美哉?他净顾想好事儿了,猛听得庞贵一声喊叫:"太师,可……可……可不好……好啦!"

"何事惊慌?"

"太师,前边有一队人马,拦住咱的去路,我叫他们闪开,他们不闪……"

"你不会打吗?"

"我打了,我没打着他,反而被他把我打下马来。你看,把我打成这个样子。求太师给我做主哇!"

"你去把他给我叫来,我看何人如此大胆!"

"是。"庞贵说完往前边跑去,离双王挺老远就站了下来。为啥呢?他怕挨揍!他挺胸腆肚,两手掐着腰,恶狠狠地喊道:"前边的那个人,我家太师命你赶快下马,过来请罪!"

双王呼延丕显甩镫离鞍从马上跳下来,大摇大摆地走了过去。

那位说了:双王呼延丕显怎么这么听话呢?让他过来就过来!他是不是怕庞文呢?不是。双王呼延丕显奉旨出外巡察刚回京城,现在要上朝见驾。他不知道皇上已经纳了西宫,封了国丈,按理说是没人敢挡呼延丕显的去路的,因为他骑的是御封"穿朝马",身带御赐"打王鞭"。这"穿朝马"是怎么回事儿呢?一般的文武大臣到午朝门外,骑马的得下马,坐轿的得下轿,双王呼延丕显可以骑马穿过午朝门,直到朝房门外。谁若是拦挡"穿朝马",打死勿论。那"打王鞭"是怎么回事儿呢?更厉害!是宋太祖赵匡胤赐给双王呼延丕显的父亲呼延赞的,鞭上一面刻着:"鞭赐御弟呼延赞,世世相承勿忘朕意",一面刻着:"如有文武不法,代朕施行"。呼延赞死了,就传给了儿子呼延丕显。

如今,庞文挡了"穿朝马"呼延丕显为什么不用"打王鞭"打庞文呢?呼延丕显寻思:新官上任,他不一定知道这些规矩。过去看看谁在夸官,告诉他一声,让他闪开道也就算了,自己好赶快上殿面君。想到这儿,他走到庞文的马前站住了。庞贵见了,忙用手指着双王对庞文说:"这小子来啦!"

庞文正在暗自琢磨:好啊!我倒要瞧瞧满朝文武谁敢不服于我?!我管你是谁,今天我要杀鸡给猴看,让他们知道知道我的厉害!想到这儿,庞贵一喊,他抬头一看,只见来人是员武将!

这员将,不平凡,
鼻直口方虎目圆,
亮银盔,放光寒,
银抹额,龙两盘,
七曲簪,在上边,
护背旗,有八杆,
绣飞虎,狼牙边,
罗汉绦,勒甲袢,
衬甲袍,素白缎,
镶银边,走金线,

上绣飞虎欲登山，
亮银甲，扣连环，
吞天兽，抱两肩，
护心宝镜寒光闪，
鱼褟尾，金钉嵌，
丝鸾宝带系腰间，
虎头战靴足上穿，
胯下剑，背上鞭，
十人见了九人寒！

庞文从上往下这么一瞧，大吃一惊！吓得他——

脑瓜皮儿发杏头晕眩，
眼前发黑金花溅。
心一下跳到嗓子眼儿，
浑身一个劲儿直打颤。
脸上五官挪了位，
前胸后背冒冷汗！

庞文为什么见了双王呼延丕显，吓得成了这般模样儿呢？因为呼延丕显的“打王鞭”“穿朝马”无人不知，无人不晓，他为国为民，南征北战，是宋朝的擎天白玉柱，架海紫金梁！更兼双王呼延丕显，大公无私，执法如山，清廉秉正，不管谁犯到他手，都以法处之。想当年，庞文跟随双王押运粮草，由于私卖军粮，捞取金银，双王查证属实，将他贬为滨州总兵。你说，他能不怕吗？可是，庞文略思片刻之后，又振作起了精神。他想：今非昔比！如今我是当今国丈、掌朝太师啊！这些年我就想着报那一贬之仇，只恨我官低势小，今天，真是天赐良机，一不做、二不休，搬不倒葫芦洒不了油。我让你认识认识我庞文的厉害！想到这儿，庞文壮了壮胆子，冷笑了几声，说：“呼延丕显，咱们想不到在这儿又遇上了。老夫现在是当今国丈、掌朝太师，圣上传下谕旨，命我夸官游街，你为何拦挡我的队伍？”

双王呼延丕显一看是庞文，心想：哦，我说呢，此次巡察没见他在滨州，原来就是他的女儿当上了西宫娘娘！他在滨州一带横行霸道，贪赃枉法，为非作歹，欺压百姓，闹得民不聊生，怨声载道；如今又仗势欺人，我岂能容你？又一想：咳！我现有公事在身，何必与他计较？于是说道：“庞文，你走你的阳关道，我走我的独木桥。一条大道分两厢，你走一厢，我走一厢！”

呼延丕显本想让让庞文也就算了，可庞文图谋不轨，得寸进尺，他凶狠地说道：“呼延丕显，你休要发狂！老夫如今并非你手下将官，你可任意贬谪；老夫乃是堂堂的国丈，你见老夫还不跪拜？眼里还有没有皇上、有没有娘娘啦？”

呼延丕显不听便罢，一听火从心头起，气从胆边生，说道：“庞文呀庞文，我贬你并非无缘无故，只因你违犯军规，你不但不认错，反而记恨在心！你庞文，文不能提笔，武不能出征，是凭你女儿的容颜，换来个太师！我乃是堂堂的双王千岁，你还让我给你下跪，真是欺人太甚！”

这时，躲在大街两旁屋子里的人，都议论开了。这个说：“哥呀，我觉着这个太师不像好人哪！”

那个说：“弟呀，这回遇上双王呼延丕显，可够他喝一壶的啦！”

大家伙儿七嘴八舌，议论不休。

庞文想：没打着黄鼠狼，反惹了一身骚！他恼羞成怒，大喊：“呼延丕显，今天你若不给老夫跪拜请罪，休想过路！来人哪，把呼延丕显给我拿下！”

呼延丕显大喝一声：“哪个敢动？”

这句话真管用，那些卫士们都没敢动。为什么呢？谁不知道双王呼延丕显武艺高强、声震八方！慢说是无名之辈，就是驰骋沙场的大将，有几个不怕他的？

庞文一见没人敢上，心想：我上吧！他跳下马来张牙舞爪，照呼延丕显就是一拳；双王一闪身形，使了个“顺手牵羊”，庞文摔了个嘴啃泥！这小子还不知趣，爬起身来往上一蹿，照双王又是一脚；双王侧身一闪，庞文的脚踢空了，双王趁势往上一掀，“噗通”一声，庞文摔了个仰面朝天！这两下子把庞文摔得“哇哇”直叫，乌纱帽也掉了，玉带也断了，鼻青脸肿，嘴角流血。这小子爬起来就跑，喊道：“快跑！”

他跑出去挺老远，转过身来大喊：“呼延丕显，你等着，老夫要上殿面君！”说完上马，一溜烟儿似的跑了。

大街上的人一看双王把太师给打了，无不称快叫好。

庞文到了午朝门外下了马，踉踉跄跄地跑到金殿殿口，击鼓撞钟。宋仁宗正在西宫跟庞赛花寻欢作乐，听到钟鼓齐鸣，不知出了什么事儿，急忙穿好朝服，来到金殿。皇上刚坐稳龙墩，就听有人声嘶力竭地喊：“冤枉呀，冤枉！”

宋仁宗往下一看，见庞文那个狼狈样，不由一惊，说道：“哎哟，庞爱卿，这是怎么回事儿？”

庞文哭着说：“启禀万岁，为臣奉旨夸官游街，遇到呼延丕显，他大骂为臣，又动手将为臣痛打一顿，求万岁给为臣做主！”

宋仁宗闻听大怒，暗自叫道：“呼延丕显哪呼延丕显，你也太不留情面啦！常言说得好，‘打狗还看看主人哪！’你怎么能打我的老丈人呢？”

正在这时，黄门官报：“双王千岁呼延丕显前来见驾！”

双王千岁一上殿，宋仁宗就问：“你怎么打起国丈来啦？”

呼延丕显把事情一五一十地讲了一遍，又讲了庞文在滨州欺压百姓之事。

宋仁宗刚才觉得庞文有理，现在听了双王一席话，又觉得呼延丕显有理。所以就说：“老太师，下殿去好好将养将养吧；呼延爱卿，你也回府歇息去吧。”这场风波就这样平息了。可是，宋仁宗很不高兴，心中埋怨呼延丕显：千不该，万不该，不该打我老丈人!

庞文埋怨皇上没给他出气,痛恨双王扫了他的威风。他非要和呼家争个高低上下不可,非要报这两次之仇。第二天,他来到西宫,和庞赛花商议如何对付呼家。庞文说:"孩儿啊,你再给爹爹参上一本,治治呼延丕显!"

庞赛花说:"爹爹,那呼延丕显功大如山,受御封甚重,怎么能把他参倒呢?"

庞文说:"你是娘娘,爹爹被打,难道你就不管吗?再者说,若不把呼家搬倒,你我都休得安生!听人说,就是呼延丕显不同意纳西宫,并且说了不少辱骂西宫的话。我儿你岂能视而不见、听而不闻?"

庞赛花咬牙切齿地说:"好呀!我和他势不两立!"

庞文应声附和地说:"对,这才是我的女儿呢!女儿,若想报仇,必须如此这般。"

庞赛花连连点头说:"对,就这么办。"

庞文父女俩订下奸计,要害呼家。暂且不题。

再说宋仁宗,他自从纳了西宫之后,不理朝政,终日同庞赛花玩玩乐乐。满朝文武议论纷纷,无不为之担忧。

这天,已经是定更时分,庞赛花和宋仁宗推杯换盏,饮酒作乐。她现出千娇百媚,万般温柔,把个宋仁宗弄得神魂颠倒。宋仁宗笑着说:"梓童,你给孤家弹唱一曲,岂不美哉?"庞赛花撒娇地说:"万岁想听,待小妃侍奉一曲。"说罢,她调琴定调,弹唱起来——

宋仁宗不管夜深沉,
寻欢作乐要听琴。
深宫月夜恋红粉,
龙安凤卧伴幽音。
抚琴弹出巫山怨,
听琴不惜花下魂。
庞赛花边托琴来边自唱,
施展娇媚迷帝君。
宋仁宗眼望庞贵妃,
目不转睛看出神:
谁入广寒见仙子?
三宫六院貌出群。
不但说琴棋书画多能巧,
而且是诗词歌赋善论文。
只见她,两道弯眉长得美,
元宝耳,边是边来轮是轮。
悬胆鼻子樱桃口,

水灵灵一双杏眼勾人魂。
芙蓉粉面白净净，
一对香腮颜色新。
乌黑发挽定盘龙描水鬓，
金龙簪玉凤钗别在顶心，
袖口内翡翠镯子“当啷啷”响，
手指上大小戒指是赤金。
贴身的衣服是软缎，
紧紧裹住她的身。
庞贵妃手抚瑶琴传妙语，
宋仁宗如痴如醉乱了神：
“梓童啊——
朕愿把万里江山都卖尽，
和贵妃今生今世不离分！”
庞赛花见良机已来到，
收琴停音话出唇。

庞赛花见时机已到，燕语莺声地口尊：“万岁，小妃有一事启奏。”

宋仁宗说：“有本只管奏来，朕岂有不应之理！”

庞妃说：“万岁，小妃进宫之前，曾许愿降香。明天是三月二十八，小妃想去天齐庙降香还愿，不知万岁是否准奏？”

宋仁宗一听是这么个事儿，说：“好，孤家准奏，明日你就去吧，随身带的宫娥彩女、文官武将，任你挑选。”

庞贵妃眼珠一转说：“万岁，朝中事多，小妃不想带多少文武官员，只要双王呼延丕显保驾，再少带些宫娥彩女就行。”

“爱妃，你怎么不带别人，单带呼延丕显呢？”

庞赛花急忙娇滴滴地说：“万岁，庙上人杂，小妃怕碰上歹徒。呼延丕显武艺高强，可保小妃平安无事！”

皇上听罢，立刻允诺。

第二天，庞赛花排开半朝銮驾，她头戴翡翠珍珠冠，肩披霞帔，上身穿龙凤袄，下身穿社稷裙，腰中系八宝玉带，二足登九凤朝靴，乘坐凤辇，好不威风！这时，由双王保驾，宫娥彩女随行，前呼后拥，时辰不大，就来到了天齐庙。

庞妃进去降香，呼延丕显在外边暗想道：“我在朝中伴君多年，从来还没有保驾过娘娘来烧香。今日之事，真是怪哉！”呼延丕显刚烈正直，性情豪爽，历来光明正大，他没想到这是人家定计要害他。

庞赛花降完香，走出大殿来到了门外，双王呼延丕显急忙跪拜迎接。参拜已毕，刚一起身，庞妃突然往前一扑，一头扑到呼延丕显的怀里，紧接着，她抓破了粉面，撕坏了龙凤袄，打掉了凤冠，扯乱了鬓发，放声大哭："天哪！这可叫我怎么活呀！好你个人面兽心的呼延丕显，万岁待你恩重如山，可你竟调戏君妾，我还有何颜面生存于世上呢！"

呼延丕显根本没想到会出现这事，更没想到这事来得如此突然！他呆在那儿愣住啦！等这位疆场上的英雄明白自己中了奸计的时候，这位西宫娘娘已经回朝去了。

双王是又气又急：哎呀！这要是传扬出去，我一世英名就付于流水啦！万岁要怪罪下来，我不是有口难辩、跳进黄河也洗不清吗？庞文哪庞文，你毒如蛇蝎，害得本王好苦啊！可是又一想：真的假不了，假的真不了，我得上朝见驾，把此事说明，定要和这奸妃分个青红皂白！想到这儿，赶忙奔往金殿。

再说庞赛花，她一见呼延丕显中了圈套，暗暗高兴，急忙回后宫，见到了宋仁宗，一头扑到仁宗怀里，哭天嚎地，要死要活，说呼延丕显有反心，调戏她，她若顺从，呼延丕显就杀了皇上登基坐殿，让她当正宫娘娘！又说，她忠于皇上，死不顺从，才落到如此地步！

宋仁宗心想：庞赛花是我的掌上明珠，如果没有此事，她不会把屎盆子往自己脑袋上扣！再者说，爱妃长得这样风流，呼延丕显见色能不起心？呼延丕显哪呼延丕显，你欺人太甚了，你要孤家半壁江山，孤王不恼；你好不该调戏孤王的爱妃，谋杀孤王！

正在这时，就听钟鸣鼓响。庞赛花说："这准是那个人面兽心的呼延丕显要见驾！"

宋仁宗说："待孤王上殿处置他！"

庞赛花说："万岁，可不能上殿呀！万岁一上殿，呼延丕显就得请罪，那满朝文武不就都知道此事了吗？这种事传出去，好说不好听，小妃还有什么脸活呀！"

宋仁宗说："依爱妃之见就是。"

就这样，呼延丕显在殿前又击鼓、又撞钟，连宋仁宗的影儿都没见着，只好回府。

庞赛花哭闹了一阵之后，又陪宋仁宗饮酒。她又施展伎俩，卖弄风流，左一杯，右一盏，把仁宗灌得酩酊大醉。庞赛花一看到时候了，就又倒了一杯，端在手里，哭着说："万岁，再饮一杯吧！这是小妃最后一次陪君王饮酒了！"

宋仁宗醉醺醺地说："爱妃，此言从何而出？"

庞赛花哭着说："呼延丕显要夺君妾，有反心，罪当灭门，可他至今逍遥法外，万岁这个皇上可怎么做呀！小妃这个娘娘可怎么当呀？今天是有呼家，没有小妃；有小妃，没有呼家。万岁任选其一吧！"

庞赛花说完，就装作要去死。宋仁宗急忙一把拉住她，说："待孤王处置呼延丕显也就是了。"

庞赛花就等这句话呢！连忙说："既然如此，快下圣旨吧！"

宋仁宗很听话，庞赛花说啥就是啥，降下圣旨：抄斩呼家。写完之后，又问庞妃："派哪家爱卿前去？"

庞赛花说："若派别人，走漏风声反倒不美，只有庞太师去才好。"

"好！就依爱妃之见。"

庞赛花忙派人去宣召庞文，庞文闻讯急忙来到西宫，领下圣旨。

庞赛花一见遂心如愿，就搀扶着宋仁宗歇息去了。

庞文领旨回去之后，细一琢磨：白天下手不行，带着兵马在大街上一过太惹眼，和呼家相好的王爷不少，他们出面一搅，就许把事办砸锅啦！干脆，到晚上再动手，等到他们第二天知道此事，人都杀完了！

等到定更时分，庞文就要去行凶。这时，偏巧又刮起了大风。庞文很高兴，心想真是天助我也！趁天黑风大，人不知鬼不觉，杀他个鸡犬不留！他下令点齐一万兵马，同庞龙、庞虎率兵出发，把双王府里三层，外三层，围了个水泄不通。

双王呼延丕显正为白天发生的事儿心烦意乱，二更已过，他还没睡意。忽然，家人慌慌张张跑上前来说："千岁，不……不好啦！庞……庞太师带领人……马把府都围上了！"

这时，就听外边高喊："圣旨到！"

双王顾不得思索，连忙整衣冠出门接旨。双王呼延丕显跪拜圣旨，庞文宣读圣旨。他没说"抄斩呼家"，说的是"抄拿呼家"。为什么呢？这老小子怕双王不伏绑。庞文宣读完圣旨，庞龙早准备好了，上去就给双王上了绑绳。庞虎早带着众兵将闯进府去，不管是大人小孩，男女老少，打更的，喂马的，看宅的，护院的，见人就抓，全都上了绑绳，一共是三百三十三口。

庞文押着呼家众人，一直奔赴法场，不鸣锣，不放炮，生怕惊动别人，节外生枝，要暗暗开刀问斩。这是他早就预谋好的花招。

这时节是春天，春天风大，又是在夜晚，刮得尘土飞扬，天昏地暗，行走艰难，队伍前推后拥一片混乱。快要到法场了，呼延丕显才觉得不对劲儿："抄拿呼家"应该收监入狱，怎么解往法场？他大声呼道："庞文，这是解往何处？"

庞文冷笑一声，说道："解往法场，开刀问斩！"

"圣旨上不是抄拿吗？"

"哼！刚才我若说是抄斩，你能伏绑吗？因此，我才略施小计，让你伏绑。看，圣旨在此，'抄斩呼家'！呼延丕显，你没想到会有今天吧！"

呼延丕显听完，才明白了一切，他气炸了两肋连肝肺，大骂不止。

庞文哈哈大笑说："你骂吧，现在谁也救不了你啦！"

不多时，来到法场，呼延丕显知道身居绝境有死无生，暗自叫道：天哪！我南征北战，若死在疆场上，死得光明磊落；如今死在奸臣之手，不明不白呀！我个人死了倒无足轻重，可是连累了三百多口人的性命，岂不造孽？

常言道："大丈夫泪不轻弹。"可是，双王此时是泪如雨下——

双王泪如雨下叹一声，

不由得仰面问苍穹:
老天为何不睁眼,
让奸臣为非作歹乱横行!
咳!简直让人心伤透,
无道昏君太无能!
你贪恋酒色乱朝政,
你只信奸来不信忠!
你不顾宋室江山衰和败,
你不顾祖传基业盛与兴!
你不看南征北战为社稷,
你不看东挡西杀立奇功!
你不看世世代代忠义胆,
你不看代代世世君臣情!
看起来伴君犹如羊伴虎,
虎要是发威羊命终。
乌纱好比量人斗,
蟒袍好比蒸人笼。
玉带好比捆人索,
朝靴好比陷人坑!
为报国我呼家舍生忘死,
为黎民我双王睡不安宁。
没曾想会死在奸臣之手,
没曾想死的是不白不明!
老英雄越思越想越悲痛,
牙根咬得咯嘣嘣。
恨不得生双翅去找昏君把账算,
恨不得脱绑绳打死庞文害人精!

双王呼延丕显大骂一声:“庞文,要杀要砍随你便,我岂是贪生怕死,畏刀避剑之辈!大丈夫生在三光之下,生而何欢、死而何惧?只可惜我没有亲手打死你这祸国殃民的衣冠禽兽。我就是死在九泉之下,也不瞑目!”

双王正在大骂,庞文一声令下,高声喊道:“开斩!”

这“开斩”二字刚出口,紧接着就听一声断喝:“刀下留人!”

欲知后事如何,且听下回分解。

第二回 高锦计救呼门后 庞文兵围大王庄

老贼庞文被呼延丕显一顿大骂,气得那脸由白变青,由青变紫,简直就像紫茄子似的。他摆手下令:"开斩!"

那些刀斧手虽然事先都喝了酒,壮起了胆子,可都没立时下手。为什么呢?都知道呼家世代忠良,根本没有罪,不忍心行凶,又看到这三百多口人中还有孩子、丫环、奴仆,听到他们的哭喊声,就更不忍心下手啦!就在这千钧一发之际,听到有人高喊:"刀下留人!"他们才松了一口气,把刀也放下了,盼着来人搭救呼家。

庞文一听这喊声,大吃一惊:已经夜半更深,是谁来到法场呢?他正在琢磨呢,见一队人马冲进法场。来者不是别人,正是世袭征南王,加封镇国公高锦。

高锦是怎么来的呢?原来,高王府和呼王府离着不太远,高锦看完兵书,正要歇息,巡夜打更的家人慌忙来报,说他刚才听到呼王府那边不时传出哭喊声,出外一看,见呼王府外围着不少官兵。

高锦一听,猜测准是出了什么事儿,忙命人再去打听。不多时,探信的家人回来说:"庞文押着呼家三百多口人,都奔法场去啦!"

高锦一听,打了一个寒战,倒吸了一口凉气。他知道庞文要害呼家,便急忙召集护府的兵将,奔赴法场。刚赶到法场,听到庞文下令要开斩,这才高声断喝:"刀下留人!"

镇国公高锦随着喊声,带兵就冲进去了,一见庞文就问:"庞太师,深更半夜处斩何人?"

庞文说:"处斩的乃是图谋刺王杀驾、强占君妾的呼延丕显!"

高王说:"此罪何人所定?"

庞文说:"这是万岁定的,为臣不知详情,只是奉旨监斩,高王可去金殿面君。"

庞文说着,就把圣旨亮了出来。他怕高王在这纠缠,夜长梦多,就把事情都推到宋仁宗那里去了,想把高锦打发走,他好赶快行凶。

高锦一看"抄斩呼家"的圣旨,可就为难了!心中暗道:这是皇上的谕旨,在这儿拦也拦不住!我若是去金殿击鼓面君,我前脚走了,他随后把呼家杀了怎么办?他这是要把我支走,好开刀问斩哪!庞文这小子真是诡计多端、心狠手黑呀!我可怎么办呢？如今仁宗昏庸，奸臣当道，西宫掌权，呼家是没救啦！丕显啊丕显，咱同殿称臣，志同道合，虽然说是“亲戚在三代，朋友在五伦”，可现在我既不能救你，也不能替你，我怎忍心看你刀下做鬼？难道就眼睁睁地看着一家人让奸贼给斩草除根吗？高王正在思索之际，又刮起一阵狂风，那真是——

呜呜直叫，
尘土多高。
大树低头，
小树折腰。
越刮越大，
地动山摇！
河水翻波，
三尺余高；
房上茅草，
随风直飘；
鸡犬乱叫，
牲口发毛；
小船拢岸，
大船抛锚；
山中走兽，
虎啸狼嚎；
飞沙走石，
四处乱抛；
人怕房倒，
鸟怕端巢。
往日也见大风刮，
哪像今日这一遭！

这阵风刮得太大啦！人若想站着，都得几个人抱在一起。为什么呢？怕大风刮跑！

高王见此情景，眼珠一转，计上心来：我何不借天黑风大、慌乱之机，救出两个呼家后代，日后也好让他们报仇，于是对心腹家将悄声说：“快！如此这般。”

不多时，有一家将大喊：“王爷，庞太师是奉旨监斩！要辩理，还是到金殿面君去吧！”

高王一听，知道事已办妥，就对庞文喊道：“庞太师，我要金殿面君，呼家暂时不能杀呀！”

庞文心想：你快走吧！你走了，就由不得你了。想到这儿，他急忙喊道：“你快去吧!”

高王一声令下,带领家将“呼啦啦”走出了法场。高锦刚走,庞文就下令开斩,可怜呼家三百多口人,都做了刀下之鬼!杀完之后,庞文兴冲冲地带领人马就回去了。

第二天五更,庞文上朝交旨,内侍太监传道:“圣上龙体欠安,五日内不上朝。”

庞文知道这是女儿庞赛花出的招儿,满心高兴地回到府里,吩咐庞龙、庞虎清理法场,自己坐下来写奏折。

有人问了:庞文把呼家都杀了,还写什么奏折呢?原来,他想:光杀了呼家还不解恨,应当挖坑把呼延丕显的尸体倒埋,其余尸体堆在一起,造一座狱坟,立上石碑刻上字,让众朝臣看看,谁敢惹我,谁不服我,就是这个下场!朝中呼、杨、高、郑几家都是我的眼中钉、肉中刺,先灭了呼家,其余的再一个一个收拾!他正想美事儿呢,庞龙跑进来气喘吁吁地说:“爹爹,大事不好!”

庞文一怔,忙问:“何事惊慌?”

“孩儿前去清理法场,才知道咱们少杀了两个!”

“少杀了哪两个?”

“呼延丕显的两个儿子——呼延守用和呼延守信!”

“哎呀,斩草不除根,大祸要临身!赶快下令,关闭城门,全城搜查,谁要拿住呼延守用、呼延守信,官升三级,一两骨头一两金子,一两肉一两银子!谁要是放走呼家两个反叛逆子,全家开斩,祸灭九族,鸡犬不留,鹅鸭不剩!”

庞文这道令往下一传,整个汴梁城闹得人心惶惶,鸡犬不宁,大街小巷,家家户户,正房厢房,犄角旮旯,找翻天啦!折腾了有两个时辰,连个影儿也没查着!庞文一想:要是呼家二弟兄跑出去,必有后患!他们岂能容我?他们就是到天涯海角,我也要把他们捉拿归案,斩草除根!想到这儿,他命庞龙、庞虎点齐两万人马待命,自己前往西宫。

庞文来到西宫见驾,宋仁宗正和庞赛花饮酒作乐呢!庞文启奏:一是要追拿呼延守用、呼延守信,二是起造狱坟。宋仁宗立时准本,传旨命庞文追拿呼家二犯,命工部将呼家废址改建狱坟。庞文领旨回府,命人画了呼家弟兄的影像,通告各州、府、县,谁若是拿住反叛逆子,官升三级,赏白银万两,谁若收藏反叛逆子,灭门九族!他将兵分成四路,去追拿呼家弟兄。

那位说了:呼延守用和呼延守信跑了吗?跑了。怎么跑出去的呢?原来,镇国公高锦趁天黑风大,慌乱之际,把呼家二弟兄救出了法场,没敢让他们在城里停留,怕的是老贼发觉少了两个人再搜查追拿,于是让二人乔装改扮,带好银两,速离京城。临行之前,高王千叮咛、万嘱咐,同二人洒泪而别。等庞文发现少了两个人,下令关闭城门时,二人早就跑了。

呼延守用、呼延守信弟兄二人逃出虎口,心中悲痛,可也顾不得多想,慌忙奔路。逃难之人,慌不择路,也不敢走大路,哪儿僻静往哪儿走,可苦了这二位弟兄啦!

天色朦胧雾沉沉，
弟兄二人往前奔。
昨天还是贵公子，
今日变成逃难人。
脚下走的是坎坷路，
头上罩的是密阴云。
近处瞧，树木杂草乱石块，
远处望，苍苍茫茫天地昏。
路遥遥，无家可归奔何处？
风凄凄，吹在身上冷在心！
跑几步——
看看前面是不是有虎豹？
跑几步——
望望后头有没有追来人？
直跑得嗓子冒烟口干渴，
直跑得气喘吁吁汗满身！
弟兄俩踉踉跄跄腿发软，
钻进一片老树林。
坐在地上歇口气，
想起呼家满门人。
个个做了屈死鬼，
何时才能把冤伸？
思前想后心悲痛，
不觉泪水湿衣襟。
二人立志把仇报，
誓杀奸贼老庞文！

弟兄二人想到了一家惨遭杀害的悲惨景象，心痛欲裂。可是，还不敢哭出声来，怕招来追兵。二人含恨立志，定要为呼家报仇！呼延守用对弟弟说道："守信，我有一事想跟你商量。"

呼延守信说："哥哥，有事只管讲，弟弟从命。"

呼延守用说："咱二人虽然说离开虎口，可现在仍是身居险地。那老贼庞文一发现没有咱俩，必定派兵追拿。咱俩一旦被抓着，那么呼门就会绝后！我看不如咱俩各奔一方。就是抓住一个，还剩一个，也好报咱家的血海深仇！我知道咱二人要分开，不知是死是生，不知何年何月才能相见。我也知道你孤身一人，无人照应，为兄也舍不得你。可事到如今，只能如此呀！"

呼延守用说着说着,眼泪就"哗哗"流下来了。呼延守信很懂事儿,说道:"哥哥,你别难过,小弟愿意和哥哥分开。"

呼延守信说着眼泪也"唰唰"地直掉。呼延守用见弟弟这般懂事儿,更加疼爱起来,一下子把弟弟搂在怀里说:"我的好弟弟呀!"

哥哥把弟弟搂在怀里边,
弟弟也抱住哥哥的肩。
弟兄俩脸对脸来仔细看,
好似那钢刀把心剜:
"弟弟呀,
咱二人在此要分手,
不知道逃到地北和天南,
不知道谁生与谁死,
不知道何时能团圆!
从此你只身一人漂流在外,
无人照顾无人怜。
吃饭谁能问你饥与饱?
睡觉谁能问你暖与寒?
住店千万你别住小店,
免得坏人算计咱!
走路少走崎岖路,
小心狼虫虎豹把路拦!
你千万自己多保重,
为的是日后报仇冤!"
守信说:"哥哥你把宽心放,
你嘱咐的话儿小弟记心间!"

哥俩走出树林,千叮咛、万嘱咐,挥泪而别,各奔一方。

单说呼延守用与弟弟分手之后,沿着一条小路往前行走。走着走着,只见前面闪出一座高山,山峦起伏,悬崖耸立!

有赞为证:

山连山,
山靠山,
山外有山,
山上有山,
山峰冲云霄,
山上树遮天,

怪石横卧竖立，
野草漫漫无边，
獐狍野鹿来回蹿，
百鸟啼鸣荡山间！

呼延守用为防万一，折了一根大树杈拿在手中，往前走去。天黑了，他找了个山洞，一躺下就睡着了。第二天，天刚蒙蒙亮，他又往前赶路。不多时，走出这座大山，踏上一条羊肠小道。行走之间，隐隐约约看见不远处闪出一个庄子。他现在是又饥又累，想进庄喝点儿水、吃点儿东西再赶路。他刚一进庄，扭头一看，可不好啦：远处大道上来了一队人马！他想穿过庄子接着逃跑，可是，到了后庄一看，愣住啦：眼前是一片平川，哪儿有藏身的地方呀？猛抬头，见不远有一道高墙，墙内还有一片大树。他想：看来这是个大户人家。大户人家地方大，我进去找个僻静的地方藏起来吧。咳！事到如今，只有如此！想到这儿，呼延守用扔掉了那根树杈，来到高墙下，一纵身上了墙头，翻身跳了下去，定睛一看，原来是一座花园，有花亭，有假山。他往前刚走了几步，就听有人喊喝一声："站住！好你个胆大的狂徒，竟敢偷入我家小姐的花园，快快与我到前面去见老员外；若不，我就喊人把你抓起来！"

呼延守用一听，惊慌失色，扭头一看，眼前站着一位年轻的女子，他连忙躬身施礼："这位大姐，您千万不要高声喊叫，我并非歹人，我是误入花园。"

"你说你误入花园，为何面色惊慌？若不从实招来，我就叫人把你送进县衙门！"

书中交代：这个庄子叫大王庄，庄主姓王名天成。想当年，他父亲王贵同杨继业、呼延赞都是开国功臣。王天成为人正直、忠厚、善良，遇到不公平的事就想说、就想管。皇上也不得意他，他怕朝中做官有风险，便辞官回乡。如今已年过半百，膝下二子一女。长子王大汉，次子王二汉，整日习文练武。一女名唤金莲，年方一十六岁。王金莲有一个丫环，名叫秋菊，两个人无话不说，情同手足。秋菊性情爽快，喜好骑马射箭，舞刀弄枪。她每天早晨都到花园练两趟拳脚。今天，她刚进花园，看到呼延守用跳墙而入，这才喊住追问。

呼延守用一看面前站的这位女子，是个丫环打扮，虽然说话挺冲，但面目善良，看来没有恶意。他有心不说实话，可从来就不会撒谎；若是说了真话吧，又怕惹出事来！正在为难之际，秋菊又追问上了："你倒是说呀！你倒是讲呀！"

呼延守用一横心说："也罢！"

呼延守用把心一横开了腔：

"叫声大姐听端详！
我并非盗贼来园内，
也并非居心不良跳粉墙！
我本是忠良将门后，
全家居住在汴梁。

我爹爹名叫呼延丕显，
征南扫北美名扬，
为国为民功劳大，
皇上封他为双王。
只因庞文心肠狠，
伙同西宫害忠良。
给我父强加反叛罪，
可怜那——
我呼家三百多口刀下亡！
我是双王之子呼延守用，
死里逃生出汴梁。
庞文派兵来追赶，
我实在无奈才跳墙。
这些都是真情话，
并没有半句谎言在其中藏。
大姐呀，你要咋办就咋办，
谁让我时运不佳遭祸殃！”
秋菊仔细听一遍，
紧皱双眉暗思量：
原来是忠良之后来到此，
我定要想尽办法多帮忙！
想至此开言忙道歉：
“恕我不知你是忠良。
你呼家美名人皆晓，
是宋室的擎天白玉柱、架海紫金梁。
我秋菊虽是女流之辈，
可忠奸二字分得详。
虽不能为民来除害，
但要帮你这忠良之后免祸殃！”

呼延守用听完秋菊一番话语，是千恩万谢。秋菊说：“公子，休要如此，你快随我来！”

秋菊头前引路，呼延守用在后边紧紧相随。不多时，来到一幢房前，秋菊把门打开。这间屋子从前是王大汉和王二汉的书房，自从王金莲搬入花园，两位公子就搬走了，这座房子也就空起来了。两个人进了屋，秋菊细一看呼延守用：见他前发齐眉，后发盖颈，天庭饱满，地阁方圆，面如团粉。她这一打量不要紧，顿时计上心来。她让呼延守用待在屋里，自己出去，把门倒锁上，急忙来到了小姐的绣房，一见王金莲就说：“小姐啊，你可得帮我个忙啊！”

王金莲见秋菊慌慌张张，面色焦急，忙问道：“出了什么事啦？”

秋菊开口说道：

“小姐听我说根由，
我有一事好心焦。
方才我到前厅去，
来了那干表姐姐李玉娇。
她是一位才貌超群的良家女，
家住山南李家窑。
村里的恶霸要把他纳为妾，
逼得她父母双双归阴曹。
她落得无依又无靠，
怕被抢去才往外逃。
寻思到这儿歇歇脚儿，
再去找她那个舅舅——青天大人黑老包。
可她衣衫褴褛不像样，
让人见了多难瞧！
我的衣服她穿着小，
急得抓耳挠腮也没招！
你说说，我是什么忙也帮不上，
急得我的心好似烈火烧！”
秋菊说话快似连珠炮，
编得有根又有梢。
小姐真信了这番话，
安慰秋菊莫心焦。

小姐王金莲性情善良，实心眼儿，听了秋菊编的这套话，没往别处想，全当真的了，说道：“秋菊，莫要心焦，快把我的衣物挑些给她用，你再把她领到这里，咱们一同劝劝她，等我包叔父回来，再禀明此事，与她报仇也就是了。”

有人问了：王金莲说的那个包叔父是谁呀？就是包拯。她怎么叫包叔父呢？因为她父亲王天成和包公同殿为官，两个人有八拜之交。王天成辞官回乡之后，包公每逢路过此地，都要来看望王天成。十天前，包公出来巡察，还到这儿待了半天呢！所以，王小姐才这么说。

秋菊听完小姐这段话，暗自高兴，谢过小姐，挑好一包衣物，连忙离去。

呼延守用在书房里可急坏啦！他越想越不对劲儿：若是庞文来搜查，这屋里能藏得住吗？我被拿是小事儿，人家都得受牵连啊！这不是一般的小事，这是杀头之罪呀！不如我悄悄离去，以免别人受牵连。想到这里，他正要走出门去，秋菊开门进来了。他非出去不可，秋菊说啥也不让，呼延守用只好把刚才的那些心里话讲了出来。秋菊听了，心中暗暗佩服呼延守用：这真是"好汉做事好汉当，不连累别人遭祸殃！"就冲这一点，我说啥也得救他！想到这里，忙对呼延守用说："既然来到这儿，你就得听我的！如今只有一个法儿，就是你男扮女装，躲过庞文再说，快把衣服换上！"说罢，忙把包袱塞到呼延守用的怀里。

这一来，呼延守用可为难了：男子汉大丈夫，装扮女的，这要被人识破，岂不当成笑柄？他正想呢，秋菊厉声说道："你愣着干什么？等着庞文带兵来抓你呀？"

秋菊这一厉害，还真顶事儿，呼延守用一想：咳！管它怎么样呢！别辜负人家一片好心。就说道："好，我听大姐的也就是了。"

秋菊一听呼延守用答应了，出去打来一盆水，回到屋里，呼延守用已把衣裳穿好了，秋菊让他净了面，接着就给他梳头打扮。不多时打扮完了，秋菊上下一打量，见他一双大脚露在外边，又一拽衣裙把脚盖上。再一瞧：嘿！还真像个小姐！她又嘱咐呼延守用："你走路时，一是要慢，二是迈小步；还有，千万别叫我大姐，叫秋菊。"

接着，秋菊把呼延守用的衣衫包起来藏好，就领他上小姐绣房去了。事到如今，呼延守用也就豁出去了，秋菊让他怎么办，他就怎么办啦！两个人一前一后，来到了小姐王金莲的绣房后，秋菊忙先开口说："小姐，我表姐李玉娇前来拜见。"

呼延守用与王金莲相互见礼之后，王金莲走上前来拉呼延守用，叫他坐下。这可把呼延守用难坏了，男女授受不亲啊！秋菊心中也着急了，怕他露馅，就在后边推了他一把。呼延守用明白了秋菊的意思，不敢不从，只好随同王小姐坐下，两个人坐了个面对面。呼延守用不好意思，只顾低着头。

王金莲听了秋菊那番话，很同情李小姐。因此，对呼延守用显得格外亲切。她说："李小姐，刚才秋菊已将你的遭遇同我讲了，你的舅舅包大人是我的盟叔，你不要见外，住在这里尽管放心，那恶霸不敢到此搜查！"

呼延守用细声细语地说："多谢小姐！"

他只说了一句，再没话了。秋菊连忙说："小姐，请不要见怪，我表姐生来寡言少语，再加上父母双亡，言语冷淡，望小姐海涵！"

"我并未见怪。秋菊，李小姐一路奔波，必定还没有用饭，你快准备些酒饭上来！"

王小姐跟秋菊说话的时候，呼延守用抬眼打量一下王小姐——

呼公子抬头举目看明白，
打量着这位女娇娥：
白生生的玉簪儿玛瑙坠，
黄澄澄的金钗儿翡翠托，
荡悠悠的耳环儿玲珑透，

香馥馥的鲜花儿填细窝。
白素素粉妆芙蓉面，
水灵灵杏眼闪秋波。
果真是闭月羞花多娇女，
恰好似月宫飘出一嫦娥！

呼延守用端看着王小姐，心中更加不安，暗想：多好的一位小姐啊！我若是露了馅儿，岂不败坏了小姐的名声？让人家在世上怎么容身啊？！

正在这时，忽然一个小丫环跑进绣房，慌里慌张地叫道："小姐，不好啦！"

秋菊抢着问："出了什么事儿啦？"

"京城庞太师带兵把咱们大王庄围了个水泄不通，搜完了前庄，又搜后庄，说是追拿呼家的两位公子，还说，谁若是抓住一个，谁就官升三级，得万两白银；谁窝藏犯人，就有抄家灭门之罪！"

呼延守用闻听一怔，不由得"腾"一下子就站起来了。秋菊手疾眼快，上前一下子把他按下，说："表姐，你着什么急！人家搜的是呼家的二位公子，不干咱们的事儿，你就稳稳当当地待在这儿吧！有小姐在，别的事儿你就甭管了，你把心就放在肚子里吧！"

秋菊拿话一点，呼延守用领会了其中的意思，外表装得像没事似的，心里可"扑腾扑腾"跳得厉害！

王金莲不明白是怎么回事儿，连忙用话来安慰呼延守用："李小姐，秋菊说得对，你在这儿啥事也没有，你就放心吧！"又吩咐秋菊快去准备酒菜。

"表姐，你在这儿老老实实地待着吧，我去去就来。"秋菊说完，拽着小丫环走出绣房，叫小丫环去准备酒菜，自己跑到前厅去见王员外。

秋菊为什么去见王员外呢？她怕的是庞文来搜查，王员外不知道有个"李小姐"，把事情弄到两岔上去，引起庞文的怀疑，那后果就不可收拾啦！

王员外正在前厅生气呢！他听说庞文杀了呼家，心中十分难过，又特别恨庞文，听说庞文带兵将前来搜庄，非常气恼，告诉家人："大门紧闭，上栓加锁。"

秋菊来到前厅，把刚才和王小姐说的那番话又和王员外说了一遍。王员外听说包公的外甥女来了，就要找夫人一同去看望。秋菊忙说："小姐正和李小姐用饭。"王员外这才没去。

这时，一名家人来报，说庞文叫门，要见老员外。王员外气呼呼地整好衣冠，走出了前厅。秋菊急忙跑回绣房去了。

王员外来到门前，一见庞文就说："庞太师带领兵马，莫非是出征路过此地吗？"

庞文一听这话，心中暗道：他这不是挖苦我吗？庞文知道，王天成当初是朝中的武官，又和包公有八拜之交，因此不敢太放肆，便道："老夫奉旨前来捉拿反叛逆子呼延守用、呼延守信！"

王员外眼珠子一瞪,说道:“什么?你是说呼延守用、呼延守信跑到我家来啦?”

“王员外,休得多心,老夫是奉旨缉拿反叛逆子,公事公办,别处都已搜完,只差贵府!”

王员外心想:呼延守用和呼延守信二弟兄也没到我这儿来,不定跑哪去啦!你搜就搜吧,在这儿多耽误点儿时辰,他哥俩跑得就更远,你逮不着我才乐呢!想到这儿,笑了笑说:“哦,既然是这么回事儿,老太师快快请进寒舍搜查!”

庞文带兵进府之后,王员外领着他把前厅、后院、书房一干搜查完毕,甭说是呼延守用、呼延守信弟兄俩,就连一个人影都没见着!庞文带兵又来到了后花园,要搜小姐的绣房。王员外上前拦住,说道:“且慢!庞太师,这是我家小女的绣房,搜不得!”

“为何搜不得?”

“我家小女尚未出阁,再说包丞相的外甥女还在此居住,这闺门绣户,连三岁顽童都不能入内,岂容你等乱闯?难道我家小姐绣房还会窝藏男子不成吗?”

庞文听王天成的话说得合情合理,迟疑了一会儿,暗想:不能不搜啊!真若是藏在里边呢!于是,反问了一句:“王员外,老夫奉旨搜查,你家若没有窝藏反叛逆子,搜看搜看又有何妨?”

“太师难道不知道男女授受不亲吗?”

庞文闻听,疑心更大了:哼!八成这绣房之内窝藏着人哪!若不,怎么不让搜呢?他眨巴了几下三角眼,冷笑了两声,说道:“常言说得好,‘不做亏心事,不怕鬼叫门。’你怕从何来?”

王员外毫不示弱,也冷笑了两声,说道:“我一向光明正大,有何可怕!”

“你既然不怕,老夫便要搜!”

“你果真要搜?”

“果真要搜!”

“一定要搜?”

“一定要搜!”

两个人正吵吵呢,秋菊从绣房里走了出来,对王天成说:“老员外,咱家又没有窝藏什么反叛逆子,就让他们搜呗,免得人家疑心生暗鬼!可是话又说回来了,男女授受不亲嘛,这么多大小子都闯进绣房,也不成体统!依奴婢之见,王员外您老人家陪着庞太师,进去查看一下不就得了吗?”

王员外一听,这个主意还行,就说:“好,庞太师请吧!”

秋菊为什么主动让庞文进入小姐绣房呢?她有她的想法。她想:老员外若是和庞文吵翻了,庞文带人要是闯进去,人多眼杂,再认出呼延守用来,呼延守用就得被捉,老员外也得受连累,不如让庞文进去看一眼,若认不出来,就完事儿了,若是认出来,那墙上有宝剑,她把庞文一宰,让呼延守用逃跑,自己把这事儿都揽过来,死了也算为民除害,留下一世英名!

庞文哪知道这些啊！他抓人心切，跟着秋菊就进了绣房。

王小姐和呼延守用还没吃完饭，可一见庞文进来就站起来了，一个丫环扶着王小姐，秋菊上前扶住呼延守用。

庞文打量了一下两位小姐：都是拂袖半掩面，含羞露温柔。紧接着，秋菊和小丫环扶着呼延守用和王小姐就躲到一边去了。庞文四处一一看过，并没有发现丝毫可疑之处。

王老员外冷笑了一声说："庞太师，怎么样？这倒该放心了吧！"

庞文也觉得不好意思，说："王员外，不要多心！"随后走出绣房。

庞文走出绣房后，一挥手说："搜花园！"

他手下的兵将，闻令又向花园搜去。庞文心里琢磨：包黑子的外甥女怎么上王天成这儿来了呢？哦，他和包黑子有八拜之交，也许到这儿住几天……哎？其中会不会有鬼啊！这女子是不是包黑子的外甥女？会不会是男扮女装？他正在穷思苦想，手下差官来报："花园已经搜遍，人影皆无。"

庞文听完，啥话也没说，慢悠悠地迈步往回走，众兵将也不敢快走，只好慢腾腾地在后面跟着。庞文走到绣房前，突然又停下了脚步。王员外一看庞文不走了，说道："庞太师，我家前前后后里里外外都搜查了，你还要搜哪儿呀？"

庞文说道："老夫还要搜查绣房！"

"庞太师，你刚才不是已经亲自搜查过绣房了吗？"

"刚才是刚才，现在是现在。"

"现在你要怎样？"

"老夫还要再搜一遍！"

王员外听到这儿，火可上来啦："庞太师，你方才已经将我女儿的绣房搜查了一遍，怎么还要搜呢？你奉命捉拿的是呼延守用、呼延守信两个人，为什么总在两位小姐身上做文章呢？"

庞文闻听此言，说道："王员外，作文章也罢，不作文章也罢，老夫身为掌朝太师，奉圣旨前来缉拿反叛逆子，只要有半点儿疑惑之处，就得弄个水落石出。实话对你说，老夫要再看看包拯的外甥女！"

王员外气得半部长髯直发抖，暗想：我包贤弟的外甥女来我家住几天，若遭到这样的屈辱，一是显得我王天成无能，二是于包贤弟脸上无光，岂能容他再搜！想到这儿，王员外说："庞太师，你方才已经看过，我不能让你再去查问人家女流之辈！"

庞文说："老夫定要查问查问！"

王员外和庞文这一吵吵，小丫环秋菊可急坏啦！她暗想：贼庞文再一查问，就许把呼延守用查出来！呼延守用活不了，王员外和我们也好不了，不就什么都完了吗？……秋菊心急火燎，正在琢磨对策。

呼延守用在绣房里听到王员外和庞文说的话，心如油炸一般，暗自叹道：天哪！难道真有绝人之路!

呼延守用听到房外吵闹声,
不由暗自吃一惊:
这老贼定是看出什么破绽,
若不怎能点出名?
看起来真有绝人路,
让我随家父冤魂去丧生!
只是我深仇未报难瞑目,
只恨我无能为力出火坑。
我不该逃进花园来躲难,
我不该以男扮女装娇容!
到如今事情眼看要败露,
牵连王小姐落下坏名声。
还有何脸面活在人世上,
就是跳到黄河也洗不清!
小秋菊她为我心机用尽,
如今要竹篮打水一场空!
这老贼岂能饶过王员外?
定然会给他一家加罪名。
他全家大小几十口,
不清不白要受斩刑。
咳,我若欠下这笔债,
多少辈子能还清?
呼延守用正思想,
猛听秋菊喊一声!

呼延守用正在痛苦地思想着,猛听秋菊喊道:“李小姐,你别害羞,让他们看吧,是真假不了,是假真不了!到时候,看他们如何收场?等见了你舅舅告他们一状,反正有官司就打呗!”

秋菊是故意扯开嗓子这么喊的,她是想敲山震虎说给庞文听,吓唬吓唬他,让他打消再进绣房的念头。若是这招不顶用怎么办?秋菊也早想好了:庞文进来认不出呼延守用便罢,若认出来,她就用剑宰了庞文!

庞文在房外听了秋菊的喊声,犹豫了一下,他也想了:那小姐若真是包黑子的外甥女,包黑子能饶了我吗?可他又一想:若是不再仔细看看,她真是呼延守用或呼延守信扮装的,岂不是放虎逃生吗?老夫豁出来了,非查看一番不可,反正包黑子也不在这儿,查对了谢天谢地,查错了再说!这老贼是铁了心啦,他开口说道:“王员外,老夫定要搜看!"

王天成听罢,横眉立目,怒发冲冠,暴跳如雷,大喝一声:"庞文,你真乃欺人太甚!"

庞文挥手大声喊道:"来人,随老夫搜查绣房!"

王员外拉开架势,吼道:"我看你们哪个敢上?"

庞文手指王员外说道:"老夫奉圣命搜查反叛逆子,你拦挡就是抗旨不遵!来人哪,先把这老匹夫拿下!"

众兵将闻听此言,不敢怠慢,"呼啦"一下子拥上前去,就要捉拿王员外。正在此时,猛听有人大喊一声:"住手!"

欲知后事如何,且听下回分解。

第三回 包文正做媒联姻 呼延庆拜师学艺

庞文一声令下,几个兵将如狼似虎地刚要上去捉拿王员外,忽听有人高声喊喝:"住手!"

庞文扭头一看,吃惊非小。来者不是别人,正是包拯包丞相。

包大人怎么来了呢?原来,包公离开京城出来巡察,十天前才离开大王庄,到了上江县。这大王庄归上江县管,县城离这儿不远。他在县城刚审理完几个疑案,就看到圣上下的捉拿呼延守用和呼延守信的谕旨。他心里感到蹊跷:呼家世代忠良,为宋室江山南征北战、东挡西杀,立下多少汗马功劳?为何犯下了抄家灭门之罪?而且,此事正是在自己离开京城出来巡察期间发生的,其中必定有鬼!如今呼家满门被杀,只有两条根苗啦,要紧的是不能叫呼家断后!他要急忙回京,一来问清呼门为何被斩,再就是打听呼家二弟兄的下落,弄清此案。他摆驾回京路过此地,看到大王庄已被官兵团团围住,派人一问,知道庞文正在搜庄,便下令摆驾进庄。

包大人到来,官兵自然不敢阻挡。王朝、马汉又来禀报,说庞文要搜小姐绣房,王员外不让,两个人正在吵闹,包公便带人来到花园。听到庞文下令要拿下王员外,这才高声喊喝:"住手!"

话音刚刚落地,包公就来到近前,一边是王朝、马汉,一边是张龙、赵虎,后边是众随从,一个个好不威风!

王员外一看是包大人来了,精神大振,狠狠地瞪了庞文一眼,急忙上前拱手施礼,说道:“包贤弟,你来得正好。若是晚来一时,恐怕你就见不着老哥哥啦!”

包大人说:“此话怎讲?”

“包贤弟,庞太师带兵来搜府,说是缉拿呼延守用和呼延守信,搜了前厅搜后院,搜了书房搜绣房,接着又搜花园。搜完就行了呗,可他还要再搜绣房,指名道姓要查看你那外甥女李小姐!”

王员外的这番话,秋菊在屋里听得一清二楚,觉得呼延守用有救了,可是,一听王员外提到李小姐,不由打了个冷战,因为包公不知道呼延守用假扮李小姐冒充他外甥女啊!秋菊怕露出破绽,急中生智,忙从绣房里跑出来,一边跑一边喊:“包大人,可不好啦!”

王员外急忙问:“出什么事儿啦?”

秋菊神色惊慌地跑上前来,上气不接下气地说:“包、包、包大人,小、小、小姐说没脸见人了,非要寻短见不可!”

她说完这话,不由分说,扯住包大人的袖子就往绣房里拽,拽进绣房就附到包大人的耳边低声说:“包大人,呼延守用冒充您的外甥女在这儿,您可得救他呀!”

包公是何等精明啊!听秋菊这么一点,全都明白了,赶忙走上前去,喊道:“孩儿呀!舅舅来迟一步,叫你受委屈啦!”

本来呼延守用犹如惊弓之鸟,怕就怕自己被庞文捉去,连累王员外一家。刚才听说包公来了,又是高兴,又是害怕。高兴的是包公来了定会解围,害怕的是包公不知道自己装扮李小姐,若是把事情弄露了馅,岂不是害了别人!如今包大人一进来就认他是外甥女,他百感交加,一头扑到包大人的怀里就哭起来了。

秋菊见此情景,又虚张声势地吵吵起来了:“包大人,您这是早来了一步,还能见着您这外甥女,若是晚来一步,她非一头撞死不可!包大人,您可是青天大老爷,这事可得给李小姐做主啊!”

包大人心眼来得快,明白秋菊是让他把庞文吓走,便说:

“孩儿,莫要啼哭,舅舅定要同那庞文算账,与你报仇!”

庞文刚才见包公到来,就知道事情不妙,但还未死心,想看个究竟。包大人被秋菊拽进绣房,他也想跟随进去,可是让王朝、马汉、张龙、赵虎给拦住了。他听到包公认了外甥女,心凉了半截,又听到包公说要找他算账,可把他吓坏啦!他暗自想道:那包黑子可不是好惹的,他饶得了我吗?好汉不吃眼前亏呀!想到这儿,他带领着兵将,凉锅贴饼子——溜啦!

秋菊假借找丫环,出来打探风声。她见庞文已带着官兵抱头鼠窜,便又回到绣房。她忙跪倒在地,说:“包大人,王员外,王小姐,奴婢请罪,听凭发落!”

呼延守用见此情景,也连忙跪倒请罪。

包大人让他二人赶快起来。呼延守用心中暗想:这些事情都是由自己引起的,人家秋菊是为了救我，怎能让人家担罪呢？于是，就抢着叙说事情的缘由。

王小姐听了几句，知道李小姐原来是男的，羞得满脸通红，"哎哟"一声就钻进卧室，秋菊急忙随后跟去，关上了门。王小姐说："秋菊呀秋菊，你可把我害苦了啊！"

王小姐话语出口泪满腮：
"秋菊你做事太不应该！
你不该花言巧语哄骗我，
让他男扮女装到绣房来。
你只知一番好意将他救，
你说我从今往后咋安排？
知情者，赞我主仆行仁义，
不知者，流言蜚语胡乱猜。
谁不知我性情温柔又典雅？
谁不知我是行为端正的女裙钗？
谁不知我学富五车才八斗？
谁不知我诗书礼义藏胸怀？
如若是一旦之间付流水，
那我算跳到黄河也洗不清白！"
王小姐痛哭流涕在叨念，
秋菊她叫声小姐把口开：
"千错万错都是我的错，
小姐你要打要罚我愿挨！
你就是把我打成肉泥酱，
秋菊我命丧黄泉也应该！
小姐啊——
你就是把我秋菊治个死罪，
难道说你就算清白？
不如这事依着我，
我既能系扣儿，也能把扣儿解开！"

王小姐心想：事到如今，再埋怨她也是无济于事！再说，秋菊救呼公子也是一番好意！想到这儿，问道："秋菊，依你之见，怎么办为好呢？"

秋菊说："好办法倒是有，就怕你不答应！"

王小姐说："既然有好办法，我岂有不答应之理！快快说来，待你我商量商量。"

秋菊说："小姐，奴婢才疏学浅，不管对与不对，请小姐不必动怒。"

王小姐说："秋菊，你什么时候也学得婆婆妈妈，絮絮叨叨的。你我之间，何必如此？"

秋菊说:“我看呼延守用是忠良之后,将门之子,相貌端庄,忠诚厚道,你二人若是结成良缘,一是门当户对,二是郎才女貌,三呢,这为难之事也全解了。”

王金莲听秋菊这么一说,觉得条条是道。但又一想:婚姻大事乃需父母之命,哪能自己定呢?不觉含羞地说道:“秋菊,你别在这儿瞎说,不知父母和……他愿意与否?”

秋菊一听这口气,知道小姐愿意了,就说:“此事包在我身上了,小姐只管放心吧!”

这时候,王员外也难住了!得知李小姐原来就是呼延守用,他先是又惊又喜,不管怎么地,呼门之后总算得救啦!接着可就犯愁啦:自己未出阁的闺女往后可怎么办呢?此时此刻,又不能埋怨呼延守用,只是埋怨秋菊办事荒唐!他又一细想:事情到了这种地步,埋怨也没有用啦!自己有心把女儿许配给呼延守用,可又不知闺女意下如何,再加上也不好意思自己张口,所以急得团团直转。

秋菊走出卧室,给包公和王员外见礼之后,说道:“奴婢办事鲁莽,把事情闹到如此地步,使我家小姐日后难以做人,这实在是奴婢之过!可事已如此,就是打死奴婢,仍于此事无益。依奴婢之见,公子与小姐结成良缘才是良策。”

包公微微一笑说:“我早有此意,甘愿做媒,这真是奇遇良缘!年兄,你的意下如何?”

王员外说:“贤弟,为兄听你安排就是。”

包公又问呼延守用,呼延守用说:“我现在罪名在身,王叔叔一家救命之恩尚未报答,怎能忍心再连累恩人一家?”

包公说:“守用,如今事已如此,莫要推辞,快拜见岳父大人吧!”

呼延守用一想:别再推辞啦!忙向王员外叩头。秋菊一见,二话没说,扭身就给小姐道喜去了。

包大人一看大事已成,就说:“仁兄,常言说,‘丁是丁,卯是卯,啥时拜堂啥时好。’我看今天就是黄道吉日,赶快完了婚吧!”

就这样,由包公做媒,呼延守用与王金莲拜了花堂。秋菊来到呼延守用面前贺喜,呼延守用一见秋菊,又是感激,又是称赞——

眼望着秋菊女婵娟,
心中好似波浪翻;
人们称赞男子汉,
如今这有志丫环胜过男。
小秋菊女流之中偏拔萃,
红粉群中她占先。
巧用计谋将我救,
才使我死里逃生结姻缘。
劝世人放开眼界从长看,

莫以穷富贵贱定愚贤!
呼延守用面对秋菊来道谢,
小秋菊忙说不敢当。
她安排完毕出房去,
只剩下呼延守用和王金莲。
新郎抬头细把新娘看,
小姐她落落大方、端庄自然。
面容妩媚神态美,
好似仙女降人间!
再望一眼绫罗帐,
心绪万端涌心间。
上前躬身施一礼,
开口说出肺腑言:
“小姐——
真不知怎样报答你,
你对我恩情重如山。
我如今仍然身带罪,
又与你配婚结凤鸾。
你嫁我可要委屈一辈子,
真叫我越思越想越不安!”

王小姐闻听此言,忙说道:“你我已成夫妻,何出此言!”

二人叙谈了一阵,呼延守用想起了弟弟呼延守信,不知现在身在何处,生死存亡,不由得流出了泪水。王金莲连忙劝道:“夫君,不要悲伤,咱呼家被奸臣惨害,天下人所共知,常言道,‘君子报仇,十年不晚。’切莫让悲伤灰了英雄之志,沉了父母之冤!自古有言,‘大丈夫能屈能伸。’夫君还需屈就一时呀!古语云:‘黄河尚有澄清日,人岂无有得运时?’依为妻之见,定有报仇之日!”

呼延守用闻听此言,暗暗佩服王金莲胸有韬略,贤明大义,夫妻二人唠到半夜才安歇就寝。

第二天,夫妻二人拜谢了包大人。包大人离开了大王庄,摆驾回京不题。

且说呼延守用在大王庄隐姓埋名住了下来,夫妻恩爱,翁婿和睦。他为了报仇,天天习练武艺,转眼就是三个多月。这时,王金莲已经身怀有孕,全家人都十分欢喜。

这一天,呼延守用对王金莲说,他不能在此久住,一是怕走漏风声,庞文得知音信,必然会血洗大王庄;二是要寻找弟弟呼延守信,共报家仇。王金莲虽然不愿同丈夫分离,可想到为呼家报仇雪恨,便未加阻拦,同呼延守用一起去和父母商量。

王员外通情达理,说道:“贤婿,你只管放心去吧,家中之事不必挂念,一路之上要多加保重!”

呼延守用眼含泪水跪倒在地,说道:“岳父大人,您为我呼家不惧风险、费尽心血,此大恩大德,我永世不忘!”

王员外为呼延守用备好马匹、银两,呼延守用临行之前嘱咐王金莲:“贤妻不要难过,今日分别,后会有期! 为夫还有一事相嘱,你若生一男孩儿,就取名呼延庆,若生一女孩儿,你就给她起个名吧!”

夫妻二人洒泪而别。

光阴似箭,几个月过后,王金莲生下了一个男孩儿,起名呼延庆。为了不让外人知道他是呼家的后代,就让他随着老爷家姓,假说是王天成之子。王员外的大儿子叫王大汉,二儿子叫王二汉,于是就叫呼延庆为王三汉。就这样,呼延庆称他姥爷为爹爹,称他母亲为姐姐。呼延庆到了四五岁时,长得结结实实,虽然脸黑,但是很漂亮,全家人爱如掌上明珠,王金莲白天教他念书,王大汉、王二汉晚上教他练武。教得认真,学得用心,他一听就懂,一学就会。到了七岁上,王员外就把三真观的司马洋道长请来教呼延庆练武,还特意在后花园盖了一座演武厅。

呼延庆不爱多说话,可有股子心劲儿,起早学,贪黑练,那真是二五更的功夫呀!

这一天,王金莲又悄悄来到演武厅,看儿子练武长进大小。她用唾沫洇湿了窗纸,用手指捅破个小洞,睁一眼闭一眼,往里一望:只见呼延庆正在专心致志地练功——

王小姐偷偷来到演武厅,
暗地里悄悄看分明:
见孩儿先练骑马蹲裆势,
又练一回踢腿功。
练了一回举石锁,
又练一回抓壶铃。
练上一回白鹤亮翅,
又练一回旱地拔葱。
练上一回鲤鱼打挺,
又练一回兔子蹬鹰。
练上一回海底捞月,
又练一回飞燕凌空。
蹿、蹦、跳、跃多灵巧,
闪、转、腾、挪身子轻。
练完这些把鞭拿起,
前后左右齐飞腾。
只要得不透风雨无漏空,
只要得不见人影起风声。

招招式式有门路，
鞭鞭起处显奇功！
王金莲看罢心欢喜：
呼门之后出英雄。
等待长大成人后，
再把身世对他明。
王金莲眼望孩儿思夫主，
暗自悲伤心不宁。
不知丈夫守用在何处，
不知守信弟弟死与生！
苦只苦他们弟兄身遭难，
叹只叹天涯海角四下飘零。
盼只盼时来运转把仇报，
待只待夫妻团圆、父子相认诉衷情！

王金莲看见呼延庆苦练武功，感慨万端，不觉泪流满面，她怕被别人看见，擦干泪水就回房去了。

时光如梭，呼延庆练到九岁上，武艺真不错啦！司马洋道长感到很满意。这一天，他领着呼延庆来到前厅，面见王员外。司马洋说道："王员外，三汉这孩子，聪明伶俐，记忆惊人。贫道本应教他三载，可他两年就将武艺学完，学得又快又好，贫道再没有什么可教的了，应当再给他寻找一名高师，免得误了孩子的前程。"

王员外一再请道长继续教艺，可道长说什么也不答应。王员外只好酬谢一番，呼延庆叩头拜谢，道长辞别而去。

从此后，呼延庆仍旧是日习文，晚习武，王金莲对他非常放心。

这一日，王员外正在书房观阅古书，突然，家人慌慌张张跑进来说："老员外，可不好了，咱们门外躺着一具死尸！"

老员外一听就是一怔，心中暗想：我和谁都无冤无恨，怎么偏到我的门前来寻死呢？待我前去看个明白！他迈步出了书房，来到大门外：只见门口倒着一个人，乱蓬蓬的头发都擀成毡了，面色焦黄，双眼微闭，满脸污垢，身上穿着黄布的长衫，脚上蹬着一双毡鞋，左手抓着一个小黄布包，右手旁边放着一条打狗的棍子。

王员外走上前去，伸手往那人的胸前一摸，觉得他还有热乎气，就命人将他慢慢地抬进前厅，一会儿摩挲前胸，一会儿捶打后背，不住地叫道："老哥哥醒醒！老哥哥醒醒！"

过了将近一顿饭工夫，那人"哎哟"一声，接着眼睛慢慢地睁开了，自言自语地说道："我这是到了什么地方啦？"

那人醒过来了。家人连忙告诉他，说这是上江县大王庄，这是王员外府。王员外又端来姜汤、绿豆粥，那人喝下不多时，腹内“咕噜咕噜”地响了一阵，随着就坐了起来。

王员外命人上前扶住，问道：“老哥哥，你家住哪里呀？”

那人有气无力地说道：“咳！哪有家呀？我到处流浪、四海为家呀！”

王员外又问：“请问你老尊姓高名、年高几何呀？”

“哎呀，我也没个名呀，也记不住多大岁数了，这些年就知道要饭啦！”

王员外见那人无家无业，是个讨饭的乞丐，很可怜他，就说：“老哥哥，从今天起，你就不用再四处要饭了，就住在我这儿吧！我虽然不敢说家财豪富，也是房有百间、地有千亩。吃喝穿用一点儿不用犯愁。这个地方又有山，又有水，你没事可以观山玩水，活动活动筋骨，你就在这儿好好过个晚年吧！”

那人听完，瞪大眼睛说：“王员外，你这是真心话吗？咱们老亲没有，新亲没订，要说是朋友吧，咱们原先还不认识，你怎么对我这么好呢？”

王员外笑了笑，说道：“老哥哥，人虽贫富不一，可不能有贵贱之分。你落到这般光景，又无依无靠，我岂能袖手旁观？常言说得好：‘路遥知马力，日久见人心。’慢慢你就知道我的秉性了。”

那人说：“既然老员外这样诚意相留，我若再走，就对不起你的一片心意啦！”他说到这儿，稍停了一下，瞅瞅王员外，又说：“我既住到这儿，可就不客气了，我现在真饿坏了，快给我摆上一桌酒席吧！”

家人一听直撇嘴：这个要饭的，还摆上谱儿啦！

王员外可一点儿没含糊，立时吩咐家人，快去操办此事。不多时，酒席摆好，没等王员外让，那人来到桌前就坐下了，先把酒嗉子操起来，“咕咚咕咚”张开嘴就喝起来了。喝完酒，拿起筷子就夹菜，他右手拿着筷子，左手捏着酒嗉子，吃了喝，喝了吃，不大工夫，一桌酒席一溜精光！

王员外心里很可怜他：咳！他真是饿急啦！问道：“老哥哥，吃饱了没有？是不是再添些酒菜？”

那人一抹嘴巴，对王员外说：“我是酒足饭饱了。你让我住在什么地方啊？”

那人吃完饭也不道谢，王员外并不见怪，便领他来到已经安排好的住处。到那儿一看：屋子收拾得非常干净，床上被褥全是新的。那人把黄布包往床下一扔，也不管王员外，一头扎在床上就睡了。

那人天天如此，吃了睡，睡了吃，一连就是一个月。王员外天天热情相待，并无半点儿厌烦之意。有些家人可看不惯了，背后议论纷纷：

“咱们老员外图个啥？把个要饭的弄到家里不说，还当灶王爷供起来！”

“他跟吃冤家一样，连句感谢话儿都不说！”

家人们虽然对此事不满，可是，谁都得好好伺候，照老员外的吩咐办。

这一天，那人说要洗个澡儿干净干净，还让摆桌酒席，说洗完澡吃。

王员外照吩咐办，酒席准备好了，专等那人来用饭。这时，只见门帘一挑，进来一位老道，嘎！真是精神抖擞，神态非凡！有赞为证：

这老道，好相貌，
脸红润，放光毫。
九梁巾，头上罩，
素带子，脑后飘。
穿一领，灰道袍，
系一条，细丝绦。
黑道鞋，底儿薄，
白袜子，鞠儿高。
好似仙人下凡界，
不知是谁来到了！

王员外一瞧，这老道长有仙风道骨之气，似曾相见，可不敢相认，便起身上前施礼说道："这位道长，恕我未曾远迎！"

老道长哈哈大笑："王员外，怎么不认得了？贫道就是您收养了一个多月的叫花子！"

王员外一听这话，再仔细一瞧，一点儿不错，正是那人，连忙施礼："老道长，恕我有眼不识泰山，望您多多海涵！"

老道长说："王员外，这是说的哪里话来，您仗义疏财，救济贫民，挥金如土，名不虚传，真是百闻不如一见哪！贫道我领教了。多谢，多谢！"

两个人分宾主刚坐下，司马洋道长来了。经司马洋一介绍，才知这位道长是司马洋的大师兄——云游道人，复姓诸葛，单字名剑。这位道长，性情刚直，武术绝伦，在武林中享有盛名。原来他是司马洋道长特意请来教呼延庆练武的。

从此之后，云游道人就在大王庄教呼延庆练武。一晃又是三年，在这三年里，呼延庆的武艺大有长进，什么刀、枪、剑、戟、斧、钺、钩、叉、镋、链、槊、棒、鞭、锏、锤、抓、拐子、流星，十八般武器，无所不能，样样精通。

这一天，云游道人诸葛剑当着王员外的面，把呼延庆叫到跟前，说道："三汉，为师教你三载，你的艺业已经学完。常言道：'师父领进门，修练在个人。'你还要继续苦练武艺，千万不能荒废呀！为师还要去云游四海，拜师访友。往后你年岁也渐渐大了，也应该自己闯荡一下。可是有一件，你千万不要仗着自己有点武艺，去做不良之事！你要除暴安良，为民除害！"

呼延庆说："请师父放心吧，弟子牢记师训。"

就这样，师徒二人恋恋不舍，洒泪而别。

自从师父走了之后，呼延庆仍然是攻读诗书，操练武艺。这一天，他读完书来到庭院散心，听到墙外"呜嗷"一阵乱叫，不知出了什么事儿，出去一看，原来是两头小牛在顶架，一帮孩子围着起哄。呼延庆怕伤着孩子，就上前给分开了。孩子们本来都是好玩好闹的，其中有一个就说："哎呀，三汉儿有这么大的劲儿呢？咱们跟他摔一跤吧！"

另一个小孩说："谁能摔过他呀？"

那孩子接过话来又说："一个人不是他的对手，咱们不会一齐上去摔他吗？"

孩子们一听，也不由呼延庆分说，有的抱腰，有的抱腿，有的拧胳膊，"呼啦"一下子就都上来了！呼延庆一看，实在没有办法了，右脚轻轻往前一踢，左手往后轻轻一扒拉，那帮孩子"噼里啪啦"全都倒下了。有一个摔疼了，就哭了起来。呼延庆连忙上前扶起他，问道："摔哪儿啦？我看看摔坏没有？"

那孩子爬起来也不答话，边哭边说："去你的！黑小子，你个带犊子！"

小孩子怎么知道这事儿呢？这都是听爹妈私下说的，爹妈还告诉他不许说出去，今天这孩子摔疼了，就把他爹妈嘱咐的那个茬儿给忘了，信口就说出来了。

呼延庆听完这话可受不了啦！他跑回家扑到王金莲怀里就哭起来了。王金莲问他是怎么回事，呼延庆就把刚才的事情一五一十说了一遍，又问："姐姐，他为啥骂我是带犊子呢？"

王金莲闻听，好不伤心！尽力忍着心中的痛苦，安慰呼延庆："打仗没好手，骂人没好口。好弟弟，别听他们瞎说，你别往心里去，往后你再别和他们一起玩啦！"

她说着就把呼延庆搂在怀里，抚摸着呼延庆的头。常言说得好：母子连心。王金莲心里装着一肚子苦水，憋得慌呀！真想叫声"儿"，把身世告诉他。可是怕他年岁小、火气旺，凭一身好武艺，出去惹祸，一旦有个三长两短，怎能对得起背井离乡的丈夫呢？怎能对得起冤死在九泉之下的呼家满门呢？这事若是不说呢，孩子看人家的白眼，听人家的辱骂，让他多受委屈呀！这苦命的孩子，从生下来到长这么大，没见过自己的爹爹，不知道爹爹是谁，这样隐姓埋名，到什么时候为止呢？她想着想着，眼泪就簌簌地流了下来。

那呼延庆聪明过人，一见姐姐哭了，便知其中必有缘故，他心中暗想：既有缘故，我定要追问到底，不弄个水落石出，决不罢休！便说："姐姐，你要是告诉我真情实话，无话可说，你若是不告诉我真情实话，我就不活在人世上啦！"

王金莲听了这番话，心如刀绞，擦了擦眼泪，忙说："弟弟呀，你别胡思乱想，净说混话！"

呼延庆从王金莲怀里挣脱出来，说道："姐姐呀！咱姐弟二人，情义至深，连你都不向我说实话，我还活着干啥！"

说完，他撒腿往外就跑，王金莲随后就追，她哪里追得上呼延庆啊！追着追着，就听"扑通"一声，一看前边是一口井，啊！这孩子跳井啦！真犹如万丈高楼失脚、扬子江心翻船、万把钢刀刺进肺腑，她栽了几栽，晃了几晃，跌跌撞撞地跑到井边，趴在井台上往下一看，井水的水纹还在向四下扩散呢！她立时觉得天旋地转，眼前一片昏黑，"哇"的一声，大哭起来。

有人问了：她怎么不赶快叫人来搭救呢？常言道："人慌失智。"她心慌意乱，只顾哭儿子，别的全都抛在了九霄云外！

王金莲一见孩儿投井中，
只觉得天旋地转耳直鸣。
好似晴天响霹雳，
乌云四起遮长空！
忽悠悠，好像真魂离了体，
悲切切，又捶井台又捶胸。
泪纷纷，痛不欲生肝胆裂，
痴呆呆，仰望苍天喊一声，
"苍天哪——
为什么寒霜单打独根草？
为什么破船偏遇顶头风？
你、你，你真是不睁眼，
你、你，你真是不公平！
呼家就这一个独生子，
你为何要他命丧生?!
孩儿呀——
你的魂灵等一等，
娘把事情对你说分明。
你的家本住东京汴梁地，
扶保宋朝立大功。
你爷爷名叫呼延丕显，
双王千岁本是御口亲封，
只因庞文老贼设毒计，
害你呼家满门庭。
多亏征南王爷名高锦，
救出你父二弟兄。
你父逃难到此地，
贼庞文随后发追兵。
你父跳进花园内，
庞文搜府气势凶。
正巧来了青天大人名包拯，
搭救你父脱险情。
包大人做媒我与你父成婚配，

他在此住了仨月还有零。
你父为了寻弟共同把仇报，
无奈离家又登程。
分别之时曾相嘱，
呼延庆是你爹爹给起的名。
为娘怀儿十个月，
你出世倒叫为娘心不宁。
为保你这呼门后，
为了不致招灾星，
给你起名王三汉，
和你舅舅论弟兄，
称你老爷把父叫，
咱母子才以姐弟来相称。
虽然你有名又有姓，
可隐姓埋名十二冬，
我本是你的生身母，
呼延守用本是你父的名！
为了你——
为娘受了多少苦？
为了你——
为娘担了多少惊？
你学文——
为娘教你在书房内，
你学武——
为娘陪你到演武厅。
你若是习文练武到天亮，
为娘伴你到五更。
一年三百六十日，
日日盼子早成龙。
日日月月年年盼了十二载，
只盼你有朝一日报仇情！
为娘万万没想到，你心胸狭窄投井中。
你这一死不要紧，
呼家冤仇岂不化清风？
你真要了娘的命，

为娘白白操劳十二冬!
我向你父怎交代?
怎能对得起呼家屈死的众魂灵?
母子连心难割舍,
倒不如为娘随儿一路行!”

王金莲哭得死去活来,真是肝胆欲裂,痛不欲生。她仰天一声呼唤:“儿呀,你慢点儿走,为娘随你一路同行!”

欲知后事如何,且听下回分解。

第四回 进京城怒打庞贵 祭祖坟智斩刁奇

话说王金莲哭得死去活来,把罗裙往面上一蒙就要投井。正在这时,只见从树后“噌!”蹿出一个人来。那人一伸手抓住王金莲,“噗通”一声跪倒在地,喊道:“娘,您可不能自寻短见哪!这都是孩儿的不是,才惹得娘亲这样伤心!”

此人不是别人,正是呼延庆。原来,呼延庆见母亲不肯吐露真情,便想吓唬吓唬母亲,于是跑出房来,搬起一块石头投到井里,然后躲在井旁的大树后边。他听到母亲的哭诉,才得知真情,不由泪流满面,看见母亲要跳井自尽,便急忙蹿了过去,一把拽住母亲。

王金莲不知这是怎么回事,忽然之间看见自己的儿子跪在身前,便一把就搂在怀里了,哭道:“娘那苦命的儿呀!你还活着,为娘不是做梦吧!”

王金莲脸上热泪流,
抚摸着孩儿问情由:
“难道咱娘俩见面是真事儿?
莫不是相逢在梦里头?
为娘知道你跳了井,
是不是阎王不把你收留?
他觉着呼家冤屈大,
才让你回来报冤仇?”
呼延庆说:“娘啊,孩儿没跳井,

这是孩儿用的一个计谋。
只因为您不言讲真情事,
孩儿才假装投井扔石头。
您果真中了孩儿的计,
才道出真情诉原由。
我知道了自己的真名姓,
我知道庞文是咱死对头,
我知道父亲、叔父无音信,
我知道母亲为我忍辱羞!
娘啊娘,孩儿今日立壮志,
不拿老贼庞文誓不休!
单凭我名师严教艺在手,
一定要为民除害报冤仇!
抓住庞文千刀剐,
抽筋扒皮剔骨头!"
呼延庆越说火越大,
二眉倒立瞪双眸。
他问道:"娘啊,庞文如今在何处?
孩儿我去找他要人头!"
王金莲闻听吓了一身汗,
双手抱住儿的头:
"如今你才十二岁,
光有勇来没有谋。
等你长大成人后,
定有机会报冤仇。
孩儿你若不听娘的话,
为娘这就往井里投!"

呼延庆要去找庞文报仇,一听母亲说若是不听她话,她就寻死,只好压住胸中火气,说道:"娘啊,您就放心吧,孩儿我听话也就是了。"

王金莲说:"儿啊,你父临行之时,给你起名叫呼延庆,这些年来,为保住呼门之后,才叫你王三汉。如今,你已知道这些,但有一件,当着外人可不许说出真名实姓,免得惹是生非。"

呼延庆说:"娘亲嘱咐的话,孩儿记住了。"

说罢,母子二人回到房中。

自从呼延庆认母以后,心事重重,寡言少语,一闭上眼睛,就想到爷爷呼延丕显在疆场上跃马征战，想到呼家满门老小绑在法场上被庞文挥刀斩杀，想到庞文带兵追拿父亲呼延守用，想到父亲孤独一人慌忙奔逃……这些事总在脑里转，怎么也赶不走，除不掉！他暗暗叫道：呼延庆啊呼延庆，你是呼门之后，可是你家三百多口被庞文杀死，打入肉丘坟，这些年来，坟前冷冷清清，连个烧纸上坟的人都没有，祖先在九泉之下能不伤心吗？若是说你年纪小，如今还不能报仇，这倒有情可原，可你到坟前添添土，烧烧纸还不行吗？难道让庞文吓怕了不成？你还算什么将门之后？呼延庆翻来覆去一想：哎！有了。我何不背着母亲攒些银两，到京城汴梁去一趟，买上香纸上坟祭祖？一是让屈死的爷爷、奶奶知道他们这个孙子不是狗熊；二是让世人知道呼门有后；三是让庞文老贼知道我呼家是斩不尽杀不绝的！呼延庆拿定主意，就私下里开始攒钱。过了几个月，银钱攒得差不多了，也快到清明节了。呼延庆说："娘，孩儿在家待得太闷得慌，小鸟也不能总关在笼子里呀，何况我一个大活人呢！如今春光大好，万物发青，孩儿想出外玩耍玩耍，不知娘亲意下如何？"

王金莲一听，觉得孩儿说得有理：这么多年也没出过大王庄，把孩子都关傻了，是该让他出去散散心呀！说道："孩儿，散心可是散心，千万别往远处去，就在跟前转悠转悠，快去快回，免得为娘挂念。"

呼延庆说："孩儿从命。"

呼延庆满心高兴，回到房中收拾了一番：他头戴六棱英雄壮帽，茨菰叶压顶有半拃多高，贴耳腮边一朵黑绒球，小英雄不动它不动，小英雄一动它是突突直颤，上身穿青缎紧袖夹袄，四襟儿大绒包边，九股丝绦在胸前打蝴蝶袢儿、得胜扣儿，腰扎一巴掌宽的丝鸾大带，下身穿兜裆滚裤，外罩一件青缎开氅大衫，足登一双薄底快靴，浑身上下带着威严，透着英俊，真是英姿飒飒，威风凛凛！呼延庆带上自己准备好的银两，乘上浑红马，出了大王庄。

浑红马出庄撒了欢，
呼延庆马上紧加鞭。
时逢三月春景美，
春风阵阵春鸟喧。
春晖春云春山秀，
春江春河春水蓝。
春花春草春光艳，
春麦春菜春苗鲜。
春树春枝春意闹，
春蜂春蝶春燕旋。
呼延庆无心观春景，
胸中好似浪涛翻：
想到呼家满门死得惨，

情不自禁泪涟涟。
想到老贼庞文狗奸佞，
不由“咯咯”咬牙关。
恨不得飞马进城去，
祖坟之上烧纸钱。
恨不得立时把庞文抓到手，
剖腹开膛摘心肝。

呼延庆想起往事，好不心酸！急如星火要上坟祭祖，要除掉奸贼庞文。他一个劲儿地催马加鞭，那匹马翻蹄亮掌，一阵风似的往前飞跑。

呼延庆催马往前行，
眼前闪出汴梁城：
远望城门三滴水，
近看垛口数不清。
一个垛口一门炮，
一杆大旗十个兵。
城门好似仙人洞，
来来往往乱哄哄。
也有男来也有女，
也有老汉领顽童。
有的骑马有的坐轿，
有的推车赶路程。
车走吊桥如擂鼓，
马踏沙尘灰蒙蒙。
呼延庆看罢勒住马，
翻身下马拉缰绳。

呼延庆一看城门外人来人往、车来马去，行进困难，只得下马而行。这时，天已过午，呼延庆腹中饥饿，便在城外找了一个小酒店，先进去吃饱喝足。他嫌进城骑马不方便，又找了个大车店，把马放在那儿，便迈开大步，进了东京汴梁城。

呼延庆没进城想进城，进了城又为难啦！头一次来，人生地不熟，肉丘坟在哪儿？怎么走？他全不知道。想找个人问问，又怕遇上坏人报告庞文！嘿，干脆自己找吧！于是，他就走街串巷，四下寻找。

行走之间，忽然看见前边围着一群人，呼延庆分开人群，挤进去一看，原来是一个老头儿领着一个十来岁的小姑娘在卖唱。小姑娘衣裳褴褛，泪流满面，她唱完就给大家伙跪下了。老头说：“众位父老兄弟，这孩子从小死了爹，如今娘又病故，她孤苦伶仃，无依无靠，大伙儿给凑俩钱儿把她娘埋了，我再把她送到她姑姑那儿去，也就算尽到邻居的心啦！众位行行好吧！”

老头儿说完就手捧着一顶破帽子敛钱。

呼延庆见此光景，一阵心酸，忙掏出两把银子塞给老头儿。老头儿一见给这么多银子，不由一怔，上下直打量呼延庆。呼延庆说：“老爷爷，您收下吧，您受累了，帮着把这位小姑娘的娘亲埋了，剩下的银两给她买套衣裳，做盘川吧！”

老头儿一听这话，眼泪就下来了，忙说：“谢谢小官人！”又对小姑娘说：“小妞，快给这位官人叩头。”

小姑娘趴在地上“咚咚”地叩起头来，呼延庆急忙上前扶起小姑娘。这时，大伙儿也纷纷地给起钱来。正在这工夫，忽听一声喊喝：“闪开闪开，干什么的？”

大伙儿扭头一瞧，都急忙闪开了。只见走过五个人来，为首之人：中等个头刀条脸儿，斗鸡眉毛母狗眼儿，扇风耳朵鼻子不大点儿，骨瘦如柴就像搓衣板儿。此人不是别人，正是庞贵。这小子自从认庞文做干爹之后，更是不可一世！他欺男霸女，敲诈勒索，胡作非为，无恶不作。他在东京汴梁都出了名啦，老百姓都管他叫“庞鬼”。今天，庞贵带着几个恶奴到醉仙楼吃完酒，一抹嘴，抬腿就走，谁敢向他要钱？这小子吃饭、买东西从来没花过钱。开酒馆儿的，做买卖的都敢怒不敢言。他吃完酒要回府，路过这儿看见围着一群人，他吵吵巴火儿地就过来了。大伙一看庞贵来了，紧忙闪开，都替这一老一小担心。老头儿一见这小子就知道事不好，连忙点头施礼说好话，把事情一五一十讲了出来。庞贵听完一阵冷笑，眼珠子一瞪，说道：“闲话少说，你们是认打，还是认罚吧？”

老头儿说：“认打怎讲，认罚怎言？”

庞贵说：“认打，把你们拉到府里各打一百二十大板，打死勿论，认罚，你把这些银子和小姑娘交给我，放你逃生！”

这时，就听那个小姑娘说话了：“老爷，我们一不偷，二不摸，三不抢，四不劫，也没犯法呀！”

庞贵一抖手中的鞭子，说道：“我站在汴梁大街，一跺脚四门乱颤，你个黄毛丫头还敢犟嘴？”

老头儿一见不好，忙上前挡住小姑娘，赔笑说：“老爷，您别生气，您就行行好，放我们走吧！”

庞贵闻听此言，二话没说，“叭！”对着老头儿就是一鞭子。呼延庆见此情景，火撞顶梁，啥也不顾了，大吼一声：

“休得无礼！”

庞贵扭头一瞧，是个黑脸少年，冷笑几声，问道：“你是何人？”

“过路行人。”

“此事与你何干？”

“我看你欺人太甚！”

“你想干什么？”

“我要抱打不平！”

“好，我让你抱打不平！”庞贵说着，抡起鞭子朝呼延庆就抽了过来，呼延庆一哈腰，庞贵的鞭子没抽着呼延庆，正抽在一个恶奴的脸上，那小子“嗷”的一声，疼得跳了起来。呼延庆往前一纵身形，一把夺过庞贵手中的鞭子，飞起一脚，把庞贵就踹趴下了。庞贵大喊：“给我上！”

四个恶奴闻听不敢怠慢，一拥而上。呼延庆并不慌张，“嗖！”使了一个扫蹚腿，“咚、咚、咚、咚！”四个小子全摔倒了。呼延庆挥起手中的鞭子，朝着庞贵和四个恶奴就抽了起来。

庞贵和四个恶奴过去净打别人了，哪儿挨过别人的打呀！如今被抽得在地上乱滚，呼爹喊娘，“吱哇”乱叫，都忘了跑啦，全被打蒙啦！被打了半天，一个恶奴才醒过来，喊道：“快跑吧！”

这样，庞贵和那四个小子才爬起来抱头鼠窜。这回老百姓可解恨了，无不称快。可又替呼延庆担心，人们七嘴八舌告诉他，刚才打的是庞文的干儿子庞贵，让呼延庆赶快逃跑。呼延庆心中暗想：咳，你们怎么不早说呀？我若知道他是庞文的干儿子，我就把他收拾掉啦！这时，老头儿和小姑娘上前拜谢呼延庆，感激救命之恩，问他贵姓高名。呼延庆怕人多口杂给传扬出去，就说：“不必多问！快走吧！”

老头儿说：“小官人，你也快跑吧！”

呼延庆把鞭子往腰里一缠，跟着老头儿、小姑娘大步流星匆匆走去。走过几条街巷之后，老头儿问呼延庆：“小官人你要上哪儿去呀？”

呼延庆说：“我要到呼家的肉丘坟去看看！”

老头儿听了又惊又喜，忙说：“莫非你是呼门之后？”

呼延庆说：“不，不是，我叫王三汉。初次进京，久闻呼家英名，想看看呼家的坟地，表表对忠良的一点儿心意。”

老头儿闻听此言，颇有感慨：这孩子还不是呼门之后，初次进京也要看看呼家的肉丘坟，真是英雄爱忠良呀！老头儿想到这儿，自告奋勇地说：“待我领你去。”

呼延庆连忙道谢，三个人又走了几条街巷，眼前出现一座府第，呼延庆问道：“老爷爷，这是什么所在？”

老头儿说：“这是世袭征南王、加封镇国公高锦高王爷府。”

呼延庆仔细看了看，暗暗记在心头。又走不多远，老头儿指着一片荒地说：“那里就是呼家的肉丘坟！”

原来，呼家被抄斩之后，庞文动本把王府扒了，就地造了一座肉丘坟。从此，这里便成为一片荒地。呼延庆一见地上、坟上杂草丛生，心中好不难过！他要闯过去看看，老头儿一见，急忙拉住呼延庆，说道：“小官人，此时万万去不得！你看那边有排房屋，里头住着官兵，专门看守肉丘坟。你若进去，被官兵看见将你抓去，就犯死罪呀！”

呼延庆暗自想道：老爷爷说得有理，此时不能进，我记住这个地方，晚上再来吧！

老头儿见呼延庆站在那儿不动，就拽了拽说："这是是非之地，快走吧！"

于是，呼延庆跟着老头儿和小姑娘便离开这里。走出不远，呼延庆说还有事要办，就与老头儿和小姑娘分手了。呼延庆要买香、纸，打听了一阵儿，来到一家纸铺。

这家铺子的掌柜的姓刘名彦章，排行老四，人们都叫他刘四。刘四欠了一屁股债，明个儿若还不上，就得关板儿。今儿个一天没开张，天都擦黑儿了，门前依旧是冷落无人，他愁得耷拉着脑袋正不住地唉声叹气呢。这工夫，呼延庆来了："掌柜的，买烧纸！"

刘四听有人吵吵要买烧纸，抬头一看，是个小孩儿，心想：小孩能买多少？再说就是把我这铺子里的纸都买了去，我也还不清债呀！不过，既然做买卖，来了买主就得答对。刘四有气无力地说道："买多少？"

呼延庆一看掌柜的愁眉苦脸，就问："掌柜的，你病了吗？"

"没有。"

"没病怎么打不起精神呀？"

刘四叹了口气说："咳，别提啦！"

"掌柜的，怎么回事呀？我能不能帮你点儿忙！"

刘四心想：小孩子能帮我什么忙？可是人家心肠好，能不能帮忙是另外一回事，人家既然好心打听，我就告诉告诉他吧！想到这儿，刘四就把欠债的事都说了。呼延庆问："你一共欠人家多少银两？"

"二十五两。现在，把我这铺子里的东西划拉划拉都卖了，也不够还债呀！"

"掌柜的，你不用愁，这些银子都给你！"呼延庆说着，把身上带的整银子都摊在柜台上了。刘四一看，这些白花花的银子差不多能有四十两，心想：没想到今天遇到财神爷啦！说道："公子，您把我这铺子里的纸、香都买去，也用不了这么多银子呀！"

呼延庆笑了笑说："你铺子里的纸、香我包啦！剩下的银子是我送给你的，你还了债，还得做买卖啊！等日后我还到你这儿来买纸！"

刘四顿时来了精神，连声道谢之后，就忙三火四地捆起纸、香来了。他把所有的纸、香连同鞭炮都打成包，整整捆了两大捆，又找了条扁担，收拾好后，又问："公子，还需要什么？"

呼延庆一琢磨，上坟得添土啊！就说："有锹没有？"

"有！"刘四把锹也拿来了，"您还需要什么？"

"不用别的啦！"

"哎，给您火儿。"

呼延庆离家的时候，走得匆忙，还真忘了带火儿啦！他接过火儿，挑起扁担，拿着锹，出了烧纸铺。刘四连连道谢，送出老远才回去。

呼延庆挑着纸，找了一个小酒店，进去吃喝一顿，把剩下的那点儿零碎银子也都花了。他看天色已黑，才走出小酒店，奔向肉丘坟。

呼延庆到了那儿，四下一瞧没有人，便悄悄走进坟地，借着微弱的星光，看见坟堆上长满杂草，四周一片荒凉，不由一阵心酸，流下了泪水。他放下扁担，拿起锹就开始挖土。

简短截说。呼延庆添完土，把坟茔四周收拾干净之后，跪倒在地，叩了三个头，“哇”的一声就哭了起来！

呼延庆跪倒坟前泪滔滔，
夜深人静哭声高：
“爷爷含冤被害十三载，
坟上杂草没人薅。
没人到坟前来祭扫，
好像是呼门断后无根苗！”
哭到此连忙打着火，
接着坟前把纸烧：
“爷爷、奶奶啊，孙儿来到了，
九泉的先人都听着！
孩儿名叫呼延庆，
血海深仇记得牢。
先人只管把心放，
孩儿定要抓住庞文老杂毛。
让他家给咱呼家来偿命，
奸贼恶霸一个也不饶！
孩儿早已立壮志，
誓要为民除害逞英豪！”
呼延庆边哭边烧香和纸，
哭着哭着睡着了。

呼延庆又累又乏，哭着哭着，昏昏沉沉就睡着了。片刻，忽然传来了马的嘶鸣声，呼延庆立时被惊醒。他四下一看没人，再一瞅，一捆纸烧完了，火也灭了，忙又打开另一捆，又打着火烧了起来。这时，又传来一阵马蹄声响。呼延庆心想：八成是官兵来啦！咳，干脆把这些纸一块儿烧了吧！他想到这儿，把那捆纸往火堆上一推。嗬，这下可热闹啦！怎么地呢？这捆纸里有鞭炮啊！就听“噼里啪啦咚！”“噼里啪啦咚！”响成了一片。紧接着，就听有人喊喝：“小娃娃，我看你往哪里逃！”

话音刚落，跑来一匹战马，马上端坐一人：看身材足有九尺开外，面色铁青，一脸横肉，扫帚眉，蛤蟆眼，秤砣鼻子，扇风耳朵，大下巴，小嘴儿，细腰奓膀，双肩抱拢，头戴紫金盔，身罩紫金甲，内衬一件皂罗袍，手端一口青龙刀。来者不是别人，正是看守肉丘坟的将官刁奇。刁奇怎么一个人来了呢？

原来，看守肉丘坟的将官有两名，一个是刁奇，还有一个叫丁霸。这两个小子都是庞文的远房外甥，也是庞文的心腹。若不，庞文也不能往这儿派。因为看坟的目的不是怕人盗墓，而是看谁来上坟祭扫。凡是来上坟的人都要抓起来审问，不管是谁，定斩不饶！这是其一，其二，就是想抓呼延守用和呼延守信。盼着他们哥儿俩来上坟祭祖，抓住好斩草除根！可是，刁奇、丁霸在这儿看守了一十三年，也没见有人来。头两年看得还挺紧，天长日久，刁奇、丁霸也就不放在心上了，天天在这儿饮酒作乐。今儿晚上，又喝上了。碰巧，一个官兵出来出恭，一眼看见肉丘坟处有火光，进屋就报告给刁奇。刁奇一面派人给庞文送信儿，一面派人偷偷地去看看上坟的来了多少人；一面派人去抬刀备马，一面叫人帮他顶盔挂甲。这小子收拾停当了，去探明情况的官兵也回来了，说上坟的就一个人，还是个小孩儿。这小子一听可乐坏了：真是升官发财的时运来啦！他怕这个功两人分，就让丁霸留下截人，他自己抢着捉拿上坟之人。所以，单刀匹马地来了。

刁奇来到近前一看，果然是个小孩。他寻思一吓唬就能把小孩抓住，可是，呼延庆没听他那套，一下子把锹操起来，喝道："你是何人？"

刁奇大笑一声："我乃是庞太师手下的大将刁奇，奉命在此看守肉丘坟。你是何人？"

"你管我是什么人！你想干什么吧？"

"干什么？抓你！实话告诉你，你若伏绑，还则罢了，如若不然，我叫你死于我的刀下！"

"哎呀，我看你是带着喇叭榜地——榜得不咋地，吹得挺凶！"

刁奇本想把呼延庆吓唬住抓起来，没想到呼延庆比他还硬气，说出话来还带刺儿！刁奇心想：这小子不报名姓，也许是呼门之后，也许不是，不如我一刀宰了他，就说他是呼门之后，别人也不知道真假，我就可以立一大功！他想到这儿，大叫一声："看刀！"挥刀就奔呼延庆劈来。

呼延庆闪身躲开，抡起锹就砍了过去。刁奇急忙抽刀往外一磕，只听"喀嚓"一声，把锹把儿给砍断了。呼延庆手里只剩下半截儿锹把儿，也没用了，"嗖！"他抬手一扔，朝刁奇打去。刁奇一低头，锹把儿打空，掉在地上。

这工夫，刁奇看见呼延庆赤手空拳，放声大笑："哈哈哈哈，黑小子，这回我看你还怎么办？"说着挥刀砍去，一连砍了三刀。

呼延庆左闪、右躲、后跳，这三刀一刀也没砍着。刁奇气得"哇呀呀"直叫。呼延庆心里暗自琢磨：我这么跟他斗不是干吃亏吗？我赤手空拳也伤不着他，他总砍我，哪一下若闪躲不及，轻者带伤，重者丧命呀！再说，时间一长，官兵再一来，我不就完了吗？现在我若跑吧，他骑着马，我这两条腿也跑不过他那四条腿呀！嗯，我不如先逗他一逗，他上钩更好，不上钩再想别的招！呼延庆想到此，大喝一声："喂！刁奇，我看你这两下子啊,不在二五眼之下,也不在二五眼之上,是正在二五眼里!你连砍三刀,连我一根毫毛都没碰着,我也不是小瞧你,这回我就站在这儿让你砍,你若能砍着我个衣裳角儿,就算你刁奇有能耐!来,你就砍吧!"

刁奇听了这话,气得青筋暴跳,再一看呼延庆站在对面俩手掐腰,摆出一副盛气凌人的架势,火更大了,叫道:"你欺人太甚。看刀!"说着,挥起大刀,劈头盖脑剁了下来。

呼延庆哪能站在那儿不动让他砍呢!他见刀来了,急忙一闪身形,刀一下子砍在地上了,呼延庆一个"乌龙探爪",伸出右手就势按住刀杆,一把抓在手里,紧接着左手上前一抓,两手攥住刀杆,往后用力一拽,说道:"给我刀吧!"

刁奇不由自主地身子往前一栽,差点儿掉下马来,可这小子没撒手,死死抓着不放。呼延庆一下子没夺过来,刁奇又往后一拽,两个人拽着这把刀,可都用上劲儿啦!若论力量,呼延庆还真不行,虽然说他比同岁的孩子长得高,长得壮,力气也大,可毕竟是个十二岁的孩子,还没长成呢!但是,刁奇在马上,不得劲儿,所以想把刀夺回来也不那么容易。两个人死攥住刀杆来回拽,都想夺过刀来。

这工夫,再瞧这两人可热闹啦!呼延庆猛地用力一拽,接着刁奇又猛地用力一拽,两人一来一去,像拉大锯似的。猛然间,呼延庆急中生智,用力一拽之后,又趁着刁奇往回拽的时候,使了个"顺水推舟",猛地往前一推。这下子刁奇可上当了,身子突然往后一仰,心里"忽悠"一下子,慌神了!失声叫道:"不好!"

俗话说:"人慌失智。"这小子一慌就把手撒开了,"噗通"一声,从马上栽到了地下。别看呼延庆刚才用力推,可是手攥着刀杆没撒开。此时,他手疾眼快,一下子把刀头就掉过来了,就在刁奇从地上刚要爬起来还没爬起来的这个节骨眼儿上,挥起大刀,"噗!"一下子就把刁奇的脑袋削下来了。呼延庆拉过刁奇的马,纫镫扳鞍,上马提刀,就往外跑。

呼延庆没跑多远,就听对面有人大声叫喊:"呔,我看你往哪里跑!"

呼延庆勒马一看,迎面有人拦住了去路。仔细一打量:只见对面这员战将,身高能有九尺,膀阔三停,虎背熊腰,铜盔铜甲,内衬一件蓝战袍,面似瓦灰,肿眼泡子小眼睛,蒜头鼻子大嘴叉儿,胯下一匹青鬃马,手中一条丈八蛇矛枪。这人是谁呀?丁霸。论武艺,丁霸可比刁奇强多了。虽然说他和刁奇都与庞文挂点儿亲戚,可在庞文眼里他没有刁奇吃香。因此,才捞了个副职。平时他就看不上刁奇,刚才刁奇派他在这儿截人,他满肚子不高兴,怨恨刁奇抢功,可是没办法,只好憋着气、窝着火在这儿等着。等了一会儿,听到马蹄声,还以为刁奇回来了呢!细一观瞧,马是刁奇的马,骑马的是个小孩儿,这才横枪拦住,大声问道:"小娃娃,刁奇哪里去了?"

呼延庆说道:"刁奇走了。"

"往何处去了?"

"到阎王爷那儿报号去啦!"

丁霸一听,心中暗自高兴:刁奇啊刁奇,就你那两下子还想抢功!功没抢着,小命儿搭上了,活该!这回该我丁霸立功啦!他心里美滋滋的,脸上可是怒气冲冲的,问道:“你是何人?”

“我是二阎王!你快快闪开,还则罢了,如若不然,我也叫你跟刁奇一块去!”

“你小小的孩童,也不怕风大闪了舌头!有丁霸在此,你休想逃走。看枪!”

丁霸这小子目空一切,根本没把呼延庆放在眼里,他催马上前,抖枪便刺。呼延庆挥刀拨开,二人杀在一处。只见丁霸这条枪——

一扎眉毛二扎口,
三扎胸窝四扎肘。
五扎穿裆怪蟒走,
六扎金鸡乱点头。
七扎乌龙三摆尾,
八扎哪吒一抖手。
下有三枪枯树盘根,
上有三枪插花盖头。
左有三枪鹰探爪,
后有三枪凤翎抖!
再看呼延庆那口刀——
上劈脑袋下劈腿,
左砍右剁龙戏水。
上下左右似闪电,
风声呼呼紧相随。
一路大刀分三路,
横贯东西扫南北。
三路大刀更九路,
刀刀都是要命鬼。
泰山压顶来势猛,
怪蟒翻身抖神威!

二人战罢多时,难分胜负,呼延庆暗自盘算:不能在此久战!便乘二马错镫之机,伸手从腰中取出那条鞭子。两个人圈马又一照面,呼延庆将鞭子往丁霸头上扔去,喊道:“着法宝!”

丁霸看见飞来一物,像条蛇似的,直奔自己头顶而来,便连忙用枪往外拨。呼延庆趁机挥刀拦腰砍去,丁霸挥枪将鞭子拨开,再想拨刀可就来不及了,只听“喀嚓”一声,只见丁霸尸分两段,跌于马下。官兵一看主将死了,慌忙逃跑。呼延庆催马就跑,跑到大街之上,心想:如今深更半夜,城门已关,往哪儿去呢?哎!到高王府找高伯父去吧!于是,催马奔高王府去了。

呼延庆快到高王府的时候，突然，对面涌来一队人马。呼延庆勒马一看，那队兵马像潮水似的涌来，有一人跑在最前头，那副打扮可真够十五个人看半个月的啦！只见他——

头上戴全家该斩的盔一顶，
插两根祸灭九族的草鸡毛。
瞒心昧己的连环甲，
五花大绑的袢甲绦。
没有良心的护心镜，
缠尸裹骨的大红袍。
掌中端哭丧棒的枪一杆，
肋下宝剑好像切菜刀。
骑一匹净打败仗不打胜仗的老骡马，
得胜钩上挂一缕捆死孩子的乱毡条！
这小子看见呼延庆就往后“稍”，
大嘴一咧喊声高：
“你们快点往前上，
千万不能让他逃！”

这小子是谁呢？不是别人，正是庞贵。庞贵白天让呼延庆给抽了一顿，跑回去之后，没敢吱声，怕庞文骂他废物。他想着日后寻找机会再报仇也不晚。刚才听官兵来报，说肉丘坟上有人烧纸，庞文点兵派将，这小子也装模作样，顶盔挂甲，吵吵要捉拿呼门之后，想以此来讨庞文的欢心。这小子在没动手的时候，他猛劲儿地往前跑，若是要动手了，他猛劲儿地往后退。他一见着呼延庆挺黑、挺壮，好像是白天打自己的那个小孩，更害怕了。他勒马停住往后闪，吵吵着让别人往前上。

呼延庆一见对面这么多人马，心想：我可不能跟他们硬拼。他们若是把我围上，我就插翅难逃啦！于是，他掉转马头就往回跑。刚跑不远，对面又出现一队人马。呼延庆急中生智，一看旁边有条胡同，催马就进去了。

这条胡同挺长，还挺窄，等他进了胡同，后边的官兵也追上来了。胡同窄，官兵都不敢往里进，怕进去送死，就在胡同口喊：“他进胡同啦！”

这边一喊，正赶上那条街也有官兵，听到喊声，就把那边胡同堵上了。就在这时，只听有人大喊：“抓呀，他跑不了啦！”

呼延庆一看，前边后边都是火把通明，知道坏了，往哪跑呀？他勒马正往两边看，琢磨怎么能逃跑呢，又听有人大喊：“弓箭手，用箭射！”

呼延庆一听，糟啦！这么窄个胡同，又是直筒子，没地方躲呀！若一射箭，射不死也得带重伤，非让庞文给抓住不可！呼延庆正在着急，扭头看见旁边是一堵院墙，眼睛一亮，心想：我先跳墙吧！于是，把刀一扔，踩着马鞍子，俩手一扒墙头，

“噌”一下就上去了,“咚!”纵身跳到院里。他蹲在墙跟底下,瞪眼往四下一看:这院子可够大的了,有楼阁,有花园,有亭子。他轻手轻脚地往前摸着走,一边走,一边探头四下瞅。他刚绕过花亭,猛听有人大喝一声:“胆大的歹徒,你往哪里逃!”

话音刚落,只见蹿上三个人来,手持兵刃,将呼延庆围住!

欲知后事如何,且听下回分解。

第五回 高王戏耍王骄虎 小将结拜二虎庄

呼延庆跳进院里,正往前行走之际,被一伙人围住了。为首的三个人手持兵刃,他们岁数都不大,一个十八九岁,一个十六七岁,还有一个十四五岁。最小的这位黑脸膛,大眼睛,穿戴和个头,与呼延庆差不多,别看三个人中数他年岁小,还就是他爱管事儿,他大喝一声:“给我绑!”

几个家人拿着绑绳就上来了。呼延庆赤手空拳,手无寸铁,一见周围都是明晃晃的兵刃,知道动手也不顶事儿,可束手被绑又不甘心,便说:“慢着,我并非歹徒!”

那黑小子说道:“你不是歹徒,为何半夜三更跳墙而入?”

这句话把呼延庆给问住了,怎么回答呀?若是实打实招,说“上肉丘坟斩刁奇、杀丁霸,被庞文追得无路可走,才跳入墙内”,他们若是庞文一伙儿的,这不等于自投罗网吗?若是不说实话,呼延庆又觉得自己编不出什么词儿来,能说清半夜三更为什么跳墙。所以他没有回答,反问了一句:“此处是什么所在?”

一个家人说:“这是高王府。”

呼延庆一听是高王府,心里有底了,说话也硬气了:“我要求见高王爷。”

黑小子吩咐家人:“快点儿把他绑上,这小子说不定又要什么花招!”

几个家人上前抹肩头、拢二臂,不大一会,就把呼延庆绑上了。呼延庆心想:到了高王府绑就绑吧,见着高伯父就好办啦!

有人问了:这是高王府吗?是。原来,呼延庆刚一跳进来,就被巡夜的家人看见了。可是家人没吵吵,悄悄地到演武厅报信去了。世袭征南王、加封镇国公高锦的三个儿子正在那儿练武,闻听有人跳墙而入,就带着人来了。这哥仨,大的叫高昆,二的叫高仑,三的叫高山。高山吩咐家人绑上呼延庆之后,就问:“你是什么人?”

“我要见高王爷!”

“你叫什么名字?”

“我要见高王爷!”

“好小子! 你不说,我宰了你!”高山说着,举起刀来就吓唬呼延庆。

呼延庆毫不示弱,说道:“你若宰了我,高王爷知道非把你宰了不可!”

高昆说:“三弟不要吓唬他了,快带他到上房见咱爹爹去!”

到了上房,高锦见呼延庆被五花大绑,问道:“你是何人? 竟敢三更半夜闯入我府!”

呼延庆也不答话,抬头瞅了一眼,问道:“您是高王爷吗?”

“老夫正是高锦。”

呼延庆一听,“噗通”一声跪倒在地,说道:“高伯父在上,受孩儿一拜。”

高锦看见眼前这个孩子虽然被绑,但还要给自己叩头,忙上前扶起,解开绑绳,又问:“你是何人?”

呼延庆二次跪倒叩头,说道:“高伯父,孩儿乃是呼门之后。”

高山一听说是呼门之后,就喊道:“哎呀,真是大水冲了龙王庙,一家人不认识一家人,恕我高山无礼!”

高锦一看三儿子上前认呼门之后,连忙摆手阻止。为什么呢? 高锦怕其中有假,要探探虚实。所以他便对呼延庆说道:“孩儿,你说你是呼门之后,我来问你,你祖上都有什么人? 你呼家因何被害? 你因何至此? 找老夫有何事?”

呼延庆一听,明白是怎么回事儿了:高伯父问得有理呀! 虽然我们呼家和高家交情深厚,当年伯父救了我父亲和叔父,可人家没见过我,不知是真是假呀! 呼延庆眼望高锦,如同见到了亲人一样,不由一阵心酸,虎目之中流下了热泪——

呼延庆未曾说话眼圈红,
不由热泪点点洒前胸。
眼望着高锦开言道:
“高伯父细听孩儿说分明。
我的家原籍山西代州郡,
小利庄上有门庭。
头辈爷爷呼延凤,
大号名叫呼延绍廷。
二辈爷爷呼延赞,
曾单鞭救驾在河东。
三辈爷爷呼延丕显,
十二岁奉旨下边庭。
拿住奸贼潘仁美,

双三本是二帝亲口封。
子不言父，言父有罪，
可孩儿不说您不明。
我的爹爹呼延守用，
与呼延守信是亲弟兄。
想当年呼家遭陷害，
您法场上救他二人出火坑。
我父跑到大王庄以男扮女，
包丞相做媒与我母王氏金莲把婚成。
为寻弟共同把仇报，
我父离家登路程。
孩儿我生下来隐姓瞒名叫王三汉，
呼延庆才是我真姓名。
前些时知道呼家被害这些事，
今天才上坟祭祖进京城。
孩儿我路见不平打了庞贵，
到晚上去到祖坟祭英灵。
贼庞文的兵马追拿我，
孩儿我斩刁奇、杀丁霸，离开了祖茔。
骑马跑到大街上，
不料遇上众官兵。
孩儿无奈进胡同，
被官兵堵在里边难逃生。
万般无奈跳墙而入，
万幸逃到伯父您的家中！”
呼延庆话语说到这儿，
高锦不由叫一声：
“孩儿呀！”
上前抱住呼延庆，
声泪俱下好伤情！

高锦上前抱住呼延庆，声泪俱下：“孩儿，让你受苦啦！”

这时，高昆、高仑、高山连忙上前道歉，高王一一引见，呼延庆又向三位兄长见了礼。

正在这时，家人来报：“庞文的姑爷、镇京元帅王骄虎，带领人马来府，要搜呼门之后。”

呼延庆闻听此言,开口说道:“伯父,待我再从后墙跳出,与他们拼了吧!杀一个够本,杀两个赚一个!我一人做事一人担,免得连累您老人家!”

高锦说:“孩儿莫要性急!常言道:‘好虎架不住一群狼。’你出去岂不是白白送掉性命?你若死了,呼家冤仇,何人去报?这万万使不得!孩儿不必担心,伯父自有安排!”

呼延庆说:“孩儿遵命!”

高锦把三个儿子和几个心腹家人叫到跟前,悄悄嘱咐了一番。说完,高家弟兄和家人带呼延庆离开上房。不多时,家人回禀高王,一切安排妥善,高锦这才迈步出了上房。高锦来到大门前,家人将门打开,高锦上前迈了一步,说道:“哦,原来是王元帅!不知大驾光临,恕我有失远迎!深更半夜,不知元帅有何公干?”

王骄虎心急,恨不得立时进去就搜。可高王并非寻常之辈,这老高家和皇上老赵家也是亲戚啊!想当初,宋太祖赵匡胤把自己的亲妹妹赵美蓉许配给高锦的爷爷高怀德为妻。你说,这高锦好惹吗?王骄虎干着急还不敢往里闯。他强压急火,说道:“今有呼门之后大闹京城,又去上坟祭祖,我带兵正是捉拿他来啦!”

高锦轻声慢语地说:“哦,呼门之后竟敢大闹京城,真是岂有此理。哎!他怎么闹的,我怎么不知道呢?”

“他打了庞贵。”

“那庞贵怎么不抓住他呀?”

“庞贵那时候还不知道他是呼门之后。”

“那以后怎么知道的呢?”

“以后他又上肉丘坟烧纸。”

“哎呀!那怎么不抓住他呀?”

“他斩了刁奇、杀了丁霸之后又跑了。”

“赶快追呀!”

“一直也没停呀!”

“抓着了吧?”

高锦絮絮叨叨问个不休,后边这句话可把王骄虎气坏了,暗道:若是抓住了,我还到你这儿干啥?你不用跟我东拉西扯,呼门之后准是在你府里呢!等我抓住他,饶不了你!想到这儿,对高锦忙说道:“高王,那呼门之后跑进你府啦!”

高锦笑呵呵地说道:“王元帅,此言差矣!且不说呼家犯的是抄家灭门之罪,单说那呼门之后,白天大闹京城打庞贵,晚上上坟祭祖斩刁奇、杀丁霸,这祸惹得可不小啊!你说说,我府从刚一黑天到你来之前,府门一直关着,他怎么能跑进来呢?王元帅,你若是抓呼门之后人不够,让我出兵,我出兵,让我出将,我出将。只要吩咐一声就行,但你可别开这个玩笑!”

王骄虎听了这话,气得小脸煞白,说道:“他不是从门进去的,是跳墙而入!”

"王元帅,不能、不能,我这儿打更的、护院的家人不少,若是跳进个大活人来,能不禀报给我吗?你可别胡思乱想了,你快到别处去抓吧,千万别让他跑了哇!"

王骄虎越听越生气,心想:你说得好听!想当年,抄斩呼家之时,到法场就是你去的,呼延守用和呼延守信十有八九就是你给放跑的!只是没有真赃实证,不便治你罪,算便宜了你!现在,呼门之后十有八九也让你给藏起来啦!想当年你糊弄了我老丈人,今天又想糊弄我?没门儿!想到这儿,说:"高王,有人亲眼看见,他跳进了你府院内!"

高锦故作吃惊地说:"是吗?"

"正是。"

"哎呀!王元帅,这就是你的不是啦!你怎么不早点儿说这话呢?"

王骄虎心想:闹了半天你倒有理啦!这小子气得嘴唇直哆嗦。高锦知道王骄虎非搜府不可,只是想气气他,引他上当。如今一看到时候了,便装模作样地开口喊了起来。

高锦挥手把口开:
"叫声家人听明白!
元帅要搜咱们府,
快把咱家之人叫起来。
打开左右前后院,
敞开东西两楼台。
凡能藏人之处都开锁,
免得让人犯疑猜!
不论是家人、院公、太太和小姐,
不论是大人和小孩。
男的站东边、女的站西边,
男女分清站两排。
若是搜出呼门后,
我愿献出脑袋来!
若是搜不出呼门后,
咱们高府也清白!"
高锦这里把令下,
顿时府里忙起来!

高锦吩咐一声,满府的人可就忙起来了。不多时,都做好了准备。高锦说道:"王元帅,请进寒舍搜拿呼门之后吧!"

王骄虎在前,庞贵在后,带兵拥进了高府,在高锦的陪同下,可就搜起来啦!

王骄虎心头乐悠悠,
一声令下说声:“搜!”
他耀武扬威头前走,
庞贵紧紧跟后头。
带着兵将忙查看,
不知已经中计谋!
搜了前院搜后院,
搜了西楼搜东楼。
下了东楼往里走,
忽然间,庞贵望见有个人影在眼前溜。
急忙告诉王骄虎,
这俩小子瞪双眸。
见一人慌忙进房内,
另一人又慌忙关门上锁头。
高锦一直盯着庞贵、王骄虎,
心想:这回可真到火候(啦)!
他面带惊慌拦去路,
开言有语说根由:
“你们四下都查遍,
我看不必接着搜(了)。
再搜也是白费事,
你想想,飞蛾岂能往火里投?”

正当王骄虎和庞贵看见有人慌慌张张跑进一间屋里的这个节骨眼儿,高锦上前拦住不让搜了。王骄虎心想:真是做贼心虚,其中必定有鬼!刚才你虚张声势让搜,现在为什么又变卦了呢?刚才呼门之后跑进胡同就没影了,别的地方都已搜过,没有!你高府的院墙还有扒落的墙皮子,肯定是跳进来了。前后院、东西楼没搜着他,到了这儿,我和庞贵亲眼看见一人藏进屋里,你又不让搜了。哼,我今天是非搜不可!说道:“此处定要搜查!”

高锦说:“王元帅,你当真要搜?”

“我当真要搜!”

高锦说:“我担保寒舍没有呼门之后,若是搜出来我愿输项上人头!可若是搜不出来呢?”

王骄虎说道:“若是搜不出来,我就到别处再搜!”

高锦说:“啊?!净是你的便宜啦!我这儿不是小店,谁爱来就来,谁爱走就走,我这个地方叫高王府!”

高锦说话怒冲冲，
叫声："王骄虎你听清！
你休想把高王府当贱地，
带着大小儿郎胡乱行！
你深更半夜往里闯，
说什么呼门之后进府中。
前后院、东西楼你都搜遍，
呼门之后无影踪！
我这间屋里藏的是珍宝，
随便拿一件都价值连城。
你想趁火打劫捞一把，
我岂能中你的计牢笼？
你仗着人多势众将我吓，
我哪怕你们这些虎狼兵？
看尔等之辈有啥本领，
尽是墙上芦苇腹内空！
有本事去征战沙场保疆土，
挣来个一官半职也光荣！
征南王、镇国公不是花钱买，
也不是靠裙带才受封。
我祖父高怀德南征北战，
一杆枪天下扬美名；
我的父南唐报号高君保，
久战沙场立大功；
我高锦东挡西杀诛天下，
拿命换来个镇国公！
我这里虽然不是金銮殿，
也不比皇宫大院差几成！
你凭什么随意闯？
你胡作非为我不容！"

王骄虎见高锦勃然大怒，心想：好啊！你把老祖宗都抬出来了，还指桑骂槐把我好骂！那意思是说我靠裙带当上的镇京元帅！事儿是这么个事儿，可是这么说不好听呀！若是动手，我还真打不过你小子！咳，一不做，二不休，搬不倒葫芦洒不了油！你能输项上人头，我就不能输肩膀头上的脑袋瓜吗？我不能让你吓住！若是真搜出呼门之后，你也活不了，岂不是拔掉一个眼中钉！就是搜不出呼门之后，到了金殿，皇上还能杀我吗？对，就这么干啦！王骄虎想到这儿，说道："高锦，如若搜不出呼门之后，我也愿输项上人头！"

"你当真愿输项上人头？"

王骄虎一看高锦神态不安，说话的语气也软了下来，他心中大为高兴，大声喊道："自然当真！"

"决不反悔？"

"决不反悔！"

"空口无凭，以何为据？"

"好，立字为据。"

就这样，两个人立下字据，每人怀揣一份后，王骄虎又继续搜查。高锦命家人打开房门，王骄虎带人一拥而入，发现门后藏着一个黑小子，他们上去不由分说抓了起来，那黑小子扑扑愣愣，一边挣扎，一边喊道："大仇未报，死不瞑目！"

王骄虎对着黑小子喝道："你可是呼门之后？"

黑小子说道："是又怎样？"

"你叫何名？"

"呼延蓝鏊。"

这时，庞贵说道："他就是打我的那个黑小子！"

王骄虎心中大喜，对着高锦冷笑了两声，说道："高锦，你有何话可讲？"

高锦说："咱们到金殿辩理！"

"哼，我怕你不成！"

"走着瞧吧！"

"跑着瞧我也不怕你！"

现在，王骄虎说话硬气了，腰板也挺起来了，趾高气扬，不可一世。立即派人去给庞文送信，说是在高锦家里抓到了呼门之后。

这时候，也快到五更了。王骄虎、高锦各派四名兵将押着黑小子出了高府，直奔午朝门。

五更鼓响，宋仁宗驾升八宝金殿，文武百官，山呼万岁已毕，站列两厢。王骄虎出列朝班动本，他把呼门之后如何打庞贵、上坟祭祖、斩刁奇、杀丁霸，又如何跳到高府、自己如何与高锦打赌、如何抓住呼延蓝鏊之事一一奏明，并从怀里掏出字据，呈送皇上。

宋仁宗听完，又看了看字据，心中暗道：高锦啊高锦，你怎么能窝藏呼门之后呢？并且还立下字据，这可休怪朕无情啦！大喝一声："高锦！"

"臣在。"

"此字据是何人所立？"

"是为臣与王骄虎二人共立。"

“你可知罪？”

“为臣不知。”

宋仁宗一听这话，火气就上来了：“胆大的高锦，你窝藏呼门之后呼延蓝鬘，又立下字据，还不知罪吗？”

“为臣没有窝藏呼门之后。”

此时，庞文出列，奏道：“万岁，如今人有人在，据有据在，铁证如山，高锦实属蒙君作弊，律当问斩！”

宋仁宗喝道：“将高锦绑出午朝门外，斩！”

“万岁，且慢，容为臣把话说明，再斩不迟。”

“有话速讲。”

“万岁，蒙君作弊的非是为臣，乃是镇京元帅王骄虎！”

“此话从何而讲？”

“王骄虎倚仗权势，深更半夜闯入为臣府内，借抓呼门之后为名，大肆抢劫，并捉住为臣之三子高山，硬说是抓住了呼门之后，这岂不是蒙君作弊吗？搜府之时，王骄虎有言在先，若搜不出呼门之后，他愿输项上人头！如今，一，他没抓住呼门之后；二，他蒙君作弊；三，他抢为臣珠宝，并陷害为臣！实属罪大恶极，律当问斩！”说着，他从怀里掏出字据，呈送上去。

宋仁宗这下也为难了：真是公说公有理，婆说婆有理。怎么办呢？此时，庞文瞅了瞅王骄虎，王骄虎也丈二和尚——摸不着头脑。金殿上顿时鸦雀无声。

就在这工夫，双天官寇准站出来说话了：“万岁，依为臣之见，将所抓之人带上金殿，此事便可水落石出。”

“寇爱卿，此话从何而讲？”

“若所抓之人是高锦之三子高山，万岁必定认识。”

“对呀，他是朕的外甥，每逢年节都进宫，朕认识他！”

“既然如此，可将抓来之人带上金殿，万岁若认出是高锦之子，事情便一目了然。若不是高锦之子，再问问他到底是何人，事情不就明白了吗？”

“对，就依寇爱卿之见。”宋仁宗传旨：将抓来之人带上金殿。

不多时，就听有人扯着嗓子大喊：“冤枉啊！冤枉啊！勒死我啦！疼死我啦！”

话音未落，一个黑小子被推上金殿，黑小子往前跑了几步，“噗通”一声跪倒在地，又喊上了：“皇舅呀，救救我吧！可疼死我啦！”

宋仁宗一瞧：这哪是什么呼门之后啊？这不是高锦的三儿子、自己的外甥高山吗？不由得暗中埋怨起来：王骄虎啊王骄虎，你怎么胡乱抓呢？你还立了字据，愿输项上人头！你这事儿干得真让朕为难呀！宋仁宗光顾为难了，没说话。黑小子又喊上了：“皇舅舅啊，怎么不认识我高山啦？”

寇准问道：“万岁，他可是高锦之子？”

“正是。松绑！”

这时，王骄虎吃不住劲儿了，连忙奏道：“万岁，且慢。臣有一事不明。”

“讲。”

“为臣在高府捉他之时，他说：‘大仇未报，死不瞑目！’我又问他可是呼门之后，他说：‘是又怎样？’我还问他叫什么名，他说是叫‘呼延蓝鬘’。他这是假冒呼门之后，无理取闹，理应问罪！”

宋仁宗问道：“高山，可有此事？”

高山说：“有。话我是那么说的，可根本不是那么回事！我一看王骄虎带兵闯进府里，乱抢东西乱打人，我怕挨打，就叫家人把我藏在藏珍宝的房子里了。不多时，王骄虎带人闯进来就抢珍宝，把我吓得躲在门后，他们上来不由分说，动手连打带绑，我立时就急眼啦！那些珍宝是我们家的命根子，让他们给抢了去，还打我，抓我，皇舅和各位伯父、叔父们想想，这是多大的仇呀！我就说：‘大仇不报，死不瞑目！’这还犯法吗？王骄虎并没有问我是不是呼门之后，他问的是：‘你是不是藏在门后？’我才说了一句‘是又怎样？’接着，王骄虎又踢了我一脚，问我叫什么名字，他不好好问我，还踢我，胡乱抓人，我就说叫‘胡乱抓！’让他说说，他是不是胡乱抓呢？他抓不着呼门之后，就拿我当垫背的！他又抢珍宝、又胡乱抓人，他没有理，就瞎编说我叫呼延蓝鬘！皇舅，孩儿冤枉啊！皇舅可得给孩儿做主啊！”

王骄虎听完这番话傻眼啦！想说也说不清啊！宋仁宗听高山说得句句顶硬，言之有理，忙吩咐给高山松绑。高山松绑绳之后，又跪倒叩头，说道：“谢谢皇舅。”

宋仁宗说：“下殿去吧！”

高山答应一声，跑下殿去。高锦暗暗夸赞儿子机灵，会随机应变，心里美滋滋的，可是脸上却露出一副怒容。他指着王骄虎暴跳如雷，高声斥责：

“你整天琢磨害良将，
你的心多狠来手多黑！
你拿呼门之后我不恼，
可你欺负我这老实人难道心不亏？
不光是抢了我的珠宝，
还想让我儿子把黑锅背。
这真是骑到我脖子上撒尿还不算，
还往我头上扣屎盔！
你是皇亲我也是国戚，
金殿上咱就辩辩是非。
咱俩已经打赌立字据，
不拿你人头我誓不归！”
高锦他金殿之上抖雄威，

指着王骄虎叫："奸贼！
自从你当了镇京元帅，
欺压群臣颠倒是非。
结党营私欺天子，
仗势欺人胡作非为。
拿着御赐俸禄干坏事，
倒行逆施不守章规。
你不顾社稷兴亡业，
你不顾万里江山安与危。
视忠良为你眼中刺，
恨不得一个一个都杀没！
疆场上杀敌你不去，
只能在京城抖抖威！"

高锦这么一发脾气，把王骄虎吓坏了，因为他没理呀！白纸黑字写着"愿输项上人头"，脑袋一掉，小命不就玩儿完了吗？他一看没法了，还得求皇上呀！就说："万岁，给为臣做主吧！"

宋仁宗也感到为难，两张字据都摆在眼前，刚才一怒之下要斩高锦，现在若说放了王骄虎，高锦也不干呀！再说，当着文武百官，那不显得太偏向了吗？若是斩了王骄虎，庞赛金不就守寡了吗？庞赛金是谁呀？是庞文的大姑娘。庞文的二姑娘叫庞赛银，庞赛花是老三。庞赛花若知道杀了王骄虎，再要死要活的，宋仁宗觉得受不了哇！因此，宋仁宗从心眼里并不想斩王骄虎，便开口说道："王爱卿，要想官司了，需要原告倒啊！"

王骄虎一听皇上把话点过来了，便连连给高锦赔不是。

高锦心想：我不能轻易放过你，你先央求一会儿吧！我非得让皇上说话不可，他一说话，我好要条件！于是，便不加理睬。

宋仁宗见此情景，就叫道："寇爱卿！"

"臣在。"

宋仁宗再没说话，只朝寇准使了个眼色。寇准明白，这是皇上让自己去从中说合，便上前说道："高王，万岁命为臣从中说合，为臣只好从命。你看王元帅多可怜哪，像条丧家犬似的，不住点头求情，你就饶他一条狗命吧！"

王骄虎一听：这不是骂我吗？唉！骂就骂吧，能保住命就行啊！寇准又说："是啊，我也知道高王的损失和委曲很大，这没关系，你可提出条件嘛！"

高锦故意思索了一会儿，才说道："若是不杀王骄虎，需要万岁做主，答应三个条件。"

宋仁宗一听有活话儿了，便说："朕可以为高爱卿做主，不知是哪三个条件？"

高锦说："王骄虎倚仗权势，胡作非为，必须削职为民。"

王骄虎想：削吧，过两年我再上来！说道："愿领。二呢？"

"二，王骄虎必须到我府中，上至夫人、小姐，下至丫环、家人，一一赔罪！"

王骄虎心想：赔吧！说道："愿领。三呢？"

"三，必须包赔搜府的损失。"

"什么损失呀？"

"你带领官兵搜府，抢走的那些珍宝，不是我的损失吗？"

"都是哪些珍宝呀？"

"金耗子、翡翠猫、珍珠玛瑙珊瑚貂……"

"你哪儿有这些珍宝呀？"

"怎么没有？那些是先帝爷赐给我奶奶的！"

王骄虎听了，搭不上话茬儿啦，连宋仁宗也不能说没有啊！宋太祖赵匡胤给没给他妹妹赵美蓉这些珍宝，谁知道啊！

王骄虎干吃哑巴亏儿了，他思索片刻，一咬牙，说道："愿赔。"

高锦说道："限三天之内追回抢去的珍宝。若三日内不交还，以白银赔偿。"

寇准暗暗高兴，心想：高锦你真能讹这小子啊！这就对啦！他怕王骄虎要赖，就又说道："既然我当了说合人，咱们就把这事儿弄清楚了。高王，你说说都丢了哪些珍宝，咱们在金殿上算算，该折合多少白银？"

高锦从怀里掏出一个单子，递给寇准。寇准一瞧：嚄！敢情早就预备好啦！这是高锦看到王骄虎上了圈套之后，离开高府之前，让他大儿子高昆写的。寇准念了一遍，最后说道："这些珍宝折合白银五十万两。"

王骄虎哭叽叽地说："我上哪儿去弄这些白银呀？"

寇准说："咳，五十万两白银换条命，便宜！你府上不是有吗！若不够，那庞太师能看着你掉脑袋吗？万岁能看着你掉脑袋吗？你就先借呗！"

宋仁宗和庞文一听，都暗自埋怨：寇准啊寇准，你真损呀！

就这样，这场风波算平息了。

那位问了：呼延庆呢？跑了。怎么跑的？书中暗表：高锦一见着呼延庆时，就发现他和自己的三儿子高山长相差不多，都是黑脸，都那么高个头，穿戴也差不多。只是眉毛有些区别，呼延庆是九卷狮子眉，高山是剑眉，可一般人不细看是看不出来的。高锦使用了"以龙换龙"之计，吩咐高昆将呼延庆藏进东院书房地下密室里，又让高山假扮呼延庆，在王骄虎搜府之时，故意露一下头就钻进书房，然后家人急忙上锁，以此引逗王骄虎上钩。高锦又告诉高山："不要自己说姓名，要随机应变。即使王骄虎发觉黑小子不是呼门之后，也没有什么关系。"因为，如果不知道密室通道的人，甭想看出破绽来。呼延庆进了密室，就万无一失了。果然不出所料，王骄虎上钩了，高山也能随机应变。等高锦、王骄虎押着高山上朝之后，城里早已不戒严了，高昆与高仑就给呼延庆换了衣装，送他出了汴梁城。这些都是高锦的安排。

呼延庆到大车店取出马来，与高氏兄弟拜别，飞马扬长而去。

呼延庆飞马跑回大王庄。王天成、王金莲一见呼延庆回来了，惊喜交加，热泪直流。因为昨天呼延庆出去没回来，家里人可急坏了，四处查找，生怕出了差错。若有个三长两短，对不起呼延守用啊！如今见呼延庆回来了，忙问他到哪儿去了，呼延庆也没隐瞒，把事情从头到尾说了一遍。这可把王天成、王金莲吓坏啦！从那以后，就单派两名家人专门看管呼延庆，不让他出大门。还派出了远探、近探，发现有官兵来，就马上报信，好让呼延庆逃跑，免得落在奸贼庞文之手。

光阴似箭，转眼间又是三年。这一日，探子报："庞文发兵奔大王庄来了。"王天成赶紧命人备马、拿银两，让呼延庆赶快跑出去躲避躲避再回来。呼延庆刚跑出庄子不一会儿，果然庞龙、庞虎带兵来到大王庄。他们怎么来的呢？

原来，自从呼延庆上坟逃跑以后，庞文也派人四处打听呼门之后的下落。听说呼门之后可能在大王庄一带，于是，就派出两个儿子出来搜捕。结果扑了个空。

话说呼延庆跑出大王庄，就像小鸟出笼一样，开始挺有股欢实劲儿，可催马跑过一阵之后，才想到不知往何处投奔，不由感到一阵为难！

呼延庆骑在马上抖丝缰，
思前想后好悲伤：
好心进京把坟上，
没曾想到惹祸殃！
可叹呼家之后年岁小，
只落得如惊弓之鸟逃外乡！
呼延庆单身匹马胡乱闯，
倒仗着满身武艺不慌张。
走过了漫漫野草地，
翻过了座座乱石冈，
走过了弯弯山间路，
翻过了道道荒山梁。
脚下是，野兔成群遍地跑，
头上是，孤雁长鸣传四方。
狼嚎猿啼令人瘆，
满目萧条好凄凉！
呼延庆尝尽风尘苦，
身上无力饿得慌。
他扬鞭催马往前奔，
眼前闪出一村庄。

呼延庆看见了前边的村庄,心头欢喜,催马来至近前。见村头有一酒馆,便甩镫离鞍下了马,将马拴在树上,走进酒馆,吩咐伙计饮马喂马,又要来下酒菜,狼吞虎咽地吃了起来。他吃饱了,喝足了,正要算账,忽然听到马的嘶鸣声,而且大叫不停。呼延庆急忙出门一看,不由大怒。原来,有两个半大小子正拿着树杈子,在打自己的马呢!马的缰绳不知让谁给解开了,那马连尥蹶子带叫,两个小子连抽带打。呼延庆看了,大喝一声:"住手!"

话音没落,呼延庆走上前去,虎目圆瞪,打量那两个半大小子。只见其中一人:身高不到七尺,面如紫铜,剑眉环眼,头戴紫缎甩头疙瘩巾,上身穿紫缎小夹袄,下身穿紫缎兜裆滚裤,足登薄底快靴;另一人:身高六尺有余,面如蓝靛,浓眉大眼,头戴蓝缎甩头疙瘩巾,上身穿蓝缎子小夹袄,下身穿蓝缎子兜裆滚裤,足登粉底快靴。这两个人怒气冲冲,威风凛凛!

这两人是谁呢?面如紫铜的那个是孟良的孙子孟强,面如蓝靛的那个是焦赞的孙子焦玉。这个地方叫二虎庄三虎岭。孟强、焦玉特别喜欢骑马,骑上马就要挣命似的乱跑,净惹事!有一回,孟强骑马把一个打柴的老汉撞倒了,给人家养了半年伤。还有一回,焦玉把一个卖面的给撞倒了,赔了人家不少银两。打那以后,家里人就命人把马看好,不让他俩再骑了。今天,孟强、焦玉出来溜达,一看呼延庆这匹马身高体大,油光锃亮,十分喜爱,又犯瘾啦!小哥儿俩就想骑上遛一圈过过瘾。他俩解下马缰绳,孟强先上去了。可那马不让骑,前蹄猛地往起一扬,把孟强给摔下来了。焦玉上去,也是如此。两个人一气之下,撅下了树杈子,就打起马来。这马一想:你们打我,我叫我的主人吧!于是,便不住地嘶叫。

呼延庆听到马叫,出来喝住孟强、焦玉,问道:"你二人为何抽打我的宝马?"

孟强瞅了瞅焦玉,焦玉瞅了瞅孟强,两人都憋了一肚子气:想骑马都挨了摔,想打马出出气,刚要打,马的主人又来啦!孟强气冲冲地说:"谁让它不让我们骑呢?"

呼延庆一听这话,也太不讲理啦!喝道:"真是岂有此理!"

这时候,焦玉若从中说几句软话,道道歉,也就没事了。可他说话也够冲的:"什么岂有此'里'岂有此'外',你能把我们怎么样?!"

呼延庆闻听此言,火也上来了:"能怎么样?我要教训教训你们!"

孟强、焦玉把树杈一扔,一捋袖子:"嚄!口气不小啊!"

孟强抢前一步又说:"若是咱俩打一个,算欺负他,待我先收拾收拾他吧!"

呼延庆说:"好小子,你竟敢在我面前撒野!"

二人言差语错,说着说着就动手打在一起。

孟强抡拳带着风,
呼延庆举手往上迎。
小孟强凤凰单展翅,
呼延庆大鹏双抖翎。

这一个——
喜鹊登梅露绝技，
那一个——
白猿偷桃显神通。
这一个——
长蛇吐信奔小腹，
那一个——
怪蟒出洞打前胸。
这一个——
霸王举鼎手法快，
那一个——
苏秦背剑武艺精。
这一个——
枯树盘根用腿扫，
那一个——
旱地拔葱悬在空。
这一个——
泰山压顶往下打，
那一个——
天王托塔向上擎。
小孟强金蝉脱壳转身走，
呼延庆浪子踢球快如风。
孟强大喊说不好，
接着："噗通"响一声。
焦玉见孟强倒在地，
垫步拧腰往上冲。

此时，看热闹的乡亲们逐渐散开，这场打斗也已结束。延庆也打心里喜欢这两个小将。而孟强、焦玉又向呼延庆见了礼，然后又问呼延庆为何来到此地，呼延庆就把进京上坟、庞文发兵大王庄、自己离家奔逃到此之事一五一十讲了一遍。孟强听罢，大骂老贼庞文，说道："如此大仇一定要报！"

焦玉说："依兄弟之见，应该如此如此……"

欲知后事如何，且听下回分解。

第六回 三英杰大闹元帅府 二上坟火烧汴梁城

焦玉听罢呼延庆之言，说道："大哥，老贼庞文派兵捉拿你，使你逃奔在外，不得安宁，咱也不能让他消停！依小弟之见，咱弟兄三人一同进京，一是上坟祭祖，二是闹闹汴梁城，让庞文也知道知道呼门之后和咱们弟兄的厉害！"

孟强连声夸赞："好、好、好！"

呼延庆也觉得焦玉说得有理，从头回上坟到如今三年多了，也该再添添土、烧烧纸啦！于是，便点头答应。

简短截说。三人商量好了，准备妥了，带上兵刃骑上马，悄悄地离开家门，奔往东京汴梁城。

三人如同出笼鸟，
展翅高飞任逍遥。
此时节大地春光好，
河水奔流涌春潮。
片片春草多茂盛，
朵朵鲜花分外娇。
岭上松柏葱葱绿，
山涧流水浪滔滔。
打柴樵夫肩挑担，
一把板斧别在腰。
牧童骑在牛背上，
口吹竹笛笛声飘。
忽又听得一阵响，
原来是寺中和尚把木鱼敲。
仰望山顶白云绕，
寺庙就在半山腰。
林中鸟有的叽叽喳喳叫，
还有的"扑愣""扑愣"抖搂毛。

望那边一群野兔撒欢跑，
望这边有两个小猴在摔跤。
三个人边走边谈论，
路途景色放眼瞧。
晓行夜宿往前走，
不顾那山高地险路迢迢。
这一日来到汴梁地，
三人下马过了吊桥。

三个人下马走过吊桥，进了京城。见城里男男女女，老老少少，车水马龙，川流不息。三个人来到了大街之上，呼延庆说道："二位贤弟！咱先进城，找个地方把马存下，把纸买下，然后再做道理如何？"

孟强说："对！这回上坟不同往常，大哥已是三年没来了，我们哥儿俩是头一回，咱们可得办得像点儿样，可不能小小气气的！"

焦玉说："二位哥哥，这事交给我啦！"

三个人找了一家大车店，焦玉说："二哥先陪大哥歇一会儿，我去去就回来，保你们满意！"

焦玉路熟，他常来汴梁城，腿脚又快，办事也利落，不大工夫找来一辆马车，买了满满一大车香纸。车夫吓了一跳，心中暗道：这哪里是烧纸啊！这是倒腾纸！又一想：咳，我拉脚挣拉脚钱，管这些闲事干啥！焦玉又买了三把锨，准备挖土培坟用，还买了什么干鲜果品等供品，该用的东西都买全了，领着车夫来到大车店。呼延庆、孟强一看，见焦玉这事办得又快又好，心里很是高兴。

三人把车交给店伙计，要了一桌子酒菜，四个人吃了起来。车夫心想：这个主儿可真不错，还带供饭的！这车夫能吃能喝，喝的是心满意足，吃的是沟满壕平。焦玉把车夫安顿在店房，说道："你先睡上一觉，好好歇息，我什么时候叫你，咱们什么时候走。你放心，我们加倍给你银两，亏待不了你，你到吃饭的时候就自己吃，让伙计记账，我们掏钱。"

车夫一想：这辈子我也没遇着这样的好事儿，今天算遇上财神爷啦！他满口答应，然后放心地睡起觉来。

三人一商量，怕白天上坟上不成，便定下晚上再去。他们走出大车店，到大街上闲溜达。行走之间，孟强说："哎，咱们到天波杨府去拜望拜望老太君吧，再看看文广兄弟！"呼延庆说道："不行。咱们到了杨府，老太君问咱们来干什么来了，咱们怎么说呀？若说进京就是为看望她老人家，她老人家把咱们留在那儿，到那时咱们走也走不了，那不耽误事了吗？若说来上坟，一来让她老人家提心吊胆；二来，杨文广听说咱们上坟，一定要跟咱们来。不出事好办，若是出了事儿，咱们哥仨一跑了事，杨文广守家在地，那事可就闹大啦！若是惹出大祸来，文广有个三长两短，咱们得后悔一辈子呀!"

焦玉说:"对,先不能去,要去等上完坟再去!依小弟之见,咱们不如先探探道,看看庞文住在哪儿,上完坟,有机会到他府上去闹腾闹腾。能宰了那老贼更好,宰不了也吓他一跳,让他不得安宁!"

呼延庆、孟强觉得有理,他们就要去找太师府。正走着呢,忽然看见前面围着一群人,还听到了呼喊声。三个人紧走几步,来到近前一看:见两个人拽着一个老汉,那老汉嘴角上有血,一边往外挣,一边哭喊着说:"我豁出这条老命,跟他们拼啦!"

那两个人一劲儿地劝说:"你去白白送死,还是想想别的办法吧!"

老汉哭着说:"想什么法儿呢?包大人也不在京城,我能找谁?谁能管了这事呀!"

弟兄三人互相望了一眼,呼延庆上前说道:"老伯,出了什么事儿啦?您说说,我们哥仨看看能不能帮您点儿忙!"

老汉抬头一看,眼前站着三个半大小子,都挺壮实,上上下下打量了半天。这时,拽他的一个人对焦玉悄悄地说:"你们把他弄到屋里去,好好劝劝他!"

焦玉对老汉说:"老伯,咱们进屋吧!"

那两人扶着老汉进了屋。焦玉怕人多说话不便,就说:"二位回去歇息去吧,把老伯交给我们吧!"

那两人走后,呼延庆又问老汉到底出了什么事,老汉说:"咳,说了你们也帮不了忙!"

孟强说:"老伯,那可不一定!您说了,我们能帮上忙更好,若帮不上忙,还不能出个主意,想个办法吗?"

老汉一看这三个人,虽然说年岁不大,可是很懂事,心肠好,说话让人爱听,于是长叹了一口气,开口讲了起来!

老汉长叹一声开了腔:
"三位公子听我说端详!
我祖辈居住汴梁地,
姓吴名亮字茂昌。
老伴早年下了世,
我膝下只有一姑娘。
名叫月娇年方十七岁,
我父女,开了这小饭馆度时光。
每日都是我挂幌,
今天我头痛还觉着心发慌。
月娇她出门去把幌子挂,

没曾想这下引来了祸殃！
王骄虎正好从此过，
调戏我女理不当。
月娇急忙回屋里，
王骄虎匆匆离去还吵吵嚷嚷。
他过了晌午带来一帮打手，
进到屋里抢我姑娘。
姑娘被他们抢了去，
我追出门外论短长。
王骄虎打了我一个大嘴巴，
打得我嘴角流血浆。
接着他又踹我一脚，
我跌倒在地疼断肠。
王骄虎带人扬长去，
说今天晚上拜花堂。
我要找他们去拼命，
邻居说我去准得一命亡。
一而再、再而三地拦挡我，
可我这口气不出憋得慌。
良家女岂能做他家妾？
他真是为非作歹丧天良！
我想把青天包大人找，
可他离开京城去外乡。
别的官哪个敢管这件事？
该到何处去喊冤枉？
只好找王骄虎去算账，
我豁出一死见阎王！
邻居们紧紧把我拽，
这时候来了你们三位公子郎！”
老汉从头到尾说一遍，
小哥仨立时怒火满胸膛。
呼延庆说：“老伯您把宽心放，
我们仨一定救回您的姑娘！”

呼延庆他们一听老汉说出真情，按捺不住心头怒火。孟强说：“光天化日之下，强抢良家女子，岂能容他！”

焦玉说:“这小子狗仗人势,欺压良民,咱不能饶他!”

呼延庆心想:老恩师说得好,要我为民除害,除暴安良。若是不除掉王骄虎,那我学的武艺还有何用?想到此,说道:“老伯您放心,我们若救不出您的姑娘,誓不为人!”

老汉说:“能行吗?王骄虎的老丈人是庞文,连皇上都听他的,你们可别去捅那马蜂窝!你们的这番好意我领了。可是,你们去不得呀!”

呼延庆说:“我们哥仨专门为民除害!您放心,我们哥仨保险平安无事,您的姑娘保险能救回来!”

吴老汉说:“若真是这样,那可谢天谢地,谢谢你们三位恩公!”说着就要跪倒叩头。

呼延庆急忙上前拦住吴老汉,连声说:“万使不得,万万使不得!”

弟兄三人一商量,问老汉在京城是不是有亲戚。老汉说有妹妹、妹夫。呼延庆说:“此事不能声张,须先将您的妹夫找来,把东西拉走,别人要问,就说在汴梁住不下去后,又让吴老汉在城外等候,天黑之时,让他妹夫在王骄虎家近处等候,等救出姑娘,交与他妹夫,让他妹夫送姑娘出城,父女二人就远奔他乡。吴老汉感谢一番。

不多时,吴老汉将妹夫找来,一一见过之后,把事情定好,呼延庆三人就此告辞。

他们已向吴老汉打听到王骄虎的住处,又到那儿转了一圈,然后找了一家酒楼,便吃起酒来。

太阳刚刚落山,三人离开酒楼,买了几个空礼品盒子,用绳子一捆,孟强、焦玉各拎一摞,三人大摇大摆地走向王元帅府。

那位问了:王骄虎不是因为和高锦打赌,被削职为民了吗?是啊。可宋仁宗只是表面上把他削职为民,实际上还让他住元帅府,镇京元帅的职位还给他空着呢!公事暂由副元帅代理,单等着遇有机会,再把他提拔上来。

呼延庆、孟强、焦玉走不多时,就来到了元帅府。

三人上前抬头瞅,
仔细打量府门楼:
两个狮子分左右,
爪子按着大绣球。
门口台阶分七磴,
黑漆的大门门边走红油。
门洞是方砖来铺地,
气死风的灯笼挂上头。
再往影壁墙上看,
画的是山间溪水流,
山上一棵青松树,

树下有个小毛猴。
手拿着竹竿它把蜂窝捅，
黄金大印挂在上头。
在树下画着一位官长，
头戴乌纱，身穿蟒袍，腰横玉带，足登朝靴，
怀抱着象牙笏板，手指红日笑悠悠……
一看便知明白了，
这本是指日高升、挂印封侯。
三人看罢怒冲冲，
强把怒火压心头！

三人看罢，强压怒火，呼延庆上前对看门的拱手说道："我等前来为王大人贺喜！"

孟强连忙凑上前去，放下礼盒，掏出银两，塞给看门的。看门的一摆手，笑嘻嘻地说："进去吧！"

三人为了探明道路，进府之后，把空礼品盒一扔，先在院里转了一圈。呼延庆说："二位贤弟，咱们不能乱闯，得先抓个舌头，弄清王骄虎在哪儿，吴月娇在何处，然后再作道理。"

孟强、焦玉点头赞同。这时，正好不远处走着一个家人，三人急忙上前围过去，一个捂嘴，一个抱腰，一个扯腿，把他架到僻静之处。呼延庆说："你若说实话，留你一条命；你若不说实话，就要你的命！"

"三位公子，饶命，饶命！我说实话。"这小子还真挺痛快，问他啥，他说啥。他说："王骄虎刚被庞赛金叫去，正在前楼上呢！吴月娇在后楼，她说啥也不依从，要死要活，几个婆子正在解劝呢！"孟强解下这小子的裤带把他绑上，焦玉从这小子的衣衫上撕下一块布，把嘴给塞上，放在了墙根下。三个人一商量，焦玉说："二位哥哥去宰王骄虎，我去对付那几个婆子，救出吴家姑娘。完事之后，咱们仨人在府门的影壁墙那儿聚齐。"

三人定妥之后，分道扬镳。

单说呼延庆和孟强，他俩轻手轻脚来到前楼，见有一屋内灯光通明。孟强巡风，呼延庆来到窗下，用手指蘸唾沫将窗户纸洇湿，捅了个窟窿，眯一只眼瞪一只眼往里一瞧，见里边有一男一女。那女的：头上戴的珠宝闪耀，身上穿的花里胡哨，脸上搽的粉渣直掉，瞧那模样十分妖道！再一瞧那男的：头戴乌纱身穿红，一脸横肉笑盈盈，点头好似鸡啄米，哈腰恰如半轮弓。他长的是塌鼻梁，骨牙包，鸭子嘴，颧骨高，猫耳朵，吊眼梢，细胳膊细腿小细腰，看那样，一天吃八顿饭也不上膘！

书中暗表：这女的正是庞文的大女儿庞赛金，这男的正是庞赛金之夫王骄虎。这王骄虎没有啥本事，全仗着老庞家才当上镇京元帅。虽然他与高锦打赌被削职

为民，可实际上还是作威作福，横行霸道。他到外边硬气，在家里就不行了，被庞赛金管得服服帖帖！让他往东，他不敢上西；让他朝南，他不敢向北。有人问了：既然这样，王骄虎往家里抢姑娘，庞赛金能让吗？王骄虎平日里采花问柳，都背着庞赛金。这一回呢？是两人商量好的。因为庞赛金有病，不能生育。怎么办呢？庞赛金还不能让他纳妾，才给他出了个主意，让他从外头抢个姑娘，等生了孩子之后，就把女的弄死，只是要个孩子，好接继香火。今儿个，王骄虎把吴月娇抢来了，庞赛金一看这姑娘又年轻又漂亮，心里就有点儿不是滋味儿。她一看王骄虎里里外外张罗得挺欢，火就上来啦！这才派丫环把王骄虎找来，要教训教训他。

呼延庆扒窗往里看的时候，正赶上庞赛金训王骄虎呢！

庞赛金柳眉倒立，鹰眼圆睁，一手掐腰，一手指着王骄虎骂道："好啊，你抢了一个小骚娘们儿，就把我给忘啦！你看看你，前跑后颠，忙左忙右，多欢实啊！你怎么就不上来看看老娘我呢？看你那架势，还想大办！我不是告诉你了吗？让你抢来，藏在闺楼之中，生个儿子之后，把她弄死，就完事大吉！你可好，张罗得谁都知道，日后就是把那个小娘们儿弄死，八百六十个人都知道这事儿，还传不到那孩子耳朵里呀！我看你小子纯粹是居心不良，想跟这小娘们儿过一辈子！"

王骄虎早已吓得跪倒在地，一边作揖，一边说道："夫人，你放心，我一准按你的吩咐办。"

庞赛金说："哼，你说得好听，张三哄孩子——信不着你！那小骚娘们儿又年轻又漂亮，你见了她，就像猫见了鱼一样，你能把我这半大老婆子放在眼里？你要把我当成了岸上鱼——晒起来，哼，有你好瞧的！"

此时，呼延庆全明白了，这一男一女是王骄虎和庞赛金。他心想：你们为接续香烟，竟要糟蹋惨害无辜民女，我岂能容你？呼延庆朝孟强一摆手，"哐！"一脚将门踹开，二人夺门而入。王骄虎正在地上跪着呢，听到响声，"噌"一下子就跳了起来。呼延庆上前一把薅住他的衣领，往后一拽，抬右脚往前一踢，"噗通"一声，王骄虎摔倒在地。这时，庞赛金刚才那股泼劲儿不翼而飞，见这两个人杀气腾腾，吓得魂飞魄散，筛糠一样，哆嗦不止。孟强一挥手中的斧子说道："你们谁敢喊叫，我就砍了谁！"

王骄虎躺在地上，被呼延庆用脚踩住，想动也动不了，连连央求道："二位大爷饶命，有话好说。你们想要什么，我奉送什么！"

呼延庆说道："我要你的项上人头！"

"大爷饶命！除了要命，什么都行！"

"别的不要，就要你的狗命！"

王骄虎一看软的不行，又在软中加了点儿硬的，说道：

"其实，杀了我，你们也好不了，我岳父就是掌朝太师，你们跑到哪儿，还不把你们抓回来！"

"我们怕抓就不来啦！庞文老贼抓多少年了,也没抓着我!"

"你是什么人?"

"呼门之后——呼延庆!"

"啊?! 你……你若饶我不死,我……我到庞太师那里说句话,日后保准不再抓你!"

呼延庆听罢此言,气贯斗牛,火撞顶梁!

呼延庆怒气冲云霄,
叫声:"王骄虎你听着!
你仗势欺人逞霸道,
为非作歹任逍遥。
你和庞文是一丘之貉,
惨害忠良罪滔滔!
多少英雄在你们手下死?
多少百姓强权之下受煎熬?
我呼门本是忠良将,
为国为民功劳高。
你们心毒手狠施诡计,
可怜我呼家满门挨屠刀。
你们妄想除掉呼门后,
可费尽心机抓不着。
我如今上坟来祭祖,
得知你强抢民女吴月娇。
我们要为民来除害,
这才元帅府里走一遭。
听到刁妇一席话,
顿时心头怒火烧。
你们犯下了十恶不赦的滔天罪,
天理人情岂能饶?"
说到此,只听"喀嚓"一声响,
王骄虎脑瓜开了瓢!

呼延庆正说着,孟强抡起斧子,将王骄虎人头砍下,说道:"大哥,你还跟他啰嗦什么!"

庞赛金一看王骄虎被砍死,大声喊道:"来……呀!"

那位说了,她怎么喊"来呀"呢? 其实,她是想喊:"来人呀!"可她这个"来"字刚出口,孟强手疾眼快,"噗!"就给了她一斧子,她疼呀! 也顾不得喊"人"字了,就喊出“呀”来啦!

庞赛金这么一喊不要紧,惊动了外边一个人。那个人听到喊“来呀”,加紧跑了几步,“哧溜”一下子就钻进来了。

呼延庆猛然见进来一个人,使了个“乌龙探爪”,一把抓住来人的衣领,往右一带,右脚一踢,“啪!”那人正倒在王骄虎死尸上。孟强立时将门关上,呼延庆用脚踩住那人仔细一瞧:啊! 认识。谁呀? 庞文的干儿子庞贵。

庞贵怎么到这儿来了呢? 原来,庞贵早就和庞赛金勾勾搭搭。今天,他听说王骄虎抢了一个姑娘,就跑到元帅府来了。刚才,他和王骄虎正在吃酒,见王骄虎去了半天没回来,他以为王骄虎去到后楼找那姑娘去了,他就想上前楼找庞赛金鬼混。刚上了楼,听庞赛金正喊“来呀”,他心里乐坏了,赶紧溜进屋里。

呼延庆一看是庞贵,说道:“哦,原来是你呀! 三年前你为非作歹,如今你是自投罗网!”

孟强也早听说庞贵干尽了坏事,于是手起斧落,将他砍死。孟强擦去斧上的血迹,说道:“大哥,咱们好汉做事好汉当,留个名,免得庞文胡乱抓人。再者,也让老贼庞文知道咱们的厉害!”

“好。”呼延庆说完一想:留名可不能连累孟强、焦玉二位兄弟,就留我自己吧!于是在墙上题诗一首:

呼告奸佞贼庞文,
延搁几时再登门;
庆幸今夜除恶霸,
杀尔明朝祭祖坟!

呼延庆题的这首诗是藏头诗,又叫贯顶诗。将这四句诗的第一个字连起来,就是:呼延庆杀。

孟强看完,赞赏不已。呼延庆说:“走吧!”

二人来到府门影壁墙处一看,焦玉正在那儿等着呢。孟强问:“三弟,怎么样?”

“二位哥哥,我到后楼将那几个婆子绑上锁在屋里,带吴老汉之女出来,假借王骄虎之令,叫看门的去吃酒,我将她送出门交与她姑父。刚回来把大门锁上,就在这儿等二位哥哥。王骄虎杀了吗?”

孟强说:“那还跑了他!”

呼延庆说:“天色已晚,我们快去上坟吧!”

三人说完,从院墙跳出,回到了大车店。一看车夫,正喝酒呢,车夫喝得红头涨脸,说话舌头都硬了:“三位公子来呀! 喝点儿吧!”

焦玉说:“别喝了,快走吧!”

“好,就走,就走!”车夫歪歪斜斜地站了起来。

焦玉算完了店钱,三个人骑上马,车夫赶着车,奔肉丘坟而去。这车夫喝醉了,也不问往哪儿去，挥着鞭子一个劲儿地喊："驾！驾！"

多亏孟强、焦玉道熟，给他领路，不多时便来到肉丘坟。他们一进坟地，就被看坟的官兵发现了。你想，车老板儿又甩鞭子又喊"驾！驾！"那官兵还能不注意吗？虽然看见了，可谁也没敢去抓。为啥呢？都害怕呀！头回来上坟，一个呼门之后就斩了刁奇，杀了丁霸！这回来了四个人，还赶着大车，连吆喝带喊地愣往里进，一瞧这气势，都害怕啦！看守肉丘坟的两位将官是王勇、王平。他俩连忙派人去报告庞文。送信的官兵正走在半路上，碰上了庞龙、庞虎。

庞龙、庞虎怎么来了呢？原来，王骄虎、庞赛金、庞贵被杀之后，丫环进房看见死尸倒地，连忙喊叫。总管近前一瞧，吓得浑身打颤，忙派人去报告庞文。庞文带领两个儿子点齐三千兵马，来到元帅府。庞文看到尸体和墙上留下的诗，又伤心，又痛恨，又害怕！伤心的是女儿、女婿和干儿子死了，痛恨的是呼延庆，害怕的是呼延庆要杀他！他一琢磨，呼延庆准是上坟去了！便下令关闭城门，派两个儿子带领兵将赶奔肉丘坟捉拿呼延庆，自己带一千人马去上殿面君，让皇上下谕旨搜拿呼延庆。

就这样，送信的官兵碰上了庞龙、庞虎，见面一禀报，庞龙、庞虎催马奔向肉丘坟。

话说呼延庆他们三人，刚挖完土把坟培好，正要烧纸，忽听銮铃震耳，人喊马叫。焦玉一看车夫，没啦！低头一瞅，车夫躺在地上睡着了。焦玉上前推着他说："喂，快起来，把纸卸下车，点着烧了吧！"

车夫答应一声，翻了个身又睡啦。焦玉叫完车老板儿还以为没问题了呢，就和呼延庆、孟强取出兵刃，扳鞍上马，迎上前去。

庞龙、庞虎来到肉丘坟，想以人多取胜，便下令命兵将往上冲杀！

庞龙、庞虎一声令，
兵将一齐往前冲。
三位英雄迎上去，
犹同虎入羊群中。
孟强一对加钢斧，
寒光闪闪耀眼明。
抡起犹如扇子面，
斧起斧落带风声。
焦玉双枪左右翻飞上下舞，
好似出水二蛟龙。
轻者疼得"妈呀妈呀"一劲叫，
重者当时一命终。
呼延庆好似天将下凡界，

钢鞭飞舞似流星。
勇猛好似下山虎,
官兵一见胆战惊。
三个人各自显绝技,
奋力迎战众官兵。
庞龙、庞虎一见敌不住,
又派兵将又把令行:
"谁若抓住呼门后,赏银万两高官升,
谁若放走人一个,
立斩狗头不留情!"
官兵闻听不怠慢,
挥刀舞枪往上拥。
但只见——
枪如山竹刀如笋,
将山将海兵层层。
一层兵藤牌短刀手,
二层兵长枪抖红缨,
三层兵钢叉挑日月,
四层兵铁锏放光明,
五层兵锤如碗口大,
六层兵斧似半轮弓,
七层兵举着杀人剑,
八层兵提着银流星,
九层兵拿着绊马索,
十层兵拉弓上雕翎。
官兵好似蛇出洞,
蜂拥而上喊连声:
"抓呀!拿呀!别让他们跑了哇!"
官兵一喊不要紧,
顿时惊醒人一名。

众官兵喊声如雷震耳,把一个人给惊醒了。谁呀?车夫。他喝得酩酊大醉,躺在地上睡着了。刚才焦玉让他把纸快卸下来烧了,他哼哈答应一声,又睡了。地凉啊,把他那酒气给冰下去了。官兵一喊,把他惊醒了。这时候,十分酒劲儿剩三分了,他爬起来四下一看:啊?这不是肉丘坟吗?哦,这仨小将准是呼门之后,这些官兵准是庞文派来的!谁不知道庞文杀害了呼家啊?三年前,呼门之后来上坟,庞文派兵,半夜三更到处搜查也没抓着,这回又来抓啦。嚄!这兵真不少呀!这仨小将也打不出去呀!我也跑不了呀!看这阵势,我们几个的脑袋要保不住啦!常言说,“大丈夫宁死阵前,不死阵后。”我不能等着让庞文抓去给宰了呀!得跟他们干哪!可我手里也没家什啊!他围着大车正琢磨法儿,看怎么能跑出去呢!哎,一眼看见马车和车上的纸了。他乐了,心想:咳,干脆就这么来吧!车夫拿定主意,打着火,把车上的纸点着了,又把拉帮套的马卸下来,操起鞭杆子,翻身上了马。他一看车上的纸“呼呼”地着起来了,让辕马的马头对着官兵的方向,就对呼延庆、孟强、焦玉大声喊道:“我说呼门的后代呀,别跟他们打了,你们先闪一闪!”

三个人正打得来劲儿呢,听车夫喊话,不知是怎么回事,瞟了一眼,见大车上的纸都烧起来了。这时,车夫用鞭子“叭叭”抽了两下马肚子,喊道:“驾!驾!”

这马挨了两鞭子,听主人吆喝它快跑,它可就跑起来了。这时,车夫又对三人喊道:“喂!我说呼门的后代呀,别打了,他们人多,咱们快跟在马车后边跑吧!”

呼延庆心想:常言道,“好虎架不住一群狼”啊!这么多官兵,若打时间长了,累也把我们哥仨累趴下啦!车老板说得对,跟在马车后边跑吧!想到此处,喊道:“二位贤弟,咱们跑吧!”

孟强、焦玉也知道恋战没好处,不约而同地喊道:“好,跑吧!”

可是,那匹辕马跑了几步又停下了。为啥呢?它看见前边不少人都举着明晃晃的兵刃,寻思在那儿等着宰它呢!就停下了。它一停下,车老板急了,又甩了两个响鞭,喊道:“驾!驾!”

这马听到主人一喊,不高兴了,它想:你让我跑,前边那些人拿着家什等着宰我呢!它嘶叫了两声,又回头看了看车上的主人,那意思是:喂,你看看前边那阵势吧!这马不回头还好,一回头没看见主人,看见车上起了大火,那火苗子“呼呼”直蹿,它想:这后边更厉害!哎呀,往前挨刀,不动挨烧,我算没好啦!可说啥也不能等着烧死呀!咳,跑吧!

嗬!这工夫你再瞧这匹马,四蹄蹬开,嘎啦嘎啦……犹如离弦的箭一般,向前飞去。车老板跟在后边,甩着鞭子喊道:“烧呀,烧呀!烧死可不管呀!”

呼延庆、孟强、焦玉也跟在马车后边,喊道:“杀呀!杀呀!”

官兵一见都害怕了,谁也没想到还有这一招儿,马像中了疯魔一般,谁敢拦呀?谁若上前拦,撞不死也得烧死,再说车后边还有四个人呢!他们手拿兵刃,碰上不死也得带伤。于是,好像听到令命一般,一齐转身就跑,连喊带叫:“兄弟呀,快跑吧,让它粘上可没好呀!”

“哥哥呀,快点呀,要不可就活不了啦!”

不光当兵的怕死,当官的也怕死,他们也跑啦!顿时闪出一条道来。辕马一看高兴了:哦,他们怕我呀!给我闪出道啦!快跑吧!头前跑着马车,后边跟着车老板和三位小将,这五匹马出了坟地,过大街窜小巷,可就跑起来啦!跑了一阵,呼延庆问:“咱们奔哪儿去呀?”

孟强说:“到杨府去吧!”

焦玉说:“对。哎,咱们别要马了,把马都给车老板儿吧!”

呼延庆、孟强异口同声地说:“好。”

他们离开马车,拐进一条小巷,焦玉叫住车老板儿,说:“你受惊了,那车和马都别要了,我们这三匹马都给你,你快回家吧!”

车老板让三位小将到他家去躲躲,三人不肯,把马缰绳递给车老板儿,焦玉又把剩下的银两都给了他。车夫谢过,骑着马、牵着马往家跑去不题。

孟强、焦玉道也熟,领着呼延庆,穿小巷、走胡同,不多时来到天波府院墙下,三人翻墙而过,直奔杨文广书房而去。孟强、焦玉一看灯亮着,推开门就进去了。杨文广扭头一看是孟强、焦玉,连忙放下书,起身说道:“二位贤弟,快到里边坐。”

孟强说:“还有一位呢!大哥快进来吧!”

呼延庆进了屋,孟强一引见,杨文广和呼延庆一见如故,亲热一番。杨文广一见仨人身上血迹斑斑,孟强抢先开口把大闹状元府、上坟之事简单说了一顿。焦玉接着说道:“哥哥,你得赶快把我们仨藏起来!一会儿庞文准得带兵四处搜查!”

杨文广略思片刻,说:“有了,我把你们藏起来,庞文保险找不着!”

杨文广说完,领着三人来到后花园的假山下,搬开了几块石头,闪出一个四尺见方的小门,推开门说道:“这是地穴,能通到城外,你们仨进去,把门关上,我把石头再搬回来,等庞文搜完,我再来接你们。”

杨府为什么会有地穴呢?原来,呼家被满门抄斩之后,佘太君为防万一,就命心腹家人偷偷挖了这一地穴,可通到城外。以便情况突变之时,顺此地穴逃走。

三个人钻进地穴关上门,杨文广把石头搬好,回房去了。暂且不题。

再说庞龙、庞虎眼睁睁看着呼门之后跑了,喊了半天才把兵将聚齐,又分路追赶。人都跑远了,怎么追啊?看见哪儿冒火往哪儿追吧!他们追起马车来啦!

那马一会儿跑大街,一会儿穿小巷,跑到头见弯就拐,拐过弯去再跑,跑到头再拐,一个劲儿地胡乱跑。官兵在后边就一个劲儿地胡乱追!那马跑来跑去,快跑到皇城城门的时候,车辕子都着了,把它烧得受不了啦,它想:别活受罪了,一头撞死得啦!“咚!”一下子撞到城门上,“噗通”跌倒地上,死了。到后来,庞文为缉拿呼延庆,就又给编了条罪状,说他火烧汴梁,烧了三条大街七十二条小巷。其实,这马车穿过几条大街,十几条小巷,没烧民房。老百姓知道这事,可为了宣扬呼延庆为民除害的英雄事迹,就添枝加叶地说呼延庆上坟,打死了庞文的姑爷、恶霸王骄虎,火烧汴梁,这场火烧了三条大街七十二条小巷,烧到了皇上的紫禁宫,皇上跑得快,还把龙袍烧了两个大窟窿。

书归正传。这马一撞城门,把守城门的兵将吓了一跳,急忙从城楼往下观瞧,看见城门下有火。正在这时候,庞文带着官兵又跑来了。守城兵心想:半夜三更带兵来干什么？还点火！要烧城门啊！这不是要造反吗？守城兵将也没问问是怎么回事,就赶紧禀报,一层一层报到了宋仁宗那儿。宋仁宗刚才给庞文下了谕旨捉拿呼延庆,现在正寻欢作乐呢,听罢内侍禀报,吓得哆哆嗦嗦,说话声都变了:“谁……要造……反?”

内侍也不知道啊！就又把这话一层一层地传回来。守城兵将一问,才知道是庞龙带兵捉拿呼延庆来了。庞龙又问:“呼延庆是不是跑到皇宫去了?”守城的兵将也不知道,也不敢说呀！说没跑进去吧,若是真跑进去了,那不犯死罪吗？说跑进去了,更麻烦啦！跑进去了,怎么不抓呢？怎么不禀报呢？所以只有再往上禀报。报到宋仁宗那儿,宋仁宗一听说就吓瘫了。他心想:呼延庆若是跑进来,准得找我算账呀！急忙命令御林军护卫的护卫,搜宫的搜宫。嚄,这一下可热闹啦！庞文派兵将城搜,皇上派御林军在宫里搜,一直折腾到天光大亮,各处都搜了,也没搜着。庞文和庞龙、庞虎都感到纳闷:莫非是出城逃跑啦？可城门早就关了,他们怎么出的城呢？莫非他们会飞檐走壁、蝎子倒爬墙？这父子二人一合计,呼门之后三个人,从元帅府墙上就知道有个叫呼延庆的,那两个还不知叫啥,便命人画了呼延庆的影像,发了告示,捉拿呼延庆。同时,城门上增兵加岗,严加搜索过往行人,有可疑之人就抓。并派人在高府、杨府等处监视出入之人。他们又一琢磨,呼延庆若是跑了,会不会跑到大王庄？一提起大王庄,庞文就恨王天成,说道:“儿呀,你二人带兵前去追拿呼门之后,借此时机烧了大王庄,除去为父心头之患!”

庞龙、庞虎连声说好,立时点齐一万兵马,奔向大王庄。人马来到大王庄后,庞龙、庞虎下令,将庄子围住用火烧,见着往外跑的人就杀。可是,一直等到整个庄子烧完了,也没见有人往外跑。进庄一看,连具死尸也没见着。

这是怎么回事呢？前文书已经表过:王天成早就派出了远探、近探,探听官兵的行动。呼延庆出逃之后,王员外很不放心,又专门派了两人,到京城探听消息。这两人一个住在城里,一个住在城外。今天一大早有进城的,可是城门没开,人们就吵吵开了:“快开城门呀!”城上官兵生气了:“开什么城门！呼门之后杀了庞太师的姑娘、姑爷、干儿子,又上坟,又火烧汴梁城,不搜出来能开城吗？等着吧!”

住在城外的探子得到这个消息,飞马奔回大王庄,一一禀报。王员外久经世故,知道惹了大祸,心想:大王庄算不能待啦！他马上吩咐家人,赶快准备,要远奔他乡,把能带的都带走,还把一些马匹银两分给乡亲,说庞文要血洗大王庄。乡亲们一听,谁还在这儿等死啊！都着急忙慌地跑了。所以,庞龙、庞虎到这儿烧了庄子之后也没见着人。这且按下不表。

单说呼延庆弟兄三人,他们呆在天波府的地穴里,又黑又闷、又饥又饿。闲着没事,呼延庆想家了。我逃出这些天,我娘怎么样了？老爷他们怎么样？想着想着,又想到杨文广说这地穴能通到城外。哎,反正待着也没事,何不看看到底通到哪儿呢？想到这儿,就叫孟强、焦玉一同出去看看。孟强、焦玉太累了,说啥也不愿动地方。又过了一会儿，孟强、焦玉睡着了，呼延庆心想，我自己去看看吧！他就顺着地穴深一脚、浅一脚地往前摸着走。等他摸到头，发现有一块石头，他用力把石头推开，见外边天光大亮，探头一望，四下无人，他就钻了出来，又把石头堵上。他往远处一望，只见从城里涌出一队人马，奔大王庄方向而去。呼延庆心想：他们是不是到大王庄抓我去啦？他们会不会知道我家在大王庄？会不会去抄家杀害娘亲、老爷他们呢？他越想越觉得应当回大王庄去看看。于是等人马走远了，他也上了路。他瞧见自己身上有血迹，不过，穿的是青衣裳，不细看，也看不出来，但也怕被人发现，招惹是非。所以，他就走山道，走小道。庞龙、庞虎带兵走的是大道，又是骑马，所以比呼延庆快得多。等呼延庆来到离庄不远的山间小路上的时候，官兵烧完大王庄已经离开那里了。呼延庆只是看到一片灰烬，不由放声大哭。正在此时，忽听有人叫道："徒儿！"

呼延庆抬头一看，是师父司马洋老道长，便连忙给师父叩头，说道："师父，徒儿要三进京城，报血海深仇！"

司马洋老道长说："徒儿，不可莽撞行事，此处不是讲话之地，快随我来！"

呼延庆跟着师父进了三真观，司马洋老道长告诉他家已在火烧大王庄之前逃走了，并给他又引见了一位师父——隐士王敖。

第七回 庞文缉拿呼延庆 孟强戏耍海青僧

昏君仁宗掌朝纲，奸臣庞文害忠良；
一代英杰呼延庆，登台打擂闹汴梁。

话说北宋时期，这一年清明节，京都汴梁城内城外，人来人往，接连不断，有背弓的、挂箭的、上坟的、卖炭的、推车的、担担的、锔缸的、卖蒜的、卖针卖线的、卖米卖面的、卖烧饼面汤的、卖茶叶鸡蛋的……熙熙攘攘，热闹非常。哎！就在北门外，从远处大步流星急冲冲走来三个人：左边那位。身高八尺有余，面如紫铜，头戴紫缎甩头疙瘩巾，上身穿紫缎小夹袄，下身是紫缎兜裆滚裤，足登薄底快靴，身背一对加钢斧，外罩一件紫缎开氅大衫；右边那位身高足有九尺，面如蓝靛，头戴蓝缎甩头疙瘩巾，上身穿蓝缎小夹袄，下身是蓝缎兜裆滚裤，足登薄底快靴，身背一对镔铁加钢鞭，外罩一件蓝缎开氅大衫；当中这位，身高一丈开外，胸宽背厚，膀乍腰圆，面如锅底，黑中透亮，两道九卷狮子眉，斜插入鬓，一对大眼，亚赛铜铃，目光灼人，狮子鼻，火盆口，头戴六棱英雄壮帽，茨菰叶压顶有半拃多高，贴耳腮边一朵黑绒球，英雄不动它不动，英雄一动它是突突直颤，上身穿青缎贴身紧袖夹袄，四襟儿大绒包边儿，九股丝绦胸前打蝴蝶袢儿得胜扣儿，腰扎一巴掌宽的丝鸾大带，下身穿青缎兜裆滚裤，足登薄底快靴，身背一对虎尾钢鞭，外罩一件青缎开氅大衫，气宇轩昂，威风凛凛，亚赛火燎金刚、烟熏太岁。此人正是呼延庆。左边那位是孟强，右边那位是焦玉。

有人问了："呼延庆、孟强、焦玉急冲冲奔汴梁来干什么呢？"

原来，宋仁宗登基坐殿之后，将奸臣庞文的女儿庞赛花纳为西宫娘娘，庞文被封为太师，手中掌有十万护城兵的兵权。这老贼内欺天子、外压群臣、在朝专权、飞扬跋扈，有图谋篡位之心。只因朝中有呼、杨、高、郑四大忠臣，故而不敢轻举妄动。庞文将这四大忠臣视为眼中钉、肉中刺，尤其更恨呼家。因为呼家南征北战，立下汗马功劳，是宋室江山的擎天玉柱、架海金梁，是他图谋篡位的拦路虎，他总想找茬儿把呼家除掉。

一次，他和呼延丕显大街相遇，走了个对头，庞文下令让呼延丕显下马让路。那呼延丕显乃是御封敬山王、靠山王"双王千岁"，骑的乃是御封"穿朝马"。这"穿朝马"是怎么回事儿呢？满朝的文武大臣到午朝门都得下马下轿，呼延丕显可以骑马穿过午朝门，直到朝房门外。因此，呼延丕显根本没理庞文那个茬儿。庞文自不量力，走出轿来就去抓挠呼延丕显，结果被狠揍了一顿。庞文上金銮殿动本，皇上没准奏。这老贼又溜进西宫院，找女儿密谋，订下了一条谋害呼家的毒计。

三月二十八，庞赛花要到天齐庙降香，金殿见驾，要一名大臣保驾。文官，她不要；武官，她点名要呼延丕显。皇上准了她的本。呼延丕显在庙门外接驾的时候，叩头参拜西宫娘娘，参拜完毕，刚一起身，庞赛花一头扑进呼延丕显的怀里，紧接着，她自己撕乱了头发、抓破了脸皮、扯坏了日月龙凤袄，连哭带叫跑去见皇上，说呼延丕显有反心，调戏她，她若顺从，呼延丕显就杀了皇上登基坐殿，让她当正宫娘娘；又说，她忠于皇上，死不顺从，才落到如此地步。宋仁宗偏听偏信，勃然大怒，当即御笔亲批，抄杀呼家满门。那奸猾的老贼庞文，领旨之后没在白天下手，等到三更半夜，带领兵马围住呼家，凭着谕旨，绑了呼家三百三十三口，押往法场。

世袭征南王、加封镇国公高锦得到消息，急忙带人赶往法场，找庞文辩理。老贼庞文并不多言，对着高锦拿出谕旨。高锦知道：若是去见皇上，这边都已经开刀问斩了，就是皇上收回谕旨，也来不及啦！于是，便趁着天黑风大，慌乱之际，救出呼延丕显的两个儿子——呼延守用、呼延守信。

第二天，天光大亮，老贼庞文盘查死尸，才得知少了两人，又立即四处派兵缉拿。这时候，呼延守用、呼延守信已逃出汴梁。为了防备庞文捉拿，弟兄二人洒泪而别，分道扬镳。

呼延守用逃到上江县大王庄。大王庄员外王天成喜爱他是忠良之后，将女儿王金莲许配与他为妻。二人成婚不到一年，王金莲身怀有孕。这时，庞文得到风声，听说呼家有后人在大王庄，便带兵前来捉拿。呼延守用只好离家而逃，投奔舅爷马昆。临别之时，嘱咐妻子，若生一女，由王金莲取名；若生一男，取名呼延庆。后来，王金莲生下一男孩儿，隐名瞒姓，叫王三汉。因为王员外有两个儿子，大的叫王大汉，二的叫王二汉，为了保护呼家的根苗，叫他王三汉。呼延庆从小称他妈为姐姐，称他姥爷叫爹。

原来，呼延庆拜隐士王敖为师，学艺三载，师父给他贺号“呼圣僧”。呼延庆别师下山，路过二虎庄三虎岭，去看望孟强、焦玉。三人叙起旧事，感慨万端。孟强说：“大哥，今年又要到清明节了，你可敢再去汴梁？”呼延庆说道：“我何时怕过了，为兄正要前去，一要上坟祭祖，二要除掉老贼庞文！”

孟强、焦玉齐声赞同，说道：“我二人愿随大哥一路前往，闹它个地覆天翻！”

就这样，呼延庆、孟强、焦玉才急冲冲地赶往汴梁城。

行走之间，呼延庆猛然看见路旁走着一位妇人，不由一怔。三人停下脚步，见这位妇人有二十多岁，头戴白，身穿重孝，腰系三尺麻绳，怀抱不满周岁的婴儿，挎一竹篮，边走边哭，走到一坟前停了下来。这是一座新坟，那妇人撂下竹篮，放下婴儿，在地上画了个圈，点纸升香，洒酒祭礼后，坐在地上放声大哭——

那妇人放声大哭泪淋淋，
哭得叫人好伤心！
她呼了声天来叫了声地，
喊了声：“我那回不来的人！
咱夫妻完婚刚一载，
生下娇儿后代根。
实指望夫妻恩爱度日月，
没料想塌天大祸临在身。
不让你打擂你偏去，
你擂台之上命归阴！
为妻我年轻轻地守了寡，
谁来养活我们母子二人？
人说世上黄连苦，
我比黄连苦十分！
缺德的和尚把咱害，
还有那奸臣老庞文！
夫啊——

何时才能把仇报？
我恨不得立时剥他们的皮来剜他们的心！"
呼延庆听罢心暗想：
她为什么骂完和尚又骂庞文？
他想要上前去把根由问，
孟强、焦玉连忙扯住他的衣襟，
"大哥，咱们快点儿把城进，
千万别再耽误时辰！"

呼延庆刚想上前去问清缘由，被孟强、焦玉连说带拽给拖走了。弟兄三人走不多时，只见离汴梁城北门不远、靠西边城墙下边围着一大群人，里三层，外三层，不知有什么热闹。弟兄三人挤上前去一瞧，原来那些人在看着一张告示。呼延庆瞪大双眼仔细观看，孟强、焦玉不认识字，瞪着两眼干着急，一劲儿地直捅呼延庆："大哥，那上边写的啥？"

呼延庆目不转睛地盯着布告，用手扒拉他俩："咳，等会儿告诉你们！"

等呼延庆看完告示刚一转过身来，孟强、焦玉就急忙问道："到底是什么事？"

呼延庆拉着他俩，离开人群，才压低声音说："庞文老贼贴出告示缉拿我，说谁若知道我的下落，报告官府，赏银千两，谁若将我拿住，交给庞文，赏银万两，官升三级！"

孟强闻听，火冒三丈，一拍大腿，高声喊道："好啊！我今天非要……"

刚说到这儿，呼延庆急忙伸手把孟强的嘴给捂住了："不要声张，若露了马脚，岂不误了大事？！"

呼延庆这一说，提醒了孟强，也提醒了焦玉。焦玉这才把火压到了心底。其实，呼延庆的火最大，但他没往外露，心中暗骂：老贼庞文！你不是要拿我吗？我来啦！看看是你拿我，还是我拿你？！想到这儿，他对孟强、焦玉说道："二位贤弟，不要鲁莽，快随愚兄进城！"

弟兄三人往前行，
迈开大步急冲冲。
行走之间抬头看，
眼前就是汴梁城：
远望城楼三滴水，
近瞧垛口数不清，
一个垛口一门炮，
一杆大旗十个兵，
城门两旁兵把守，
人来人往穿梭行，

车走吊桥如擂鼓，
马踏沙尘灰蒙蒙，
护城河中寒鸦叫；
张开两膀直扑腾。
弟兄三人把桥上，
举目一望吃一惊：
一张影像挂在门脸上。
画的正是呼圣僧。
呼延庆心眼儿来得快，
头一低、腰一躬，接着夹进人群中，
拥拥挤挤混进了城。

弟兄三人进了城，放眼观看，一街两厢，好不热闹：杂货铺对着鲜货铺，药铺对着当铺，铁匠炉对着劈柴铺，客店对着饭店，摆摊的、算卦的……走着走着，猛听有人喊了一嗓子，那声音又甜又脆："南来的行商北来的客，吃饭喝酒请里边坐！"

呼延庆扭头一看，只见离他十来步远的地方站着一位堂倌，再抬头一瞧，门上挂着一块匾，写着三个醒目的大字——醉曲楼。呼延庆说道："二位贤弟，咱们先吃些酒饭歇息歇息吧。"

孟强、焦玉表示赞同。堂倌将他们让到楼上，安排就坐，笑嘻嘻地问道："客官爷，用些什么酒菜？"

焦玉说道："你们这儿都有什么吧？"

"客官爷，我们这儿是山中走兽云中雁，陆地牛羊海里参，马肉驴肉骆驼肉，猪肚羊肝牛蹄筋，应有尽有，一概俱全！"

焦玉好钻牛犄角尖儿，一瞪眼睛，冷笑一声，说道："我要爆炒苍蝇肝儿蚊子胆、蚂蚁腰子跳蚤眼。有吗？"

"嘿嘿，客官爷，这玩意儿……太小了……"

"你嫌小？我要泰山大的一块肉、黄河长的一条鱼。有吗？"

"嘿嘿，客官爷，这玩意儿……太大了……"

焦玉还要说话，呼延庆挥手拦住，对堂倌说道："给我们来六个大海碗、六个大盘、三十六个八寸的碟子，每样都放点海物。别的酒不要，烧、黄二酒来两坛！"

堂倌心想：卖饭的不怕大肚子汉，卖酒的不怕灌黄汤！来吧，今儿个算遇上财神爷啦！他连连应声："好，好，好！"便急忙喜笑颜开走到楼梯口，两手掐腰，一阵叫喊。

小堂倌，一阵喊，灶上师傅忙得欢，掂起大勺嫌火慢，火上泼油又撒盐，油也着来盐也崩，火苗蹿起三尺三，熘的熘来炒的炒，烹的烹来煎的煎。小堂倌，不停闲，上楼挟着酒两坛，下楼端起大托盘，顶在头上稳如山，楼下楼上跑得快，片刻酒菜上齐全。

“客官爷,今天菜做得快了点儿,口轻、口重,火老、火嫩,多包涵!”

呼延庆说道:“你去吧,有事儿我再叫你。”

堂倌“噔噔噔噔”下了楼,弟兄三人吃起酒来。酒过三巡,菜过五味,正吃得来劲儿的时候,忽然听到大街上传来走马铃声的响动——

三人喝得意正浓,
忽然传来走马铃声,
呼延庆推窗往下看,
马上坐着一位女花容,
只见她:红绢帕缠头勒得紧,
短打打扮一身红,
红缎子花鞋蹬足下,
鞋尖上钉着一团红缨,
看上去能有十六七岁,
眉头紧锁满面怒冲冲。
这姑娘一边催马一边骂:
“好一个狠心的秃头僧!
等姑娘见了你的面,
剥你的皮、抽你的筋、割你的舌头、剜你的眼睛!”
姑娘在马上骂和尚,
酒楼上闷坏了呼圣僧。
他关窗转身开口喊,
忙把堂倌叫几声。

呼延庆听见大姑娘骂和尚,十分纳闷,心想:没进城,那个妇人骂和尚;进了城,这个姑娘也骂和尚。怎么都对和尚这么大的劲儿呢?想到此处,喊道:“堂倌快来!堂倌快来!”

“来啦来啦!”小堂倌一边喊着一边“噌噌噌”地跑上楼来,他满面带笑,走到近前,说道:“客官爷,不知有何吩咐,是菜凉啦,还是酒不足?”

“菜也不凉,酒也不缺。堂倌,我来问你,方才大姑娘骂和尚你可听见?”

“听见了,客官爷。”

“那位姑娘不在家中刺绣,为何出来大骂和尚?”

孟强一咧大嘴说道:“哎,大哥,你真是多管闲事!她骂她的和尚,咱们喝咱们的酒,来,喝!”

小堂倌笑嘻嘻地说道:“对对对,这叫各行其是,互不相扰!”

呼延庆对着堂倌一瞪眼睛,说道:“大胆!我定要问个明白。”

堂倌一看呼延庆那两只眼睛瞪得像两个铃铛似的，不由吓了一跳，连忙赔笑，说道："客官爷，您别生气，您往那儿瞧！"说着，他用手一指墙，只见墙上贴着纸条，写着八个字：休谈国事，莫论人非。

呼延庆看罢，不由得问道："大姑娘骂和尚与国事有何相干？"

"客官爷，这可太有相干啦！"

"你说有何相干，我来听听！"

"客官爷，这可了不得！若叫太师庞文知道，闹好了，打我八十大板；闹不好哇，我就得脑袋瓜子搬家，小命玩儿完！"

"堂倌，你不要害怕，一切由我承担！"

"客官爷，您听完抬腿走了，我可就得吃不了兜着走。"

焦玉在一旁急得不耐烦了，侧身一把抓住堂倌的手腕子，喝道："你说不说！"

"啃啃啃啃……"小堂倌疼得直叫唤，一看四处无人，心想：我不说，他们也不会饶我。咳，我干脆说了吧！于是，连忙说道："我说，我说。"

焦玉松开手，堂倌甩了甩手腕子，诡秘地说道："您坐在那儿，我站在这儿，听我慢慢说。想当初，庞文抄杀忠良呼延丕显全家，想要斩草除根。可是，天地不容，人家呼家不该绝后，又出来个呼延庆。那呼延庆长的是三头六臂，神通广大，厉害无比。庞文知道人家呼延庆要报仇，整天提心吊胆、坐卧不宁。四个月前，他上金殿动本，说呼延庆两次大闹京城，早有反心，现正在北国屯聚兵马，要夺大宋江山，应立即选人挂帅，去捉拿呼延庆。一听说去捉拿呼延庆，满朝武将没有一个挂帅的。这时，庞文保举一人，此人就是少林寺的掌教和尚、他的小舅子——欧子英。皇上准本，将欧子英请到京城。正在这个时候，包拯包大人出外巡视回京，金殿动本，说咱们大宋朝哪能让出家的和尚挂帅！皇上一琢磨也有道理，可是已经把和尚请来了，怎么办？最后就订下来让和尚在相国寺立擂，擂期一百天，招聚天下举子，英雄进京打擂，谁若打败和尚谁就挂帅，若无人打败和尚，就得和尚挂帅。这和尚上管五百上堂僧，下管五百下堂僧，中管五百中堂僧，手下有一千五百名和尚。他武艺高强，杀法骁勇，有名的英雄好汉让他打死三十六个，无名的不计其数。昨天是第九十九天，有一名新得中的武举状元，姓卢名廷方，登台打擂，结果被欧子英劈死在擂台之上。刚才骑马的那位大姑娘不是别人，正是卢廷方之妹，叫卢凤英。她这是奔相国寺去找欧子英，要给他哥哥报仇！"

呼延庆听罢此言，气贯斗牛，火冒三丈——

小堂倌从头至尾说一遍，
呼延庆闻听气冲天。
心中暗把和尚骂，
恨透庞文老贼奸。
相国寺里立下擂，

杀人害命作恶多端。
使多少妻儿无人来照料，
使多少父老兄妹受孤单！
今天我要去打擂，
为死去的英雄报仇冤！
先把和尚来除掉，
再拿庞文老贼奸，
怒一怒我打上昏君殿，
给它闹个底朝天！
呼延庆越思越想越有气，
一团怒火烧胸间，
英雄双膀一用力，
"喀嚓"一声响耳边，
吓坏了小堂倌！

呼延庆听罢小堂倌一番话语，怒火满胸，哇呀呀——一声暴叫，如同霹雷一般，双膀一用力，就听"喀嚓"一声，紧接着可就热闹啦！咣当——稀里哗啦——咕噜噜——啪——咚咚咚咚——吱吱吱！

那位说了："怎么的啦？越听越糊涂！"

别着急，我一说您就明白了。呼延庆双膀一用力，"喀嚓"一声，桌子腿儿折了；咣当——桌子面掉到地上了；稀里哗啦——碟子、碗全打了；咕噜噜——酒嗉子在地上直滚；啪——酒嗉子撞到山墙上了；咚咚咚咚——酒嗉子的嘴儿正掉到墙角儿的小洞里，酒全灌到洞里去了；吱吱吱——洞里有一窝小耗子，灌得小耗子吱吱直叫。

呼延庆这一发火不要紧，可把小堂倌给吓坏了："哎呀，我的妈的妈——我的姥姥呀！客官爷，我不说你偏让我说，这回可倒好，您这一发火，桌子也坏了，碟子、碗也打了，您拔腿儿一走，可就把我坑啦！掌柜的该说我没侍候好客官爷，又得让我包赔损失，还得把我辞掉，您这不是把我的饭碗给打了吗？"

呼延庆说道："不要紧，你算算连酒带菜加上桌子、碟子、碗一共多少钱，我包！"

"哎呀，客官爷，您可太好啦！"小堂倌说罢连忙算账，一共是八两八钱纹银。呼延庆从兜囊中掏出两把纹银，小堂倌接过一看，足有十二三两，忙说："客官爷，这也太多啦！用不了这么些。"

呼延庆笑笑说道："剩下的全都给你，就算是压惊的。小堂倌，我来问你，从这里到相国寺走哪条道最近？"

"客官爷，从这儿出去往右拐，过两胡同往左拐，再过两胡同往右拐，出了胡同就到了。"

弟兄三人离开醉仙楼,不多时,来到相国寺。只见男女老少拥向寺内。进了庙门再一看,嘆!人挨人,人碰人,你拥我挤,人山人海——

孟强、焦玉、呼圣僧,
弟兄三人到院中。
抬头举目留神看,
擂台就在对面迎:
台高足有一丈二,
芦苇席子搭成棚。
台两旁摆着刀枪架,
十八般兵刃放光明,
左边挂着一面鼓,
右边挂着一口钟,
台后边黄缎幔帐上,
闹龙金牌挂当中,
擂台柱子分左右,
一副对联写得清,
上联写:拳打南山斑斓虎,
下联配:脚踢北海混江龙,
横批写着四个字,
"天下无敌"在正中。
呼延庆看罢怒火冒,
暗骂和尚欧子英:
你出此言太狂妄,
藐视天下众英雄。
我今天与你比上下,
让你认识认识呼圣僧!
呼延庆这里暗思想,人群之中乱了营。
左边拥来右边挤,
前边挤来后边拥。
挤得胖子哧儿哧儿喘,
挤得瘦子直喊骨头疼,
这个踩了那个的脚,
那个顶了这个的胸,
有的喊来有的叫,
还有的一劲儿直嘟哝。

看热闹的人你拥我挤，说啥的都有。

“哎，怎么你还往前挤？”

“今儿个是最后一天了，往前挤挤看看热闹。”

“你挤啥呀？你要去打擂呀！”

“我不打擂，我还想多活两天呢，你去打擂吧！”

“我要有能耐，早把那和尚打死啦，还能让他祸害这么多人？！”

人群中正在乱吵吵，孟强喊了一嗓子：“众位借光，打擂的来啦！”

这一喊不要紧，众人扭头一看是三位大汉，不约而同地嚷道：“快给英雄让路，收拾秃和尚的来啦！”

“唰啦！”众人顿时闪开一条道，弟兄三人走到擂台下，站定身形，等候打擂。

这时候，众百姓喊道：“天不早了，和尚怎么还不出来呢？打擂的来啦，和尚怕死啦！”

大伙正在喊叫，忽然，见擂台左门门帘一撩，走出一个和尚，看年纪就是二十五六岁，身高八尺开外，膀大腰圆，新剃的头，脑瓜皮锃亮，面如瓦灰，一脸横肉，粗眉贼眼，秤砣鼻子，蛤蟆嘴，耷拉着嘴角，身穿灰色大领衫，脚穿白袜，足登单脸的僧鞋。这和尚二话没说，走到刀枪架前，抄起一杆花枪，手中一抖，“啪啪啪”扎了一套枪路子。他放下枪，“嗖嗖嗖”“噌噌噌”“噔噔噔”打了一套拳脚，站定身形，气不长吁，面不改色，环视四周，洋洋得意。孟强看了半天，不解其意，问道：“大哥，这秃驴是干什么呢？”

呼延庆皱了皱眉，摇了摇头，说道：“不知道。”

焦玉连忙接过话茬儿，说道：“我知道，驴毛了，尥蹶子呢！”

正在这时，和尚高声喊道：“呔！天下的举子听真，洒家名叫海青，少林寺出家，师父是掌教的罗汉——欧子英。我师父奉圣上谕旨在此立擂，擂期百日，招聚天下英雄好汉进京打擂，若有人能胜我师父，他就挂印为帅，如若无人能胜，我师父就挂印为帅，执掌兵权。今天是最后一日，洒家代替恩师登擂，如有不服者，请上擂台，与洒家比个高低！”

海青嚷了半天见没人搭话，不由一阵狂笑：“哈哈，阿弥陀佛，看来是没人敢登擂台。今天呆着也是呆着，闲着也是闲着，这么办，我给大家一点儿好处，如有敢上台打擂者，打我一拳，赢银五两，踢我一脚，赢银十两！”

台下一听这话，说啥的都有：

“兄弟呀，听见没有？不用说打擂，上去能打着和尚，踢着和尚，赢点儿银子花花也不错呀！”

“他妈的，这和尚也太傲啦！怎么就没人敢上？！”

“哼，我若是会个三脚毛儿、四门斗儿，也敢上去跟他较量较量。”

“哎，刚才不是有三位英雄要打擂吗，怎么不上呢？”

焦玉沉不住气了，说道："大哥，这和尚目中无人，待小弟教训教训他！"

呼延庆一把抓住焦玉，说道："贤弟，不要性急！"

孟强在一旁笑笑说道："大哥，咱们的银子也没多少了，我先上去，打他二百拳，踢他三百脚，挣点儿银子再说！"

他话没说完转身就跑，呼延庆一把没抓住。孟强一声大喊："秃驴，休要撒野！"

说罢，纵身形一个旱地拔葱，落到擂台之上。海青一见来人，不由往后退了两步，上下打量起来。孟强上台二话没说，开拳就打。海青忙闪身形，先念了一声"阿弥陀佛"，接着问道："这位壮士，莫非你要打擂？"

孟强挥手一指海青，说道："废话！不打擂我上台干什么？"

"壮士，你可曾标名挂号？"

"打别人挂号，打你不用挂号！"

"这是为何？"

"你说为何？你装什么糊涂？刚才你腆着个大脸，咧着个人嘴，说打你一拳，赢银五两；踢你一脚，赢银十两。我不是为了争夺帅印，而是为赢你银子来的，我要打你二百拳，踢你三百脚，赢点儿银子花花！"

海青心想：我这银子是那么好赢的？今天我要你的命！想到此处，他满脸堆笑，装出慈善的样子，说道："壮士，既为此事，也应通名报姓。"

孟强暗想：让我通名报姓？没门儿！想当初，我跟大哥、三弟火烧汴梁，人人也都有个耳闻，现如今，庞文又画影像、贴告示捉拿大哥呼延庆，虽没说抓我，可我若报姓名，就会招惹是非，给大哥带来麻烦。干脆，我要笑要笑他吧！想到这儿，开口说道："你问我的姓名？有，我叫无名士。"

海青听罢，一吧嗒嘴儿，觉得不是味儿，说道："壮士，为何有名不报？"

"我怕吓着你！"

"休出此言，快快通名报姓！"

"当真要问！"

"当真要问。"

"果然要问？"

"果然要问。"

"你听着，我姓干，单字佬。"

"哦，你是'干佬'？"

"哎！你叫'干佬'有什么事儿呀？"

台下一阵哄笑。海青气得哇呀呀直叫，骂道："好一个匹夫，胆敢要笑洒家！还不赶快滚下擂台，如若不然，定叫你死在擂台之上！"

"秃驴，你吐狂言，说大话，也不怕风大闪了舌头！今天，我要拆你的驴棚，下你的汤锅，吃你的驴肉！"

海青气得又晃脑袋又跺脚:“哎呀,胆大匹夫,气死我也!”孟强一见,心中暗自高兴,想道:先下手为强,后下手遭殃。什么黑猫、白猫、花狸猫,逮住耗子就是好猫,我这几招若把和尚整住,就算露脸;整不住,我就三十六计,走为上策!想罢,连喊几声“打”,照定和尚来了个饿虎扑食,上三拳、中三拳、下三脚,气势凶猛,动作迅速。这一来把海青给打蒙啦。他急忙连连闪躲:“阿弥陀佛,你这是什么门儿?”

孟强说:“这叫糊涂门儿!”

“你这是什么拳脚?”

“我这是赢钱的拳脚!”

说起来,若是正门儿的拳脚,海青还真不怕。可是,孟强没按正门儿的打,他是怎么快、怎么猛就怎么打。这一来,真把海青给弄糊涂了。孟强噼里啪啦,上下左右,虚虚实实,紧逼和尚。海青手忙脚乱,上挡下防,左闪右躲,连连后退。闹得台下看热闹的人哄堂大笑,一个个都觉着挺解气,连声喊道:“好拳脚!打得好!千万别让和尚跑掉!”

两个人在台上绕晃半天,孟强没打着和尚,拳脚也慢下来了。海青见时机已到,便反守为攻。孟强见势不妙,暗想:我见好就收吧。要打和尚,非我大哥不可!于是,一个箭步退到擂台口,喊道:“秃驴,我不哄你玩儿啦!”

说罢,孟强一转身形,跳下擂台。台下的百姓不约而同地表示惋惜:

“咳,打得挺好,怎么下来啦?”

“他应该把和尚打死,给死去的举子报仇!”

孟强来到呼延庆身边,小声说道:“大哥,你上去吧!”

呼延庆说:“还不到时候,等欧子英出来再上!”

海青被耍笑了一番,又没打着孟强,憋了一肚子窝囊气。他一心想找个主撒撒气儿,张口喊道:“谁上来?谁上来?”

他嚷了半天,无人搭话,一眼瞧见台下有个大个子,回身抄起一根白蜡杆子,用杆子一指,嚷道:“大个子,你上来打擂吧!”

“我不打。”

海青一瞪眼珠子,喝道:“你不打擂长这么高干什么?矮着点儿!”

说着,“啪!”一杆子打在大个子头上。大个子敢怒不敢言,只好往下蹲了蹲。

海青一眼又瞅着一个胖子,用杆子指着嚷道:“胖子,你打擂吗?”

“我不打。”

“不打擂长这么胖干什么?瘦着点儿!”

“啪!”一杆子打在胖子头上,胖子疼得直叫唤。呼延庆见和尚如此蛮横无理,气得浑身突突直颤,牙齿咬得咯咯直响。正要冲上擂台,忽听后面有人喊道:“借光、借光!闪开闪开!”

这一喊,前边的人都把头扭过去了。海青放眼一望,不由一怔,只见人群中有一大汉，手举一把刀，明晃晃、亮堂堂，在半空中一晃，寒光闪闪，耀人眼目。众人给他闪开一条道，那人来到离呼延庆不远的地方，停住脚步站下了。海青一看，那人有五十来岁，举的是一把切刀，问道："你打擂吗？"

"我不打擂，我是来看打擂的"。

"看热闹的，为何拿刀？你是干什么的？"

"我是卖切糕的。今天买卖挺好，卖完切糕，听说这擂打得挺热闹，我锁上车子，拿着切刀就来了。我不拿刀不行啊，丢了没人赔呀！我怕刀碰伤了人，拿麻布包上了，谁想挤了一阵子，麻布掉了。"

海青一听，心里暗骂：你这个老不死的，把我吓了一跳，举着把刀明晃晃的，大嗓门一喊，我寻思是来给哪个死去的举子报仇的呢！行了，这回我拿你出出气吧。想到此处，喝道："卖切糕的不许看打擂！"

卖切糕的毫不示弱，喊道："谁说的？"

"我说的。"

"你纯粹不讲理！"

"好啊，你个老不死的，不给你点儿厉害，你也不认识马王爷三只眼，着家伙！"

说罢，海青一抖手中的白蜡杆子，噗——直奔卖切糕的老头儿面门而来。这时，呼延庆再也按捺不住心头的怒火，伸手使了个凤凰单展翅，一把将白蜡杆子抓在手中，大喝一声："和尚，休要撒野！"

这一声喊叫，犹如雷炸，台下顿时鸦雀无声。台上海青吓得一哆嗦，定睛一看，一位黑脸大汉抓住了白蜡杆子。海青手握杆子这头儿晃了三晃，拽了三拽，呼延庆纹丝儿没动。海青心里害怕了，他知道这下可遇见能人了，觉得浑身发冷，头发根子发麻。可是，这家伙嘴还挺硬，喝道："你要干什么？"

呼延庆哇呀呀一声暴叫："我要打擂！"

欲知后事如何，且听下回分解。

第八回 彩棚挂号费周折 小姐除恶用计策

呼延庆一把抓住白蜡杆子，对着海青哇呀呀一声暴叫："我要打擂！"

说罢，就要纵身登上台去。就在这时，猛听有人喊道："英雄且慢，先让我替兄报仇！"

紧接着又听到几个女子的喊声："众位父老兄弟姐妹，请借光，让小姐登台打擂，报仇雪恨！"

众人回头一望，只见走来一位小姐，浑身上下，短打打扮，杏眼圆睁，柳眉倒立，来势汹汹，杀气腾腾。后面跟着四名丫环，一个个怒气冲冲。

呼延庆扭头一看，见过！这不正是在酒楼上看见的那位姑娘吗？不错，来的正是卢凤英。那位问了：卢凤英骑着马，比呼延庆走得还早，为什么现在才到呢？

一来，呼延庆他们走的是近道，卢凤英骑马走的是大道，绕远儿，二来，卢凤英走到半路上让丫环们追上了，纠缠了半天。

丫环们追小姐干什么呢？原来，昨天卢凤英得知哥哥打擂死在欧子英之手，放声大哭，非要上擂台给哥哥报仇不可，这时候，她爹左右拦挡，她妈连拖带拽，苦苦央求："孩儿呀，你爹你妈一辈子就生下你们兄妹俩，你哥哥让和尚给打死了，咱们家往后全仗着你啦。你若再去打擂，万一有个三长两短，谁给我们送终啊？！"

常言说：少怕伤妻，老怕伤子。老两口子痛哭流涕，紧抓着女儿不放。卢凤英没有办法，只好依着二老爹娘。丫环们扶小姐回绣楼，老两口不放心，支派四名丫环看管小姐，说："小姐若是偷着去打擂，就拿你们四个问罪！"

今天早上，小姐吃完饭之后，收拾妥当，支走四个丫环，悄悄地来到后院备好马，偷偷地打开后花园的角门，翻身上马奔相国寺来了。

四名丫环发觉小姐偷着跑了，知道准是上了相国寺，于是，她们连忙乘马追赶。在离相国寺百十来步远的地方，她们追上小姐。四个人跳下马来，"呼啦"一下子围住卢凤英，七嘴八舌地说道：

"哎呀，我的小姐，你怎么偷着跑出来啦？"

"老爷支派我们看着你，若是老爷知道你跑出来，还不得把我们的腿给打断了呀！"

“小姐,咱们快回去吧,可不能去打擂呀!那秃和尚杀人成性,打死了多少英雄男儿,何况咱这女流之辈呢?”

卢凤英翻身下马,说道:“众位姐妹,休说什么女流之辈。如若是你们的亲生兄弟被人活活劈死,你们能就此善罢甘休?我从师学艺多年,不报杀兄之仇,枉为人也。你们与我若有姐妹之情,便随我一同前去打擂,若无姐妹之情,咱们就此分手,你们走你们的阳关道,我走我的独木桥!”

四名丫环听罢此言,面面相觑。她们知道小姐武艺高强,若是没有擒龙手,也不敢下龙潭,若是没有打虎艺,也不敢上山冈。平日里,卢凤英与丫环们虽然有主仆之分,但却亲同手足。如今,卢凤英话说到这个份上,谁能跟她就此分手呢?四个人共同表示:“愿与小姐一路前往。”

卢凤英带着四名丫环来到相国寺门前,拴好马,刚一走进大门,正赶上呼延庆抓住海青手中的白蜡杆子,一声暴叫:“我要打擂!”卢凤英替兄报仇心切,闻听此言,急忙喊道:“英雄且慢!先让我替兄报仇。”

大家伙一听这位小姐是来替兄报仇的,知道来者不善,巴不得把和尚收拾了,便连忙给她闪开一条道。卢凤英急步匆匆来到呼延庆面前,施礼下拜,说道:“这位英雄,我不是为争夺帅印而来,我是特地来报杀兄之仇!若是我打了和尚,帅印归你,若是我打不了和尚,英雄再登擂也不为迟。不知英雄意下如何?”

呼延庆心中暗想:小姐,这也就是你吧,换个别人,我说啥也不能让!因为我刚才在酒楼上听说你要替兄报仇,如今你果然来了,虽说你是个女孩儿家,可是有种不畏强暴的英雄气概,我从心里佩服你!想到此处,他松开手中的白蜡杆子,连忙躬身还礼,点头应允。

卢凤英谢罢,垫步拧腰,一纵身形,“噌!”上了擂台,就好像四两棉花落在地上一样,没出一点儿声响。海青抽回白蜡杆子刚转身放回刀枪架,扭头一看,见擂台上站着一位姑娘,虎视眈眈,怒气冲冲。他走上前去,冷笑了两声,问道:“这位小姐,你是不是走错路啦?你要烧香还愿,快快奔赴庙堂。”

卢凤英挥手一指海青,喝道:“和尚,休要胡言,姑娘我是来登台打擂的!”

说罢,她上前就要与和尚交锋。和尚连忙后退两步,说道:“小姐,你来打擂,可曾标名挂号?”

卢凤英心想:我上哪儿标名挂号呢?再说,我若一下擂台,你走了,我找谁报仇去呀?正在这时,忽听台下有人喊道:“卢小姐,时辰不早了,快挂号去吧!”

卢凤英顺着喊声往下一瞧,只见台下站着一人,头戴一把抓的帽子,身穿一套蓝布衣裳,年方三十岁左右,慈眉善目,一团正气。这人一见卢凤英站在台上没动地方,心中暗暗着急,又开口说道:“卢小姐,要打擂就得先去挂号。挂了号,你打伤了他不犯罪,打死他不偿命;若是不挂号,甭说打死他,就是打伤了,都得问罪!”

卢凤英一听明白了:“哦,那真得去挂号。”可她又怕和尚走了,便对那人开口说道:“多谢仁兄！我若去挂号,和尚走了怎么办?”

“卢小姐,你只管前去挂号,把和尚交给我,他走不了。”

“多谢仁兄。请问,我到哪儿去标名挂号?”

那人用手指指东又指指西,说道:“那是东彩棚,包丞相在那儿;那是西彩棚,太师庞文在那儿。你上东彩棚去挂号吧。”

卢凤英听罢,心想:正合我意。包丞相是国家忠良,他老人家与我父乃是磕头兄弟,包伯父一定能给我标名挂号,想到此处,她跳下擂台,众人闪开一条道,她直奔东彩棚去了。

这彩棚是芦苇席搭的,有两丈多高。门外站着八个带刀护卫,一个个头戴大叶巾,身穿跨马服,外罩黄缎子马褂,足登五分底的朝靴,左肋下挂着腰刀。这是丞相手下四品带刀护卫,可以上殿朝见天子。这八个护卫正是王朝、马汉、张龙、赵虎、董平、薛霸、李贵、娄青。弟兄八个正在闲谈呢:“哎,今儿个是最后一天了,没人来标名挂号,看样子帅印非叫和尚夺去不可啦!”“那可不一定,没准儿今天来一位英雄,就把和尚给收拾啦!”“若能这样,那敢情好啦！可是,现在还没有来挂号的呢!”“哎,瞧！那不来了吗?”他们几个瞪眼一瞧,原来是个女的,不由得都泄气了。

卢凤英走到跟前,飘飘下拜:“列位差官大人,我这厢有礼了。”

“免礼,免礼。小姐到此,有何贵干?”

“借问一声,这可是包丞相的彩棚?”

“正是。”

“有劳差官大人,请传禀一声,就说我要标名挂号,登台打擂!”

“哎呀！小姐,欧子英武艺高强,心毒手狠,立擂以来,天下的英雄被他打死不计其数。你若上去,岂不白白送掉性命?快快回去吧!”

“列位差官大人,多谢你们的一片好意,可我今天一定要报杀兄之仇!”

“你的兄长是何人?”

“卢廷方。”

王朝、马汉他们一听是包丞相的拜把兄弟卢景荣之女,新科武状元卢廷方之妹来了,不由得又重新上下打量卢凤英。他们没见过卢凤英,但早有耳闻,听说她拜“金刀圣母”为师,学艺多年,论武艺不在她哥哥之下。如今,细一观看,卢凤英飒爽英姿,颇有气概。再加上卢凤英又苦苦哀求,这一来,弟兄八个心可就活了。王朝、马汉让卢凤英在外边等着,他们急忙转身进了彩棚。

这时候,包公正趴在虎头案上闭目沉思呢。他心里一个劲儿地念叨:呼延庆啊呼延庆,你怎么还不来呢?！那两次你来汴梁上坟祭祖,正赶上我出外巡视不在京城,没帮上你的忙。现如今,庞文老贼把他的小舅子找来立擂,若没人能胜和尚,和尚可就挂帅啦。他若一挂帅,老贼庞文兵权到手,他就要篡位登基,谋夺大宋江山社稷！你若来了,除掉欧子英,既为民除了害,又可使老贼的阴谋破灭。若再拿住庞文,既为国除了奸,又为呼家报了仇。包公正暗自念叨,王朝、马汉进来禀报,说外边有人要标名挂号、登台打擂。包公心想:是不是侄儿呼延庆来啦?忙问:“来者是不是一个彪形大汉?”

“禀相爷,来者是一个千金闺秀。”

包公一拍桌案,说道:“咳,你二人跟随本相多年,知道本相的脾气,一般的事情不用禀报,你们做主就是了。恶僧欧子英立擂以来,打死了多少英雄好汉,何必再让这位姑娘送死呢?你们就说本相不见,叫她回家去吧,免得一死。”

“相爷,我们已经这么说了,可她苦苦哀求,非要挂号打擂不可。她虽然是个女子,可是气概不凡。常言道,‘人不可貌相,海水不可斗量’,她若是没有两下子,量她也不敢前来。”

包公听罢,觉得此话有理,便吩咐将那位姑娘带进来。王朝、马汉赶忙出去,带着卢凤英,三人迈步走进彩棚——

王朝、马汉头前行,
后跟小姐卢凤英。
抬头看,彩棚之内好威严,
三口铜铡放光明:
铡刀本是月牙样,
乌木床子马牙钉,
龙头铡,铡的是龙子、龙孙、当今的天子,
虎头铡,文武官员犯法不容情,
狗头铡,铡的是土豪、恶霸与盗匪,
铁面无私传美名。
龙头铡,一边儿造着两只凤,
一边儿造着一条龙,
一边儿造着七七四十九个眼儿,
一边儿造着八八六十四颗星。
铡一个官免一个眼儿,
铡一个太子免一颗星,
铡一个娘娘免只凤,
铡一个天子免条龙,
这本是御刑。
包公的权力为什么这样大?
只因为陈州放粮立大功,
草桥断后谁人不知晓?
他将李后请回京。

除刘妃,拿郭槐,他为国太把仇报,
铲除奸党国安宁。
他是御儿干殿下,
他是金头御相公,
他与四帝仁宗为兄弟,
这都是国太亲口把他封。
忠良见他很敬重,
奸臣见他胆战惊。
案桌后,八名护卫两旁站,
包公坐在正当中;
头戴一顶乌纱帽,
帽上宝珠亮晶晶,
黑缎蟒袍多合体,
蟒翻身、龙探爪、海水波涛绣得精,
腰间横着一条玉带,
一双朝靴二足登,
粗眉大眼好威武,
面如锅底黑中透明,
鼻直口阔牙白如玉,
一绺钢髯飘前胸。
浑身上下透正气,
脸上一点儿无笑容。
卢凤英上前参见包丞相,
包丞相瞪眼观看吃一惊。

包公手扶虎头案桌,瞪眼一看,面前跪的这位姑娘不是别人。正是他的拜把兄弟天官卢景荣之女卢凤英,连忙开口问道:“孩儿啊,你怎么来啦?”

“伯父,这事说来话长。近些天来,我父回府总是愁眉不展,长吁短叹。我问他老人家有什么心事,他老人家先是不肯说,后来才吐露真情。孩儿得知奸贼庞文假借捉拿忠良之后呼延庆为名,从少林寺请来他的小舅子欧子英,要挂印为帅,实际上是想执掌兵权,谋国篡位。此时,多亏伯父您再三拦挡,朝廷才提出让和尚立擂。立擂本该是招聚天下英雄武举,为国选拔有用之才,而后量才使用。可是,庞文、欧子英居心叵测、无比狠毒,立擂九十余天,凡登台打擂的,不是死就是残,如此杀害报国之士,真是骇人听闻。孩儿我听罢十分气恼,横下心来,要登台打擂,为死伤的英雄武举报仇雪恨,为民除害。我哥哥说我是女孩儿家,不让我出头露面,他非要登台打擂不可,对我说道:‘妹妹,我若不除掉恶僧欧子英,枉为八尺男儿!’可惜,我哥哥壮志未酬，惨遭杀害……伯父，您想想，我兄为国身先死，其妹怎能袖手观？”

卢凤英叙说衷肠，声泪俱下。包公听了，半天没言语。他的心被打动了，暗暗赞佩卢凤英，不由得伸出手拿起笔来，刚要给卢凤英标名挂号，又一细想，觉着不妥，叹了一口气，说道：“咳，孩儿呀，不是伯父我不给你标名挂号，是我不忍心啊！这些日子，恶僧伤害了多少有志之士，良家子女。他们标名挂号，都是出自我手，个个非死即伤，伯父我看在眼里，疼在心上。昨天，你哥哥来标名挂号，起初，我再三劝阻，后来，也是被他说活了心，没想到他也惨死在恶僧之手，回想起来，好不后悔。如今，我若给你挂号，若有个三长两短，我怎么向你父母交待呀？孩儿啊，还是快快回家去吧！”

卢凤英先是看见包公把笔拿起来了，心里琢磨：这回我可要给我哥哥、给死去的天下武举报仇啦！可是，刚想到这儿，包公把笔又放下了，而后又说了这番话，不但不给她挂号，还让她快回家。卢凤英心里的火，“呼”的一下子就烧起来了，脑袋“嗡”的一下子觉得发胀。她尽力克制自己，思索片刻，说道：“伯父，孩儿我不能回家。”

“为何不能回家？”

“孩儿回家也是一死，打擂也是一死，那就莫如打擂啦！”

包公闻听此言，眼珠一转，觉得话里有话，连忙追问：“孩儿，此话怎讲？”

“伯父，您想想，我若是不打擂，岂不是眼巴巴地看着欧子英挂印为帅？恶僧一挂帅，兵权就要落到奸贼庞文手里。我父与他素来不和，是冤家对头。平时，庞文总是仗势欺人，若是他篡位登基，便会像当年抄杀呼家一样抄杀我们全家。到那时，我不也是死吗？若是那么死，就不如登台打擂，就是死了，也死得值。再说，死不死还两说呢！伯父，您想想，我怎么死合算？”

包公听罢，二目圆睁，不由倒吸了一口凉气：“哎呀，好厉害的侄女呀！说得句句入理，你让伯父我怎么答复你？！”

包公眼望卢凤英，紧锁双眉。这时，卢凤英又开口说道：“伯父，庞文若是得了势，抄杀的岂止是我卢家？他能放过哪家忠良？依孩儿之见，他头一个就得拿您开刀。当然，咱们谁也不惧一死，可是，这误国害民啊！”

卢凤英这番话真说到包公心里了。近些天来，包公就为此事吃不好饭、睡不好觉，惆怅万端。他盼望呼延庆来打擂，可是，左盼左不来，右盼右不来，真把他急坏啦。他也想到，今天呼延庆再不来，明天就同文武百官上殿动本，说什么也不能让兵权落到庞文手里。现在，他听了卢凤英这番话语，更加赞佩、更加疼爱卢凤英了，心里念叨：好孩儿，你多有气节，多么懂事啊！不过，此时此地，伯父还不能跟你吐露实情！不管你怎么说，我也不能给你标名挂号，让你冒着九死一生的危险去登台打擂。包公心里这么念叨，可是，念叨念叨就把后一句话念叨出来了。卢凤英不知道包公怎么想的，她一听说什么也不能让她打擂，心如刀绞一般，说道：“伯父若是不给孩儿标名挂号,孩儿就跪在这儿不走啦!"

一个是说啥也不给标名挂号,一个是说啥也要登台打擂,真是针尖遇上麦芒啦!包公心想:孩儿呀,你跪着就跪着吧,到时候一收擂就拉倒啦,反正也跪不死你,也饿不坏你。包公也不吱声了,坐在那儿想着明天上殿如何动本。卢凤英跪在那儿可受不了啦,心想:跪在这儿能替兄报仇吗?再者说了,刚才人家那位英雄要登台打擂,我硬给拦住了,说我要打擂,临来挂号之前,又拜托那位仁兄给看着和尚,别让和尚走了,我在这儿跪着,耽误人家的事儿呀!想到这儿,她开口说话了:"伯父,刚才一位英雄要登台打擂,我说我要替兄报仇,要他先让我打,他与我素不相识,都给我情面,点头应允。难道您就真不给孩儿这点儿情面吗?"

说者无心,听者有意。包公一听有位英雄要打擂,就想到是不是呼延庆来了,"腾"的一下站了起来,忙问:"那位英雄是不是位彪形大汉?"

"正是。"

"黑脸?"

"对。"

"长着两道九卷狮子眉?"

"啊。"

"哈哈哈哈……"包公一阵大笑。这一来,卢凤英闹蒙了,心里纳闷:包伯父为什么问起那位英雄来啦?他怎么知道那位英雄长的什么模样呢?我见过伯父多少回,从来没见他笑过,这回怎么放声大笑呢?

不光是卢凤英莫名其妙,王朝、马汉也猜不透是怎么回事儿,心想:跟随相爷这么些年,没见他笑过,今天这是怎么的啦?!

甭说是王朝、马汉没见包公笑过,谁见包公笑过?没有一个。为什么呢?因为包公从来就没笑过。那今天怎么笑啦?太高兴了。他一听就知道是呼延庆来了。有人问了:包公见过呼延庆吗?没有。没见过呼延庆,他知道呼延庆什么长相吗?知道。怎么知道的呢?包公问过高锦和佘太君,因为呼延庆头一次上坟是高家把他救了,第二次上坟是杨家救的他。因此,包公虽然没见过呼延庆,可是知道他长得膀大腰圆、黑脸膛,特别是有两道九卷狮子眉,所以,他知道呼延庆来了。

包公一阵大笑之后,又问卢凤英:"孩儿,那位英雄怎么不来标名挂号?"

卢凤英心想:我哪儿知道啊?您对他怎么这么大的劲儿呢?她这么想的,可没这么说。她眼珠一转,灵机一动,说道:"伯父,我跟那位英雄已经订好了,我先登台打擂,若是打了和尚,帅印归他;若是打不了和尚,他再登台打擂。您想想,我还没登台打擂呢,他怎么能来标名挂号呢?"

这时候,包公心里可有底了。他知道,有呼延庆在,就是卢凤英打不过和尚,也吃不了亏。他立时精神大振,心想:孩儿啊,你别跪着了,快打擂去吧。你打完了,呼延庆再打!接着,他提起笔来,"唰唰唰",写完号牌,交给卢凤英,再三嘱咐:"孩儿,快去打擂,要多加小心。若看着要吃亏,就赶快下来,让那位英雄登台!"

卢凤英也没弄明白是怎么回事儿,一看号牌到手,她转身就走。刚走出彩棚,四名丫环迎面走来了。她们四个等得不耐烦了,以为出了什么事,这才到这儿来找小姐。卢凤英看见丫环,又想起一件心事,开口说道:"众位姐妹,今天我登台打擂,若是打了和尚,就如愿以偿了;若是死在擂台上,你们把我的尸首抬回府去,多多安慰、照料老爷和夫人,劝老爷辞官为民,告老还乡,以度晚年,免得在朝中受奸贼之害。另外,把我的尸首埋好,等到奸贼、恶僧覆灭之时,你们到坟头添上几锹土,烧上几张纸,告诉我一声,我在九泉之下死也瞑目了。"

众丫环一听,都流下了眼泪。卢凤英说道:"不必啼哭,走!"

卢凤英登上擂台,照着海青抡拳就打。海青早就想下去歇息歇息,不料,被台下那人领着大伙一起哄,他挂不住脸,脱不开身,憋了一肚子气。现在,他看见刚才那位小姐上台就打,急忙闪开,喝道:"且慢,你可曾标名挂号?"

卢凤英挥手一拍挂在腰间的号牌,说道:"号牌在此。"

海青一撸袄袖子,露出一副杀相,高声喝道:"丫头,通上名来,洒家手下不死无名之鬼!"

卢凤英闻听此言,好不气恼!

海青和尚喝一声,
恼怒了小姐卢凤英。
她一团烈火心头起,
骂了声:"恶僧欧子英,
要问姑娘名和姓,
我姓卢名字叫凤英。
家住此地天官府,
卢廷方本是我长兄。
我登台只为把仇报,
不是为争夺帅印当元戎!
欧子英——
你本应寺庙之中守戒律,
你本应吃斋念佛读真经,
你不该相国寺中立下擂,
你不该大开杀戒夺功名;
可恨你心如毒蝎无人性,
可恨你惨杀武举害苍生!
常言道——
杀了人,要偿命,

欠下债，要还清。
如今你恶贯满盈万民恨，
如今你罪大恶极天不容！
今天休想免一死，
我要拿你祭英灵！”
卢小姐说罢就要打，
这时候，猛听台下喊一声！

卢凤英刚要动手，猛听台下高喊一声：“卢小姐，他不是欧子英！”

卢凤英往台下一看，喊话的正是告诉他去东彩棚挂号的那位仁兄。她向那人点头致谢之后，左手掐腰，右手一指和尚，问道：“你是何人？”

海青腆起胸脯，挥动右手一拍，说道：“洒家是欧子英的大徒弟——海青。”

“姑娘我是来找欧子英算账的，没有你的事，你快去把你师父叫出来，让他前来受死！”

海青冷笑了两声，说道：“哼，杀鸡何用宰牛刀！你哥哥已经上阴曹地府报号，洒家送你同他一路前往。看拳——”

海青正说着话，趁卢凤英没防备，抽冷子就是一拳。一般说来，双方若是交手，都是先打招呼后出手。可是，这小子太损啦！他是先出手后打招呼，拳已经到了，他这“看拳”才出口。只见他左拳一晃面门，右拳直奔心窝，这一招儿叫“黑虎掏心”，又快又狠，打着不死也得昏。若是换个别人，这一拳还真躲不开，非让他打倒不可。可是，卢凤英乃是名师之徒，手疾眼快，嗖——侧身闪开；海青紧接着就是一个扫堂腿，卢凤英“噌”地一纵身形，闪过去了，可她刚一落地，海青飞身上前又是一脚，卢凤英脚一点地，“腾”一下子跳出有五步开外。

呼延庆在台下看得清清楚楚，暗暗赞佩卢凤英武艺超群。看热闹的也都交头接耳，连连夸赞：“这位小姐真有两下子呀！”

海青心里暗自嘀咕：哎呀，往常我这绝招儿不用则罢，一用就灵，有的让我一招儿就打躺下了，有的躲过我头一招儿逃不过我第二招儿，还有的躲过我头两招儿逃不过我第三招儿。这个姑娘挺厉害，三招儿全躲过去啦。哼，我也不光指着这三招儿，耗子拉木锨——大头在后边呢！来吧，这些天，男的让我劈死不少，女的我还没劈死过呢。今天，我就拿你开开杀戒吧！这小子一边心里嘀咕着，一边磨拳擦掌地就直奔卢凤英而来。

卢凤英是打欧子英来了，根本不想和海青交手。所以，她大喝一声：“海青！休要撒野，快快叫欧子英出来！”

海青这小子也不搭话，两眼一瞪像野牛似的，扑上前去，拳打脚踢，上蹿下跳，活像疯狗一般。卢凤英一看他这架势，知道不打不行了。于是，挥手相迎，两人交手，打在一起。卢凤英来了个“泰山压顶”，海青使了个“老君封门”；卢凤英又来一个"双风灌耳",海青又使了个"童子拜佛";卢凤英取胜心切,突然变换招法,一招儿紧似一招儿,拳似流星,脚带风声,霎时间,只见擂台之上左也是卢凤英,右也是卢凤英,前也是卢凤英,后也是卢凤英。

台下看热闹的人齐声喝彩,连连称赞,都盼着卢凤英一拳把和尚打死,一脚把和尚踢死,好好给大伙出出气!

海青也不示弱,立时改变招法,轻似狸猫,快如闪电。眨眼之间,前后左右也都是和尚了。两个人打得是难解难分,难定输赢。

台下这些人一瞧,这边是卢凤英、和尚,那边是和尚、卢凤英,看得眼花缭乱,目瞪口呆,犹如木雕泥塑一般。

突然间,海青使了个"金鸡落架连环腿",卢凤英接连闪躲,站立不稳,喊了一声:"哎呀,不好!"倒在台上,可她紧接着使了个"就地十八滚",咕噜噜噜……滚到台边,伸出双手扳住台板,斜身趴在擂台上,下边那条腿伸着,上边这条腿蜷着,扭头望着和尚,面露惶恐之色。

台下看热闹的人不约而同失声喊道:"哎呀,完啦!"

孟强、焦玉一推呼延庆,说道:"大哥快上!"

呼延庆摆了摆手,说道:"不必惊慌,现在还看不出输赢来。"

就在这时,海青大喊一声:"丫头,哪里逃?拿命来!"

和尚喊罢,一个恶虎扑食蹿上前去,伸手要抓小姐,说时迟,那时快,只见卢凤英下边那条腿的脚尖一勾,正勾住海青的左脚,上边蜷着的那条腿犹如离弦的箭一般,飞出一脚,正踹在海青左腿膝盖上,"哎呀!"海青惨叫一声,"扑通!"跌倒在擂台之上。他双手抱着折腿,疼得哇呀哇呀直叫,脸上豆粒大的汗珠子噼里啪啦直往下掉。

"好!"台下的喊声像平地响起了霹雷似的,一个个都扬眉吐气,精神焕发。

有的人问了:"卢凤英使的这叫什么招儿呀?"

这招儿名叫"死尸踏地",是个险招儿,若是遇上会破这个招儿的,十有七八卢凤英就要吃亏。谁能破这招儿呢?怎么破呢?咱们以后交待。那么,卢凤英为什么要用这个险招儿呢?原来,卢凤英和海青打了半天,不分上下,她心中暗想:我是来找欧子英算账的,怎么能跟海青纠缠呢?若把劲儿都使出来,还怎么打欧子英呢?不行,我得快点儿把他收拾了。卢凤英是想快点儿收拾海青,可海青也不那么好收拾,越战越猛。卢凤英一看光凭力气不行,得用智取。打着打着,正赶上海青使了个"金鸡落架连环腿",卢凤英便趁机假装站立不稳,又故意喊了声:"哎呀,不好!"倒在地上,滚到台边,又露出惶恐之色,引海青上钩。这招儿,欧子英会,可欧子英没教海青,因此,海青不认的。他见卢凤英倒在台上,蹿上去就要下毒手,没料到,被卢凤英将腿踹折,跌倒在台上。

卢凤英踹倒海青,一个"鹞子翻身"蹿了起来,一个箭步蹿到和尚跟前。海青一见卢凤英来了,咬牙切齿,心想丫头,你踹折了我的腿,这回我要你的命!于是,他运足气力,来了个"兔子蹬鹰",照着卢凤英的小腹就是一脚。这一脚若是蹬上,卢凤英非死不可。可卢凤英早有防备,急忙一闪身形,使了个"顺手牵羊",伸出两手"啪"抓住了海青的脚脖子,猛地顺势一抖,这一抖把海青的右腿给抖错环了,海青疼得嗷嗷直叫。卢凤英一脚踩住和尚左腿,双手抓住和尚右腿,拉开架式就要劈了海青。海青见势不妙,心想:好汉不吃眼前亏,君子报仇,十年不晚。我说好听的吧!想到这儿,他哭哭叽叽央求:"姑娘,不,姑奶奶啊,您发发慈悲高抬贵手,饶我一条小命吧!您若让我死,那还不容易吗?像捏个臭虫似的。可您千万别那么干哪!您不看僧面看佛面,不看鱼情看水情,大人不把小人怪,您别拿我当人,拿我当狗放了吧!您放了我,我八辈子也忘不了您啊!"

海青这么一央求,卢凤英真下不去手了。小姐心想:我哥哥是欧子英打死的,应该找欧子英算账。算了吧,饶他一命!卢凤英心慈手软,两手一松,放开了和尚的右腿。

这时,忽听台下有人喊道:"卢小姐,你可不能听他的呀!"

卢凤英扭头一看,喊话的正是让她标名挂号的那位仁兄。那个人接着说道:"小姐,你别看他不是欧子英,可是,这小子跟欧子英是两泡臭狗屎——一个味儿!他打别人的时候,一点儿都不留情,刚才你上去,他还想给你一脚呢。昨天,你哥哥让欧子英打倒了,我说了多少好话,一点儿没顶事儿,这小子在一旁扯嗓子喊:'劈死他!'欧子英果然把你哥哥劈死了。他现在嘴甜了,你可不能上当啊!常言道:放虎归山,回头必定伤人。反正我是把话说明了,报不报仇,劈不劈和尚,可就全在你啦!"

卢凤英听罢,火打心头起,气从胆边生,一哈腰就把和尚右腿给拎起来了。海青又是恨,又是气,心想:这下完啦!他妈的,我死就死到这小子嘴上啦,我死也得知道这小子叫啥!想到这儿,他开口问道:"你是何人?"

那人说道:"秃驴,你听着!我姓何,叫何苦来。"

有人说了,他怎么叫这么个名?其实,他叫何古来。大伙把他的名叫白了,叫他何苦来。时间一长了,别人问他叫啥,他也就说叫何苦来。

何苦来指着海青又说道:"秃驴,你们师徒杀害的人也太多啦,太缺德啦!今天小姐上擂,有我何苦来在这儿,你们师徒谁也甭想活着啦。小姐,劈死他!"

台下看热闹的人也齐声大喊:"对,劈死他!"

海青喊道:"何苦来呀何苦来,你多嘴多舌,这是何苦来呢!"

卢凤英听了众人一阵呐喊,牙咬得咯咯直响,暗暗叫道:兄长啊兄长,你死得好苦!妖妹先劈海青,然后再劈欧子英,给你和死去的武举报仇雪恨!

这时,只见卢凤英右脚踏擂台板,左脚踩住和尚左腿,两手抓住和尚右腿,双膀用力,猛一挺身,就听"喀嚓"一声,只见血染台板,海青立时气绝身亡。

就在这时，猛听有人吼叫一声："胆大的丫头，我看你往哪里逃走？罗汉爷来了！"

紧接着，只见门帘一撩，噌！蹿出一个和尚。卢凤英瞪眼一望，不由大吃一惊！

欲知后事如何，且听下回分解。

第九回 卢凤英巧计掏海红 何苦来划策敲钟鼓

卢凤英劈死海青，猛听有人吼叫一声，只见门帘一撩，窜出一个和尚。卢凤英瞪眼一望，不由大吃一惊。怎么回事儿呢？这和尚长得太吓人啦：矮拉巴唧，肥鼓咙咚，竖着不足五尺，横着三尺有余，几乎上下一般粗，就像那大号的排子缸似的。他那脑袋像个大窝瓜，脑瓜皮确青锃亮，前奔儿颅，后勺子，两道扫帚眉，眉毛跟那刺猬的硬刺一样大多撒着，金鱼眼，向外鼓，一使劲儿，眼珠子能冒出来，巴儿狗鼻子，蛤蟆嘴儿，大嘴叉子一咧能到耳朵根儿，身穿大红僧衣，脚蹬单脸僧鞋。这个和尚不是别人，正是欧子英的二徒弟，名叫海红。

刚才，海红正在里边歇息吃茶，听着外边连喊带叫，还以为海青又打赢了呢。他一边品茶，一边琢磨：明天，师父挂印为帅，我也就青云直上。到那时候，天天有美女陪伴，饮酒作乐，嘻嘻……这小子正胡思乱想呢，小和尚秋月跑过来了："二师兄，不好啦，大师兄眼看要没命啦！"

海红一听，"噌"地站了起来，撒腿就跑。跑到门口，小和尚秋明告诉他，海青让一个姑娘给劈死了。海红心想：大师兄啊大师兄，可惜你跟师父学艺多年，竟死在一个女流之手，真给咱师父丢脸！想到这儿，他手撩门帘，大叫一声，蹿了出来。他上下打量卢凤英：只见面前这位小姐不高不矮，不胖不瘦，柳叶眉，丹凤眼，樱桃小口一点点，头上青丝如墨染，真是亚赛天仙。海红看得两眼发直，呆呆发愣，心中暗自说道：阿弥陀佛！世上的美女我见过不少，还没见过这么漂亮的呢！我也老大不小了，再有半年，就该还俗了。若能找这么个媳妇儿，我这辈子死也不屈。我不如这么这么的……

这和尚正在胡思乱想，卢凤英挥手一指，高声喝道："呔！欧子英，你往哪里逃跑！"

海红大嘴一咧，急忙说道："姑娘，我不是欧子英……"

"你是什么人？"

"我是欧子英的二徒弟海红。"

"你快去叫欧子英出来,如若不然,可别怪我手下无情!"

海红听罢,不但没生气,反倒笑了。他回转身叫小和尚秋月、秋明把海青的尸体抬走之后,往前走了两步,先念了一声:"阿弥陀佛!"而后又嘿嘿一笑,说道:"姑娘,你方才把我师兄海青打死了,我上擂本应要你一死,可是,我一看你长得这么年轻、俊美,就不忍心了。依我说,你下擂,我也下擂,干脆我也不当和尚了,咱俩一同回家,择个良辰吉日,拜堂成亲,就看你那个岁数、我这个年龄,你那个外表、我这个模样,真可说是郎才女貌,天上的一对、地上的一双!这岂不是化冤仇为喜兴、而又两全齐美吗?"

卢凤英闻听此话,气得两眼圆瞪、浑身颤抖——

卢凤英两眼圆瞪怒气生,
无名烈火烧心胸。
双眉紧皱牙关咬,
大骂海红秃头僧:
"本想留你一条命,
让你去叫欧子英。
可是你胡言乱语不知耻,
满口喷粪臭哄哄!
你这个酒色之徒短命鬼,
真是瞎了狗眼睛!
你称上四两棉花纺(访)一纺(访),
你姑奶奶不是省油的灯!"
卢凤英说完不怠慢,
飞身上前打海红。

卢凤英说完,垫步上前就要动手,海红后退两步,冷笑一声,说道:"丫头,休要猖狂!别看你把我大师兄打死了,今天你想胜我,那是势比登天还难。你也不打听打听,我海红乃是欧子英最得意的门徒!你若按我说的话行事还则罢了,不然,嘿嘿……我就不必说了,你别敬酒不吃吃罚酒。"

"少说废话!"卢凤英说完上前又要动手。

海红又退了两步,说道:"看这意思,你是非打不可啦。丫头,你说怎么打吧?是文打,还是武打?"

"文打怎么说?武打怎么讲?"

"武打就是你一拳、我一脚,打个二百回合、三百趟,决一雌雄。文打呢,咱俩在台上一站,你打我三下,我打你三下,看看谁把谁打趴下!"

卢凤英一听,心中暗自盘算:我登台打擂是找欧子英来了,刚才打死海青已经费了不少力气，这又来了个二和尚海红，如果跟他再纠缠，时间一长，我就是把他打败，自己也剩不下多少劲儿了，等欧子英上来，我光有能耐没有劲儿，怎么能打恶僧呢？卢凤英略思片刻，拿定主意，说道："秃和尚，文打吧。"

海红一听，可乐坏啦！他就喜欢文打，为什么呢？他会气功。海红龇牙一笑，说道："好，你先打我呢？还是我先打你呢？"

"你说吧！"

"你是女流之辈，我若先打你，算是欺负你，你先打我吧！"

"好，着打！"卢凤英说完上前就打。

海红急忙退后两步，说道："等等。咱们这是文打，我站好架势，运好气，让你打，你再打。告诉你，我这叫蛤蟆气，童子功，达摩老祖易筋经。"

这小子洋洋得意，说完把僧袍脱下往旁边一扔，露出一身胖肉，那肉都一层一层地往下耷拉着。卢凤英问道："你这是干什么？"

海红摇头晃脑、贱不呲咧地说道："丫头，我若是穿着僧袍，你三下子把我打趴下了，啥话没有；若是没把我打趴下，你不说你没能耐，该说罗汉爷我身上带着什么铜呀、铁呀，不认输怎么办？我脱下僧袍，让你瞧得清楚、看得明白。这样，若打不倒我，你得认输！"

卢凤英暗骂：秃和尚，不用发贱，我饶不了你！

海红站了个骑马蹲裆式，说道："告诉你，我运完气就不能说话了，我冲你摆手，你再打。"

"少啰唆，快点儿吧！"

海红开始运气，时间不长，只见他身上的胖肉都抽上去了，净是一个挨一个核桃大的疙瘩。

卢凤英一看，心中暗自说道：这和尚了不得，有功夫，若想破它，朱砂掌不行，铁砂掌也不行，非得气砂掌不可。幸亏我拜师学艺练过此功，要不，今天就得败在他的手中。秃和尚，你今天碰上我，算倒了霉啦！

就在这时，海红朝卢凤英摆手，又伸出三个手指头，意思是叫她打三下。卢凤英眼珠一转，心生一计。她垫步上身，大叫一声："打！"

卢凤英喊声挺大，可是没用劲儿，光用手指尖儿在和尚肚皮上轻轻地挠了一下。这一挠，和尚受不了啦！他觉着刺挠，浑身一激灵，差点儿没笑出声来，好不容易算憋住了。他伸出两个手指，意思是还剩两下了。卢凤英一边活动手腕子，一边自言自语："哎呀，好厉害！这一下，把手腕子都挫啦！"

海红心里着急了，冲着卢凤英直摆手，让她快点儿打。卢凤英二次垫步上身，大叫一声："打！"

这一回跟头一回一样，又没使劲儿。她用手指尖儿在和尚肚皮上两块疙瘩肉中间儿撩了一下。这一来，和尚憋不住了，哈哈地笑出声来了。他这一笑不要紧，气功可就泄了，身上的肉又耷拉下来。他向前跨进一步，贱声贱气地说："哎哟，我说姑娘啊，我寻思你有多大的本领、多大的力气，就这两下，像蚊子叮了两口似的，若知道这样，我何必还运气呢?！就剩一下了，你还打呀？我看算了吧，挫了你的手腕子，我心疼啊！快随我下擂回家吧。"

卢凤英听了这话没吱声，还在那儿活动腕子呢。她头两下故意没真打，是要麻痹麻痹海红。海红上当了，自己还不知道，又上来发贱。卢凤英假装活动腕子，实际上是在运气。她运完气，突然一上步，说声："打！"

海红一看可吓坏了，卢凤英这次出手与头两次大不相同，伸出来的巴掌像瓦垄似的。凡是练武的人都明白："伸手似瓦垄，攥拳如卷饼。"海红一见大事不好，想躲躲不开，想防来不及，急忙喊道："等等，我还没……"

这小子是想说"我还没运好气呢！"可是，就在他刚说出前三个字的时候，只听"噗哧"一声，就见卢凤英的手犹如一把尖刀戳进和尚的肚子里去了。卢凤英咬牙切齿说道："好你个花花和尚，我倒要看看你有多少花花肠子！"

卢凤英说着，手在和尚肚子里一划拉，猛地往外一拽，把肠子全掏出来了。海红"哇呀"一声怪叫，"扑通！"倒在擂台之上，一命呜呼！

这时候，擂台下边看热闹的人齐声喝彩。

有的说："立擂一百天，就今天看着痛快，这么一会儿，死了两个和尚啦！"

有的说："这位小姐太了不得啦！照这么打，欧子英也免不了一死！"

呼延庆、孟强、焦玉弟兄三人连声称赞卢凤英武艺高强、智勇双全。

卢凤英拿起海红的僧袍擦了擦手，抬头一看，两个小和尚站在门口那儿眼睛发直，都吓傻啦！她大喊一声："小和尚，快叫你师父欧子英出来受死！"

秋月、秋明听到喊声，吓得一激灵，转身直奔禅堂。

欧子英正在禅堂打座，闭目养神。忽然，秋月、秋明跑进禅堂。秋月上气儿不接下气儿地说："师……师父，死啦！"

欧子英听了这话一瞪眼，哼了一声，骂道："混账！这是怎么说话?！"

秋明忙说："师父，大事不好！"

"快快说来，出了什么事?"

"我大师兄、二师兄死啦！"

欧子英大吃一惊，跳到地上，暴叫如雷："此事当真?！"

"师父，徒儿岂敢撒谎！"

"什么人这么大胆，打死我的两个徒儿?！"

"师父，打死我两位师兄的不是男子汉，是个姑娘。她是天官的女儿，是被您劈死的那个武状元卢廷方的妹妹，名叫卢凤英。"

欧子英一听，气得脸色铁青，上下嘴唇直打哆嗦，问道："海青、海红是怎么被那丫头打死的?"

秋明把海青被劈、海红被掏的经过详详细细讲述了一番，还说："这还不算，那姑娘还口口声声地骂您呢。"

"骂我什么？"

"徒儿不敢讲。"

"说吧，师父不怪罪你。"

"她骂您是秃驴，叫您快快出去受死！"

欧子英听完这话，哇呀呀一阵暴叫："胆大丫头，罗汉爷岂能饶你！海青、海红冤魂慢走，待为师替你们报仇！"

话音刚一落地，他伸手抓起九耳八环方便铲，迈步就要走出禅堂。秋月、秋明不敢怠慢，连忙推开禅堂的两扇门。欧子英往前行走，走到禅堂门口停住了，心中暗想：洒家在此立擂以来，打死了多少武举，结下了多少仇人！今天整整是一百天，没想到两个徒儿命丧黄泉。常言道，能人背后有能人。今儿个是最后一天，说不定还有不少能人云集东京，到这儿打擂。今天我若上擂，真有个三长两短，岂不前功尽弃？我不如捱过今天，明朝兵权到手，再抄拿卢天官全家满门，抓住卢凤英开膛摘心，给我的两个徒儿报仇雪恨！想到这儿，欧子英转过身又回来了。

秋月、秋明不明白怎么回事儿，大眼儿瞪小眼儿，愣了半天，悄悄地关上门，轻轻地叫了声："师父……"

欧子英放下九耳八环方便铲，说道："徒儿，你们去对那丫头言讲，就说为师我病了，不能上擂。"

两个小和尚听了一咧嘴，刚想要张口说什么，欧子英一瞪眼，吓得他俩把话又咽回去了。两人急忙走出禅堂，心里有话憋不住，小声地嘀咕上了：

"哎，师父今天怎么啦？"

"是不是有点儿害怕呀？"

"嗯，咱俩可得小心点儿，别让姑娘拿咱俩撒气。"

"对。咱俩机灵点儿，看事儿不好，撒腿就跑呀！"

"咱俩一块儿上台，互相壮壮胆；该说话的时候都说话，互相兜着点儿，该跑的时候，互相提个醒儿，两人一块儿跑！"

"对。"

两个人合计好之后，来到擂台上，挺挺腰板儿，壮壮胆儿，高声喊道：

"小姐，我师父病啦！"

"他不能打擂了。小姐，你回去吧！"

卢凤英一听，万分焦急，急得眼泪在眼眶里直打转。她不由得长叹一口气，心中暗想：和尚早也不病，晚也不病，偏偏赶上这时候病啦！哥哥呀哥哥，不是妹妹不为你报仇，你说说，他不上擂，妹妹怎么能替你报仇呢？

卢凤英在台上急得是又搓手又跺脚。孟强、焦玉在台下急得是又跺脚又搓手，两人不约而同地对呼延庆问道："大哥，怎么办？"

呼延庆一时也没想出什么办法，不过，他能沉得住气，说道："先别急。"

正在这个时候，有人喊道："卢小姐，欧子英没病！"

卢凤英往台下一看，说这话的不是别人，正是何苦来。便开口问道，"仁兄，你怎么知道他没病？"

"卢小姐，不瞒你说，今天一大早我就来了，亲眼看着欧子英又是踢腿、又是打拳，蹦蹦跶跶，那才欢实呢，他纯粹是装病！"

卢凤英说道："仁兄，和尚装病，我该怎么办呢？"

"卢小姐，要叫和尚出来不难，"何苦来说着用手一指墙上挂的那面鼓，"你看那面鼓，那是倒坐南衙的包丞相包大人挂的，专门防备和尚立擂藏奸、投机取巧。天下的武举进京打擂，来了能耐不大的，和尚就上擂；来了能耐大的，比方说像你这样的，一连打死他的两个徒弟，他知道来了准输，就装病不来。怎么办？包大人这鼓就是给和尚挂的，鼓的旁边有鼓槌儿，你去敲鼓，和尚若是不出来，包丞相就打他四十大板！"

卢凤英听罢，顿时来了精神，谢过何苦来，一个箭步蹿到鼓前，操起鼓槌，抡开臂膀敲起鼓来，"咚咚咚咚……噗！"怎么的啦？姑娘一使劲儿，噗——把鼓给敲破了。

两个小和尚一看事不好，慌慌张张跑回禅堂，对着欧子英把事情的经过从头到尾说了一遍。欧子英咬牙切齿，怒气冲天，"腾"的一下站起身来，刚要发火，可他眼珠一转，把火又压下去了。他想：我上擂赢了还好，若是输了，什么都完啦。挨打就挨打吧，只要帅印到手……哼！想到这儿，他对秋月、秋明说道："徒儿，你们去对那小姐言讲，说我确实病了，多说好话，让她回府去吧。待过几天，我病好之后一定到府上拜访天官、拜访小姐，赔礼道歉。"

秋月、秋明不敢怠慢，跑出禅堂，来到擂台上，说道：

"小姐，我师父确实病了，真来不了啦！"

"小姐，你想想，我师父若是能来还不来吗？他不来，要挨四十大板。再者说，这对他的名声也不好啊，他确实来不了啦！"

"小姐，我师父说，他病好之后，一定到府上登门拜访，赔礼道歉！"

"小姐，你在这儿等也白等，快回府去吧！"

台上小和尚的话音刚落，台下何苦来又说话了："卢小姐，和尚装病不来没关系，有法儿治他。你看，对面那墙上挂着一口钟，那也是包丞相给他挂的，钟旁边有个小铁锤，你去敲钟，和尚若再不出来，他就得挨八十军棍！"

卢凤英谢过何苦来，飞身蹿到钟前，操起八棱小铁锤，抡起臂膀敲起钟来，只听"当当当当……嚓！"怎么的啦？卢凤英一使劲儿把钟给敲碎啦！两个小和尚如同惊弓之鸟，跑回禅堂，一一禀报。欧子英闻听，大发雷霆——

欧子英气得身直颤，
一团怒火烧胸间。
牙齿咬得咯咯响，
摇头晃脑紧握拳。
骂一声："胆大丫头休撒野，
我要为两个徒儿报仇冤！
恨不能将你劈死撕成块，
恨不能将你扔进油锅里煎。
恨不能将你心肝摘下来下酒，
恨不能将你剁成肉酱当作丸子汆！
说罢拿起九耳八环方便铲，
就要去战女婵娟。
只见他拿起铲杖又放下，
只见他又是搓手又擦拳。
只见他扫帚眉挑了好几挑，
只见他金鱼眼翻了好几翻。
欧子英拿起铲来怎么又放下了呢？
他压住心头怒火，心中暗想：
不能啊不能，俗话说："小不忍则乱大谋"——
万不能一时冲动误大事，
我应当暂受委屈去求全！
丫头啊丫头——
并非洒家惧怕你，
只不过让你再多活两天！
只要是帅印能到手，
我皮肉受苦心也甘！

欧子英想到这儿，转身对秋月、秋明说道："徒儿，你们去跟小姐说，昨天擂台之上误伤卢状元，我悔恨莫及。请小姐回府先办理丧事，过几日我病情好转，定到府上吊孝，呈上黄金千两，以表虔诚之心。"

两个小和尚听了这番话，信以为真，不知道这是缓兵之计，你瞅瞅我，我瞅瞅你，秋明又朝秋月努努嘴，秋月说："师父，那丫头刚才骂您来着！"

"她骂什么？"

"她骂您是秃驴！"

欧子英压住怒火，一咬牙说："骂就让她骂吧！"

秋明又接着说："师父，她还骂您是狗熊！"

欧子英强压怒火，一跺脚说："她愿意骂啥就骂啥吧！"

秋月一听憋不住了，说道："师父，那丫头劈死我大师兄，掏死我二师兄，又敲鼓、又敲钟，十分猖狂。你过几天还要登门吊孝、呈上黄金千两，咱们多低气呀！"

秋明紧接着又说："是啊，师父，您若不上擂，人家都以为您怕那丫头。若是传出去，对师父的名声多不好啊！"

欧子英叹了一口气，说道："徒儿，并非为师我惧怕那黄毛丫头，眼看着再过多半天立擂日期就到了，何必还上擂去找麻烦呢？等到明天为师挂印为帅……"

秋月、秋明明白了师父的用意，转身跑出禅堂，来到擂台上，喊道：

"卢小姐，不管你今天怎么闹腾，我师父他是不能来啦！"

"我师父如今是头发胀，眼发花，咯吱咯吱直咬牙，躺在床上不会动，不省人事说胡话，眼看小命就玩完啦！小姐，你快回府去吧。"

卢凤英听罢，束手无策，对何苦来说道："仁兄，你看如何是好？"

"小姐，没关系。有我何苦来在这儿，若不把欧子英折腾出来，我就不姓何，就不叫何苦来！"何苦来说到这儿，挥起手往卢凤英身后一指，又说："小姐，你回身往后看，那黄缎幔帐上挂着闹龙金牌一面，乃是当今朝廷旨意，你上前敲打三声，欧子英若再不上擂，就犯下抗旨之罪，包大人就斩下他的脑袋，你的冤仇岂不就得报了吗？"

"多谢仁兄！"卢凤英说罢，回转身形一个箭步蹿到黄缎幔帐近前，操起小铜锤，当当当当……连声敲响闹龙金牌。秋月、秋明吓得魂不附体，"妈呀"一声，撒腿就跑。

不多时，只听门帘里边发出一声怪叫："罗汉爷来也！"

话音还没落地，卢凤英举目一望，只见门帘一撩，大摇大摆走来一个和尚——

卢凤英抬头仔细看，
一个和尚在眼前：
他身高足有九尺半，
长得膀大腰又圆，
月牙金箍头上戴，
黑黑的长发垂过肩，
两道扫帚眉一双豹子眼，
秤砣鼻子孔朝天，
一脸横肉大嘴叉，
两颗獠牙露在唇外边，
扇风耳朵生出毛两撮，
杏黄僧衣身上穿，

单脸僧鞋蹬足下，
一柄大铲握在手中间。
浑身上下透杀气，
全副打扮好凶残。
卢凤英，一见仇人红了眼，
指着恶僧忙开言：
“呔，你就是欧子英吗？”
“正是。你是卢小姐？”
“我就是被你劈死的武状元卢廷方之妹卢凤英。和尚，着打！”
卢凤英说罢蹿上去，
照着和尚抡起拳。
欧子英急忙一旁闪，
将大铲放在刀枪架上边。
双掌合十开言道：
“阿弥陀佛！小姐息怒——
洒家有话对你言。”

卢凤英抡拳去打欧子英，欧子英闪开并未还手，为什么呢？欧子英心想：今日非同往常，能动口就不动手，能忍就忍，能让就让，让它大事化小，小事化了。他对卢凤英说道：“洒家昨天误伤你的兄长，真是追悔莫及！你今天上擂已劈死我的大徒儿海青，掏死我的二徒儿海红，若说杀人偿命，已用两条命抵偿了你家一条命，你也算给你的兄长报仇了。”

卢凤英冷笑了两声，说道：“欧子英，比武夺魁本是一件好事，大丈夫讲的是治一服，决不治一死，因为谁跟谁也没有杀父之仇、夺妻之恨，可是，你心狠意毒，来一个你打死一个，来两个你打死一双，九十九天你残杀多少生灵？今天，忽然之间，又说什么劈死我哥哥你追悔莫及，我又不是三岁孩童，岂能受你哄骗？”

欧子英闻听卢小姐一番话，恼羞成怒，说道：“丫头，你也太猖狂啦！你打死我的两个徒儿，又击鼓撞钟敲金牌，大闹擂台，洒家良言相劝，你非但不听，还又这般放肆。若是动起手来，对你有什么好处？你一个十几岁的黄毛丫头，身单力薄，有何本领？洒家今天大发慈悲，多次劝你回家，你若再胡搅蛮缠，让你死在擂台之上，你可就后悔晚矣！”

“和尚，少说废话！今天，有你没我，有我没你，不是鱼死，就是网破！”

欧子英闻听此言，一脸横肉突突直颤，额上青筋嘣嘣直跳，拧着眉毛瞪着大眼，龇牙咧嘴哇哇直叫——

少林寺掌教的和尚欧子英，
无名大火烧心胸。

拉开架势要动手，
哇呀哇呀叫了几声：
“丫头，我良言劝不住你这该死的鬼，
让你到阎王那里去报名！”
凤英说：“和尚，你死到临头还说大话，
我让你去找海青和海红！”
和尚说：“你竟敢在大圣面前来耍棒！”
凤英说：“你竟敢在火神爷庙前来点灯！”
二人说着动了手，
拳打脚踢不留情。
和尚的拳脚来得猛，
凤英的拳脚特别灵。
和尚的拳脚力量大，
凤英的拳脚带风声。
这真是将遇良才棋逢对手，
各露绝技显奇能。
二人台上正交手，
忽然台下乱哄哄！

欧子英和卢凤英正在台上交手，忽然，台下乱了起来。怎么回事呢？原来，台下有几个看热闹的起哄：“好，和尚打得好！那丫头不行啦！”

本来，大家伙都巴不得卢凤英打败欧子英，现在，这几个小子一起哄，大伙也不客气了，都吵吵：“卢小姐打得好！卢小姐打得好！”

那几个小子是老贼庞文安排来的，专门给欧子英喝彩捧场的。他们踹寡妇门、刨绝户坟，采花盗柳，胡作非为，是一伙地痞流氓，为首的名叫李怀中，大伙都管他叫坏种。坏种一听大伙给小姐喝彩，来火了，喊了一嗓子：“给丫头喊什么好？她是你姑呀？”

坏种这句话惹恼了一位。谁？方才挤进来那位卖切糕的。那位卖切糕的一听这话不是味儿，立时就回了一句：“喂，兴你给和尚叫好，就不兴我们给小姐叫好？那和尚是你秃爹呀？”

大伙一听，觉得这话解气，都冲着坏种说：“对，那和尚是你秃爹呀？”这一来，坏种可挂不住脸儿了。他这号儿的人，是“软的欺，硬的怕，见了楞的叫爸爸。”本来，他想震唬震唬，没想到卖切糕的挺硬气，没震唬住。坏种心想：这卖切糕的准有两下子，若不然他敢骂我？再说，他手里还有把刀，我若跟他动手，他要把我给剐巴了，那吃啥也不香啦！可是，他觉着事情这样平息太丢面子了，得找个软和的出出气。于是，他指着一个身单力薄的中年人说：“他妈的，你笑什么？”

"笑还不让笑呀?"

"他妈的,你还敢犟嘴!"坏种说着,张牙舞爪就奔那人去了。

这时候,呼延庆正全神贯注地看着擂台上交手呢,突然,眼前伸过一只黑手爪子,呼延庆伸手一扑拉,"啪!"这一巴掌正打在坏种的手背上,疼得他"妈呀妈呀"直叫,抬头一看,嗬!眼前站着一个黑脸大汉,不由吓了一跳。他心想:他们准是一伙的,若不他怎么打我呢?得了,我别自找不自在啦!这小子想到这儿,龇牙咧嘴强装出一脸苦笑,缩头缩脑地退回去了。

孟强一看擂台上打得难解难分,扭头对呼延庆说道:"大哥,早打晚打都是打,现在上去打吧!"

焦玉接着说道:"大哥,快点儿上吧!"

呼延庆说道:"二位贤弟言之有理,如今时机已到,卢小姐已力敌海青、海红,若再过些时候,恐怕体力不支要遭毒手!"

说罢,呼延庆分开众人,大喝一声:"卢小姐住手,待我来收拾这个秃驴!"

卢凤英闻听呼喊,往后一蹿,站定身形。欧子英收住拳脚,瞪眼往下一望,不由呆呆地发愣。

欲知后事如何,且听下回分解。

第十回 呼延庆标名挂号 包丞相施计搬兵

呼延庆刚要纵身上擂,被两个人拦住了:"这位壮士,你要登台打擂?"

呼延庆扭头一看,是两个官兵,答道:"对,我要为民除害。"

这两个人是护擂的官兵,早就盯上呼延庆了,盼着他打擂收拾欧子英,因此上前拦住,劝呼延庆去标名挂号:"要挂号,东彩棚是包丞相,西彩棚是庞太师。你快到东彩棚去找包丞相挂号,挂了号打死他白打。要不,得偿命!"

呼延庆谢过官兵,又来到孟强、焦玉跟前说:"三位贤弟,我去找包丞相标名挂号,你们在这儿别动。若是小姐抵不住和尚,你们俩就轮着上去抵挡一阵。"

"大哥,你只管放心。哎,你可得快去快回啊!"

"好。你们要多加小心!"呼延庆说完,调转身形,分开人群,直奔东彩棚——

呼延庆说完转身形,

迈步直奔东彩棚。
心中想:当初祖父在朝把官做,
包丞相和我呼家有交情。
自从我家遭毒害,
屈指一数十几冬。
我曾两次上坟来到汴梁地,
只可惜包丞相都没在京城。
这次孩儿来打擂,
真是有缘得相逢。
您给孩儿挂了号,
孩儿要打欧子英。
随后去捉庞文老贼子,
给我呼家把冤申!
呼延庆边想边走来得快,
抬头看见东彩棚。
走上前去忙止步,
躬身施礼话出声:
"我要标名挂号把擂打,
去战和尚欧子英!"
官兵说丞相没在这,
呼延庆闻听吃一惊。
心暗想:这可让我怎么办?
我说啥也不能去上西彩棚!
他站在那儿直发愣,
瞪圆了一双大眼睛!

呼延庆闻听包丞相不在,忙问道:"包丞相哪里去了?"

"回府去了。"

呼延庆听罢暗暗叫苦:哎呀,您早不走,晚不走,偏赶孩儿我来标名挂号,您却不在,真是急煞人也!

正在这时,从彩棚里走出一位差官,他上上下下把呼延庆打量一番,说道:"这位壮士,你要标名挂号、登台打擂?"

呼延庆抱拳答道:"正是。"

"好,快随我来!"

这位差官是包丞相特意留下的。有人问了:包丞相为什么回府呢?几天来,包丞相为打擂之事忧心忡忡,昨晚一宿没睡好觉,今早上也没吃多少饭。刚才,他感到腹内饥饿，想要吃饭，再者是，他想到呼延庆来了，光给他标名挂号让他打擂也不行啊，老贼庞文一出动兵马，好虎架不住一群狼，呼延庆就有性命之忧，一定得搬兵保护呼延庆。他想回府吃点儿饭就修书一封，让家人包兴送到天波杨府。他又担心自己走后有人来标名挂号，于是，特意留下一名差官料理此事。

差官领着呼延庆出了相国寺，不多时，来到了包丞相府。但只见，府门由铁叶子包着，上面镶着巴掌大的菊花钉，安着吻兽，门前汉白玉的台阶一十三磴，左右有上马石、下马石。门开着，可以看到影壁墙，门洞里放着两条懒板凳，凳上坐着几位差官。细心人能看出来，这个衙门府与一般的衙门府大不相同，一般的衙门府是坐北朝南，黎民百姓不是有句话嘛："衙门口，朝南开，有理无钱莫进来。"包丞相是坐南朝北，跟一般的衙门府坐落方向正好相反。呼延庆看着看着看明白了：哦，怪不得大伙都说包丞相倒坐南衙呢。这时，已到了相府门口，那位差官上前说明来意之后，转身回相国寺去了。

门里的几位差官正是包丞相的四品带刀护卫王朝、马汉、张龙、赵虎、董平、薛霸、李贵、娄青。他们八个一见呼延庆，全来精神啦！上一眼、下一眼、左一眼、右一眼，仔细打量，暗自赞叹。打量完之后，又都互相瞅了瞅，那意思是说：哎，各位，这大个子多带劲！从打立擂到现在，真没见过这样的英雄。他去打擂啊，准把欧子英给打趴下！呼延庆心中着急，连忙躬身抱拳说道："列位差官，请禀报包相爷，在下要标名挂号、登台打擂。"

这两句话把他们八位耳朵震得够戗，就像跟前有一口大钟敲响了似的，嗡嗡作响。王朝心想：就听这说话声，他的气力能小吗？赶快给他挂上号，让他去打和尚吧！想到这儿，开口说道："这位英雄，我看咱们来个干脆的，你把家乡住处、姓甚名谁告诉我们，我面见相爷把号牌拿出来，省得来回耽误时间，你好去打擂！"

王朝本来是一片好心，可是把呼延庆给难住了，"啊……啊……"呼延庆"啊"了半天，没说出一个字来。王朝说道："你别着急，慢点儿说。"

呼延庆心想：你问这话，多让我为难啊！……咳，我糊弄糊弄你吧！灵机一动，信口说道："我家住河南阳关大道。"

王朝他们一听，这也不叫话呀！哪有住阳关大道的？王朝说道："英雄，你是住城啊，还是落乡啊？你也不能住在大道上啊！"

呼延庆听罢，哈哈大笑——

呼延庆哈哈笑了一声儿，
笑得大伙直愣神儿。
呼延庆笑完说了话：
"我家住河南上江县黑家村儿。
黑家村儿里黑家店儿，
黑家店儿有个黑大门儿。

若问我的名和姓，
爹姓黑，娘姓黑，生下我来叫小黑儿。
今天来到丞相府，
为挂号来找包大人儿。
你到里面去禀报，
就说小黑儿来了要见老黑儿。"
呼延庆说完这番话，
八位差官吓掉了魂儿！

八位差官听罢，面面相觑，脸色煞白。王朝说道："英雄，你是来标名挂号啊，还是存心跟我们过不去？"

呼延庆一听愣了，说道："我来标名挂号，没有什么跟你们过不去的，请快些去禀报相爷！"

"什么什么？我们说'小黑儿要面见老黑儿'，甭说你挂不上号，我也甭想回来啦！"

"你怎么回不来呢？"

"我还不得钻铡刀啊！"

"这是为何？"

"哎呀，你想想，满朝的文武百官，就连当今的皇上，该说'黑'的时候都不说'黑'，而说'喝'，我还敢说'小黑儿要面见老黑儿'？"

"不要紧，我让你禀报，到时候有我。"

"是啊，到时候有你，可没我啦！"

"那你愿意怎么禀报就怎么禀报吧，别耽误时间啦！"

王朝听了这话，才转身去禀报包丞相。

包丞相吃完饭，拿起笔刚要修书，又感到为难了。为啥呢？若是请天波杨府出兵，也得找个理由啊！就这么出兵，老贼庞文奏上一本，说杨家有谋反之心，皇上怪罪下来，杨家就得大祸临头，因为这事说不清楚，如今在捉拿呼延庆，还不能说出兵保护呼延庆。怎么办呢？包丞相正在为难之际，王朝进来禀报，说有人前来标名挂号。包丞相问道："你看来者可能胜过和尚？"

王朝面带笑容，答道："相爷，外边来的这位英雄好似半截宝塔一般，犹如天神降世，那身材能有十丈多高！"

包丞相闻听一愣："啊？能有十丈多高？"

"相爷，小人一着急说走嘴了，他有一丈多高；那脑袋，有麦斗那么大；那眼睛一瞪啊，像两个大铃铛；那嘴一张啊，就像虎口一般。那胳膊赛房梁似的，那拳头赛铁锤似的，那巴掌赛蒲扇似的，那脚赛小船似的，那大腿比我的腰粗多啦！"

包丞相越听越爱听，又问道："你可曾问过他的家乡姓氏？"

“问过，他说他家住在河南阳关大道。”

“啊?!”

“相爷，再往下小人就不敢说了。”

“无妨，他怎样说的你就怎样讲。”

“相爷，他说他住在黑家村儿、黑家店儿、黑大门儿，爹姓黑、娘姓黑，他生下来名字叫小黑儿，小黑儿要来见老黑儿。”

包丞相听完心想：上自天子，下至群臣，都知道本相我脸黑，大家尊重我，遇着黑字都躲着念，如今可好，前一个黑，后一个黑，一个黑接一个黑，掉到黑字堆里了。来者不说真名实姓，必有难言之隐，想必是呼延庆来到了！想到这儿，说道：“升二堂，带来人！”

“是。”王朝转身来到府门，领着呼延庆奔往庭堂。

呼延庆迈步进庭门，
低头闪目细留神。
庭堂之内好威武，
鸦雀无声阴森森。
但只见——
三口铜铡堂上放，
斩杀剑就在左右分。
八八六十四根棍，
戳在两旁真吓人！
在这旁——
戳着八根龙头棍，
棍头上，造金字，天子头上管三分。
在那旁——
戳着八根凤翅棍，
棍头上，造金字，管着三宫六院人。
在这旁——
戳着八根麒麟棍，
棍头上，造金字，管着龙子和龙孙。
在那旁——
戳着八根狮子棍，
棍头上，造金字，管着满朝文武臣。
在这旁——
戳着八根虎头棍，
棍头上，造金字，管着府县各衙门。

在那旁——
戳着八根红油棍，
棍头上，造金字，管着秀才和举人。
在这旁——
戳着八根狗头棍，
棍头上，造金字，管着百姓众黎民。
在那旁——
戳着八根狼牙棍，
棍头上，造金字，管着土匪与豪绅。
这就是八八六十四根棍，
惊死个人来吓死个人！
差人就在两旁站，
有几个腰里扎着虎皮战裙。
呼延庆上前跪在地，
惊动了堂上的包大人。

呼延庆上前跪倒叩头，包丞相说道："下边的壮士，面见本相抬起头来。"

"孩儿面丑，不敢抬头。"

"恕你无罪。"

呼延庆仰面抬头，包丞相手扶案桌，瞪眼观看，两人脸对脸，四只眼睛碰在一起，除了眼球是白的，剩下全是黑的。差人们瞧瞧呼延庆，又瞅瞅包丞相，心里暗说：这真是小黑见老黑，都够黑的啦！

包丞相看罢，心中暗自盘算：下边这一黑汉跟影像上的呼延庆是又像又不像……噢，事过三载了，呼延庆已长大成人，哪能跟三年前一样呢？呼延庆两次上坟祭祖，大闹汴梁城，我只是见过影像，从未见过本人，须细细盘问才是。包丞相想到此处，开口说道："下边的壮士，你是何人？系何人之后？家住何处？从何处而来？你要从实说来！"

呼延庆一听明白了：这是要分辨分辨真假啊。忙说："大人，请退下左右。"

"壮士，不必担惊，左右都是本相至近的差人，只管讲来。"

呼延庆虽然是头一次见到包丞相，可他知道呼家与包丞相有着深厚的交情，因此，见到包丞相就如同见到亲人一般，又想到过去的遭遇，想到如今的处境，不由一阵心酸，眼圈发红，虎目之中流下了热泪——

呼延庆未曾说话眼圈红，
两行热泪洒前胸。
抬起头来开言道，
一字一句说分明：

"我家原籍山西代州郡，
小利村庄有门庭。
头辈祖镇殿将军呼延凤，
大号名叫呼延绍廷。
二辈爷爷呼延赞，
曾单鞭救驾在河东。
三辈爷爷呼延丕显，
十二岁奉旨下边庭，
拿住奸贼潘仁美，
'双王'本是二帝天子亲口封。
子不言父，言父有罪，
孩儿不说您不明。
我的爹爹呼延守用，
与呼延守信是亲弟兄。
想当年呼家遭陷害，
只有他二人虎口逃了生。
孩儿我生下来隐名瞒姓叫王三汉，
呼延庆本是孩儿的名。
高山学艺整三载，
师父贺号呼圣僧。
今天来到京城地，
才得知和尚惨无人道逞顽凶。
孩儿要标名挂号把擂打，
定要除掉欧子英。
而后再捉拿庞文老贼子，
千刀万剐不留情！"
呼延庆话语说到这，
包丞相不由叫了一声：
"孩儿呀，你可来啦，叫我想得好苦啊！"
起身离座扶起呼延庆，
声泪俱下好不伤情！

包丞相扶起呼延庆，声泪俱下，好不伤情！又问呼延庆是搭伴还是只身而来，卢凤英打擂情况如何。呼延庆简要一一回禀。包丞相给呼延庆标名挂号，让呼延庆将号牌揣好，又说："孩儿，你来得正好，快随我去天波府搬兵！"

呼延庆不解其意，说道："不必搬兵，孩儿自己能胜欧子英！"

包丞相忙说："孩儿，你仔细想想，庞文画下影像到处抓你，他就在相国寺西彩棚里，你上台打擂，他岂能不知？他知道你打擂，必然发兵抓你，到那时，我虽然有三口铜铡，可是用不上啊，我是个文官，没有兵马，也保护不了你啊。你本来是想要先为民除害收拾欧子英，而后再捉拿庞文为国除奸，到时候，你若身陷重围、落入虎口，岂不是壮志未酬，白白搭上性命吗？"

呼延庆觉得言之有理，不由连连点头。包丞相接着又说："想当初，天波杨府与你们呼家交情甚厚，若是你出面搬兵，我再给你说说好话，杨家定能想方设法助你一臂之力！"

呼延庆连声称赞，包丞相吩咐外边顺好了轿，给呼延庆备好马，让他青纱罩面，他们一同直奔天波杨府。

工夫不大，来到杨府。大轿落地，差人一打轿帘，包丞相端带撩袍下轿，叫过呼延庆，让他进轿藏好，这才吩咐王朝去叩打门环。大白天，为什么杨府大门紧关呢？这是佘老太君下的令。杨府不同于其他府，府门外有上马牌、下马牌，府门上悬挂闹龙金匾。大臣到此，文官下轿，武将下马，皇上到此，也得龙行七步才能上辇，有违犯者，乱棍打死勿论，这是二帝太宗加封杨家时立下的规矩，也是老杨家拿命换来的。如今，四帝仁宗耳软心活，胸无主见，奸贼庞文上欺天子，下压群臣，为非做歹，横行霸道，这一来，纲纪日下，一片混乱。佘老太君想，府门若是开着，什么人都从这儿过，不下轿、不下马的管不管？管就惹气生事，不管对杨家也不好看。干脆把门一关，不管哪家大臣从此路过，乐意下来就下来，不下来拉倒。这就叫：眼不见心不乱，耳不听心不烦，多一事不如少一事。因此，杨府的大门每天都紧紧关闭。

王朝上前叩打门环，叫道："开门，开门！"

只听里面有人咳嗽一声，接着门开了，从里边走出一个老家将，头戴疙瘩巾，身穿青袍，腰扎一条丝带，脚穿白袜翁鞋，面如银盆，颏下一部银髯，他就是杨家的老总管杨洪。王朝连忙上前施礼："老总管你好！"

杨洪一看是包丞相的差官王朝，再一瞧，包丞相站在轿前，便迈步上前躬身施礼，口尊："相爷，不知您到此处，若知道早该出府迎接。我杨洪接得迟慢，相爷莫怪！"

包丞相摆手说道："不必如此。"

杨洪又问："相爷到此，找老太君有急事吗？"

"对，有急事相商。"

"相爷，您屈尊贵体稍候一时，待我前去禀报太君。"杨洪说完转身进府。

包丞相见杨洪进府了，叫出呼延庆来，领他进去，绕过影壁墙，来到门房。这门房是杨洪住的地方。包丞相告诉呼延庆："孩儿，你就到这屋藏着，不管有什么动静，也别出来。何时有人喊你，你再出来。面见太君，不要多说话，到时候看我眼色行事。"

呼延庆点头应允，包丞相退出门外等候。

再说老总管杨洪，他一边走一边想：包相爷无事不来，他还说有急事，这事一准小不了。我说啥也不能耽误，干脆击鼓撞钟吧！只见他来到银安殿，操起鼓棰儿，击鼓撞钟——

好一个总管老杨洪，
又击鼓来又撞钟。
聚将鼓打了二七十四下，
聚将钟撞了二八十六声。
钟鼓齐鸣不要紧，
天波杨府炸了营。
走出来——
大郎夫人张金定，
二郎夫人李翠萍。
三郎夫人花谢玉，
四郎夫人云翠英。
五郎夫人罗刹女，
六郎夫人柴美蓉。
七郎夫人金娥杜氏，
八郎夫人肖金荣。
八姐九妹姐儿俩，
烧火丫头杨排风。
这些女将还不算，
还有那南征北战、东挡西杀、出类拔萃、足智多谋、马踏天门阵、浑天侯大帅、英名远震的穆桂英。
紧跟着少令公杨文广，
无佞侯佘老太君就在后边行。
老太君堂中落了座，
眼望下边问一声：
"什么人打了我的聚将鼓？
什么人撞了我的聚将钟？
私动钟鼓该当何罪？"
老杨洪在下面把话明：
"奴才我打了您的聚将鼓，
奴才我撞了您的聚将钟。"

老太君闻听面带笑，
话语出口叫杨洪：
“你打了我的钟鼓我不怪，
快说出了啥事情！”

老杨洪上前答道：“回禀老夫人，包丞相前来求见，说有急事，因此奴才我才请您升坐银安殿。”

老太君听罢，瞅了瞅两旁的女将，说道：“今日是相国寺立擂最后一天，包拯他不在相国寺给举子标名挂号，来到咱们府上，必有缘故。唉，如今是多一事不如少一事啊！杨洪，你对包拯说老身我身体不爽，改日再见。”

杨洪转身刚要走，两旁的女将说话了：“老太君，包丞相若有别的事，您不见，岂不耽误啦？再说，他又是您的干儿子，还是见见为好。”

老太君微微一笑，点了点头，说道：“看起来包拯的人缘还不错，那就看在你们的面子上见他一见。杨洪，你对包拯说老身我不能出外迎接，里边有请。”

“是。”杨洪转身走出银安殿，来到府门外，抱腕拱手说道：“相爷，叫您久等了。”

包丞相眉头微皱，问道：“怎么这么半天才出来呢？”

杨洪上前低声说道：“相爷，老太君身体不爽，起先是要改日再见。后来，奴才说相爷您有急事，费了点儿口舌，老太君才开面，可老太君不能前来迎接，说里边有请。”

包丞相心中暗想：不管怎么的，只要让我进府面见干娘，我就能千方百计搬兵，让呼延庆打好这场擂！他边走边想，随杨洪来到银安殿外，止住脚步，高声喊道：“干娘，不孝儿包拯告进！”

喊罢，端带撩袍，急步匆匆走进银安殿。老太君一听包拯喊得急，一见包拯走得也急，心想：看样子是真有急事啊！这时，包拯来到近前，打躬施礼，口尊：“干娘，不孝儿包拯给您见礼。”

见礼已毕，老太君吩咐家人搭座，包拯说道：“干娘在此，孩儿岂敢落坐。”

“包拯，赐座便坐，莫要推托。”

“多谢干娘。”

包拯落座，老太君见他面带焦急、惊惶之色，赶快问道：“包拯，你不在相国寺给打擂的举子标名挂号，来到府上面见老身所为何事？”

包拯故意吞吞吐吐：“这个……这个……”

“包拯，快快说来！”

“干娘，您真不知道还是假不知道？”

包拯这是故意激发老太君着急，打的是糊涂语。这下子，老太君就更糊涂、更着急了：“包拯，出了什么事？”

包拯又故意放低声音说道：“听说呼门之后呼延庆又来到京城，他要登台打擂。”

“哦……呼延庆要打擂，你给他标名挂号就是了。”

“是啊，可不知为啥他又跑了。”

“跑到哪里去了？”

“差人看见他跑到干娘您的府上来了。”

老太君听到这儿，微微一笑，不慌不忙地说道：“呼延庆既然要打擂，怎么能到老身府上呢？”

“干娘，您可要知道啊，呼、杨两家父一辈、子一辈，交情过命，他兴许有事扑奔您来了。差人看见他在相国寺露了露头，就奔您府上来了。”

“他扑奔我杨府，老身怎么没见着他呢？”

“干娘，您没见着他，难道别人也没见着吗？”

老太君一听这话问得有道理，便问众人：“你们谁见着呼延庆了？赶快说，老身我不怪罪你们。”

众人都回答说：“没见着。”包拯装作感到奇怪的样子，皱起眉头思索片刻，说道：“干娘，也许他自己跑到府里来啦！”

“咳，哪能呢？我府大门一直是紧紧关闭。”

“那他就不能翻墙而过？若是他跑进府里，还真得快找着呢！如今，庞文正四处抓他，他又到相国寺去过，人多眼杂，兴许被庞文手下的人盯上。真若是这样，庞文得知必然发兵前来包抄。那老贼巴不得抓住一个把柄来陷害你们杨家，真若是在府上搜出呼延庆，你们杨家还有个好吗？”

老太君一听坐不住椅子了，忙命杨洪等几个家人到院中四处寻找。

别人不说，单表杨洪。他来到前院，四处查看，连个人影也没看见，心想：我人也老了，眼神儿也不好，干脆我敲山震虎地喊吧！想到这儿，他张开喉咙喊道：“呼延庆，你快出来吧，我看见你啦！”

呼延庆在屋里听到喊他，“噌”的一下就蹿了出来，把老杨洪吓了一跳。杨洪抬头一看，好一个黑脸大汉！忙问：“你是何人？”

呼延庆说道：“你不是找我吗？”

杨洪一伸手抓住呼延庆，说：“快跟我走！”

二人来到银安殿外，杨洪让呼延庆在外等候，他上殿禀报老太君：“老太君，来了。”

“杨洪，谁来了？”

“呼门之后啊，他真跑进咱府里来了。”

“你在什么地方找到他的？”

“在……在东边偏房。”

“快快带他进殿。”

"遵命。"杨洪迈步出殿,对呼延庆说:"老太君叫你,你赶快报名上殿!"

呼延庆大喊一声:"老太君,孩儿呼延庆告进!"

好一个黑汉将英魁,
话语出口如打雷。
迈步走进银安殿,
男女老少目睽睽。
只见走进来一位黑大个儿,
神采奕奕放光辉。
头似麦斗一个样,
浑身上下一色黑。
他好像西山烧过炭,
他好像东山挖过煤,
他若躺在煤堆上,
看不出哪是人来哪是煤!
上前用手摸一把,才知道软的是人硬的是煤,
他若是躺在灰堆上,
看不出哪是人来哪是灰!
上前用手摸一把,
才知道硬的是人软的是灰。

呼延庆走进银安殿,男女老少一见,顿时一阵骚动。特别是少令公杨文广可乐坏了,恨不得上前拉住呼延庆,兄弟两人亲近亲近、叙叙旧情,可他又不敢,站在那儿干着急。老太君一拍案桌,立时鸦雀无声。呼延庆往两旁瞜了两眼,没看着杨文广,别人谁也不认识,就认识包丞相,他奔包丞相去了。包丞相暗自着急,哎呀,你可不能跟我说话啊,你要跟我一说话可就砸锅啦!于是急忙用二拇指指老太君,意思是让呼延庆去见老太君,呼延庆明白了这个意思,急忙上前跪倒参见太君。老太君问道:"你可是呼门之后呼延庆?"

"正是晚生下辈。"

"我来问你,你何时来到京城?"

呼延庆听罢暗想:这怎么说啊?……哎,进府之前,包丞相告诉我不要多说话,看他眼色行事,我看看他吧!这时候,包丞相偷着伸出三个手指,意思是让呼延庆说来了三天了。可是,呼延庆领会错了,以为不要说是自己来的,是三个人一块来的,于是答道:"老太君,来了我们哥儿三个。"

老太君一听,这不是所答非所问吗?又瞅着呼延庆总偷着看包拯,心中不禁犯起疑惑来,可她老于事故,根本没露声色,又接着问:"那两个是谁呀?"

"一个是孟强,一个是焦玉。"

“他俩在什么地方呢?”

“在擂台底下呢。”

“你是什么时候来到我府的?”

“刚来不大工夫。”

“你是怎么来的?”

老太君这一问,呼延庆不知怎么回答好了,他又偷看包丞相。包丞相偷着用手一比画,意思是说跳墙进来的,呼延庆又给领会错了,说道:“骑马来的。”

老太君紧接着忙问:“谁领你来的?”

包丞相连忙伸出大拇指冲着呼延庆直比画,意思是让他说自己来的。呼延庆偷眼一看,犯寻思了:伸大拇指是什么意思?大拇指是好样的,谁是好样的呢?包丞相是好样的,一提起包丞相,谁不伸大拇指啊?想到这儿,他说话了:“是包丞相领我来的。”

包丞相一听,心想:好孩子,你算把我给送啦!

老太君闻听,不由勃然大怒——

年迈太君无倿倿,
一阵恼怒上心头。
用手指点包丞相:
“包拯啊包拯——
你做出事来理不周。
平白无故到府上,
东一笆子、西一扫帚胡乱诌。
跟我尽把弯子绕,
好像是要与我杨家分忧愁。
老身我听了你的话,
信以为真很担忧。
派家人前后寻找呼门后,
哪曾想是你从中用计谋!
你跟我有什么仇来有什么恨?
耍笑老身为何由?
思一思来想一想,
你这当朝的丞相羞不羞?
你还有什么脸面在此坐?
快滚出去吧,你这黑炭头!”

老太君越说越恼,一气之下,叫包拯滚出府去。这时候,杨洪来到包丞相面前,说道:“相爷,请吧!”

包丞相立时脸臊得发紫。有人说了，脸要一臊应该是通红。可是，包丞相的脸是黑的，脸臊红了也不显红，显紫。他长叹了一口气，瞅了瞅呼延庆，心里念叨：孩子啊，挺好的事叫你一句话给整砸锅啦！可是，光埋怨也没用，还得想法搬兵啊！包丞相站起身来，打躬作揖，说道："干娘，暂且息怒，不孝儿包拯有话言讲。呼延庆来到京城，本来是要捉拿庞文，为呼家报仇，为国除奸。可他得知欧子英惨无人道，便要先收拾欧子英，为民除害，这才标名挂号要登台打擂。孩儿我担心的是，老贼庞文得知此事，必定发兵抓拿呼延庆。孩儿我纵有三口铡刀，到那时也无济于事，呼延庆寡不敌众，就有性命之忧；他若打擂，必须有兵将保护。孩儿我想来想去，想到了杨家。可孩儿我出面提及此事，又怕干娘不肯答应，便心生一计，趁杨洪回禀之际，将呼延庆藏入府中，让他出面求兵，未曾想露了马脚，惹恼了干娘。干娘啊，千错万错是孩儿我的错，如今事不宜迟，您想方设法助呼延庆一臂之力，让他打完擂，然后再给孩儿我定罪。孩儿我就是给您跪上三天三夜，哪怕是身受斩刑，人头落地也心甘情愿！"

包丞相说完这番话，以为老太君能赏脸开恩，可老太君怒气未消，手拍桌案，厉声说道："包拯，你休要用巧言遮掩！呼延庆有事，杨家帮忙，责无旁贷。三年前，呼延庆大闹京城，不就是文广诈开城门放走呼延庆的吗？慢说呼延庆来到府上，就是没现府上，只要老身得知，入虎穴、闯龙潭、上刀山、下火海也在所不辞！可你包拯，跟老身我要心眼儿施诡计，好像就你心里有呼家，别人心里没有呼家，你真是瞧不起杨家、瞧不起老身！既然如此，该管老身我也不管！"老太君说到这儿，又转脸对呼延庆说道："孩儿，老身我这可不是冲你，与你无关。这都是包拯他干的好事！"

这时，呼延庆两眼发直，傻眼了。他知道由于自己说错了话，才闹到这个地步，他又悔恨，又焦急，还又没招儿。包丞相心眼来得快，他想，这招儿不行换招儿吧！开口说道："干娘，您当真不管。"

"当真不管。"

"果然不管？"

"果然不管，不管不管！"老太君说完脸一扭，干脆不看包拯了。

包丞相故意长长叹了一口气，提高了嗓门自言自语地说："真没想到啊！想当初，潘豹拦路打郡主，杨七郎打擂劈潘豹。老贼潘洪潘仁美与杨家结下冤仇，他凭元帅之职，借扫北之机，施下毒计，残害忠良。可怜啊！老令公与七郎八虎死的死、亡的亡，有的下落不明，只剩六郎一人，他被逼无奈才进京告御状，皇上准状，派人下边庭捉拿潘仁美，可朝中文武百官无人敢去，真是有仇难报！这时，呼延丕显虽然只有十二岁，可他挺身而出领下圣旨，到边庭拿下潘仁美，杨家这才报了冤仇！呼延丕显为何铤而走险呢？一是为国，二是为了杨家。自古常言道，'受人滴水恩，当还涌泉报'。我本想自己不出面，让人家主动提出助呼延庆一臂之力，这样显得两家相亲相近，这是多好的一件事啊，可人家拿好心当成了驴肝肺！"包拯说到这儿，上前一把拉起呼延庆，复又说道："也罢！孩儿啊，如今是人在人情在，人死人情无。不怨天，不怨地，只怨你的爷爷呼延丕显死得太早。京城之中，不是只此一家，还有高家、郑家，走，咱们到那里去搬兵！"

呼延庆心眼儿实，不知这是包丞相有意激老太君，一听提起死去的爷爷，眼泪也下来了，他哭着问道："若是高家、郑家不出兵怎么办哪？"

包丞相立即答道："若是再搬不来兵，我拼上性命也要保你打擂，要死咱们死到一块！"

呼延庆一听着急了，心想：包丞相是文官，打起仗来不是白送死吗？说啥也不能连累他。想到此处，他挥起袖子擦了一把眼泪，说道："不必，孩儿我要只身打擂，不打死欧子英、活捉庞文，我枉为呼门之后！"

"好孩子，有志气！谁也不用，咱们走！"包拯说完，拉住呼延庆就走。

这时，佘太君"呼"的一下站起身来，一拍桌案，手指包拯大喝一声："包拯，你给我回来！呼延庆打擂之事包在老身身上！"

欲知后事如何，且听下回分解。

第十一回 佘太君大闹金銮殿 老丞相痛骂宋仁宗

包丞相用话一激老太君，老太君受不住了，叫包拯回来，说呼延庆打擂之事包在她身上。其实啊，呼、杨两家有过命之交，如今，呼门之后居于这种处境，老太君怎能袖手旁观呢？只是恼恨包拯跟她耍心眼儿，才在一怒之下说出那番气话。包拯若是再央求央求，事也就成了。而包拯没这么办，却用了"激将法"，也达到了目的。这真是：鸡用爪刨，猪用嘴拱，各有各的招儿。

包丞相听罢老太君之言，连忙转过身，推着呼延庆小声说道："快去叩头感谢太君！"

呼延庆急忙上前跪倒在地，咚咚咚磕了一阵响头，说道："孩儿给老太君叩头，终生不忘您的大恩大德！"

包丞相又上前躬身施礼，说道："干娘，不孝儿包拯方才言词过激，多有冒犯，乞请干娘宽恕！"

老太君瞪了包拯一眼："哼，待日后老身再与你算账。"

接着,老太君叫起呼延庆,与众人一一介绍。呼延庆一一见礼之后,和杨文广是又搂脖子又抱腰,兄弟二人亲亲热热,聊叙别后情景。

这时,包丞相上前说道:“干娘,咱们赶快奔相国寺吧!”

老太君说道:“包拯,老身出兵乃是下策啊!”

“干娘,此话怎讲?”

“你想,当初呼家被定为抄家灭门之罪,至今冤案未得昭雪,呼延庆仍为反叛逆子,老身不出兵万事皆无,若是出兵保护呼延庆打擂,必然被庞文一伙乱臣贼子抓住把柄,那事情就闹大啦!”

“干娘,依您之见呢?”

“老身自有办法,既叫呼延庆打擂,又让庞文瞪眼干瞅着。若是不能如愿以偿,我杨家就是豁出性命也要保住呼延庆打擂,让他报仇雪恨!包拯,你先回相国寺,让呼延庆留在我府,待老身上殿面君动本。”

包拯回相国寺不题,单说老太君换好朝服,手拄龙头拐杖,坐上穿朝辇直奔金殿。这穿朝辇乃是二帝太宗加封杨家时所赐,老太君乘坐此辇,穿过午朝门可以不下辇。她来到金殿朝房门外,下了辇,拄着龙头拐杖上了金殿。

宋仁宗正与文武百官议事,老太君慌慌张张来到金殿之上,用龙头拐杖点了三点,这就等于参见大礼了,口称:“吾皇万岁万万岁,为臣无佞侯见驾。”

宋仁宗一看老太君慌慌张张地来到金殿,忙问:“老爱卿,你不在府上将养身体,来到八宝金殿所为何事?”

老太君心中暗道:所为何事?就为呼延庆打擂之事!她知道宋仁宗耳朵软、没主见,又胆小怕事,早就想好了要吓唬吓唬他,只要他一害怕,这事就好办了。老太君猜想庞文应该在相国寺给打擂的举子标名挂号,可是还不放心,又看了看。她倒不是怕庞文,是担心庞文在这儿把事儿搅浑。她一看果然没有庞文,心里有底了,装出惊惶不安的样子,说道:“万岁,大事不好!”

宋仁宗大吃一惊,急忙探身问道:“老爱卿,何事惊慌?”

“哎呀,京城出了这么大的事,您还不知?”

“究竟出了什么事?”

老太君一见皇上又惊又急,暗自高兴,说道:“方才为臣正在家中,忽听差人回府禀报,言讲京城百姓议论纷纷,说呼门后代来到了汴梁!”

宋仁宗闻听,不由打了一个冷战,“腾”的一下站起身来问道:“是那个火烧汴梁、大闹京城的呼延庆吗?”

“正是。”

“啊!”宋仁宗顿时感到两腿无力,一屁股跌坐在龙椅上了。

老太君接着又说:“据差人讲,呼延庆说什么也要打擂。这次来的不是他一个人,来人不少,呼延庆还说什么让他打擂还则罢了,如若不然,就把东京汴梁闹个天翻地覆。还要闯上金殿,与万岁辩理!为臣得知此事,才急忙赶来奏明圣上。”

宋仁宗闻听此言,惊惶失措,开口问道:“众位爱卿,有何妙策?”

文武百官是大眼儿瞪小眼儿,谁也不言语,心里都暗嘀咕:你抄杀呼家那会儿,怎么不问问我们?如今,呼门之后要来报仇,你又问“众位爱卿,有何妙策?”我们没妙策!

宋仁宗又问了一遍,老太君说道:“万岁,为臣倒有一个办法。”

“老爱卿,快快讲来。”

“万岁,为臣不敢言讲。”

“老爱卿,只管讲来,孤王给你做主。”

“万岁,依为臣之见,圣上下一道旨意,就让呼延庆打擂。那欧子英武艺超群,天下的好汉,有名的让他打死三十六,无名的不计其数。他若打死呼延庆,从此一切岂不化为乌有?若是呼延庆胜了欧子英,不妨给他一路兵马,叫他戴罪立功,去扫平北辽,这样也就免去一场血战,保住京城,保住大宋江山!”

宋仁宗听罢,觉得事到如今,只好如此,便准了老太君的本。他提起笔来刚要下圣旨,就听殿下有人喊道:“万岁,万万岁,为臣见驾。”

文武百官扭头一瞧,见此人头戴长翅乌纱,迎门镶着一块美玉,身穿紫袍,腰扎玉带,足登粉底朝靴,大白脸,三角眼,颏下一部花白髯。来者不是别人,正是老贼庞文。老太君一见庞文,暗暗骂道:这老贼,早也不来,晚也不来,偏偏赶这时候来!庞文看见老太君,心中暗骂:这老不死的,平日不上殿,今天怎么来了呢?她是夜猫子进宅——无事不来啊!

两个人各揣心腹事,正琢磨呢,宋仁宗放下御笔问道:“老爱卿,你不在相国寺为打擂的举子标名挂号,来到金殿莫非也是为了呼延庆打擂之事吗?”宋仁宗为什么这么问呢?这是他向着庞文,为庞文开脱罪责。因为庞文不同于老太君,他有公事在身,应该在相国寺为打擂的举子标名挂号,皇上没宣他上殿,他不能擅离职守。他随便离开相国寺来到金殿,就是犯罪。宋仁宗这么一问,庞文再一应声答是,就啥事也没了。庞文的脑袋瓜来得快,随即答道:“为臣正是为此事而来。”

其实,庞文还真不知道呼延庆来到京城这回事。那么,他上金殿干什么来了呢?这老贼在相国寺一看,今天打擂不同于往日,内弟欧子英的大徒弟、二徒弟都让卢凤英给打死了,欧子英上来交战,占了上风,庞文才松了一口气,可还是提心吊胆。因为能人背后有能人,若是再来一位把欧子英给收拾了怎么办?那他篡位登基的诡计不就落空了吗?想来想去,想出一个招儿来。什么招儿?他到金殿见驾,就说今天没人敢标名挂号登台打擂,请皇上下一道圣旨,召欧子英金殿见驾,封为兵马大元帅。这一来,兵权到手,宋室江山唾手可得。老贼庞文打着这个如意算盘来到金殿,没想到半路上杀出个程咬金来,出了呼延庆打擂这个事,庞文吃惊非小,应声回答宋仁宗问话之后,说道:“为臣不知万岁如何打算?”

宋仁宗就把刚才的情况说了一遍，庞文一听暗自庆幸：我的妈的妈——我的姥姥啊！幸亏我早来一步，若是晚来一步，什么都完啦！于是，连忙说道："万岁，这道圣旨下不得！"

老太君一听就火了，说道："这道圣旨下得。"

"下不得。"

"下得。"

庞文、老太君争执不下，宋仁宗连忙制止，转脸对庞文说道："老爱卿，你说怎么下不得？"

庞文瞪了老太君一眼，说道："万岁，呼家犯的乃是抄家灭门之罪，呼延庆乃是反叛逆子，呼、杨两家交情甚厚，佘太君如此卖力，让呼延庆登台打擂，其中必有诡计！"

佘太君听罢此言，气得浑身直颤，火撞顶梁——

佘太君浑身直颤咬牙根，
挥手一指老庞文：
"庞文——
金殿上你动你的本，
为何要张开血口来喷人？
分明是你做贼心有鬼，
分明是你蓄意害忠臣。
分明是你要将兵权抢在手，
分明是你要篡位坐龙墩！
只要有我杨家在，
管叫你梦想化烟云！
岂能容奸贼称霸道？
岂能容疯狗乱咬人？"
佘太君说着恼来道着怒，
无名怒火烧在心。
龙头拐杖举在手，
抡起砸向老庞文。
庞文"哇呀"一声，
正好打中脑瓜门。
头上乌纱掉在地，
脑瓜门上血淋淋。
庞文连声喊万岁：
"她当着万岁打老臣。

万岁要给臣做主，
她这是目中无主君！”
宋仁宗立时冲冲怒，
大喝一声：“佘太君，
你竟敢大闹金銮殿，
你竟敢殴打孤王老丈人！
分明是你眼中没有朕，
朕岂能容你佘太君？
来人哪！
快快给我将她绑！”
话未了，立时拥上人一群。
拿下了太君的龙头杖，
又将太君的朝服脱下身。
随手搭上忠孝带，
霎时绑上佘太君。
仁宗道：“你如今犯下欺君罪，
本该抄家灭杨门。
朕念你杨家功劳大，
所以斩杀你一人！”
佘太君听罢冷冷一笑，
说了一声：“谢主龙恩。”
她挺身走下金銮殿，
前后拥着御林军。
大义凛然赴法场，
顷刻来到午朝门。
老太君坐在罪椅上，
不由暗自骂昏君：
你胸无主见、昏庸无道，
忠奸不辨、是非不分，宠信奸贼老庞文！
没想到为国征战几十载，
竟然成了刀下人！
咳，老身一死何足惧？
可是，呼延庆打擂怎么办？
真叫老身挂在心！
老太君正在暗思想，

只见一匹马飞奔午朝门。
来到门外马停下，
从马上跳下一个人。

只见从马上跳下这人身高过丈，胸宽背厚，两道粗眉，一双大眼，鼻直口阔，赤红脸膛，头戴闹龙金盔，身穿锁子连环黄金甲，两膀露着铜口兽面，胸前护心宝镜亚赛明月，两扇征裙分为左右，大红中衣，足登虎头战靴，腰挎三尺宝剑。若问此人是谁？原来是镇殿将军岳恒，人送绰号"大刀将"。岳恒是边关总兵二十四员大将第一把交椅岳胜的次子，他的哥哥岳安为国尽忠死在天门阵里。

岳恒是从哪儿来的呢？从相国寺。宋仁宗派他率兵在相国寺护擂，管些什么事儿呢？像什么举子打擂不挂号啦，什么违犯擂规啦等等，就是管维护打擂秩序的。刚才，呼延庆要登台打擂，就是被他手下的官兵给挡住的。那两名官兵随后就报告给岳恒，说那打擂的黑汉像影像上画的呼延庆。岳恒一听十分高兴，他盼着来个能人收拾恶僧欧子英，他又派人注视庞文的动向。当他得知庞文离开西彩棚回朝上殿的消息，便做了一番安排，跨上马就来了。他在马上看见午朝门外有法场，知道要杀的准是位大臣，因为黎民百姓不会在这儿杀。他又细一观瞧，吓了一跳，坐在罪椅上的不正是老太君吗？于是，他急忙跳下马，把缰绳一扔，立时上来一名御林军将马牵了过去。岳恒三步并作两步奔了过去，"扑通"一声跪到地上，扑进老太君的怀里，喊道："奶奶，您犯了什么罪啦？"

有人问了，岳恒怎么管佘太君叫奶奶呢？哎，这里边可有说道。因为岳恒的爸爸岳胜和六郎杨延昭是磕头弟兄，岳胜是佘太君的干儿子，所以，岳恒得管佘太君叫奶奶。

老太君一见是岳恒，就从头至尾简明扼要地把事情说了一遍，最后又说："老身受斩是小事，呼延庆打擂是大事。岳恒，你无论如何也得保护好呼门之后啊！"

"奶奶，您老只管放心，待孙儿上金殿求情！"

岳恒站起身来，大步流星奔往金銮殿。

这时，庞文上完药，催皇上下旨斩老太君，宋仁宗提起笔"刷刷刷"写好了催命旨，刚刚放下笔，就听一阵喊叫："万岁，万万岁，为臣岳恒见驾。"

岳恒这一嗓子像打了一声闷雷似的，喊完了半天，余音还没散。庞文吓得身子不由一激灵，怎么呢？声大是一方面，更主要的是庞文对岳恒有点儿打怵。因为，岳恒见着庞文从来没笑过，总是横眉立目，再者，岳恒的官职是镇殿大将军，老岳家又为国立过汗马功劳，皇上对岳恒也是客客气气的，庞文呢，也不敢轻易惹他。

宋仁宗知道岳恒敢说话，好抱打不平，上殿来准是给佘太君求情。不如应付三言五语，把他打发走就算了。于是，他说道："岳爱卿，寡人未曾宣你，不在相国寺镇守擂台，上殿所为何事？"

宋仁宗这话的意思是，没有旨意，擅自离职，随意上殿是有罪的。他想拿这话点点岳恒,把岳恒打发走了。可是,岳恒根本拿这个没当回事儿,他说道:“万岁,为臣回朝虽然没有万岁旨意,但并非私自离开相国寺,为臣有公事在身。”

“有何公事?”

“为臣找人来了。”

“找谁?”

“找的就是他!”岳恒说着一指庞文,“今天是相国寺立擂最后一天,天下的能人云集京城,要打欧子英,争魁夺帅,不少英雄找他标名挂号。他恐怕和尚吃亏,便离开相国寺,不给英雄标名挂号,不叫英雄登台打擂,故意耽误时间。难道为臣不该找他吗?”

宋仁宗连忙说道:“岳爱卿,不要误会,太师不是不给举子标名挂号,他回朝有事面见寡人。”

“他有何事?”

“太师听说呼延庆进京要登台打擂,特意给寡人送信来了。”

岳恒大眼珠子一转悠,心想:我来个顺杆爬,唬唬他吧。行了更好,不行再说。想到这儿,他说道:“万岁,呼延庆进京要登台打擂,谁人不知?何人不晓?为臣听官兵报告,呼延庆在城外有大批人马,他说啥也要打擂,非要夺元帅不可!他还说什么‘大宋朝没人了是怎么的?怎么让个和尚挂帅?’他还说:‘若是他打擂能挂印为帅,便忠心耿耿保大宋江山,以国为重,不计私仇,若是不让他打擂,他就要大闹东京汴梁,不但要抄拿庞文全家,还要搜宫杀院,金殿见驾,与万岁辩理。’为臣我回朝一是找庞文,二是给万岁送信。”

宋仁宗听了这番话,又没主意了,问道:“岳爱卿,你看如何是好?”

岳恒大眼珠子一瞪,立时来了精神,说道:“依为臣之见,万岁下一道旨意,干脆让呼延庆打擂,他若挂印为帅,保的也是大宋江山,这岂不是一件好事吗?”

“岳爱卿,言之有理。”

庞文一听,心中暗骂仁宗:你这个昏王,光想你的江山,怎么不想想我们全家?呼延庆若是打擂,挂印为帅,那还能有我的好吗?只要是不让呼延庆打擂,我内弟欧子英挂了帅,哼,我也当当皇上、坐坐龙墩!哪怕坐上一年,或者一个月,咳,就是坐上一天也行,我就可以传给我的子孙后代。要知道,一人登基,九族升天啊!这老贼越想越美,越想对岳恒火越大,急忙说道:“万岁,这万万使不得啊!分明是岳恒、佘太君、呼延庆串通一气,要夺取我主江山。万岁,若叫呼延庆打擂,他挂印为帅,兵权在手,杀上金殿,到那时,您叫天天不应,呼地地不灵。岂不后悔晚矣?您可要看明谁是忠良,谁是奸臣,您可要分清谁远、谁近哪!万岁,为臣的女儿是西宫娘娘,您想想,我跟您能有二心吗?我的胳膊肘能往外拐吗?这道旨意可万万下不得啊!”

“老爱卿说得对啊,这道旨意还是下不得!”

这时候，岳恒是又恨昏王宋仁宗，又恨奸贼老庞文，心头的火呼呼的，肚子里的气鼓鼓的，他大叫一声："老贼庞文，你真狠毒，我岂能容你血口喷人？"

岳恒说罢，蹿上前去，左手使了个"乌龙探爪"，一把抓住老贼庞文，抡起右掌，"叭！叭！叭"！就是三个大嘴巴子。这时候，你再看庞文，嘴角流出血来了，左脸也肿起来了，他张开口刚要喊，岳恒左手往怀里一带，"嘭！"右拳正打在庞文的下巴颏儿上，"扑通"一声，庞文跌倒在地，背过气儿去了。

宋仁宗见此情景，不由勃然大怒——

宋仁宗发怒拍龙案，
双眉倒竖眼瞪圆：
"岳恒——
你当着寡人打国丈，
你可真是胆大包天！
来人哪，快快将他绑！"
御林军听罢就要拥上前。
岳恒挥手喊："且慢——为臣有事对君言！
万岁，为臣打庞文犯了什么罪？"
"犯了欺君之罪！"
"抄我全家还是问罪一人？"
"念你岳家有功，不抄全家，只斩你一人。"
"谢主隆恩。"
岳恒说着跪倒把头叩，
站起身对着文武百官一抱拳：
"列位大人都听到，
常言说'君王之口无戏言'，
我的全家不问罪，
罪都由我一人担！
反正是，三个嘴巴子也是打，
五个嘴巴子也是扇，
为臣终究是一死，
临死前，我要为国除贼奸！"
这时刻，庞文缓过气来刚站起，
岳恒一见怒火添。
上前一个扫堂腿，
老庞文倒在殿上面朝天。
岳恒上去把他按，

"呼"的一声抡起拳。
那拳头好像铁锤一个样,
"咚咚咚",一拳拳打起没个完。
打得庞文鼻子直蹿血,
打得庞文吱哇乱叫喊连天:
"万岁快快把我救,
我眼看就到鬼门关(啦)!"
群臣心中暗称快,
谁也不去上前拦,
御林军心中暗叫好,
都为岳恒把心担,
"别打啦!"
一个个全都张口喊,
可都是光喊不动弹!
宋仁宗拍案跺脚直喊:"快住手!"
岳恒他,根本不管六九五十四还是七九六十三。
他的主意已拿定,
不打死庞文心不甘!
暗念叨:孩儿呼延庆,
为叔我在此替你报仇冤!
岳恒越打越来劲儿,
老庞文,"哏儿喽"一声眼一翻,两腿一蹬不动弹(啦)!

岳恒看着庞文完了,站起身来,又照着他的屁股踹了两脚,说道:"万岁,反正是一命抵一命,拿我一人问罪,不抄全家,来,绑吧!"

宋仁宗万万没想到岳恒这一招儿,刚才话已出口,也不能再改了,只好命御林军捆绑岳恒。岳恒伸手拽开襟甲丝绦,摘盔卸甲,扔在一旁,然后双手一背,说道:"绑吧!"

两个武士上来抹肩头,拢二臂,绑上岳恒,推着就走。岳恒毫不畏惧,昂头挺胸,往两旁看了看文武大臣,微微一笑,说道:"列位大人,多多保重,咱们来世再会!"

说罢,两膀一晃,迈步走下金銮殿。

这工夫,天波府的老管家杨洪来了。他怎么来了呢?因为杨门女将在家里等着急了,这才派杨洪前来打探。

杨洪来到法场,一见老太君坐在罪椅上,便跑上前去放声痛哭。老太君心中不由一阵悲痛,颤抖着声音对杨洪说道:"我是活不了啦!你回家去告诉她们,赶快来祭奠祭奠!"

杨洪立时一愣,为什么呢?老太君说"祭奠祭奠",他听了个"造反造反",心想:"……哦,这是昏王使老太君伤透心了,若不然老太君绝不能造反!哎呀,这可不是小事,我得再问问,把事搞准啦!"于是,又问道:"老太君,这使得吗?"

老太君哪知道杨洪听错了,便说:"使得,使得,越快越好!"

杨洪听罢,觉着心里有底了,连连点头称是。老太君又嘱咐他:"让全家都来,可是,该来的来,不该来的千万别来!你听明白了没有?"

老太君这话的意思是别让呼延庆来,杨洪明白了老太君的意思,忙答道:"明白了,明白了。该来的都来,那个不该来的,说啥也不能让他来。"

杨洪起身连跑带颠儿,转眼之间,回到天波杨府。他来到银安殿击鼓撞钟。杨门女将,一听钟鼓齐鸣,立时顶盔挂甲、罩袍束带,随即涌入银安殿。杨文广和呼延庆也来了。穆桂英坐在当中,有的问了,杨府中比穆桂英辈大的有的是,轮班也轮不到她啊!说起来,这可不按辈,老太君是皇封无佞侯,穆桂英是皇封浑天侯,无佞侯在府由无佞侯管天波府,无佞侯不在就得由浑天侯管。浑天侯穆桂英一看人都到齐了,问道:"杨洪,派你前去打探,你回到府中为何不到大厅报告?击鼓撞钟,却为何来?"

"哎呀,大事不好!老太君金殿动本,老贼庞文血口喷人,老太君一怒之下打了庞文,昏王将老太君绑在午朝门外,要开刀问斩!"

大伙一听,真是心急火燎,八姐九妹失声痛哭,催穆桂英赶紧想办法搭救老太君。杨洪说道:"有办法!"

穆桂英忙问:"有何办法?"

"老太君跟我说,让赶快去造反造反!"

大伙听了都一愣,你瞅瞅我,我瞅瞅她,最后,目光又都落在穆桂英身上。穆桂英紧锁眉头,问道:"杨洪,不对吧?是不是你听错啦?"

"没错,保准没听错。我还怕听错了,又问了老太君一遍,我说'这使得吗?'老太君说'使得,使得,越快越好!'接着又嘱咐我说'让全家都来。可是,该来的来,不该来的千万别来!……'那意思是不让呼少爷去。错不了,错了我兜着。赶快走吧,救老太君要紧哪!"

穆桂英听杨洪这么一说,心可就有点儿活了。她觉着,按说老太君绝不可能让造反,这准是昏王伤透了老太君的心。造反这事可非同小可啊,最好是派人去问问,把事弄准了再行动。可是,时间不等人哪,若耽误了时间,老太君命就没啦!……穆桂英思想片刻,拿定主意,说道:"众位前辈,取带兵刃,备好马匹,莫要乱闯,随我一同奔赴午朝门面见老太君,听她老人家吩咐。若是造反,咱就动手,若不造反,咱再另想对策。文广,你和呼延庆在家,哪儿也不要去!"

穆桂英说罢,时间不大,大伙准备齐整,乘上马匹,直奔午朝门——

杨门女将寡妇兵，
催马直奔午门庭。
全副武装真齐整，
英姿勃勃好威风！
街上一阵马蹄响，
黎民百姓乱哄哄。
老三开口叫老二，
老二对老大叫了几声：
“哥哥、哥哥你快快看，
这不是杨门的女英雄(吗)？
她们平时不出动，
一出动准是有了啥事情！”
“我说兄弟啊，八成边关出了事儿，
才叫杨家去出征。
别看杨家净女将，
可是个个武艺精。
那个是八姐，那个是九妹，
看，那是大破天门阵的穆桂英！
她们出征准取胜，
有杨家天下准太平！”
且不言黎民百姓在议论，
单说杨门女英雄。
一个个奔赴法场急如火，
恨不得人要驾云马腾空！
唯恐耽误时间到得晚，
老太君刀下受斩刑。
转眼之间来得快，
午朝门就在对面迎。
她们瞪大眼睛往前看，
看见了护法场的儿郎兵。
老太君坐在罪椅上，
旁边还绑着一人是岳恒。
穆桂英一看心头怒火起，
暗把昏君骂几声：
昏君啊，你开刀尽把忠良斩，

你香臭不辨、忠奸分不清！
可惜我杨家为大宋，
立下多少汗马功！
哪一阵不死杨家将？
哪一回不是杨家去出征？
为什么杨家的功劳你不念，
要将我祖母问斩刑？
霎时间来到朝门外，
她跳下马来喊了一声：
“祖母，孙媳桂英到！”
御林军顿时吃一惊！

护法场的御林军一看穆桂英带着杨门女将来了，个个顶盔挂甲，不由一惊：这架势不是要动手吗？他们知道，若是动手，自己也不是对手，都暗自盘算：到时候，不行就跑啊！

老太君一看穆桂英她们这副打扮，立时一愣。八姐、九妹跑上前来，说道：“妈，快下令动手吧！”

老太君连忙追问一句：“干什么动手？”

穆桂英一听就知道出差了。她不隐瞒，忙把事情的来龙去脉简要叙说一番。刚说完，杨洪气喘吁吁地跑过来了，他趴到老太君的耳边上气不接下气地说道：“老太君，该来的可都来了。时候不早了，怎么还不动手啊？”

老太君一听这个气啊：“动手干什么？”

“哎？老太君，不是叫她们赶快来造反造反吗？”

“咳，我是让你叫她们赶快来祭奠祭奠！”

老管家一听傻眼了。老太君知道事情不妙，告诉大家不能造反，此处是是非之地，赶快回府。

正在这时，忽听传旨官喊道：“万岁有旨，宣浑天侯穆桂英、杨门女将上殿！”

老太君知道坏事了，又嘱咐大家要保住杨家忠良的名誉。穆桂英等接完圣旨，无精打采地走向八宝金殿。

宋仁宗怎么知道穆桂英她们来了呢？

原来，老贼庞文被岳恒一顿暴打，自知性命难保，就一翻眼儿一蹬腿儿，装死了。等岳恒被押下金殿，他才假装苏醒过来，接着连哭带叫，要求皇上给他报仇。宋仁宗答应之后，叫他下殿洗伤上药，又命人准备新乌纱、新蟒袍。庞文上完药换好朝服正要上殿，听见午朝门外传来急促的马蹄声响，往外一看，杨门女将满身披挂，他一瘸一拐地跑上金殿，说杨家要造反。宋仁宗要派人捉拿杨门女将，庞文说先不能抓，得把她们宣上金殿。上金殿不许带兵刃，到那时再抓也不迟。宋仁宗听信庞文之言,这才下旨宣杨门女将上殿。

穆桂英带领杨门女将来到金殿,宋仁宗一看,果然是个个全身披挂,说道:"浑天侯,你可知罪?"

"万岁,为臣不知犯下何罪?"

"孤没有旨意宣杨门女将,你等为何顶盔挂甲,持刀乘马来到午朝门?不是造反是为何而来?"

穆桂英想起呼延庆打擂这个事来了,她不慌不忙说道:"万岁,如今人人皆知呼延庆进京要登台打擂,听说若不让他打擂,他就要大闹汴梁。无佞侯金殿见驾就为此事,我等在府久不见回音,怕是呼延庆闹汴梁,这才全身披挂,一是来打听此事,二是为防备呼延庆。想不到来到午朝门外,刚到法场,还没等问清无佞侯为何问斩,万岁就宣我等上殿。我杨家一心保大宋江山,怎能有造反之事呢?"

这番话把宋仁宗说得哑口无言。庞文说道:"万岁,依为臣之见,没有圣旨召宣,杨家武装齐备来到午朝门,说不是反,也是反!"

宋仁宗忙说:"老爱卿言之有理。没有孤的旨意,你等武装齐备到此,不是反也是反!来人,将杨门女将绑下金殿!"

因为老太君有言在先,杨门女将二话没说,卸去盔甲,被押下金殿。宋仁宗写完催命旨,叫道:"众家爱卿,哪位愿去监斩?"

话语未尽,庞文搭话了:"为臣愿往。"

庞文领旨下殿奔午朝门,行走之间,忽然看见迎面走来一人。此人身高八尺开外,剑眉俊目,鼻直口阔,唇如丹朱,牙白似玉,颏下无须,细腰乍膀,头戴白缎扎巾,上穿白缎箭袖,下穿兜裆滚裤,脚蹬薄底快靴。他就是天波杨府少令公杨文广。

杨文广怎么来了呢?原来,杨洪一见穆桂英带领杨门女将被宣上金殿,知道凶多吉少,就跑回府禀报杨文广。呼延庆听了,非要去劫法场不可,杨文广说啥也不让他出头。后来,两人商订好了,杨文广去法场探听消息,想法救老太君;呼延庆去相国寺打擂。杨文广来到午朝门外一看,老太君和母亲穆桂英她们都在法场押着呢,跑上去一头扎在老太君怀里放声痛哭。穆桂英怕他在此惹事,催他快回去。文广要上殿求情,穆桂英不答应,文广说:"那我就在这儿不走了,让他们也把我杀了吧!"

老太君怕文广在这儿落个闹法场的罪名,昏王一怒,再把文广斩了,杨家岂不绝后了吗?她也知道文广上殿求情啥事不顶,可比在这儿保险哪!于是就同意文广上殿,并嘱咐文广要多说好话,不得莽撞,不得做出无理之事。

杨文广一一应允,起身进了午朝门,直奔金殿。

这时候,庞文领旨下殿奔午朝门,两个人走了个脸对脸。庞文一见杨文广,心中立时起了恶意:光杀杨门女将不行啊,他可是个后患哪!我得斩草除根……呼延庆二次进京,听说就是他给放跑的!……庞文想到此处,三角眼一眯缝,冷笑一声生出一条毒计。两个人越走越近，庞文往四下一看，近处无人，刷刷——把圣旨撕碎往地上一扔，又随手打掉自己头上的乌纱帽，指着杨文广喊道："好一个胆大的杨文广，你竟敢撕碎圣旨、殴打老臣！"

喊完，庞文转身就朝金殿跑去。杨文广没在乎这些，他寻思：假的真不了，真的假不了。他要上金殿揭穿老贼庞文的阴谋。

庞文踉踉跄跄地上了金殿，来了个恶人先告状。说杨文广辱骂圣上，撕了圣旨，打掉了他的乌纱帽。正在这时候，杨文广也来了。宋仁宗当即下令捆绑杨文广。杨文广连声喊道："冤枉啊！冤枉啊！"

宋仁宗根本不容杨文广分说，命御林军将杨文广推出午朝门外。不少文武大臣出面求情，都被宋仁宗一口回绝。

这工夫，就听有人喊道："万岁，为臣前来见驾。"

话音刚落地，金殿上走来一人。只见这人头戴方翅乌纱，身穿白缎蟒袍，腰扎蓝庭玉带，足登粉底朝靴，面似银盆，颏下一部银髯，来者正是天官寇准。寇准是三朝元老，他有事上朝，无事可以不上朝。今天是相国寺立擂最后一天，他想打听打听消息，这才来到朝房。到这儿，正遇上老丞相王苞，两个人就唠扯起来了。两人正唠呢，听到外面有人吵吵，寇准出来一看，庞文往金殿那边跑，杨文广在后面走得挺急，就知道这里头有事，再往午朝门那儿一看，乱哄哄的，有不少人，他急忙跑去。他一瞧，午朝门外设了法场，佘太君和杨门女将都在那儿，就赶紧跑回朝房告诉王苞，让王苞上殿求情。王苞说："你先去，若不行我再去。"

"好，一言为定。"寇准说完走出朝房，看见几个御林军押着杨文广奔法场去了，他心急火燎，急忙上殿见驾。

宋仁宗一看寇准来了，问道："寇爱卿，你面见寡人可有本奏？"

"万岁，为臣不知杨家犯了何罪而受斩杀？！"

宋仁宗就把无佞侯金殿打庞文、浑天侯带领杨门女将要造反、杨文广撕圣旨打庞文这些事说了一遍。寇准听罢，说道："万岁，依为臣之见，无佞侯怒打国丈，事由两来，莫怪一方，杨家俱是忠良之臣，她等虽是武装齐备，未经召宣来到午朝门，可并无反心，请想，杨家若要造反，何人能够抵挡？庞文状告杨文广撕碎圣旨、身遭毒打，乃是一面之词，有何人为证？自太祖开创基业以来，杨家世世代代忠心耿耿，在国家危亡之际，从不计较自家恩怨，挺身驰骋疆场，屡建丰功。看在昔日的情分上，就饶恕杨家这一次吧。若斩杀杨家，谁还敢在朝为官呢？"

宋仁宗本来就不得意寇准，冷笑一声，说道："就是朝中没人敢为官，孤也要缉杀杨家！"

寇准一听可气坏了，说道，"既然如此，为臣便辞官不做、告老还乡！"

"好，正合孤意。朝中有你也是五八，没你也是四十，你摘下乌纱、脱下蟒袍下殿去吧！"

寇准摘下乌纱帽，脱下蟒袍，心想：昏君啊，你也甭想好受啦！看看我怎么折腾你吧！他走下品级台阶，对众官说道："列位大人，万岁今天开恩，有愿告老还乡者，快去辞官吧！"

寇准说完走下金殿，急忙来到朝房。王苞一见他这副装束，就问出了什么事。寇准说："我说你去，你偏让我先去，昏君不但不准本，还将我削职为民。咳，咱们都没用啦，朝中有他老丈人就行了。我看哪，你也别去啦！"

"为什么呢？"

"别看你是他老师，我先把话说到这儿，你不去是五八，去也是四十！"

寇准这是拿话激王苞呢。王苞是开国丞相，是四朝元老，又是宋仁宗的老师。他听了寇准这番话，气得胡须直颤，吩咐家人王忠拿衣裳。寇准一看是一套孝服，还有一根哭丧棒，心里明白了，暗想：这回可热闹啦！他故意问道："穿它干什么啊？"

"我要穿它上殿见昏君！"

王苞穿上孝服，手拎哭丧棒，走出朝房，直奔金殿。

寇准心想：你去吧，我再把包黑子找来，看看昏王怎么唱这出戏！他出了朝房，找包拯去了。老丞相王苞一上金殿就大声骂道："昏君哪昏君，我岂能容你！"

欲知后事如何，且听下回分解。

第十二回 包丞相铡撞西宫院 呼延庆力劈欧子英

寇准辞官下殿，文武百官纷纷提出辞官，宋仁宗不但不准本，而且把天子剑挂起来了，说谁若再替杨家求情、谁若再辞官，就一律问斩。

正在这时候，老丞相王苞骂上金殿来了。他走到金殿口，抬头一看天子剑，火更大了，心想："怪不得寇准说，我讲情也讲不下来呢！昏君阿，你做事做得真绝呀，连讲情也不准讲了。今天我偏要闯你的天子剑，倒要看看你能把本相怎样！"老丞相边想边走，闯上了金殿——

端坐龙墩的宋仁宗，
站立两旁的文武卿，

顺着声音往下看，
看罢顿时吃一惊！
老丞相颤巍巍地往上走，
打扮与往日大不同。
往日里，身穿蟒袍头戴乌纱帽，
今天是，穿白戴孝上龙庭。
他头戴麻纶身穿重孝，
腰里扎着青麻绳。
手中拿着哭丧棒，
骂不住口声连声。
昏君长来昏君短，
面沉似水眼通红。
老丞相来到八宝金殿上，
品级台前站稳身形。

老丞相站在品级台前，两眼直勾勾地望着宋仁宗。宋仁宗不由呆呆发愣，暗暗想道：他刚才骂骂咧咧，现在怎么不吱声啦？看样子，他家里一定出事了，若不他怎么穿孝呢？"……哎，不对劲儿！就是出了事，他这么大年纪给谁披麻戴孝呀？再说穿的还是重孝……"他越想越糊涂，不由问道："恩师，你这是给谁戴孝呀？"

"给你！"

说起来，这也就是老丞相敢说这话，若是换了别人就得推出午门开刀问斩。宋仁宗听罢心中大为不悦，说道："你老糊涂了吧？孤还没驾崩，你穿孝不是太早了吗？"

"不早，趁着你没驾崩，我先给你戴孝，以表我的忠心；你若驾崩了，我戴孝你就看不着啦！"

"恩师，你今天怎么的啦？是不是跟谁生气啦？"

"我就跟你！"

"你为何跟寡人生气？"

"你为何斩杀杨家将？为何斩杀岳恒？"

宋仁宗听罢，简要地把事情说了一遍。老丞相冷笑了两声，说道："杨家也好，岳恒也好，为什么都打庞文呢？自古至今，忠奸水火不相容。想当初，双王呼延丕显也打了庞文，庞文记恨在心，他与西宫娘娘设计陷害呼家，那时你刚刚登基，年轻无知，偏听偏信，传下旨意抄杀呼家。正因错杀呼家，才引出呼门之后三番两次大闹京城。这真是错在当初、悔在今日啊！如今，可不能一错再错啦！提起庞文，说他是文官，他提笔不能作文章，说他是武将，他何时领过兵、打过仗？他上欺天子，下压群臣,你身为君王,应当分清谁忠、谁奸、谁好、谁坏、谁是、谁非。老太君、岳恒在一气之下打了庞文,就是治罪也不能治于死地,哪怕将他们赶出京城给条生路,这也是君臣之义!"

老丞相说到这儿,宋仁宗用话给截住了:"不要多说啦!你没见金殿口悬挂着天子剑吗?谁给杨家求情,就该斩首。不知者不怪罪,你快快下殿去吧!"

老丞相一听,火撞顶梁,挥起哭丧棒,指点宋仁宗——

老丞相胸中怒火升,
气得他嘴唇直颤红了眼睛。
扬手举着哭丧棒,
不住地指点宋仁宗:
"你喝了什么汤来吃了什么药,
忠言奉劝你不听!庞文说啥你都信,
他是个害人害国精。
要文没有文,要武没有武,
全仗着他的女儿长了个好面容。
杨柳腰扭来乌纱帽,
粉面朱唇挣功名!
昏君啊,你贪恋酒色误朝政,
宋室江山就要断送在你手中!"
宋仁宗听着脸色挂不住,
手拍龙案喝一声:
"王苞你真好大胆,
竟敢金殿之上骂朝庭!
来人哪——
快快把他绑下去,
跟杨家一同问斩刑!"
老丞相喝一声:"休要动手!"
踉踉跄跄往上冲。
直奔盘龙白玉柱,
猛然听得"咚"一声。
只见王苞倒在地,
身旁一摊鲜血红。

老丞相一头撞在盘龙玉柱上,立时气绝身亡。宋仁宗还在那儿大发雷霆呢,一拍龙案,喝道:"王苞,你不要倚老卖老!来人哪,快把他拉下去!"

武士到近前一看，连忙禀报："万岁，老丞相死啦！"

"当真？"

"当真。"

宋仁宗一听老丞相死了，慌慌张张来到老丞相身旁，连声大叫："老爱卿啊老爱卿，刚才孤并非真心要杀你，是你骂得孤实在抬不起头来。孤本意是想吓你一吓，叫你下殿去就算了。没曾想你撞死在金殿之上！知道的是你自己撞死的，不知道的好像是孤把你逼死的……"

宋仁宗一边喊叫，一边啼哭。他这么做，叫收买人心！

庞文在一旁着急了，他想要快讨催命旨，快点儿斩杀杨家将，怕夜长梦多！他来到宋仁宗身旁，急忙跪倒，说道："万岁，臣有本奏，王苞倚仗他是四朝元老，辱骂圣上，罪该万死。万岁，请下圣旨斩杀杨家将！"

宋仁宗一见庞文，气不打一处来，心想：你他妈放屁也不看看时候，你倒是等一会儿再奏本哪！就是因为你，老丞相才骂我是昏君！他这一死不要紧，包拯肯定找我算账，叫我如何是好？你今天动本参这个，明天动本参那个，都是你折腾的，整得朝政都乱套了，我这皇上还怎么做呀？这回呀，省着叫人家说我向着你，也让文武百官知道我打了你，你可休要怪我！想到这儿，他抡起手掌，"叭！"就是一个嘴巴子，打得庞文捂着腮帮子直叫唤。

文武百官一看，心想：今天这是怎么的啦？

正在这时，皇门官喊道："包丞相到！"

宋仁宗一听说包拯来了，暗自叫道："可不好啦！包拯一看老丞相死了，非发火不可啊！他一气之下把我塞到龙头铡里，那不就完了吗？我赶快跑吧！"宋仁宗如今是啥也不顾，撒腿往后宫就跑啊。庞文也不怠慢，像个兔子似的，"噌噌噌"，紧跟宋仁宗去了。

包拯怎么来了呢？他从天波杨府出来回到相国寺，等了半天也没个信儿，后来杨洪跑去告诉他，说杨门女将都被押在午朝门外，要开刀问斩。他急忙起驾奔金殿，半道上又碰上寇准，寇准又在火上浇了些油，包拯火更大了。他赶到午朝门外，看到杨门女将、杨文广和岳恒都押在法场上，忙派人守护法场。随后，他摆驾直奔金殿。来到金殿上一看，龙墩上没有宋仁宗，文武百官围着盘龙玉柱正哭呢。他们见包拯来了，迎上前七嘴八舌简要一说，包拯心如刀绞、怒气冲天，一头扑在老丞相身上，放声痛哭——

铁面无私的包大人，
放声痛哭泪纷纷。
连连直把恩师叫，
哭得令人好伤心！

他说道："弟子到此晚一步，
恩师在金殿命归阴！
恩师为官几十载，
为国为民操尽心！
想不到死得这么惨，
都怪四帝这无道的昏君，
他耳软心活贪花恋色，
宠信奸臣老庞文。
庞文专把忠良害，
害了呼门又要害杨门。
恩师您上殿把情讲，
昏君伤透了您的心！
您一头撞死在金殿上，
真是活活痛煞人！
冤有头来债有主，
弟子去找那昏君与庞文！"

包拯越哭越难过，说道："恩师，弟子一定要救下杨家、救下岳恒，找庞文与昏君算账，与您报仇！"

说罢，起身命王朝、马汉开路，奔往后宫。不多时，来到后宫，只见宫门紧闭，包丞相更加恼火，说道："王朝、马汉，给我抬铡撞宫门！"

王朝、马汉怕包丞相一气之下惹下大祸，便说："相爷，没有圣上的旨意，随便到此撞宫门不是犯欺君之罪吗？"

包丞相把眼一瞪，说道："昏君逼死老丞相，他没有君臣之情，还谈到什么欺君之罪呢?！这三口铜铡，上铡君不正，下铡臣不忠！让你们撞，你们就撞，一切由本相承担！"

王朝、马汉指挥差人抬起龙头铡对着宫门"咚咚咚"连撞三下。这一来，惊动了一个人。谁呢？他就是四十八处督总管，皇上加封九千岁，大太监陈琳。刚才，宋仁宗带着庞文跑进后宫，直奔西宫下院，他告诉陈琳关紧宫门，没有他的旨意不准开。陈琳琢磨半天也不明白是怎么一回事儿。正在这时，就听有人撞宫门，他吓了一跳，心想：谁这么大的胆子？不由大声喝喊："真乃大胆，外面何人来撞宫门？"

陈琳边喊边上了门楼。包丞相一见是他就忙说道："千岁莫怪，方才是本相叫差人抬铡撞宫门，有惊千岁大驾！"

"哦，原来是包丞相。你有什么事就跟我说吧，只要我能办到的，一定尽力相帮。"

“那就请千岁把宫门开开吧！”

“哎呀，别的什么事都行，这宫门可不敢开。方才万岁对我说，没有圣旨不能开门。包丞相，到底出了什么事，你说一说，好叫我心里明白。”

包拯把事情一五一十地说了一遍，陈琳听了暗想：我若是开了宫门，他带人抬铡刀闯进宫来，事可就闹大啦。我呢，吃罪不起；他呢，也没啥好处……想了片刻，说道：

“包丞相，这事我明白了。宫门我是不敢开。可是……依我看，你把所要的条件一一说出来，我到西宫下院面君，皇上下道圣旨答复你的要求，把应该办的事都办了，这才叫上策！”

陈琳这一劝说，包丞相气消了不少，觉得人家说得在理。他也知道陈琳不能开宫门，就说道：“既然这样，就有劳千岁大驾为本相跑上一趟。你与昏君说，本相求见，他若让我见，就开开宫门；若不让我见，你就说本相有三个条件。第一，老丞相今天死得屈，要与驾崩的君王一样金鼎玉葬，叫庞文披麻戴孝，一步一头，送到坟地；第二，赦免杨家将和镇殿将军岳恒，让寇准官复原职；第三，准许呼延庆登台打擂。昏君若是应下这三个条件，便下圣旨，若是不应，本相就要进宫与他辩理！”

有人说了，包丞相不是已经给呼延庆挂号了吗？为什么还让宋仁宗下圣旨呢？包丞相有他自己的打算，他猜想宋仁宗能答应前两个条件，十有八九不能答应第三个条件。若真这样，他就在这一待，宋仁宗、庞文也甭想出来。方才杨洪也告诉他了，说呼延庆离开杨府到相国寺去打擂，包丞相离开相国寺的时候，也都做好了安排。等到呼延庆打完擂，就是宋仁宗不下圣旨也把事办了。若是万一宋仁宗答应第三个条件，那更好了，还可趁机提出为呼家昭雪冤案。包丞相提出第三个条件非常主动，进有进路，退有退路。

陈琳听了，觉得挺好，说道：“包丞相，请屈尊贵体在门外等候，待我去启奏万岁。”

陈琳去见宋仁宗暂且不题，表一表呼延庆。呼延庆从天波杨府出来，奔往相国寺。他进了相国寺往擂台上一看，大吃一惊：和尚欧子英满脸是血，小姐卢凤英披头散发，和尚招招紧逼，不离要害，小姐只有招架之功，无有还手之力，真是危在旦夕！擂台的左边站着一位身穿朝服的老者，脸色苍白，神情焦急，面对台下，高声呐喊。

这是怎么回事呢？原来，呼延庆去找包丞相标名挂号离开相国寺之后，卢凤英与欧子英又交战数合不分胜负，小姐求胜心切，就使了赢海青的那招儿——“死尸塌地”，故意跌倒趴在擂台上。和尚一看，不由暗自高兴：好啊，胆大的丫头，你竟敢在洒家面前班门弄斧！今天，洒家让你一命归西。想到此处，和尚两只手上下一分，直奔卢凤英。这招儿名叫“阴阳二手”。如果你在下边走，他拿阴手抄你，如果你在上边走，他用阳手抓你，它专门破“死尸塌地”。卢凤英一看不好，连忙使了个“燕子钻天”，腾空而起，想落在和尚身背后，可是，和尚又后退了两步，卢凤英两脚正落在和尚的两个肩膀头上，和尚一伸手抓住小姐的右脚脖子，他想把小姐抡起来摔死在擂台上。卢凤英见势不妙，抬起左脚对着和尚的下巴往上一挑，这一挑可就热闹啦！怎么呢？卢凤英的绣花鞋上钉着一朵红缨，红缨里藏着五把倒齿钢钩。和尚一看卢凤英的左脚要兜下巴，急忙往后一缩头，下巴闪过去了，鼻子没闪过去，因为这脸上的零件就数它高！哧——右鼻孔给豁开啦！“哎呀！”和尚疼得一声怪叫，两手一捂鼻子，卢凤英就势往后一蹿，来了个“金鸡独立”，站在擂台上。和尚用手指点卢凤英骂道：“丫头，擂台之上你竟敢下毒手，洒家岂能与你善罢甘休。”

台下看打擂的刚才光见他去抓小姐的右脚，小姐一抬左脚，也不知道鞋上的红缨里藏着钢钩。只见和尚的鼻子、嘴、下巴净是血，就七言八语地议论上了：

“哎，大哥，这是怎么回事儿？”

“兄弟呀，这和尚不是个好东西，他想闻小姐的脚，让小姐把鼻子给踢破啦！”

和尚一听这气可大啦！他顺手从刀枪架上拿起九耳八环方便铲，在掌中一抖，“哗棱棱”直响。卢凤英抄起一口大刀，两个人二次交手打在一起——

和尚气得眼发红，
大铲一挥不留情。
卢凤英手舞大刀不示弱，
拨开铲杖攻不停。
上三路插花把顶盖，
下三路古树盘根横。
前三路乌龙把爪探，
后三路怪蟒翻身快如风。
左三路猛虎出山洞，
右三路凤凰大抖翎。
一路大刀分三路，
三路又把九路更。
砍了九九八十单一路，
只见大刀不见卢凤英！
和尚一看难取胜，
暗把飞抓拿手中，
嗖！直奔小姐后脑海。
卢凤英只听脑后一阵风，
哈腰低头忙闪躲，

紧接着"哎呀"叫一声！

卢凤英听到脑后来了一阵风声，急忙缩颈藏头，可是稍微慢了一点儿，飞抓一下子叨住缠头的红绢帕，卢凤英不由"哎呀"大叫一声！若是再慢一点儿，小姐的后脑勺子就得被叨碎！和尚一看叨住了，忙把丝绳往回拽，这玩意儿是越拽越紧，他想把卢凤英给拽过来。可卢凤英使劲儿往回挣，两厢一用力，就听"哎呀"一声，紧接着"扑通"一声！怎么啦？小姐一挣，飞抓把头发拽下一绺来，小姐疼痛难忍，就大叫了一声。和尚用力过猛，没拽过小姐，光拽下一绺头发，他一个腚墩儿坐在了擂台上。卢凤英的红绢帕也被抓下来了，头发也散了，后脑勺子血也出来了，她也不顾疼了，把头发一拧，叼在嘴里，挥起大刀照着和尚就剁，和尚一闪跳了起来，抡起大铲，二人又打在一起。这工夫，台下可就乱啦！连喊带叫："这和尚真不是东西呀！打不过姑娘，用暗器伤人，真丢脸哪！快滚下去吧！"

和尚一听，肺都气炸了，心想："丫头用暗器把我鼻子豁了，你们怎么不说呢？"其实，这真不怪看热闹的。因为，小姐用鞋上暗藏的钢钩豁了和尚的鼻子，大伙没看清楚，而和尚用飞抓伤小姐，大伙却都看得一清二楚。

这阵子，和尚满脸是血，满脸杀气，一心要打死卢凤英，卢凤英头发散乱，杀气腾腾，一心要打死和尚。两个人正打得难解难分之时，忽听得相国寺外传来急促的马路声响。只见头前一匹马上坐着一人，头戴方翅乌纱，迎门一块宝珠，身穿白缎蟒袍，足登粉底朝靴，面如古月，剑眉俊目，颏下一部白须。此人是卢凤英之父、天官卢景荣。他怎么来了呢？刚才，卢凤英跟和尚动手，丫环怕小姐有危险，姐儿几个一商量，差一个回府报信。卢天官得知，急忙带家将乘马来到相国寺。他下了马，往里就跑，高声喊道："闪开！罗汉，手下留情！"

众人往两旁一闪，当中让开一条道，家将跟随天官来到擂台之下。卢天官顺着护梯上了擂台，抽个空当儿上前拦住和尚。和尚一看卢景荣这身打扮，就知是朝中的大臣，他虽然有气，可是还不敢碰，因为若是伤了朝中大臣就得治罪。和尚收铲停步，喝道："你是何人？到这儿来干什么？"

卢景荣抱腕说道："罗汉息怒，我乃天官卢景荣，小女卢凤英年轻幼小，不太懂事，冒犯了罗汉，您不看僧面看佛面，不看龟情看水情，就看在老朽我的面子上，看在我那死去的儿子卢廷方的面子上，饶了我的小女吧！"

卢天官好话说了三千六，啥事不顶。和尚一想，用兵刃难以取胜，就说："丫头，动兵刃难免撞伤你父，你可敢放下兵刃与洒家较量三合？！"

卢凤英"哐当"把大刀一扔，卢天官一把没抓住姑娘，姑娘蹿过去和欧子英赤手空拳又打在一处。

卢天官干着急没办法。这时，从下边上来一位家将给天官出了个主意，卢天官一想，除此之外，再没有别的办法，这才站在擂台口高声呐喊。

卢天官正喊着呢,呼延庆来了。说实在的,他若不喊,呼延庆真就上擂了;他这一喊,倒使呼延庆为难啦! 怎么呢? 卢天官喊道:“众位英雄听真,本人身居吏部天官之职,打擂的是我的小女卢凤英,年长一十七岁,未曾许配终身,哪位英雄能胜和尚,只要不是杀人的凶手,滚马的强盗,年岁相当,不论穷富俊丑,若是男子,我就将女儿许配于他;若是女子,我女儿与她拜成干姐妹,若是年长者,我小女就做他的干女儿!”

呼延庆听罢心想:我早不上擂,晚不上擂,偏赶这时候上擂,好像我是找人家便宜似的,一个男子汉大丈夫,哪能干这种事呢?

这时候,可把孟强、焦玉急坏了,两个人东张西望,嘴里不住地念叨:“大哥怎么还不回来呢?”

孟强眼尖,一扫看见了呼延庆,喊道:“大哥,快来呀!”

呼延庆来到擂台下,孟强、焦玉催他赶快上擂,他就把心里话讲了。孟强说道:“大哥,这也不是你提出来打擂要媳妇儿,是人家自己擂台许亲,怕什么? 快上吧!”

焦玉说道:“大哥,管他那些呢! 咱们来,不就是打和尚吗?”

呼延庆一琢磨他俩说得有理,心就活了,可是没吱声。孟强眼珠一转,计上心头,高声呐喊:“天官大人,不要担惊受怕,打擂的来啦!”

卢天官一听,急忙顺声音往台下观看。这时,孟强转到呼延庆身后,往前一推:“大哥,你快上去吧!”

卢天官一看呼延庆身材魁梧、威风凛凛,心中大喜,连忙抱腕说道:“多谢英雄,请快快上擂搭救我的小女!”

呼延庆心想:不管咋的,我是来打和尚的,再说怎么也不能见死不救啊! 他大叫一声:“和尚,休要撒野!”

喊罢,呼延庆一纵身形上了擂台,说道:“小姐,让我来收拾和尚!”

卢凤英撤下来,抱拳说道:“多劳英雄。”

欧子英收住拳脚,看见面前站着一位大汉:虎背熊腰,横眉立目,穿青挂皂,身背双鞭,威风凛凛,杀气腾腾,不由暗自叫道:真是一员虎将! 他喝喊一声:“这位举子,莫非你要打擂吗?”

“正是。”

“你可曾标名挂号?”

“号牌在此。”呼延庆从腰中取出号牌在和尚面前一亮。

欧子英一看是包丞相的虎头牌,说道:“来者通上名来!”

呼延庆收起号牌,说道:“和尚,我有号牌在此,休要啰唆,时辰不早,我可要开打啦!”

呼延庆话声刚落地,

将身一纵往上冲。
欧子英咬牙切齿瞪二目，
拉开架势对面迎。
一来一往交了手，
一强一硬决输赢。
这真是棋逢对手步步紧，
这真是将遇良才招招精。
这真是山上山下虎相斗，
这真是云里雾里龙相争！
这一个——
前有三路开门扇，
那一个——
后有三路顶门封，
这一个——
左打三路龙戏水，
那一个——
右打三路凤腾空，
这一个——
前打几步虎跳涧，
那一个——
后打几步龙出宫，
这一个——
左打几步龙摆尾，
那一个——
右打几步虎旋坑，
这一个——
二龙戏珠去剜眼，
那一个——
老君托盆往上迎，
这一个——
白猿偷桃入古洞，
那一个——
哪吒闹海下龙宫，
这一个——

泰山压顶头上打，
那一个——
霸王举顶双手擎，
这一个——
凤凰夺窝取小腹，
那一个——
枯树盘根用足登。
二人大战数十趟，
拳来脚去显神通！
呼延庆越打越勇猛，
紧逼不放招法精。
欧子英不时喘粗气，
心想招架力不从。
小眼睛一眨生毒计，
虚张声势喊一声：
“洒家少陪啦！
话出口，金蝉脱壳转身走，
暗把飞抓拿手中。
呼延庆随后紧追赶，
这时候只听“嗖”一声！
呼延庆早已有防备，
急忙缩头闪身形。
飞抓落空肩上过，
他一把抓住飞抓绳。
顺势往怀里猛一带，
和尚身子往前倾。
这小子一看事不好，
松手就把飞抓扔。
擂台下，众人一见都恼火，
大骂和尚欧子英！

这时候，台下看打擂的骂啥的都有，有的说：“这和尚想用暗器伤人，呸，真不要脸！”

有的说：“这小子还是掌教的和尚呢，耗子尾巴长疮——也没多大的能（脓）水呀！”

何苦来在一边接上话茬了:“咳,他是癞蛤蟆往菜墩子上跳——硬装大块肉!今儿个是立擂的最后一天,也是这小子寿终正寝的日子。你们看,他那脸跟死人脸似的,都脱相啦。再过一会儿,他小命就得玩儿完!”

欧子英又气得慌,又臊得慌,心想:有这么些丧门星,我还有个好?!咳,真没想到今天要栽到这儿,这娃娃实在厉害,真是能人背后有能人啊!不过,我也不能就这么认输,还得跟他拼上三合!再说,反正也丢脸了,我不如用九耳八环方便铲冷不防给他一铲,来个败中取胜!和尚想到这儿,又和呼延庆打了起来。刚打两个回合,呼延庆飞起一脚,欧子英喊了一声“啊呀,不好!”往后一仰倒在台上。其实,这一脚没踹上欧子英,欧子英是故意倒地,他趁势来了一个“狮子倒卷毛”,一下子操起九耳八环方便铲,呜——大铲一抡直奔呼延庆腰部。呼延庆飞起一脚本来没踹着和尚,可是和尚却倒了,他一眼看见了台上的大铲,心里就明白是怎么回事了,便马上做了准备。他看大铲来了,一个旱地拔葱,腾空而起,两手往背后一抓,把双鞭抽了出来,大叫一声:“看鞭!”人也落下来了,鞭也到了,欧子英挥铲相迎,两个人又打在一起。呼延庆使的是五虎断门鞭,双鞭亚赛两条怪蟒,带着风声上下左右翻飞,越打越快。欧子英越打越慢,只有招架之功,没有还手之力。呼延庆挥鞭奔和尚面门虚晃一招,下边来了一个扫堂腿,“扑通!”和尚跌倒在地,“哐啷!”大铲扔出好远。呼延庆心想:和尚,你手中没兵刃了,我若用鞭打你算欺负你!想到此处,把双鞭一扔,上前去擒拿欧子英。这就叫艺高人胆大!

欧子英一看呼延庆来拿他,急忙使了个“就地十八滚”。呼延庆一个箭步蹿上前去,使了个“海底捞月”,脚踩住和尚,伸手一把薅起和尚的左脚脖子,又用右脚踩住和尚的右脚,说道:“欧子英,你杀害生灵,惨绝人寰,恶贯满盈,死有余辜!”

台下异口同声喊道:“劈死这小子!”

话音未落,只见呼延庆双膀用力,猛一挺身,就听“喀嚓”一声,欧子英一命呜呼!

呼延庆劈死欧子英,真是大快人心!包丞相派到相国寺来打探消息的差人,急忙奔往后宫回去报信。

这时候,陈琳带着宋仁宗的圣旨来到门楼上。果然不出包丞相所料,宋仁宗只答应了前两个条件:老丞相金鼎玉葬,庞文披麻戴孝,一步一头,送到坟地,赦免杨家将和镇殿将军岳恒,寇准官复原职。包丞相刚看完圣旨,差人来报,说呼延庆劈死了欧子英。包丞相心想:你不答应也打完擂啦。行了,走吧!他摆驾来到法场,救下了杨家将与岳恒。

欲知后事如何,且听下回分解。

第十三回 呼延庆拼力闯重围 寇天官出谋施妙计

呼延庆劈死欧子英,老百姓无不拍手称快,纷纷议论。

这个说:“兄啊,人外有人,天外有天,可不能像这个和尚似的眼空四海、目中无人!”

那个说:“冤有头,债有主。立擂以来,多少好汉在他的拳下死伤,多少英雄在他的腿下表生。这和尚凶如虎狼毒似蛇蝎,他这是罪有应得!”

大伙的议论声像开了锅的水一样沸腾起来。此时,卢景荣和女儿卢凤英连忙上前拜谢呼延庆搭救性命之恩,呼延庆以礼相还,说道:“区区小事,何足挂齿!”

就在这工夫,猛听马嘶人喊,眨眼之间,官兵就冲了上来。为首的不是别人,正是奸贼庞文的女婿黄文炳和庞文的两个儿子庞龙、庞虎。

原来,这仨小子听说欧子英被人劈了,立即带领兵马奔往相国寺。这一下可就乱套啦!大街上有喊的,有叫的,有哭的,有闹的,还有转转磨磨蒙头转向找不着道儿的。官兵如狼似虎,横冲直撞,奔相国寺而来。相国寺门外顿时一阵大乱。众百姓一见官兵杀气腾腾奔来,连喊带跑。这一喊,在相国寺里头的老百姓也乱了,也都往外跑。单说人群中的何苦来,一听说官兵来了,再一看呼延庆他们还在和卢景荣父女说话呢,就大声喊道:“英雄、小姐,官兵来啦!你们还不趁慌乱之际逃跑,等待何时?”

呼延庆听说官兵来了,立时火冒三丈,心中暗道:老贼庞文,你想捉拿我,没那么容易!今天是一不做,二不休,不是鱼死,就是网破!

卢凤英一看呼延庆的架势,知道他又想动手,所以急忙说道:“英雄,此时不能与他们硬拼,官兵一来就少不了,常言说,‘好虎架不住一群狼’。快走吧!”

孟强、焦玉闻听此言,也齐声劝说:“大哥,眼下只好如此。”

卢凤英说:“我来带路!”于是,几个人钻入人群之中,随着人流涌出相国寺。

呼延庆,随着人群往外涌,
抬头看,刀枪乱摆耀眼明。
众官兵,你拥我挤来围寺,

一个个，怒目横眉喊杀声，
前边兵将正行进，
后面又上将和兵，
数不清兵将到底有多少，
但只见兵山兵海兵层层。
一队兵一排枪威风凛凛，
二队兵二刃锋神鬼俱惊，
三队兵三股叉叉挑日月，
四队兵四棱锏锏放光明，
五队兵五节鞭鞭打上将，
六队兵六花棒棒打天灵，
七队兵七星剑吹毛利刃，
八队兵八环刀刀衬红缨，
九队兵九道锁锁人绊马，
十队兵十列弓弓上雕翎。
十面旌旗随风卷，
九霄云外响杀声，
八方选来棒小伙，
七星旗上绣团龙，
六路长枪如怪蟒，
五华金刀亮铮铮，
四蹄生风走阵马，
三军个个气势凶，
两员猛将分左右，
一位将官在当中。
只见他镔铁钢盔头上戴，
面门以上挂红缨，
身穿锁子连环甲，
相接之处钉银钉，
勒甲丝绦拧九股，
鱼鳞榻尾二膝蒙，
护心宝镜如秋月，
杀人宝剑鞘内盛，
豹皮战裙腰中系，

虎头战靴足下蹬，
坐下骑能征惯战的乌骓马，
青铜大刀手中擎，
他就是庞文的女婿，兵部司马黄文炳，
后跟着庞龙、庞虎二弟兄。
他们要捉拿呼延庆，
命令官兵往上冲。

呼延庆等人一看跑是跑不出去了，只有动手杀出一条血路才能逃生。于是，各自亮出兵刃，向官兵杀去。

呼延庆挥动虎尾钢鞭，好似怪蟒上下翻飞；卢小姐手握宝剑，左杀右砍；孟强抡起一对大斧，好似猛虎下山；焦玉手持镔铁加钢鞭，犹如蛟龙出水。官兵虽多，可是哪能抵得住这四个人呢？他们死的死，伤的伤，哭爹喊娘，一个个抱头鼠窜。

呼延庆他们四人杀出一条血路，正在往前奔跑，突然，前边又来了一队兵马，势如潮涌。卢凤英觉得不能硬拼，她看见前边有个胡同，便喊道："快跟我来！"

呼延庆等三人刚进胡同，焦玉低声叫道："孟二哥！"

"干什么？"

"咱俩断后，好好杀他一阵！让大哥和嫂子先跑吧，咱俩杀死几个官兵，堵住胡同口，再跑也不迟！"

"好！"

孟强、焦玉二人一合计，准备迎战对面来的这队兵马。等兵马来至近前，二人一看，又惊又喜，带领这队兵马的不是别人，正是杨文广。

前文表过，包公包丞相铜铡撞宫门，宋仁宗百般无奈，才下旨赦免杨家和岳恒无罪。包丞相立即赶往法场救下杨家将和岳恒，这时，差人来报，呼延庆劈死了欧子英。包公将此事告诉众人，又提出赶快想法搭救呼延庆，保住呼门之后。杨文广抢上一步，跪在佘太君面前，说道："启禀祖母，孩儿愿领兵前往。"

就这样，杨文广领兵来了。

杨文广离老远就见四个人钻进胡同，可没看清是谁。等到近前一看，孟强、焦玉在胡同口呢，忙问："二位贤弟，庆兄何在？"

孟强说道："庆哥和嫂子跑了，我们俩留下断后，没想到遇上你啦！"

杨文广一听，心想：怎么还有个嫂子？一问才知道卢天官擂台上许亲之事。正在这时，官兵追过来了。

杨文广忙对孟强、焦玉说："二位贤弟，赶快混进队伍中躲起来。反正有卢小姐，大哥有处可去。我先来对付对付他们再说。"

孟强、焦玉答应一声，混进队伍之中，一猫腰蹲下了，让两个兵卒脱下兵服，他俩一穿，成了杨家兵啦。

杨文广故意让军兵堵住胡同口，催马迎上去，见来的兵马为首者正是庞龙、庞虎，便抢先打招呼："哎，二位国舅，你们可曾看见呼延庆？"

庞龙说道："少令公，我们正在追赶他，他跑进那胡同里去了！"

庞龙一边说着，一边指指胡同。杨文广故作吃惊地说：

"不能吧？！我怎么没看着呢？这胡同里没有。会不会跑到别处去了？是不是你看眼花啦？我若是看见呼延庆往胡同跑，能不抓吗？抓住呼延庆有重赏，还升官呢！"

庞龙心里像明镜似的，知道杨文广在糊弄他，可是这话又不好说出口，怕话不投机再一动手，岂不耽误大事吗？他想带兵进胡同，杨文广又把胡同口堵死了，也进不去呀！他急得抓耳挠腮，说不出话来，这真是哑巴吃黄连——有苦说不出。

庞虎跟他哥哥一样，也知道是这么回事。不过，他比他哥哥还聪明点儿，说道："快别在这儿磨牙了，咱们还是绕着走吧！"

庞龙觉得只好如此，便调回头带领人马绕路而行。

那位问了：黄文炳上哪儿去啦？因为这仨小子一看呼延庆等人杀出重围，他们怕他跑出城去，黄文炳就让庞龙、庞虎去追拿呼延庆等人，自己带兵去关闭城门去了。

杨文广一见庞龙、庞虎绕道而行，心想：你们要往回走一趟街再绕过去？好，我顺这胡同过去，还到前边堵你们。

你们想抓呼延庆啊，没门儿！我今天就缠住你们啦！你们到哪儿，我就到哪儿。有我杨文广，你们就别想抓住呼延庆！杨文广不慌不忙领着兵马从胡同穿过去，排开了阵势，又在前边等上了。不大工夫，庞龙、庞虎领兵奔来。因为杨文广走弓弦抄近，他们走弓背绕远。

杨文广一见他们来了，又迎上前说："你们看见呼延庆了吗？我从那边来，怎么连个影儿也没见着呀！"

庞龙、庞虎一看，杨文广又把街口堵上了，他们又气又恼，心里头那火呼呼直冒。可是还发不出来，这可真是乌龟钻灶坑——憋气又窝火！

杨文广和庞龙、庞虎周旋，暂且不表。单说卢凤英领着呼延庆钻进胡同，三转悠两转悠来到了天官府。二人回头一看，孟强、焦玉没了。正在着急之时，忽然看见有两个人朝这边跑来，再细一观瞧，不认识。卢凤英急忙把呼延庆推进府门，把门关上。刚关上门，就听见叫门声。看门的家人问道："谁呀？"

"我。"

"我是来送信儿的。"

"送什么信儿呢？"

“孟强、焦玉让我到天官府上送个信儿，说他们俩在天波府呢，告诉你们不用惦记！”

那人问了：送信儿的这两人是谁呀？他俩是天波府的兵卒。刚才交待过，孟强、焦玉混入队伍之中，不是换上军兵的衣服了吗？换的就是这二位的。孟强、焦玉换上衣服之后，焦玉就让这俩兵卒到天官大人卢景荣的府上报个信儿。焦玉心想：呼延庆若是跑到天官府，告诉个信儿，大哥也就放心了；若是大哥没跑到那儿，报个信儿也没坏处。这是焦玉的细心之处。

卢府家人听不明白是怎么回事儿，他也没开门，说：“知道了。”接着，就去禀报卢凤英。卢凤英、呼延庆一听，放心了。卢凤英便带领呼延庆去见卢夫人。

卢夫人见女儿领来一个男子大汉，先是一愣，后听女儿一说是救命恩人，便连忙道谢。卢凤英趴到母亲耳朵根说出父亲擂台上招婿之事，卢夫人大喜，忙称贤婿。呼延庆闻听，连忙说道：“老夫人，晚生登台打擂为的是除掉恶僧，决无应亲之意。再说，我乃当今皇上追缉要犯，怎能连累千金小姐？此事万万不可！”

卢夫人和卢凤英一听人家不答应，可就急了。卢凤英立时就挂不住脸了。还是卢夫人久经世故，虽然心中着急，脸上却很平静，慢声慢语地问道：“不知这位英雄姓字名谁，祖居何处？”

卢凤英听了，心想：对呀！他救了我，爹爹又将我许配给他，忙三火四的，还不知道他姓啥叫啥呢！

呼延庆听了这一问，心里头可就犹豫了。不报真名实姓吧，刚才又对人家说出自己是当今皇上追缉的要犯。咯，就照直讲吧，卢天官是忠臣，我就别瞒他们了。于是，他就报出了真名实姓。卢夫人和女儿一听这位英雄原来就是忠良呼门之后呼延庆，又惊又喜。卢夫人忙说：“我家官人在擂台上已出言招婿，常言道：‘君子一言，驷马难追。’我家决不反悔。再说，你呼家含冤受屈，被奸贼庞文所害，此事人人皆知。我家能有此贤婿，真是求之不得呀！”

这是卢夫人的心里话。原来，卢凤英自幼和金刀圣母学习艺业，马上步下，软硬功夫，长短兵器，无所不会，她品格端庄，胸怀大志，花容月貌，性情豪爽。自从下山以来，隐居深闺。常言说：“家藏芙蓉秀，难免蜂蝶来。”早有一些王孙公子托媒说亲。可是，天官卢景荣、卢夫人和卢凤英一个也没相中。如今，卢夫人觉得不单是丈夫在擂台上说出招婿之言，更主要的是真看中了呼延庆，她觉得呼延庆为人厚道，又是将门之后，所以才说出“求之不得”这句话。

可是，呼延庆有自己的难处啊！一来，他打擂想为民除害，不是因为招婿才登台，二来，他觉得冤仇未报，怎么能先找媳妇呢？呼延庆也没瞒也没藏，开口说道：“老夫人，晚生登台打擂并不是为了亲事。再说，我呼家冤仇未报，我怎能应亲？望夫人体谅晚生之心，晚生实不能应允！”

卢凤英闻听此言,脸色绯红,心如潮水,阵阵翻腾!

卢小姐闻听此言脸绯红,
心如潮水直翻腾:
只因要替兄长把仇报,
才登台打擂战恶僧。
不料败在恶僧手,
性命难保要丧生。
爹爹当众把亲许,
正这时上来了救命恩公。
虽说是他本意并非为亲事,
可有谁知道这里有细情?
这门亲事成不了,
流言蜚语就会传满城。
从此后,我怎能再去找失主?
我怎能活在人世中?
英雄啊——
是不是你嫌我的容貌丑,
不便当面把话明?
是不是你嫌我武艺不如你,
不便当面来说清?
难道你真怕连累我?
难道你真要报完冤仇才把婚成?
莫担心,我不拿你当要犯,
你是为民除害的大英雄!
莫担心,我不会耽误你把冤仇报,
咱可以报完冤仇再拜花灯!
我可以助你一臂力,咱二人拧成一股绳。
共同报仇除祸害,
共同祭祖慰英灵!
英雄啊——
我心中的言语难出口,
只能暗暗对你把话明。
我爱你名门之子将门后,
我爱你为人忠厚武艺精,

我爱你心胸宽广有大志，
我爱你为民除害是英雄。
我愿与你结鸾凤，
风雨同舟度终生！
卢凤英暗自正叨念，
忽然传来脚步声。
不由抬头瞟一眼，
来了寇准、卢景荣。

卢凤英正在暗自叨念，寇准和卢景荣来了。他们二人是怎么来的呢？原来，呼延庆、孟强、焦玉、卢凤英和卢景荣挤入人群之中，因为人们你推我拥，实难行走。卢天官开始还能跟得上，可是，等呼延庆四人冲杀之时，卢天官就跟不上了，众官兵只顾同呼延庆厮杀，几个家丁便簇拥着卢天官，趁着官兵四下逃窜之时，绕道儿跑了。卢天官快到府门的时候，碰上了寇准。因为包丞相抬铡撞宫门，宋仁宗答应寇准官复原职，包公传旨之后，一面让杨家去搭救呼延庆，一面跟寇准说，让他寻找呼延庆，以便搭救。寇准带着随从就在大街上转悠，正好碰见了卢景荣。卢景荣将详情告诉寇准，寇准说："若按他们几个的武艺，官兵是挡不住的。"于是就同卢景荣进了卢府，家丁说："小姐回来了，还有个黑大个。"

寇准和卢天官猜出是呼延庆，便急忙来到后房。

卢夫人见丈夫回来了，还有寇准，心里就有主心骨了，忙把刚才的事叙说了一遍。寇准听了，说道："这事好办，双王在世时，我能作一半主，双王不在世了，我就全做主了。我这个孙子呼延庆是想要报仇之后成亲，我看也好，但得先把亲订下来。"寇准又对呼延庆说："庆啊，还不快拜见岳父、岳母大人。"

呼延庆也不好再推辞了，就上前叩拜了卢天官、卢夫人。卢凤英见此事已定，便低头掩面，悄悄地退了下去。

正在这时，家丁来报，说官兵搜查呼延庆，快到卢府了。

寇准眼珠一转，计上心来，说："要如此这般……"

卢景荣听了连连点头，一一做了安排。这且按下不表。

再说庞龙、庞虎，他们让杨文广一阵乱搅，甭说抓呼延庆了，就连个影儿也没见着。这俩小子一合计，干脆分头搜查吧。杨文广心想：反正呼延庆也跑没影儿了，他们分头搜查，再搅和也没用了，不如先回府探听探听，再作道理。于是便带兵回府。

庞龙、庞虎二人分头带兵搜查，庞虎搜着搜着来到了卢天官府。卢景荣和寇准听罢家人禀报，来到府门前。卢景荣一见庞虎就怒气冲冲地说："恶僧欧子英劈死了我的儿子，你又到这儿来干什么？"寇准没等庞虎答话，就接着说："卢天官，这就是你的不是了！人家二国舅来了，还没进门，你就怒气冲冲，这多不好！劈死令郎是二国舅的舅舅欧子英的事，与二国舅有何关系？再说，欧子英已死，你计较这些有啥用？人家二国舅和我一样，是到府上参灵来了。当然，你死了儿子心里难受，好发火，这有情可原。可也得往宽处想啊，人死不能复生，冤仇宜解不宜结，卢天官，你在前边带路。二国舅，来来来！"

寇准推着卢天官，又拉着庞虎，进了府门。庞虎本来想搜查卢府，没曾想让卢景荣发了一通火，当头挨了一闷棍。寇准给了他顶高帽子，说他来参灵，还不由分说地拽着他往里走。他心想：嗐，参灵就参灵吧，参完灵再说。于是，跟随寇准往里行走。

庭院中灵棚内死气沉沉，
众家丁脸上布阴云，
一口棺材正中放，
供桌之上摆祭品。
棺前点着长明灯一盏，
亲眷个个把孝服穿在身。
寇准说："参灵来了二国舅！"
守孝人顿时大哭泪淋淋，
卢夫人伏在棺材上，
哭天喊地话出唇：
"儿啊——
你年轻轻地离娘去，
为娘老来靠何人？
常言道：'少怕亡妻老怕亡子！'
你叫为娘可怎度光阴？
人家养儿防备老，
我却为儿送阴魂！"
卢夫人哭一声来说一句，
就是那铁石心肠之人也不堪闻。
卢廷方的妻子吴氏女，
哭喊不亚于老夫人：
"夫啊——
咱夫妻本应白头共偕老，
没想到你却命归阴，
你怎能忍心离妻去，

抛下了奴家、孤儿守空门。
小姣儿才两岁不懂人事，
可怜他从此失去天伦。
这都是欧子英秃和尚作的孽，
还有那个老奸臣！
我恨不得扒他们的皮来撕他们的肉，
打断他们的骨头抽他们的筋。
割他们的舌头挖他们的眼，
掏他们的肝肺摘他们的心！”
吴氏女哭着说到这儿，
手指庞虎站起身：“好啊，说仇人来仇人到，
害死我夫的就是你庞家人。
你们干的是禽兽事，
你们长的是禽兽心。
你们害死多少忠良将？
你们害死多少无辜人？
你们不来我还要把你们找，
你们快快偿还我夫君！”
吴氏女上前就要去抓庞虎，
这时迎上来寇大人。
寇准叫人拖住吴氏女，
假装生气吐话音：
“你这么闹腾多不好，
把我弄得里外不是人！
人家参灵是好意，
你怎么连好赖都不分？”
庞虎火气憋不住，
大叫一声要搜府门。
此时猛听有人喊，
说：“来了丞相包大人。”

卢廷方之妻吴氏把庞虎骂了个狗血喷头，庞虎恼羞成怒，要搜卢府，正在这时，包丞相来了。包丞相怎么来的呢？原来，刚才家丁禀报说庞家带兵奔卢府来了，寇准就派人去找包丞相，让他赶快来，好从中解围。

寇准闻听包丞相到，对庞虎说：“二国舅，包黑子可与卢景荣有八拜之交啊！你

怎么一点儿也不知趣呢？卢廷方毕竟是你亲舅舅劈死的，卢景荣要是说你来灵棚搅闹、有意加害于他，你能说清吗？”

庞虎一听说包丞相来了，心里就琢磨：包黑子找茬儿还找不着呢，若把他惹翻了，他还不把我铡了哇？别说是我呀，就是当今万岁也怕他的铜铡呀！常言道，“识时务者为俊杰”“小不忍则乱大谋”，有我出气的那一天！想到这儿，便问：“寇大人，你看怎么办？”

寇准说：“事情已到这个地步，我能看着不管吗？就得我给你兜着啦！”

说话间，卢景荣将包丞相迎进灵棚。包丞相一见庞虎就说：“哦，二国舅到此也是来参灵的吗？”

卢景荣气呼呼地说：“他是来闹灵的！”

包丞相闻听此言，两只大眼睛一瞪，从鼻子眼儿冒出一声来：“嗯？”

这一声可把庞虎吓得够戗。寇准上前说：“包丞相，是这么回事儿，二国舅觉得自己的舅舅把卢天官的儿子给劈死了，很过意不去，又听说明天就要出殡，就到府上来参灵。卢廷方的妻子吴氏，见了二国舅，就想起丈夫死得屈，话里话外就冲撞了二国舅几句。其实呢，两厢的心情都能体谅，说起来还真没啥事！”

庞虎一听，暗想：这寇准还真能给我说好听的，我哪知道他们明天出殡呢？我哪是来参灵的呀！

包丞相听了寇准这番话，“哦”了一声。这一声可比刚才那声缓和多了。庞虎这才稍微放了点儿心，偷偷地长出了一口气。寇准又说道：“包丞相，快去参灵吧，我替卢天官送二国舅。”寇准说完，就推着庞虎往外走。

庞虎走出卢府，告辞寇准，就暗中布下心腹之人，监视卢府进出的可疑之人，自己带兵又继续搜查去了。

包丞相参灵已毕，卢天官将他和寇准让进待客厅，便开始合计如何送呼延庆出城之事。寇准提出把呼延庆放在棺材里，借明天出殡之机，送他出城外。包丞相和卢天官觉得这主意不错，三人又一合计，为防情况突变，包拯今晚留在卢府，寇准去告诉杨家、高家，这且按下不表。

再说庞虎与庞龙，他们搜查呼延庆直到天黑也没搜着，回去禀报庞文，说若不是杨文广横挡竖拦胡乱搅，早就抓到呼延庆了。庞文说：“杨文广着实可恨，待老夫奏他一本，也就是了。想那卢景荣明日出殡，定有诡计，会不会借出殡之机，把呼延庆送出去呢？呼延庆这小子是老夫心中之病，这回劈了欧子英，坏了我的大事。若不除掉呼延庆，老夫死不瞑目！待老夫进宫请下一道圣旨，将明日出殡之人一个个过目搜查，连那棺材死尸也不放过，谅那呼延庆插翅难逃！”

“好！”

“妙！”

庞龙、庞虎大加称赞。庞文命人备轿前往皇宫，请下了圣旨，回府之后又叫来黄文炳、庞龙、庞虎，计议一番，单等明天捉拿呼延庆。

第二天，卢府的老亲、少友、七姑、八姨，该来的都来了。孟强、焦玉已经做好了准备，化装成杨家的随从，准备一同与呼延庆出城。

寇准、高锦父子、岳恒等文臣武将，都按时到来。呼延庆早已装进棺材，一切都准备妥了。这时，抬起了灵柩。

抬起灵柩往前行，
和尚老道念起经。
卢家人哭得肝肠断，
众亲朋个个泪淋淋。
吴氏女拳捶胸来脚跺地，
号啕大哭不住声。
身后跟着丫环一个，
两岁的婴儿抱在怀中。
这婴儿见大人哭来他也叫，
声声相连哭不停。
路旁站满老百姓，
谁人见了不伤情？
有的见此情景流下泪，
有的唉声叹气眼圈红，
有的夸赞卢廷方的人品好，
有的痛骂和尚欧子英，
有的暗把庞文骂，
说他是祸国殃民的害人精，
有的暗把皇上骂，
说他是个忠奸不分、是非不辨的糊涂虫！
送殡人群往前走，放眼一望似长龙。
不多时来到城门下，
忽听有人大喊："停！"
众人不由抬头看，
拦路的原来是众官兵。

送殡的人群刚到城下，忽听有人高喊："停！"

官兵挡住去路，有人报与卢景荣和寇准，两个人来到前面，只见庞文、庞龙、庞虎、黄文炳站在那里，都摆出一副盛气凌人的架势。庞文见到卢景荣，一抱拳说道：

"卢大人,老夫因有公事在身,未能去府上送殡,多望海涵。"

卢景荣说:"庞太师,开城吧,我们要送殡出城。"

庞文说道:"卢大人,送殡只管送殡,出城只管出城。不过,为防叛臣逆子犯官之后呼延庆混出城去,老夫要察看察看。"

卢景荣气冲冲地说:"查吧!"

庞文一声令下,早有心腹之人拿着呼延庆的影像准备好了,走上前去,什么吹喇叭的,念经的,抬杠的……他们都一一察看。察看完了,卢景荣说道:"察看完了,该放行了吧!"

庞文冷笑说道:"慢!还要开棺察看。"

卢景荣大声喝道:"你凭什么开棺察看?"

庞文"唰"的一下抖开圣旨,说道:"老夫凭圣上旨意,要开棺察看,看一看棺材里是卢廷方的尸体,还是要犯呼延庆!"

庞文亮出圣旨要开棺验尸,恼怒了天官卢景荣。卢天官火撞顶梁,气贯斗牛,用手一指,大声喝道:"庞文,你欺人太甚!我儿登擂比武,惨死在你内弟之手,人人皆知,有目共睹,难道还有什么假吗?你想借验尸为名,欺侮老夫,老夫岂能与你善罢甘休!"

庞文听了这话,心里头的怒火呼呼直冒,可外表却装得若无其事,慢吞吞地说道:"卢天官,贤侄卢廷方死在老夫内弟之手,确实人人皆知。怎奈老夫也是奉旨例行公事,如若老夫不验,岂不是抗旨不遵?这个罪谁能担得起呢?"

庞文这番话是软中有硬,弦外有音。表面上是说自己,其实呢,是说给卢天官听的。那意思是说:你若是不让开棺验尸,抗旨不遵之罪,你能担得起吗?

双天官寇准见此情景,觉得到说话的时候了,便上前说道:"卢天官,且息雷霆之怒,庞太师,莫发虎狼之威。此事不难办理。依我之见,还得开棺验尸,要不,庞太师也交不了旨呀!可是,一开棺验尸,就要耽误时辰,卢天官一家免不了大哭一场,又增添几分痛苦。所以,验可是验,要快一点儿。这样,验尸、出殡两不耽误。不知卢天官、庞太师意下如何?不知众位大人有何高见?"

寇准这话刚说完,卢景荣气呼呼地问道:"寇准,你既然出头调理此事,我问你,如若是验不出呼延庆来怎么办?"

庞文听了这话,不由打了个激灵,心想:啊?!是不是又要打赌呀?这回我可不能打赌啦!想当年,王骄虎因为打赌,已经栽到高锦手里一回了。开棺验尸就是开棺验尸,这赌是说啥也不能打!庞文心里主意已定,抬头瞅了瞅寇准。寇准早就看着庞文了,见他打了个激灵,知道他怕打赌,心中暗自高兴:果然不出所料,我先让你乐呵乐呵。想到这儿,趁庞文瞅自己的时候,故意向庞文使了个眼色,然后转身对卢景荣说:"卢天官莫要发火,你的意思是验不出呼延庆来,得有点儿说道。依我看嘛,看在咱们多年同殿称臣的面上,就别要什么说道了。你放心,庞太师不会找茬儿,就是开棺看一看,看完了就拉倒,保准耽误不了出殡。你说呢,庞太师?”

庞文听了这话,自然高兴,忙说:“双天官所言极是。”

寇准又对卢景荣说:“卢天官,你别怄气了。好,准备开棺。庞太师,你快点儿验吧!”

寇准张张罗罗,比比画画,催着快点儿开棺。庞文说道:“文炳,虎儿。”

黄文炳、庞虎答应一声,庞文说道:“你二人去开棺验尸。”

那位问了:庞文自己怎么不去呢?庞文有自己的打算,他心想:若一开棺,“腾!”呼延庆从里边蹿出来,还不要我的命呀!庞文怕死,所以让黄文炳和庞虎去。如果让别人去呢?庞文还不放心,怕别人糊弄他。

黄文炳、庞虎这俩小子也不傻,心里也都明白:哦,你这是怕死呀!让我们俩去,我们俩就不怕死啦!这俩小子从心眼里不愿意去,可不去还不行,只得硬着头皮去,慢腾腾地一步一步往前挪。两小子一边挪,一边嘀咕:

“咱俩得机灵点儿!”

“哎,咱俩得找几个替死鬼呀!”

这两小子又叫了四名官兵,来到棺材旁。他俩离着挺远就站住了,手按剑柄,叫那四个官兵过去把棺材盖儿抬下来。四个官兵心里也都不住暗骂:庞家这几块料一个味儿,损到家啦!骂是骂,还不敢不去;去是去,他们心里各自都盘算好了:看到事不好,撒腿赶快跑。这四个官兵战战兢兢过去,每人把着一个角儿,刚一抬起来,只听“嗷”的一声尖叫,四个人不约而同地喊叫:“妈呀!”话音未落,松手撒腿就跑!

欲知后事如何,且听下回分解。

第十四回 祝家村外勇救二女 齐平山下智擒三杰

四个官兵去抬棺材盖儿,每人抬一个角儿,刚一抬起来,只听“嗷”的一声尖叫,四个人撒腿就跑。黄文炳、庞虎听这一叫,吓得蹦起有一尺多高,“呛啷啷”就把剑抽出来了,接着又听见一阵号啕大哭。

怎么回事儿呢?正当四个官兵抬着棺材盖儿的时候,卢廷方之妻吴氏叫了一声，接着就哭起来了。说起来，这都是寇准出的主意。吴氏这一叫不要紧，把四个官兵和黄文炳、庞虎吓坏了，他们以为棺材里出来人了呢！

黄文炳、庞虎一看不是那么回事，镇静了一会儿，把宝剑插入鞘内，心中暗骂：你个骚娘们儿，早不喊，晚不叫，偏在这工夫来一嗓子，差点儿没把我们吓死！这俩小子连吵带骂，又把官兵叫过来，让快点儿抬下棺材盖儿。四个官兵抬下之后放在地上，就赶忙躲得远远的了。黄文炳指着一个官兵说："你往棺材里看看！"

那官兵说："我也不认识呼延庆啊！"

庞虎喝道，"你看看是死的，还是活的？"

那个官兵不敢违命，心中暗骂：你们这俩小子太损啦！里边躺的若是呼延庆，我探头一看，他给我一刀，我的小命不就完了吗？这不明摆着拿我当替死鬼吗？可是不看也不行呀，只好硬着头皮往跟前蹭。他刚一探头就缩回来了，说："死的。"

庞虎喊道："他妈的，揭开看看！"

那官兵无奈，又蹭到近前，手哆哆嗦嗦地去揭衾单，"噌！"他一揭衾单就缩了回去，离老远探头看了一眼说："死的。"

黄文炳、庞虎见没啥动静，壮了壮胆，手按宝剑往前凑了几步，抻着脖子正要探头看，就在这工夫，寇准从后边不声不响地上来了，伸出两手，猛地一拍他俩的肩膀，他俩"嗷"的一声，吓得都变声啦！那真是：脸色突变，浑身打颤，眼前发黑，天地直转，五官挪位，实在难看，腿肚转筋，身冒冷汗！寇准说："二位大人，看清楚了吧！"

黄文炳、庞虎心里这个骂呀：寇准呀，可让你把我们吓坏啦！但嘴里又不能说别的。黄文炳定了定神，说："寇大人，你怎么也过来啦？"

"哦，我也想看看。"

庞虎还惊魂未定呢，心想：你来了正好，你先看吧！于是就催着让寇准先看。寇准说："二位大人先往后退一退，待我上前看个究竟。"

寇准说着话，便高抬腿，轻迈步，一小步一小步地往前挪。他抻着脖子，探头一望，又猛地往后一跳，大声喝道："呼延庆！"

这一喊不要紧，可就乱啦！黄文炳、庞虎往后一连退了好几步，抽出宝剑，拉开了架势。庞文一声令下，让官兵围住棺材，高家父子、杨文广、孟强、焦玉也都围了上来，亮出兵刃。

这工夫，寇准又指着棺材大声喊道："呼延庆，我看见你啦！你别躺在棺材里装死了！你糊弄别人行，还想糊弄我寇准吗？你若快快出来，老夫可以上殿保你一本，如若不然，让你死无葬身之地！你好好听着，我数十个数为限，要是数到十个数，你还不出来，我就派兵遣将，叫你乱刃分尸！"

寇准指手画脚地喊了一通，就开始数数了："一、二、三……"庞文父子和众官兵都瞪着大眼珠子，死死地盯着棺材。等到寇准数完了十个数，还不见动静，寇准又大声喝道："呼延庆，你不出来可休怪老夫无情啦，我马上就点将："杨文广。"

"有。"

"你站那儿！高昆。"

"有。"

"你站那儿！高仑。"

"有。"

"你站那儿！高山。"

"有。"

"你站在那儿！黄大人站那儿，二国舅站那儿！"

黄文炳、庞虎也不知这是要干什么，心里说：站这儿就站这儿吧！寇准又喊了起来："呼延庆，告诉你，这叫六丁六甲阵。杨文广，你先上前，取下呼延庆的首级。"

"遵命。"杨文广答应一声，"噌"地往前一蹿，挥起剑就朝棺材里刺去。可是，剑尖刚一进棺材，杨文广就把剑收回来了，转身对寇准说："咯，寇大人，这哪是呼延庆呀？棺材里躺的是卢廷方卢状元！"

寇准吃惊地问："当真是卢廷方？"

"当真。"

黄文炳、庞虎提着宝剑来到近前先扫一眼，而后又细一看，棺材里躺着一具尸体，确实是卢廷方。两个人也泄气了，这才把剑收起来。寇准问："果真是卢廷方？"

黄文炳、庞虎也没答言，只是点了点头。怎么的呢？他俩对寇准这火大了：你可把大伙逗苦啦！看你那一阵闹腾，我们还寻思这下子可要逮着呼延庆啦！结果满不是这么回事儿！

这工夫，寇准也耷拉脑袋了。这一闹腾，卢家人可不干啦！卢夫人和吴氏大哭大闹，卢景荣大骂："寇准，你这是弄的什么鬼把戏？折腾了半天，差一点儿将我的儿子乱刃分尸！"

这儿正闹腾着呢，包拯上来了，问道："为何迟迟不走？"

寇准说："庞太师要开棺验尸！"

包拯怒冲冲地说："庞文，你为何要开棺验尸？"

没等庞文答话，寇准抢先说："包大人，庞太师是奉旨搜查呼延庆，我也随着看看棺材里装的是不是呼延庆。我心想，若棺材里真是呼延庆，谁上前去看，他要给一刀，不就上西天了吗？于是，我就略施小计，叫杨文广前去，杨文广武艺高强啊，若真是呼延庆，他也能抵挡一阵。这回都弄清楚了，棺材里确实是卢廷方。如今可以起灵啦。来人呀，快快准备起灵！庞太师，你再查看查看这些送殡之人。卢天官，你也不要对我发火，我这也是为了你好！……"

寇准左右逢源，闹腾了半天，他唱起主角来了。庞文在那儿也哭笑不得，只好派人查看送殡之人。就这样，出殡的人群出了东京汴梁城。

有人问了：上回书不是说寇准和包拯、卢天官合计把呼延庆放在棺材里了吗？怎么棺材里又是卢廷方的尸体了呢？对啊。呼延庆确实在棺材里，这棺材是两层底，上边是卢廷方，下边是呼延庆。

有人问了：怎么个两层底呢？原来呀，那棺材底有一尺八寸厚，从上边凿下去一尺五，四周又加上一尺二寸高的围子，围子上面又铺上三寸厚的板子，呼延庆就躺在中间，下边那层底上留了四个气眼，能通风换气。那三寸板子上面铺着褥子什么的，再把卢廷方的尸体放在上面，盖上被子、盖头……从外表看也好，打开看也好，弄得严实合缝，看不出毛病来。寇准、包拯、卢景荣早就合计好了，为了分散庞文的注意力，先由寇准出头，在“棺材里边尸体是假是真”上大作文章，闹腾一阵子，故意制造个紧张气氛，把弦绷得紧一点儿，然后突然一松，再由卢景荣出头闹腾，而后包拯出面，寇准从中再一说合，这事也就过去了。要是万一被庞文查出来，高家父子、杨文广、孟强、焦玉等也都准备好了，到时候就得开打了，反正不管怎么地，也得把呼延庆保住。哎，这事还算挺顺利，在庞家父子的眼皮底下，呼延庆出了城。孟强、焦玉扮成了杨府的随从，也跟着出了城。

简短截说。兄弟三人出城后，杨文广早已准备好了三匹马，他们与众人辞别，乘马而去。

到哪儿去呢？呼延庆提出要去找父亲呼延守用。呼延守用与王金莲临别之时，说是到舅爷马昆那儿去。三人一合计，就得先到那儿去，找着更好，找不着再说。因为朝廷正在缉拿呼延庆，为了少惹事儿，他们不走大路，专挑小路走，不走繁华的地方，专挑僻静的地方走，不住大店，专住小店。

三个人晓行夜宿，饥餐渴饮。这一日，正行走之间，焦玉高兴地喊道：“二位哥哥，你们看，此处真如仙境一般呀！”

呼延庆、孟强勒马一看，真是景色宜人，令人心醉！

春光明媚景色新，
放眼一望喜煞人。
绿茵茵小草随风舞，
鲜艳艳花儿挺腰身。
红一片来白一片，
红的似血白的如银。
还有那紫蓝黄粉绿，
颜色有浅也有深。
要是深吸一口气，

哎，那可真是香透了心！
飞舞的蝴蝶一片片，
采蜜的蜂儿一群群。
那边看，柳林穿飞燕，
这边听，啼鸣百鸟音。
远望山，峰峦叠嶂无边际，
山上树，树中山，山树难分。
近看水，绿水清清清澈底，
水中鱼，鱼戏水，鱼水情深。
茫茫的山野弯弯的山径，
潺潺的流水，渺渺的烟尘。
春山春水春花春草织春景，
景似画，画似景，难辨假真。
三个人骑在马上细观望，
忽见空中飞过雁一群。
呼延庆眼望北飞的雁，
触景生情暗伤心：
咱们虽然都往北去——
可你们飞来飞去有归处，
我却是无家可归、无处栖身。
四处打探把父找，
还不知何时才能见到亲人？
呼延庆想到此处叹了口气，
又催孟强、焦玉往前奔。

呼延庆眼望大雁北飞，触景生情，寻父心切，便催孟强、焦玉快些赶路。三人正在行进之时，忽然听见有人喊："救命呀！救命呀！"

三人勒住坐骑，听出是一女子的喊声。呼延庆说："光天化日之下，有人喊救命必有缘故，快去看个究竟！"

三个人顺着喊声催马跑去。不多时，只见有一群人，有的骑马，有的步行，在大道上跑。三人斜插过去，奔上大路，迎面将他们拦住。再一细看，见有两匹马，驮着两个女子，口中还塞着手帕。再看为首之人——

刀条脸，面色灰，
耗子眼，扫帚眉，
鹰勾鼻子扇风耳，

生就一张蛤蟆嘴，
头戴一顶亮银盔，
脑后飘着雉鸡尾，
身披锁子连环甲，
绿罗袍上彩蝶飞，
丝鸾大带腰间系，
护心铜镜明如水，
坐下骑着追风驹，
两把宝剑身后背。

呼延庆瞧这小子的打扮，像个武将；可一看他“唏啦咣当”那股劲儿，断定他是个浪荡公子。再一瞧这小子身后那个人：头戴武生巾，身穿武生袄，坐下青鬃马，手持一口刀。往脸上看：西葫芦脑袋尖朝上，三角眼儿四楞子眼眶，酒糟鼻子蒜头样，二虎把门的獠牙好像顶门杠，满脸奴才相。呼延庆一打量这小子，就知道他是个狗腿子管家。这小子后边是一群恶奴。

哎！呼延庆还真猜对了。为首的这小子姓白名矢，他仗着他爹白松是个七品县令，又学了点三角毛、四门斗什么的，找了个二百五教师爷学了套双剑，自称“双剑太岁”，整天胡作非为，吃喝嫖赌，一见漂亮女子就想弄到手。他有一套法子：一调戏，二吓唬，先软的，后硬的。若是软硬不吃，动手就抢。不知祸害了多少民女，老百姓恨他恨得咬牙切齿，都叫他“万人恨”。

有人说：“谁要能除了‘万人恨’，我就每天烧三炷高香，让老天爷保佑他长命百岁！”

有人说：“谁要是宰了‘万人恨’，我家东西他随便拿！”

这小子知道自己作恶多端，怕有人置他于死地，所以从不单独出来。一出来就前呼后拥，带一帮打手。若是这小子单独出来，早不知死多少回啦！

白矢家的管家叫白活。他怎么叫这个名呢？原来，这小子姓刘，叫刘活。他专会溜须拍马，为了讨好主子，把自己的姓也改了，就叫白活。白活肚子里尽坏水，跟白矢狼狈为奸。因此，老百姓都说：“白活这小子可真是‘白活’啦！”

白活四处打听哪有漂亮民女，打听到了就告诉白矢。昨天，他打听到离县城五十里有个祝家村，祝家村里祝员外的两个姑娘长得都很漂亮，白活便乐颠颠地告诉了白矢。俩小子一合计，今天一早就带着家丁奔祝家村去了。

祝家村的员外名叫祝全福，夫人韩氏。老两口没儿子，就俩姑娘，拿着当掌上明珠。这俩姑娘已经许配了人家，老两口正在合计如何置办嫁妆呢，家人来禀报，说白矢前来拜见。祝全福听见白矢这名就哆嗦，白矢人称“万人恨”，臭名远扬，方圆百八十里的谁不知道他呀？老两口你瞅我，我瞅你，都没了主意。知道黄鼠狼给鸡拜年——没好事儿！可是，祝员外也没有别的办法，只好迎接，到时候再见机行事。

祝员外把白矢一伙人让到客厅。白矢刚落座，就朝白活使了个眼色，白活连忙说："祝员外，我家公子相中了你家二位小姐，我们娶亲来了。"

祝员外一听，急得连忙站了起来，说："哎呀，万万使不得，我家两个小女都已许给人家了！"

白活说道："许给人家也没什么，我家公子不在乎这些，不管许配谁也好，他们也没来人娶呀！我家公子来了，先娶过去不就完事了吗？等他们来了，让他们到县衙门去要人，别的你就甭管啦！"

"使不得呀！"

"什么使不得！告诉你，我家公子相中你家二位小姐，这是看得起你。你别敬酒不吃吃罚酒，实话告诉你，今天就拜堂成亲，你答应也得答应，不答应也得答应！"

"不行啊，万万使不得呀！"

白矢起身离座，一挥手，说："少跟他啰唆，抢！"

白活冲着恶奴一挥手："跟我来！"

祝员外见此情景，刚要上前拦阻，"砰！"白矢上前就是一拳，把祝员外打了个趔趄，接上去飞起一脚，"扑通！"祝员外倒在地上，昏了过去。

家人一看祝员外昏过去了，急忙报老夫人。老夫人一听，立时就吓晕啦！这工夫，可就乱套啦：这边家奴院公抱着老员外，又摩挲胸，又捶背，丫环、婆子扶着老夫人，呼唤不止，那边，白矢、白活带着恶奴去抢人。祝全福的两个姑娘一个叫金丹，一个叫银丹，因她二人大骂不止，所以被绑上之后，嘴里又塞上了手帕。白矢把俩小姐搭在马背上就往回赶。一路上，金丹、银丹拼命挣扎，再加在马上一颠达，金丹把手帕就吐出去了，大喊："救命！"白矢听她一喊，又急忙让人用手帕再把嘴给堵上。堵是堵上了，可是喊声让呼延庆他们也给听着了。

呼延庆拦住这帮家伙，问道："马上绑的是什么人？"

白矢冷笑了两声，反问道："你们是干什么的？"

"走路的。"

"走路的管什么闲事？"

"路见不平，自然要管。"

白活用手一指白矢，搭言了："你们认识这是谁吗？告诉你们，这是县太爷的公子！你们赶快走开，如若不然，要你们的狗命！"

孟强一听就火了："呔！你知道我们是干什么的吗？那是大阎王，我是二阎王，他是三阎王，我们仨专门管闲事。甭说他是县太爷的少爷，就是县太爷的爷爷，我们也要管！"

"呛啷!"白矢把剑抽出来了,骂道:"他妈的,你们仨是活腻歪啦! 小的们都给我上,往死里打!"

白矢这么一喊,那帮恶奴蜂拥而上,呼延庆三人急忙亮出兵刃。白矢挥动双剑,直奔呼延庆杀去。呼延庆抡鞭往上一架,"当啷"一声,就把白矢的右手剑打飞了。呼延庆紧接着挥鞭来了个立劈华山,白矢忙用左剑往外磕,他哪能挡得住啊!"当啷!""喀嚓!"左手剑被打掉了,脑袋瓜也开瓢了,死尸跌到马下。

那边,孟强挥斧迎战白活。白活哪是对手? 孟强虚晃一招,大斧一抡,像削大萝卜似的,就把白活的脑袋给砍下来了。焦玉也挥动双鞭,打得恶奴东奔西逃。

弟兄三人并未追赶,他们上前救下金丹、银丹二位小姐。二位小姐急忙跪拜,感谢救命之恩。

呼延庆说:"快快请起。"又问了问是怎么回事,二位小姐简要地说了一遍,呼延庆说道:"二位小姐赶快骑马回家去吧,免得老人惦念。"

金丹开口问道:"不知三位恩公尊姓大名?"

呼延庆说道:"我等俱是山野村民,你们还是赶快回家去吧!"

金丹、银丹二位小姐都很聪明,一听他们三人不肯报出姓名,便不好再追问,两人交换了一下眼色后,银丹说:"三位恩公,常言道:'救人救到底。'我二人怕只怕回家路上再遇歹人,还是求恩公将我二人送至家中,我二人终生不忘此大恩大德!"说完,二位小姐又跪下了。

呼延庆听了,觉得二位小姐说得有理,便答应了。这时,焦玉发现白矢的那匹追风驹还没跑,就对呼延庆说:"大哥,你看那匹马,就等着你骑呢!"

呼延庆一看那马:自头至尾有一丈二,背高八尺,一身青,没杂毛,油光锃亮,确实招人喜爱。呼延庆知道此马叫乌龙追风驹,比自己的马强,就对焦玉说:"你骑那匹乌龙追风驹吧!"

焦玉说:"我不一定能降住它,我骑你那匹还不一样吗?"

就这样,呼延庆骑上了乌龙追风驹,五个人骑马奔祝家村去了。

刚一进村头,便有人报知祝全福夫妇。老夫人正哭得死去活来,老员外正唉声叹气,听说女儿回来了,都喜出望外,急忙往外跑去迎接。二位小姐一见爹妈来了,下马就扑到老夫人怀里痛哭,说是三位恩公将她二人救下。老员外、老夫人感激不尽,说着就跪拜。呼延庆三人急忙跳下马,搀住老两口。老两口连拉带拽,非让到家中坐坐。三人执拗不过,只好从命。

老员外将三人让到厅堂,吩咐看座端茶。二位小姐回房梳洗更衣后,又来到厅堂,再次拜见呼延庆、孟强、焦玉。老员外又问起三人的姓名,呼延庆说自己叫王三汉,给孟强、焦玉报了个假名,接着说道:"老员外,我想那白矢之父得知儿子已死,必然不肯甘休,你们还是离开此地为好。"

“恩公所言极是。”

“老员外，快些准备出走，我等告辞了。”

祝员外觉得过意不去，要赠送纹银三百两，呼延庆他们说什么也不收。祝全福没有办法，只好收起，将三人送到村头。三人催马扬鞭，奔北而去。

行至傍晚时分，三人找店住下，吃完酒饭，哥仨一合计：在祝家村那儿耽误了大半天，今天早点儿睡觉，第二天一大早就上路，把耽误的时间找回来。

第二天一早，三人上路，催马扬鞭，行至中午，口干舌燥，腹中饥饿，向前一看，前边是山，附近没有村庄，只好又往前走了一段路。这回，三人可受不了啦！为了赶路，一大早出来没吃饭，寻思晌午一块儿吃，可哪有吃饭的地方呀？肚子咕噜咕噜直叫。焦玉说：“二位兄长，咱们歇息片刻，让马吃点儿草再赶路吧！”

他们仨坐在地上观望，只见前面山连山，岭连岭，此起彼伏，绿树参天。忽然，孟强说道：“哎！我闻到一股酒饭香味！”

焦玉说：“二哥你别做梦啦！这荒山野岭，哪有酒家饭庄呀？”

孟强也没搭话，“噌”的一下站了起来，瞪着两只大眼睛四下观望，突然喊道：“来，在这儿呢！这真是有福之人不用忙，谁这么好呀？知道咱们渴了饿了，酒饭都给咱们准备好啦。来吧，咱们也别客气啦！”

呼延庆、焦玉站起身形，跟着孟强走了不远，见地上有一坛酒和一大筐包子，坛子上边还扣着几个碗。孟强上前拿下碗就要开坛倒酒，呼延庆急忙拦阻说：“二弟，不可无礼。”

孟强说：“大哥，没事儿！咱们也不白吃白喝，吃完喝完咱们多给钱不就得了吗？来吧！”

焦玉也说：“二哥言之有理。”

呼延庆一琢磨：可也是呀！主人来了，多说好话，多给点钱。原来，前边这座山叫齐平山，这酒饭是给山寨干活的喽兵吃的。送酒饭的这个人正闹肚子，撂下挑子出恭去了。解完手回来一瞧，有仨人正在吃喝呢，也没敢上前，就悄悄地跑去叫人。干活的喽兵一听酒饭让人给吃了，便急忙跑来，他们一个个手提单刀，气势汹汹。三人见此情景，急忙起身。那群人来到近前，为首一人喝道：“大胆歹徒，为何偷吃我们的酒饭？”

呼延庆连忙双手一抱拳，赔笑说道：“我等三人行至此处，腹中饥饿难忍，便吃了你们的酒饭。望多加海涵，我等多多赔些银两也就是了。”

“嘍！说得倒容易。你们吃了，我们吃什么？你们喝了，我们喝什么？”

“众位兄长，多加原谅，我们愿多多赔偿。”

“走吧，上山去见我家寨主，听凭寨主发落。”

“众位兄长，我等还要赶路，还是免见寨主吧！”

"不行。闲话少说,快走!"

孟强见呼延庆再三说好话也无济于事,又听那人说什么寨主,心中暗道:哦,原来不是山野村民,是山寨贼寇啊!你硬?我比你还硬。于是,喝道:"我等不走,你要怎样?"

那人一听,火更大啦:"哎,你偷吃了我们的酒饭还这么硬气?来人哪,把他们仨抓起来押上山去。"

那人说罢,众人就蜂拥而上。孟强早有准备,抽出双斧抡了起来,"当啷!""当啷!"打掉了好几把刀。呼延庆见了,急忙喝道:"二弟,不许伤人!"

那群人一见不是对手,撒腿就跑,边跑边喊:"你等若是英雄就别走!"

孟强喊道:"你家少爷若跑一步,就算狗熊!"

呼延庆说孟强鲁莽,孟强还觉得自己蛮有理呢:"大哥,他们不是山野村民,而是打家劫舍的草寇。跟这伙人不用客气,该收拾就得收拾,这也是为民除害!"

呼延庆说:"二弟,这年头,占山不一定都打家劫舍!"

孟强心里还是不服,嘴里嘟囔着:"也不能说这伙人肯定就不打家劫舍!"

呼延庆说不服孟强,没法子,只得等着。不多时,只见打远处拥来一哨人马。孟强他们三人急忙牵过马来,扳鞍纫镫,飞身上了马。片刻,那队人马来至近前。只见为首之人,是一员小将,嘿!英姿勃勃,威风凛凛。有赞为证:

戴一顶——
明晃晃,放光辉,
耀人眼目的亮银盔;
披一副——
麒龙鳞,闪光华,
银叶锁子的连环甲;
悬一口——
似明月,挂前胸,
寒光四射的护心镜;
穿一领——
巧女织,能工造,
束身可体的素罗袍;
挂一张——
牛筋弦,紧绷绷,
形如弯月的宝雕弓;
插一壶——
点寸钢,射飞燕,

百步穿杨的狼牙箭；
挂一口——
两刃锋，火中炼，
削铁如泥的太和剑；
悬一柄——
鬼见愁，神打颤，
冷气森森的银装锏；
端一杆——
尺半尖，丈八长，
扎上死，刺上亡，
似飞龙，如怪蟒，
打上将，战疆场，
耀人眼，放寒光，
追魂取命的银杆枪；
骑一匹——
快如风，疾似箭，
龙出水，虎跳涧，
山中跑，云中现，
亮银鬃，颈上披，
日行千里的白龙驹。
那员将——
天庭满，地阁圆，
长瓜脸，似粉团，
新月眉，丹凤眼，
小鼻子，如悬胆，
身魁伟，好威风，
好似能征善战的小英雄！

这员小将来至近前的时候，后面偏将喽啰也已赶来。这些人，都是些二十开外、三十往里的年龄，手持刀、枪、剑、戟、斧、钺、钩、叉、镋、镰、槊、棒、鞭、锏、锤、抓、拐子、流星，十八般兵器，样样俱全，一个个横眉怒目，威风凛凛。那位穿白小将，勒马高声喝道："呔！胆大歹徒，你们偷吃我寨的酒饭还不算，又殴打我寨喽兵，这还了得？快快下马认罪，你家少爷留你们一条活命，如若不然，你们插翅难逃！"

话音刚落，就听孟强"哇呀"一声怪叫；"哎呀，好小子，你年岁不大，牛吹得倒不小，我倒要看你有何能耐！"

孟强说着话，催马抡斧就砍过去了。穿白小将见对方抡斧攻来，端枪便刺。人家的枪长，孟强的斧子短，不得不抽回斧子往外磕。两个人是斧来枪架，枪来斧挡，犹如蛟龙出海，猛虎下山，各不相让，二马盘旋，打了十几个回合以后，孟强就吃不住劲儿了。那小将的银枪好像风吹荷叶，雨打芭蕉，孟强只能招架，不能还手。呼延庆见了，心想：这小将果然厉害。孟强不是他的对手，待我上前敌他一阵。想到这儿，刚要催马，就见焦玉已催马冲了上去。焦玉对孟强说："二哥暂且退下，待小弟前来拿他！"

孟强自知敌不过那小将，便闪在一旁。焦玉上前举鞭就打，那个小将举枪相迎，两个人各显奇能，打了八九个回合之后，只见那穿白小将虚晃一枪，败下阵去。焦玉喝道："小山贼，我看你往哪里逃？"说完催马就追。

焦玉追着追着，眼看就要追上了。就在这个时候，那小将一抖手，一件东西直奔焦玉的前胸而来。焦玉追得急，没防备这一招，等他看清了的时候，已经来不及了，说声："不好！""叭！"那东西正打在焦玉前胸上。原来，那小将用的是飞抓。那飞抓只要抓上，越拽链绳越紧。那小将往怀中一带，"扑通"一声，焦玉跌下马去。呼延庆见此情景，催马而上。他想救下焦玉，可白袍小将又催马上前，迎住呼延庆。喽兵趁机上前按住焦玉，把他给捆起来了。孟强一看焦玉被抓，急忙催动坐骑冲上前去，想杀散喽兵，救出焦玉。可是，早有两员偏将迎上孟强，三人厮杀在一起。

呼延庆与那白袍小将交手几个回合，心中暗想：此人年岁不大，枪马娴熟，武艺超群，非同等闲之辈，我须多加谨慎。白袍小将心里也在琢磨：此人两条鞭，变幻莫测，杀法骁勇，定受过高人指点、名师传授，我万万不可粗心！

两个人都暗加小心，又都各不相让，越杀越勇，越战越猛，真是难解难分！

两员将，一个白来一个黑，
打在一处谁也不让谁！
白袍将挺枪分心刺，
呼延庆急忙把鞭挥。
鞭磕枪，枪磕鞭，乒乒乓乓一个劲地儿响，
咴咴咴，咴咴咴，两马蹬蹄跑如飞。
但只见——
枪来鞭去疾如雨，
平地扬起一团灰。
呼延庆，一心要把焦玉救，
招招紧逼抖雄威；
白袍将，决意要把对方胜，
好似武科场上要夺魁。

谁要是稍一走神慢一点儿，
谁的性命就得没。
二人求胜心急切，
各自都把战马催。
下山虎遇上上山虎，
不多时大战三十回。
白袍小将枪渐慢，
心有余来力不随。
心暗想：我可不能再恋战，
多战一时要倒霉！
想到此，虚晃一枪拨马走，
呼延庆催马把他追。
正这时，忽听有人一声喊，
真好像晴天响霹雷。

白袍小将力不从心，败下阵去。呼延庆正在追赶之时，忽听有人大喊一声："呔！"这一嗓子，犹如响了一声惊雷。话音刚落，飞来一匹战马，拦住了呼延庆。呼延庆勒马打量来人：看此人三十多岁，手上端枪，穿白挂素，精神抖擞，一眼就看出他与刚才那位小将长相像父子。呼延庆心想：这可真是打仗亲兄弟、上阵父子兵。喀，管你是谁呢！我得抓住一个。要不，怎能救出焦玉呢？呼延庆想到这儿，二话没说，举鞭就打。来人挥枪相迎，战在一处。

有人问了：孟强去抢焦玉抢回来没有？诸位，他不但没抢着焦玉，连自己也搭上了。原来，他想打散喽兵。可是，人家两员偏将迎了上来。这俩偏将一个在前边跟他斗，一个在后边跟他打。孟强顾前顾不了后，气得"哇哇"直叫。人家那两人也不着急不上火，这个来一刀，那个来一枪，那个喊一声，这个叫一声，两人一边打着一边还说风凉话：

"谁说这小子武艺高强？你看他也不怎么地呀？"

"可不是呗！他不在二五眼之上，也不在二五眼之下。瞎，也就算个二五眼吧！"

这两人一唱一和，也不正经和孟强交手。孟强去打前边，那位就在后边喊："打马屁股！"孟强回身去磕后边来的枪，前边那位就喊："砍马腿！"孟强又急忙抡斧去磕刀。这俩人成心戏弄孟强。孟强憋着一肚子气紧忙活，不多时浑身就冒汗了。这时，孟强也急眼了，也不管后边了，奔前边那位就打。后边那位一见有机可乘，便从腰中取出套绳，一抖手，"刷！"正套在孟强脖子上。孟强还催马呢，马往前一跑，孟强"扑通"一声掉下马来。喽兵上前按住，"噌噌噌！"捆了个结结实实，让他跟焦玉做伴去了。

呼延庆这边正打得起劲儿呢。他见来的这员将比那小将有功夫，又快、又稳、又准、又狠，二人大战三十回合，不分高低上下。来将这杆枪，龙飞凤舞，点滴不漏。有赞为证：

枪一抖，上下颤，
素缨一晃左右转。
光闪闪，耀人眼，
错防一招取肝胆。
上三枪，插花盖顶，
下三枪，燕子盘旋；
左三枪，大鹏展翅，
右三枪，二郎担山。
枪法招招真玄妙，
谁人见了不赞叹！

呼延庆虽然暗暗称赞对方的高超枪法，但他一点也不示弱。常言说得好："初生牛犊不怕虎，生出犄角反怕狼。"他一心想胜对方，一鞭紧似一鞭，一鞭快似一鞭。

那员将心中想：这员小将武艺非凡，再打下去，我恐怕要敌不住，莫不如用智胜他。想到此处，虚晃一枪，催马便跑。他一跑，呼延庆不干了：哦，你往哪里跑？你跑到哪儿，我追到哪儿，啥时把你追上啥时候拉倒，若不怎么救焦玉呀！呼延庆还不知道孟强也让人家给抓起来了呢！呼延庆光顾追了，越追距离越近，越近越来劲儿，正跑之间，前边那人突然将马缰绳一提，那马腾空一跃就是两丈多远。等呼延庆明白过来，已经晚了，"扑通"一声，连人带马一齐掉进了陷马坑。

喽兵们上前搭挠钩把呼延庆拽上来，上了绑绳。又把马弄了上来，将呼延庆、孟强、焦玉押着上了山。那员将吩咐白袍小将把三个人押到聚义厅，自己便回房中去了。

三个人被押到山寨大厅，见正中坐着一位老寨主：看年纪约有六十来岁，花白头发，面如古月，目似朗星，一团豪气，不怒自威。左右十多员虎将，个个怒目横眉。这时，白袍小将大礼参拜，口称："老爷在上，外孙有礼了。"

老寨主说："孙儿，为何将三个孩童擒上山来？"

小将开言道：
"老爷仔细听！
我正在打猎，
跑来一喽兵。
他说山脚下，
来仨愣头青。

偷吃酒和饭，
动武硬逞能。
孙儿赶上去，
两厢来交锋。
孙儿败下阵，
我父去接迎。
擒住仨小子，
押解上大厅。”

白袍小将从头说了一遍，老寨主说：“哦，原来如此。孙儿一旁站下。”

白袍小将站起身来，一看这三个被绑之人，雄赳赳、气昂昂，挺胸而立，便大声喝道：“你们见了寨主，为何立而不跪？”

呼延庆说：“我上跪天，下跪地，中跪爹娘，岂能向尔等之辈屈膝？大丈夫生在三光之下，生而何欢，死而何惧？要剐，身上有肉，要杀，项上有头。我等死而不跪！”

孟强开口骂道：“呸！你们这些占山为王的草寇，纯粹是一窝狗熊！有什么能耐？也就是仗着人多，仗着暗器。我们不服！”

焦玉接着也说：“一点儿不差！你们要真有两下子，把我们仨放了，咱们凭真本事打。你们要把我们打败了，我们就地伏绑。那你们才算好样的呢！”

白袍小将说道：“你们也不睁开眼睛看看，如今头顶的是我们的天，脚踩的是我们的地。不说好话求饶，还敢嘴硬！你们若再出言不逊，可别怪我无情！”

老寨主说道：“这三个娃娃，姓甚名谁，家住哪里？”

孟强说：“我们哥仨姓卜。”

“哦，姓卜？叫什么名字？”

“叫告诉。”

“哦，卜、告、诉。啊？不告诉！”老寨主琢磨过味来了，怒气冲冲说道，“小娃娃，老夫偌大年纪，念你们是武林之人，咱们人不亲行亲，故而才好言相问。你怎么能戏耍老夫？”

焦玉说：“得了吧！谁跟你行亲？我们乃是为民除害的奇男子大丈夫，你们是打家劫舍的草寇！看样子，你们不敢放开我们，害怕比试。干脆，你们快把我们杀了得啦！告诉你们，我们跟你们可不一样，你们是狗熊，我们是英雄。我们死也站着死！”

这一席话激怒了白袍小将，他高声喝道：“住口！我乃是功臣之子、将门之后。你竟敢羞辱我门庭，我倒要看看你们是怎样的英雄？”

白袍小将说着，“呛啷！”抽出肋下宝剑，要斩杀呼延庆、孟强、焦玉。

欲知后事如何，且听下回分解。

第十五回 王金莲认子叙旧情 呼延庆挥鞭打三将

白袍小将听了焦玉一番话,勃然大怒,“呛啷!”抽出肋下宝剑,要杀呼延庆、孟强和焦玉。这时,老寨主喝道:“住手!一旁站下。”

白袍小将无奈,只好收回宝剑,站在一旁。老寨主问道:“你们是什么人,敢出此狂言!”

焦玉说:“什么人?我不说你不知道,我一说你就吓得真魂出窍!我们哥仨,黑脸的是老大,红脸的是老二,我是老三;若论武艺呢?我们哥俩先甭说了,就说我们老大吧,听了他的名姓,你得吓抽巴了,他就是顶天立地的一代英雄豪杰……”

呼延庆听到此处,急忙喝道:“三弟,休得胡言乱语!”

呼延庆这一截话,那老寨主犯起寻思来了:这三个娃娃性情刚强,气度不凡。他们不肯报名,其中定有隐情!我得如此如此,再作道理。想到这儿,说道:“小娃娃,休要气恼。老夫平生好武,爱英雄、惜好汉,你们不是拦路抢劫的歹徒,老夫及手下人等也非打家劫舍的草寇。我外孙年轻无知,为了一顿酒饭与你们争斗起来,又并非用真本事将你等擒拿,诚望海涵。孙儿,快给三位小英雄松绑!”

白袍小将心里不愿意,可又不敢违命,只好磨磨蹭蹭走上前去。

正在这时,忽听有人高喊:“儿呀!”

呼延庆顺声一看,只见从老寨主身后屏风处扑过一位妇人来。呼延庆定眼仔细一看:来者不是别人,正是自己的娘亲王金莲。呼延庆“扑通”一声双膝跪倒:“娘!”

王金莲扑上前去,紧紧抱住呼延庆。只见她泪流满面,顿时泣不成声。

孟强见呼延庆认了亲娘,自然很是高兴,可又一想:盟娘怎么会到这山寨上来呢?定是被山贼草寇抢来的!想到这儿,便破口大骂:“你们这帮山贼草寇,胆敢将我盟娘抢上山寨。我与你们拼啦!”

孟强说罢,就给了白袍小将一脚。幸亏白袍小将躲得快,一闪躲开了。孟强见没踹着,飞脚又要踢。就在这时,王金莲忙说道:“不得无礼。他们不是山贼草寇,是救命恩公!”

孟强一听,立时就傻眼了。老寨主急忙走上前来,对白袍小将说:“你还愣着干啥？快快解绑！”

老寨主和白袍小将给呼延庆、孟强、焦玉松绑，王金莲施礼谢过老寨主，又对呼延庆说：“三汉儿，快去拜见齐老寨主！”

呼延庆连忙跪倒叩头：“老寨主恩公在上，恕晚辈无知，多有冒犯。望您老人家多多海涵！”

孟强、焦玉也一同跪倒在地，连连叩头拜谢。王金莲又让呼延庆去谢老寨主的外孙齐明，呼延庆、孟强、焦玉施礼谢过白袍小将以后，老寨主让王金莲领他们去房中歇息。王金莲带着呼延庆弟兄三人刚走，老寨主对外孙说：“你悄悄地去探听探听他们说些什么。”

白袍小将答应一声，走出大厅。

王金莲领呼延庆三人来到自己房中，呼延庆才说出自己与孟强、焦玉结拜金兰之事。因为刚才母亲叫他三汉儿，他就猜测出母亲没向老寨主言明真情，所以当时也没让孟强、焦玉拜见盟娘。

孟强、焦玉拜过盟娘之后，呼延庆就问母亲怎么来到这山寨之上。一提起此事，王金莲眼泪立时就流下来了！

王金莲想起往事心悲痛，
泪流满面说出声：
“三年前你上坟去祭祖，
大闹东京汴梁城。
庞文老贼要除呼门后，
带领五千虎狼兵，要到家乡去行凶。
多亏你老爷早已派远探，
飞马回庄报险情。
咱一家收拾细软忙奔跑，
庞文进庄扑了空。
这老贼心如蛇蝎将火放，
唁，不知村民是不是得逃生！
贼庞文一心想把咱家害，
又往四下派追兵。
一家人被追得四离五散，
为娘我只身单影孤零零。
走了多少坎坷路，
爬过多少荆棘丛。
夜里睡在坟茔地，

猛听见庆儿你喊娘亲声。
娘睁眼抬头四处找,
但只见四下雾蒙蒙,天色已微明,
不见儿影踪,为娘好伤情。
为娘总觉得身后有兵在追赶,
又慌慌张张赶路程。
也不知道该奔何处去,
也不知道哪是南北与西东!
一路上为娘净害怕,
一路上为娘总担惊。
猛听一声飞鸟叫,
以为庞文在追踪,
猛听一声野兽叫,
以为前面有官兵。
这倒不是娘怕死,
是为娘不见呼家冤仇报完目不瞑!
为娘我一脚深来一脚浅,
深深浅浅,浅浅深深步难行。
踉踉跄跄进山里,
腹中饥饿耳直鸣。
猛然蹿出一只虎,
'救命呀!'
为娘我不由喊出声。
等为娘苏醒过来懂人事,
已被抬到山寨中。
原来是老寨主带人去打猎,
救下为娘免丧生。
从此后在这山寨上,
日日想,夜夜盼,
日想夜盼,夜盼日想亲人能相逢。
盼过了春又盼过了夏,
盼过了秋又盼过了冬。
为娘盼了三年整,
想要打听还不敢露真情。

刚才听喽兵说抓了人三个，
有个黑大个子武艺精。
也是为娘盼子心急切，
这才到屏风后面看分明。
一看果是庆儿你，
为娘又是喜来又是惊。
这三年儿到何处去？
快快说给为娘听！”

呼延庆一边听母亲叙说，一边流泪，心中更加痛恨庞文。母亲说完，他就把自己同孟强、焦玉二次上坟，火烧汴梁，逃到杨府，跑回到大王庄，后来拜隐士王敖为师，上山学艺三年，又到二虎庄三虎岭找到孟强、焦玉一同进汴梁，力劈恶僧欧子英，卢家招亲，借出殡逃出汴梁等事说了一遍。

呼延庆在屋里说的这些话，白袍小将在窗外听得清清楚楚，暗道：这真是“踏破铁鞋无觅处，得来全不费工夫”。我们找你还找不着呢，这回你倒送上门儿来啦！白袍小将想到这儿，“噌！”蹿到房门处，“呼”的一下，推门而入，进门后“扑通”一声跪倒在地，一边叩头一边说：“伯母大人在上，侄儿给您叩头了。”

王金莲、呼延庆、孟强、焦玉见此情景，大吃一惊，都不明白是怎么回事儿。王金莲忙把白袍小将搀起来，问道：“齐公子，你为何唤我伯母？”

白袍小将说道：“伯母大人，您稍候片刻，待侄儿去请爹娘。”说完起身，“噔噔噔噔”就跑了。

这白袍小将的话没说清，王金莲和呼延庆、孟强、焦玉更加莫名其妙。

不多时，老寨主、白袍将和一个中年夫人，还有白袍小将，他们急匆匆地来了。一进门，白袍将和那中年夫人就施礼拜见王金莲，说出自己的真名实姓。

原来，这二人正是呼延守信夫妻。老寨主是呼延守信的岳父，白袍小将是呼延守信之子呼延明。众人一一见过，喜不胜喜。接着，老寨主将众人让到待客厅。

呼延庆、孟强、焦玉、呼延明这小哥儿几个更是高兴，按年岁生日一排，呼延庆为大，往下是呼延明、孟强、焦玉。

有人问了：呼延守信怎么跑到这个山寨上来了呢？

呼延守信自从和兄长呼延守用在树林之中洒泪分别之后，他就拼命地跑，以为离京城越远越好。一路上担惊受怕，吃也吃不好，睡也睡不安。由于连饿带累，又偶染风寒，他实在支持不住了。这一日夜晚，来到了一个庄子里边，他想敲门借宿。他刚敲了几下，便昏倒在门前。家人听到有人叫门，开门一看，地上躺着一个人，赶快进去禀报。

这个庄子叫齐家庄，呼延守信敲的是员外的门，主人姓齐名方。齐员外家有一儿、一女，女儿齐翠萍，年方一十五岁，儿子齐天龙，年方一十二岁。齐员外武艺高强，刀马娴熟，为人正派，刚直不阿。他不愿做官，从未进过考场。他整日教儿女习文练武。齐员外正在练功房教儿女练武呢，听到家人禀报，说有一人倒在门外。他便急忙走出门来，见倒在地上的是个年轻人，用手一摸，脑门滚热，忙命家人抬进屋中。齐员外自幼好学，懂得医术，连忙开了个方子，让家人去抓药。呼延守信被抬进屋后，发烧说梦话，口中直喊："庞文老贼，你杀我呼家满门，此仇不报，死不瞑目！"

齐员外一听：哦！不用问，他是呼门之后了。家人抓来药，熬好。齐员外给呼延守信服下药，派心腹家人看护。第二天，呼延守信病情好转，苏醒过来，齐员外安慰一番，呼延守信感谢不尽。第三天，他能走动了，就要离开齐家庄。齐员外说什么也不让他走，非让他将养将养再走。呼延守信推却不了，只好应允。因为他一心总想报仇，身体又能活动，就闲不住了，一早一晚就练练拳脚。齐员外见呼延守信品貌端庄，武艺不错，又是名门之后，就有意将女儿许配给他。齐员外和夫人一商量，夫人也点头答应了。又叫来女儿一问，齐翠萍说让父母做主。这就单等着问问人家愿意不愿意了。

这一天，呼延守信觉得身体也养好了，总在这里待着也过意不去，就去拜见齐员外，意欲离去。齐员外对呼延守信说："如今州府县衙发了文告，都在缉拿呼门之后。你往哪儿去呀？还是躲在这儿吧！"

呼延守信不知道自己说梦话的事，听了一愣，忙问："恩公此话怎讲？"

齐员外说："公子，你不必瞒我，那日你发烧说梦话都说出来了。此处远离县城，很是僻静，你住在这里不必担心。想那庞文老贼身为掌朝太师，官高爵显，兵将众多，你想报仇，并非眼下之事。常言说，'君子报仇，十年不晚。'你先在这栖身吧。我有意将女儿许配给你，以后生儿育女，接续呼家香烟，也好再图谋大计！"

呼延守信听罢此言，泪如雨下，跪倒在地，开口说道："恩公，您的大恩大德，我永世不忘。只是我乃朝廷缉拿的罪犯，与千金小姐怎能匹配？这岂不耽误千金小姐的终身？"

齐员外搀起呼延守信说："嗐，你这讲的哪里话？我又不是势利小人！我念你是忠良之后，为人端正，才将女儿许配与你。莫非你嫌弃我家小女？"

"恩公，我并不嫌弃，只是怕误了小姐的终身！"

"你不嫌弃，就将小女许配与你了。"

呼延守信又跪倒在地："岳父大人，请受小婿一拜！"

就这样，呼延守信就住在齐员外家，隐名瞒姓改叫齐心，假称是齐员外的一个远亲。第二年，他与齐翠萍成亲。转年得一子，取名呼延明。因为呼延守信还隐名瞒姓呢，就称呼延明为齐明。

呼延明七岁那年，他舅舅齐天龙抱打不平，杀了县官。为了躲避官司，全家只好连夜外逃。这一日，逃在七屏山下，涌出一队喽兵，为首的两位寨主贾飞龙、贾飞虎挡住去路，要他们留下银钱。齐员外与呼延守信催马迎战，齐天龙和齐翠萍保护家眷财物。两厢一交战，齐员外和呼延守信把两家寨主生擒活捉，贾飞龙、贾飞虎和众喽兵都跪地求饶，说他们都是活不下去才到山上来落草的。齐员外心想：莫不如在此安家，招兵买马，日后也好报仇。于是，他们上了七屏山。

这七屏山，由五座大山峰、两座小山峰相连而成，像七道屏障似的，故此名曰七屏山。齐员外上山之后，向众喽兵一打听，知道贾飞龙、贾飞虎是被官府逼得家破人亡才到这儿来的。再一瞧这哥儿俩，都不过二十来岁，就把他俩放了。贾飞龙、贾飞虎推举齐员外为寨主，并将此山改为齐平山。此后，齐方就在这山上招兵买马，开荒种地，并订下山规，不许打家劫舍，不许杀害百姓。关于呼延守信父子之事，也还是照就隐姓瞒名，怕道出真名实姓，传扬出去，不利大计。

三年前，齐方打猎时救下王金莲，王金莲从未吐露真情，因此两厢都蒙在鼓里。

呼延守信一家也得到一些消息，知道呼延庆两次上坟之事。呼延明还是在呼延庆第二次上坟之后，才听爹娘告诉他家中身世的。为啥告诉他呢？因为孩子大了，也懂事儿了，告诉他让他发奋练功，日后好为呼家报仇。呼延明呢？从此也真发奋习练武艺了。他想：等练好武艺，也到东京汴梁去上坟。可是，呼延守信夫妇看管甚严，齐方老寨主立下山规，无论是谁，没有将令不许私自下山。呼延守信还和他说："等找到你伯父和呼延庆之后，就一块儿去斩杀庞文、上坟祭祖。"所以，他早就盼望团圆这一天。齐老寨主也曾派出一些心腹之人，下山四处打探呼延守用、呼延庆的下落。可是，一直也没打听着。

今儿个团聚了，大伙自然欢天喜地。呼延明又想起爹爹说的话来，觉着报仇上坟祭祖的时候到了，就问呼延庆上坟的情景。没等呼延庆说呢，孟强、焦玉两个人你一句、我一句地讲了起来。呼延庆头次上坟那时候，孟强、焦玉也没去呀，就讲起了二次上坟，怎么火烧汴梁，三次进京城怎么打擂力劈欧子英。

老寨主见亲人团聚，欣喜万分，忙下令设摆酒宴。众人喜气洋洋地推杯换盏，痛饮了一番。酒后，众人又计议如何捉拿庞文之事。

孟强说："我看哪，大哥、二哥、焦玉和我，哥儿四个悄悄地到东京汴梁，晚上摸进太师府，把庞文老贼一家'噼里啪啦'一宰，再到坟上一祭祖，就完事了。"

焦玉说："那不行，应当兵发东京汴梁城，连庞文带昏君一块宰了。到时候，咱们保着大哥也坐坐龙墩、当当皇上！"

呼延守信见呼延庆没有吱声，便问："侄儿，你怎么不开口？"

呼延庆说："侄儿不知道山中有多少兵马、多少粮草，更不知兵将情况如何，怎好开口？"

众人一听,觉得有理。老寨主微微一笑,他见今日天色已晚,便吩咐各自回房歇息。

第二日,老寨主齐方召集众位寨主到聚义厅议事。原来,这五座大山峰按东西南北中分为五岭。起初,寨子是在南岭上;到后来人马壮大,这五岭就都用上了。总寨设在中岭,贾飞龙、贾飞虎仍留在南岭,为寨主,北岭的两位寨主是一对叔伯兄弟,名叫洪刚和洪玉,东岭的两位寨主是鲁月、鲁星,是一对亲兄弟,西岭的寨主是吕宁、韩波。这八位寨主到齐之后,老寨主齐方先是一番道歉,然后就把呼家的事如实地说了一遍,并说一旦时机成熟,要大干一场。众位寨主都说听从老寨主安排,愿效犬马之劳。

此后,各寨天天加紧练兵。一日,正在操演兵马,忽有喽兵报道:“老寨主,大事不好,现有兵部大司马黄文炳,大国舅庞龙、二国舅庞虎带领官兵,前来攻打山寨,扬言要活捉呼家之人,把山寨大小人等,杀个鸡犬不留!”

老寨主听完,发出一阵冷笑,骂道:“这些禽兽,死到临头还不知晓,竟敢口吐狂言!我命令,点兵三千,随我下山应战!”

呼延守信、齐天龙、呼延庆、呼延明、孟强、焦玉,个个摩拳擦掌,精神抖擞,觉得既然庞家这群狗党送上门儿来,就借此良机,杀他们个落花流水,以雪世代之冤,报血海深仇。他们怒冲冲顶盔贯甲,披挂整齐,犹如张弓之箭,一触即发。各位寨主也都表示:“养兵千日,用兵一时。哪怕赴汤蹈火,我等也万死不辞,定要为国除奸,为民除害!”

不多时,“咚咚咚”三声炮响后,南岭寨门大开,兵马似决堤洪水一般,涌下山来!

老寨主一声号令传,
三声炮响震云天。
马似东海龙出水,
人似斑斓虎下山。
呼家将威风凛凛冲霄汉,
众寨主英姿勃勃甚威严。
看脸色——
有的红来有的紫,
有黑有白也有蓝;
看身形——
有的胖来有的瘦,
有的膀阔腰又圆;
看年纪——

有的不过十几岁，
有的颏下带须髯；
看坐骑——
有的骑着乌骓马，
有的白如雪一般。
马奔腾，烟尘卷起如云雾，
真好似，天兵天将下了凡。

这队人马，前面是南岭的两位寨主贾飞龙、贾飞虎，哥俩都善使齐眉大棍。随后是北岭的两位寨主洪刚、洪玉。洪刚使一把三股钢叉，人称“神叉寨主”，洪玉手使一杆方天戟，年少英俊，勇猛过人，人称“玉面寨主”。后面是东岭的两位寨主鲁月、鲁星。鲁月使一对铜装四棱锏，擅长登山，人称“登山虎”，鲁星使狼牙棒，擅长跳涧，人称“跳涧虎”。后面是西岭的两位寨主吕宁、韩波。吕宁手使两把铜锤，绰号“花斑豹”，韩波手使双刀，绰号“小白猿”。再后面是孟强、焦玉、呼延明、呼延庆、呼延守信，最后是老寨主齐方。两旁是三千喽兵，旗幡招展，干戈耀眼。嘿，这队人马好不威风！

好将才——
高的身躯魁梧，矮的虎背熊腰；
白的英姿飒爽，黑的威风凛凛。
个个俱是能征惯战的英雄汉。
好头盔——
亮银盔、紫金盔、黄金盔、乌金盔、嵌金盔、镔铁盔，
光亮闪闪耀人眼。
好战袍——
青锦袍、蓝锦袍、白锦袍、皂罗袍、紫罗袍、绿罗袍，
五彩缤纷多鲜艳。
好弓箭——
弯月弓、龙角弓、牛角弓、宝雕弓、狼牙箭、凤翎箭、雕翎箭，
追魂取命似闪电。
好兵器——
亮银枪、宣花斧、狼牙棒、竹节鞭、方天戟、四棱锏、轧油锤、齐眉棍、日月刀、青锋剑，
神鬼见它魂飞散。
好坐骑——
黄骠马、白龙马、乌骓马、青鬃马、浑红马、赤兔马、花斑豹，

追风赶月跨山涧。

再看官兵这边——

兵层层,将层层,人欢马叫,旌旗飘动,

一个个怒目横眉,杀气腾腾!

官兵怎么来到齐平山了呢?原来,呼延庆、孟强、焦玉打死白矢、白活之后,逃跑的恶奴回去禀报了白松。白松犯愁了:凶手到哪去抓呀?他先让那几个恶奴说出凶手的长相,又叫人画了影像。他一看杀人的主犯与庞太师下令缉拿的呼延庆差不多,便立即派出心腹乔装打扮,速去祝家村打探三个人的下落。并连忙写了折报,说是他发现了罪犯呼延庆,他儿子带人去抓,被呼延庆打死,现已派人去探听下落。写完后,派人飞马报入京城。

庞文一见折报,心中大喜。他连做梦都想抓住呼延庆。前几回没抓着,他已看出手下的武将都是废物,不顶用。后来,他穷思苦想,琢磨出一个办法。什么办法?用重金招募武将。还别说,真有见钱眼开的,来了不少。庞文挑了又挑,选了又选,挑选出五个来。一个是神枪刘刚,一个是大刀赵猛,一个是飞叉张雷,一个是铁棍周洪,还有一个叫铁蛋子万胜。怎么叫铁蛋子呢?因为他打的暗器是铁蛋子。庞文一高兴,封他们为神枪将、大刀将、飞叉将、铁棍将、铁蛋子将。他又一琢磨,前四个还可以,最后一个叫铁蛋子将也不好听呀!他见万胜使棒,又改封他为神棒将。庞文刚选完将,就接到折报。他乐坏了:真是天助我也!庞文进宫密奏一本,说是现已探明呼延庆的下落,应该派黄文炳、庞龙、庞虎率领五员大将、五千官兵前去捉拿。宋仁宗准奏。临行之前,庞文再三嘱咐:“谁要拿住呼家罪犯,定要加官晋爵,赐以重金。”那五员大将也都表示:“不拿住呼家叛逆,决不回来面见太师。”庞文一听这话,心里更乐了,暗自念叨:呼延庆啊呼延庆,老夫这五员大将可非同寻常之辈,这回看你还往哪里逃?不宰了你,怎能去掉我的心病?

白县令派出去的探子,探知呼延庆等人上了齐平山。于是,黄文炳、庞龙、庞虎率领兵马就来到齐平山,摆开阵势,派赵猛叫阵。

齐平山的人马一下山,黄文炳看着就眼晕了。原来以为抓呼延庆等几个人,带五千人马不是宽宽绰绰吗?现在一看来了这么多如此雄壮的人马,他后悔兵马带少了,看着眼晕,心里害怕。可是,表面上还装出一副满不在乎的样子。

齐平山的人马摆开阵势后,老寨主说道:“各位将军,各位好汉,官兵前来讨阵,何人前往?”

话音没落,众将异口同声抢着要去迎敌。这一来老寨主可为难了,该派谁去呢?这时,南岭的大寨主贾飞龙又开口说道:“老寨主,末将愿往!”

老寨主寻思片刻,说道:“多加小心!”

贾飞龙手持齐眉棍,催动坐骑,来到阵前。他一看对面这员将:面色铁青,满脸横肉，一双扫帚眉，两只蛤蟆眼，尖嘴猴腮，塌鼻梁，头戴金盔，身穿金甲，内衬紫罗袍，足蹬虎头靴，手提青龙刀，坐下乌骓马，倒有一派武将风度。贾飞龙大声喝道："来将通名！"

赵猛摇头晃脑地喊道："大刀将赵猛是也。你是何人？"

"我乃齐平山南岭飞龙寨主贾飞龙是也。"

赵猛冷笑两声说道："贾飞龙，尔等这些山贼野寇，速速将叛逆之后呼延庆交出来。如若不然，我要扫平山寨，凡是会喘气儿的都杀光斩尽！"

贾飞龙闻听此言，火撞顶梁，大吼一声："休要猖狂，看棍！"

赵猛见贾飞龙的棍直奔自己头顶砸来，急忙挥刀相迎，二人杀在一处！

贾飞龙棍猛，
赵猛挥刀迎。
二人杀一处，
各自显神通。
棍走"呼呼"响，
刀舞似蛟龙。
两边擂战鼓，
山间响杀声。
战马"咴咴"叫，
尘土团团升。
大杀四十趟，
不分输和赢。

二人大战四十回合不分胜负。呼延庆唯恐贾飞龙有个一差二错，便请命出战。老寨主只听说呼延庆武艺高强，但并未见过，便点头应允，随即嘱咐："千万谨慎！"

"料也无妨。"呼延庆答应一声，催马上前，喊道，"贾寨主，请暂且退下。杀鸡焉用宰牛刀？待我来收拾他！"

贾飞龙自知难以取胜，又听呼延庆说"杀鸡焉用宰牛刀"，将他抬高了一步，便就势退下。

赵猛也正为难以取胜而暗自着急，正好见上来一人把贾飞龙换下去了，便借机喘了口气，举目端详，只见来人：年岁不大，身躯魁伟，肩宽背厚，膀奓腰圆，面如锅底，黑中透亮，两道九卷狮子眉斜插入鬓，一双大眼亚赛铜铃，目光灼人，狮子鼻，火盆口，头戴镔铁盔，身穿乌金甲，内衬皂罗袍，足登虎头战靴，坐骑乌龙追风驹，手持一对虎尾钢鞭，坐在马上，亚赛半截铁塔！赵猛上一眼、下一眼、左一眼、右一眼，看了瞅、瞅了看，打量了十好几眼，不由倒吸一口凉气。他觉得好像在哪儿见过，可一时又想不起来了，便大声喝道："贼将通名受死！"

"胆大狂徒,休要猖狂!我乃双王呼延丕显之孙、呼延守用之子呼延庆是也。"

这话似牙缝里迸出春雷,舌尖上发出霹雳。赵猛被震得一哆嗦:哦,我说好像在哪儿见过,在影像上啊!这小子一听是呼延庆,又一打量,心里头有点儿害怕了:这比影像上画的,比庞太师他们说的威武多啦!嗐,事到如今,我还不能退下去,怎么也得动手呀!他为了给自己壮壮胆,运足了气力先大喝了一声:"呔!"而后说:"原来你就是叛逆之后呼延庆!实话告诉你,你若下马伏绑,我可在庞太师面前美言一番,不但留你一条性命,还可封你个官儿当当。如若不然,我便将你生擒活拿,交与庞太师。到那时,你的小命就玩儿完啦!""休得胡言。看鞭!"呼延庆越听越不耐烦,喊罢挥鞭便打,赵猛举刀相迎,二马盘旋,打在一处。呼延庆临上阵之前早就想好了;此次上阵,宜快不宜慢,要快点儿取胜,好煞煞官兵的威风。所以,刚打了两个回合,呼延庆突然一变招法,挥动右手鞭,使了个立劈华山。赵猛举刀一架,"当啷"一声,震得赵猛两膀疼痛难忍。紧接着,呼延庆一抖左手鞭,使了个单风贯耳,"叭!"一鞭正打在赵猛的右胳膊上。"唉呀!"他大叫一声,把刀扔在地上。他能经住呼延庆那一鞭吗?骨头都给打碎了。赵猛疼得"哇呀呀"直叫,转身催马刚要跑,呼延庆探身一鞭,"喀嚓!"正打在这小子的后脑壳上,"扑通!"死尸跌到马下,那马也"嗒嗒嗒嗒"落荒而逃。

霎时间,两边兵将都愣住啦!怎么呢?这也太快啦,快得出人意料。山寨的兵将都禁不住赞叹呼延庆武艺超群,异口同声高喊:"打得好!打得好!"

这不是三十人五十人喊,是三千多人哪!那喊声比放炮声还响。官兵那边一见大将死了,又一听喊声,心里能不害怕吗?黄文炳往左右一瞅:这伙兵将都抻着脖子瞪着眼儿,脸上没一点血色儿。他不由暗自叫苦:呼延庆果然厉害,谁能抵得住他呀?

正在这时,呼延庆叫阵:"哪个上阵?快来受死!"

有些官兵偷偷地议论开了:

"哥呀,我看这架势,谁上去谁就得丧命!"

"那还用说!我刚才就紧了紧腰带这么点儿工夫,再一看咱们的大将,让人家打得粉身碎骨,真成了'大酱'啦!"

黄文炳听到呼延庆叫阵,眼珠一转,说道:"众将官,方才赵将军先与那山贼大战四十余回合,有些劳累;再加上他轻敌,才死于非命。现在,哪位将军前去捉拿小贼呼延庆?"

他怎么这么啰唆呢?为的是给赵猛之死找个借口,给那四位壮壮胆。可是,神枪将刘刚、飞叉将张雷、铁棍将周洪、神棒将万胜听了这话之后,都没吱声。他们四个心里都有个小九九:论武艺,赵猛和我们不相上下,他和呼延庆一交手,没过三个回合就完了。我上去不也得完吗?所以,谁也没搭言。这一来,黄文炳受不住了,心想:啊？都不敢上呀！不就是为拿呼延庆才花重金雇的你们吗？你们不上谁上？到这节骨眼儿,你们这不是成心拆台吗？好,你们不搭言,我还不问了呢！我点将,看你们出不出马？想到这儿,大声喊道:“周将军!”

铁棍将周洪答道:“末将在。”

“命你前去捉拿呼延庆。”

“遵命。”周洪答应一声,提棍催马,来到阵前,二人报完姓名,动手交战。

简短截说。二人打了五个回合,呼延庆一鞭结果了周洪的性命。黄文炳又派出飞叉将张雷出战,张雷和呼延庆打了五个回合,一见抵不住,暗自想道:再打下去,我命休矣！我何不给他一飞叉？若打中他,就立一大功,若打不中,催马就跑！这小子想罢,见呼延庆左手鞭过来,挥叉往外一挡,紧接着一反手,“唰”把叉就掷了出去。这招是他的一绝,就和那秦琼的撒手锏似的,出人意料,又稳、又准、又狠。

这一叉飞来,要换个别人,不死也得受重伤。可呼延庆跟师父王敖学艺的时候,练过“撒手鞭”。他虽然不轻易使这个绝招,但他能防备人家使撒手兵刃。所以,他见叉飞来,便急忙低头哈腰来了一个镫里藏身,“嗖!”飞叉从马背上飞了过去。

张雷见没打着呼延庆,转身催马就跑。呼延庆哪里容他逃走？他催马紧追,抡鞭探身,“喀嚓!”一鞭正打在张雷后背上,这小子“哇”吐了一大口鲜血,跌下马来,一命呜呼!

这工夫,又上来一员战将。谁呀？神枪将刘刚。呼延庆刚要问来将姓名,就听身后有人喊道:“大哥,你不能自己包了哇！得给小弟我留两个呀!”

呼延庆一看是呼延明,呼延明来到近前又说:“大哥,你就下去吧,让小弟收拾两个!”

呼延庆只好催马归队。刘刚见此情景,心中大为喜悦:哈哈,呼延庆回去了,真该我刘刚露脸,我把这小子挑了吧！他大喝一声:“山贼报名上来,某家枪下不死无名之鬼!”

“我乃双王呼延丕显之孙、呼延守信之子呼延明是也。你通名上来!”

刘刚一听,心里说:哦,敢情这位也是呼门之后呀。他心里更高兴了,暗想:你一个小娃娃能有多大本事？我能擒你就擒你,擒不了你,我就挑了你！不管怎么地,我得立一功。到那时,高官得做,骏马得骑！这小子想得美,说话声音也硬气:“小娃娃听真,我乃神枪将刘刚是也!”

呼延明笑嘻嘻地说道:“老四,来吧!”

刘刚闻听此言,不由一愣,问道:“你为何叫我老四？”

呼延明说:“你还装什么糊涂？刚才,那三位都一个跟一个地到酆都城阎王爷那儿报号去了。这回该轮到你了,你还不是老四吗？”

刘刚闻听，气得两眼一瞪就像那牛眼睛似的，大骂一声："小崽子，你气煞我也！"

呼延明用枪一点刘刚："你甭着急，小爷我就送你见阎王爷！"

"哇呀呀，吃我一枪！"

呼延明往旁边一带马。闪过枪去。刘刚咬牙切齿，抖枪刺向呼延明。呼延明挥枪相迎，与他打在一处。

开始，刘刚并没把呼延明放在眼里，可是打了几个回合之后，才知道对手非是寻常之辈，一定受过名人指点、高人传授。再看呼延明，那杆枪如同风吹荷叶、雨打芭蕉，真是枪疾马快、变幻莫测。

要论起武艺来，刘刚真比赵猛、张雷、周洪强有点儿本事。他见呼延明武艺高强，便使出看家的枪法。呼延明更不含糊，也使出绝技。有赞为证：

大枪冷森森，
招法更惊人。
近看如飞雪，
远望落白云。
"呼呼"风声响，
"刷刷"震耳轮。
一路分三路，
三路九下分。
九路分得快，
见枪不见人！

呼延明是越打越快，越杀越精神，刘刚是越打越慢，越杀越没劲儿。不过他还不死心，想侥幸取胜。他借着往回一撤枪的时机，拿枪当棍使了，突然抡枪砸向呼延明！

刘刚抡枪砸下来，
呼延明举枪喊声："开！"
刘刚震得臂膀痛，
急忙就往一旁歪。
呼延明紧接直奔面门刺，
刘刚吓得脸煞白，
不由张口喊："不好！"
只见他身子往后侧，
"扑通"一声跌下马，
左脚还插在镫里没出来。

那杆枪扔出多老远，
摔得他甲斜盔也歪。
那匹马扬开四蹄一声叫，
拖着刘刚跑起来。

这时，刘刚急眼了，喊道："快——"他怎么喊"快"呢？他的意思是快停下。一着急，他结巴了，把"快"和"停下"给断开了："快——停下！快——停下！"这马可不懂人言，拖着刘刚越跑越来劲儿。

用不着呼延明结果刘刚的性命，让这匹马把刘刚给拖死了。

刘刚一死，铁蛋子万胜在马上坐不住了。怎么了？他见五个人死了四个，就剩他没上阵，轮班也轮到他了，他只好催马跑上阵去。

呼延明一看万胜就说："老五，你还动手吗？刚才，老四没用我送，那匹马就把他送到阎王爷那儿去了。你着急不着急？要不着急，我送你去，要着急，也让马拖着你去。两条道，让你挑！"

万胜怒不可遏，喝道："小娃娃，休要多言，速速报名受死！"

二人通完姓名，打了起来。这两人棒来枪往，枪去棒还，打了十几个回合。万胜见自己难以取胜，暗想：我何不用铁蛋子结果他的性命？想到此处，虚晃一棒，拨马就走。呼延明大喝一声："你往哪里逃？"催马就追。

万胜见呼延明尾追而来，心中大喜。他左手提棒，右手从囊中取出铁蛋子，"嗖"的一声，向呼延明面门打去。呼延明看见飞过一件暗器，一闪，躲过去了。"嗖！"紧接着又打来一个。原来，万胜使的这铁蛋子是一对，打的时候连发，躲头一个不易，躲第二个更难。呼延明看见第二个来了，再躲可来不及了，大叫一声："哎呀，不好！"他手疾眼快，就在喊的这节骨眼儿上，伸出左手一抓，一下把铁蛋子抓在手里。呼延明这招来得也快，抓在手里没停下，紧接着又打了回去。万胜没曾想对手能有这招，还扭头看呢，"叭！"正打在面门上，他"妈呀"一声惨叫，跌下马去。呼延明上前一枪，结果了他的性命。

这五个小子临出京城之时，对庞文表示：抓不着呼延庆，决不回来见太师。如今，都死到这儿了，也不用回去见庞文啦！

就在这工夫，呼延明背后可就乱了，"杀呀！杀呀！"喊声不断，"嗒嗒嗒嗒"，战马飞奔。

这是怎么回事儿呢？原来，孟强、焦玉看呼延明又胜了刘刚，二人就向老寨主讨令出战。老寨主不知二人武艺如何，怕有闪失，就没让他俩上阵。后来，他俩见呼延明又结果了万胜的性命，再也忍不住了，就大叫一声，冲上阵去。

黄文炳、庞龙、庞虎见五员大将死得一干二净，自知再打下去，性命难保。又见对面冲上两位战将，他们再不敢应战，急忙催马逃命。

老寨主见此情景，连忙下令追杀。这一来可热闹了。呼延庆、贾飞龙、贾飞虎、洪刚、洪玉、鲁月、鲁星、吕宁、韩波等众将飞马上阵，杀得官兵哭喊连天，丢盔弃甲，争相逃命。那真是死的死，伤的伤，逃的逃，降的降。黄文炳、庞龙、庞虎三人惶惶如惊弓之鸟，匆匆似漏网之鱼，拼命逃跑。

孟强、焦玉紧追不放，喊道："哪里跑？"

正在这时，老寨主一声令下，鸣锣收兵。孟强、焦玉只得回队。回来是回来了，可都憋了一肚子气儿。

孟强一咧大嘴，说："咯，这节骨眼儿上，怎么能鸣锣收兵呢？"

焦玉嗓门更高："可不，要不就把那仨小子抓住啦！"

呼延庆说道："二位贤弟，不可胡言。再若追杀，中了埋伏如何是好？"

孟强、焦玉听了，觉得言之有理，便不再吱声了。

回到山寨，老寨主下令大摆酒宴，犒赏兵将。众将纷纷赞赏呼延庆、呼延明武艺超群，都说呼家冤仇指日可报。

从这以后，山寨兵将士气大振，天天操兵演阵。一日，呼延庆来到母亲房中，见母亲面带愁容，问道："娘，您有何心事？只管对孩儿言讲。"

王金莲叹了一口气，说道："嗐，为娘想，你父若在此处，咱一家也就团聚了，可共图报仇大事。可如今你父音信皆无，怎不叫为娘伤心？"

呼延庆先将母亲安慰了一番，又说要去寻父。王金莲自然巴不得早日见到丈夫，便去找呼延守信夫妻，商量呼延庆要去寻父之事。呼延守信说："嫂嫂所言极是，待找到大哥之后，好共谋大计。"

呼延庆要去寻父，孟强、焦玉非要跟着不可。众人一合计，都说："这样也好，有个什么事，哥仨还能商量商量。"可是，到哪儿去找呢？当年，呼延守用离开大王庄时，说去清塘关投奔舅爷马昆。呼家犯的是灭门之罪，马昆能不受到牵连吗？马昆还在不在？呼延守用是不是在清塘关？这些事，谁也不清楚。不过，要找呼延守用，还真得先到清塘关去打听；然后再顺蔓摸瓜地找。要不，上哪儿去找呀？就这样，三个人下了山，乘马奔清塘关而去！

三人跨上马鞍轿，
为寻父不怕山高水长路途遥。
翻过高山一道道，
越过小河一条条，
耳边常闻百鸟叫，
眼前常见野兔逃。
催马走进深山里，
又见到参天古树入云霄，

打柴樵夫抡板斧，
采药老翁在山腰。
绿油油树枝随风舞，
红艳艳山果压枝条。
“呼啦啦”树上起飞鸟，
“噌噌噌”崖下跑獐狍。
“哗哗哗”溪水下山涧，
烟腾腾雾气接云霄。
几处处山上生瑞草，
几片片坡下长野蒿。
“嘎嘎嘎”空中飞鸟寻伴侣，
“嗷嗷嗷”深山野狼阵阵嚎。
走过一山又一岭，
耳边忽听杀声高。
三人催马往前跑，
登上一个小山包。

呼延庆、孟强、焦玉三人正在行进之中，忽听前面有杀砍争斗之声，便催马上了山包。他们往下一看，只见有一伙人正在大战一人，再看那人：身穿白袍，手使一杆银枪，杀法实在骁勇。三人仔细一看：嘍，真是一员好将！有赞为证：

面似团粉天庭满，
眉清目秀地阁圆。
头上银盔闪闪亮，
似火红缨在上边。
勒甲丝绦串九股，
衬甲袍上绣牡丹。
锁子连环亮银甲，
吞天奇兽包两肩。
护心宝镜如秋月，
丝鸾大带系腰间。
坐下骑着浑红马，
一杆银枪手中端。
左右冲杀多英勇，
枪法招数占人先。
好似三国子龙将，

不亚吕布吕奉先。

呼延庆他们见那人被围在中间，东挡西杀，南冲北撞，好不令人赞叹！再一看，围他的那一群人像是喽兵，跟那人交手的像是寨主，只见他顶盔挂甲，身穿黄袍，手使五股烈焰叉，骑着一匹胭脂马，挥叉奋战，勇猛异常。

书中暗表：此山名叫飞虎岭，此人便是飞虎岭的大寨主，姓刘，单字名勇。

呼延庆说："二位贤弟，不知那人为何被山寨兵将围住？咱们下去问个明白，再作道理。"

孟强说："大哥讲得有理，咱不能'坐山观虎斗，立岸望水流'！"

焦玉说："对。路见不平咱就管！"

欲知后事如何，且听下回分解。

第十六回 激孟强放火烧敌营 抓时机施计救文广

沙里罕催马紧追呼延明。呼延明跑出一里来地，便圈回马来迎住沙里罕，说道："哎呀，你还真追上来了。我寻思叫你多活一会儿，你还不愿意！那好吧，我这就送你上酆都城。"说着，端枪便刺。

沙里罕用刀一磕，呼延明一收枪，闪过大刀，端枪又刺，两个人战在一处。

呼延明耍笑沙里罕，
沙里罕怒火烧胸间。
这家伙大刀一抡"嗖嗖"响，
呼延明长枪一抖放光寒。
这一个咬牙切齿瞪怒目，
那一个全神贯注眼瞪圆，
这一个卷毛兽一来如闪电，
那一个白龙马一去似离弦，
这一个杀法骁勇攻势猛，
那一个智打巧战防守严。
西凉的战鼓敲得震大地，

宋营的战鼓擂得响连天。
两个人打得正激烈，
呼延明催马奔正南。
沙里罕后面紧追赶，
这一来中了巧机关。
宋将借着战鼓声声响，
冲出战将几十员。
等到敌兵一发现，
宋将已经到关前。
这些将如虎入羊群里，
挥鞭抡刀一溜烟。
宋营中，五百精兵冲上去，
紧接着，五千兵马跟后边。
只杀得敌兵魂魄散，
只杀得敌兵心胆寒，
只杀得敌兵忙逃窜，
只杀得敌兵拥入关。
怎奈是人多门显小，
要想进城难上难。
城上的敌兵要把吊桥绞，
呼延庆催马抡鞭到近前。
挥起双鞭断绳索，
放开嗓子喊得欢：
“尔等投降还罢了，
不然送你们上西天！”
敌兵有的投降有的跑，
宋将杀进木兰关。
城西面，呼延明大战沙里罕，
越战越勇劲更添。
长枪一抖招招紧，
沙里罕心慌意乱神不安。
呼延明分枪急把咽喉刺，
沙里罕跌落马下一命完。

呼延明枪挑沙里罕，直奔木兰关而去。宋兵将已经杀入关中。

原来，呼延庆出的计策，就是让呼延明把沙里罕引到远处去。胜了更好，胜不了也没关系，只要引走沙里罕，别的就甭管了。这边呼延守用、呼延守信、呼延庆和孟强、焦玉等早做好了准备。呼延明一退，沙里罕一追，西凉兵将的注意力都集中到那边去了，呼延庆率众将便借着惊天动地的战鼓声，飞马夺关。等西凉兵将发觉，已经晚了。

这一计果然奏效，众将率兵杀入关中。

木兰关内的西凉兵将见宋军杀进来了，慌忙抵抗。那真是：木兰关内风云变，旌旗乱摆八面乱，杀得天地暗，战马奔四面，刀枪密，光灿灿，剑戟闪闪来鏖战！

宋营众将个个能征善战，西凉主将已死，偏将哪能抵挡得住？被杀得死的死，伤的伤，逃的逃，死伤大半，余下的都已投降，只有几百人随着两名败将顺西城门逃跑了。

呼延庆带兵夺回了木兰关，一面命人打扫战场，一面命人贴出安民告示，城中的百姓得知呼家将出征告捷，无不欢天喜地。

第二天，留下齐方父女与呼延守信及一千兵马镇守木兰关。呼延庆率领兵马，直奔剪子谷。走不多时，探马来报，说前面有敌兵营帐，呼延庆下令扎营。

有人问了：到剪子口了吗？没有。原来，西凉兵马分了四处，剪子口围困杨文广的有五万兵马，由元帅沙密温统领，在通往八宝城的路上，离剪子口十五里有座白龙山，那儿有两万兵马，由监军依智广统领，木兰关和剪子口当中是黑虎川，这里有两万兵马，由沙里勇、沙里猛统领，再就是木兰关，有一万兵马，由沙里罕统领。依智广和沙密温琢磨了好几天，才琢磨出这个布兵之法。杨文广被困在剪子谷里，谷口处有五万重兵把守，即便冲杀出来，也无去路。往前走，白龙山下有两万兵马，往回来，黑虎川有两万兵马。如果是宋军来解救杨文广，那得闯“三关”。第一关，木兰关有一万兵马；第二关，黑虎川有两万兵马；第三关，剪子口有五万兵马。这三关可都不好闯啊！就是闯到第三关了，白龙山那两万兵马随时可以接应。所以，依智广和沙密温认为如此布兵，万无一失。

如今，呼延庆率领人马来到第二道关卡。这第二关的两员守将沙里勇、沙里猛，是沙密温的两个侄子。昨天，木兰关逃出的两员偏将带着几百残兵跑到这儿，禀报了木兰关失守之事。沙里勇、沙里猛只气得七窍生烟，大骂：“你等俱是贪生怕死之辈！不战死在关中，还有何脸面跑到这儿来？”结果，把两员偏将和几百兵士全给斩了，并下令准备和宋军决一死战。

呼延庆下令扎下营盘之后，派出孟强、焦玉前去讨敌要阵。

沙里勇、沙里猛正在帐中议事，忽听有军卒来报：

来了俩宋将，
战马坐下跨。

兵刃拿在手，
指着把咱骂。
谁要去出阵，
小命给留下。
全军都杀尽，
一个也不落。
将军别生气，
这是他原话。

沙里勇、沙里猛一听，气得“哇呀呀”一阵大叫。沙里猛说：“哥哥，来了两员宋将，正好咱哥儿俩一人宰一个！”

“好！”

这两个小子竟想宰人啦！急忙吩咐备马抬兵刃。不多时，二人催马来至阵前。沙里勇迎住一员来将，只见他：

凤翅盔，分八瓣，
连环甲，金灿灿，
身上袍，红艳艳，
勒甲绦，九股串，
壶中插着雕翎箭，
袋内弯弓龙角面，
鞘里盛着诛将剑。
坐下骑匹浑红马，
一把大斧寒光现。
虎背熊腰赤红脸，
堪称大宋一好汉。

沙里勇看罢，高声断喝：“胆大宋将，报上名来，某家刀下不死无名之鬼！”

“大将孟强。你是何人？”

沙里勇报过姓名，举刀便砍。孟强原先使两柄短斧，在齐平山下与呼延明交战时就觉得不利，从那以后，便换了一柄长把斧。孟强挥斧磕刀，二人可就打起来啦！

英雄小孟强，
大战西凉将。
针尖对麦芒，
哪个也不让！
沙里勇真勇，
小孟强真强。

圈马一照面，
拼力往前上。
兵刃丁当响，
大战三十趟。
要讲真本事，
两人都一样。
孟强生一计，
敌将上了当。

孟强打了半天，一见难以取胜，便心生一计，他冲着沙里勇旁边一努嘴，说道："从后边给我打！"

沙里勇真以为后边有人要打他。因为刚才来了两员宋将呀！他扭头一看，孟强早有准备，眼疾手快，趁机抡斧斜肩带臂砍去。沙里勇一看后边没人，知道中了计，想要招架可就来不及了，只听"喀嚓"一声，就见沙里勇跌下马去，气绝身亡。

咱们撂下这边，再说那边。沙里猛上阵迎住焦玉，上下打量乌骓马上驮着的这员战将。只见他：

镔铁盔，戴头上，
连环甲，黑又亮，
皂罗袍，团龙滚，
挎着的弯弓月牙样。
壶内盛满狼牙箭，
打将钢鞭寒光放。
面如蓝靛方圆脸，
虎目圆睁英雄相。
一般人见他就得怕，
哪有心思来打仗！

沙里猛喝道："你是何人，通上名来！"

"我乃大宋元帅呼延庆帐前大将焦玉。你是何人？"

"我乃是西凉大元帅帐前大将沙里猛。"

焦玉说："谁管你猛不猛？你拿命来吧！"

沙里猛一听这话就来火了，端起方天戟，直奔焦玉而来。焦玉不敢怠慢，急架相还，两个人各挥兵刃，马来马往，鞭来戟去，打得难解难分！

焦玉和沙里猛打得难解难分，他一眼瞥见孟强一斧砍死了西凉将，便冲沙里猛喊道："我送你见阎王去，那位已经去了，你也没多大活头了，快追他去吧！"

沙里猛一听哥哥战死，心如刀绞。常言说得好："打仗亲兄弟，上阵父子兵。"这一来,他可急眼了,像发了疯似的挥戟连刺带砍。焦玉心里也着急,孟强已经结果了敌将的性命,自己要是胜不了怎么交令啊?这一来,他也急眼啦!嗄,这仗打得可真有个看头儿啦!

好一个焦玉小将军,
一心取胜战敌人。
只见他施展看家技,
催马便把双鞭抡。
上一招插花盖头顶,
下一招野藤盘树根,
左一招怪蟒来寻物,
右一招乌龙把爪伸,
使一招童子把佛拜,
换一招老君去托盆,
用一招凤凰展翅奔软肋,
变一招白蛇出洞打面门,
这一招老鹰逮兔快似箭,
那一招大鹏捉鸟妙如神。
沙里猛挥动大戟不示弱,
只见他横眉怒目把命拼。
好似一猛虎穿山涧,
又如同飞龙卷乌云。
“哇呀呀”,怒吼一声地皮颤,
“当啷啷”,戟磕双鞭震耳轮,
“唰唰唰”,寒光闪闪耀人眼,
“呼呼呼”,戟挂风声真瘆人。
沙里猛戟沉力大招数妙,
小焦玉以柔克刚功夫深。
沙里猛忽然生一计,
不由得暗暗喜在心。
拖戟假败催马跑,
暗中便把铜锤拎。
焦玉催马追上去,
一心要取敌将魂。
沙里猛扭头打暗器,

"嗖"一声惊呆观阵人。
但只闻"哎呀,不好"一声叫,
但只见死尸落地命归阴。

沙里猛假装败阵,将方天戟挂在得胜钩上,偷偷取出铜锤。这铜锤比拳头稍大一点儿,带着链绳。这小子不但勇猛善战,而且暗器打得好,这是他的绝招儿,他一假败,只要对方追来,他铜锤出手那是百发百中,打上非死即伤。

沙里猛一败,焦玉心想:我和孟强一块儿出战,人家打死了敌将,我说啥也不能让沙里猛跑了哇!不打死他也得抓个活的呀!想到这儿,催马追去。他刚一追又觉得有点儿不对劲儿:这小子是不是要放暗器呀!哎,你打我也打,反正今儿个不是鱼死就是网破,来吧!焦玉把鞭也挂在得胜钩上了。他没有暗器,把弓箭拿出来了。他射箭射得好,那真是:弓开如满轮秋月,箭发似一点流星,百步穿杨,箭不虚发。焦玉一边追,一边搭上狼牙箭,拉满虎筋弦。

沙里猛在前边跑,后边没长眼睛啊!要打暗器得回头看焦玉在什么位置上,是正后方啊,还是偏左或偏右,看准了才能打暗器。他扭头一看不要紧,可吃亏了。焦玉就等着他回头呢,那是马跑如疾风暴雨,箭发似掣电流星,"嗖!"一箭正中咽喉,沙里猛的铜锤还没出手呢,大叫一声:"哎呀,不好!"

那能好吗?沙里猛跌下马来,一命呜呼了!

西凉兵将见死了两员主将,可就乱了。呼延庆见此情景立即率领众兵将冲杀上去。呼延庆、孟强、焦玉、呼延明等几十员战将催战马、挥兵刃,如同虎入羊群一般,连杀带砍。西凉的兵将也都以死相拼。为什么他们不跑呢?因为跑回去怕挨杀。从木兰关逃跑的那两员偏将和几百兵卒,不都让沙里勇、沙里猛全给杀了吗?他们怕跑到沙密温那儿再让沙密温给杀了,所以,就拼命抵抗。可是,哪能抵抗得了哇?厮杀了一阵,有些兵卒一看,这不等于送死吗?咱们别往沙密温那儿跑,往别处跑吧!于是,便丢盔弃甲,拼命奔逃。

这一仗,活捉了不少西凉兵将,得了许多粮草和军械物品。呼延庆下令清理战场之后,犒赏三军。

第二天一早,用罢战饭,众将来到帅帐议事。呼延庆说:"前边就是剪子口,西凉用重兵把守,敌众我寡不宜硬拼。依本帅之见,就在此地扎营,前去讨敌要阵,探看虚实,再作道理。不知众位意下如何?"

众将官闻听此言,表示赞同,这时,军卒来报:"西凉兵马已到,有一大汉正在叫阵。"

西凉兵马怎么来的呢?西凉探马流星得知,沙里勇、沙里猛战死,报知元帅沙密温。沙密温又惊又怒。惊的是:宋兵来得这样快,宋将这么厉害;怒的是:沙里罕、沙里勇、沙里猛全被宋将给杀了。他决定亲自出马,点出十员战将,率领五千精兵前来讨阵。

呼延庆闻听西凉前来讨阵，问道："哪位将军前去迎敌？"

话音未落，贾飞龙上前说道："末将愿往。"

呼延庆说："西凉既来讨阵，定是来者不善，将军要多加小心，我等与你观敌掠阵。"

呼延庆率领众将上马，点兵三千，来到阵前。贾飞龙催马冲上前去，只见对面一员敌将：

头戴乌金盔，
肩搭狐狸尾。
身穿红战袍，
甲叶放银辉。
一双大环眼，
上横一字眉。
塌鼻扇风耳，
一张血盆嘴。
手端板门刀，
坐下骑乌骓。

贾飞龙用棍一指来将，喝道："来将通名！"

"我乃西凉兵马大元帅沙密温帐前先锋龙天豹是也！你是何人？快快通名受死。"

"休要猖狂！我乃兵马大元帅呼延庆帐前大将贾飞龙是也。"

二人报过姓名，各挥手中兵刃，战在一处。这龙天豹刀法精通、弓马娴熟，自打西凉先锋怪天虎被杨文广枪挑之后，他就当上先锋了。当上先锋以来还没立功，所以今天请命讨阵，想要显显本事露露脸。他与贾飞龙大战二十回合，难分上下。龙天豹心想：我必须拿出绝招，取他性命！

两个人圈马再次交手，就在二马错镫的刹那之间，龙天豹一回手，就用刀纂儿猛地一杵，正杵在贾飞龙后腰上。贾飞龙根本没提防这一招，一下子被杵下马来。龙天豹急忙一带马，一刀砍死了贾飞龙。

贾飞虎见哥哥死了，怒不可遏，催马而上，举刀便砍。龙天豹挥刀相迎，二人越杀越猛。开始贾飞虎还提防对方这招，可打着打着，光想替兄报仇，就把这茬儿给忘了。龙天豹趁二马错镫之时，又使出这招儿，将贾飞虎打落下马。他带马抡刀，向贾飞虎砍去。正在这时，飞来一匹战马，挥起大枪，"当啷"一声，把他的刀给磕开了。贾飞虎趁机爬起来，跨上战马，回归本队。

龙天豹一见，来的是一员小将，但见他：

面如敷粉自来白，

淡淡粉红挂两腮。
鼻正口方多文雅，
双眉齐整似刀裁。
貌赛潘安多俊秀，
形比哪吒更富态。
从上到下一身素，
好似神童下天台！

龙天豹一看这小将相貌堂堂，威风凛凛，用刀一指，喝道："小娃娃，你乳臭未干，胎毛未脱，也来出征？你们宋营没人了吧！"说完哈哈一阵狂笑。

这员小将不是别人，正是呼延明。刚才呼延庆见贾飞龙战死，很是伤心。当贾飞虎出阵与龙天豹交战时，呼延庆就把呼延明叫过来，耳语一番，让他做好准备，替下贾飞虎。呼延明一看龙天豹凶如太岁，猛似金刚，说道："呔，你也太狂啦！两军阵前讲的是比武艺、看高低，你管年岁大小干什么？"

龙天豹让呼延明抢白了几句，不由大怒，喝道："快快通名受死！"

"我乃大宋元帅呼延庆帐前先锋官呼延明是也。你是何人？某家枪下不死无名之鬼！"

龙天豹报过姓名，来个先发制人，挥刀就砍。呼延明用枪一架，喊了一声："哎呀，好厉害！"

二人刀来枪架，枪来刀磕，打了起来。那杆枪真如同蛟龙闹水，时上时下，又狠又快。龙天豹不由暗自称赞：别看他年岁不大，武艺却非同一般。于是，挥舞大刀，招招紧逼。二人大战二十余回合，呼延明就有些气喘吁吁了，枪法也显得比刚才慢了。龙天豹一见大喜，越战越勇。

呼延明虚晃一枪，圈马便跑。龙天豹不敢怠慢，随后紧追。

这时，呼延守用催马上前拦住，大喝一声："呔，休要逞凶，呼延守用来也！"

龙天豹正杀在兴头上，本想将呼延明斩于马下，不料被拦住，这火气都冲呼延守用来了，不由分说，举刀便砍。呼延守用挥枪磕开，二人大战起来。大刀风驰电掣，长枪快似流星，两边的兵将看得目瞪口呆。一过三十回合，就看出呼延守用的枪法有点儿乱了。又打了几个回合，呼延守用只有招架之功，无有还手之力。鲁月见此情景，拍马而上，迎住龙天豹，换下呼延守用。

沙密温端坐在马上一琢磨：哦，宋将打不过了，用车轮战法呀？你们换将我也换将。想到此，说道："哪位将军将先锋官换下？"

话刚出口，一人答道："元帅，末将愿往。"

沙密温一看，非是别人，正是龙天豹的弟弟龙天彪，说道："多加小心。"

"无妨。"龙天彪手端丈八蛇矛枪，拍马而上，大叫一声："哥哥暂且退下，待小弟取他的首级!”

龙天豹连战四将,有点儿累了,见弟弟上来,便回归本队。

鲁月和龙天彪报过姓名之后,打了不到二十回合,鲁月就招架不住了,只好败下,鲁星前来接应。

简短截说。双方轮流换将,鲁星、洪刚、洪玉接连而上,接连败下,孟强、焦玉上去打了十来个回合,也都败了下来,接着,卢凤英又上去了。沙密温见宋将到后来上小孩儿,小孩不行又上女将,便说:“宋营中没人了,连女的都上阵了。谁去将这女子擒来?”

龙天豹答道:“元帅,待末将将她擒来!”

龙天豹根本没把卢凤英放在眼里,可上前一交手,觉得卢凤英还真有两下子。两刀相磕,“叮当”直响,二马飞腾,翻蹄亮掌,征尘滚滚,弥漫疆场,西凉兵将,连喊带嚷:“先锋官,抓活的呀!”

打过十五个回合,卢凤英抵挡不住了。呼延庆下令,鸣金收兵。卢凤英紧砍两刀,喊道:“来日再战!”催马归队。

沙密温一看,天色不早,也就下令收兵。回到大帐之后,传令大摆酒宴,犒赏三军。沙密温亲自给龙天豹满酒,因为龙天豹斩了一员宋将,又胜了四员宋将,立下功了。龙天豹端起酒来一饮而尽,咂了咂嘴说:“元帅,今日一战,宋将败北。他们明知在战场上打不过咱们,或许夜间前来偷营。依末将之见,还须提防!”

沙密温说:“将军言之有理,传令四营八哨诸兵将,酒要少饮,严防宋军偷营!”

龙天豹见元帅听了他的话更来精神啦!又说道:“元帅,末将还有一计,可把宋将杀个落花流水。”

“讲。”

“明日出阵之时,末将前去叫阵,宋将打不过末将,必有另一宋将前来接替。这时,我们也出一员战将,上前迎住。这样一个对一个,不让宋将逃走,杀他一个落花流水!”

“好!此计甚妙,明日照此行事。”这且按下不表。

再说呼延庆率领众将回到帅帐。孟强发火了。为啥?原来,呼延庆派将上阵之时,下了命令:只许败,不许胜,败还不能让西凉看出假来,必须装得像真败一样。而且给每个人限定了回合,也就是说不准超过限定的回合就得败,违令者斩。那谁敢违令呀?孟强、焦玉早憋了一肚子火。可焦玉不出头,鼓动孟强。孟强是有人装药,他就放炮。回到帅帐之后,孟强“噼里啪啦”全都放出来了:“元帅,打仗哪有这么打的?下的这叫什么令呀?一个也不准胜。这不明明是长西凉兵将的锐气,灭咱们自己的威风吗?头两仗打得‘七吃喀嚓’,这一仗打得‘稀里哗啦’!兵书云,‘气可鼓不可泄。’前边鼓那点儿士气,这一下子全叫你给泄啦!”

呼延庆听了这番话，哈哈大笑，指着孟强说："二弟！就你那两下子还能打仗？那天要不是用诈语，你能打过沙里勇？你还发起火来啦！也不是我揭你短，你们家祖传是拿火葫芦放火，放火也是瞎放，你爷爷到穆柯寨放火，连风向也不管，结果没烧着人家，倒把自己烧得够戗。你呀，也是那个味儿！"

孟强被揭了短，火更大啦："哼！你呀，也就仗着武艺比我强点儿，就傲得不得了，门缝里瞧人——把人看扁啦！"

"说你还不服气？要不就试一试，今晚派你到西凉大营去放放火！"

"你也甭激我，你寻思我不敢去？我要是不把他们烧得焦头烂额，我把脑袋割下来让你当球踢！"

"好！军中无戏言，立军令状。"

"立就立！"

"你带多少人马？"

"哼，带兵马去还算什么本事！我就单人独马。"

"好。"呼延庆命人拿过笔墨铺好纸，孟强唰唰点点地立了军令状，气呼呼地转身走了。

其实，呼延庆命令众将只许败不许胜，一是要探探对方的实力，二是要迷惑一下西凉的兵将。迷惑对方，就是想要智取。因为西凉兵多将广，宋军长途跋涉，攻下木兰关，紧接着又拿下黑虎川，虽然士气高昂，可已是人困马乏，如再接蘼接连剪子口，于军不利。杨文广被困在剪子谷，急需援救。常言道："救兵如救火。"所以呼延庆就采用了奇袭智取之法。这样，才利于再战再捷。原本就打算派孟强去烧敌营。可是，还没等派他呢，他自己先跳出来发开火了。呼延庆一看，干脆来个顺水推舟，激一激他吧！这一激将，孟强立下了军令状，要单人独骑去烧敌营。呼延庆见孟强出帐，大喝一声："焦玉！"

"末将在。"

"你可知罪？"

"末将不知。"

"大胆！明明是你鼓动孟强大闹帅帐，还敢狡辩！"

焦玉让人家揭底儿了，无话可说，只好低头不语，听凭发落。呼延庆怎么知道这事呢？因为在回来的路上，他看见焦玉偷偷地跟孟强嘀嘀咕咕。他进了帅帐，孟强一发火，呼延庆根据这两人的性格，推测是焦玉装药让孟强放。这一问，焦玉耷拉脑袋了，显然，推测对了。于是，又问道："焦玉，你认打认罚？"

"认打怎样？认罚怎说？"

"认打，打你一百军棍，认罚，罚你跟随孟强去火烧敌营。"

焦玉想：打我一百军棍，就得皮开肉绽，那受得了吗？说道："元帅，末将认罚。"

“认罚,你要如此这般……”

“遵命。”

呼延庆又分派呼延守用、洪刚、洪玉,这般如此……命众将吃罢饭后,早些歇息。又传令命四营八哨加强巡逻,严防敌兵偷营。

焦玉来到孟强帐中,看见孟强正在摆弄火葫芦呢。平时打仗,孟强不愿意背火葫芦,一是碍事,二是显着自己没有多大能耐,好像就会放火似的。这回要去放火了,便拿了出来。他看见焦玉进来,问道:“你干什么来啦?”

“二哥,焦不离孟,孟不离焦,这谁不知道呀!你走了以后,我也立下军令状,跟你一块儿去放火!”

“真的?”

“那还能假?这下子就看二哥你的啦!你要放好了,你立大功,二弟我也跟着沾点儿光,你要是放坏了,咱俩是一条绳上的蚂蚱,谁也跑不了,全得脑袋搬家!”

“哦,这么说,这把火定要放好!”

“当然了。依小弟之见,应如此这般……”

“好!就这么干。”

孟强甚为得意,命人摆下酒菜,二人吃喝完毕,各自睡去。

将近三更时分,焦玉来找孟强,二人出帐,带领五百人马,悄悄奔剪子口而去。他们穿的都是西凉兵将的衣服,马也都摘下了銮铃,一个个手持兵刃,背弓带箭,全副武装。快到剪子口了,焦玉和孟强把人马安顿在隐蔽之处,带领五十军卒悄悄向前摸去,他们看好风向,选好了地方,就要准备下手。

这工夫,西凉的巡逻将领过来了。孟强要下令射死他们,焦玉拦住了,附耳对孟强说:“不可。二哥,你就管放火。你听我的,就瞧好吧!”

西凉巡逻的将领,查看一番就走了。又过了一会儿,看营的军卒靠在帐篷上直打瞌睡。熬夜,前半夜好过,到后半夜就难熬了。如今,已近四更,军卒也困了。再者,说是提防宋军偷营,可至今没有一点儿动静,所以也都大意了。焦玉见时机已到,分派仨人一伙去收拾西凉看营的军卒,分出十伙去,剩下二十人待命。焦玉说:“二哥,这回可就看你的啦!”

“你把心放在肚子里吧!”孟强扳鞍纫镫,催马奔营帐而去。他这马的四个蹄子全都用布包上了,跑起来动静不大。附近十个看营的军卒也被收拾了,孟强也开始放火了。他怀抱火葫芦,一按绷簧,“噗!”打出一粒硫磺火药丸,“呼!”一座帐篷着火了。他骑在马上,一边催马,一边紧按绷簧,“噗噗……”,帐篷一座接一座,可就着起火来了。

西凉的军卒发现帐篷着火,大声喊叫:“不好了,起火啦!”

“宋兵来偷营啦!”

孟强闻听敌兵喊叫，他也有心眼儿，一边骑马放火，一边大喊："宋兵来偷营啦！"

孟强穿的是西凉将官的衣服，黑灯瞎火的，他骑在马上跑得挺快，火葫芦放在马鞍轿上，也看不清是什么玩意儿呀！他又一个劲儿喊："宋兵来偷营啦！"以假乱真，西凉的军卒还以为他是自己人呢！这一来，孟强可来劲儿啦！他也不往里去，就在外圈放。不多时，火葫芦里的火药丸都打出去了，便催马跑开。他来到远处一望，西凉连营火光冲天，浓烟滚滚。

这时，呼延守用、洪刚、洪玉各带五百兵马也已来到。这三股兵马都躲在西凉营帐外边的隐蔽之处，也不上去厮杀，只是等待暗放冷箭。

孟强放完火了，跑回来对焦玉说："三弟，走呀！咱们回去交令，喝酒睡觉去！"

焦玉说："二哥，你来！"

"什么事？"

"二哥，此时正是立功之际，咱们还要如此这般。"

"好，就依三弟之见。"

其实，这都是呼延庆的主意。

这工夫，西凉营帐的火越着越大，火借风势，风助火威，越烧越旺。营帐里的兵将慌慌张张往外跑，呼延守用、洪刚、洪玉指挥一千五百军兵齐放暗箭。他们躲在暗处，西凉的兵将却在明处，常言道："明枪易躲，暗箭难防。"顿时，西凉兵将大乱，死的死，伤的伤，你撞我，我拥你，绊倒的，推倒的，"吱吱哇哇"，四处乱叫。

沙密温听说宋兵前来偷营，慌忙之中顶盔挂甲，刚刚上马，只听"嗖"的一声，他一低头，"噗！"盔上的红缨被射了下来。他又急忙从马上下来，气得眼珠子通红，借着火光往外一望，并不见宋军兵将，又急忙下令召集众将。过了半天，众将来到，一个个气得破口大骂宋军，并讨令出战。沙密温不知宋军来了多少兵将。一是因为他在明处，看不见暗处的宋军；二是宋军既不往上冲，又不叫喊，难以判断。于是，他派五员大将带兵冲过去，一是看看到底来了多少宋军；二是开个路好与宋军交战。这五员大将刚一往外冲，嗖，正好遇上一阵乱箭，不是死，就是伤。沙密温见此情景，知道硬往外闯不行，就立即下令调动藤牌手、弓箭手。虽讲是军令如山倒、闻令必行，可时候不对呀！这令一层一层往下传，本来就"哇哇"乱叫，这一传令更乱了，有的连人都不知哪儿去啦！闹腾了半天，才算调来一千五百多人，藤牌手上前挡箭，弓箭手连忙射箭。因为宋兵在暗处，看都看不见，往哪儿射呀？军令已下，还不敢不射，那真是：想往哪儿射就往哪儿射，乱射一个点儿呀！

沙密温见火越烧越大，又急忙下令让兵将救火。

天到蒙蒙亮的时候，呼延守用、洪刚、洪玉，带兵后退，摆开阵势。

沙密温看见宋军不多，已摆开阵势，便带领兵将冲杀过来。他们都急眼了，想把宋军斩尽杀绝。

此时，只听炮声隆隆，銮铃阵阵，只见一队人马浩浩荡荡奔涌而来。为首的不是别人，正是兵马大元帅呼延庆。

沙密温见宋军大队人马赶到，传令摆开阵势之后，问道："何人出马？"

龙天豹应声答道："末将愿往。"说完，拍马出阵。

宋将中也冲出一匹马，来者不是别人，正是呼延明。龙天豹一见呼延明，心中就想：手下败将，昨天未能斩你，让你多活了一日！想罢，举起板门大刀便砍，呼延明挥枪相迎。刀来枪架，枪去刀迎，四条臂膊纵横，八只马蹄交错，大战二十回合，不分胜负。呼延明一变招法，一枪快似一枪，如蛟龙出水，猛虎离山。龙天豹不由心中着急，暗自说道：哎呀，昨天与他交手，打过二十回合，他便气喘吁吁；今天，他不但不喘，反倒快起来了！怎么在一夜之间，武艺就大长啦？又打了五个回合，龙天豹的刀法散乱，呼延明已占了上风。

龙天彪一见哥哥只有招架之功，没有还手之力，连忙讨令催马上阵。这时，宋营中也飞出一匹战马，上前拦住龙天彪。来者正是卢凤英。龙天彪喝道："我哥哥昨日未能结果你的性命，待我今日取下你的首级。看枪！"

卢凤英也不搭言，挥刀架开。二人战不多时，卢凤英突然刀法变快，搂头盖顶向龙天彪砍去。龙天彪抬枪刚要往外磕，卢凤英立即抽刀变为横劈腋下，龙天彪急忙变招想要抵挡，这时，卢凤英又一变招，"唰！"这刀又由下往上斜着砍去了。这是卢凤英的一个绝招，叫"绝命取魂刀"。这招全凭着眼疾手快，刀刀奔要害，快似闪电，难防难测。龙天彪取胜心切，也没把卢凤英放在眼里，卢凤英突然使出这一绝招，他可就防不住了。"唰！""喀嚓！"从他左肋到右肩，斜着给劈开了，死尸跌于马下。

龙天豹那儿也招架不住了。呼延明端枪虚晃一招，龙天豹信以为真，急忙去防。呼延明一抖枪，一枪刺向咽喉，龙天豹再想防可就来不及了，要闪也闪不开了，大喊一声，"不好！"立时气绝身亡。

沙密温见此情景，气得"哇哇"直叫，正要派将出马，只听后面喊杀之声震耳欲聋。回头一看，阵后大乱。

怎么回事儿呢？原来，呼延庆用激将法派孟强前去偷营放火又命焦玉助他一臂之力，并在暗中指挥于他。孟强放完火，以为大事完毕，想回营交令喝酒去；可焦玉把他叫住了，说立大功的机会来了，应当隐蔽起来，看准机会冲进敌营，奔向剪子谷，解救杨文广。孟强一听，连声称赞。这样，两个人带着五百兵马就藏在一边了。西凉营里大乱时，孟强就要冲杀出去。焦玉把他给拦住了，说："二哥休要莽撞，不可硬拼。西凉兵将众多，要和咱们以死相拼，咱们不得吃亏吗？等着吧，只有乘虚而入，才能大功告成。"

等到沙密温在慌乱之际调集兵将之时，焦玉说时机到了，便带兵从侧面偷偷摸进去了。进去之后也不厮杀，只是急急忙忙奔向剪子口。孟强、焦玉和手下兵卒都是西凉打扮。西凉兵将混作一团，也没人过问他们。

孟强、焦玉率兵快到剪子谷时，发现此处井然有序，西凉两员大将正指挥手下众兵，往里面射箭呢。

书中交待：西凉守谷口这两员大将是哈里丹、哈里黑，这哥儿俩轮换着当班，并把手下兵将分成十二队，一个时辰换一拨儿，日夜不断，风雨不误。今天，大火烧到这儿的时候，哈里丹、哈里黑集中了两千兵，箭上弓弦，严阵以待，防备谷里的宋军往外冲杀。同时，派出余下的兵将去救火。所以，谷口这儿一点儿没乱。

剪子谷里，被困的宋军粮草只够两天吃用的了。杨文广被困之后，曾三次率兵突围，但都未成功。近半个月也没有再突围，他们倒不是要等死，是想积蓄力量，找适当时机再最后拼一次。杨文广还真没指望来救兵。他知道宋仁宗昏庸无道，是非不分，忠奸不辨，奸贼庞文居心叵测，图谋不轨，能发救兵来吗？再者，杨文广也不知道刘正向京城发出家救折报一事。当他听到禀报说谷口外敌营起火时，摸不清是怎么回事。他带领几位战将登上高处一望，见火势很大，与众将一合计，不管是不是来救兵，敌营起火必定大乱，正是突围的好时机，便急忙召集众兵，下令悄悄奔往谷口。可是，谷口狭窄，西凉的兵将严阵以待，发现宋军之后又连连射箭，已将谷口封住。杨文广又下令，藤牌手与弓箭手配合向谷口推进。

正在这时候，孟强、焦玉带兵来了。焦玉心眼多，告诉孟强不能声张，先悄悄地杀。孟强说："三弟，你说怎么杀就怎么杀，反正怎么都得杀！"

焦玉悄悄下令，让每人箭上弦，等他一放箭就开始射。焦玉从袋内取弓，壶中抽箭，左手如托泰山，右手似抱婴儿，弓开如圆月，箭出似流星，"嗖！"一箭射中了哈里丹的后心，哈里丹大叫一声，跌落马下。哈里黑听到哥哥大叫一声，回头一看，"嗖！"焦玉的第二支箭又到了，"噗！"正中咽喉，"扑通！"哈里黑又跌下马去。这工夫，五百名宋兵的箭早就射出了，"嗖嗖……"连射不停。西凉兵卒正往前边射得来劲呢，突然，不少人身后中箭。他们回头一看，还像是自己一伙的。有个大个子喊："你们往哪儿射，乱射什么？"

刚喊完，"噗！"中了一箭，也被射死了。等这些人醒过腔来，晚了！毫无办法，他们顾前顾不了后，顾后顾不了前，两个主将一个奄奄一息，一个命丧黄泉，没人指挥，顿时大乱。

这时，杨文广趁机率兵冲了过来。焦玉一声令下，冲杀过去。孟强挥动大斧，连杀带砍。这下子可苦了西凉兵卒了，他们你拥我挤，连喊带叫，哈里丹也被逃跑的兵卒给踩死了。

孟强边杀边喊："文广大哥，孟强来也！"

杨文广虽然带兵往外打,但他也纳闷:怎么西凉兵将自己杀自己呢?听孟强一喊,立刻明白了,不由心中大喜,一抖长枪,“噗!噗!噗!”杀了出来。杨文广、孟强、焦玉兵合一处,士气大振。杨文广一问,知道是呼延庆率兵来了,更是高兴,也顾不得细说,他们仨一合计,来个“虎腹掏心”,往外冲杀起来。

正在这时,拥来一队西凉兵将。为首一员战将,身强体壮,相貌凶恶,手挥狼牙棒,坐骑胭脂马,拦住去路,大喝一声:“尔等休想逃走,拿命来!”

欲知后事如何,且听下回分解。

第十七回 卢凤英舍己擒凉王 呼家将为国除奸党

杨文广、孟强、焦玉带兵正在冲杀,忽被一队西凉兵马拦住。来者不是别人,正是依智广。依智广带有两万兵马,驻扎在白龙山。剪子口营帐的火着大了,依智广才知道信儿,但不知这火因何而起,便派探子前去探看。探子回来说是宋军偷营,他这才点兵派将,率领一万兵马奔剪子口而来。他看见杨文广,便斜插过来拦住。焦玉一看,不好!因为杨文广的兵,除去战死的、病死的、受伤的,只剩下三千来人。加上自己带的五百兵,也是敌众我寡呀。于是,就让孟强领五百兵,去抄沙密温的后路。他想:敌营一乱,呼延庆率大兵杀过来就好了。

孟强带五百军兵匆匆离开。依智广也摸不着头脑,这队兵马怎么跑了呢?为啥不打宋军呢?由于孟强这五百兵将都还穿着西凉兵将的衣服,所以他感到莫名其妙。焦玉脱下西凉衣服,催马迎住依智广,战了起来。

孟强带兵跑出一段路,就杀开了。开始还悄悄地杀,过一阵就大喊大叫地杀了起来,为的是造声势、壮军威。

沙密温回头一看,后边乱了,知道不妙。打仗就怕两头夹攻呀!他想派两员大将到后边去迎击,还没等下令呢,呼延庆趁机带领众将就杀上来了。

西凉兵将一看,今天与昨天大不一样:龙天豹、龙天彪这两员大将都死了,前边冲上来了,后边也杀上来了。于是,都急忙奔逃。沙密温见此情景,无心再战,也急忙拨马逃跑。

孟强抡起长把斧子杀了个一溜胡同,他见到呼延庆大喊:“大哥,文广兄正在交战，快去救援！”

呼延庆说：“二弟，前边带路。”

孟强调转马头，头前带路，呼延庆率领众将蜂拥而上。

依智广兵多将多，把杨文广、焦玉及众兵将围在当中，双方正在拼力厮杀。呼延庆、呼延明、洪刚、洪玉、鲁月、鲁星等人来势凶猛，杀上前去。依智广见势不妙，只好下令且战且退。沙密温败逃下来，看见依智广也在率兵步步后退，自己不愿再战，便命令弓箭手准备，又传令鸣金收兵。

呼延庆见已救出杨文广，也就鸣金收兵了。杨文广见到呼延庆，热泪直流，说道：“如果没有你们搭救，我也就和老令公死在两狼山一样，被困死剪子谷啦！”

呼延庆说：“文广兄，小弟要没有你搭救，也早就死在庞文老贼之手啦！”

杨文广又拜见了呼延守用，随后，又一一见过众将。一路上，杨文广与众将说说唠唠回到大营。呼延庆下令大摆酒宴，三军开怀痛饮。呼延庆指派众将轮流巡哨，严防敌兵偷营。歇兵三日，受伤的兵将也都送回木兰关养伤。呼延庆要把帅位让给杨文广，杨文广说：“此事万万不可！你用兵如神，连连大捷，西凉皆知你的威名。愚兄才疏学浅，再者对众将也不熟悉。要是叫愚兄为帅，愚兄只好回汴梁了。”

这话都说到家了，呼延庆只好不再推让，下令起营，大军来到剪子口，安营扎寨。

剪子口死的西凉兵将已由沙密温派人埋好。他的五万兵马，让火烧死、被箭射死、被杀死的计三万有余，伤的不到一万，只剩下了一万兵马，与依智广的两万兵马合起来，仍有三万。剪子口一战，沙密温才知道宋军之中有能人，可是，他还不服气。依智广也给他打气说：“胜败乃兵家常事，元帅重振军威，定能打败宋军！”

沙密温见依智广没责怪，更来精神了，要与宋军决一死战。他正同依智广谈论出战之事，探马来报：“元帅，宋军已在剪子口扎下营寨。”

沙密温打算点五千人马前去讨阵，依智广说：“正合孤意，一同前往。”

他们俩一唱一和，带领兵将，直奔剪子口。

呼延庆得知西凉兵将前来讨阵，便点齐三千人马，带众将出营。“咚！咚！咚！”三声炮响，宋军鱼贯而出，摆开了一字长蛇阵。呼延庆说：“敌将讨阵，何人出战？”

话语未了，鲁星答道：“元帅，末将愿往。”说完，催马上阵。

鲁星勒马观看，只见对面一员西凉大将：头顶金盔戴雉鸡翎，身穿金甲搭狐狸尾，灰面浓眉，虎目圆睁，塌鼻子，大嘴岔，一脸横肉，杀气腾腾，手端两刃刀，坐骑青鬃兽。鲁星看罢，高声断喝：“来将通名！”

“我乃西凉兵马大元帅沙密温是也！”

那位问了：沙密温怎么出来打头阵了呢？沙密温心想：头仗胜，士气盛；头阵败，士气衰。再说，剪子口一仗打得丢人哪！今天我亲自出马斩两个宋将，往回找找面子吧！所以，沙密温亲自来讨阵。

二人通报姓名之后，沙密温挥刀砍来，鲁星举起狼牙棒一架，不由得“哎哟”一声，震得两膀发麻。鲁星知道自己的力量不如人家，只好多加提防，尽量不拼力气。这一来，他可就被动了。

常言道：“行家瞅一瞅，便知有没有。”呼延庆一看鲁星不是人家的对手，忙说：“哪位前去接应鲁将军？”

“末将愿往。”答话的正是卢凤英。她催动桃花马，手握绣绒刀，冲上阵去，喊道：“鲁将军暂且退下，待我战他。”

鲁星自知不行，便圈马回归本队。

这时，西凉军中也冲出一匹马来。谁呀？依智广。这小子一看上来一员女将，顿生邪念，手提狼牙棒催马上阵，高声喊道：“元帅暂且退下，待孤家来擒她！”

沙密温本想斩几个宋将抖抖威风，没料到依智广上来了。依智广是千岁，他要出战，沙密温敢让他回去吗？只好说：“千岁多加小心。”便回了本队。

依智广上阵勒马，不由瞪圆两眼，仔细打量来将！

依智广瞪圆两只小眼睛，
细打量宋营女英雄。
看年纪不过十七八岁，
英姿勃勃好威风。
七星花凤翅金盔头上戴，
脑后飘着雉鸡花翎，
茉莉花巧挽盘龙髻，
鬓边斜插海棠花红，
元宝花的耳朵桃花面，
灯笼花的耳环黄澄澄，
柳叶花的弯眉长又细，
葡萄花的杏眼水灵灵。
悬胆花鼻子樱桃花的嘴，
玉米花银牙口内盛，
十指弯弯好像晚香花放，
藕棒花的手腕白生生。
身披胡椒花连环甲，
八宝花战袍绣得精，
水仙花的裤腿蛇皮带，
辣椒花靴子脚上蹬，

色木花的鞍韂铁木花的镫，
五色花的笼头奔拉花的鬃，
一匹穿山跳涧能征惯战的桃花马骑胯下，
一口青光闪闪夺人二目的绣绒花大刀握手中。
侬智广看罢心暗想：
真是个天上难找、地上难寻的美花容。
都说中原出美女，
名不虚传是真情。
我要和她成婚配，
也算不白到人世走一程！
这小子想罢嘿嘿笑，
龇牙咧嘴话出声：
“似小姐这样倾城貌，
沙场征战不相应！
要是刀枪碰着你，
怎不叫千岁我心疼？”
卢小姐听罢柳眉竖，
杏眼圆睁怒冲冲：
“狗嘴岂能把象牙吐？
你这恶贯满盈的害人精！
你也不称四两棉花访(纺)一访(纺)，
姑娘我岂是省油灯？
今天要是叫你逃出手，
从此我不叫卢凤英！”
卢小姐说着恼来道着怒，
绣绒大刀手中擎，
立劈华山砍下去，
侬智广带马闪开笑了几声：
“哈哈哈，今天我要不擒住你，
从此不进八宝珍珠城！”
说着抡起狼牙棒，
搂头砸向卢凤英。
卢凤英连忙把刀举，
两臂用力往上迎。

棒打刀迎走南北，
刀劈棒磕转西东。
“嗖嗖嗖”，刀来刀去寒光闪，
“呜呜呜”，棒来棒去带响声。
侬智广棒有三路左右打，
卢凤英刀有三路左右封。
侬智广棒变六路有真假，
卢凤英刀变六路辨得清。
侬智广棒分九路似闪电，
卢凤英刀分九路疾如风。
侬智广棒棒紧攻露绝技，
卢凤英刀刀巧战显奇能。
四只臂膀空中舞，
八个兽蹄地上蹬。
两边兵士喊又叫，
双方战鼓响连声。
二人大战三十趟，
难分谁输与谁赢。
卢凤英渐渐刀法慢，
侬智广暗自喜盈盈：
“这真是该着我走桃花运，
眼看她就要落到我手中！”
卢凤英此时败下阵，
侬智广紧追不放松：
“我看你往哪里去？
要想逃跑可不行。
上天追到你灵霄殿，
入地追到你水晶宫！”
这小子连喊带叫正得意，
猛然间眼前闪出一道虹。
“哎呀不好”喊出口，
紧接就听“扑通通”，
只见地上砸了个坑，
转眼之间一命终！

依智广看见卢凤英败下阵去，便催马紧追。其实，卢凤英并非真败，打算以巧取胜。她左手提刀，右手从囊中取出了红罗套绳，回头一看，见依智广追到近前，一抖手，“嗖！”这红罗套绳就出去了。依智广突然发现眼前闪出一道红光，想躲可来不及了，“唰！”正好套在脖子上，不由大喊一声：“哎呀，不好！”卢凤英猛地一拽，把依智广从马上拽了下来，“扑通！”大头朝地，把地砸了个坑，立时昏过去了。卢凤英转身挥刀，结果了他的性命。

沙密温见依智广死了，火从心头起，怒向胆边生，手端两刃大刀，催动青鬃兽，如同恶狼一般，冲上阵来。

呼延庆见沙密温重又上阵，也没派将，自己催马迎上前去。卢凤英斩了依智广，见呼延庆出阵，便圈马回归本队。

沙密温上下打量来将：只见他面如锅底，五官端正，两道九卷狮子眉斜插入鬓，一双大眼目光灼人，狮子鼻，火盆口，肩宽背厚，膀奓腰圆，头戴帅子金盔，红缨罩顶，脑后有八杆护背旗，掐金边，走金线，上绣“旗开得胜，马到成功”八个醒目大字，身披锁子连环银叶甲，胸前护心宝镜光亮夺目，内衬皂罗袍，腰挎三尺剑，两扇征裙分左右，大红中衣遮住身，足登一双虎头战靴，手握一对虎尾钢鞭，坐骑一匹乌龙追风驹，这匹马长有丈二，高有八尺。嚄，这员将官浑身上下，白的白似雪，黑的黑如墨，亮的亮如银，红的红似火，那真是庙里撞钟——精（惊）神哪！

有人说了：呼延庆原来也不是这身打扮呀！是啊，原来他不是元帅嘛！自从当了元帅之后，就是这身打扮了。

沙密温看罢呼延庆，暗赞：真是员好将！大声喝道：“来将通名！”

“我乃大宋兵马二路大元帅呼延庆是也。”

“你可是呼延丕显之后？”

“正是。”

沙密温听罢此言，不由瞪着大眼又将呼延庆打量一番。想当年，呼延丕显驰骋疆场，南征北战，东挡西杀，威震天下，谁人不知？沙密温暗自琢磨：真是将门出虎子。呼延庆果然不凡，原来就是他率领兵将攻下木兰关、打过黑虎川、火烧剪子口，把我弄得狼狈不堪呀！看来，不大好对付呀！我先戳戳他的伤疤，劝劝他，降了更好，不降再战。想到此处，故意长长叹了口气：“嗐，提起双王呼延丕显，无人不知，无人不晓。他南征北战，东挡西杀，渴饮刀头血，困睡马鞍旁，为保宋室江山，舍死忘生，忠心耿耿，可谓擎天白玉柱，架海紫金梁！可那宋主昏庸无道，黑白不辨，将双王抄斩，可怜双王死得好惨呀！谁料会落到如此下场呢？元帅身为双王之后，为何不报仇，反而扶保昏君？我西凉发兵中原，就是要讨伐昏君，为你们呼家报仇雪恨。只因朝中没有良将，昏君才花言巧语哄骗于你。你要是战死疆场，昏君除去一块心病；你要平安回京，昏君定然加害于你。你怎能再走前车之辙呢？我西凉君主开明贤达,莫如你和我兵合一处,攻进汴梁,抓住昏君,报仇雪恨。到那时,我保你高官得做,骏马得骑。那真是享不尽的荣华,受不尽的富贵呀!”

沙密温这番话,还真戳到呼延庆的痛处了。提起祖父屈死、呼家满门被斩,呼延庆能不伤心吗?虽然伤心,可他心里有数。哪是里、哪是外,哪是大、哪是小,他分得一清二楚。呼延庆不由冷笑一声:“哈哈哈……”

这一笑,沙密温感到莫名其妙,问道:“元帅,笑从何来?”

“沙密温,我笑你把我当成了三岁的孩童!”

“此话怎讲?”

“你说你兵发中原,是要讨伐昏君、为我呼家报仇?”

“对呀!”

“那你们为何欺男霸女、杀老宰小、抢我财富、辱我百姓?”

“这……”

“哼!明明是夺我疆土,犯我山河,意欲称霸中原!呸!真乃可恶之极!”

沙密温闻听此言,恼羞成怒,大叫一声,“你个不知好歹的狂徒,我叫你死无葬身之地!”说着,举刀砍来。

呼延庆挥鞭相迎,“当啷”一声,两个人都觉得对方力气挺大。

要论武艺,沙密温是西凉头一把交椅;要论打暗器,依智高是头一把交椅,他的五毒鸳鸯神飞叉打出去百发百中,叉尖都喂上了毒药,打在身上,少则三天,多则五日,必定身亡。后来,在八宝珍珠城下伤了三员宋将。这是后话,暂且不题。

沙密温膂力过人,与呼延庆不相上下,所以都觉得对方力气挺大。这两位元帅交手,可有热闹看了:一个刀猛马勇,一个鞭疾马快。那真是针尖对麦芒,各不相让!有赞为证:

你砍他磕,
好像飞梭,
抖擞精神,
各走行门,
刀来鞭往,
“叮当”直响,
暗自用力,
各显绝技;
鞭光刀影,
又疾又猛,
你争他斗,
滴水不漏;

招法变换，
快似闪电；
佯击实打，
真真假假，
眼疾手快，
令人惊骇，
人欢马叫，
山呼海啸！

这二人可真是棋逢对手、将遇良才，杀得难解难分。两边紧催战鼓，响如爆豆一般，大小三军都为自家元帅呐喊助威。呼延庆称赞沙密温武艺高强，不愧是率兵领将的元帅。沙密温也暗自夸赞：呼延庆鞭法超群，变幻莫测，怪不得小小年纪挂印为帅！幸亏本帅战他，别的战将遇上他，早就做鞭下之鬼啦！我想赢他势比登天还难，莫不如用飞砂伤他！想到此处，"嗖嗖嗖"，连砍三刀，拨马败走。呼延庆不愧受过高人指点、名人传授，见沙密温假败而走，就知道他要耍花招、使暗器，早有了防备。

沙密温见呼延庆追来，十分高兴。他左手握刀，忙伸右手入囊，去掏铁砂子。这铁砂子有黄豆粒大小，他打得又快、又准、又狠，专打面门。你想要闪躲或用兵器挡？没门儿！因为他出去不是一条线，而是一大片。磕挡只能挡住一部分，闪躲也只能躲过一部分，其余那些铁砂子打在脸上，那能有好吗？

有人问了：他打上呼延庆了吗？没有。呼延庆那真是眼观六路，耳听八方，胆大心细，遇事不慌。他看见沙密温鬼鬼祟祟去掏东西，虽然不知是铁砂子，但断定是暗器。心想：好小子，你跟我来暗的，我跟你来明的，看咱俩谁快？想到此处，一抖左手，"刷！"把一把虎尾钢鞭打过去了。这叫飞鞭，也叫撒手鞭，这是呼延庆的一绝。他扔出鞭后，只听"叭！"这鞭正打在沙密温的后心上，那鞭好几十斤重呢，打上能有好吗？"哎呀！"沙密温大叫一声，吐出一口血来。

呼延庆飞马探身，右手抡鞭又打了过去。只听"喀嚓"一声，又打在沙密温的后心上。"扑通！"沙密温跌于马下。他都死了，那右手还插在囊里，铁砂子还没掏出来呢！

常言说："人无头不走，鸟无头不飞；树倒猢狲散，无帅兵将乱。"依智广死了，沙密温又亡了，西凉兵将立时大乱。呼延庆拾起虎尾鞭，一声令下，众将率兵杀向敌群。西凉兵将哪里还敢迎战呢？那真是：一个鸭子加俩鸭子——撒（仨）鸭子啦！恨只恨少长了两条腿，巴不得肋下生双翅！呼延庆率兵将杀进敌群，如入无人之境。

这一仗，西凉兵马死伤过半。剩下一万多兵将，奔向八宝珍珠城。

西凉王依智高闻听此事，大惊失色，痛骂庞文："这老儿说朝中已无良将，原来是欺骗寡人。若真无良将，怎能将我十万大兵打得落花流水？”他忙召集文武群臣，商议返兵良策，不表。

这一天，侬智高闻报：宋军兵临城下。他立即传令，点五千兵马出城。侬智高为什么这么急呢？他与众臣商议好了，要采取“一诱二打”之策，快刀斩乱麻，成败在此一举。何谓“一诱二打”呢？后文自有交待。

西凉兵马摆开阵势，侬智高亲自出马，要宋军元帅呼延庆搭话。呼延庆心想：好一个侬智高呀！你趁我三军长途跋涉，人困马乏之机前来讨阵，想占便宜？真是白日做梦！想到此处，便带领三千兵将，上阵迎敌。呼延庆催马来到阵前，只见对面马上端坐一人：金盔头上顶，金甲身上披，金鱼眼睛蛤蟆嘴，脸色青里透瓦灰，冷眼一看像恶鬼。呼延庆看罢，大喝一声：“你是何人？”

“西凉王侬智高是也。你可是呼延庆将军吗？”

“正是。”

“久闻将军大名，如雷贯耳。今日一见，三生有幸。”

呼延庆心想：这小子葫芦里卖的什么药？我先不答言，听他还说啥。

“将军祖辈扶保宋室江山，立下汗马功劳。不料，竟被无道昏君以欺君之罪而斩杀，打入肉丘坟。天不灭呼，才有将军出世。将军身为奇男子大丈夫，怎么不报此血海深仇呢？本王自知弟侬智广、元帅沙密温乃鲁莽之徒、无能之辈，也是命该如此，才死于将军的鞭下。本王并不记恨此事，想与将军结为永世之好，共同发兵汴梁，推倒宋室江山，你我平分天下。如此一来，你既报了家仇，又登了九五之尊，岂不美哉？”

那位问了：侬智高真要与呼延庆结为永世之好吗？刚才说了，侬智高采用了“一诱二打”之策，这是引诱。他想：呼家将如此厉害，要先避开锋芒，引诱呼家将，与他们合兵。等推倒宋室江山之后，再用计除掉呼家，便可一举天下。

呼延庆听了侬智高这番话，厉声喝道：“住口！你兴兵践踏我河山，屠杀我百姓，抢掠我财富，罪大恶极，天理不容！你如今已走投无路，又使此伎俩，岂能得逞？如投降还则罢了，如若不降，定杀你个落花流水！”

侬智高一听这口气，知道“一诱”不成，只有“二打”了。这“二打”就是趁宋军人困马乏之时出战。侬智高怒喝一声：“你既不听良言相劝，那就撒马过来一战！”

呼延庆刚要催马去战侬智高，身后飞来一匹马，马上来将喊道：“元帅暂且退下，待愚兄战他！”来将不是别人，正是杨文广。

呼延庆嘱咐杨文广多加小心，便回归本队。侬智高和杨文广报过姓名，杀在一处。侬智高手使烈焰叉，力大又快，杨文广抖起银枪，枪疾多变。二人打了三十个回合，侬智高一见难以取胜，败马便跑。杨文广催马刚一追，只见侬智高回头一抖手，两道寒光奔来。杨文广急忙闪身，一道寒光从身边飞过，另一道光落在肩上，只觉得像挨了锥子扎一般,顿时感到麻木,自知不好,连忙带马败回本队。依智高并不追赶。杨文广跑回队来,枪也松手了,人也从马上掉下来了。呼延庆急忙命人将杨文广抬回大营,速请军医医治。

这工夫,依智高得意洋洋又在讨阵。孟强催马就上去了。刚才,孟强看见依智高用暗器伤了杨文广,心想,你不用猖狂,我放火烧你!

如今,孟强和以前不大相同了。以前,他不背火葫芦,怕人家说他没有真本事,就会放火。自从剪子口放火烧敌营,又解救了杨文广,元帅呼延庆给他记了两大功之后,他琢磨:我的功是怎么立的呀?不就是这火葫芦吗?再说,西凉这些将专好打暗器,我没暗器,可有火葫芦呀!就这样,他把火葫芦整天背在身上。

孟强上前报罢姓名,抡斧就砍。他一上来就把看家本事使出来了,一斧子接一斧子,连砍带剁,把依智高打得是丈二和尚——摸不着头脑啦!他心想:此将甚猛,不宜久战,我还是用五毒鸳鸯神飞叉结果他的性命吧!依智高刚打了十来个回合就拨马败下,想打暗器。

孟强心想:哦,你又要打暗器?那我也不客气啦!于是,孟强一边追着,一边就把火葫芦拽到胸前。依智高回过头来,一抖手,就要甩出飞叉。哎,也就在这一刹那,孟强一按绷簧,打出了硫磺火药丸。这一来,两厢都打中了:孟强右肩觉得麻木,依智高身上也着了火。两个人都急了,连忙往本队跑去。孟强快到本队时,掉下马来。依智高快到本队时,跳下马来,倒在地上打滚,把火扑灭了。虽然没烧伤,可也够狼狈的了。于是,下令鸣金收兵。

呼延庆急忙派人将孟强也抬入大帐。军中几个大夫也都蒙了,只知道伤处有毒,不知是什么毒。他们只好合计着下药,试探着医治。杨文广还昏迷不醒呢,又来了一个孟强,能不着急吗?几位大夫见了元帅,不敢隐瞒,只好如实细说。呼延庆也毫无办法,回到帅帐,召集众将,让他们献方献策。大家也都大眼儿瞪小眼儿,心急火燎,愁眉不展。过了半天,呼延守用说:"我流落在外,寻师学艺时,听一位师父说过,有一种暗器叫鸳鸯叉,甩出来是一对,专打对方两肩。你若往左闪,只能闪过一把,那一把便打在右肩上,若往右闪,闪开一把,那一把打在左肩上,百发百中。依智高这叉就是鸳鸯叉,他又喂上毒药,喂的什么毒药,只有他知道。所以,只有抓住依智高,杨元帅和孟将军才能得救。"

大家觉得理是这么个理,可是怎么能抓住依智高呢?依智高诡计多端,跟他一打,他就用飞叉伤人。你要假败,他在后面甩飞叉怎么办?谁都看得清清楚楚,他甩完飞叉,并不追赶。他不追赶,你用什么办法擒他呀?众人正在为难之际,卢凤英开口说道:"依我之见,依智高并不是不可擒。"

大家闻听此言,顿时精神起来了,不约而同地问道:"如何擒他?"

"今日交战,孟将军与依智高同时打出暗器,两败俱伤。我想,明日交战,我出马战他。他用飞刀，我用红罗套绳。他伤了我，我也能套住他。如若我们事先准备好，就可冲上前去，将他擒住。”

这的确是个办法。可是，卢小姐也得受伤呀！再说，要是套不住依智高，不是又白白搭上一个卢小姐吗？所以，虽然是个办法，可这也太冒险了。卢凤英看出大伙的意思，又说：“常言道，‘舍不得孩子套不住狼。’元帅，莫要犹豫，我定能擒住依智高，解救杨元帅和孟将军！”

呼延庆见卢凤英不顾生死，以大局为重，他心潮翻滚，很是钦佩，胸中有千言万语，却只说了一句：“事到如今，只好如此。”

简短截说。第二天两军对阵，依智高端叉出马，卢凤英提刀迎敌，二人通罢名姓，厮杀起来。宋将这边一个个早都准备好了，呼延明、焦玉、鲁月、鲁星准备去抓依智高；呼延守用、洪刚、洪玉、贾飞虎等准备去迎战西凉兵将；呼延庆准备去抢救卢凤英。怎么他去呢？他派谁去谁不去，大家都说这事他办为好。

宋营众将个个抻着脖子瞪着眼，又着急，又担心，生怕卢凤英套不住依智高。卢凤英也暗暗使上劲儿了，拼力砍杀。开始依智高看不起卢凤英，以为一个女将能有多大本事？打了十几个回合，便暗自佩服了：哎呀！宋朝真有能将，连女子都这么厉害！我快用飞叉伤她吧！想罢，虚晃一叉，拨马败走。卢凤英一边追赶，一边取出红罗套绳。说时迟，那时快，依智高的飞叉出手了，卢凤英的红罗套绳也到了，套绳套在依智高的脖子上了，飞叉也打在卢凤英的左肩上了。卢凤英觉得左肩麻木，她咬紧牙关，右手往后一拽，依智高跌下马来。

这工夫，宋将疾似离弦之箭，“嗖！嗖！嗖！”都冲上去了。呼延明、焦玉、鲁月、鲁星上去就把依智高给抓起来了。卢凤英紧咬牙关硬挺着，她见抓住了依智高，身子一晃，就要栽下马去。这时，呼延庆催马上前接住，将她搭在马上，回归本队。

西凉兵将没准备，看到依智高被套住拽下马来，才想去救，可是，来不及了，呼延守用等将上前将他们拦住了。西凉为首大将正是依智高的干儿子花斑豹，花斑豹想要交手，呼延守用大喊一声：“呔！依智高已束手就擒，尔等若再动手，就将他斩首示众！”

这话真管用，花斑豹等站在那儿都不敢上前了。不大工夫，就听有人喊：“我儿花斑豹过来答话。”

花斑豹听出这是依智高的声音，抬头一看，不远处，依智高已被绑上双臂，由四名军兵押着，站在地上，前后左右都是宋将，便将兵刃挂在得胜钩上，催马上前。花斑豹走到离依智高还有两丈多远的时候，焦玉大喝一声：“站住。”

花斑豹急忙勒住马跳下来，跪倒在地，叩头参拜：“父王在上，不知有何指派？”

依智高叹了一口气，说道：“你快去将为父的五毒鸯鸳神飞叉的解药取来。”

“遵命。”花斑豹上马飞驰而去。不多时将药拿来，焦玉接过。依智高又说：“你率领兵将回城待命,不得出兵。”

“遵命。”花斑豹上马,率领众兵将回城。

呼延庆与众兵将回营,将依智高押往大帐。军中大夫按依智高所说,给杨文广、孟强、卢凤英用上解药,不到一个时辰,三人就苏醒过来,呼延庆与众人才松了一口气。用过晚膳,呼延庆传下一道令:“四营八哨增哨加岗,并派众将轮流巡营查哨,严防敌兵偷营。”安排完毕,呼延庆端坐帅位,开始审问依智高:“你为何兴兵犯我中原?”

“嗐,都是那庞文老贼,他说朝中已无良将,让我兵发汴梁,与我里应外合,等推倒宋室江山,他与我平分天下。”

“庞文怎么同你讲的这些话?有何为证?”

“庞文亲自派庞龙下书。现有他的亲笔书信为证。”依智高又把细情说了一遍。

第二日,呼延庆率领兵将押着依智高进城。依智高写下降书顺表,并交出庞文给他的书信。呼延庆在八宝珍珠城并未停留,押解依智高,率领大军往回赶。

这天,行至离木兰关还有三十里时,探子来报:“启禀元帅,大事不好,官兵正在木兰关东门讨阵!”

呼延庆闻听,大吃一惊。他心想:木兰关已收复,何人又带领官兵前去围困?呼延庆感到莫名其妙,又往前走了二十里路,下令安营扎寨。派人与齐方联系,定下第二日迎敌。呼延庆带领呼延明、焦玉、鲁月、鲁星等大将率五千精兵去木兰关,留下杨文广、呼延守用、孟强、卢凤英、洪刚、洪玉等兵将守营。孟强说自己伤势已好,非要前去不可,焦玉、杨文广等又给他说情,呼延庆只好答应。安排妥当后,呼延庆带领兵将,奔向木兰关。

书中暗表:呼延庆离开汴梁之后,庞文来到宫中又密奏了一本:说呼家将兵马粮草不足,到那儿再被困住就难办了。莫不如派黄文炳、庞龙、庞虎率兵押粮前往,一举打退西凉兵马。但此事不得兴师动众,只能暗中相帮。所以,不能在京城调兵马,宜在沿途各处调兵。

宋仁宗当即准奏,刷下一道圣旨。老贼庞文这回可高兴了。原来,他在前几年就派自己的一个远房侄子庞雕到离木兰关三百里的卧龙山招兵买马,一旦有个风吹草动,便利用这支兵马行事。据庞雕说,现如今已有三万兵马。老贼庞文想让黄文炳、庞龙、庞虎在沿途调集两万兵马与庞雕的三万兵马合在一处,去抄呼家将的后路,与西凉兵马前后夹攻,把呼家将置于死地。庞文叫来黄文炳、庞龙、庞虎说明此事,这仨小子连声称赞,满心高兴地带着圣旨离开京城。一路上,这仨小子合计,调两万兵马干什么?反正庞雕那儿有三万了,再调一万就行了,剩那一万的粮饷仨人分了吧!他们也不着急,一路上尽情寻欢作乐,吃喝嫖赌,敲诈勒索。等吃喝玩乐够了,搂足腰包了,才又往前走。他们仨为啥不着急呢?这仨小子想:依智高、呼延庆你们两家就打吧！让你们损兵折将，两败俱伤，等到最后我们再收拾你们！因此，一点儿也不着急，等调了一万兵马来到卧龙山的时候，这仨小子有点慌神了。为什么呢？原来，庞雕手下的兵将还不到五千。他为什么谎报说有三万呢？因为庞文暗中给他拨军饷，他多报人头多领军饷，多余的揣入私囊。这仨小子问他为什么才这么点儿人马，他振振有词、摇头晃脑地说："前些日子把三万兵马整顿了一番，酒囊饭袋之徒全往回打发，打发走了两万五。常言说：'兵不在多，而在于精；将不在勇，而在于谋。'兵多行动不便，我这五千加上你们那一万，足矣！你们瞧好吧，准保马到成功！"

这仨小子又说呼延庆如何如何厉害，庞雕听罢，哈哈一阵狂笑："呼延庆？我知道。他师父是我师弟，呼延庆见了我得叫师大爷。他那三招两式，马尾穿豆腐——提不起来！因为他遇上的都是酒囊饭袋，就像鸡群里出来头羊，所以显出高来了！他若遇上我，哼，就凭我的坐下追风驹，掌中青龙刀，取他的脑袋，如同探囊取物！"

庞雕这一通吹，把这仨小子真给吹蒙了。他们在山上又玩了半个月，才兵发木兰关，离木兰关五里，安营扎寨，歇兵三日，庞雕出马叫阵。

镇守木兰关的齐方、呼延守信闻报之后，呼延守信要出马迎敌，齐方说："敌众我寡，不可拼杀。万一此关失陷，再去劫我大军的后路，如何收拾？莫如闭门不战，寻个机会，偷营劫寨，杀他个措手不及。"于是，他们闭门不战。

这一来，庞雕更有吹的了："我一报名，那些鼠辈则闻风丧胆，不敢出战。明日再去讨阵，看他们怎么办？"

庞雕做梦也没想到呼延庆已到木兰关。第二日，他得意洋洋地又去讨阵，只听三声炮响，但见冲出一队人马，步下兵，马上将，威风凛凛，杀气腾腾。对面跑过一匹战马，来到近前，只见马上将亚赛烟熏的太岁，火燎的金刚。庞雕叫道："呔！来将通名受死！"

"呼延庆！你是何人？"

"我乃庞雕是也。呼延庆，你师父是我师弟，你还不下马与我叩头？"

呼延庆心想：我哪有这么个师大爷呀？这小子上这儿来找便宜来啦！不由勃然大怒，喝道："休要胡说！看鞭！"

庞雕这小子一是好吹，二是井底之蛙，没见过大世面，不知天多高，地多厚，癞蛤蟆往菜墩上跳——还硬装大块肉呢！等呼延庆的鞭打来的时候，他挥刀往外一架，"当啷"一声，虎口震裂，两膀酸麻，刀也拿不住了。"哐当！"刀掉在了地上。这小子见势不妙，拨马要跑。他能跑得了吗？呼延庆没想要他的命，右手鞭交到左手，上前使了一个乌龙探爪，"叭！"抓住庞雕的勒甲丝绦，就像薅小葱似的，"唰！"就给薅过来了。

这时，就听有人大喊，这喊声就如同响雷一般："官兵不要动，我们不杀你们，只抓为首的奸贼！”

喊话的是孟强。刚才，呼延庆一上阵，他就望见黄文炳、庞龙、庞虎这仨小子了，对焦玉说：“三弟，上回在齐平山没逮住这仨小子，算便宜他们啦！这回说什么也不能让他们再跑掉！”

“对。”焦玉又告诉了呼延明，这哥仨立时就分配好了：呼延明抓庞龙，孟强抓庞虎，焦玉抓黄文炳。

等呼延庆擒住了庞雕之后，孟强就喊话了。这一喊还真顶用，因为调来的官兵都恨这仨小子。他们仨说是解救边关，可一路上只顾寻欢作乐，为非作歹，欺压百姓，虐待兵士，这不是误国害民吗？可都敢怒不敢言。到了木兰关一看，呼家将已经收复了，可为啥还要打呢？这不是自相残杀吗？所以，官兵们也都不愿打。如今，一听说只抓为首的奸贼，都暗自高兴：宰了这仨小子才好呢！

庞雕那五千兵大多是抓来的。一看这小子被擒，都琢磨：此时不跑，更待何时？于是，扔下兵刃，各自跑去。

黄文炳、庞龙、庞虎看见庞雕刚一交手就束手被擒，全傻眼了！又听孟强一喊，才醒过来，圈马就跑。那真是：急急如丧家之犬，慌慌似漏网之鱼。呼延明、孟强、焦玉催马紧追。前边逃的，好似狂风吹败叶；后面追的，犹如骤雨打梨花。

焦玉急中生智，摘弓搭箭，“嗖！”一箭射中庞虎，“扑通！”庞虎掉下马来。焦玉“嗖！”一箭又射中庞龙，“扑通！”庞龙又掉下马来。黄文炳这小子心眼儿多，紧趴在马背上，要射他还真不容易。焦玉心想：这回你钻到马肚子里也跑不了啦！“嗖！”一箭正射在马的粪门上。这马受得了吗？“咕咚”一声倒在地上，疼得直打滚。黄文炳早被甩下去了，“扑通！”这小子摔在地上，弄了个满脸开花，血肉模糊。焦玉上前，一把将他擒住。这仨小子一个也没跑了。

庞雕那五千兵，跑得一个也没剩；杨文广将黄文炳等调集的一万官兵归在自己部下，镇守木兰关，等旨还朝。呼延庆派孟强、焦玉乔装平民，带上书信骑快马，星夜奔京城去见寇准。然后，呼延庆率领兵将押解依智高、黄文炳、庞龙、庞虎、庞雕等奔往京城。

孟强、焦玉催马飞奔，晓行夜宿，饥餐渴饮，非止一日，来到京城。他们见到寇准，呈上书信。寇准看罢，吩咐家人摆酒款待他二人，并在府中安排好住处。为了不走漏风声，不许他二人出府。

寇准安排好孟强、焦玉，便去找包拯。二人计议一番，包拯进宫找到陈琳，又去参见李太后。李太后是宋仁宗的亲生母，因为包拯草桥断后有功，李太后便封包拯为御儿干殿下。包拯面见李太后，就将庞文勾结西凉谋反之事细说一遍。李太后大惊失色，说：“我儿至今还宠信庞文父女，这该如何是好？”

包拯说，应如此这般。李太后点头应允。

当晚,李太后传宋仁宗,说自己身体不爽,留宋仁宗在身边伺候。这且按下不表。

再说西宫娘娘庞赛花,她近来一直神魂不定。庞龙、庞虎、黄文炳近来没有音信,她总惦记着这回事儿,生怕呼家还朝。吃啥也不香,一睡觉就做噩梦。这天,她正犯愁呢,陈琳来了。陈琳拜见之后,说道:"娘娘千岁,如今京城出了一件大事!"

庞赛花忙问:"什么大事?"

"来了一位云游道人,神机妙算,前算三百年,后算五百载,他算得真是灵验,卜卦之人数不胜数呀!"

庞赛花心想:我何不找他卜一卦呢?于是说道:"你快去唤他前来。"

"遵命。"陈琳去不多时,领来一位道人。那道人拜见之后,便说:"请娘娘屏退左右。"

列位,古时候宫禁很严,别说一个算卦的云游道人,就连在朝的大官进宫也不容易。庞赛花不是不知道,只不过为了解除忧愁,顾不得这些了。陈琳又为什么肯替她效力呢?后文自有交待。

书归正传。左右退下之后,没等庞赛花开口,那道人就说道:"娘娘不必开口,贫道自知娘娘有一件大心事,请把生辰八字告与贫道。"

庞赛花说出生辰八字,那道人掐指一算,眉头紧锁。过了片刻,眉头又开了,说道:"此事是福是祸尚难断定。恕贫道直言,当初娘娘曾做过一件有伤天理之事。不过,还不要紧,明日午时,娘娘须到天齐庙降香。大殿之中只许有娘娘一人,先对佛爷细禀详情,忏悔已往过失,再求佛爷保佑。今晚子夜之时,贫道在下处为娘娘求神保佑。如此一来,便可化祸为福,步青云而直上,永享其乐。"

庞赛花一听,很是高兴,唤来太监,赏银百两。陈琳送完道人,庞赛花吩咐他,准备明日午时去天齐庙降香,陈琳自去准备不题。庞赛花带领宫娥彩女前去拜望李太后,又将降香之事奏与宋仁宗。宋仁宗准奏。

第二日,临近午时,庞赛花摆驾来到天齐庙。主持僧带众僧人连忙上前叩头参拜,将庞赛花让到大殿。陈琳将一切安排好,屏退左右,自己陪同主持僧人走出大殿,将门掩上。庞赛花一见殿中无人,便撩起凤裙,跪在蒲团之上。

庞赛花一撩凤裙跪蒲团,
祷告神佛吐真言:
"今有大宋朝西宫梓童前来把香降,
求佛爷保佑我庞家得平安!
想当年,万岁将我纳宫内,
我庞家人人皆为官。
我父夸官街上走,

正遇上双王巡察转回还。
只因为双王曾将我父贬，
我父把那一贬之仇记心间。
他借机报仇欲将双王打，
不料想跌了个仰面朝天。
为将双王来除掉，
我父女订下计连环。
我降香叫双王去保驾，
硬给他把调戏君妾的罪名安。
万岁准了我的本，
呼家三百多口命染黄泉。
虽说是除了心头患，
谁料想逃出呼家俩儿男。
后来又出来一个呼延庆，
三次进京闹翻天。
他又带兵把京城困，
要拿我庞家报仇冤。
万岁下旨恩赦呼门后，
呼延庆带兵离京去边关。
我父派兵去抄后路，
多日无信我心不安。
祈求神佛多保佑，
让呼家都死在西凉别回还！
这是求佛爷保佑的第一件事，
还有一事求苍天。
宋仁宗是个昏庸无能辈，
他不理朝政终日尽把酒色贪。
朝中大事都是我庞家定，
何必还让他坐金銮？
如若让我庞家得天下，
定要重修大庙、塑画金身，月月岁岁进香烟！”
说到此处猛听一声喊，
庞赛花顿时吓成泥一摊。

庞赛花正在祈求神佛保佑，猛听大喝一声：“来人，快将奸妃拿下！”说这话的正是宋仁宗。原来，这些都是包拯和寇准的安排。包拯告诉陈琳怎么说，寇准让焦玉扮做云游道人。宋仁宗怎么来了呢？这是包拯给李太后出的主意，李太后命宋仁宗和包拯微服出行，去到天齐庙，听听庞赛花说些什么。什么叫微服呢？就是穿便衣。包拯和宋仁宗坐着两乘小轿，带着十几个随从，早就来到天齐庙。他俩在主持僧拜见庞赛花的时候，就藏在大殿佛像的后边了。宋仁宗一听庞赛花骂他昏君，求神保佑庞家得天下，可就憋不住火了，所以大叫一声："来人！"随从不敢怠慢，推门而进，上前摘下庞赛花的翡翠珍珠冠，扒下日月龙凤袄，把她给抓起来了。包拯又将庞文勾结西凉等事对宋仁宗启奏了一遍，宋仁宗更来火了，回到宫中，下旨将庞赛花打入冷宫。他琢磨半天也没琢磨出谁去抓庞文合适，便问包拯。包拯说："万岁下道圣旨，将庞文宣进宫先抓起来，再派镇京元帅高锦去捉拿其余众犯。"

宋仁宗连连称好，当即刷了一道圣旨。不多时，庞文进宫，束手被擒。宋仁宗现在明白了：自己宠爱奸妃，听信谗言，忠奸不辨，是非不分，屈斩了呼家满门，如今不好收场了，便对包拯说："呼、庞一案，包爱卿多劳了。"

包拯审庞文，开始庞文死不承认，到后来，呼延庆将依智高、庞龙、庞虎、黄文炳、庞雕都押进京城，人证、物证俱全，知道女儿庞赛花已在冷宫悬梁自尽，才招供画押。宋仁宗降旨把庞家一干罪犯，押到肉丘坟，一同斩杀。呼延庆等将庞文点了天灯，为国除了奸、为民除了害。